Iron Hills
Lonely Mt
Dale
Esgaroth
Long Lake
Sea of
DEAD MARSHES
NO MAN'S LAND
Battle Plains
EREDLITHUI
(Ash Mts)
Lithlad
Kirith Ungol
Orodruin
BARAD-DÛR (Dark Tower)

KB043624

NORTH DOWNS
Entish land
R. Hoarwell
Weather Hills
R. Rushdown
Carrock
Rivendell
THE SHIRE
R. Brandywine
Chetwood
Midwater
Weathertop
Bree
Old Forest
Troll Shaw
Ford
Loudwater
R. Gladden
Gladden Fells
Sarn Ford
Hollin
Moria
Mirrormere
Tharbad
Nimrodel
The Great River
Silverlode
R. Limlight
W. Dunland
Wold of Rohan
WESTEMNET
ROHAN
Entwade
R. Entwash
GAP of ROHAN
R. Isen
BLACK MOUNTAINS
Dunharrow
Edoras
Rhosgobel

J.R.R. 톨킨
가운데땅의 창조자

Tolkien
MAKER OF MIDDLE-EARTH

캐서린 맥일웨인
이미애 옮김

arte

TOLKIEN: MAKER OF MIDDLE-EARTH by Catherine McIlwaine
First published in 2018 by the Bodleian Library
Broad Street, Oxford, OX1 3BG

Introduction text © the contributors, 2018
Catalogue text © Bodleian Library, University of Oxford, 2018

Quotations from and images of manuscripts and drawings by Tolkien appearing in Tolkien's published works are the copyright of The Tolkien Estate Limited and The Tolkien Trust, as acknowledged in the relevant published work. Quotations from Tolkien's previously unpublished works are © The Tolkien Estate Limited 2018. Previously unpublished images of manuscripts and drawings by Tolkien are © The Tolkien Estate Limited/ The Tolkien Trust 2018. All such materials are reproduced with kind permission of The Tolkien Estate Limited and The Tolkien Trust.

The device and the word TOLKIEN are both registered trademarks of The Tolkien Estate Limited.

Additional images, unless specified in the relevant caption or on p.410, © Bodleian Library, University of Oxford, 2018. Correspondence of Arthur Ransome (pp. 88–9), permission granted by the Arthur Ransome Literary Estate; papers of W.H. Auden (p. 92) reproduced with the permission of The Estate of W.H. Auden; letter by C.S. Lewis (pp. 90-1) © C.S. Lewis Pte Ltd; correspondence of Terry Pratchett (pp.102-3) with the permission of the Terry Pratchett Estate; correspondence of Iris Murdoch (pp. 98-9) reprinted by kind permission of the Estate of Iris Murdoch; manuscript from the Barfield Papers, 'The College of Cretaceous Perambulators' (pp. 244-5) with the permission of Owen Barfield; correspondence of Lynda Johnson Robb (pp. 104-5) with the permission of Lynda Johnson Robb; quotation from Humphrey Carpenter, *J.R.R. Tolkien*, (p.241) © The Tolkien Estate Limited 1981, reprinted by permission of HarperCollins Publishers Ltd; correspondence of staff members of George Allen & Unwin (pp. 218, 320, 327, 328, 338) © HarperCollins Publishers Ltd.

All rights reserved.

This Korean edition was published by Book21 Publishing Group in 2024 by arrangement with The Chancellor, Masters and Scholars of The University of Oxford through Edwards Fuglewicz Literal Agency.

이 책은 저작권자 및 옥스퍼드대학교 보들리언 도서관과의 독점 계약으로 (주)북이십일에서 출간되었습니다. 저작권법에 의하여 한국 내에서 보호를 받는 저작물이므로 무단전재와 복제를 금합니다.

일러두기

이 책에 수록된 자료 목록 중 저자나 화가가 명시되지 않은 것은 (15a~15d, 21, 24, 84, 125~127, 132번 사진과 항목 제외) 톨킨의 작품으로 간주될 수 있다. 대괄호([ ]) 안의 날짜는 원고에 표시되지 않았지만 정확하다는 뜻이고, 그렇지 않은 경우에는 날짜 앞에 물음표나 뒤에 '경'이 붙어 있다. 달리 표시되어 있지 않으면, 모든 수록물의 재질은 종이이고 보들리언 도서관에 소장되어 있다. 원고를 인용할 때 잘못된 철자나 부정확한 표기가 있더라도 원문 그대로 인용했다. 수록된 그림의 제목은 논의되는 항목에 적절한 형태를 사용했다(가령 1920년대와 1930년대의 지도와 그림에서는 이후에 쓰인 철자 타우르누푸인Taur-nu-Fúin으로 표기하지 않고 타우르나푸인Taur-na-Fúin을 사용했다). 『호빗』과 『반지의 제왕』을 가리킬 때 다양한 판본이 있으므로 『호빗』은 장(chapter)을, 『반지의 제왕』은 권(book)과 장을 표기했다. '실마릴리온'에 대한 언급은, 달리 명시되지 않은 경우, 미출간 작품을 가리킨다. '톨킨 가족 문서Tolkien family papers'의 자료는 연구자들이 아직 이용할 수 없고, 'MS. Tolkien B' 혹은 'MS. Tolkien S'로 시작하는 서가 기호가 붙은 자료도 그러하다. (원저작권사의 요청에 따라, 보들리언 도서관 홈페이지에서 자료 검색을 용이하게 하기 위해 서가 기호 원문을 유지했다. ―편집자 주)

목차

서문

존 로널드 루엘 톨킨John Ronald Reuel Tolkien이 보들리언 도서관을 처음 찾은 것은 백 년도 더 전인 1913년 11월이었다. 그에겐 중요한 사건이었기에 톨킨은 그 경험을 약혼녀 이디스에게 편지로 써 보냈다.

> 11시에 난 겉옷을 입고 오래 미뤄 두었던 성가신 일을 하려고 용기를 냈어요. 보들리언 도서관에 가서 열람자로 등록하고 서약을 해야 했거든요. 나는 예상보다 친절한 대접을 받았고—그들이 어떤 사람들에게는 매우 무례하다고 합니다—래드클리프 카메라[보들리언 도서관의 일반 열람실]에 가서 등록했어요. 놀라운 원고들과 값을 헤아릴 수 없이 소중한 서적들을 소장한 이 도서관이 얼마나 근사하고 아름다운 곳인지 당신은 상상할 수 없을 겁니다.

이때부터 톨킨은 열람자로 보들리언 도서관을 찾았고, 평생 원고들과 고판본 서적, 2차 자료를 찾아보기 위해 이 도서관과 지금은 이 도서관에 포함된 다른 도서관들, 특히 영문학과 도서관과 테일러 도서관을 이용했다. 그는 도서관에 소장된 고대 영어 문서와 중세 영어 문서를 연구하고 강의했는데, 가장 주목해야 할 것은 MS. Bodl. 34의 '캐서린 그룹', 은둔자들에게 보내는 작가 미상의 13세기 문서 다섯 편일 것이다. 그의 연구는 토착 영어로 기록된 자료에 한정되지 않았다. 1938년 8월에는 벨기에의 학자 시몬 다르덴과 공동 연구에 착수했고 그 일환으로 보들리언 도서관에 소장된, 희랍어로 쓰인 성인들의 전기를 분석했다. 옥스퍼드의 많은 학자들에게 그러했듯 그에게도 보들리언 도서관은 일상의 토대를 이루는 부분이었다.

J.R.R. 톨킨의 사망 이후 보들리언 도서관은 톨킨 재단과 협력하여 그의 지적, 문학적 유산의 보존을 지원해 왔다. 그의 중요한 원고와 미술품 그리고 학술적 서재 소장품의 일부를 기증받은 덕에 보들리언 도서관의 톨킨 자료 소장품은 1973년 이후 상당히 증가했고, 이것들은 현재 그의 기록보관소와 문학 재단의 대부분을 망라한다. 그동안 직원들은 기록보관소의 자료들을 정리하고, 톨킨의 광범위한 생애와 작품을 이해하기 위해 소장품을 다른 방식으로 홍보하는 작업을 지속했다. 그가 남긴 문서들의 목록을 만들었고, 미래 세대를 위해 자료들을 보존했고, 소장품의 일부를 디지털화했다. 또한 안전한 보관을 위해 보들리언에 맡겨진 문서 자료와 문학 자료를 찾아보고 사용하려는 수많은 학자들을 지원해 왔다. 보들리언 도서관은 톨킨이 연구한 중세 원고들을 보존해 왔듯이, 이제는 그 자신이 만든 자료에 똑같은 관심을 기울인다.

보들리언 도서관은 톨킨 소장품의 자료를 때로 전시했다. 2002년과 2015년에 열린 보들리언 도서관 보물의 주요 전시회는 톨킨 기록보관소의 대표작들에 주안점을 두었고, 1992년에는 대규모 전시회 〈J.R.R. 톨킨: 생애와 전설〉을 열었다. 그 후 25년이 지났음을 고려하면, 톨킨 및 그의 재단과 긴밀한 관계를 맺어 온 보들리언 도서관이 이제 주요 전시회를 개최함으로써, 탁월한 문학적 상상력을 가진 작가일 뿐 아니라 아들이자 남편이고 아버지이며 친구이자 학자이고 화가였던 그의 생애와 작품을 최대한 충실하게 대중에게 선보일 적기가 되었다. 톨킨은 학자로서 충실한 삶을 살아왔고, 고대 영어와 중세 영어로 기록된 가장 중요한 중세 문서 몇 편을 편집했으며, 여러 언어들을 심도 있게 이해했다. 이 학구적 접근은 그의 문학 작품에 깊이 녹아들어 있으므로 그의 삶의 이 두 가지 측면을 따로 떼어 놓으면 적절히 이해할 수 없다. 나는 이 전시회와 카탈로그의 또 다른 측면에 독자의 관심을 환기하고자 하는데, 이 기획은 톨킨 작품의 이해에 그의 아들 크리스토퍼가 특별한 공헌을 해 왔음을 마땅히 인정하고자 한다는 것이다. 그들은 90년간 혹은 그 이상 문학적으로 협력해 왔고, 그것은 문학사에서 유례없는 일이었다. 보들리언 도서관은 크리스토퍼 톨킨이 학문과 문학에 지대한 공헌을 해 왔음을 인정하여 2016년 최고의 명예인 보들리 메달을 자랑스럽게 수여했다.

나는 특별 수집품 부서의 캐서린 맥일웨인에게 감사를 표하고 싶다. 그녀는 소속 부서의 동료들과 전시 부서의 매디 슬레이븐 및 팀원들의 강력한 지원을 받아 이 전시회를 기획했다. 여기에는 특별 수집품의 책임자 크리스토퍼 플레처 박사의 전폭적인 지원도 있었다. 이 전시회는 뉴욕의 모건 도서관 및 박물관 동료들과의 공동기획으로 잉태되었는데, 우리와 협력해 온 관장 콜린 B. 베일리, 전시 책임자 존 비드웰 박사와 존 T. 맥퀼런 박사에게 감사드리고 싶다. 전시회와 책자의 주요 품목들은 전세계 기관들에서 너그럽게 대여해 주었다. 무엇보다도 마켓대학교 도서관과 도서관장 재니스 웰번, 그녀의 동료들, 특별 수집품의 책임자 에이미 쿠퍼 캐리와 기록 보관 담당자 윌리엄 플리스에게 가장 큰 감사의 뜻을 전한다. 또한 작품을 빌려준 많은 개인들, 특히 톨킨 가족에게 감사드린다.

우리는 오랜 세월 동안 톨킨 저작권 신탁과의 긴밀한 관계에서 큰 혜택을 입었고, 신탁 관리자들과 캐슬린 블랙번의 강력한 지원, 특히 법적 문제 및 여타 문제들을 매우 노련하고 창의적으로 해결하도록 이끌어 준 노고에 진정한 감사의 뜻을 표하고 싶다. 하퍼콜린스 출판사의 데이비드 브론과 그의 팀원들은 보들리언 도서관 출판사의 새뮤얼 파누스 박사 및 그의 동료들과 훌륭하게 협력했고, 이 출판물이 결실을 보게 해 주었다.

마지막으로 크리스토퍼와 베일리 톨킨, 프리실라 톨킨의 깊은 지식과 적극적인 격려, 큰 호의와 보들리언 도서관에 보내 준 오랜 신뢰에 개인적으로 감사를 표하고 싶다.

보들리언 도서관장

리처드 오벤든

에세이
ESSAYS

J.R.R. 톨킨: 간략한 전기

캐서린 맥일웨인

1892~1895년 남아프리카

존 로널드 루엘 톨킨은 1892년 1월 3일 오라녜자유국의 수도 블룸폰테인에서 영국인 부모, 아서 톨킨과 메이블 톨킨의 첫아이로 태어났다. 부친 아서 루엘 톨킨은 빠른 승진 기회를 얻기 위해 1889년 버밍엄을 떠나 뱅크 오브 아프리카에 자리를 잡았다. 1년간 남아프리카 전역을 여행하고 은행 지점들을 조사한 후 그의 야심이 실현되어 블룸폰테인에서 원하던 관리직으로 승진했다. 케이프타운에서 1,000킬로미터 떨어진 고원의 작은 도시 블룸폰테인은 급속히 확장되고 있었고 6개월 안으로 철도가 개설될 예정이었다. 오라녜자유국은 네덜란드계 보어 공화국이었으므로 아서는 네덜란드계 주민들 및 아프리카 토착민들과 사업하고 소통할 수 있도록 네덜란드어(공식어) 수업을 받기 시작했다.

아서는 1890년 10월 은행 사저로 이사했고, 성장하는 사업을 감독하며 새로운 생활에 정착해 갔다. 그럼에도 그는 테니스를 치고 교회 성가대에서 노래를 부르며 블룸폰테인 클럽에서 영국 신문을 읽는 여유를 누릴 수 있었다. 이제 그의 가정을 완벽하게 만들어 줄 약혼녀 메이블 서필드가 아프리카에 도착하기만 하면 되었다. 그녀는 그가 재정적으로 자립할 수 있는 직위를 얻을 때까지 버밍엄에 남아 있었다. 그가 남아프리카로 떠났을 때 그보다 열세 살이나 어렸던 그녀는 열아홉 살에 불과했다. 그녀의 부친 존 서필드는 딸이 스물한 살이 될 때까지 결혼을 허락하지 않았는데, 떠돌이 생활을 하지 않도록 보호하기 위해서였을 것이다. 2년이라는 긴 시간을 떨어져 지낸 후 '성년'이 되자마자 그녀는 아서와 결합하기 위해 남아프리카로 배를 타고 떠났다. 그녀가 도착한 다음 날인 1891년 4월 16일에 그들은 케이프타운의 세인트조지 성당에서 결혼했다. 그들은 테이블산의 장관과 바다가 내려다보이는 케이프타운의 멋진 호텔에서 신혼의 며칠을 보냈다.

한 달 후 그들은 새끼고양이 한 마리와 메그라는 이름의 폭스테리어 강아지 한 마리와 함께 블룸폰테인에서 행복하게 정착했다. 결혼 후 아홉 달이 지나자 첫아이 존 로널드 루엘이 태어났다. 존은 톨킨 집안에서 전통적으로 장남에게 붙인 이름이었고, 그의 친조부와 외조부 이름도 존이었다. 로널드는 딸을 낳으리라 예상했던 메이블이 선택한 이름 로절린드를 대체한 이름이었다. 루엘은 그의 부친의 중간 이름으로 (구약 성서에 나온 이름이었다) 가족의 어느 벗을 기념하여 붙여졌다. 존 로널드 루엘이라는 이름이 좀 길고 복잡했기에 그들은 아이를 간단하게 로널드라고만 불렀다.

그들의 결혼 생활은 매우 행복했고, 셋이었던 가족은 곧 차남인 힐러리 아서 루엘 톨킨이 1894년 2월에 태어나면서 넷이 되었다. 아서와 메이블은 아이들을 애지중지했고, 버밍엄의 친지들과 아주 멀리 떨어져 있다는 사실만이 안타까울 뿐이었다. 그들은 고국을 방문하려는 계획을 세웠지만 종종 연기되었는데 결국 이따금 병치레를 하던 로널드가 아프리카 여름의 강렬한 열기에 악화되면서 고국 방문은 가장 절실한 문제가 되었다. 메이블과 두 아들은 1895년 3월 말에 영국으로 출발했고, 아서는 크리스마스에 맞춰 버밍엄의 가족에 합류했다가 이듬해 5월에 가족과 함께 남아프리카로 돌아올 계획이었다. 그들은 모두 가족 친지들을 만나기를 고대하고 있었다. 메이블은 남아프리카에서 4년을 지냈고, 아서는 6년을 살아왔다.

불행히도 메이블이 영국에 있는 동안 아서는 중병에 걸려 고국 방문을

도판 1 파이프 담배를 피우는 톨킨.
1972년 9월 22일, 머튼 가의 서재에서,
빌렛 포터 촬영. (사진 © 빌렛 포터)

도판 2 이디스 톨킨. 1916년 8월, 랜디드노에서.
(Bodleian MS. Tolkien photogr. 14, fol. 3)

연기해야 했다. 1896년 2월 메이블이 아들들과 함께 일찍 남아프리카로 돌아가려고 준비하고 있을 때 아서는 서른여덟의 나이로 블룸폰테인에서 죽음을 맞았다. 이제 메이블은 어린 두 아들을 돌봐야 할 미망인이 되었다. 그녀에게는 집도, 재산도 없었고, 친지들을 방문할 때 가져온 물건들뿐이었다.

1895~1911년 영국에서의 어린 시절

메이블은 아서의 생명보험과 주식에서 나온 적은 수입으로 버밍엄에서 동쪽으로 몇 킬로미터 떨어진 워릭셔의 새어홀 마을에 작은 집을 임대했다. 여기서 그녀는 아이들과 소박한 시골 생활을 하면서 아이들의 교육비를 지출하지 않고 직접 가르쳤다. 이 시기에 그녀는 개인적으로 정신적 탐구를 시작했고 결국 1900년에 영국 국교회에서 로마 가톨릭으로 개종하기에 이르렀다. 불행히도 이 일로 말미암아 그녀는 자신의 가족과 아서의 가족에게서 상당한 반발을 사게 되었다. 언니의 남편 월터 잉클레던은 그녀에 대한 금전적 지원을 끊었는데, 자기 아내 메이가 메이블과 함께 은밀히 개종할 생각이었음을 알고 언짢아서 그랬을 것이다.

그해에 로널드는 여덟 살의 나이로 버밍엄의 중심지에 위치한 유명한 문법학교인 에드워드 6세 학교에 입학하게 되었다. 어린 소년이 매일 새어홀에서 6.4킬로미터를 왕복하며 걸어 다니기에는 너무 멀었으므로 그 가족은 다시 버밍엄으로 이사했다. 로널드는 학교에서 곧 두각을 드러냈고 1902년에 장학금을 받게 되어 수업료를 내지 않게 되었다. 얼마 후 메이블은 에지바스톤의 오라토리오 성당에서 마음에 맞는 종교 단체를 발견했고, 그곳에서 프랜시스 모건[1]이라는 사교적인 성직자를 알게 되었다.

메이블은 건강이 나빠지면서 고통을 받기 시작했고 1904년 4월 당시로서는 심각한 불치병이었던 당뇨병 진단을 받았다. 그녀의 가족은 힘을 합쳐 소년들을 돌봐 주었지만 메이블은 벗이자 종교적 조언자인 프랜시스 신부에게 점점 의존했다. 그해 말에 프랜시스 신부는 메이블이 시골에서 도움을 받을 수 있도록 그녀의 가족이 머물 숙소를 레드널 마을에 찾아 주었다. 안타깝게도 상태가 악화되어 그녀는 1904년 11월에 서른넷의 나이로 그곳에서 세상을 떠났다.

메이블은 유서에서 아들들의 후견인으로 프랜시스 신부를 지정해 두었다. 그렇게 하지 않으면 자기 가족이 아이들의 가톨릭 교육을 지속하지 않을 것을 염려했기 때문이다. 그런데 프랜시스 신부는 버밍엄 오라토리오 성당의 성직자 공동체에서 살았기에 그 소년들과 함께 살 수 없었다. 그래서 한 가지 절충안으로 아이들이 외숙모 베아트리스 서필드[2]와 함께 살 숙소를 가까운 곳에 구해 주었다. 두 소년은 등교하기 전에 매일 아침 오라토리오 성당에 가서 미사를 드리고 신부들과 함께 아침식사를 했다.

로널드는 학업에 뛰어났고, 언어와 언어학에 관심을 갖기 시작했으며, 고대 영어와 고트어를 배웠고, 자신의 언어를 창안하기 시작했다. 그 학교는 학구적으로 높은 평판을 받았지만 과외 활동, 특히 스포츠도 권장했다. 로널드는 실내 수영팀과 학교 럭비팀에 가입했고, 토론과 연극 상연에서 자신감 넘치는 능력을 발휘했다. 그는 그 학교에서 지적으로 우수한 소년 몇 명과 사귀었는데 그중에는 교장의 아들로 장차 건축가가 되려던 롭 길슨, 감리교 목사의 아들로 수학과 음악에 뛰어난 크리스 와이즈먼, 나이는 어리지만 조숙하고 문학을 사랑한 제프리 스미스가 있었다. 이 소년들은 스스로 'T.C.B.S.'라고 부른 모임의 핵심 멤버였다. 이들은 학교 도서관에서 만나 금지된 티파티를 열었고, 후에는 배로우스라는 인근 백화점의 카페로 장소를 옮겼다. 첫 글자를 따서 만든 모임의 이름은 좀 거창하게 들리지만 '티 클럽과 배로우스 모임Tea Club and Barrovian Society'을 뜻할 뿐이었다. 그 핵심 멤버들은 학창 시절 이후에도 톨킨의 인생에서 중요한 부분을 차지했다. 그들은 각자 재능을 사용해서 더 나은 세상을, 아름다움을 음미하고 도덕적 정직성을 존중하며 (톨킨에게는) 가톨릭 정신이 융성하는 세상을 창조하려는 비전을 공유했다.

로널드와 힐러리는 외숙모 베아트리스와 함께 지내면서 행복하지 않았다. 그녀는 과부가 된 지 얼마 되지 않았고 아이들에게 냉정하고 무관심했던 것 같다. 프랜시스 신부는 이 사실을 알게 되자 더치스 로路에 있는 하숙집을 구해 주었다. 이렇게 숙소를 옮김으로써 로널드의 인생은 결정적으로 달라졌다. 그 하숙집에는 젊은 여성, 이디스 브랫[3]이 살고 있었고, 마찬가지로 고아였던 그녀는 후견

인에 의해 그 집에서 거주해 오고 있었다. 젊은이들은 서로 호감을 느꼈고, 1909년까지 로맨스를 꽃피웠다. 이 사실을 알게 되었을 때 프랜시스 신부는 로널드에게 그 관계를 끝낼 것을 요구하는 한편, 또 다른 방지책으로 그들을 새 하숙집으로 옮기게 했다. 이디스와 완전히 절교할 수 없었던 로널드는 그녀와의 관계를 어느 정도 이어 갔다. 이것을 알게 되자 프랜시스 신부는 로널드가 성년이 되는 21세까지 어떤 소통도 하지 말 것을 요구했다. 로널드는 이 결정에 따랐고, 거의 3년간 이디스와 만나지도, 편지를 주고받지도 않았다.

1911~1915년 학부 생활

톨킨은 1911년에 옥스퍼드의 엑서터대학에서 고전 연구("고전학부의 우등 코스") 장학금을 받았다. 입학하기 전 여름 방학에 그와 힐러리는 이모인 제인 니브 및 그녀의 여러 친구들을 따라 스위스로 도보 여행을 떠났다. 세 살이었을 때 남아프리카에서 온 후 처음으로 영국을 떠난 이 여행에서 그는 스위스의 풍광과 스위스에서의 경험에 깊은 인상을 받았다. 10월에 그의 스승 디키 레이놀즈[4]는 학기 시작에 맞춰 그를 옥스퍼드에 태워다 주었다. 그는 그 도시에서 학부생으로 4년을 지냈는데 첫 3년은 대학 안에서 살았고 마지막 해는 세인트존 가의 하숙집에서 지냈다. 그는 라틴어와 희랍어를 연구하기로 되어 있었지만, 게르만 언어와 북유럽 언어에 관한 관심이 점점 커져 갔다. 그래서 3학년이 되자 영문학부로 전과를 신청해서 허락을 받았으며, 그에게 꼭 필요한 금전적 지원을 제공한 고전 장학금도 계속 받을 수 있었다. 그는 영어사, 고대 영어와 중세 영어, 고대 스칸디나비아어를 연구하기 시작했고, 또한 초서와 동시대인들의 작품 및 16세기와 17세기 극작품을 연구했다.

스물한 살이 되는 생일(1913년 1월 3일) 전날 밤에 톨킨은 자정까지 기다리다가 이디스에게 편지를 쓰기 시작했다. 그는 프랜시스 신부와의 약속을 (분초까지도) 지켰고, 이제 몇 년 전에 이디스에게 했던 약속을 지킬 생각이었다. 글이 물 흐르듯 흘러나와 그녀에 대한 식지 않은 사랑을 입증하며 여러 장을 채웠다. 이디스는 3년간 그의 소식을 듣지 못하자 자기 나름의 삶을 이어 갔고 한 동창의 오빠인 조지 필드와 약혼한 상태였다. 이런 사실에 굴하지 않고 톨킨은 그들이 헤어진 후 그녀가 거주해 온 첼튼엄으로 그녀를 찾아갔고, 자신과 결혼해 달라고 그녀를 설득했다. 톨킨은 아직 학부생으로 2년 더 학업을 이어 가야 했고 재정적으로 자립할 때까지 결혼할 수 없었으므로 약혼 기간이 길어질 수밖에 없었다. 이디스는 기다리는 데 동의했다. 그는 새로 기운을 내 자신이 선택한 주제를 연구했고, 1915년 최우수 등급 학위를 받고 졸업했다.

이 시기에, 일찍이 태동한 그의 내밀한 신화가 처음으로 드러나기 시작했다. 학부생이었던 그가 지은 시와 그림 들은, 이미 잘 발전되어 있었지만 그의 내밀한 기쁨을 위해서만 키워 왔던 요정 세계를 언뜻언뜻 드러낸다.

1914~1918년 제1차 세계대전

영국은 1914년 8월 독일에 선전포고를 했다. 톨킨은 학부 과정의 마지막 해를 마무리하기 위해 10월 옥스퍼드에 돌아왔는데, 도시가 전시 체제에 돌입했고 대학들은 휑하게 비었으며 대학교의 존속 자체가 위기에 처해 있음을 알게 되었다. 그는 입대 전에 학위 과정을 마치려고 결심했고, 친지들의 가시 돋친 말을 묵살하며 대신 장교 훈련단에 들어갔고, 학위 과정을 마치는 동시에 군복과 함께 육군 훈련을 받았다. 1915년 6월에 최종 시험을 끝내자마자 그는 랭커셔 퓨질리어 연대에 입대했다.

이듬해에 그는 훈련소에서 지내면서 통신장교가 되기 위해 필요한 어려운 훈련을 마칠 수 있었다. 그가 이디스와 세웠던 계획은 처음에 보류되었지만, 1916년 3월에 그들은 더 이상 미루지 않기로 결정하고 워릭의 세인트메리 가톨릭 성당에서 결혼식을 올렸다. 두 달 후 그의 승선 명령이 내려졌으므로, 그는 솜강에 집결하여 대규모 공격을 준비하고 있던 부대에 합류했다. T.C.B.S.의 멤버였던 학우 두 명, 롭 길슨과 제프리 스미스도 프랑스에 있었다. 길슨은 솜 전투의 첫날에 사망했고, 스미스는 여섯 달 후 1916년 12월에 그곳에서 죽었다. 훗날 톨킨은 "1918년경, 나의 친한 친구들은 하나를 빼고 모두 죽고 없었다"[5]라고 썼다. 그는 1916년 11월까지 프랑스에서 싸우다가 참호열에 걸려 고국으로 돌아왔다. 1917년과 1918년에 걸쳐 이 치명적인 질병을 앓으면서 병원에 입원하거나 요크셔 동부 해안에서의 가벼운 방공 임무를 수행하거나 혹은 스태퍼드셔에서 훈련을 받았다.

도판 3 '다리 밑에서 본 워릭성'의 잉크 스케치, 1913~1914년.
(Bodleian MS. Tolkien Drawings 85, fol. 28r)

이 시기에 그는 그간 만들어 온 요정어를 체계적으로 기록하기 시작했고, 자신의 요정 신화의 첫 이야기를 '잃어버린 이야기들의 책The Book of Lost Tales'이라는 제목으로 써 내려가기 시작했다. 아내 이디스는 얼마간의 시간을 함께 보낼 수 있도록 그가 배치되는 부대를 따라서 하숙집들을 전전했다. 1917년 11월에 그들의 첫아이, 존 프랜시스 루엘이 첼튼엄에서 태어났다. 톨킨은 헐의 육군 병원에 있었기에 며칠 후에야 아내와 아이를 찾아갈 수 있었다.

1918~1937년 학자로서 그리고 아버지로서

1918년에 전쟁이 끝나자 톨킨은 일자리를 찾아 옥스퍼드로 돌아갔다. 그는 아내와 아이를 부양해야 했지만 육군에서 주는 급여가 없어서 일자리를 찾아야 했다. 예전의 지도교수인 윌리엄 크레이기의 도움으로 그는 신영어사전(후의『옥스퍼드 영어사전』) 편집에 동참하게 되었고 'W'로 시작하는 단어들의 정의를 썼다. 또한 부업으로 옥스퍼드의 여러 대학에서 학생들의 영어를 지도했다. 그는 엑서터대학의 지인들과 관계를 유지했고, 1920년 3월에 이 대학의 에세이 클럽에서 자신의 이야기「곤돌린의 몰락」을 낭독했다.[6] 그의 요정 이야기 한 편이 처음으로 대중에게 공개된 것이다.

톨킨은 대학에서 전임직을 얻기 바랐기에, 남아프리카의 케이프타운 대학교를 비롯한 여러 대학의 다양한 직위에 지원하기 시작했다. 1920

년에 그는 리즈대학교 영문과 부교수로 임명되었다. 가족을 위한 적절한 거처를 찾을 때까지 그들을 옥스퍼드에 남겨 둔 채 그는 가을에 그곳으로 옮겨 갔다. 차남 마이클 힐러리 루엘이 그해 10월 옥스퍼드에서 태어났다. 톨킨은 리즈대학교의 영문학부에서 꼭 필요한 구성원이자 인기 있는 선생으로서 영어사, 게르만어 언어학, 고대 영어와 중세 영어, 고대 아이슬란드어, 고트어, 중세 웨일스어, 초서의 언어와 초기 영문학을 가르쳤다. 4년 만에 그는 그 대학교의 영문학 교수가 되었다. 덕분에 그의 가족은 1924년 3월 리즈에서 그들의 첫 집을 살 수 있었고, 11월에 그곳에서 삼남 크리스토퍼 루엘이 태어났다.

리즈대학교에서 근무하는 동안 톨킨은 케네스 시섬의『14세기 시와 산문』과 함께 사용할『중세 영어 어휘』를 편찬했고, 동료인 E.V. 고든[7]과 함께 중세 영시『가웨인 경과 녹색 기사』를 편집했다. 또한 아이들을 위해서 그림을 곁들인 산타클로스의 편지를 쓰기 시작했고, 로버랜덤이라는 마술에 걸린 개에 관한 이야기를 포함해서 독창적인 이야기를 아이들에게 들려주었다. 가족들을 즐겁게 해 주기 위해 지어낸 이런 매력적인 작품들과 더불어 그는 자신의 요정 신화를 은밀히 발전시켜 나갔고 몇몇 이야기를 장시로 옮겼다.

톨킨은 1925년에 '앵글로색슨의 롤린슨과 보스워스 교수'로 임명되어 옥스퍼드에 돌아갔다. 서른한 살의 나이여서 교수로는 젊은 편이었고 기혼으로 어린 세 아들이 있었다. 50년 전에 대학의 특별연구원은 결혼이 허용되지 않았고 대학 구내에서 살아야 했다. 이제 그와 이디스는 노스무어 로路에 동떨어져 있는 집을 샀고 1926년 1월 그곳으로 이사했다. 무척 원했던 딸, 프리실라 메리 루엘이 1929년 6월에 태어나 그 가족을 완벽하게 만들어 주었다.

옥스퍼드대학교로 옮긴 직후에 톨킨은 모들린대학의 젊은 지도교수였던 C.S. 루이스를 만났고 그와 큰 호감을 나누게 되었다. 시간이 지나면서 두 사람은 비슷한 마음을 가진 사람들이 만나서 자신의 작품을 낭독하고 토론하는 클럽, 잉클링스의 중심 멤버가 되었다. 이 클럽은 전쟁으로 산산조각이 나 버린 학창 시절의 모임 T.C.B.S.를 여러 면에서 대치해 주었다.

이후 20년간 톨킨은 게르만 언어, 고트어, 고대 스칸디나비아어, 서사시『베오울프』를 포함한 고대 영어와 문학을 가르쳤다. 학부생들에게 강의하고 대학원생들을 개별적으로 지도했으며, 늘어나는 가족을 부양할 금전적 여유가 없었기에 여름 방학에는 외부 채점관으로 과외의 일을 했다. 학술 논문을 많이 쓰지는 않았지만 일단 그가 발표한 논문들은 대단히 중요한 의미가 있었고, 그 가운데「언어학자로서의 초서」(1934)라는 긴 에세이와 고대 영시『베오울프』에 관한 독창적 에세이,「베오울프: 괴물과 비평가」(1937)가 있다. 더 중요한 사실은 1937년에 그의 동화『호빗』이 출간되었고 즉시 고전으로 칭송을 받았다는 점이다. 원래 1930년경에 자녀들에게 들려준 이야기였지만 그것은 그의 신화 안으로 유입되었고 처음으로 출간된 가운데땅의 이야기가 되었다.

1937~1955년『반지의 제왕』

『호빗』이 대단한 인기를 얻었기에 톨킨은 오래지 않아 그 속편을 쓰기 시작했다. 그 결실인『반지의 제왕』은 1954~1955년에 세 파트로 나뉘어 출간되었고, 이 책이 얻은 선풍적인 인기는 작가 자신도 놀랄 정도였다. 이 소설을 집필하는 데 12년이 걸렸고, 완전히 출간하기까지 6년이 더 걸렸다. 이 시기에 옥스퍼드대학교는 6년간의 전쟁을 겪었고, 톨킨의 자녀들은 성장하여 집을 떠났으며, 노스무어 로의 집을 팔고 톨킨은 세 번 이사하여 결국 헤딩턴에 새집을 장만했다. 그의 시간을 많이 차지한 것은 학구적인 일이었다. 그는 1945년에 앵글로색슨 교수직을 사임했고 머튼 영문학 교수가 되었으며 1959년에 은퇴할 때까지 그 직위를 보유했다. 이처럼 교수직을 옮기면서 그는 완전히 새로운 강의들을 하게 되었는데 1925년 이후에 학부생들에게 가르치지 않았던 중세 영어 자료에 집중하게 되었다.

그는『반지의 제왕』을 집필하는 동안 가운데땅과 무관한 단편소설 두 편을 썼다.「니글의 이파리」는 짧은 우화적 이야기로 1945년 1월《더블린 리뷰》에 발표되었고,『햄의 농부 가일스』는 폴린 베인스의 삽화가 곁들여진 유머러스한 이야기로 1949년에 출간되었다. 또한 판타지 창작에 관한 그의 견해를 설파한 중요한 에세이「요정 이야기에 관하여」는 1939년에 세인트앤드루스대학교에서 발표되었고, 1947년에야 출간되었다.[8]

도판 4 〈엘렌나에서 와 곤도르에 보관된 누메노르 타일〉,
1960년 12월 10~13일.
(Bodleian MS. Tolkien Drawings 91, fol. 14)

1956~1973년 명성과 은퇴

『반지의 제왕』에서 언뜻 드러난 허구적 역사 덕분에 톨킨이 창조한 신화와 언어들은 처음으로 광범위한 대중의 주목을 받게 되었고, 그가 40년간 써 온 예전 이야기들을 출간해 달라는 요구로 이어졌다. 하지만 이제는 고려해야 할 상호 관련된 자료가 너무 많아서 『반지의 제왕』의 출간으로 인해 그 작업은 간단해진 것이 아니라 더 복잡해지고 말았다. '실마릴리온'으로 알려진 가운데땅 제1시대의 요정의 언어들과 역사에 관한 작업은 오랜 세월에 걸쳐 계속 수정되고 개작되면서 끊임없이 변화하고 있었다. 이 배경자료의 상당 부분은 이제 (특히 『반지의 제왕』의 해설에) 발표됨으로써 확고 불변해졌다. 그의 초기 글들이 이렇게 고정되자 그가 자유롭게 수정할 여지는 어느 정도 제한되었고 그 작품들의 완결은 더욱 어려워졌다.

톨킨은 『반지의 제왕』이 출간되고 4년 후인 1959년에 은퇴했다. 1960년대에 특히 미국에서 이 작품의 인기가 높아지면서 그 자신과 그의 작품은 점점 더 대중의 관심을 받게 되었다. 끊임없이 밀려드는 팬들의 편지에 그는 직접 답장을 써야 한다고 생각했고, 인터뷰와 출연 요구가 연달아 이어졌다. 그와 그의 출판인은 '실마릴리온'을 출간에 적합한 형태로 만들 수 있기를 바랐고, 그는 은퇴 후 그의 '레젠다리움'을 지속적으로 작업해 왔다. 1962년에는 가운데땅과 관련된 시 모음집 『톰 봄바딜의 모험』을 출간했고, 또한 오랫동안 기다려 온 중세 문서 편집본 『여성 은수자를 위한 지침서』를 출간했다. 5년 후 짧은 동화 『큰 우튼의 대장장이』가 발표되었다. 그의 광범위한 신화와 무관하지만 이 작품은 은퇴와 노년에 대한 그의 감정을 요정나라를 통해 표현했다. 제목과 동명의 주인공은 마술의 별을 통해 요정의 세계에 접근할 수 있는 특권을 누렸지만 오랜 세월이 지난 후 다른 이에게 '그 위험천만한 나라에서' 걸어 다닐 기회를 주기 위해 그 특권을 넘겨야 한다는 것을 알게 된다.

1968년에 톨킨과 그의 아내는 세인의 이목에서 벗어나야겠다고 느꼈고 옥스퍼드를 떠나 도싯 주의 조용한 휴양지 풀로 이사했다. 그들은 바로 뒤에 숲이 있고 바다 가까이 위치한 그들의 현대식 단층집을 좋아했다. 그들은 여러 해 동안 인근 본머스의 미라마 호텔에 머물며 휴가를 보내 왔었다. 이곳으로 이사함으로써 톨킨은 '실마릴리온'을 끝내기 위해 필요한 평화와 고요를 누릴 수 있기를 바랐다. 그러나 일흔아홉 살이었던 이디스는 이미 쇠약해져서 점점 더 보살핌과 치료를 필요로 했다. 아내보다 나이가 적었지만 일흔여섯 살이었던 톨킨도 고령의 징후를 느끼고 있었고 예전처럼 힘차고 활력적으로 일할 수 없었다. 게다가 1968년에 풀로 이사하기 직전에 넘어져서 심한 손상을 입었고 그로 인해 계속 다리를 절게 되었다.

이디스는 1971년 11월에 본머스에서 세상을 떠났다. 버밍엄에서 어린 고아로 만난 후 55년간의 결혼 생활에서 그들은 서로를 지지해 주었고 모든 경험을 공유했다. 톨킨은 상실감에 빠졌고, 아내 없이 풀에서 살아갈 수 없다고 느꼈다. 머튼대학에서 관대한 제안을 해 주었기에 그는 옥스퍼드로 돌아갔고, 명예교수로서 대학 시설을 자유롭게 이용하며 편의시설을 갖춘 머튼 가의 아파트에서 살았다. 그는 '실마릴리온'을 계속 다듬었지만 그의 말년의 글은 여러 이야기들을 정리해서 서사적 구조로

Spring 1940

도판 5 (왼쪽 면) 〈1940년 봄〉.
옥스퍼드 노스무어 로 20번지 정원의 꽃 핀 나무.
(Bodleian MS. Tolkien Drawings 89, fol. 5)

도판 6 (아래) 톨킨의 청동 흉상.
1956년, 며느리 페이스 톨킨의 조각.
(옥스퍼드대학교, 영문학부 도서관, 콜린 던의 사진)

만들어 내기보다는 철학적이고 명상적인 쪽이었다. 그는 1973년 9월 2일 본머스에서 휴가를 보내던 중 세상을 떠났다. 평생에 걸친 그의 작품 '실마릴리온'은 출간되지 않은 채 남겨졌다.

주註

1 프랜시스 자비에 모건(1857~1935)은 스페인에서 영국인 부모에게서 태어났고, 톨킨의 부친 아서보다 한 달 많은 나이였다.

2 결혼 전의 성이 배틀릿이었던 베아트리스 서필드는 메이블의 남동생 윌리엄의 미망인이었다. 윌리엄은 1904년, 메이블과 같은 해에 죽었다.

3 이디스의 부친 앨프리드 워릴로는 그녀가 두 살일 때 사망했고, 그녀의 모친 프랜시스 브랫은 그녀가 열네 살이었던 1903년에 사망했다. 그녀의 후견인 스티븐 게이트리(1852~1923)는 버밍엄의 변호사였다.

4 리처드 윌리엄스 레이놀즈(1867~1947)는 문학비평가이자 학교 교장이었고 후에 톨킨의 출간되지 않은 시를 읽고 출판에 관해 조언했다.

5 『반지의 제왕』 2판 서문.

6 엑서터대학 기록보관소, F III.4. 에세이 클럽 기록부, 1914~1921. 톨킨은 1920년 3월 10일 수요일에 이 클럽에서 자기 작품을 읽었고, 청중에는 후에 잉클링스 멤버가 되는 휴고 다이슨과 네빌 콕힐이 있었다.

7 에릭 밸런타인 고든(1896~1938)은 언어학자이자 강사로 후에 리즈대학교 영어학 교수(1922~1931)가 되었다.

8 「요정 이야기에 관하여」는 1939년 3월 8일 세인트앤드루스대학교의 앤드류 랭 강연에서 발표되었다.

SHORTER OXFORD ENGLISH DICTIONARY
SHORTER OXFORD ENGLISH DICTIONARY
A LATIN DICTIONARY

도판 7 서가 앞에 서 있는 루이스.
(아서 스트롱의 사진/
런던 카메라 프레스)

톨킨과 잉클링스 모임

존 가스

1930년대와 1940년대 옥스퍼드에서 톨킨과 C.S. 루이스를 중심으로 결성된 모임은 이런저런 사람들이 격식에 얽매이지 않고 어울린 모임의 성격에 걸맞지 않게 유명하다. 술집에서 만나거나 낡은 객실에서 서로 글을 읽어 주기 좋아한 몇 명의 사람들이 마술처럼 가운데땅이나 나니아를 불러내서 보다 일상적인 세계 전역의 사람들을 매혹시켰다는 것은 도저히 믿기 어려운 결과로 보인다. 그런 소규모의 토론 클럽이 그 시대와 장소에서는 지극히 예사로운 것이었음을 고려하면 더욱 그러하다.

톨킨은 버밍엄의 에드워드 6세 학교에 재학 중이던 1909년에 처음으로 모임에 적극적으로 참여했다. 그와 (훗날 아내가 된) 이디스 브랫과의 사이에 싹트기 시작한 로맨스가 그의 후견인 프랜시스 모건 신부에 의해 압박을 받게 된 때였다. 토론 모임과 문학 모임은 이런 문제로부터의 도피처가 되었고 이디스에게 바쳤던 시간을 대신 쏟을 수 있게 해 주었지만, 이런 모임은 그의 럭비 경기나 후에 맡았던 도서관 임무와 마찬가지로 학생들의 일반적인 활동이기도 했다.

옥스퍼드 학부에도 이와 유사한 소규모 모임이 확립되어 있었다. 엑서터대학에서 톨킨은 '아폴로스틱스'라는 문학토론 모임과 '체커스'라는 정찬 모임을 만들었다. 1914~1915년에는 대학 에세이 클럽에서 자신의 초기 신화적인 시 몇 편을 들려주었고, 1920년에 돌아와서 「곤돌린의 몰락」을 낭독했다. 그 낭독에 다소 어리둥절했던 청중들 중에 네빌 콕힐과 H.V.D. 다이슨(휴고라고 알려진)이 있었는데 그 둘은 후에 잉클링스 멤버가 되었다.

학창 시절의 모임들 중에서 잉클링스와 비슷한 기풍과 소명의식으로 톨킨에게 영향을 미쳤던 것은 실제로 단 하나였다. 그것은 '티 클럽과 배로우스 모임', 즉 T.C.B.S.이었고, 원래 재치 있고 교양 있게 의견을 주장하는 학생들의 모임으로 시작되었지만 1914년 전쟁으로 인해 원래 여덟 명 정도에서 네 명의 형제들만 남았다. 그들과의 대화를 통해 톨킨은 돌연 신화 창조자로서 자신의 소명을 깨닫게 되었다. 그의 초기 시와 착상에 귀를 기울이던 벗들이 그를 격려했고 출판을 시도해 보라고 설득했다(보람은 없었지만). 오래지 않아 T.C.B.S. 멤버들은 미술과 음악, 시를 통해서 어두운 세상에 '새로운 빛'을 비추는 사명을 공유하고 있다고 느꼈다. 그러나 그 멤버의 절반은 1916년 솜 전투에서 사망했고, 그들이 공유했던 꿈은 실제로 사장되고 말았다. 톨킨의 창조력은 본질적으로 손상을 입지 않았지만 여러 해 후에 예상치 않았던 새로운 격려를 받을 때까지 대체로 가족과 직장생활 다음으로 밀려날 수밖에 없었다.

1925~1931년 잉클링스의 잉태

그를 격려해 준 인물은 C.S. 루이스였다. 그는 T.C.B.S.의 세 친구들이 과거에 톨킨에게 제공했던 다양한 사교적, 창조적, 논쟁적 자질이 결합된 놀라운 성품을 갖고 있었다. 루이스와 톨킨이 1926년 옥스퍼드 영문학부 교수 모임에서 처음 만났을 때의 조짐은 좋지 않았다. 루이스는 톨킨이 일반교양 과정을 싫어한 "사근사근하고, 창백하고, 유창하게 말하는 자그마한 친구"라고 썼다. 두 젊은 교수는 대학의 영어 교과과정을 둘러싼 논쟁에서 서로 반대편에 있었고, 톨킨은 1832년 이후의 문학을 희생해서 중세 영어와 언어학 부분을 강화하기 바랐다. "그 자체로는 해롭지 않은 인물이지만 한두 차례 후려칠 필요가 있다"고 전투적인 루이

스는 썼다.[1]

그런데 톨킨은 잘 만들어진 모임의 영향력을 알고 있었다. 그는 리즈대학교 학생들을 위해 운영했던 바이킹 클럽을 모델 삼아 그런 모임을 만들었고, 중세 아이슬란드의 사가saga를 옛 스칸디나비아 원어로 읽으면 재미있다는 것을 옥스퍼드 영문학부 교수들에게 보여 주었다. 그 그룹은 '콜비타르Kolbitar' 또는 '콜바이터Coal biters'(도판 8)라고 불렸는데, 이 명칭은 위험을 피해 집 안의 난롯가에 붙어 있는 (대개는 결국 마지못해 영웅이 되는) 사람들을 조롱하는 사가의 표현이었다. 톨킨은 신참자들의 합류를 장려함으로써 자신의 교과과정 개혁에 대한 지지를 확대하고자 했다. 가장 중요한 전향자는 루이스였다. 그는 어린 시절부터 북구 문학을 좋아했던 터라 이제 그것을 원어로 어렵사리 읽어 나가며 기뻐했고, "꿈은 예기치 않은 방식으로 실현된다"라고 썼다. 오래지 않아 두 교수가 가까워지면서 루이스는 톨킨이 좋아한 핀란드의 서사시 『칼레발라』를 혼자 읽게 되었다.[2]

"하지만 우정을 맺는 데 둘은 꼭 필요한 숫자가 아니고 최고의 숫자도 아니다"라고 루이스는 한참 지난 뒤에 썼다. 그는 '동류의 영혼들'을 모으기 좋아했다. 1927년 후반에 톨킨은 루이스의 학부 시절에 가장 좋은 친구이자 루돌프 스타이너의 인지학 운동의 추종자였던 오웬 바필드(도판 12)를 만났을 것이다. 바필드는 언어와 인간 의식에 관한 탁월하고 독창적인 사상가였고, 1928년에 발간된 그의 저서 『시어』에서 비유적 언어와 문학적 언어 사이에는 "예로부터 의미의 통일성"이 있으며, 과거에 언어는 살아 있는 시적 생물이었던 반면에 이제는 그 화석에 불과하다고 주장했다. 한 친구의 저서에 대한 다른 친구의 열렬한 반응을 결코 과소평가하지 않았던 루이스는 톨킨이 그 책을 읽었을 때 그 책이 "그의 전체적 관점을 수정했다"고 바필드에게 말했다.[3]

훗날 바필드는 1920년대 모들린대학의 루이스 방에서 함께 어울렸던 일련의 만남이 잉클링스의 진정한 '모임'이었다고 생각했다.[4] 톨킨이 참석했고, 이제 엑서터대학 영문학부 선임연구원이 된 네빌 콕힐(도판 13)이 적어도 한 번 참석했다. 루이스는 시에 대한 콕힐의 열정을 높이 평가했고, 몇 년간 바필드와 시를 공유하고 열렬한 철학적 토론을 이어 갔다. 이 '모임'에서도 이후의 잉클링스에서 그랬듯이 낭독을 하기는 했지만, 톨킨은 자신의 신화 작품을 혼자 간직했다.

그러다 1929년 11월 18일에 톨킨은 루이스의 방에 앉아서 새벽이 될 때까지 "신들과 거인들, 신의 도시 아스가르드에 대한 이야기를 펼쳤다." "난롯불은 따뜻하게 타오르고 멋진 이야기를 하고 있는데 누가 그를 쫓아낼 수 있겠는가?"라고 루이스는 썼다.[5] 그제야 그들은 자신들의 마음이 얼마나 잘 맞는지를 깨달았다. 2주 후 톨킨이 자신의 긴 서사시 「레이시안의 노래」를 루이스에게 빌려주었을 때, 그 두 사람보다 더 오래 지속될 불꽃이 점화되었다. 이미 시를 발표했지만 성공을 거두지 못했던 루이스는 찬사의 가치를 알고 있었기에 이렇게 말했다. "그처럼 즐거운 저녁 시간을 보낸 것은 아주 오랜만이었어요. 벗의 작품이라서 느끼는 사적인 흥미와는 거의 무관한 즐거움이었지요."[6] 이 말에 이어 그는 무미건조한 구식 학자가 진짜 중세 문서를 심사숙고해 내린 결론인 듯 기발한 논평을 덧붙였다. 이런 식으로, 본연의 잉클링스가 존재하기 전에, 그 중심에 자리 잡은 우정은 신화 창조 혹은 신화 만들기를 바탕에 두고 굳건해졌다.

이듬해에 루이스는 새 모임에 가입하자고 톨킨에게 제안했는데, 자신들의 작품을 들어 줄 더 많은 청중을 확보하기 위해서였을 것이다. 이 모임의 이름이 잉클링스였지만, 지금 유명한 그 모임이 아니고 그들이 만든 모임도 아니었다.

이 첫 번째 잉클링스 모임을 만든 사람은 학부생 에드워드 탕기에-린(간단히 린으로 불렸고 영화감독 데이비드의 형제였다)이었고, 대학 강의실에서 모임을 가졌다. 과거를 돌아보면서 톨킨은 린이 "자신들의 모임과 교류가 영속적이지 못하다는 것을 다른 학부생들보다 잘 깨닫고는 더 지속적인 모임을 만들려는 야심을 갖고 있었다. 어쨌든 그는 몇몇 '교수'들에게 가입해 달라고 요청했다."고 말했다. 그중 하나가 예전 '유니브'(유니버스티대학 — 역자 주) 학생이었던 루이스였는데, 그는 그곳에서 시간제로 가르쳤고 다른 대학 모임에서 린을 만났을 것이다.

'잉클링스'라는 이름은 린이 만든 것이라고 톨킨은 회상했다. "재미있게 독창적인 동음이의어로서 […] 막연하거나 불완전한 암시나 착상을 느끼는 사람들과 취미 삼아 잉크로 끄적거리는 사람들을 동시에 연상시킨다."[7] 멤버들은 발표되지 않은 작품을 낭송했고, 톨킨은 적어도 시 한

도판 8 고대 스칸디나비아어로 쓴 콜비타르 모임 초대장. 루이스가 썼으며, 어느 멤버에게 번역본을 준비하라는 지침도 있음. “모든 콜바이터는 [1929년] 11월 20일 수요일에 모들린대학의 루이스를 방문해야 함. 이번 분량은 Helgakviþa Hundingsbana I 50~100임.”(© C.S. 루이스 Pte Ltd. 미출간; 앤디 오처드 교수 소유)

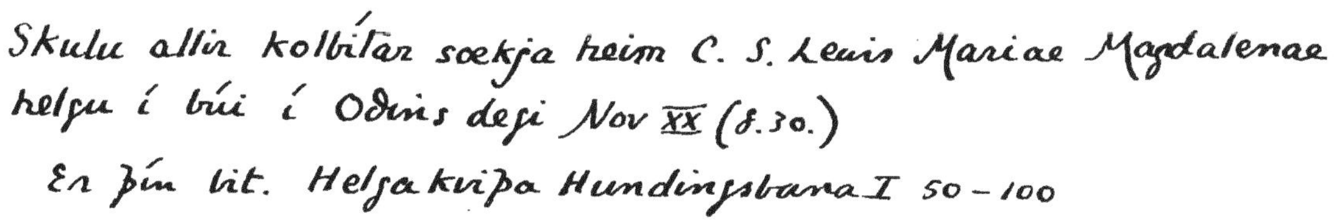
Skulu allir kolbítar soekja heim C. S. Lewis Mariae Magdalenae
helgu í búi í Odins degi Nov XX (8.30.)
Er þín lit. Helgakviþa Hundingsbana I 50 – 100

편을 낭독했는데 「방랑」이라는 제목으로 새로운 운율을 실험한 작품(후에 1933년 《옥스퍼드 매거진》에 발표되었고, 많은 수정을 거친 후 1968년 『톰 봄바딜의 모험』에 수록되었다)이었다. 가치 있는 작품들은 잉클링스의 ‘기록부’에 적어 두었고 톨킨이 그것을 ‘기록하고 보관’했지만, 이 클럽이 곧 해체되었기에 기록된 것이 거의 없었다. 린이 1931년 여름에 유니브 기숙사를 떠난 후 그 클럽은 지속된 흔적이 없다.[8]

루이스는 1930년에 네빌 콕힐의 엑서터대학 동창인 휴고 다이슨을 만났을 때 “실로 진실을 사랑하는 사람, 철학자이자 독실한 사람, 철학에 입각해 비평 활동과 문학 활동을 하는 사람—넌더리 나는 아마추어 예술 애호가가 아닌 사람”이라며 깊은 인상을 받았다. 오래지 않아 그와 톨킨은 리딩대학교에서 가르치고 있던 다이슨이 옥스퍼드 영문학부의 직위를 얻게 하려고 애썼다.[9] 그들의 노력은 결실을 보지 못했지만, 다이슨은 자주 옥스퍼드대학교를 찾았고, 1931년 9월 19일에 그가 톨킨과 나눈 대화는 루이스의 인생을 변화시켰다.

젊은 시절에 확고한 무신론자였던 루이스는 톨킨과 다이슨이 알고 있는 바의 신앙에 대항해서 몇 년간 승산 없는 싸움을 해 왔다. 그는 철학적 추론을 통해서 신의 존재를 받아들이게 되었지만 그리스도의 관련성은 알 수 없었고 그의 신성을 받아들일 수 없었다. 세 사람이 모들린대학의 가로수가 늘어선 애디슨 산책로(도판 9)에서 밤늦게 이야기를 나누었을 때, 톨킨은 루이스가 죽어 가고 부활한 신들에 관한 이교도 신화에서 많은 영감을 얻었다고 지적했다. 루이스는 그 말에 동의했지만 신화는 본질적으로 “은빛 광택을 통해 숨 쉬는 거짓”이라고 말했다. 이 말에 반박하면서 톨킨은 신화란 이교도들이 흘끗 본 신성한 진실을 그들이 알고 있던 시적 재료를 이용해서 표현한 것이고 반면에 그리스도교의 이야기는 신이 실제 사건을 이용해서 표현한 성스러운 진실이라고 주장했다.[10] 이 순간과 다음 몇 달에 걸쳐 루이스의 마지막 장벽이 무너졌고, 그는 이후 창작 생활의 많은 부분을 종종 스스로 만든 신화를 통해 그리스도교의 메시지를 전하는 데 바쳤다.

1939년까지의 잉클링스

이때쯤 루이스는 속으로 톨킨을 ‘2급’ 친구로 여겼지만 (바필드가 이제 런던의 사무 변호사가 되면서) 유대감이 더 커졌다. 1931년 11월에 루이스는 “월요일 오전에 톨킨이 나를 방문해서 한잔하는 것이 규칙적인 습관이 되었다. 이때가 한 주의 가장 유쾌한 시간 중 하나이다. […] 때로 우리는 서로의 시를 비평한다.”라고 썼다. 그들은 자신의 글을 들어 줄 청중이 필요했지만 당분간은 서로에게 읽어 주는 것으로 충분했을 것이다. 루이스는 "낭독을 듣기 좋아하고" "유일한 청중"으로서 "자신이 만든 신화의 전부 혹은 상당 부분"을 알고 있다고 톨킨은 회상했다. '실마릴리온'의 당시 원고였던 「퀜타 놀도린와Qenta Noldorinwa」는 그것을 염두에 두고 집필되었을 것이다. 톨킨은 자신이 창안한 텡과르 문자로 그에게 편지를 쓰기도 했다. 루이스는 1933년 초에 출간되지 않은 『호빗』 원고를 읽었다. 톨킨은 루이스와의 우정이 "한결 같은 기쁨과 위안"을 주었고, "정직하고 용감하며 지성적인—학자이자 시인, 철학자—적어도 오랜 순례 끝에 우리 주님을 사랑하는 사람과의 접촉이 내게 큰 도움이" 되었다고 일기에 썼다.[11]

하지만 그 유대는 두 사람에 한정되지 않았다. 1933년부터 루이스는 당시 육군에서 제대한 남동생 워니와 모들린 숙소를 함께 쓰게 되었다. 워니는 일기에서 "망할 톨킨! 나는 매일 J를 점점 더 볼 수 없는 것 같다."고 불평했다. J는 C.S. 루이스가 좋아한 별명 잭Jack을 뜻했다.[12]

하지만 워니는 점차 그 모임에 끌렸다. 다이슨은 어느 방에서나 폭포수처럼 말과 몸짓을 쏟아 내며 즉시 활기를 불어넣는 "수은으로 만들어진" 인물처럼 보였다. 톨킨과 다이슨은 1933년 7월 엑서터대학에서 정찬을 열고 루이스 형제와 콕힐을 초대했다. 정찬이 끝난 후 그들은 모들린 숲으로 산책을 나갔고, 그곳에서 톨킨은 지나가는 사슴에게 모자를 벗어 흔들며 "안녕, 다마사슴아, 만나서 반갑다!"라고 소리쳤다.[13]

현재 잘 알려진 형태의 잉클링스는 이 사교 모임이 톨킨, 루이스의 낭독 습관과 결합되면서 생겨났다. 루이스는 해체된 린의 모임 이름을 그대로 채택했고, 톨킨의 견해로는, 그가 "중심의 자석"이었다.[14] 이 두 사람이 가장 빈번하게 낭독했다. 바필드는 스스로를 그저 방문객으로 생각했고, 더 빈번히 참석한 사람은 톨킨의 동료인 앵글로색슨학자 C.L. 렌과 모들린의 학장이자 시인인 애덤 폭스였다.

1936년에 콕힐은 루이스에게 『사자의 집』을 빌려주었는데, 신성한 원칙들이 인간의 몸을 하고 당대 영국에서 미친 듯이 날뛰는 특이한 선정적 소설이었다. 루이스는 흥분해서 그 소설을 읽으라고 남동생과 톨킨에게 강권했고, 그 저자인 찰스 윌리엄스에게 "잉클링스라는 격식에 얽매이지 않는 모임의 멤버들과" 함께 식사하고 대화를 나누도록 런던에서 한번 방문해 달라고 초대했는데—이때 처음으로 그 모임을 그 이름으로 불렀다. "이 모임의 자격 요건은 (자연스럽게 생겨난 것인데) 글을 쓰는 성향과 그리스도교 정신입니다"라고 루이스는 말했다.[15] 이 묘사는 루이스에게 가장 잘 들어맞는다. 모든 멤버가 글을 많이 쓴 것은 아니었고, 그리스도교 신앙은 (남성들만의 모임이라는 점도 그렇듯이) 1930년대의 옥스퍼드에서 여전히 일반적인 규범이었다.[16] 잉클링스 멤버들은 때로 그리스도 신앙의 교파 간 차이를 간신히 억제했다. 그들은 무신론에 반대했고, 무신론은 전체주의 및 순전히 물질적 '진보'와 발맞춰 나아간다고 생각했다. 또한 모더니즘문학의 형식적 실험과 인간 심리에 집중된 관심도 옹호하지 않았다. 중세와 고전과 고대의 지속적 가치에 대한 인식, 시적 상상력에 대한 존중, '이야기 그 자체로서' 이야기에 대한 사랑이 잉클링스의 중심에 자리 잡고 있었다.

1936년 12월에 톨킨은 돌연히 '실마릴리온'의 역사를 요정의 시대 이후로 확대하여 「누메노르의 몰락」을 집필했는데 그 나름의 아틀란티스 신화였다.[17] 그러나 당대의 장르소설이 시간을 초월한 신화적 차원으로 들어가는 입구로 사용될 수 있음을 그와 루이스에게 보여 준 것은 틀림없이 『사자의 집』이었을 것이다. 올라프 스테이플던의 『최후 인류가 최초 인류에게』, 데이비드 린지의 『아르크투루스로의 여행』처럼 사고를 자극하는 공상과학소설과 윌리엄스가 불어넣은 영감은 두 친구를 작가로서 완전히 새로운 궤도에 올려놓았다.

루이스는 톨킨에게 "톨러스, 우리가 진심으로 좋아할 이야기가 거의 없어요. 유감이지만 우리 스스로 노력해서 써야겠지요."라고 말했다. 그들은 공상과학소설을 써야겠지만—진보의 경이로운 결과에 대해서가 아니라 '신화의 발견'에 대해 써야 했다. 톨킨은 루이스의 제안에 응하여 현재에서 꿈을 통해 자신의 아틀란티스에 해당하는 누메노르에 가는 시간여행 이야기 「잃어버린 길」을 썼다. 그 글에 대한 이야기를 듣고 깊은 인상을 받은 루이스는 1937년 여름에 쓴 우주여행 이야기 『침묵의 행성 밖에서』에서 톨킨이 만든 이름 몇 가지를 차용했다. 잉클링스 모임에서 (10월에 윌리엄스가 처음으로 참석했을 때) 낭독한 작품은 루이스의 이름을 대중들에게 각인할 우주 삼부작 중 첫 번째 책이었다.[18] 그러나 그해에 『호빗』이 얻은 예기치 못한 성공으로 「잃어버린 길」은 타격을 받았고, 톨킨이 1937년 12월에 마지못해 '새 호빗'을 시작하면서 중단되고 말았다.

도판 9 애디슨 산책로, 모들린대학.
(1930년대로 추정)
(© 프랜시스 프리스 컬렉션)

도판 10~13 왼쪽 위: **찰스 윌리엄스** 옥스퍼드 시절. (© 그레인저 역사 사진 보관소/알라미)
오른쪽 위(왼쪽에서 오른쪽으로): **제임스 던다스-그랜트 사령관, 콜린 하디, 로버트 E. 험프리 하버드 박사, C.S. 루이스, 피터 하버드.**
1947년경, 가드스토의 트라우트 주점에서. (일리노이 주 위튼, 위튼대학, 매리언 E. 웨이드 센터에서 제공한 사진)
왼쪽 아래: **오웬 바필드의 인물 사진.** (옥스퍼드, 보들리언 도서관, Dep. c.1238)
오른쪽 아래: **네빌 콕힐의 인물 사진.** (저작권 © 옥스퍼드대학교 사진/옥스퍼드셔 역사 센터)

샤이어를 가로지르는 프로도의 여행 묘사는 1937년 4월 루이스, 바필드와 퀀톡 힐스를 도보 여행한 경험 덕분에 생생함을 얻게 되었다. 그 여행은 톨킨이 제대한 이후에 처음으로 나선 장거리 행군이었을 것이다. 1938년 4월에 톨킨은 베이싱스토크와 본머스 사이의 도보 여행에 합류했다. 베이싱스토크의 레드 라이언 호텔에서 톨킨은 "백악기 답사자들의 대학"(그 지역의 지질에 대한 언급)을 위한 시험지를 만들었다. 거기에는 옥스퍼드의 선배 동료에 대한 말장난과 빈정거림, 바필드의 『시어』와 당시 집필하던 시극 『오르페우스』에 대한 농담, 좋아하는 문학 작품의 인용, 『호빗』에 대한 언급이 있다.[19]

루이스와 톨킨을 관찰한 어느 학생은 이렇게 썼다. "두 분이 아주 친했다는 것은 분명했다. 사실 그분들은 때로 아주 행복하게 재담을 나누는 어린 곰 같았다." 그들은 담배 연기를 계속 내뿜으며 큰 고리 속으로 다른 고리들을 몇 개 보내는지를 시합하곤 했다.[20] 톨킨은 루이스와 자신이 머튼대학 영문학부의 두 학과장이 되기를 바랐다.[21]

1939~1946년 전쟁, 윌리엄스와 그 이후

1939년 9월 전쟁이 발발하면서 중력의 중심이 이동했다. 워니 루이스는 병역 의무로 1년간 징집되었고, 찰스 윌리엄스(도판 10)는 옥스퍼드대학교 출판사의 런던 지부와 함께 옥스퍼드로 옮겨 왔기에 루이스는 이제 일주일에 두 번씩 그와 점심 식사를 했다. 루이스가 윌리엄스의 책을 공개적으로 지지한 것에 대해 톨킨은 지나치게 과장하며 그를 놀렸다.

> 찰스 윌리엄스의 판매고는
> 수백만으로 뛰었다네,
> 그가 변장한 루이스일 뿐이라는
> 한 평론가의 추정 아래.

톨킨은 윌리엄스에게 그의 낭독을 놓칠 수 없다고 말했지만, 그가 쓴 아서 왕에 관한 시와 신학적 스릴러의 모호함에 대해 불평했다. 윌리엄스는 『반지의 제왕』에 더 깊은 인상을 받았다. 그 작품의 낭독을 루이스와 단둘이 잉클링스 모임에서 들었고, 1944년에 집필된 부분까지 읽기도 했다. 톨킨은 윌리엄스의 최고의 모습을 대화 중에 ("자네의 담배가 흔들리고 안경이 반짝일 때") 발견했다.

> 자네의 웃음소리는 내 마음에서 메아리치네,
> 자네와 함께 맥주 한 잔을 들이켤 때,
> 그건 반 잔보다 더 빨리 내려가네,
> 자네가 옆에 있기에.[22]

잉클링스의 중심에는 웃음과 지적으로 치고받는 대화가 있었다. 톨킨은 "B&B에 도착했을 때 들리는 폭소만큼 유쾌한 소리는 없다. 그 소리를 들으면 누구든 거기 뛰어들 수 있겠다는 걸 알게 된다."라고 썼다. B&B는 '새와 아기Bird and Baby', 정확히 말하면 옥스퍼드의 세인트자일스에 있는 '독수리와 아이'(도판 14) 주점을 뜻한다. 그곳에서 정기 모임이 있었으므로 1947년의 어느 소설에서 한 손님은 "저기 C.S. 루이스가 가는군요. 화요일이 틀림없어요."라고 말한다.[23]

잉클링스 모임에서 대화가 너무 빨리 오갔기에 톨킨은 하루 이틀만 지나도 "그 이성의 향연과 영혼의 흐름을 거의 기억할 수" 없었다. 윌리엄스와 로마 가톨릭 신자인 렌이 열띤 신학적 논쟁을 벌인 후 루이스는 "렌은 윌리엄스를 화형시키고 싶은 강렬한 욕구를 거의 진지하게 표현했다. [...] 윌리엄스가 대단히 쉽게 흥분하는 기질이라고 [...] 나중에 나는 톨킨의 의견에 동의했다."고 썼다.[24]

목요일마다 루이스는 모들린대학의 초라한 자신의 응접실에서 낭독을 권하곤 했는데, 찬사나 "종종 야만적으로 솔직한" 비판이 이어졌다. 톨킨은 다른 일로 압박을 받지 않는 한, 특히 낭독할 글이 있을 때는 참석했고, 1944년에 루이스의 격려 덕분에 1년 내내 글을 진척시키지 못하며 느꼈던 장애에서 벗어나게 되었을 때도 그러했다. "오늘 밤에 정말로 모들린에 갈 거란다"라고 그는 아들 크리스토퍼에게 썼다. "C.S. 루이스, 워니(책을 집필하고 있는데 매혹적인 책이지), 찰스 윌리엄스, 데이비드 세실, 그리고 아마 그 쓸모없는 돌팔이가 있을 거야. [...] 내게는 꽤 중요한 사건이지."[25]

전시에 잉클링스에 합류한 사람으로 루이스의 의사 R.E. 하버드("그

도판 14 〈독수리와 아이〉. 화요일 잉클링스 모임의 주된 장소,1930~1940년대. (삽화 © 제니 보우든)

쓸모없는 돌팔이")와 뉴대학 영문학부의 특별연구원 데이비드 세실 경, 모들린 고전학부 특별연구원 콜린 하디, 대학 해군사령부 지휘관 제임스 던다스-그랜트(도판 11), 도미니크회 수사 거버스 매슈가 있었다. 또한 유명한 손님들도 참석했다. 톨킨이 "'창안된 세계'의 가장 위대하고 가장 설득력 있는 작가"라고 생각했던『우로보로스 뱀』의 저자 E.R. 에디슨은 두 번 참석했고, 발표되지 않은『메젠티안의 대문』의 일부를 낭독했다. '새와 아기'의 점심 모임에 참석한 어느 날 톨킨은 "루이스 (그리고 나) 같은 무리가 음식점에 있을 때 영국의 (그리고 미국의) 대중이 일반적으로 드러내는 언짢고 놀라운 기색과는 전혀 달리 대화에 흥미를 느끼는" 사람을 주목했다.[26] 그 사람은 시인 로이 캠벨이었는데, 루이스는 바로 얼마 전에 스페인 내란에서 프랑코를 지지한 그를 풍자하는 글을 발표했었다. 캠벨은 활기차게 진행되는 목요일 모임에 초대되었다.

유럽에서 2차 세계대전은 1945년 5월 8일에 끝났다. 일주일 후 루이스는 수술을 받은 후 병원에 입원한 윌리엄스를 만나러 갔고, 그 후 오래지 않아 망연한 상태로 '새와 아기'에 와서는 그가 죽었다는 소식을 전했다. "무슨 일이 일어났는지를 그들에게 믿게 하는 것도, 아니 이해시키기도 어려웠다"고 그는 말했다. 톨킨은 윌리엄스의 미망인 미첼에게 "저는 당신의 남편을 깊이 존경하고 사랑하게 되었습니다. 이루 말할 수 없이 비통합니다."라고 말했다.[27] 윌리엄스로 인해 잉클링스는 처음이자 마지막으로 다 같이 노력을 기울여 그를 기리는 기념 논문집을 냈다.『찰스 윌리엄스에 바친 에세이』(1947)에는 톨킨의「요정 이야기에 관하여」가 포함되어 있었는데, 이 에세이는 이후 그 장르와 그 자신의 작품에 관한 획기적 논문으로 평가되었다.

하지만 윌리엄스가 처음에 톨킨과 루이스 사이에 벌려 놓은 틈은 이후에 좁혀지지 않았다. 노년에 톨킨은 자신과 윌리엄스가 "더 깊은 (혹은 더 높은) 차원에서 서로에게 할 말이 없었다"고 말했고 "순전히 이질적인" 그의 글이 루이스의 우주 삼부작 중 마지막 작품『그 가공할 힘』에 미친 영향을 유감스럽게 여겼다. 심지어 윌리엄스를 '주술사'라고 부르기도 했다고 전해진다. 윌리엄스가 잉클링스 이전에 신비주의 단체에 관여했었다는 것은 지금은 잘 알려진 사실이다.[28]

얼마간 톨킨과 루이스는 잉클링스에서 다시 적극적으로 활동했다.[29]

The Eagle and Child

도판 15 「노션 클럽 문서」. '1980년대 어느 시기 어떤 모방자가 만든, 사실이 아닐 듯한 잉클링스 사가의 단편 「루이스를 넘어서」 혹은 「수다스러운 행성 밖에서」'의 서문. (Bodleian MS. Tolkien B 65/1)

루이스는 전시에 기독교 방송과 글로 명성을 얻었고, 전후의 궁핍을 겪던 시절에 미국의 어느 루이스 예찬자가 소포로 보내 준 음식물 덕분에 잉클링스 멤버들이 햄으로 저녁 식사를 즐기기도 했다. 그에게 보낸 감사 편지에 적힌 서명—루이스 형제, 세실, 하디, 하버드, 톨킨과 그의 아들 크리스토퍼—을 보면 남아 있는 옛 멤버들과 새로 가입한 멤버들을 알 수 있다. 크리스토퍼는 영문학 학위를 마치기 위해 남아프리카의 영국 전시 공군 훈련소에서 돌아왔다. 또 다른 젊은 멤버는 전시 중 루이스의 학생이었던 존 웨인이었다. 연장자로는 역사학 교수 C.E. 스티븐스와 R.B. 맥컬럼이 새로 참여했다. 다이슨은 결국 1945년에 머튼대학의 특별연구원으로 옥스퍼드에 자리를 얻어 그때부터 늘 참석하게 되었고 그해에 톨킨은 그 대학의 영문학과 교수로 임명되었다.

잉클링스가 톨킨에게 미친 영향은 1945년 후반에 시작한 이야기 「노션 클럽 문서Notion Club Papers」에서 가장 분명하게 드러난다. '노션 클럽'이라는 명칭은 잉클링스라는 단어에 대한 말장난이고, 그 구성원들은 옥스퍼드 교수이며, 톨킨은 얼마간 그중 몇 명을 자신과 루이스, 다이슨, 하버드와 동일시하기도 했다. 대화에서 실제 잉클링스의 정신을 일부 포착할 수는 있지만, 이야기는 재빨리 누메노르의 환상적 꿈으로 넘어간다. 톨킨은 벗들에게 "내 거울에서 자네들의 얼굴을 찾지 말게나. 그 거울에 금이 가 있으니[…]."라고 말했다.[30]

말년과 잉클링스의 유산

1940년대 후반에 크리스토퍼 톨킨은 명료한 극적 전달력을 갖고 있었기에 그의 부친 대신 『반지의 제왕』의 새로 쓴 장들을 낭독했다. 톨킨의 웅얼거리는 말투는 익히 알려져 있었다. 다이슨은 그 소설에 대한 반감을 늘어놓았다. "입 닫게, 휴고!" 루이스는 이렇게 말하고 (손뼉을 치면서) "계속하게, 톨러스!"라고 했다. 그러나 낭독이 "시작되면 휴고는 소파에 누워 축 늘어져서는 '아, 제발, 요정 얘기는 그만해'라고 소리치곤 했다." 크리스토퍼는 "아버지가 괴로워하고 수줍어하며 휴고의 너무 떠들썩한 반발을 받아들이지 못하던 모습"을 기억했다. 1947년 4월에 다이슨은 『반지의 제왕』을 듣지 않겠다고 거부했다. 웨인 또한 톨킨이 루이스와 함께 옹호한 '신화 창조'의 이상에 대해 반감을 갖고 있었기에 톨킨이 "자기 공상의 한도를 넘지 말고 그것을 우리에게 강요하지 않기를" 바랐다.[31]

하지만 톨킨과 루이스의 간극을 넓힌 것은 한 편의 신화창조였다. 톨킨이 1949년에 『사자와 마녀와 옷장』의 첫 몇 장을 열렬히 비판하자 루이스는 다른 친구에게 그 소설이 과연 쓸 만한 가치가 있는지를 물어보았다.[32] 사실 톨킨은 그 책의 성공에 상당히 기여했다. 10월에 출간된 그의 책 『햄의 농부 가일스』 덕분에 루이스는 폴린 베인스의 삽화를 주목하게 되었던 것이다. 하지만 '나니아'는 잉클링스 모임에서 낭독되지 않았다.

한편 톨킨은 『반지의 제왕』을 타자로 치느라 바빴고, 벗들에게 들려줄 새로운 작품이 없었다. 그는 '실마릴리온'과 그 방대한 요정 인물들에게 돌아가기를 갈망하고 있었으므로, 다이슨이 포함된 청중에게 그것을 낭독하는 일이 즐겁지 않았을 것이다. 목요일 모임은 서서히 중단되었고—잉클링스의 낭독에 조종이 울렸다. 1949년 10월 27일에 워니는 "아무도 나타나지 않았다"라고 썼다. 바로 그날 C.S. 루이스는 타자 원고로 방금 읽은 『반지의 제왕』을 칭찬하는 편지를 톨킨에게 썼다. 그리고 "몹시 그립군요"라는 말로 편지를 끝맺었다.[33]

그래도 톨킨은 루이스가 결국 케임브리지대학교의 교수가 되도록 도와주었다. 1954년에 그는 루이스에게 그 대학교의 중세 문학과 르네상스 문학의 학과장직을 제공하는 안건에 투표한 위원회에 있었고, 루이스가 옥스퍼드를 떠나는 것을 머뭇거리자 그가 주말에 집에서 통근할 수 있도록 허용해 주자고 협의했다. 루이스가 살아 있는 동안에는 술집에서의 모임이 계속되었지만 예전 같지 않았다. 1959년에 루이스는 이렇게 썼다. "새와 아기에서 아직도 매주 모임이 있다. 그러나 찰스 윌리엄스는 죽었고 톨킨은 결코 나타나지 않을 때 […] 그것을 옛 모임이라고 부를 수 있을지는 극히 난해한 문제이다. […]"[34]

1950년대 초반에 루이스가 미국 작가이자 팬으로서 결혼 전의 성이 데이비드먼인 조이 그레셤과 처음 사귀게 되었을 때 톨킨과 루이스의 친밀한 대화는 중단되었다. 톨킨은 루이스가 1956년 암으로 입원한 조이와 결혼했다는 소식을 《타임스》를 통해서 알았다. 그는 다른 사람들에게 옛 친구의 이 '이상한 결혼'에 대한 우려를 표현했다. 가톨릭교도로서 그는 조이가 이혼녀라는 것에 대해서도 심란해했다.[35]

하지만 애정과 찬탄은 사라지지 않았다. 톨킨은 "내 '작품'이 개인적인

The

Beyond ~~Lewis~~ [illegible]

or

Out of the Talkative ~~Universe~~ Planet.

~~The curious~~ Rambling Biography of Michael Ramer.

being

~~Being a fragment of the spurious Inklings' Saga, of an apocryphal Inklings' Saga, made by some imitator at some time in the 1980s.~~

Aside Preface to the Inklings.

While listening to this fantasia (if you do), I beg of the present company not to look for their own faces in the mirror. For the mirror is cracked, and at the best you will only see your countenances distorted, and adorned maybe with ~~the~~ noses (and other features) that ~~belonging to you~~ that are not your own, but belong to other members of the company — or to nobody.

Night. ~~[illegible]~~ 61 [Thur ~~Nov~~ Feb 20 1987? Defective at beginning: Ramer's story is lost]

When Michael Ramer had finished reading his latest story, we sat in silence for a while. Ramer had not read us anything for a long time; in fact he had seldom been present in the last few years. There always seemed something to keep him away, though his explanations were often vague. But that night the Club was in fairly full session for once, and no more easy to please than usual. Still that hardly accounted for Ramer's nervousness; for he was no novice, he was one of our oldest members, and had at one time been one of our most frequent performers. Tonight he had read hastily, boggling and stumbling; so much so that Frankley had made him read several sentences over again. Now he was fidgetting.

'Well?' he said at last. 'What do you think of it? Will it do?'

A few of us stirred, but nobody spoke.

'Oh come on! I may as well get the worst over first. What have you got to say?' he urged, turning to ~~Latimer Nichols~~ Guildford in the next chair.

'I don't know', ~~Nichols~~ Guildford answered reluctantly. 'You know how I dislike criticizing...'

취미에 그치지 않는다는 확신을 얻은 것은 오로지 루이스를 통해서였다. 더 많은 것을 추구하는 그의 관심과 끊임없는 열망이 없었더라면 나는 『반지의 제왕』을 결말로 이끌어 갈 수 없었을 것이다."라고 했다. 루이스는 1961년 노벨 문학상 후보에 톨킨을 지명했다(보람은 없었지만). 1963년 루이스의 죽음은 "뿌리를 내리치는 도끼처럼" 톨킨에게 큰 충격이었다. 톨킨은 이렇게 썼다. "우리는 처음에 갑자기 나타난 찰스 윌리엄스의 유령 때문에, 그다음에는 그의 결혼으로 인해 갈라지게 되었다. […] 그러나 우리는 서로에게 큰 은혜를 입었고, 그것이 낳은 깊은 애정으로 엮인 유대감은 여전히 남아 있다."[36]

웨인은 잉클링스의 작품들이 벌집이나 위원회처럼 하나의 "공동의 마음"의 산물이라고 묘사했다. 톨킨은 "감수성이 매우 예민한" 루이스의 경우를 제외하고 그 그룹 내의 상호 영향을 딱 잘라서 부정했다. 루이스는 (약간 단서를 달아서) "누구도 톨킨에게 영향을 미치지 못했다—차라리 광포한 동물에게 영향을 미치려고 시도하는 편이 나을 것이다. […]"라고 말했다. 이후 여러 사람들이 잉클링스에 대한 서로 다른 생각에 이 논평들을 끼워 넣어 소중히 간직해 왔다. 이 글에서는 "어떤 규칙도, 장교도, 의제도, 선거 절차도 없는" 모임이 잉클링스처럼 오래 지속된다면 다양한 형태를 띠게 되리라는 말로 충분하다.[37] '새와 아기'에서의 모임은 더 이상 존재하지 않지만 문학적 생산성은, 부친의 학구적, 창조적 비전의 넓이와 깊이를 파헤치려는 마지막 '잉클링' 크리스토퍼 톨킨의 끈기 있는 노력을 통해서 긴 세월에 걸쳐 놀랍게도 지속되었다.

잉클링스는 『반지의 제왕』뿐 아니라 루이스의 그리스도교 변증론과 행성 소설, 오웬 바필드의 철학적 저서 몇 편, 찰스 윌리엄스의 아서 왕 시와 신학적 스릴러에 꼭 필요한 청중이었다. 이들은 사후에도 다양한 모습으로 살아남았다. 루이스가 그리스도교 모임에 남긴 유산은 특히 미국에서 깊은 영향을 미쳤다. 그는 후세의 창의적인 소설에 (영화와 게임에도) 막대한 영향을 미쳤고, J.R.R. 톨킨이 미친 영향은 헤아릴 수 없이 무궁무진하다.

주註

1 C.S. 루이스 1991, p.392~393.

2 C.S. 루이스 2000, p.675; C.S. 루이스 1991, p.424~425.

3 C.S. 루이스 1960, p.61; C.S. 루이스 2006, p.1509.

4 오웬 바필드, 「잉클링스 회상」, 『세계와 나』, 1990년 4월, p.548, 스컬과 해먼드 2006, p.788에 인용.

5 C.S. 루이스 2000, p.838. 이 날짜는 루이스가 작성한 그 주의 콜비타르 모임의 초대장(앤디 오처드 교수가 발견함)에 의해 입증되었다.

6 톨킨 1985, p.151에서 인용.

7 카펜터와 톨킨 1995, p.388.

8 길리버 2016, p.74~75.

9 C.S. 루이스 2000, p.918; 톨킨 2012, p.115.

10 C.S. 루이스 2000, p.976~977.

11 C.S. 루이스 2000, p.969; C.S. 루이스 2004, p.16; 카펜터와 톨킨 1995, p.362; 톨킨 2012, p.119~122; C.S. 루이스 2004, p.96; 카펜터 1978, p.52.

12 W.H. 루이스 1982, p.126~127.

13 W.H. 루이스 1982, p.97.

14 톨킨이 로저 베르휠스트에게, 1966년 3월 9일(톨킨 도서관 판매 페이지, www.tolkienlibrary.com/tolkien-book-store/CLP0125.htm)

15 C.S. 루이스 2004.

16 도로시 L. 세이어스는 멤버가 아니었지만 『찰스 윌리엄스에게 바친 에세이』에 기고했다.

17 존 가스, "J.R.R. 톨킨과 C.S. 루이스가 내기를 했을 때: 무엇이 『반지의 제왕』을 낳았는가," 《선데이 텔레그래프》, 2016년 12월 11일. 아틀란티스 신화에 대한 생각은 한 요정어 이름 아탈란테를 만들어 내면서 떠올랐다. 끊임없이 바뀌는 그 이름의 정의—붕괴, 파멸, 몰락, 몰락한 자, '무너진, 떨어진', '전복'—는 오웬 바필드의 『시어』(옥스퍼드, 바필드 프레스, 2010, p.110~122)에서 ruin에 관한 부분을 연상시킨다.

18 카펜터와 톨킨 1995, p.378; 가스 2017; 카펜터와 톨킨 1995, p.29. 윌리엄스는 1937년 5월 18일에 옥스퍼드에 와서 루이스와 (아마도) 톨킨을 만났다. 그때 루이스는 그를 10월 20일 혹은 27일의 잉클링스 모임에 초대했다(린돕 2015, p.259, 278).

19 카펜터 1978, p.57; 톨킨, '백악기 답사자들의 대학, 재입학 시험지, 1938년 4월'(옥스퍼드 보들리언 도서관, Dep. c.1104). 후퍼 1983에서 월터 후퍼는 이전 해에 바필드가 작성한 "백악기" 시험지를 제시하고 톨킨의 1938년 시험지를 그것의 초고로 오인했다.

20 E.L. 에드몬즈, 「교사로서의 C.S. 루이스」, 쇼필드 1983, p.45, 47. 에드먼즈는 루이스 밑에서 1935년부터 1937년 중반까지 공부했다(유니버시티대학과 모들린대학 기록보관소에서 제공한 정보).

21 카펜터와 톨킨 1995, p.108.

22 카펜터 1978, p.187, p.126.

23 카펜터와 톨킨 1995, p.128; 크리스핀 1947/2017, p.61.

24 카펜터와 톨킨 1995, p.102; C.S. 루이스 2004, p.283.

25 W.H. 루이스 1983, p.34; 카펜터와 톨킨 1995, p.71; 워니 루이스는 결국 프랑스의 루이 16세 시대에 관한 여섯 권의 책을 출간했다.

26 카펜터와 톨킨 1995, p.258; 스컬과 해먼드 2006, p.274; 카펜터와 톨킨 1995, p.95.

27 C.S. 루이스 1947, p.xiv; 톨킨 1995, p.115.

28 카펜터와 톨킨 1995, p.362; 카펜터 1978, p.121; 린돕 2015, p.310.

29 웨인 1962, p.181.

30 톨킨 1992, p.148~151.

31 데렉 베일리(감독), 『영화 J.R.R. 톨킨의 초상화』(비주얼 코퍼레이션, 1992), 글리어 2007, p.88에서 인용됨; 「존 웨인」, 『동시대 작가들: 작가에 관하여』, 게일 리서치, 미시건 주 디트로이트, 1986, 잘레스키와 잘레스키 2015, p.358에 인용됨.

32 랜슬린 그린과 후퍼 2002, p.307.

33 W.H. 루이스 1982, p.230; C.S. 루이스 2004, p.991.

34 스컬과 해먼드 2006, p.430~434; C.S. 루이스 2006, p.1040.

35 카펜터와 톨킨 1995, p.341; 세이어 1988, p.229.

36 카펜터와 톨킨 1995, p.362, 341.

37 웨인 1962, p.180; 카펜터와 톨킨 1995, p.362; C.S. 루이스 2006, p.1049; W.H. 루이스 1983, p.34. 일단의 작가들로서 잉클링스의 상호 영향에 관한 설득력 있는 논의에 대해서는 글리어 2007을 보라.

Xanadu
1913

도판 16 〈도원경〉. (Bodleian MS. Tolkien Drawings 88, fol. 12r)

요정나라Faërie: 톨킨의 위험천만한 나라

벌린 플리거

Faërie(철자가 다른 형태로 'faery', 'faierie', 'fayery'가 있다)는 톨킨의 상상의 어휘에서 가장 강력한 단어일 것이다.[1] 잘 알려진 단어 fairy는 작은 요정, 반짝이는 지팡이, 거미줄 날개 같은 이미지를 떠올리게 하는 데 반해, Faërie는 더 광범위한 의미를 가진 고어이다. 끝에 첨가된 'e'는 상호 연관된 많은 의미를 만들어 내는데, 요정의 나라나 마술, 상상뿐 아니라 톨킨이 "눈길을 끄는 기이함"[2]이라 부른 것도 내포한다. 톨킨은 초기(1911~1913)의 그림 몇 편에서 이 모든 특징을 놀랍도록 생생하게 포착했다. 이는 그가 'Faërie'를 에세이에서 설명하거나 소설에서 그려 내기 오래전에 이미 그것이 그의 상상 속에 각인되어 있었다는 증거(혹시라도 증기가 필요하다면)이다.

하지만 톨킨은 'Faërie'를 그리거나, 더 간접적으로, 그것에 반응하는 누군가를 (도판 17과 19) 그리고 그것을 꾸며 내는 데는 문제가 없었지만, 그 개념을 명확히 정의하기는 어렵다는 것을 알았다. 사실 그는 "감지할 수는 있어도 묘사할 수 없는 것이 그 한 가지 속성이므로 그것을 일련의 단어로 포착할 수 없다"고 말한 바 있다.[3] 그럼에도 불구하고 그는 두 번 시도했는데, 첫 번째로 강연 에세이 「요정 이야기에 관하여」에서 그것을 일반 청중에게 설명하려고 노력했다. 또 한 번은 20년쯤 후에 『큰 우튼의 대장장이』를 집필하면서 출판 의도가 있어서가 아니라 자기 생각을 명료하게 정리해 보기 위해 그것을 자신에게 설명하려고 시도했다.[4] 이 시도들은 하나씩만 보면 완벽한 성공이 아니지만, 함께 읽어 보면 이 두 에세이는 그의 소설을 지지하고 확대하며, 그의 소설은 또한 그 에세이들이 말로 포착하려 했던 것을 예시한다.

두 편의 에세이

「요정 이야기에 관하여」와 톨킨이 『대장장이』를 위해 쓴 에세이는 서로를 보완한다. 전자는 하나의 장르로서 요정 이야기의 역사와 문학에서 차지하는 그 본연의 위상에 대한 폭넓은 논의이고, 후자는 기법에 초점을 맞춘 실용적 지침서이다. 「요정 이야기에 관하여」에서 톨킨은 Faërie를 '마술'로 번역할 것을 제안하지만, 곧이어 "요정이 존재하는 영역 혹은 상태the realm or state in which fairies have their being"로 대신했다.[5] 이 설명은 꽤 간단해 보이지만, 세밀히 살펴보면 그렇지 않다는 것을 알 수 있다. "영역realm"은 간단하다. 나라, 국가를 뜻한다. 하지만 이어지는 "혹은 상태state"라는 부분은 혼란을 일으킨나. state는 (영역처럼) '나라'를 의미할 수도 있고, (마음 상태처럼) '상태'를 뜻할 수도 있기 때문이다. 톨킨은 두 가지 다 의미했다. 몇 페이지 뒤에 그는 "그리고 그 나라에 부는 바람"이라고 덧붙임으로써 Faërie를 장소나 상태뿐 아니라 대기로 간주하여 더욱 혼란을 야기했다.[6] 사실 그에게 이 단어는 그 모든 것을 동시에 의미했고, 떼어 낼 수 없는 통합된 개념이었다. 그는 자신이 의미하는 바를 잘 알았지만 그것을 잘 표현하지 못했다는 느낌이 든다. "그것이 너무도 풍부하고 기이하기 때문에 그것을 알리려는 여행자의 말문이 막혀 버린다"는 그의 주장에는 적지 않은 진실이 있다.[7] 그는 Faërie는 고사하고 요정도 믿지 않는 청중에게 보고하려는 여행자였다.

예전의 보고자들은 그리 어려움을 겪지 않았다. 톨킨과 달리, 초서의 14세기 바스의 여장부는 자신의 '캔터베리 이야기'를 "이 땅에 요정fayerye들이 가득했던" "아서 왕의 옛 시절"로 설정하면서 당대 청중들, 초서의 청중들이 그 용어로 그녀가 뜻하는 바를 알고 있다고 가정할 수 있었다.[8] 그 여장부와 달리 톨킨은 마법보다 현실을 좋아하고, 용보다 자동차를 선호하며, 시간이 경험이 아니라 분초로 측정되는 세계에서 Faërie를 설득하기 어렵다는 것을 알고 있었다. 「요정 이야기에 관하여」에서 그는 도전적으로 아서를 "Faërie의 왕"이라고 불렀지만 그의 당대 청중들은 아서도, Faërie도 믿지 않는다는 것을 잘 의식하고 있었다.[9] 하지만 초서의 여장부도 동행하는 순례자들에게 자신의 이야기는 "몇백 년 전에" 일어난 것이고 "지금은 누구도 요정을 볼 수 없다"고 장담했다.[10] 수백 년 후 톨킨은 사라진 존재를 되살려 자신의 '실마릴리온' 레젠다리움을 채웠고, 그 초자연적 종족을 처음에는 Fairy라고 불렀다가 후에 Elf로 불렀다.

톨킨은 단어의 기원과 역사에 대한 언어학, 어원학 지식을 갖고 글을 썼고, 습관적으로 단어들을 가장 오래된, 문자 그대로의 의미로 사용했다. Faërie도 마찬가지였는데, 초서가 사용한 철자—'i' 대신 'y'를 사용한 fayerye—는 쉽게 그 구성 요소로 분리된다. 첫 요소 fay는 후기 중세 영어의 fay, 즉 'fairy(요정)'이고, 장소가 아니라 존재를 뜻한다. 이것은 아서 왕 전설의 모건 르 페이Morgan le Fay, 토머스 말로리 경이 "주술necromancy(흑마술)의 대가"[11]라고 묘사한 여자 마술사를 통해 잘 알려져 있을 것이다. fay의 어원은 '운명의 여신'을 뜻하는 라틴어 fata에서 나온 고대 프랑스어 fae에서 유래하므로, 모건은 현대의 여자 마술사보다 더 어두운 의미를 함축한다. 한편 fata는 fatum의 복수형으로 동사 fari(말하다)에서 유래한다. 따라서 fate는 '말해진' 혹은 '명령된' 것을 뜻하며 말의 힘을 강조하고, 그것이 톨킨에게는 언제나 중요한 요소였다.

접미사 -ery는 종사하는 일을 뜻하므로 fay-ery는 행위와 결과, 두 가지를 다 의미하도록 확대된다. slave-ery는 노예상태뿐 아니라 노예화를 뜻하고, witch-ery는 마녀의 행위와 그 결과를 뜻하는 것과 같다. witchery와 같은 방식으로 fayery(fay의 일)는 주문을 말하거나 주문을 거는 것과 걸린 주문의 작용 둘 다를 뜻한다. "spell(주문)이 [복음Gospel('신의 주문godspell')에서 그렇듯이] 말로 한 이야기와 살아 있는 사람들에게 힘을 미치는 문구 둘 다를 뜻하는 것은 놀랍지 않다"고 톨킨은 썼다.[12] 그에게 그 힘이란 말 그 자체에 내재하므로 더 이상 마술이 필요하지 않다. 그는 형용사를 "신화적 문법의 한 가지 품사"라고 제시했고 그것이 어떻게 작용하는지를 보여 주었다. "우리가 초록색을 풀잎에서, 푸른색을 하늘에서, 붉은색을 피에서 취할 수 있을 때 우리는 이미 마법사의 힘을 갖고 있다." 이 힘으로 "사람의 얼굴에 치명적인 초록색을 더해서 공포를 만들어 낼 수 있고" 혹은 "희귀하고 무서운 푸른 달이 빛나게 만들" 수 있고, "차가운 용의 배 속에 뜨거운 불을 넣을 수 있다. 그러나 이런 '판타지'에서 새로운 형식이 만들어진다. Faërie가 시작되고, 인간은 하위 창조자가 된다."라고 그는 썼다.[13]

하지만 그는 또한 신화적 문법 그 자체로는 충분하지 않다고 인정했다. 하위 창조자는 그 새로운 형식이 "현실의 내적 일관성"에 잘 들어맞을 세계를 상상해야 한다. 이렇게 말하기는 쉽지만 행하기는 어렵다. "누구라도 초록색 태양을 말할 수 있지만, **초록색 태양**을 받아들일 만한 2차적 세계를 만들려면 요정술妖精術 같은 것"이 필요하다고 그는 말했다.[14] 훗날 스스로 참조하기 위해 쓴 『대장장이』 에세이에서 그는 요정술을 직접적으로 언급하며 Faërie의 풍부함과 기이함보다 더 실제적인 문제를 제기한다. Faërie는 어디 있는가? 어떻게 그곳에 갈 수 있는가? 얼마나 오래 머물 수 있는가? 그는 "인간이 어떻게 요정의 지리적 영역에 '들어설' 수 있는가?"라고 스스로에게 물었다.[15] 그에게 준비된 대답은 이러했다. "내 상징은 […] 숲Forest, 인간의 활동으로부터 아직 보호된 지역이다."[16]

그는 다시 어원을 추적했다. forest는 '바깥'을 뜻하는 라틴어 foris에서 유래한 고대 프랑스어 forest에서 나온 프랑스어 forêt과 관련되는데, 그것은 현대 영어에 'foreign(이질적)'의 의미로 도입되기도 했다. 그 단어에 해당되는 토착 영어는 wood이고, 이 단어의 중세 형태 wode는 '숲'과 '미친'의 두 의미를 갖고 있다. 이렇게 함축된 여러 의미는 전통적으로 Faërie와 연관된, 사회로부터의 물리적, 심리적 분리를 담고 있다. 또한 톨킨이 알고 있었듯이, 그 분리는 공간뿐 아니라 시간에서도 일어날 수 있다. Faërie를 여행하고 인간 세계로 돌아와 몇백 년이 지났거나 시간이 전혀 흐르지 않았음을 알게 된 여행자를 모티프로 그려 내면서 그는 그 시간이 "[인간 세계와] 연속한 점들이 있더라도 전혀 다를 수밖에 없다"고 주장했다.[17]

End of the world

도판 18 〈어둠숲〉의 사본. (Bodleian MS. Tolkien Drawings 89, fol. 27r)

소설

어떤 이론을 시험하려면 그것이 실제로 어떻게 적용하는지를 봐야 하는데, 이런 점에서 그의 소설은 가장 좋은 증거가 된다. 톨킨은『호빗』의 어둠숲을 통해 처음으로 Faërie를 산문으로 그려 내고 발표했다.[18] 이 숲은 윌리엄 모리스의 소설『울핑 가문』에 나오는 어둠숲Mirkwood에서 직접 영향을 받았음이 거의 분명하다. 모리스 자신은 중세 게르만 전설에서 영향을 받았고, 거기서 그 숲의 이름은 톨킨이 잘 알고 있었듯이 이미 신비와 공포를 암시하고 있었다.[19] 톨킨은 손자 마이클 조지에게 보낸 편지에서 이렇게 썼다.

> 어둠숲Mirkwood은 내가 만든 이름이 아니라 아주 오래된 이름으로, 전설적인 의미가 담겨 있단다. […] 어떤 전설에서는 특히 고트족과 훈족 사이의 경계지역의 이름이었지. […] 고대 영어 mirce는 시에만 남아 있는데,『베오울프』의 1405행 ofer myrcan mor에서는 '어두운' 혹은 '음산한'의 뜻이지만 다른 시에서는 'murky' 〉'사악한, 섬뜩한'의 의미로만 쓰이지. 내 생각에, 그것이 오로지 '색깔'을 나타내어 '검은색'만 뜻한 적은 결코 없었고 처음부터 '음산함'의 의미가 실려 있었단다.[20]

톨킨의 어둠숲(도판 18)도 똑같이 음산한 기운을 풍기고, 마찬가지로 경계를 나타낸다. 이야기에 그것이 등장하면서 한 세계에서 다른 세계로의 전환을 나타내기 때문이다. 하지만 그것의 내적 일관성에는 부족한 점이 있다.

이 Faërie의 여러 가지 즉흥적인 성격은『호빗』의 발단—답안지에 무심코 끄적거린 낙서에서 시작되어 처음에 자녀들에게 들려주었다가 나중에 읽어 준 이야기—에서 기인했을 수 있다. 빌보와 난쟁이들은 간달프와 베오른의 무서운 경고를 기억하며 서로 기울어져 아치를 이룬 두 나무 사이를 지나 어둠숲에 뛰어든다. 그 너머 길은 어둠으로 들어가는 굴이 된다. 여기까지는 괜찮다. 익숙한 영역을 떠나 불길한 2차적 세계로 들어선 것이다. 거기서부터 내적 일관성은 끊어질 정도로 억지로 늘어난다. 즉흥적 창작보다 못한 솜씨로 톨킨은 다양한 신화와 민담의 모티프를 무작위로 끌어 냈다. 흐릿한 망각의 강 레테, 유령 사냥, 아련히 들려오는 요정 땅의 뿔나팔 소리, 이따금 깜박이는 요정의 빛, 마술적 향연, 홀연히 나타났다 사라지는 요정들, 다른 세상의 동물들, 사악한 거미, 어둠숲을 하나의 왕국으로 간주하게 해주는 요정 왕이 등장한다. 초록색 태양들이 쌓이지만 그것들을 서로에게 혹은 그것들이 떠 있는 세계에 연결해 주는 일관된 원칙이 없다. 일면 이 Faërie는 톨킨 자신의 기준에도 미치지 못한다. 하지만 역설적으로, 그렇기 때문에 톨킨은 기준을 세우게 되었을 것이다.『호빗』이 출간된 뒤에「요정 이야기에 관하여」를 썼다는 것은 그가 자신의 실수에서 배운 바가 있었음을 암시한다.

그의 다음 역작인『반지의 제왕』에서 묵은숲Old Forest은 개선되었고, 그 Faërie는 더 세심하게 고안되어 일관성이 보강되었다.[21] 어둠숲과 마찬가지로 묵은숲은 위험한 곳이라는 소문이 있지만 그 위험은 간달프나 베오른처럼 권위 있는 인물이 아니라 볼저네 뚱보에 의해 더 미묘하게 소개된다. 프로도가 그 숲을 가로지를 계획을 밝히자 그는 경악한다. 뚱보의 이야기가 아니라 경험에 근거한 강노루네 메리의 묘사도 그 못지않게 불안감을 조성한다. "나무들도 이방인을 좋아하지 않고 경계의 눈초리를 보내는데"라고 그는 다른 호빗들에게 말한다. 그는 나무들이 '알아듣지 못할 말로' '서로 수군거리면서' 바람이 불지 않는데도 가지가 흔들린다고 말한다. '깊은 숲 안쪽에 가면 이상한 것들이 많이 산다'고 덧붙인다.[22] 묵은숲의 Faërie적 특성을 설정한 후 톨킨은 호빗들이 터널을 횡단하여 그 반대쪽에서 다른 세계로 들어가게 함으로써 실제적 이동이면서 동시에 비유적인 이동을 제시한다. 등 뒤에서 불길한 철커덕 소리와 함께 문이 닫힐 때 메리가 호빗들에게 말한다. "자, 이젠 샤이어를 벗어났어."[23]

이 문맥에서 '바깥'은 숲forest의 기원으로 '바깥'을 뜻하는 라틴어 foris를 연상시킨다. 본질적으로 묵은숲은 바깥에 있으며, 인간 공동체에 이질적이다. 그것은 그저 숲처럼 보이고 반응함으로써 공포를 일으킨다.[24] 그 나무들은 빛을 차단하고, 구불구불한 길을 잠식해 들어간다. 가지들이 뻗어 나와 옷을 찢는다. 돌출한 나무뿌리들이 방심하고 지나가는 발을 걸어 넘어뜨린다. 나무들이 원래 그렇게 하지만 호빗에게는 적의로 느껴진다. 여기서 "호빗에게는"이 중요하다. 메리와 피핀을 공격한 버드

나무 영감(『톰 봄바딜의 모험』에서 이어지는 사건인데 거기서 나무에 삼켜지는 인물은 톰이다)을 제외하면, 숲은 직접적으로 묘사되지 않고 호빗의 감성을 통해 굴절된 각도로 제시된다. 숲에 의도와 감정을 부여하는 것은 화자가 아니라 호빗들이다. 그들은 자신들이 '차차 혐오감과 적대감으로 변'한 기분으로 감시되고 있다는 '불안한 느낌'을 갖는다.[25]

그 증오는 꾸준히 커지는데, 숲의 명백한 행위나 의도가 아니라 호빗들의 경험을 통해 전달된다. 버들계곡에서 그들은 졸음기를 느끼고, 바스락거리는 이파리들에서 노랫가락 같은 소리가 "들리는 듯"하다고 생각한다.[26] 샘은 "마치 자장가라도 부르는 것 같단 말이야"라고 혼자 중얼거린다. 나무들이 자신을 강 속에 던졌다는 프로도의 불평에 샘은 "꿈을 꾸신 것 같아요"[27]라고 말한다. 모든 인상은 호빗들의 마음의 프리즘을 통해 굴절된다. 그렇다면 이 Faërie의 영역은 정확히 어디 있을까? 이어서 톰 봄바딜이 나무들의 마음과, 두 발 달린 생물에 대한 나무들의 증오심에 대해 말하지 않았다면, 우리는 그것이 호빗들의 두려움이 만들어낸 마음 상태이고 메리와 피핀, 샘과 프로도의 의식 안에 있다고 가정할 것이다. 그렇다면 톨킨의 유일한 초록색 태양은 버드나무 영감일 테고, 그가 메리와 피핀에게 저질렀을 일은 볼저네 뚱보의 상상으로 치부될 수 있다. 독자로 하여금 실제와 상상 사이에서 어느 쪽을 선택할 필요 없이 균형을 유지하게 할 수 있다는 것은 점점 발전하는 톨킨의 요정술의 일부를 보여준다.

한층 발전된 요정술은 로리엔에서 드러난다. 그곳의 금나무와 은나무, 요정 주민들, 샘이 마법이라고 부르는(요정들은 그 용어를 일축하지만) 것, 탄력적 시간, 이 모든 것이 로리엔을 묵은숲보다 더 전통적인 Faërie로 만든다. 볼저네 뚱보를 통해서 그랬듯이 톨킨은 처음에 보로

도판 19 〈그 너머의 뒤〉. (Bodleian MS. Tolkien Drawings 88, fol. 14v)

미르의 항의를 통해 공포와 적대감을 조성하지만, 이 숲과 주민의 본성이 드러나면서 그런 느낌은 사라진다. 톨킨은 어둠숲을 뒤로하고 묵은숲을 성공적으로 횡단한 후 이제는 자신의 지반을, 혹은 로리엔의 지반을 더욱 확고하게 다진 듯하다. 그곳은 묵은숲과 마찬가지로 가운데땅의 다른 지역에 지리적으로 접해 있으면서도 경험적으로는 동떨어져 있다. 그곳은 지도상에 있고, 여행자들은 제 발로 걸어서 그곳에 이른다. 그럼에도 톨킨은 독자가 로리엔의 별세계와 같은 분위기, 그의 표현을 상기하자면, "그 나라에 부는 바람"을 의식하게 만든다. 바깥에서 안쪽 세계로의 이동은 앞서 호빗들이 묵은숲에 들어설 때처럼 극적이며, 더욱 극단적인 변화를 암시한다.

반지 원정대는 모리아의 지하세계에서 나와 은물길강을 건너야 한다. 강을 건너는 것은 어떤 존재 상태에서 다른 상태로의 전환을 의미하는 전통적인 문학적 비유이다. "은물길강 건너편에 발을 디디면서부터 프로도는 이상한 느낌이 들었는데 깊숙이 들어갈수록 그 느낌은 강해졌다. 마치 시간의 다리를 건너 상고대의 어느 한구석, 이제는 사라져 버린 어느 세계를 걷고 있는 듯한 느낌이었다."[28] 이곳에 들어가기 전에 반지 원정대의 눈이 가려지는데, 난쟁이들에 대한 적대감 때문에 요정들의 눈에 김리가 수상쩍게 보이기 때문이었다. 주제상으로 볼 때 그 이유는 호빗들의 눈을 뜨게 해 주려는 것이다. 프로도는 눈가리개가 풀어지자 톨킨이 「요정 이야기에 관하여」에서 "회복" 또는 "명료한 시각 되찾기"[29]라고 부른 것을 경험한다.

> 사라진 세계가 보이는 높은 창문으로 들어선 느낌이었다. 그 세계에는 그의 언어로 이름 붙일 수 없는 어떤 빛이 있었다. 그의 눈앞에는 추한 것이라곤 전혀 없었다. 모든 형상은 한편으로는 그가 눈을 뜬 순간 막 빚어진 것처럼 윤곽이 뚜렷하면서, 다른 한편으로는 오랜 세월의 풍상을 겪어 온 듯 고풍스러웠다.[30]

묵은숲에서와 마찬가지로 여기서도 톨킨은 간접적으로 접근한다. 독자들은 스스로 사라진 세계를 보는 것이 아니라, 그것을 보는 프로도를 바라본다. "그에게 그렇게 보였다"는 반복되는 구절은 이 Faërie의 핵심이다. 로리엔은 가운데땅의 다른 지역과 인접해 있고, 그곳의 동떨어진 매혹을 전달하는 것은 그곳에 대한 프로도의 반응이다.

시간도 공간과 마찬가지다. 로리엔과 다른 세계의 관계 덕분에 톨킨은 Faërie의 시간을 실험할 기회를 얻게 되었다. 하지만 그로 인해 고충을 겪기도 했다. 각주와 도표, 초고를 살펴보면 그는 서로 맞물린 "인간의 시간"과 교차하면서도 달리 남을 수 있는 "로리엔의 시간"이라 불리는 다른 양식에 로리엔을 설정하려고 진지하게 모색했음을 알 수 있다.[31] 그러나 그 자신이 요구한 내적 일관성과, 신중하게 배열한 낮과 밤과 계절, 달의 모양 변화, 날씨 변화의 기록 때문에 억제되었다. 요정 이야기의 시간 왜곡은 반지 원정대의 진전을 다달이, 때로는 나날이 기록한 『반지의 제왕』 해설 B의 연대기와 맞지 않았다. 가운데땅의 다른 곳들을 건드리지 않으면서 로리엔의 시간을 늘이거나 축소하려고 공연히 시도한 끝에 그는 결국 그런 노력을 전적으로 포기했다. "시간 차이가 없는 편이 낫다"고 쓴 후에 내버려 둔 것이다.[32]

하지만 완전히 그런 것은 아니었다. 그는 '안두인대하' 장에서 로리엔에 머물렀던 기간과 거기 있는 동안 시간이 늦어졌는지, 빨라졌는지, 멈추었는지에 대해 프로도와 샘, 아라고른, 레골라스가 나누는 대화를 끼워 넣는다. 그들의 의견이 제각기 다르다는 것이 톨킨이 Faërie의 시간에 대해 허용한 한계이다. 샘은 달의 형태 변화를 파악하는 데 실패하고는 로리엔에서 시간이 '흐르지' 않는다고 추론한다. 프로도는 갈라드리엘의 요정 반지 때문에 시간이 늦어졌을 거라고 생각한다. 아라고른은 어떤 차이도 의식하지 못하는 듯하고, 요정 레골라스는 불멸의 존재인 요정에게 시간은, 멈추지 않은 동안에는, 인간에게보다 더 빠르거나 더 늦게 흐른다고 설명한다. 로리엔을 프로도의 눈에 비친 대로 묘사할 때처럼 톨킨은 설명할 수 없는 것을 전달하기 위해 간접적인 방법을 사용한다. 이 대화는 자신들이 강으로, "현실의 땅을 통과하여 대해를 향해 흘러가는 시간"으로 돌아올 때까지 샘이 날짜를 세다가 도중에 잊었다는 아라고른의 말로 끝난다.[33] 톨킨은 마지막 단편소설 『큰 우튼의 대장장이』에 이르러서야 이 문제를 결단에 의해, Faërie의 시간은 인간의 시간과 다르다고 아무런 설명 없이 그저 선언함으로써 해결했다.

"The back of
beyond"
1912

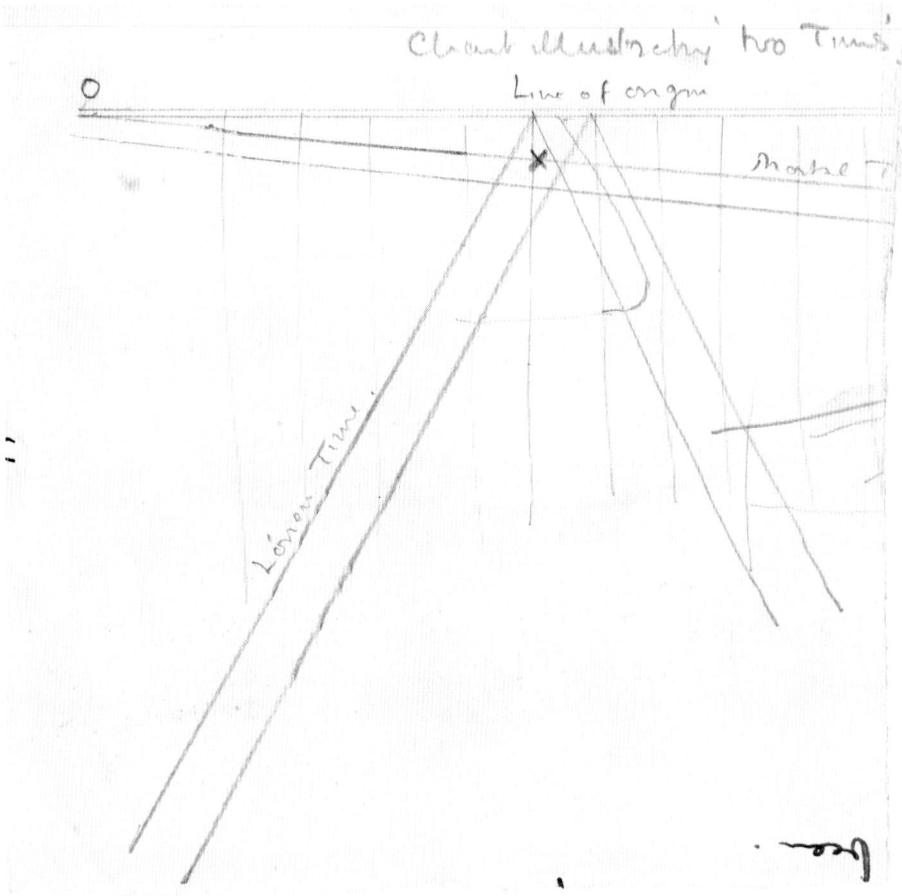

Faërie 극

전체적으로 보아 톨킨의 에세이와 소설은 서로를 뒷받침한다. 에세이는 Faërie에 관한 다양한 2차적 세계를 설명하고 소설은 그것을 창조한다. 그는 「요정 이야기에 관하여」에서 한 걸음 더 나아가 "Faërie 극"이라는 용어를 도입했다. 이 용어는 톨킨의 출간된 작품에서 세 번 등장하는데, 바로 해당 에세이와 그 초고, 그리고 「노션 클럽 문서」 1부에서 "요정의 극Elvish Drama"이라는 간접적인 표현으로 나온다. 발표된 에세이의 해당 문단은 이 주제에 관한 톨킨의 가장 의미심장하고 파격적인 진술이다.

"Faërie 극"—풍부한 기록에 따르면 요정들이 인간들에게 종종 보여준 극—은 인간 기제의 한계를 능가하는 현실성과 직접성을 갖춘 판타지를 만들어 낼 수 있다. 그 결과 그것이 (인간에게) 미치는 일반적 효과는 2차적 믿음을 넘어선다. Faërie 극을 보고 있는 사람은 2차적 세계 안에 몸소 존재하거나, 그렇다고 생각한다. 그 경험은 꿈을 꾸는 것과 대단히 유사할 것이다. […] 그러나 Faërie 극을 보는 사람은 누군가 다른 마음이 엮어 가는 꿈속에 있고, 그 놀라운 사실을 포착하지 못할 수도 있다. 2차적 세계를 **직접적으로** 경험하면 그 묘약이 너무 강력해서 아무리 경이로운 사건들이 일어나더라도 그 세계에 1차적 믿음을 부여한다.[34]

이런 진술을 통해 톨킨은 묘사할 수 없다고 말한 것을 묘사하려고 독자

도판 20 '두 시간대'를 예시하는 도표.
(밀워키, 마켓대학교 도서관
MS. Tolkien Mss-2/1/25)

적으로 시도했다. 그는 경험에서 우러난 듯이 쓰고 있는데, 그가 쓴 동사의 시제를 주목할 만하다. 그 동사들은 가정법이 아니라 현재 직설법으로 되어 있다. "그 사람은 현혹[될 것이다가 아니라]된다." "그 사람은 꿈속에 있[을 것이다가 아니라]다." "그 사람은 그것에 1차적 믿음을 부여[할 것이다가 아니라]한다." 핵심적인 진술은 "그 사람은 누군가 다른 마음이 엮어 가는 꿈속에 있다"는 것이고, 톨킨의 Faërie는 그것을 예시한다. 『호빗』에서 감질나게 나타났다 사라지는 어둠숲의 요정들은 빌보와 난쟁이들에게 Faërie 극을 상연한다. 묵은숲에서 호빗들이 겪는 모험은 버드나무 영감이 엮어 가는 꿈에 가깝다. 프로도는 깊은골의 불의 방에서 요정들의 노랫소리를 들을 때 분명 Faërie 극을 경험한다.

> […] 지금까지 그가 상상도 하지 못한 먼 나라의 빛나는 환상이 눈앞에 펼쳐졌다. 그리고 불꽃이 환히 비치는 실내가 세상 끝에서 한숨지으며 떠도는 거품바다의 황금빛 안개처럼 보였다. 음악은 점점 더 꿈같은 세계로 그를 이끌고 금과 은이 넘쳐흐르는 끝없는 강이 머리 위로 흘렀다. […] 순식간에 그는 휘황찬란한 세계에 제압당하여 깊은 잠의 나라로 빠져들었다.[35]

후에 나무수염은 로리엔을 '꿈의 꽃'으로 명명함으로써 로리엔 에피소드를 Faërie 극으로 간주하게 해 준다. 실로 로슬로리엔이라는 (전체) 명칭은 문자 그대로 옮길 때 (신다린으로 로스는 '꽃', 로리엔은 '꿈의 나라'를 뜻하므로) 꿈의 꽃이 된다.

「요정 이야기에 관하여」 초고의 한 단락에는 이 용어가 사용되는데 프로도의 경험에 근접한다. "진정한 욕망은 이 나라에 […] 토박이 주민처럼 (가령, 이 세계에 적합한 칼과 용기로 무장한 기사처럼) 들어가는 것이 아니라, 이 땅에서 일어나는 활동과 존재를, 즉 Faërie 극을, 우리의 객관적 세계를 보듯이 — 제한된 육신에서 벗어난 마음으로 보려는 것이다."[36] 톨킨은 레젠다리움의 이야기를 써 나갈 때 이것을 경험했을 테고 위 에세이의 인용 단락에서 직설법을 사용한 것이 적합했으리라고 어렵지 않게 상상할 수 있다. "그 이야기들은 '일어난' 일처럼 마음속에 떠올랐습니다"라고 그는 썼다.[37] 이와 다르지 않은 일이 톨킨의 시간여행 이야기 「노션 클럽 문서」에서 라머라는 인물에게 일어난다. 그는 "꿈-이야기 쓰기"를 설명하며 "그것은 물론, 글쓰기가 아니라 일종의 실현된 이야기"라고 말한다. 또 다른 인물 제레미는 "요정의 극"이라고 대답한다.[38] 이에 관한 크리스토퍼 톨킨의 주석은 흥미롭다.

> # 43 **요정의 극**Elvish Drama. [원고] A에서 라머 자신이 '요정-극elf-drama'에 대해 말한다("그것은 글이 아니라 요정-극이야"). [원고] B에는 이렇게 되어 있다.
>
> "그것은 물론 글이 아니라 실현된 이야기 같은 거야. 루이스가 어디선가 말한 요정의 극Elvish Drama."
>
> "루이스가 아니야." 제레미가 말했다. "그 모임의 어느 글에 나오지. 그런데 중요한 멤버의 글은 아니었어."[39]

'노션 클럽'의 여러 목소리들은 '요정의 극'과 'Faërie 극'을 서로 바꿔 쓸 수 있는 용어로 제시하고, 그 두 용어는 1차적 믿음을 이끌어 내는 '강력한 묘약'을 묘사하는 듯하다.

그 소설에서 사건들의 직접성은 그 에세이의 단락과 일치한다. 둘 다 너무도 생생하고 강렬해서 무아지경이든 몽상이든 혹은 환각이든 실제로 일어나고 있는 (그 내용이 실제적이든 아니든 간에) 어떤 변화된 상태를 상상하지 않을 수 없는 경험을 말하고 있다. 이 부분에서 톨킨의 옛 학생이자 공동 연구가였던 시몬 다르덴의 진술은 대단히 적절하다. 그녀는 에세이 「인간과 학자」에서 이렇게 썼다.

> 나는 톨킨에게 말한 적이 있다. "당신은 베일을 찢고 통과하시지 않았어요?" 사실 그분은 그렇게 했고 선뜻 인정했다. 그러므로 그분이 요정의 언어를 되찾을 수 있었다는 것은 놀랍지 않은 일이다. […] 톨킨은 지금은 사라져 가는 매우 희귀한 부류의 언어학자, 그림 형제처럼 '말'의 마법을 이해하고 되찾을 수 있는 언어학자였다.[40]

도판 21 〈그 이전〉. (Bodleian MS. Tolkien Drawings 88, fol. 4r)

다르덴이 쓴 **"말의 마법**glamour of the word"은 의미심장한 구절이다. 옥스퍼드 영어사전에 의하면 glamour는 "마법, 마술, 주문"으로 정의된다. 이 단어는 '글자'를 뜻하는 프랑스어 grammaire, 중세 영어 gramer(e)에서 파생된 스코틀랜드어 gramarye의 변이형이다. 톨킨이 형용사를 "신화적 문법의 품사"라고 부른 것은 놀랍지 않다. 그는 늘 그렇듯 단어 본래의 의미대로 말하고 있었다. "말의 마법"은 인식을 변화시킬 수 있는 힘이다. 다르덴과 옥스퍼드 영어사전은 Faërie를 포착하는 말의 그물망을 발견했을지 모른다. **마법**glamour은 어둠숲의 임의적인 마술뿐 아니라 묵은숲과 로리엔, 사실 톨킨이 창조한 모든 Faërie 세계의 마법, 그리고 빌보와 프로도, 샘과 메리, 피핀, 라머와 대장장이, 톨킨 자신, 또한 그들을 넘어 『호빗』과 『반지의 제왕』의 모든 독자들이 맞닥뜨린 마법에 적합하게 들어맞는다.

주註

1 대략 1939년부터 1967년까지 30여 년 동안 톨킨은 앞선 중세 연구자들처럼 이 철자들을 구별 없이 사용했다. 나는 일관성을 위해 'Faërie'를 사용했지만 톨킨의 논문을 인용할 때는 원전에 나오는 대로 당시에 쓰인 철자를 사용했다.
2 톨킨 1983, p.139.
3 톨킨 1983, p.114.
4 플리거 2005.
5 톨킨 1983, p.114.
6 톨킨 1983, p.114.
7 톨킨 1983, p.109.
8 초서 1987, p.116.
9 톨킨 1983, p.126.
10 초서 1987, p.116.
11 말로리 1971, p.5.
12 톨킨 1983, p.128.
13 톨킨 1983, p.122.
14 톨킨 1983, p.140.
15 플리거 2005, p.86.
16 플리거 2005, p.86.
17 플리거 2005, p.86.
18 톨킨 1937, 8장.
19 모리스 1900.
20 카펜터와 톨킨 1981, p.369~370.
21 톨킨 1954~1955, 1권, 6장.
22 톨킨 1954~1955, 1권, 6장.
23 톨킨 1954~1955, 1권, 6장.
24 이와 관련하여 더 참고하려면 코헨 2009, p.91~125를 보라.
25 톨킨 1954~1955, 1권, 6장.
26 톨킨 1954~1955, 1권, 6장.
27 톨킨 1954~1955, 1권, 6장.
28 톨킨 1954~1955, 2권, 6장.
29 톨킨 1983, p.146.
30 톨킨 1954~1955, 2권, 6장.
31 플리거 1997, p.105, 106.
32 플리거 1997, p.107.
33 톨킨 1954~1955, 2권, 9장.
34 톨킨 1983, p.142.
35 톨킨 1954~1955, 2권, 1장.
36 플리거와 앤더슨 2008, p.294. 옥스퍼드, 보들리언 도서관, MS. Tolkien 14, fol. 36.
37 카펜터와 톨킨 1981, p.145.
38 톨킨 1992, p.193.
39 톨킨 1992, p.216.
40 다르덴 1979, p.34~35.

BEFORE

Categ. of K a Kûnelf.
Nûnelf.

him Kim.

	Dan.	Ilk.	N.	T.	Q.
K.	h[h/o]	c(g)	c	c	k
KH	h ..	h(ch)	h	h	h
G	k(k)	g(gh)	g	g	–
ʒ	g(ʒ)	–	g	–	h
ŋ	g(ʒ)	—	g	–	h
ng.	n>g(nc)	g(ng)	g	g	ŋ(n)

firthen

forthan
firvani
firtani

hinpan
hĩpan.
Kemtãnõ
Kentan
Kintan

	Q.	T	N	Ilk	Dan.
k	k k	c, c	c, g	c, g	c c
kh	h h	h, g	h, ch	h, ch	h h/o ng
g	– –	g, g	g gh>o	g, gh >w, i	g g
ʒ	– –	– –	g gh>o	– –	g g:ʒ
ŋ	– –	– –	g gh>o	– –	g g:ʒ
ŋg	ŋ(n) ng	g ng	g ng	g ng.	g ng.

Carapres Caradhras.

t	t, t	t	t, d	t, d	t, t
th	s, s	s, r	þ þ	þ, þ.	þ, ð d:(ð)
d	l/r, r/l	d, d	d, ð	d, ð	d d (ð)
r	r, r	r, r	r r	r, r	r, r
l	l, l	l, l	l l	ll, l	l, l
n	n, n	n, n	n, n	n, n	n, n
nd	n, nd	d, nd	d, nn (nd>nn)	d, nd	d nd.

Slaton

p	p, p	p	p, b	p, b	p, p
ph	f	f, b	ph:f	f, f	f, v
b	v	b	b, bh:v	b, mb:v	b, v(b)
w	w(v)	v	gw, w	gw w	w, w
m	m	m	m, mb>v	m, m	m m
mb	m, mb	b, mb	b mb>mm	b mb>mm.	b, mb.

도판 22 다섯 요정어의 음 관련성에 관한 도표 일부.
(퀘냐Qenya, 텔레린, 놀도린, 일코린, 다니안), 1940년경.
(밀워키, 마켓대학교 도서관, Tolkien Mss-3/1/32, fol. 10v)

요정어의 창조
칼 F. 호스테터

"정말 고맙습니다, 길도르 잉글로리온. 엘렌 실라 루멘 오멘티엘모, 우리들의 만남의 시간에 별이 빛납니다." 그는 높은요정들의 언어로 인사를 덧붙였다.[1]

1954년에 출간된 작품의 이 말들로 톨킨은 다른 곳에서 '은밀한 악습'이라고 불렀던 일, 즉 언어를 만들어 왔음을 처음으로 일반 대중에게 드러냈다.[2] 초기의 독자들은 '높은요정들의 언어'로 된 인사말 뒤에 거의 40년에 걸친 언어 창조 과정이 있었다는 것을 거의 짐작할 수 없었을 것이다. 톨킨은 수천 장의 원고에서 단지 한 언어가 아니라, 다 합해서 요정어로 불릴 수 있는, 창안된 언어들의 어속을 자세히 설명하고 끊임없이 정교하게 다듬고 수정하는 작업을 수행하고 보존했다. 프로도의 인사말과 형식이 이 요정어족에 속하는 퀘냐Quenya라는 언어에 이미 오랫동안 존재했던 어휘와 문법에서 나왔다는 것을 독자들은 알지 못했을 것이다.

사실 요정어의 창조는 톨킨이 솜 전투에서 돌아와 1916년 마지막 몇 달과 1917년 첫 몇 달 사이에 건강을 회복하면서 집필했던 레젠다리움의 첫 번째 이야기들보다 먼저, 늦어도 1915년에는 시작되었다.[3] 결국 프로도의 인사말을 이끌어 낸 언어, 당시 퀘냐Qenya라고 불렸던 언어의 초기 형태는 1915년에 「퀘냐 음운론과 어휘」에서 처음으로 자세히 설명되었다. 곧이어 그노메어('골도그린'이라 불리기도 한)가 1917년 '그노메어 문법과 어휘'를 시작으로 나왔는데 결국에는 회색요정어인 신다린으로 발전할 언어의 전신이었다.[4] 톨킨은 이 언어들을 말년에 이르기까지 50년이 넘는 기간 동안 수정하고 확장했다.

물론 톨킨은 언어를 창조하는 '은밀한 악습'에 빠지거나 창조된 언어를 소설작품에서 구사한 첫 번째 인물이 아니었다. 또한 그의 언어는 대중에게 잘 알려진 유명한 인공 언어(이 명예는 물론 가장 널리 채택된 보조언어로서 수백만의 화자와 독자, 작가를 자랑하는 에스페란토에 돌아간다)[5]도 아니다. 하지만 톨킨은 언어들을 별개의 언어가 아니라 관련된 어족을 구성하는 언어들로 창조했다는 점에 있어서는 첫 번째였음이 분명하다. 그가 만들어 낸 요정 언어 각각은 다른 언어들과 체계적인 관계에 있으므로, 음-상응성과 변화의 일정한 규칙에 의해 공동의 시조 언어에서 파생된 듯이 보인다. 형제자매들이 공동의 부모와 조부모, 선대의 조상들로부터 유래한 특성을 공유하고, 혹은 관련된 종들이 공동의 시조 종에서 유래하여 장기간에 걸쳐 변화와 분화를 서서히 형식에 축적해 왔듯이 말이다. 즉, 톨킨은 언어들을 **역사적**, **비교적** 원칙에 입각해서 창조했다고 알려진 첫 번째 언어 창조자glossopoeist이다.

언어학자로서의 톨킨

톨킨의 직업은 언어학자—오늘날에는 일반적으로 **역사적 비교 언어학자**로 불리는—였고, 대체로 북유럽과 서유럽 언어들의 초기 문헌과 역사적 발전에 대해 강의하고 저술했다. 그가 특히 학구적 관심을 느낀 분야는 게르만 언어(특히 영국과 스칸디나비아의 언어)였고, 더 구체적으로는 고대 영어(즉, 『베오울프』의 언어)와 중세 영어(즉, 초서의 언어)의 발달 단계와 지역 방언이었다. 그러므로 당연히 그는 역사적 언어들이 시간이 지나면서 발달한 방식과 여러 어족들이 드러낸 체계적 관계에 관한 지식을 자신의 언어 창조에 적용했다.

이런 작용 원리의 한 가지 예로, 다음의 다섯 가지 역사적 유럽어(Olr.

도판 23 인도유럽어족의 계도.
(일부). (칼 F. 호스테터)

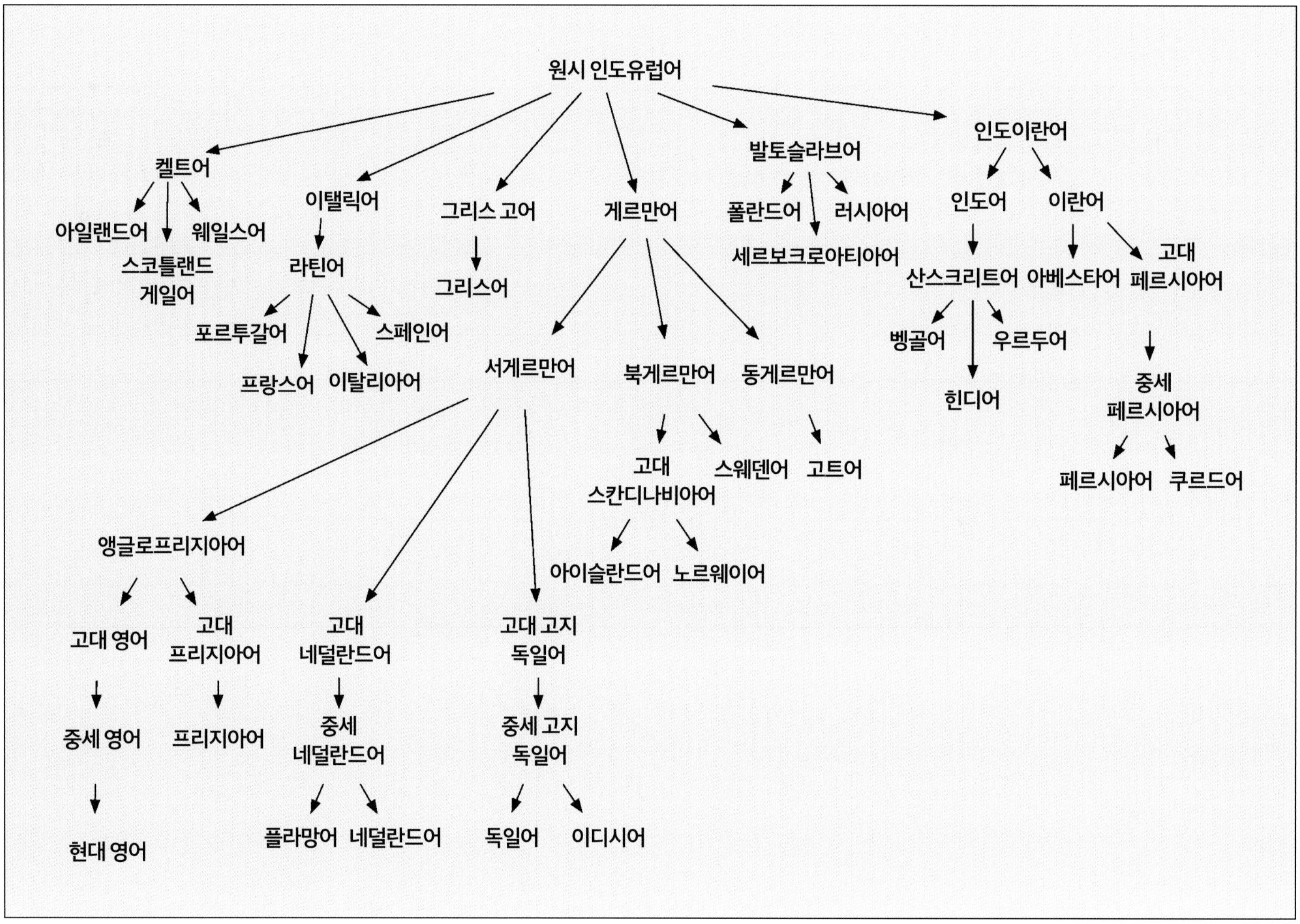

는 고대 아일랜드어, W.는 웨일스어)에서 같은 의미를 공유한 일련의 단어들을 살펴보자.

영어	고트어	라틴어	켈트어
father	fadar	pater	OIr. aithir
brother	brōþar	frāter	OIr. brāth(a)ir, W. brawd
four	fidwōr	quattuor	OIr. ceth(a)ir, W. pedwar
five	fimf	quīnque	OIr. cóic, W. pum(p)

이 예에서 상응하는 음들을 보면 어떤 패턴이 나타난다. 가령, t(또는 tt)가 모음들 사이에 나오는 라틴어(pater, frāter, quattuor)에 상응하는 영어는 (대개) th를, 고트어는 (대개) d를, 고대 아일랜드어는 th를, 웨일스어는 d를 갖고 있음을 알 수 있다.[6] 이와 유사하게 라틴어에서 첫 음의 p와 qu(pater, quattuor, quīnque)는 영어와 고트어에서는 언제나 f에 상응하지만, 첫 음 p의 경우 고대 아일랜드어에는 상응하는 것이 없고(이럴 경우 언어학에서는 무음 혹은 사라진 음이라 부르고 때로 Ø로 표시한다) 반면에 첫 음 qu는 고대 아일랜드어에서 c(k로 발음됨), 웨일스어에서 p에 상응한다.

이처럼 관련된 언어들의 세밀한 비교를 통해 많은 규칙적인 음-상응의 포괄적 체계를 세울 수 있고, 이 언어들의 관련 정도를 포함해서 관련성을 입증하고 그리하여 이 언어들의 '계도'를 구성할 수 있다. 도판 23은 다섯 개의 유럽 언어들과 이런 방식으로 관련된 언어들(즉 '어원이 같은' 언어), 총괄하여 인도유럽어족이라 알려진 언어들의 (일부) 계도를 보여준다.

실로, 더 나아가 어원이 같은 일련의 단어들에 공통되는 근원적 조어祖語가 오래전에 사라진 선사시대의 원시 인도유럽어Proto-Indo-European(PIE)에서 어떤 형태였을지 추론하거나 재구하는 것이 가능하고, 문자가 발명되기 수백만 년 전에 죽은 언어학적 조상들의 목소리를 진정한 의미에서 들을 수 있게 해준다.[7]

요정어들의 어족

이제 톨킨이 만든 중요한 두 가지 요정어에서 어근의 의미가 동일한 요소를 공유하거나 포함한 다음 단어들을 살펴보자.

	퀘냐	신다린
인간	atan, 복수 atani	adan, 복수 edain
검객	(Menel)macar	(Menel)vagor
빛	cal(a)	(Gil)-galad
말하다	Quendi (복수. '말하는 사람들')	pedo
기호	tehta	teithant(과거형. '그렸다')
		andaith('장음 부호')

위에서 살펴본 어원이 같은 인도유럽어 단어들과 마찬가지로, 규칙적인 음-상응의 패턴이 명백하게 많이 드러난다. 예를 들어 퀘냐에서 모음 사이의 t(atan, atani)나 c(k로 발음됨, -macar)는 신다린에서 규칙적으로 d(adan, edain)와 g(-vagor)로 나타난다. 또한 퀘냐의 첫 음 qu는 신다린에서 p로 시작한다.[8] 퀘냐에서 단어 중간의 ht는 신다린에서 ith로 나타난다.[9] 요정어들에 관한 톨킨의 글은 도판 22와 25에서 볼 수 있듯이 대체로 이러한 음-상응 관계를 포괄적 도표와 세세한 항목으로 작성하는 데 할애되었다.[10]

이 상응 관계를 주의 깊게 분석함으로써 요정어를 연구하는 사람들은 (톨킨이 창안한 언어들의 문법을 직접 설명하기도 전에) 이 언어들이 '실제적인' 내적 언어학적 특징—가령 명확한 명사격, 동사 시제, 동사의 상相과 수—을 갖고 있을 뿐 아니라 서로 규칙적인 음성학적 관계에 있음을 재빨리 인식하게 되었다. 그러므로 요정어들은 인도유럽어들과 같은 방식으로 서로 **역사적** 관계가 있고, 간단히 말해서, 톨킨의 요정어들은 언어학적 어족을 형성한다는 것이 발견되었다. 도판 24는 요정어들을 포함해서 가운데땅 언어들의 초기 "계도"를 보여 주는데, 톨킨은 인도유럽어족의 계도와 매우 유사한 방식으로 그렸다.[11]

그러므로 톨킨이 허구적 언어를 창조한 방식은 허구적이더라도 근본적으로는 **역사적**이다. 이른바 그의 '2차적 세계'의 언어들에 대한 묘사와 설명은 그가 고안한 음-상응 체계에 의해, 그리고 그가 각 파생어에 대해 원했던 언어학적 '멋'에 따라서 제한되고 유도되었다. 그 언어들은 '1차 세계'의 '실제' 언어들을 구성하는 음이 수백 년간, 심지어는 수백만 년간 서서히, 하지만 체계적으로 변화하여 궁극적으로 하나 이상의 독특한 파생어들을 낳은 결과물인 듯이 보이게끔 상응 관계가 적용되었다.

요정어의 멋

이렇게 언어 창조에 접근함으로써 톨킨은 그가 창조한 각각의 언어에 그가 원하는 음성학적 특징을 각인할 수 있었고, 그러면서도 식별할 수 있고 진짜 같은 형태의 관련성을 보유함으로써 내적 일관성과 역사적 깊이가 있는 모양새를 부여할 수 있었다. 이것을 위해 그는 각 언어에 '허용된' 음과 음-조합 세트를 결정하고, 모든 요정어에 공통된 허구적 선사시대의 조어祖語, 현재 목적을 위해 '원시 엘다린Primitive Eldarin(PE)' 이라고 부를 언어에서 그런 음과 음-조합 세트를 만들어 내기 위해 필요한 일련의 음성학적 규칙을 고안했다. 그래서 가령 퀘냐에서 원래의 유성자음(예를 들어 PE의 b, d, g)이 단독으로는 소리 나지 않지만 어떤 조합(예를 들어 mb, nd, ng, ld, rd)에서만 음운론적으로 '살아남도록' 한정하고, 허용된 종성 자음, 주로 치음(예를 들어 t, s, n, l)을 비슷하게 한정하며, 어떤 이중자음(가령 nn, ll, ss)의 '존속' 그리고/또는 발전을 선호함으로써 퀘냐에 핀란드어의 멋을 부여했다.

톨킨의 레젠다리움의 범위와 깊이가 확대되고 새로운 종족들과 시대, 상황이 도입되면서, 요정어들의 숫자와 멋도 더욱 커졌다. 몇십 년간 톨킨은 가장 정교한 두 요정어 퀘냐와 신다린 외에도 요정어족을 구성하는(하지만 그만큼 존재를 잘 입증하지는 못한) 많은 언어들의 개요를 간략하게 설명해 왔다. 각 언어는 독특한 음성학적, 문법적 특징이 있지만 모두 서로 간에 체계적, 역사적 관계를 맺고 있다.[12] 톨킨에게는 자신의 요정어들에 그런 '멋'을 만들어 부여하고 그 언어들의 관련성을 설명하고 그 다양성을 실험하는 일이 언어 창조의 주된 동인이자 심미적 즐거움의 큰 원천이었던 듯하다. 더욱이 그는 퀘냐와 신다린의 바람직한 '멋'을 개선하고 때로 획기적으로도 변화시킬 수 있었고 실제로 그렇게 했다. 그래서 퀘냐는 톨킨의 언어학적 취향이 달라짐에 따라 때로 라틴어나 핀란드어의 멋이 가감되었고, 신다린은 원래 (그노메어로서) 음운과 문법에서 웨일스어의 특징이 현저히 적었다.

음성학적, 문법적 차원에서 쉽게 알아볼 수 있는 관련성과 개별적으로 독특한 '멋'을 보여 주기 위해서 톨킨은 "내 마음이 내게 말한다my heart tells me"라는 문장을 퀘냐, 신다린, 텔레린(퀘냐의 온건한 친척이고 신다린의 가까운 형제격인 텔레리의 언어), 세 언어로 예시했다.[13]

퀘냐:	órenya quete nin
텔레린:	ōre nia pete nin
신다린:	guren bêd enni

여기서 어원이 같은 이 구절들을 음운론적, 문법적으로 완벽하게 분석하는 일은 현재 논의의 범위를 넘어서지만, 몇 가지 사항을 지적함으로써 톨킨의 언어들을 언어학적으로 분석하는 맛을 볼 수 있다.[14] 우선, 소유격을 나타내기 위해 퀘냐는 접미사를 붙이는 (órenya= óre '마음' -nya '나의') 반면에, 텔레린은 (변하지 않을) 별도의 후치사 nia('나의')를 뒤에 첨가하고, 신다린에서는 이 어미가 (마지막 음절이 규칙적으로 소실되어) -n으로 줄어든 것을 쉽게 알 수 있다. 또한 퀘냐의 quete, 텔레린의 pete에서 퀘냐의 첫 음 qu-는 텔레린의 p-와 (라틴어의 첫 음 qu-가 웨일스어 p-와 상응하듯이) 상응하고, 신다린에서는 예상대로 원래 모음 사이의 t가 d로 바뀌는 것을 볼 수 있다.[15]

단어 만들기

톨킨은 엄밀한 음성학적, 문법적 상응 체계를 세밀히 구성하고 엄격히 고수함으로써 모든 요정어에서 원하는 대로 새 어휘를 만들어 낼 수 있었다. 나아가 그는 두 가지 의사疑似-시간의 방향 중 어느 쪽에서든 단어들을 고안할 수 있었다. '앞으로' 작업할 때는 (그가 1930년대에 요정어 어원집에서 광범위하게 엮은) 이미 만들어진 원시 엘다린의 어근과 어간에서 적절한 의미를 가진 것을 선택하여, 파생 언어(들)에서 상응하는 단어-형태를 끌어내기 위해 각 언어에 고안해 두었던 독특한 음성학적 발달 체계를 그 어간이나 어미에 적용했다.[16] '뒤로' 작업할 때는 어느 파생 언어에

도판 24 가운데땅 언어들의 초기 '계도'. 1939년경.
(Bodleian MS. Tolkien S 2(V), fol. 29r)

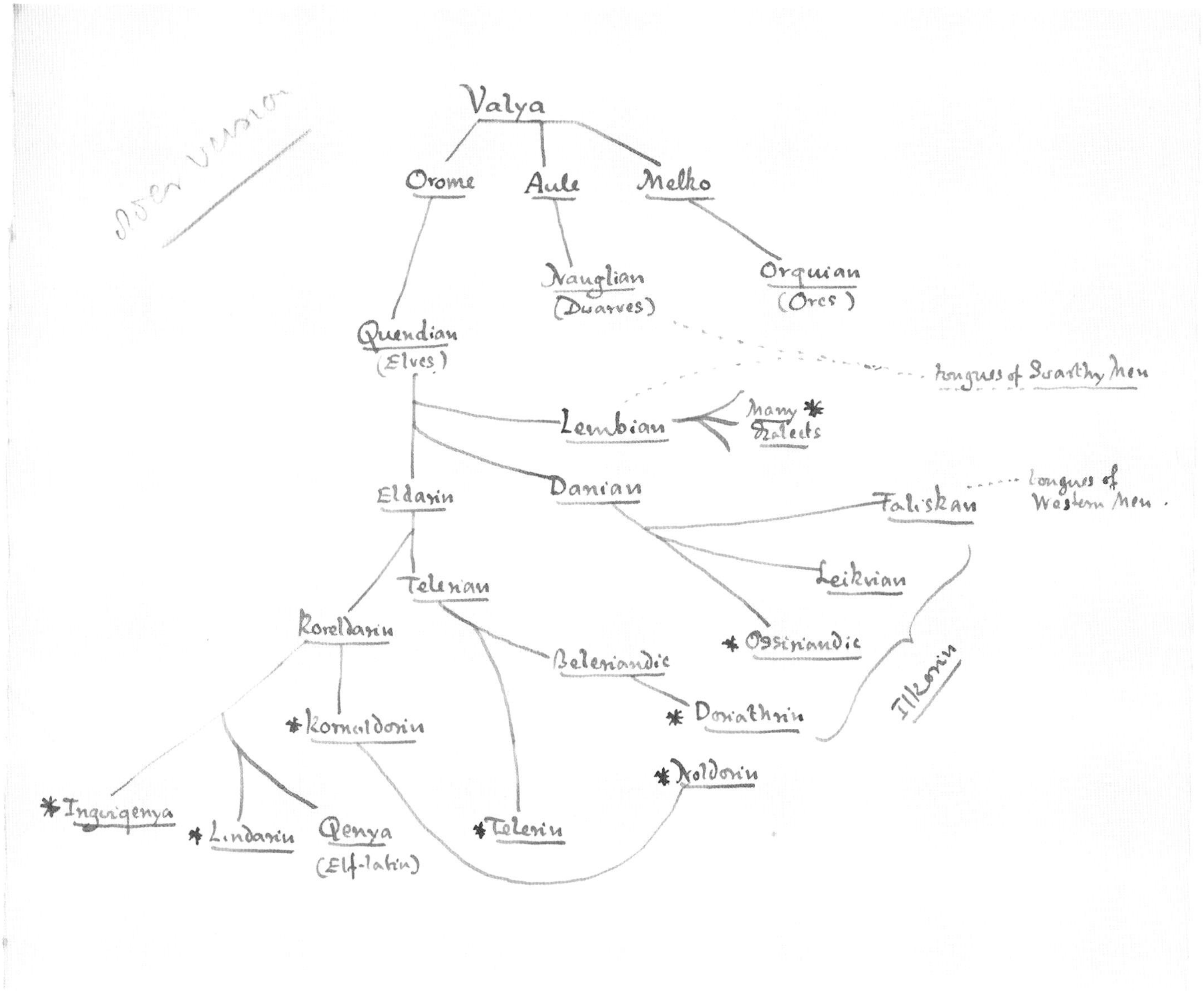

도판 25 원시 엘다린 이중 모음 *ai의 발달에 관한 설명 일부.
ointment(연고)에 해당하는 퀘냐Qenya와 놀도린 단어들의 어원 설명. 1940년.
(밀워키, 마켓대학교 도서관, MS. Tolkien Mss-3/1/34, fol. 23v)

서든 적합하게 여겨지는 단어-형태를 고안한 다음 동일한 음성학적 발달 체계를 거슬러 올라가서 그 단어-형태를 낳을 적절한 원시 엘다린의 어간 그리고/혹은 어근을 이끌어 냈다. 어느 '방향'으로 작업하든 그의 언어 창조의 '역사적' 성격과 방법론 덕분에 단어 형태의 체계적 관련성은 확고하게 유지되었다.

가령 퀘냐의 quete(말한다), quetta(단어), quenta(이야기), Quendi(말하는 이들), 그리고 신다린의 pêd(말한다)(위에 나온 bêd에 암시됨), pedo(말하라), pent(이야기)를 살펴보자. 톨킨이 만든 이 형태들의 어원을 알지 못하더라도, 퀘냐와 신다린을 관련짓는 엄밀한 음-상응 세트를 식별할 수 있기 때문에, '말하다'를 뜻하는 공동의 조상 어근/어간 형태 *kwet-의 존재를 자신 있게 예측할 수 있다. (톨킨 사후 1987년에 출간된 톨킨의 「어원집」에 '말하다'를 뜻하는 기본형 KWET-가 수록되어 있고 이 퀘냐와 신다린 단어에 상응하거나 일치하는 파생어들이 있다는 것은 전혀 놀랍지 않은 일이다.) 사실, 퀘냐의 형태가 주어져 있고 퀘냐가 음성학적으로 신다린과 어떻게 관련되어 있는지를 알고 있다면 어원이 같은 신다린 형태를 모두 쉽게 예상할 수 있다. 따라서, 각 언어의 음성학적 체계가 주어져 있다면, 어떤 요소이든 다른 요소들을 함축하고 있으므로 톨킨은 요정 언어들의 어느 '부분'에서 시작해도 나머지 다른 것들에 도달할 수 있었을 것이다.[17]

톨킨이 창안한 언어들은 음-상응과 의사-역사적 음운론적 발달 패턴의 체계적 규칙을 세밀히 발전시키고 엄밀히 준수한 결과 이처럼 내적 언어학적 일관성을 갖고 있기 때문에, 자연적인 역사적 언어들과 동일한 관련성이 있으면서도 독자적이고 개별적 특성이나 '멋'을 띠게 된다. 그로 인해 톨킨의 요정어들은 창안된 언어들 중에서 독보적인 수준의 박진감과 활력, 깊이를 보여 준다.

1940

[illegible]

ai > ae   unchanged specially but [illegible] > a   [illegible] * aiþ

> aed > ad

ae — ei

oe — ui

au — oe

ei — ī

glaibe [illegible]

Q laiwe, ON glaibe, glēbe

glaef glaew

~~yābā-~~

yāba-sāka [illegible]

ON yōba-[illegible]

[illegible]

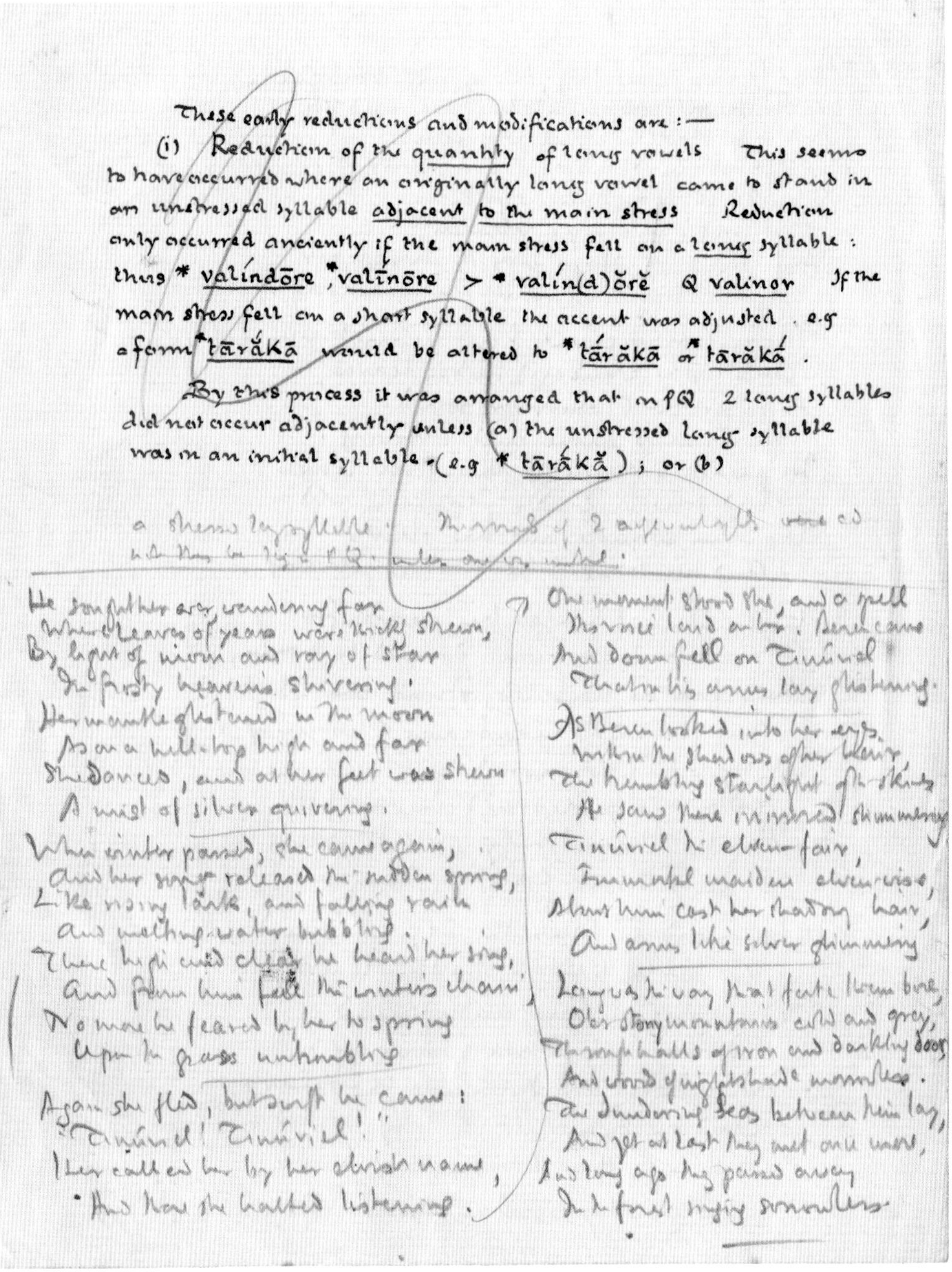

These early reductions and modifications are :—

(i) Reduction of the quantity of long vowels. This seems to have occurred where an originally long vowel came to stand in an unstressed syllable adjacent to the main stress. Reduction only occurred anciently if the main stress fell on a long syllable: thus * valindōre, *valīnōre > * valín(d)ŏrĕ Q valinor. If the main stress fell on a short syllable the accent was adjusted, e.g. a form *tārákā would be altered to *tárăkā or *tārăká.

By this process it was arranged that in pQ 2 long syllables did not occur adjacently unless (a) the unstressed long syllable was in an initial syllable (e.g *tārákă); or (b)

도판 26 퀘냐의 발전 과정에서 강세를 받는 모음의 약화에 관한 설명 일부.
1930년대. (밀워키, 마켓대학교 도서관. MS. Tolkien Mss-1/2/38, fol. 13r)

Here is written in the Feänorian characters according to the mode of Beleriand: Ennyn Durin Aran Moria: pedo mellon a minno. Im Narvi hain echant: Celebrimbor o Eregion teithant i thiw hin.

도판 27 '두린의 문'의 교정쇄. 텡과르로 쓰인 신다린 구절과 로마자 전사. (Bodleian MS. Tolkien Drawings 89, fol. 16r)

주註

1 톨킨 1954~1955, 1권, 3장. 1966년의 2판과 이후 판본에서 이 인사말은 약간 달라져서 '오멘티엘보'로 끝난다. 그동안 톨킨은 퀘냐의 1인칭 포괄적 복수(즉, 말을 듣는 사람을 포함한 '우리')의 어미는 (말을 듣는 사람을 배제하는) -lme가 아니라 -lve(소유격은 -lvo, '우리의')라고 결정하게 되었다. 이것은 그가 변화하는 자신의 생각과 취향에 맞춰 자신이 만든 언어들의 문법을 기꺼이 수정했으며 이미 발표된 예시도 바꾸어야 했음을 보여 준다.

2 톨킨은 예전에 소규모 청중에게 자신이 만든 언어들의 예시를 제시한 적이 있었다. 1931년 11월 옥스퍼드 펨브룩대학의 존슨 학회에 처음 제출한 '은밀한 악습'이라는 제목의 에세이에서 그는 두 가지 중요한 요정어를 포함해서 더 이전에 언어창조자로서 노력을 기울인 그리 정교하지 않은 언어들의 진전을 제시했다. 이 에세이의 축약본이 톨킨 1983B에 발표되었고, 전체본은 피미와 히긴스 2016에 실렸다.

3 실제로 '언어 구성은 신화를 낳을 것이다'(톨킨 1983B, p.211 참조)라는 톨킨의 주장은 그 자신의 경우에 전적으로 옳았다. 많은 '신화적' 인물과 레젠다리움은 그의 서사적 글이나 시에 등장하기 전에, 그가 요정어 어휘를 처음 편집하는 동안에 구상된 듯이 보이기 때문이다. 이 발전 과정에 관한 포괄적 검토를 보려면 가스 2003을 보라.

4 퀘냐Qenya와 그노메어 '어휘 목록'에서 광범위하게 발췌한 부분이 처음에 두 권으로, 톨킨 1983A와 톨킨 1984로 발표되었다. 두 '어휘 목록'의 완전한 판본과 '퀘냐 음운론 개요', 간략한 '그노메어 문법'은 길슨 외 1995~2015, 11호(그노메어)와 12호(퀘냐Qenya)에 발표되었다.

5 언어 창조의 역사와 그 안에서 톨킨의 위상을 다룬 간결하고 탁월한 개요를 보려면 피미와 히긴스 2016의 개관을 보라.

6 라틴어 모음 사이의 t와 고트어 d 혹은 t의 상응에 있어서의 변이는 fadar와 brōþar의 기저 형태에서 주 강세의 위치 변화로 설명된다. 영어 four에서 라틴어 tt에 상응하는 자음의 소실은 서게르만어군에서 w와 결합된 d가 일찍이 소실되었기 때문이다. 독일어 vier(넷)를 참조하라. 'father'의 웨일스어 tad의 기원은 다른 단어들과 다른, 더 예전의 애칭(애정을 표현하는 용어) *tata이다. 영어 daddy를 참조하라. 흥미롭게도 톨킨이 지적했듯이, 악명 높은 훈족의 아틸라 Attila라는 이름은 마찬가지로 애칭을 나타내는 고트어(웨일스어 tad와 어원이 같음)이고, 마찬가지로 'daddy'(아빠)를 뜻한다. 언어학은 늘 뭔가를 밝혀 주지만 언제나 단순하거나 명백한 것은 아니라고 말하는 것으로 충분할 것이다!

7 이 네 단어 각각의 경우에, 공통적으로 바탕에 깔린 PIE 형태는 **pH_2tér, *bhréH_2ter, *k^wetwṓr, *pénk^{w}e로 재구된다. 관습적으로 이처럼 재구된 형태는 그것이 입증되지 않았고 재구되었음을 나타내기 위해 별표로 표시하고 더 나아가 이런 형태는 그 이론적 음을 정확히 나타내기 위해서 국제 음성 기호IPA(혹은 그러한 전문적 음성 표기법)로 표기된다는 것을 주목하라. 톨킨은 자신이 만든 언어들의 언어학적 묘사에서 그런 조상 형태를 나타낼 때 (그것들이 비슷하게 이론적으로 만들어졌고 소설 내에서 재구되었으므로) 두 관습을 따랐다.

8 퀘냐에서 모음 사이의 t와 신다린에서 d의 상응, 퀘냐의 첫 음 qu와 신다린 p의 상응은 앞서 라틴어와 웨일스어 단어들의 비교에서 볼 수 있었음을 독자들은 주목했을 것이다. 이것은 단순히 우연이 아니다. 톨킨은 퀘냐와 신다린의 음성 목록('허용된' 음과 음의 결합 세트), 두 언어 사이의 소리-상응 규칙, 그 언어들의 음운 체계의 발달(허구적 시간을 통해 각 언어에 축적된 음 변화의 질서정연한 세트)을 각각 라틴어와 웨일스어의 음성 목록과 음운 체계의 발달에 어느 정도 일치하도록 의도적으로 창안했다. 하지만 이 실제 세계와의 상응이 정확히 들어맞지는 않는다. 가령 웨일스어는 불분명한 '중성모음'(웨일스어에서 보통 y로 표기되고 IPA로는 ə로 표시됨)을 자주 사용하는데 신다린에는 그것이 전혀 존재하지 않는다. 한편 퀘냐는 의도적으로 도입된 핀

란드어의 강한 영향 때문에 라틴어보다 음성 목록이 더 제한되어 있다. 핀란드어와 웨일스어는 톨킨이 미학적으로 가장 높이 평가한 언어였다.

9 이 후반의 변화는 신다린이 웨일스어와 공유하는 또 다른 독특한 특징이다. 신다린과 웨일스어의 더욱 두드러진 특징은 '강 복수형'—즉, (명백한) 어미에 의해 만들어진 복수형이 아니라 adan(인간)의 복수형 edain(인간들)처럼 단어 중간의 모음 변화에 의해 형성되는 복수형—이 우세하다는 것이다. 그것은 궁극적으로 예전에 소실된 복수형의 긴 어미 ī(퀘냐에서는 어말의 짧은 i로 보존되었으며 따라서 atan(인간)의 복수형은 atani이다)가 전치되어 발생한 영향에서 기인한다. 영어도 mouse의 복수 mice처럼 강 복수형을 소수 유지해 왔지만 이 형태는 웨일스어에서 더 일반적이고 신다린에서는 더욱 그러하다.

10 중요한 톨킨 기록보관소 두 곳의 원고에서 여기 실린 이 도해와 대부분의 다른 도해들은 톨킨이 선을 그어 지웠거나 다른 방식으로 대체했음을 표시했다. 이것은 톨킨이 평생 창조한 언어들을 끊임없이 수정하고 심지어 대대적으로 다시 만들었음을 보여 준다.

11 이 '언어들의 계도'는 톨킨 1987에 발표된 1930년대의 「람마스」와 관련되어 있다. 여기 붙어 있는 메모에는 이렇게 기록되어 있다. "이것은 단순화할 필요가 있다. 또한 특히 퀘냐 Qenya가 '별개의 분파'임을 고려하여 고쳐야 한다. 린다린, 옛 놀도린, 텔레린은 한 언어의 방언이 되어야 하고, '발리노르에서' 그 방언들의 많은 변화가 이루어져야 한다. 벨레리안드 놀도린은 가령 프랑스어가 이탈리아어와 다르듯이 이 언어들과 달라야 하고, 도리아스린은 가령 켈트어가 프랑스어와 다르듯이 달라야 한다. 다니안은 앞서와 같이 그 두 가지와 다르다.

12 난쟁이 언어(크후즈둘), 인간 언어(예를 들어 아둔이의 공용이, 즉 소발 피레), 오르크이(암흑어), 심지어 천사 같은 발라들의 언어를 포함해서 요정어가 아닌 많은 언어들의 (일반적으로 매우 간략한) 개요도 있다. 하지만 이 '중요성이 덜한' 언어들이나 톨킨이 이 언어들과 결부하여 발전시킨 수많은 표기 체계에 관한 그 이상의 논의는 이 글의 범위를 벗어나 있다.

13 톨킨 2000, p.11~19.

14 더욱 충실한 분석을 보려면, 톨킨 2000에 필자가 쓴 편집자 주를 참조하라.

15 신다린 bed(말한다)의 첫 음 b는 달리 예상되는 p(모리아 문에 새겨진 신다린 pedo '말하라!'를 참조하라. 그것의 한 형태가 도판 27에 실려 있다.) 대신에 오는데, 명백히 '연음화'라 불리는 이차적, 문법적 기제로 인한 것이다. 연음화는 신다린이 웨일스어와 공유하는 또 다른 특징인데, 한때 모음으로 끝난 앞 단어와 긴밀한 구문적 관계(여기서는 보다 이른 형태 *gōrenya pede '내 마음이 말한다' 등을 반영하는 guren과의 주어-동사 관계)에 있는 단어의 첫 자음은 모음 사이에 있을 때와 똑같은 변화를 겪어서 p가 b로 변한다.

16 이것은 톨킨 1987에 발표되었다. 더욱 광범위한 「어원집 추가 사항과 수정 사항」, 필자와 패트릭 H. 윈 편집, 《비냐르 텡과르》, 45호(2003년 11월)와 46호(2004년 7월)를 참조하라.

17 하지만 톨킨이 창안한 음운 체계의 역사에서 소리-상응이 언제나 일대일로 대응하지는 않는다는 사실을 주목하는 것이 중요하다. '진짜' 언어들의 역사적 발달에서 그렇듯이 요정어의 조어祖語에서 두 개 혹은 그 이상의 다른 음들이 파생 언어에서 하나의 동일한 음으로 합쳐질 수 있다. 이것은 파생어의 어떤 음들이 하나 이상의 음원을 가질 수 있음을 뜻한다. 따라서 한 요정어에서 어떤 단어가 주어질 때 다른 언어들에서 어원이 같은 형태가 무엇일지를 명확히 추론하는 것은 언제나 가능하지는 않다. 이 위험에 관한 논의와 실례를 보려면, 필자의 에세이 『말하는 대로의 요정어』, 해먼드와 스컬 2006을 참조하라.

톨킨과 '북구의 고귀한 정신'

톰 시피

고대 북구의 귀환

『반지의 제왕』에서 가장 가슴이 벅차오른 장면에 대해 톨킨은 샤두팍스를 탄 간달프가 부서진 곤도르의 성문 앞에서 나즈굴 군주를 대면한 순간이라고 말했다.[1] 그 둘이 힘을 겨뤄야 할 순간에 간달프는 뒤쪽 미나스티리스시에서 새벽을 맞는 수탉의 울음소리를 듣는다. "그러자 마치 거기에 화답하듯 저 멀리서 다른 소리가 들려왔다. [⋯] 사납게 불어 대는 북부의 큰 나팔소리였다. 로한이 마침내 온 것이다."[2]

이 장면이 이 이야기의 절정을 이루는 순간은 아니다. 그것은 몇 장 뒤에 반지를 파괴하는 장면이다. 그럼에도 불구하고 '북부의 나팔'은 전선이 형성되고, 의혹과 불신, 불확실성의 안개가 흩어진 순간을 알린다. '북부의 나팔'은 도전적이며 비타협적이다. 그것은 '이기든 지든 우리는 돌아서지 않겠다'는 의지를 뜻한다.

또한 북부의 나팔은 (톨킨의 생애에 일어난 사건들을 역전시키는 방식으로) 야만적인 과거의 구세계가 문명화된 대도시 곤도르의 신세계를 구조하러 온 순간을 가리킨다. 작품 후반부에서 여전사 에오윈이 호빗 메리에게 작별 선물로 용 샤다의 보물 창고에서 가져온 나팔을 줄 때 그 모티프는 반복된다. 그녀의 조상인 청년왕 에오를이 "북쪽 땅에서 가져"온 그것은 마술의 나팔이라서 "곤경에 처한 이가 불면 적의 마음에 두려움이 생기고 친구들의 가슴에는 즐거움이 넘"치게 되는데, 바로 그런 일이 일어난다.[3] 메리와 친구들이 톨킨의 어린 시절의 영국과 매우 흡사한 고향 샤이어로 돌아가서 더러운 삼류 악당들이 점령한 것을 보았을 때 그는 그 나팔을 불고, 그러자 즉시 대변혁이 일어난다. '북부의 나팔'이 과거로부터 용맹함을 가져온 것이다.

이것은 톨킨이 등장하기 오래전에 문학계에서도 일어났다. 르네상스 이후 시대에서 문화적으로 놀라운 가장 중요한 사건은 고대 북구 문학의 재발견이었을 것이다. 그 문학의 대부분은 고대 스칸디나비아 언어로 쓰여 있고 멀리 떨어진 아이슬란드에서 발견되었지만, 일부 작품은 고대 고지 독일어와 고대 색슨어, 그리고 (톨킨의 의견으로는, 마지막으로 열거되지만 앞의 언어들 못지않게 중요한) 고대 영어로 쓰여 있었다. 그 문화 운동에 많은 사람들이 기여했지만, 톨킨과 유럽, 세계에 대단히 중요한 의미를 가진 것은 네 가지 특별한 사건이었다.

첫 번째로 1640년대 초에 아이슬란드의 주교 브뤼뇰푸르 스베인손이, 현재 『운문 에다』로 알려진 신화적, 영웅적 주제에 관해 고대 스칸디나비아 언어로 쓰인 29편의 시 원고를 발견했다. 전 세계에서 가장 위대한 시 모음집이라고 평가되기도 하지만, 그 시들의 저자가 누구인지, 누가 옮겨 적었는지, 정확히 아이슬란드의 어느 곳에서 그 주교가 발견했는지는 알려지지 않았다. 두 번째로, 1665년에 덴마크의 학자 페데르 레센이 『운문 에다』의 가장 중요한 시 두 편의 편집본과 스노리 스투를루손의 『산문 에다』 편집본을 출간했고, 이것이 그 후 스칸디나비아 신화의 주요한 지식원이 되었다. 세 번째로, 1815년에 그리무르 욘손 토르켈린이라는 아이슬란드인이 영국 박물관에서 읽히지 않고 거의 주목받지 못한 채 소장되어 있던 고대 영시 『베오울프』를 코펜하겐에서 출간했다. 네 번째로, 엘리아스 뢴로트라는 핀란드 의사가 카렐리아의 북부 동토에서 수집한 많은 시가를 발표하기 시작했고, 그것들을 하나의 서사로 엮어서 『칼레발라』를 출간했다.

이 사건들은 서로 다른 방식으로 완전히 새로운 문학 취향, 전적으로

도판 28 〈에오메르 에아디그〉, 이반 카비니의 그림.
(© 이반 카비니/이탈리아 톨킨 연구 협회)

새로운 의식을 만들어 냈다. 특히 『운문 에다』의 신화적 이야기는 곧 '널리 퍼져 나갔고,' 이제는 모두들 라그나로크(북유럽 신화에서 세상 종말의 날—역자 주), 발할라(오딘 신이 사는 곳—역자 주), 토르(북유럽 신화의 뇌신—역자 주), 오딘(지식, 문화, 군사를 맡는 최고 신—역자 주), 로키(파괴, 재난의 신—역자 주)에 대해 알고 있다. 이런 것들이 (다른 많은 작품들과 더불어) '북부의 특성'이라는 이미지를 만들어 냈고, 톨킨은 그것에 매료되었으며 또한 그것을 통해서 수백만 독자들을 매료시켰다.

'북부의 특성'은 어떤 점에서 독특한 것일까? 그것에 대해 가장 시적으로 묘사한 사람은 톨킨이 아니라 그의 벗 C.S. 루이스였다. 루이스는 어린 시절에 뜻밖에 고대 북유럽을 접했을 때 즉시 매료되었다. 미국 시인 헨리 워즈워스 롱펠로가 스웨덴 시인이자 고대 북구의 애호가였던 엘리아스 테그너를 추모하여 쓴 시 「테그너의 영웅시」는 그에게 마른하늘의 날벼락 같았다. 루이스는 그 신화적 구절에 충격을 받았다.

> 외치는 소리를 들었다네,
> 그 아름다운 발데르가
> 죽었다네, 죽었다네.
>
> 나는 발데르에 대해 아무것도 몰랐다. 하지만 즉시 나는 북구의 방대한 하늘로 솟아올랐고, (차갑고, 광활하고, 혹독하고, 흐릿하고, 아득하다는 것 말고는) 결코 묘사될 수 없는 무언가를 가슴 저리도록 강렬하게 욕망했다.[4]

루이스는 바그너의 연작 오페라 〈니벨룽겐의 반지〉를 알게 되었을 때, 그리고 남동생과 돈을 모아 아서 래컴이 삽화를 그린 『지그프리트와 신들의 황혼기』를 샀을 때 그런 기쁨을 다시 경험했다. 그는 북구 신화에 관해 구할 수 있는 것을 모두 읽었고, 아스가르드(신들의 천상의 거처—역자 주)와 발키리(오딘의 12시녀—역자 주)는 "내가 경험한 그 무엇과도 견줄 수 없이 중요해"졌다.[5]

톨킨은 그처럼 청천벽력 같은 경험을 기록한 적이 없지만 그도 영웅 지크프리트(고대 스칸디나비아어로는 시구르드)에 매혹되었다. 여덟 살의 나이에 톨킨은 앤드류 랭의 『붉은 동화책』에서 용 파브니르를 죽이는 시구르드 이야기를 읽었다. 10대가 되어서는 윌리엄 모리스가 번역한 『볼숭 가의 사가』에서 훨씬 긴 원전을 읽었고, 학교의 토론 모임에서 그 작품에 대해 매우 열정적으로 이야기했다. 그 작품을 통해 톨킨은 신화와 영웅적 전설에서 묘사된 용과 고대 북구 문학 전반에 대한 취향을 갖게 되었다.

북구 신화의 도전

근대 유럽의 고전 교육을 받은 기독교인 독자들에게 북구 신화의 가장 두드러진 특징은 그것의 절망적인 전망이었다. 일반적으로 라그나로크라고 알려진 세상의 종말에 대대적인 전투가 벌어질 것이다. 그때 신들과 인간들은 거인들과 괴물들에 대항하여 전쟁을 벌일 것이며, 아스가르드의 신들이 이끄는 인간 쪽이 패배하도록 운명 지어져 있다. 그러나 톨킨이 인용한 W.P. 커의 글에 의하면 "북구의 신들은 [⋯] 패배했고, 그 패배를 부인할 수 없는 것으로 생각한다."[6] 유화 정책을 쓴다든가 편을 바꿀 가능성은 전혀 없다. 이런 전망이 이끌어 내는 것은, 톨킨의 말을 인용하

도판 29 (앞의 펼침면) 〈바이킹의 장례식〉, 프랭크 딕시의 그림. 1893년, 캔버스에 유화. (© 맨체스터 아트 갤러리/브리지맨 이미지)

도판 30 (왼쪽 면) 〈베오른〉, 렐리아 알바레스의 그림. (© 렐리아 알바레스)

자면, "용기론이고, 이것이 초기 북구 문학의 위대한 공헌이다."[7] 영웅(또는 발키리 브륀힐드와 같은 여걸)은 승리가 아니라 패배와 죽음에서 자신의 진정한 자질을 드러낸다.

따라서 소설과 영화에서 매우 친숙해진 북구적 특징의 한 가지 이미지는 '바이킹의 장례식'이다. 그 이미지는 스노리 스투를루손의 『산문 에다』에 묘사된 오딘의 아들, 아름다운 발데르의 장례식에서 유래한 것으로, 그의 시신을 배에 안치한 후 배에 불을 붙여 바다로 밀어 내보낸다. 오딘의 갖은 노력에도 불구하고 발데르를 북부의 여신 헬이 지배하는 불운한 사자들의 음산한 영역에서 데려올 수 없기 때문에, 테그너와 이후 루이스가 인정했듯이, 이 장면에는 절망감이 배어 있다.

한편 오딘은 자신을 숭배하는 자들을 상습적으로 배신함으로써 라그나로크에 대비한다. 그는 왜 그렇게 할까? 이 질문이 노르웨이의 시 한 편에서 제기된다. 요크의 왕, 에이릭 블러드액스가 954년의 전투에서 사망한 후 발할라에 들어설 때 누군가 오딘에게 "왜 당신은 그에게서 승리를 빼앗았습니까?"라고 묻는다. 톨킨의 친구이자 동료인 E.V. 고든이 편집한 그 시에서 오딘은 "확실히 알 수 없 기 때문에. 회색 늑대가 신들의 거처를 주시하고 있어."[8]라고 대답한다. 회색 늑대는 괴물 펜리르이다. 오딘의 말은 자신도 라그나로크가 언제 일어날지 알지 못한다는 뜻이다. 그는 그날이 올 때 살해된 자들의 전당, 발할라에서 자기 전사들이 총력을 갖추고 있기를 원한다. 그 최종적 결과를 피할 수 없다는 것을 알고 있지만 말이다.

이와 같은 완강한 저항 정신이 로한의 나팔 소리나 호빗 메리와 보로미르 나팔 소리처럼 톨킨 작품에 흐른다. 간달프는 승산이 없는 상황에서 이런 태도를 잘 보여 준다. "갑자기 간달프가 몸을 일으키며 턱을 내밀었다. 그의 수염이 곧은 철사처럼 빳빳하게 뻗쳤다. '아직은 용기를 잃어선 안 돼.'"[9] '바로 그런 정신이야!'라고 우리는 말해야겠다.

북구 신화를 묘사할 적합한 형용사가 '절망적인'이라면, 북구의 영웅 전설에 어울리는 형용사는 '냉혹한'일 것이다. 에다 시편들과 『볼숭 가의 사가』 같은 '옛 사가'에는 최후의 저항과 죽음의 노래, 종종 잔인한 기행이 넘쳐 난다. 그런 분위기를 잘 구현한 톨킨의 인물은 『호빗』의 베오른(도판 30)이다. 곰으로 변신할 수 있는 그의 주위에 있으면 실로 안전하지 않다.

빌보와 난쟁이들은 베오른이 자기들 편이더라도 어두워진 후에는 실내에 있어야 한다고 주의를 듣는다. 베오른이 빌보 일행의 이야기가 사실이라는 것을 확인한 다음 날 아침에 그들은 바깥 장대에 꽂힌 고블린의 머리와 나무에 박힌 와르그 가죽을 보게 된다. 톨킨은 북부의 독수리들이 "친절한 새가 아니"라고 말했듯이 "베오른은 무시무시한 상대"라고 언급한다.[10]

『반지의 제왕』의 '해설'에서 베오른과 독수리들은 무쇠주먹 헬름처럼 과거에서 유래한 인물들과 대등하게 평가되는데, 그는 영웅 베오울프와 유사하면서도 트롤 그렌델과 비슷하게 보인다. 그런데 '베오-울프Beowulf'는 '벌들의 늑대the wolf of the bees'를 뜻할 수 있다(분명 톨킨은 그렇게 생각했다). 곰돌이 푸의 독자들이 잘 알고 있듯이, 벌들의 적은 꿀을 먹는 곰이다. 베오울프는 그의 완력이나 맨손으로 싸우는 재주, 꽉 움켜잡아 죽이는 능력에 있어서 곰과 흡사하다. "칼날이 그를 죽인 건 아니야." 베오울프는 프랑크족의 전사 데이레이븐을 냉혹하게 회상한다. "그런데 내가 꽉 움켜잡자 그의 뼈들의 집채와 심장의 맥이 끊어졌지."[11] "뼈들의 집채"란 '흉곽'이 아니면 무엇을 의미하겠는가?

북구 전통에서 곰으로 변신하는 인물이 베오울프만 있는 것은 아니다. 『흐롤프 크라키의 사가』에서 뵤른('곰')과 베라('암컷 곰')의 아들인 영웅 뱌르키('작은 곰')는 더 명백한 사례를 보여 준다. 톨킨은 그 사가와 서사시 『베오울프』가 '곰의 아들'에 대한 변이된 민담에 기반하고 있다는 징후에 깊은 인상을 받았으므로 자신이 짐작하는 바의 그 이야기를 직접 썼다. 그 이야기는 그가 번역하고 해설한 『베오울프』와 함께 '기이한 이야기'를 뜻하는 고대 영어 'Sellic Spell'이라는 제목으로 2014년에 출간되었다.

암울하고 절망적이지만 굴하지 않고 도전하는 것—이것이 "북구의 고귀한 정신"이라고 톨킨이 부른 것의 본질이다. "유럽에 남긴 최고의 공헌이었던 그 정신을 나는 늘 사랑했고 그 진면모를 제시하려고 노력했다."[12]

하지만 '진면모'란 '거짓 면모'나 왜곡의 존재도 함축한다. 톨킨은 1930년대와 1940년대에 그것에 대해 잘 알고 있었고 가차 없이 반대했다. 애

도판 31 〈산신령〉, 조제프 마들레너의 그림.
(소더비의 무료 서비스 사진)

초부터 '북구의 정신'은 그 이단성과 빈번한 잔혹성 때문에 학자들에게, 톨킨처럼 충실한 그리스도교인에게 난제를 제기했다. 그 영웅적 정신을 간직하면서 이단적 정신을 순화할 방법을 찾는 것이 톨킨에게 중요한 도전이었다.

북구 정신의 순화

그런 까닭에 톨킨은 역사적인 고대 북구 세계의 최악의 면모들을 그의 소설에서 배제했다. 『반지의 제왕』에 등장하는 노예는 모르도르와 그 동맹의 노예뿐이다. 인신 공양은 더 이상 자행되지 않는다. 세오덴의 장례식에서 고분을 세우고 만가를 부르기는 하지만 어떤 제물도, 말이나 사냥개도 희생되지 않는다. 데네소르가 스스로를 산 채로 화형하고 아들 파라미르도 데려가려 할 때 간달프는 그를 '이교도'라 부르며 통렬히 꾸짖고 파라미르를 구출한다. 모자를 쓰고 망토를 걸친 간달프의 모습은 오딘의 전통적 이미지와 비슷하고, 심지어 조제프 마들레너의 〈산신령Der Berggeist〉과 더 닮아 보이며, 알다시피 톨킨은 그 그림(도판 31)에 찬사를 보낸 바 있다. 그럼에도 불구하고 간달프는 언제나 자신을 더 높은 권능에 종속된 전령으로 제시한다.

톨킨은 더 나아가 『베오울프』의 한 아리송한 구절에서 안도감 같은 것을 얻었는데, 그 구절을 근거로 "북구의 고귀한 정신은" "그 어디보다 [⋯] 영국에서 더 고귀했고, 더 일찍 축성되고 기독교화되었다"고 주장하기도 했다.[13] 그 시는 '바이킹 장례식'과 아주 비슷하게 시작한다. 덴마크의 왕 실드 셰핑이 자신의 배에 안치되고 보물에 둘러싸여 바다로 떠밀려 가는데, 그 배는 화염에 휩싸여 있지 않다. 시인은 실드가 아기였을 때 바다를 건너 데인족에게 왔는데 왕이 없는 그들을 구하기 위해 보내졌다고 말한다. 이제 그가 죽었으므로 데인족은 "애초에 어린아이인 그를 홀로 바다 너머로 보냈던 그들보다 적지 않은 선물(영어의 절제된 표현은 '훨씬 많은 선물'을 뜻한다)을 실어 그를 되돌려 보낸다."[14]

여기서 특히 기묘한 점은, 톨킨이 분명 주목했을 텐데, "그들보다"라는 구절이 변칙적 운율로 되어 있다는 것이다. 고대 영어의 운율 규칙에 따르면 '그들'이라는 단어에는 대체로 강세와 두운이 주어지지 않는다. 여기서처럼 강세와 두운이 올 때는 그 단어가 특별히 강조된다. 그렇다면 그들이란 이 세상의—혹은 이 세상 밖의—누구일까? 그들이 하는 일은 신의 섭리이다. 하지만 실드를 보낸 자가 신이라면 그 대명사는 '그He'일 것이다. '그들'을 선택했다는 것은 다른 대리인들이 활동했고, 신의 섭리를 행하지만 신은 아니며, 바다 건너 어딘가에—고대 데인족이나 앵글로색슨족에게는 분명 서쪽에—있다는 것을 뜻한다.

온통 이교도 영웅을 다루고 있지만 기독교인에 의해 쓰인 이 시의 이 특이한 구절 덕분에 톨킨은 북구 정신을 향한 자신의 중간 기점의 암시를 얻었다. 그의 신화에서 발라들은 유일신 밑에서 가운데땅의 수호자들로 활동하고, 그들의 거처는 지금은 '세상의 영역'에서 멀리 떨어진 서녘의 발리노르에 있다. 처음부터 톨킨은 아스가르드의 신들을 모델로 삼아 그들을 구상했다. 자유민들을 돕기 위해 간달프와 다른 이스타리 혹은 마법사들을 보낸 것은 바로 그들이다. 1987년에 출간된 어느 시에서 톨킨은 '셰아프 왕'에 대해 썼는데, 그의 후손으로 상정된 실드 셰핑이 아니라 셰아프를 어두운 이교도 세계에 희망과 풍요를 갖다 주기 위해 초자연적 권능에 의해 보내진 그리스도의 원형적 인물로 묘사했다.[15] 이 시는 153행으로 되어 있는데, 톨킨이 잘 알고 있었듯이, 그 숫자가 요한복음서 21장 1~14절에서 유래한 '구원의 숫자'라는 것은 우연이 아니었다.

톨킨의 영감의 원천

톨킨은 일단 '북구의 정신'을 재창조하기 위해 꼭 필요했던, 비이단적이고 순화된 얼개를 설정하고 나자 온갖 자료를 사용할 수 있었다. 한 가지 예를 들자면, 용이 있다. 『호빗』의 12장부터 14장은 베오울프의 마지막 대결의 줄거리를 면밀히 따르고 있다. 이 시에서는 어떤 도둑이 잠자고 있는 용의 보물 더미를 우연히 발견하여 잔을 훔친다. 잠에서 깨어난 용은 그 절도를 알아차리고 베오울프의 궁전을 태워 버리려고 날아간다. 그러자 베오울프는 열한 명의 동료와 그 도둑과 함께—다 합쳐 열셋이—용을 향해 진군해서 용을 살해하고 그 또한 살해된다. 『호빗』에는 열두 명의 난쟁이와 소린—또다시 열셋—이 있고 빌보는 '행운의 숫자'를 위해 간달프가 추가한 인물이다. 그들이 용의 굴에 도착했을 때 간달프는 이미 그들을 떠나고 없으므로 빌보는 다시 행운의 숫자 14가 된다. 도둑, 아니 '좀도둑'으로서 그는 굴을 따라 내려가 잠자는 용에게 다가가서

도판 32 시구르드와 파브니르의 삽화, 아서 래컴의 그림.
(리하르트 바그너의 『신들의 황혼기』에서, 1911년, Bodleian Castello 31)

는 그 시에서와 마찬가지로 잔을 훔치고, 결국 용은 호수마을의 집들을 태워 버리려고 똑같이 날아간다.

큰 차이점은 빌보가 굴을 두 번 내려가고 두 번째 내려갔을 때 스마우그와 유명한 대화를 나누는 것인데, 이 대화가 소설 전체에서 가장 빛나는 솜씨를 발휘한 부분일 것이다. 하지만 이것도 고대 북부의 원전에서 따온 것으로, 그 원전은 『베오울프』가 아니라 『운문 에다』의 「파브니르의 노래」이다. 이 시에서 영웅 시구르드는 용 파브니르를 밑에서 찔러 치명적 부상을 입힌 후(도판 32) 대화를 나눈다. 톨킨은 고대 스칸디나비아 시인이 이 부분을 서툴게 망쳤다고 생각했을 것이다. 처음에 시구르드는 자기 이름을 밝히지 않는다. "죽어 가는 자가 적의 이름을 불러 저주하면 그 말이 엄청난 위력을 발휘한다는 옛 믿음이 있었기 때문이다."[16] 빌보도 자기 이름과 태생을 밝히지 않으려 애쓰지만 완전히 성공하지는 못하는데, 이 시의 시구르드처럼 불쑥 내뱉지는 않는다. 톨킨은 그 대화를 더 정교하게 만들었고, 스마우그에게 더욱 '강력한 개성'을 부여했다.[17] 그럼에도 그는 그 고대 시의 또 다른 특징, 즉 시구르드가 갑자기 새들의 말을 알아듣게 된 것을 기억했다. 『호빗』에서는 개똥지빠귀가 스마우그의 갑옷에서 "맨살이 드러난 부분"에 대한 빌보의 말을 듣고, 그 중요한 정보를 영웅 바르드에게 전해 주어 스마우그를 쏘아 죽일 수 있게 한다.

그런데 고대 북구의 재발견으로 인해 스마우그가 얻은 또 한 가지는 그의 이름이다. 그것은 톨킨의 작업 방식과 재창조된 '북부의 특징', 그 두 가지의 기본적으로 중요한 성격을 보여 준다. 그 두 가지에서, 야콥 그림이 효과적으로 창안한 학문, '비교 언어학'이 두드러진다는 점이다. 톨킨에게 그 자신을 한 단어로 묘사해 달라고 청하면 '나는 […] 언어학자입니다'라고 말했을 것이다. 실제로 그는 자신을 "순수한 언어학자"라고 부른 적이 있다.[18] 그에게 세 단어로 말해 달라고 하면, '순수한 비교 언어학자'라고 했을 것이다.

비교 언어학은 야콥 그림이 북구의 고대 언어들을 연구하고 그것들의 차이점을 훗날 '그림의 법칙'이라 알려진 일련의 규칙적인 음-변이에 의해 설명할 수 있다는 것을 보여 주었을 때 시작되었다. 그가 제시한 결과와 방법론은 열성적으로 발전되었고, 덕분에 그의 후계자들은 처음에는 빠진 단어들과 언어들을, 그다음에는 개념과 신화, 상상된 세계 전체를 매우 자신 있게 '재구성'할 수 있었다. 바로 이것이 톨킨이 한 일이었다.

용 스마우그로 돌아가자면, 그의 이름은 소린과 마찬가지로—난쟁이들의 이름은 (하나만 제외하고) 모두 『운문 에다』에서 따온 것이다—고대 스칸디나비아어 단어처럼 보이지만 톨킨 이전에는 기록된 적이 없다. 그런데 고대 영어로 쓰인 주문의 한 구절 with smēagan wyrme(그 어떤 벌레에 대항하여)에 형용사 smēah가 나온다. 이 형용사의 의미는 무엇일까? smēagan은 고대 영어에서 동사로도 쓰이는데 "생각해 내다, 들어가다 혹은 관통하다"를 의미한다. 그렇다면 위험한 '벌레', 뚫고 들어가는 벌레를 가리키는 데 좋은 단어이다. 영리한 벌레일 것이다. 고대 스칸디나비아어에서 Ormr 또는 'worm'은 '용'을 뜻한다. 고대 영어의 smēah는 규칙에 따라 고대 스칸디나비아어에서 smaugr가 될 테고, 따라서 영리하고 교묘하게 파고드는 용, Smaug가 나온다. 또한 주목할 것은, 골룸의 원래 호빗 이름이 스메아골Sméagol인데 감지네 샘이 그것을 "Slinker(살금이)"라고 적절히 옮긴다.

이런 방식으로 톨킨은 추론했고, 그 이전의 언어학자들도 그러했다. 베오른은 베오울프와 뱌르키에서, 스마우그와 스메아골은 스메아간에서 온 것이다. 이와 유사한 방법으로 톨킨은 고분악령Barrow-Wights, 발로그Balrogs, 오르크Orcs와 엔트Ents, 우오즈Woses, 어둠숲Mirkwood, 그리고 가운데땅Middle-earth도 창안해 냈다. 심지어 고대 북구에 아무 기록도 없는 호빗에 대해서도 톨킨은 쉬지 않고 고대의 기원을 창안해 냈다. 로한의 기사들은 그들을 홀뷔틀라holbytla(굴 파는 사람)라고 부르는데, 고대 영어에 기록된 적은 없지만 불가능하지는 않은 단어이고, (『호빗』의 첫 문장에서 보이듯이) 매우 적절한 명칭이다.

무엇보다 톨킨이 고대 북구 신화에서 재창조한 가장 위대한 것은 분명 요정Elves으로, 고대 영어에서는 ylfe, 고대 스칸디나비아어에서는 álfar로 표기된다. 스노리 스투를루손은 『산문 에다』에서 요정들에 대해 많이 언급하며, '밝은 요정', '어두운 요정', '흑요정 혹은 검은 요정'의 세 범주로 혼란스럽게 분류했다. 더욱 혼란스럽게도 그는 세 번째 요정 범주로 난쟁이를 의미했다. 이 범주를 피부색과 전혀 무관하게 만든 것은 톨킨의 탁월한 결정 중 하나였다. 그의 '빛의 요정'은 발리노르에 있는 두 나무의 빛을 본 자들이고, '어둠의 요정'은 그 여행을 거부한 자들이며, 특히

(『실마릴리온』에서) 검은요정Dark Elf은 난쟁이가 아니라 에올인데 새까만 갑옷을 입고 있어서 부주의한 인간 관찰자에게는 난쟁이로 보일 수 있다. 톨킨의 요정은 빅토리아 시대 요정fairies의 이미지를 상쇄하는 두드러진 존재로서 더 강하고, 더 사납고, 더 현명하고, 더 위험하다. 현대의 '동화'에서 요정의 개념은 쇠퇴했고 진정한 정신을 잃었다고 톨킨은 암시했다.

톨킨의 난쟁이들도 룸펠슈틸츠헨(독일 민화에 나오는 난쟁이—역자 주)과는 전혀 다르다. 그들은 고대 스칸디나비아식의 이름과 행동 양식을 갖고 있다. 그들은 짧게 말하고, 많은 것을 생략한다. 그들은 절대로 용서하지도, 잊지도 않는다. 그들은 특히 용의 고질병, 즉 재물을 비축하려는 욕망에 취약하다. 그리고 참나무방패 소린(도판 33), 그의 조카 필리와 킬리, 또는 "어둠이 닥칠 때까지" 브란드 왕의 시신을 지키며 도끼를 휘두른 무쇠발 다인처럼 완강하게 싸우다 죽는다.[19]

하지만 톨킨이 창조한 영웅 중 가장 도전적인 인물은 '실마릴리온'의 투린임이 분명하다. 그가 북구의 다른 전통, 핀란드와『칼레발라』의 전통에서 나온 인물이기 때문일 것이다. 투린의 이야기는 일찍이 1914년에 톨킨이 뢴로트가 재구성한 서사시의 31~36절을 바탕으로『쿨레르보 이야기』를 썼을 때 그의 마음속에 있었다. 그 이야기는『실마릴리온』의 21장으로 등장하기 전에 여러 차례 수정되었고, 톨킨 사후 2007년에 출간된『후린의 아이들』에 이르러서야 최종적 형태에 이르렀다. 그것은 언제나 잔혹성과 배신, 비극적 사고, 근친상간, 결국 자살을 다룬 이야기였다. 그러나 톨킨의 이야기는 많은 이들이 공감하지 않는 '북구의 정신'의 또 다른 특징인 숙명론을 설명하고자 한다.

고대 스칸디나비아 사가의 한 인물은 "누군가 운명의 말을 할 것이다"라고 말한다. 누군가 적절치 않은 순간에 적절치 않은 말을 하고, 재앙을 유발하기 마련이다.[20] 분명 이런 일이 '투린의 이야기'에서 일어난다. 그런데 그것이 우리에게 자유의지가 없고, 모든 결정은 생명의 실을 자으며 끊어 버리는 운명의 여신들, 즉 노른에게 달려 있다는 뜻일까? 자비로운 은총은 없는 걸까? '투린의 이야기'에서 톨킨은 사람들이 실제로 경솔함이나 악의로 치명적인 말을 한다고 미묘하게 암시한다. 하지만 그런 말을 사람들의 마음속에 떠올리게 하는 것은 톨킨의 신화에서 사탄에 해당하는 멜코르이고, 그가 "아르다의 운명의 주재자"라고 톨킨은 주장한다.[21] 그럼에도 불구하고

도판 33 〈소린의 작별〉, 대니 오리지오의 그림.
(ⓒ대니 오리지오/이탈리아 톨킨 연구 협회)

만일 멜코르의 자극에 아무런 반응도 하지 않는다면, 사람들이 '운명의 말'을 하지 않겠다고 선택한다면, 그는 무력해질 것이다.

더욱이 기독교의 우주에는 고대 북부가 알지 못했고 운명보다 더 강한 힘이 있다. 톨킨의 가운데땅에서 그것은 암시되거나 함축될 뿐이더라도 완전히 부재하지는 않는다. 그런 암시는 톨킨이 탁월하게 그려 내는 죽음의 장면에서 종종 나타난다. 참나무방패 소린은 빌보에게 "이제 나는 세상이 바뀔 때까지 기다리는 곳으로 가서 내 조상들 옆에 앉을 거라네"라고 말한다.[22] 세오덴은 "나는 나의 선조들에게 가네. 이제는 강대한 그분들과 어울려도 부끄럽게 않을 걸세."라고 말한다.[23] 요정들도 '기다림의 전당'으로 간다. 아라고른과 함께 살기 위해 인간을 선택한 아르웬의 운명은 그가 죽은 후에 어떻게 될까? 우리는 알지 못한다. 그러나 아라고른은 그녀를 위로하려고 마지막 순간에 "우리는 이 세상의 둘레 안에 영원토록 묶여 있지 않아요. 이 세상 너머에 기억 이상의 것이 있으니."라고 말한다.[24] 그러니 그들은 다시 만날 수 있을까? 톰 봄바딜이 고분악령에게 말하듯이 "세상이 바뀐" 다음에?[25]

톨킨의 이상적 '북구의 특성', 라그나로크를 넘어선 계시의 암시에 의해 순화되고 "축성된" "북부의 고귀한 정신"을 최종적으로 구현한 인물은 아라고른이다. 아라고른은 "내게 고향이 있다면 […] 이곳 북부요"라고 말하고, 호빗들과 기사들도 똑같이 말한다. "저희 고향은 저 멀리 북부에 있습니다."(메리) 그리고 "내 종족은 북방에서 왔지."(세오덴) 한편 아라고른은 "나는 곤도르와 북방, 둘 모두에 속하네"라고 선언한다.[26] 그는 결국에 자신이 계승한 고대 북부 왕국을 오랫동안 분리되어 있던 남부 왕국과 통합한다. 마찬가지로 그는 북구 전설의 시구르드나 지크프리트처럼 부러진 칼을 다시 벼려 휘두르는데, 먼 서부의 '불사의 땅'에서 가져온 요정석을 끼고 있다.

톨킨은 '북구의 정신'과는 다르고 더 오래된, 누메노르 너머에 자리 잡은 전통을 늘 의식했다. 실드와 '셰아프'의 옛 이야기들에서 드러나듯이, 그 전통에 대해서는 고대 북부도 어렴풋이 감지할 뿐이었다. 소린은 죽어 가면서 빌보와 작별할 때 그를 "온후한 서쪽의 자손"이라고 부른다. 보로미르의 현명한 동생 파라미르에게는 "누메노르의 기품"이 있고 누메노르는 곧 '서쪽나라'이다.[27] 톨킨에게 있어서, 북부의 엄숙하고 비타협적인 정신은 비록 경탄스럽기는 했지만 참된 이상에 도달하려면 서녘의 '불사의 땅'의 희망이 있어야 했다.

주註

1 카펜터와 톨킨 1981, p.221과 p.376을 보라.
2 톨킨 1954~1955, 5권, 4장.
3 톨킨 1954~1955, 6권, 6장.
4 루이스 1955, 1장.
5 루이스 1955, 5장.
6 W.P. 커, 『어둠의 시대』, 런던, 블랙우드, 1904, p.57, 톨킨 1997, p.21에서 인용.
7 톨킨 1997, p.20.
8 고든 1957, p.149, 필자 번역.
9 톨킨 1954~1955, 2권, 1장.
10 톨킨 1937, 6장, 7장.
11 『베오울프』, 2506~2508행, 필자 번역.
12 카펜터와 톨킨 1981, p.56.
13 카펜터와 톨킨 1981, p.56.
14 『베오울프』, 43~46행, 필자 번역.
15 톨킨 1987, p.87~91.
16 네켈과 쿤 1962, p.180.
17 톨킨 1937, 12장. 용과의 대화는 오랜 세월 동안 톨킨의 마음속에 있었다. 또 다른 대화는 톨킨 1977, 21장에서 투린과 글라우룽이 나누는 말과 같은 장에서 글라우룽이 죽어 가며 니에노르에게 하는 말에서 볼 수 있다.
18 카펜터와 톨킨 1981, p.264.
19 톨킨 1954~1955, 해설 A. III.
20 『기슬리 수르손의 사가』, 9장.
21 톨킨 1977, 20장.
22 톨킨 1937, 18장.
23 톨킨 1954~1955, 5권, 6장.
24 톨킨 1954~1955, 해설 A. I '아라고른과 아르웬의 이야기 한 토막'.
25 톨킨 1954~1955, 1권, 8장.
26 톨킨 1954~1955, 2권, 2장; 3권, 8장 (메리와 세오덴); 3권, 9장.
27 톨킨 1937, 18장; 톨킨 1954~1955, 4권, 5장.

"QVALLINGTON
CARPENTER"
EASTBURY
BERKSHIRE
JRRT
Aug: 1912

도판 34 〈퀼링턴 카펜터〉, 버크셔, 이스트버리. 1912년 8월.
(Bodleian MS. Tolkien Drawings 85, fol. 5)

톨킨의 시각 예술

웨인 G. 해먼드와 크리스티나 스컬

20세기로 바뀔 무렵 영국에서 특정 계층의 남녀는 그림 그리기를 여전히 상류사회에서 공유되는 교양의 일부로 배웠다. 그 결과 고상한 재주나 여가 선용의 놀이에 불과할 때도 있지만 어떤 사람들은 상당한 기술을 익혀서 성인이 되어서도 솜씨를 발휘했다. 톨킨은 후자에 속했다. 약간 제한이 있었지만 그는 연필화, 색연필화, 잉크화, 수채화에 능숙해졌고, 그 능력을 심미적 즐거움을 위해서만이 아니라 작가로서 자신의 장점과 결부하여, 때로는 그 장점에 도움이 되도록 사용했다.[1]

풍경화

톨킨은 소년 시절에 어머니에게 스케치와 그림을 배웠다. 1900년 가을에 버밍엄의 에드워드 6세 학교에 입학해서는 기초적인 수준의 스케치를 배웠다. 1903년에 메이블 톨킨은 아들이 열심히 그리기를 연습하고 있으며 "실크 안감이나 전등갓의 색깔을 진짜 '파리의 여성 유행복 제조업자'처럼 잘 맞출 수 있다"고 썼다.[2] 주로 수채화로 그려진 초기 그림 몇 장은 분명 어린아이의 솜씨로 나무에 걸린 그네와 교회 탑을 그린 것이다. 몇 년 후 20세기 초에 그는 굽은 만과 치솟은 절벽이 늘어선 바닷가 풍경을 수채화 몇 장으로 그렸는데 구성과 빛의 묘사에 훨씬 진전된 면모를 보인다.

보들리언 도서관의 톨킨 기록보관소에 보존된 그의 스케치북과 별도의 그림들은 그의 생애의 귀중한 기록들이다. 그는 여행할 때 종종 스케치와 그림도구를 가지고 다닌 듯하다. 1906년 라임 레지스에서 스리 컵스 호텔의 응접실에 앉아 항구를 그렸는데, 여러 지붕들과 바다의 만입부 너머로 코브와 영국 해협이 보이는 매력적인 풍경화이다. 1912년 여름에는 도보 여행 중 머물렀던 곳을 기록했고 그중에 버크셔의 램본과 이스트버리 주위의 스케치가 있다. 이 스케치들 가운데 가장 인상적인 것은 처진 벽에 초가지붕이 덮인 작은 집 〈퀼링턴 카펜터〉의 잉크화인데 질감과 음영이 정교하게 표현되어 있다(도판 34). 1913년에 그는 워릭, 노팅엄셔의 게들링, 버밍엄 근처의 반트 그린과 킹스 노턴의 풍경을 스케치했다. 이때쯤 그는 옥스퍼드에 입학했고 그곳에서 터를 가와 학생 프로그램을 위한 그림을 그렸다. 1914년에는 콘월에서 캐지위스의 어촌 마을과 펜트리스 해안에서 본 사자바위, 리저드 근처 작은 만에 부서지는 파도를 그렸다. 거친 파도가 이는 바다 풍경은 그해 후반에 쓴 당시 '조류'라는 제목의 톨킨의 시 한 편에 등장한다.

그는 전시에도 간혹 풍경화나 사적인 그림을 계속 그렸다. 가장 재미있는 그림은 〈집시 그린의 호화로운 생활〉인데 아내 이디스가 빨래를 하거나 머리칼을 다듬고, 피아노를 치고, 아기 존을 안고 정원으로 나가고, 톨킨 자신은 자전거를 타고 있으며 춤추는 고양이와 같은 것들이 묘사된 삽화이다. 이후의 스케치들도 휴가 여행을 떠났거나 옥스퍼드의 집에 있는 톨킨을 다시 보여 준다. 가령 〈1940년 봄〉은 노스무어 로 20번지의 톨킨의 집 정원에 만개한 빅토리아 자두나무를 특이하게도 색종이에 그린 풍경화이다. 보들리언 도서관의 기록보관소에 있는 그의 마지막 스케치북은 1951년부터 시작되고, 아일랜드 남서부의 풍경화 아홉 점이 들어 있다. 여기에 들어 있는 그림 몇 점은 색종이에 색연필로 그려져 있다.

환상적 그림과 '실마릴리온'

톨킨의 초기 그림들은 자연이나, 램본 교회의 노르만 양식의 입구처럼

도판 35 〈악의〉, [1912년 12월경]. (Bodleian MS. Tolkien Drawings 88, fol. 8)

건축학적 특징을 강조한 경우가 많았다. 어느 경우에나 그는 정확성에 관심을 쏟았으므로, 그가 그린 장소를 찾아가 보면 그리 달라지지 않았음을 볼 수 있다. 그러나 그의 그림은 관찰할 수 있는 대상에 제한되지 않았다. 학부생일 때 그는 꿈(또는 악몽) 속의 환영 같다는 의미에서 환상적 그림이라 불릴 수 있는 것도 그렸다. 명확하게 날짜(1911년 12월)가 적혀 있고 다분히 수수께끼 같은 그림은 〈고요한, 막대한, 엄청난〉이란 제목이 붙어 있고 그 소재는 얼굴과 귀처럼 보이는 버섯 모양의 곡선 형태이다. 〈악의〉에서는 어떤 불길한 손이 박쥐 같은 얼굴들로 장식된 커튼을 잡아당기기 시작한다(도판 35). 〈세상의 끝〉에서는 막대기 같은 인물이 절벽 끝에서 성큼 발을 내디딘다. 톨킨이 '다움'이라고 부른 그림 몇 장만 보자면, 〈열 살 이전다움〉은 얼핏 보면 화려하게 채색된 풍경화 같지만 다시 보면 나비이다. 〈어른다움〉에는 삭발한 머리에 "앞을 못 보고, 눈이 멀고, 잘 감싸여 있음"이라고 적혀 있다.

이 그림들을 어떻게 이해해야 할까? 염세주의나 젊음의 덧없는 기쁨에 관한 철학적 사변을 늘어놓거나 와츠나 퓨젤리 같은 화가의 영향을 쉽게 언급할 수 있을 테고, 프로이트주의자라면 신나게 설명할 수 있겠지만, 그것은 한가한 공론일 것이다. 톨킨이 '다움의 책'이라고 제목을 적은 스케치북과 관련된 다른 그림들은 더 쉽게 설명할 수 있다. 가령 〈도원경〉은 콜리지의 시 「쿠블라 칸」에 기반하고 있고, 〈포흐야의 땅〉은 『칼레발라』에서 핀란드 신화의 북단의 땅 포흐야 혹은 포흐욜라에서 태양과 달이 도난당한 사건에 영감을 받은 그림이다.

톨킨은 1914년 말쯤 『칼레발라』에 관한 논고를 옥스퍼드 모임에서 발표하고 한 달 뒤에, 그리고 에드워드 6세 학교 출신의 친구 세 명을 만나 문학과 음악, 그림에 대한 야심을 서로 이야기하고 오래 지나지 않아 〈포흐야의 땅〉을 그렸다. 이 만남 후에 그는 "온갖 억눌린 것들"을 표현할 자신의 목소리를 발견했고, 이때 쓴 시 몇 편은 평생 그의 뇌리를 사로잡을 '실마릴리온' 신화의 몇 가지 요소를 내포하기 시작했다.[3] 1915년에 그는 '다움의 책'에 수채화 〈물과 바람과 모래〉를 그렸는데, 그가 콘월에서 그린 〈리저드 근처의 작은 만〉을 양식화한 해석이다. 대면 페이지에 적힌 글에서 그 그림은 "「상고대의 바다 노래」에 붙인 삽화"로 묘사된다. 「조류」를 개작한 그 시는 (후에 '윌미르의 뿔나팔'로) 톨킨의 신화에 포함되었다.

더 중요한 그림은 1915년 5월에 그린 수채화 〈요정나라의 해안〉인데, 황금빛 태양과 초승달이 굽어진 나무 두 그루 위에서 자란다. '실마릴리온'에서 태양과 달은 발라와 요정들의 땅, 발리노르에 빛을 발하는 두 나무의 마지막 열매이자 꽃이다. 그림의 중앙에 크고 흰 탑이 있는 요정들의 도시, 코르가 있다. 대면 페이지에 적힌 '요정나라의 해안'이라는 제목의 시에 이 모든 것이 묘사되어 있다. 시와 그림의 결합은 톨킨 신화의 중요한 요소들이 글로 묘사되기 전이나 거의 동시에 그림 형태로 나타났음을 보여 준다.

리즈대학교나 옥스퍼드대학교에서 교수의 업무로 인해 글을 쓰거나 그림을 그릴 시간이 거의 없었던 톨킨은 특히 방학의 자투리 시간에 대단히 생산적으로 작업할 수 있었다. 특히 1927~1928년 사이에 그는 '실마릴리온'에 기반한 일련의 그림들을 그렸다. 그는 10년이 넘는 기간 동안 『잃어버린 이야기들의 책』에서부터 「레이시안의 노래」에 이르기까지 자신의 신화를 발전시켜 왔는데, 이제 다른 소재보다도 용 글로룬드(후에는 글라우룽)가 청동 비늘을 반짝이며 용사 투린을 찾으려고 동굴에서 나오는 장면과 요정 벨레그가 타우르나푸인숲에서 플린딩을 발견하는 (마찬가지로 '실마릴리온'의 투린 투람바르의 이야기에 나오는) 순간(훗날 톨킨은 이 그림의 요정들을 편리하게 무시하고 『반지의 제왕』의 팡고른숲 그림으로 사용했다)을 그리려는 영감을 받았다. 이 시기의 가장 인상적인 그림은 발리노르 동쪽의 가장 높은 산들과 발라들의 군주의 집을 그린 〈타니퀘틸〉이다. 별이 빛나는 하늘에 구름들 사이로 높이 솟아오른 타니퀘틸의 봉우리에 만웨의 궁전이 환히 빛나고 산기슭에는 바다를 항해하는 요정들, 텔레리의 마을이 있다.

이 수채화들은 '실마릴리온'을 위해 그린 그림들 중 가장 잘 알려진 것이고, 그중에는 요정들의 요새 나르고스론드를 변화하는 구상 단계에 따라 연필과 잉크로 그린 그림들과, 시리온협곡과 곤돌린의 비밀 도시를 그린 그림도 있다. 그의 신화가 말년의 톨킨에게도 계속 영감을 주었다는 것은 1961년에 그렸을 색연필화 〈아침의 언덕〉(도판 36)에서 드러난다. 후기 작품이지만 이 그림은 그가 창조한 세계의 더 오랜 우주론을 반영하는데, 태양이 밤중에 평평한 지구 밑을 여행하고 나서 다시 동쪽 산 위로 솟아오르는 것이다.

WICKEDNESS

Ambaróna

Nov

The Hills of the Morn

도판 36 〈아침의 언덕〉, ?1961년.
(Bodleian MS. Tolkien Drawings 91, fol. 37r)

아동을 위한 이야기

톨킨과 그의 아내에게 1917년부터 1929년 사이에 네 자녀가 태어났다. 헌신적인 아버지로서 톨킨은 자녀를 위한 이야기를 지어내곤 했는데, 그 이야기들은 그의 신화에서 (직접적인 관련은 없더라도) 영향을 받을 때도 있었지만 대체로 익살스럽고 유쾌했다. 1920년 12월부터 그는 산타클로스가 보낸 듯이 그림을 곁들인 편지를 쓰기 시작했다. 처음 보낸 그림은 선물 자루를 메고 눈 속을 걷는 산타클로스와 뾰족한 '장대'들로 둘러싸인 둥글고 특이한 그의 집을 보여 주는데, 그 장대들은 '실마릴리온'과 관련해서 초기에 그린 달 그림의 '돛대'와 매우 유사하다. '산타클로스' 편지는 딸 프리실라가 열네 살이 된 1943년까지 이어졌고, 북극의 얼어붙은 땅과 동굴에서 산타클로스와 그의 조수들, 친구들, 적 고블린이 등장하는 그 나름의 신화(도판 37)를 형성하게 되었다. 잉크와 수채 물감, 색연필로 그려진 그림은 더 정교하고 상상력이 풍부해졌으며, 봉투의 우표와 소인 같은 세세한 부분까지도 도안되었다.

또한 톨킨은 자녀들에게 고무되어 『로버랜덤』을 쓰게 되었는데, 처음에 그것은 어린 마이클이 파일리 해변에서 장난감 강아지를 잃어버린 1925년에 즉흥적으로 들려준 이야기였다. 이후, 아마도 그가 매우 생산적이었던 1927~1928년에, 그는 그 이야기를 글로 적고 삽화를 그렸을 것이다. 그는 다시 연필과 잉크, 물감을 사용해서 농장, 로버(또는 로버랜덤)가 용에게 쫓기는 달, 바다 밑의 땅을 묘사했다. 〈인어 왕 궁전의 정원〉은 톨킨의 가장 아름다운 작품 중 하나로, 파스텔 색조의 수채 물감과 물결 모양의 식물과 깃발이 어우러진 판타지이다. 궁전 그 자체는 자기로 만들어진 듯이 보인다.

이때쯤에, 어쩌면 1930년대 초에, 톨킨은 그림책 『블리스 씨』를 그렸을 텐데, 그의 그림 중에서 가장 특이한 그림이다. 연필, 색연필, 검은 잉크로 그려진 삽화들은 매우 정교하게 채색되어 있어서 1980년대까지는 그 복제 비용을 엄두도 낼 수 없었다. 그 그림들은 화가로서 톨킨의 가장 큰 약점을 드러내기도 했다. 그는 인간 형체를 솜씨 있게 그려 내지 못했다. 다행히 『블리스 씨』에서 그것은 그리 문제가 되지 않았다. 높고 가느다란 모자를 쓴 장신의 마른 남자의 익살스러운 이야기는 일부러 기이하고 과장되게 쓴 것이기 때문이다.

『호빗』을 위한 그림

톨킨이 자녀들을 위해 만든 이야기들과 그것에 곁들인 그림은 마침내 1930년경에 『호빗』에 이르게 되었다. 이 작품의 '가정용 원고'에 이미 지도와 그림이 포함되어 있었는데, 톨킨은 그 원고를 친구들에게 읽어 보라고 빌려주었고 그것이 결국 조지 앨런 앤드 언윈 출판사의 주목을 받게 되었다. 그 그림 중 하나는 호빗인 골목쟁이네 빌보가 직접 옮겨 그렸다고 말한 '스로르의 지도'였을 것이다. 톨킨은 그것이 진짜 이야기의 유물인 듯이 그렸다. 지도의 '원본'은 1장에서 두드러지게 부각되며 묘사("지도처럼 보이는 양피지 조각")되고 '외로운산'을 향한 탐색으로 이끌어 가며, 3장에서는 '깊은골'의 주인 엘론드가 그것의 숨겨진 '달빛 문자'를 읽는다. 톨킨이 『호빗』을 위해 제일 먼저 그린 그림이었던 이 지도의 스케치는 마켓대학교가 소장 중인 원고 일부에 남아 있다. 다른 형태의 '스로르의 지도'가 1937년 9월에 출간된 『호빗』의 표지 안쪽 종이에 수록되었다. 그것의 '비밀' 룬문자는 (본문에 나오듯이) 지도를 불빛에 비춰 볼 때만 보이도록 뒷장에 인쇄된 것이 아니라 앞장에 '보이지 않도록' (윤곽선으로) 표시되었기 때문에 톨킨은 실망했다.

앨런 앤드 언윈 출판사는 『호빗』에 지도를 제외한 어떤 그림도 포함시킬 계획이 없었다. 처음에 톨킨은 동의했지만 오래지 않아 '가정용 원고'에 있는 '아마추어 삽화' 몇 장을 "면지나 권두 삽화 혹은 다른 곳"에 넣을 수 있기를 기대하며 네 장을 다시 그려 보냈다. "전체적으로 보아 이 그림들이, 더 낫기만 하다면, [그 책에] 보탬이 되리라고 생각합니다"라고 그는 썼다. "하지만 지금 단계에서는 불가능하겠지요. 어떻든 이 그림들은 그리 훌륭하지 않고, 기술적으로 적합하지 않을 수도 있습니다."[4] 출판사는 그 그림들에 경탄했고 목판 블록을 준비하도록 지시했다. 〈어둠숲〉은 수묵화로 되어 있어서 특별한 망판 인쇄가 필요했다. 2주 후 톨킨은 그 성취에 자신을 얻어 그림 여섯 장을 다시 그려 보냈다. 앨런 앤드 언윈 출판사는 그림 인쇄비용을 감안하지 않았었지만 그 그림들도 허락해 주었다.

출판사는 톨킨의 삽화가 본문을 상세히 보여 주고 『호빗』을 시각적으로 더 흥미롭게 만들어 준다고 생각했을 것이다. 또한 톨킨의 도안 재능을 마음껏 발휘하게 해 주었다고 말할 수는 없어도, 인정해 주었다. 톨킨

P F.C B
Christmas 1933

도판 37 산타클로스의 편지. 1933년.
(Bodleian MS. Tolkien Drawings 59)

은 평범한 표지 샘플을 받았을 때 거기에 룬문자와 장식적인 띠 모양의 산 풍경, 가늘고 긴 날개 달린 용 두 마리를 그려 넣어 더 낫게 만들었다. 그 후 책 커버를 만들어 달라는 요청을 받자, 이야기의 후반부 배경인 깊은 '어둠숲'에서부터 '외로운산'에 이르는 산들과 나무들로 책을 감싸는 풍경을 그리고 글자를 넣었다. 대단히 양식화된 이 커버 도안은 당시 10년간 나온 커버들 중에서 가장 성공적인 것 중 하나이고, 현재도 (약간 수정되어) 인쇄되고 있다.

뜻밖에도 미국의 출판사는 그의 책 커버를 너무 '영국적'이라고 평가하며 거부했다. 호턴 미플린은 판매를 촉진하리라는 판단에서 『호빗』에 미국 화가의 컬러 삽화 네 장을 넣겠다고 제안했다. 이에 대해 앨런 앤드 언윈은 모든 그림이 작가의 손에서 나와야 한다고 주장했다. 톨킨 자신은 "자신의 무능에 대한 인식과 미국 화가들이 (틀림없이 감탄스러운 재주를 갖고 있겠지만) 그려 낼 것에 대한 우려로 마음이 분열되어" 있으며 "전문가의 작품 네 장이 들어가면 내 아마추어 작품들이 좀 유치하게 보일 겁니다"라고 말했다.[5] 두세 달 안에 그는 네 장이 아니라 다섯 장의 수채화를 그렸는데, 그의 가장 뛰어난 작품에 속하는 삽화들이다. 〈빌보가 뗏목 요정들의 오두막에 이르다〉는 특히 자주 복제되었다. 본문에 충실한 그림은 아니라서 빌보가 한밤중이 아니라 대낮에 숲깅에 떠 있지만, (매우 양식화된) 나무들과 강이 매력적으로 묘사되어 있다. 가장 중요한 그림은 앨런 앤드 언윈의 첫 인쇄본에 잉크화로 실렸던 호빗골 풍경의 새 그림 〈언덕〉(도판 38)이다. 이 그림에서 톨킨은 『호빗』에서 언급되지 않았지만 그 속편 『반지의 제왕』에서 중요한 호빗들의 생활과 풍경의 여러 요소를 끌어냈다.

여기서 우리는 톨킨이 『호빗』 삽화에 얼마나 많은 노력을 기울였는지를 유추할 수 있을 뿐이다.[6] 그 작품을 위한 예비 그림과 완성된 그림이 100여 장 남아 있다. 호빗골의 잉크화 하나만 보더라도 최종적인 그림에 이르기 전에 예비 그림을 적어도 여섯 번 시도했다. 수채화 다섯 장—이 가운데 네 장은 미국 초판본에 실렸고, 앨런 앤드 언윈의 재판본에는 다른 네 장이 실렸다—도 오랜 노고의 결실이었고, 안타깝게도 수채화로는 톨킨의 마지막 그림이었다. 이때쯤 어떤 이유에서인지—시간문제인지 아니면 자신감의 상실 때문인지—몰라도 그는 색연필이나 색잉크로 그리는 것을 선호하게 되었다.

『반지의 제왕』을 위한 그림

톨킨이 출판사에 자신의 그림에 대해 비판적으로 말한 것은 단지 겸양의 미덕 때문만은 아니었다. 『호빗』이 출간될 때까지 그의 그림(과 그의 소설)은 가족과 친구들에게만 보여 준 사적인 것이었다. 이제 그것이 광범위한 대중에게 공개되자 톨킨은 자신의 그림이 의심할 바 없이 매력적이고 자신의 언어에 잘 어울리긴 하지만 전문적인 삽화가 행세를 하지 않으려고 조심했다. 1939년 2월 그가 『반지의 제왕』을 집필하기 시작하고 삽화에 대한 질문이 나왔을 때—당시 『반지의 제왕』은 『호빗』과 같은 아동용 도서로 구상되었다—그는 "삽화를 그릴 시간도, 기운도 없습니다. 저는 결코 그림을 잘 그리지 못했고, 설익은 영감도 완전히 사라진 것 같습니다. 제가 할 수 있는 것은 (꼭 필요한) 지도 한 장뿐입니다."라고 앨런 앤드 언윈 출판사에 썼다.[7] 그는 1949년에 출간된 『햄의 농부 가일스』를 위해서는 삽화 한 장도 그린 것 같지 않고, 전문화가 폴린 베인스가 삽화를 그렸을 때 기뻐했으며, 그 삽화들이 자신의 이야기를 완벽하게 보완해 준다고 느꼈다.

그림에도 불구하고 그는 『반지의 제왕』을 위한 삽화를 많이 그렸다.[8] 그 그림들 대부분은 출간을 위한 것이 아니라 어느 순간에 떠오른 생각의 표현이거나 어떤 생각을 구체화하면서 도움을 얻기 위한 것이었다. 이런 그림들에서 오르상크와 미나스 티리스의 발전과 헬름협곡와 나팔산성의 배치, 쉴로브의 굴 입구를 볼 수 있다. 어떤 그림들은 대충 윤곽만 그렸거나 흐릿하지만, 반면에 색연필로 그린 완성된 그림으로 버들강 위의 버드나무 영감, 높은 절벽에 박힌 모리아의 문, 검산오름의 산속 은신처, 로슬로리엔의 말로른 나무, 운명의 산이 멀리 바라보이는 바랏두르의 토대 일부가 있다. 하지만 이 그림들은 최종적으로 완성된 본문의 삽화는 아니다. 한 가지 예만 들자면, 가령 본문에서는 모리아의 문 앞 시내에서 가느다란 물줄기가 오래된 폭포를 넘어 졸졸 흐르지만, 〈모리아의 문〉 삽화에서는 벼랑 옆쪽으로 급류가 쏟아져 내린다. 또한 그림 속의 문은 보이지 않게 묘사된 본문과 다르다.

〈봄철의 로슬로리엔숲〉은 반지 원정대가 겨울에 황금숲을 방문하는

도판 38 호빗골의 일부. 수채화, 1937년.
(Bodleian MS. Tolkien Drawings 26)

『반지의 제왕』의 한 장면을 그린 것은 아니지만, 숭고한 아름다움이 작가의 말속에 그리고 마음의 눈에 존재하더라도 그림으로 포착하기란 쉽지 않다는 가르침을 제공한다. 그림 자체는 아무리 아름답더라도 말이다. 톨킨이 「요정 이야기에 관하여」에서 썼듯이, "**가시적인** 표현을 제공하는 […] 모든 미술과 진정한 문학의 본질적 차이는 미술이 가시적 형태를 강요한다는 것이다. 문학은 마음에서 마음으로 작용하므로 더 많은 것을 낳을 수 있다."[9] 말하자면, 삽화가가 어떤 장면의 광경을 포착할 수 있지만 그것은 그 자신의 환영일 뿐이고, 그 소재가 꿈같은 것일수록 포착하기가 더욱 어렵기 마련이다. 이것이 좋은 구실이기는 하다. 하지만 톨킨은 때로 타니퀘틸과 인어 왕 궁전의 그림에서 보여 주었듯이 자신의 상상에서 본 것을 매우 효과적으로 포착할 수 있었다.

『반지의 제왕』처럼 대단히 긴 작품을 출판하면서 출판사의 예산으로는 삽화를 넣을 여유가 거의 없었다. 다만 몇 가지 그림은 꼭 필요했다. 요정문자로 적힌 반지 시의 '불꽃' 글자들, 요정어가 새겨진 두린의 문(모리아의 입구), 그리고 발린의 무덤에 적힌 룬문자 같은 것이었다. 톨킨은 숙련된 달필가였음은 물론, 자신이 창안한 문자, 유려한 텡과르와 룬문자 키르스의 전문가였다. 하지만 두린의 문 그림과 무덤의 비문은 결국 인쇄 판목 제작사의 화가가 다시 그렸다. 톨킨은 펼쳐진 제목의 텡과르 표기와 해설의 문자표들을 직접 제공했다. 게다가 그는 『반지의 제왕』을 써 나가는 동안 내내 『호빗』에서도 그랬듯이 꼭 필요한 요소로 지도를 그렸다. 출간본에 들어간 세 장의 지도는, 톨킨이 직접 할 시간이 없어서, 그의 아들 크리스토퍼가 다시 그린 것이다.

또한 톨킨은 반지 원정대가 모리아에서 발견한 『마자르불의 책』의 파편으로 여겨지는 세 개의 '유물'을 만들어 냈다. 그 책은 "칼자국이 나 있는 데다 군데군데 불에 그을렸으며, 오래된 핏자국처럼 거무튀튀하게 변색되어 도무지 글자를 알아볼 수가 없었다."(2권 5장) 톨킨은 예비 그림을 몇 번 시도한 후 정말로 찢어지고 잘라지고 불 자국이 있는 '모사' 종이를 만들었다. 큰 노력을 들인 그 종이를 그 장의 시작 부분에 복제하기를 바랐지만 원색판이 비쌌고 톨킨은 그 '유물'을 평범한 선으로 다시 그릴 생각이 없었다. 결국 그것은 완전히 삭제되었고, 최근에야 일부 판본들에 실리게 되었다.

무늬와 도안

『반지의 제왕』을 위한 일부 그림의 서예적, 장식적 성격은 톨킨의 취향에 잘 맞았다. 그는 에드워드 존스턴의 독창적인 저서 『글쓰기, 채색하기, 글자 쓰기』(1906년 초판 발행)를 연구했기에 여러 글자체들 중에서 정식 서체를 잘 쓸 수 있었다. 또한 이 책에서 그래픽 요소를 빌려 오거나 적합하게 고쳐서 '실마릴리온'과 『호빗』 그림의 가장자리 장식과 제목 그림에 이용했다. 그는 무늬-도안에 끌린다고 말한 적이 있었는데, 보들리언의 기록보관소에 보존된 수백 개의 화려하게 채색된 무늬와 도안을 보면 그 점은 명백하다. 톨킨은 십자말풀이를 하면서 무늬를 신문에 그리거나 봉투 뒷면에 그리곤 했다. 그의 옆에는 항상 연필과 잉크가 있었음이 분명하다. 그의 무늬들 중에서 보다 정교한 몇 가지—나선형, 눈송이, 구름 사이로 눈부시게 비치는 햇살—는 그의 마음속에서 그가 창조한 세계의 투구, 허리띠, 누메노르의 카펫과 연결되었다. 또한 그는 '실마릴리온'에 등장하는 인물들의 '문장 도안'을 더 신중하게 만들었다. 이 다양한 무늬를 가진 아주 아름다운 도안 중에 루시엔 티누비엘을 위한 가상의 꽃 엘라노르와 니프레딜을 바탕으로 만든 것이 적어도 두 개 있고, 형제 피나르핀과 핑골핀을 위한 도안(도판 39)도 있다.

이와 같은 무늬에 대한 끌림에서 톨킨이 '아말리온의 나무'라고 부른 양식화된 나무가 태어나게 되었는데 그 나무는 그의 예술 전체를 상징한다. 여러 그림들 중에 제일 먼저 그린 것은 『다움의 책』(1928)에 들어있다. "정교하게 그려 채색되었고 인쇄보다는 자수에 더 적합한" 이 나무는 "다양한 모양의 이파리 외에도 시와 중요한 전설을 의미하는 크고 작은 꽃들이 많이 달려 있네"라고 그는 출판업자 레이너 언윈에게 썼다.[10] 그것은 톨킨이 「요정 이야기에 관하여」에서 언급한 "이야기의 나무"를 상징하고, 인도유럽의 예술과 문학에서 가장 유구한 이미지 중 하나이자 불멸의 상징인 '생명의 나무'와 유사하다. 이것은 또한 톨킨이 1942년에 썼을 단편소설 「니글의 이파리」에 나오는 나무와 분명 관련되어 있다. 니글은 "화가였다. 성공한 화가는 아니었는데, 얼마쯤은 그가 해야 할 일들이 많이 있었기 때문이었다. […] 그는 나무보다 이파리를 더 잘 그릴 수 있는 그런 부류의 화가였다. […] [그는] 같은 방식으로 그리면서도 제각기 모양이 다른 이파리들이 무성한 나무 전체를 그리고 싶어 했다." 그러나

WEST
HILL

도판 39 피나르핀과 핑골핀 가문의 문장 도안, [1960년경].
(Bodleian MS. Tolkien Drawings 91, fol. 3r)

큰 나무를 그리는 작업은 갑자기 중단되었다.[11] 이 단편소설은 단어 하나 하나에 대해 늘 번민하면서 당시 1942년에 아직 완성되지 않은 자신의 걸작('실마릴리온'은 말할 것도 없고『반지의 제왕』)을 앞두고 있는 작가 톨킨에 대한 논평으로 읽히기도 했다. 또한 이 작품은 시각 예술에 대한 자신의 재능을 톨킨 스스로 비판한 것일 수도 있다. 「니글의 이파리」 끝부분에서 화가의 작품은 사라지고 그의 이름은 잊힌다. 그러나 톨킨의 그림은 남아서 그의 창의력을 입증하는 또 다른 증거이자 그의 글과 생애를 들여다보는 창이 되고 있다.

주註

1 일찍이 톨킨을 주제로 한 달력에 선정되어 실렸던 톨킨의 그림들은 크리스토퍼 톨킨의 주석과 함께 톨킨 1979에 출간되었다. 그 책은 대개 해먼드와 스컬 1998로 대체되었다.

2 카펜터 1977, p.28에서 인용.

3 G.B. 스미스에게 1916년 8월 12일에 보낸 톨킨의 편지, 카펜터와 톨킨 1981, p.10.

4 수전 대그널에게 1937년 1월 4일에 보낸 톨킨의 편지, 카펜터와 톨킨 1981, p.14.

5 앨런 앤드 언윈 사의 C.A. 퍼스에게 1937년 5월 13일에 보낸 톨킨의 편지, 카펜터와 톨킨 1981, p.17.

6 관련 자료는 해먼드와 스컬 2011에 수집되어 있다.

7 앨런 앤드 언윈 사의 C.A. 퍼스에게 1939년 2월 2일에 보낸 톨킨의 편지, 카펜터와 톨킨 1981, p.41.

8 관련 자료는 해먼드와 스컬 2015에 수집되어 있다.

9 「요정 이야기에 관하여」, 톨킨 1988, p.70.

10 1963년 12월 23일자 편지, 카펜터와 톨킨 1981, p.342.

11 「니글의 이파리」, 톨킨 1988, p.75.

S 3

Finarfin &
his House
esp Finrod.

(10)

Fingolfin &
his House

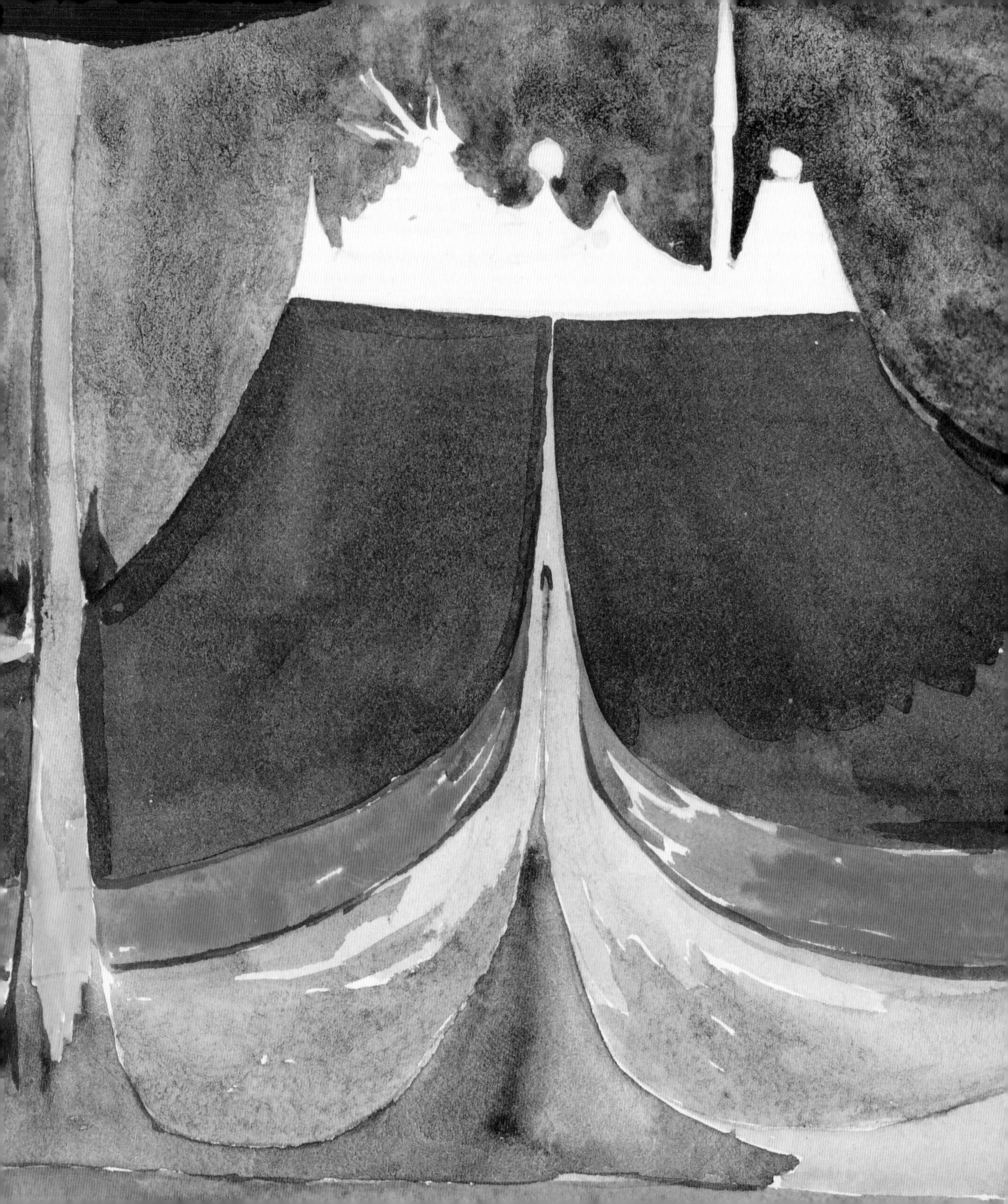

카탈로그
CATALOGUE

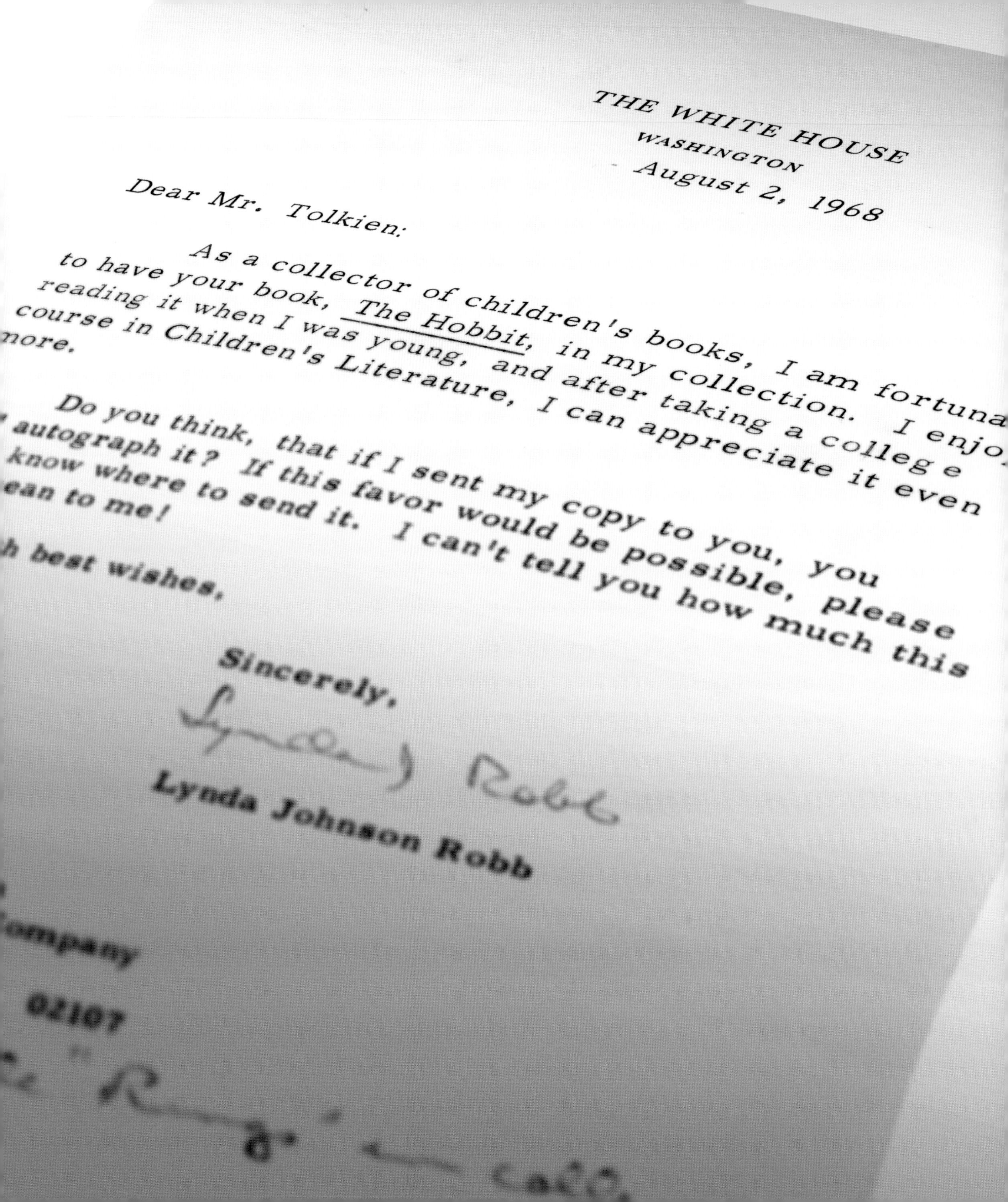

THE WHITE HOUSE
WASHINGTON

August 2, 1968

Dear Mr. Tolkien:

As a collector of children's books, I am fortuna
to have your book, The Hobbit, in my collection. I enjo
reading it when I was young, and after taking a college
course in Children's Literature, I can appreciate it even
more.

Do you think, that if I sent my copy to you, you
autograph it? If this favor would be possible, please
know where to send it. I can't tell you how much this
ean to me!

h best wishes,

Sincerely,

Lynda J Robb

Lynda Johnson Robb

ompany

02107

CHAPTER 1

톨킨 읽기

'영국에, 나의 조국에'

1955년에 톨킨의 서사시적 작품 『반지의 제왕』의 마지막 3부가 출간되었다. 63세인 톨킨은 35년간 고대 영어와 중세 영어를 가르쳐 온 존경받는 대학 교수로서 이제 은퇴를 앞두고 있었다. 톨킨 자신도, 출판사도 깜짝 놀랄 정도로 그 작품이 선풍적인 인기를 모으고 그가 세계에서 가장 유명한 판타지 작가의 궤도에 오르자 대학교 내의 조용한 구석에서 지내던 그의 일상은 큰 타격을 입게 되었다.

톨킨은 인기를 모은 아동 도서 『호빗』의 속편으로 『반지의 제왕』을 쓰기 시작했지만 이 이야기는 곧 원래의 의도보다 규모가 커졌고 성인을 위한 긴 판타지 소설이 되었다. 그의 목표는 "일반 독자의 관심을 줄곧 끌어갈 아주 긴 서사"를 쓰려는 것이었지만 그 이면에는 영국의 신화와 전설을 창조하려는 보다 광범위한 야망이 있었다.[1] 그는 그의 작품 이면의 추진력을 이렇게 설명했다. "광대한 우주창조론에서부터 낭만적 요정 이야기의 수준에 이르기까지, 다소 관련된 방대한 전설의 모음을 [⋯] 그야말로 영국에, 나의 조국에 바칠 수 있는 일단의 전설을 만들려는 것이다."[2] 『반지의 제왕』 이면에는 신화와 전설의 온전한 세계가 있고, 톨킨은 40년이 넘도록 다양한 인물들과 이야기들, 언어들로 그 세계를 채워왔다. 그 작업의 전체 규모를 적나라하게 드러낸 해설에는 수천 년간 이어진 누메노르의 왕들과 통치자들의 연대기, 요정어와 난쟁이어의 철자도표, 호빗의 가계도와 같은 수많은 '역사적' 세부 자료가 포함되어 있다. 『반지의 제왕』은 『호빗』뿐 아니라 출판되지 않은 방대한 작품 '실마릴리온'의 속편이 되었다.

이 작품에 대한 당대의 즉각적 논평은 서로 엇갈렸는데, 기자들과 문학 전문가들이 이 작품을 사랑하거나 미워하거나 아니면 그저 어리둥절해하면서 극단적인 견해들을 급류처럼 쏟아 냈던 것이다. 요정 이야기는 동화로 간주되고 판타지는 다른 행성을 배경으로 하여 당시 유행하던 공상과학소설을 모방하는 것으로 여겨지던 시대에 그들은 이 소설을 어떻게 분류해야 할지 몰라 쩔쩔맸다. 평자들은 제각기 '초특급 공상과학소설'이라거나 '서사시적 동화', '영웅적 모험소설', '모험소설 3부작'이라 불렀다. 이 작품은 "엄청난 시간 낭비"였을까 아니면 "우리 시대의, 아니 어느 시대에나 가장 주목할 만한 문학 작품 중 하나"였을까?[3] 이런 질문에 대해 독자들은 조금도 의혹이 없었고, 많은 부수가 신속히 팔려 나갔으며, 더 많은 인쇄 부수가 요구되었다. 처음 발간된 후 이 작품은 절판된 적이 없었고, 독자들의 여론조사에서 독자들이 좋아하는 책으로 종종 1위를 차지했다. 1997년에 서적상 워터스톤스가 '금세기의 책'을 선정하려고 2만 5천 명의 독자를 대상으로 조사했을 때, 『반지의 제왕』이 명백한 표차로 1위를 차지했다. 2003년에 BBC의 《Big Read》에서 영국인이 가장 좋아하는 책을 조사했을 때 같은 결과가 반복되어 『반지의 제왕』은 또다시 1위를 차지했다.

1 톨킨 1968.
2 카펜터와 톨킨 1981, p.144.
3 《워싱턴 포스트》, 1954년 11월; 버나드 레빈, 『진실』, 1955년 10월 28일.

헨리 브래들리(1845~1923)

J.R.R. 톨킨 추천서

1920년 6월 20일, 옥스퍼드
자필
1장, 232×179mm
톨킨 가족 문서

톨킨은 1차 세계대전 말에 육군에서 제대하고 "1918년에 직업 없는 군인으로" 일거리를 찾아 옥스퍼드에 돌아갔다.[1] 고대 스칸디나비아어 전공의 그의 예전 지도교수였던 윌리엄 크레이기의 도움으로 그는 (후에 『옥스퍼드 영어사전』[OED]으로 불린) 『신영어사전』의 편찬자로 임명되었다. 여기서 그는 게르만 언어에 대한 광범위한 지식을 이용해서 'W'로 시작하는 단어의 정의를 쓸 수 있었다. OED의 편집자 중 하나인 헨리 브래들리의 지휘하에, (지금은 브로드 가의 과학사 박물관인) 올드 애슈몰리언의 "크고 먼지투성이인 작업실, 갈색 서재들 중 가장 짙은 갈색 방"에서 그는 "사전 제작실의 햇병아리 도제"로서 (WAG와 WALRUS 그리고 WAMPUM의 정의를 메모지에 작성하며) 열심히 일했다.[2]

1년간 OED에서 일한 후 톨킨은 리즈대학교의 영어학과 부교수직에 지원했다. 그는 브래들리에게 추천서를 부탁했고, 브래들리는 최대한 정확한 과찬을 쏟아 냈다. "나는 그가 언어학자들 중에 대단히 뛰어난 지위에 이를 거라고 […] 믿어 의심치 않습니다." 5년 내에 실로 톨킨은 앵글로색슨어의 유명한 교수직으로 승진하여 옥스퍼드에 돌아왔다. 하지만 언어학 분야를 훨씬 능가하는 20세기의 가장 유명한 판타지 작가로 명성을 얻을 운명이었다.

오랜 세월이 흐른 후 톨킨은 '호빗'이라는 단어의 창안자로 OED에 등재되었다. 출판 전에 그 항목의 교정을 요청받았을 때 그는 자신이 무의식적으로 다른 자료에서 그 단어를 취했을지 몰라 그것에 대한 권리를 주장하는 데 망설였다. 그래서 옛 제자이자 동화 전문가인 로저 랜슬린 그린에게 도움을 청했는데, 그린은 (월터 스콧을 풍자하며) "오, 새로운 단어를 마음에 품으려는 사람은 얼마나 뒤엉킨 거미줄을 자아내는가"라고 말했다.[3] 당시 그 단어가 더 일찍 사용된 경우를 찾을 수 없었으므로 톨킨은 그 단어의 창안자로 인정되었다.

1 톨킨 1983B, p.238.
2 톨킨 1923, p.4~5; 톨킨 1983B, p.238.
3 카펜터와 톨킨 1981, p.407.

도판 40 'walrus'의 사전 메모, 톨킨의 정의 초안, [1919년경]. (옥스퍼드대학교 출판사 대표 간사의 허락을 받아 수록함, OED/A/1/2)

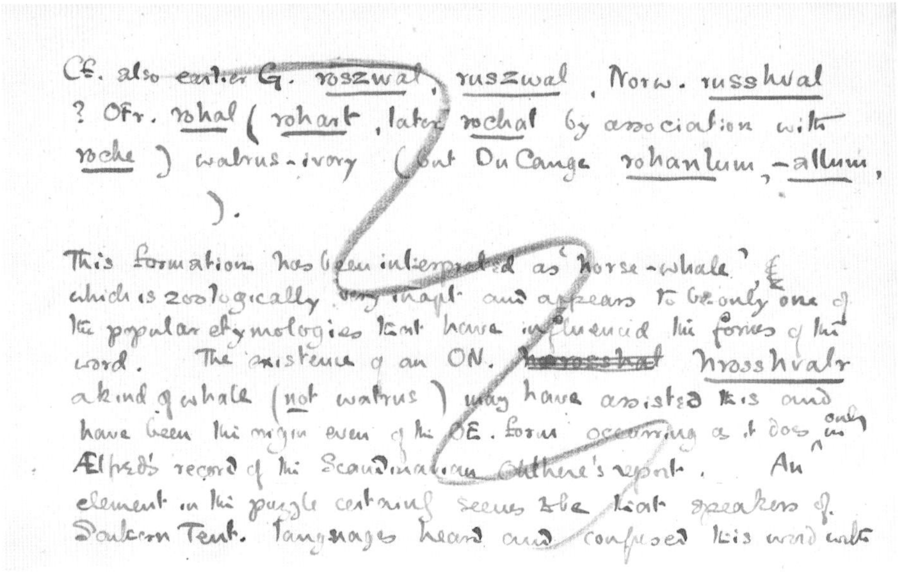
Cf. also earlier G. roszwal, ruszwal, Norw. rosshval
? OFr. rohal (rohart, later rochal by association with
roche) walrus-ivory (but Du Cange rohanlum, -allum,
).

This formation has been interpreted as 'horse-whale', & which is zoologically very inapt and appears to be only one of the popular etymologies that have influenced the forms of the word. The existence of an ON. hrosshvalr a kind of whale (not walrus) may have assisted this and have been the origin even of the OE. form occurring as it does only in Ælfred's record of the Scandinavian Ohthere's report. An element in the puzzle certainly seems to be that speakers of [illegible] Teut. languages heard and confused this word with

OXFORD ENGLISH DICTIONARY

Old Ashmolean
Broad Street
Oxford

7 June 1920

Mr. J. R. R. Tolkien has worked with me for several months on the Oxford English Dictionary, especially in the preparation of the etymological portions of the articles. His work gives evidence of an unusually thorough mastery of Anglo-Saxon and of the facts and principles of the comparative grammar of the Germanic languages. Indeed, I have no hesitation in saying that I have never known a man of his age who was in these respects his equal. He is a conscientious and painstaking worker, and I feel no doubt that if he has health and opportunity he will attain a highly distinguished position among philological scholars.

Henry Bradley.

아서 랜섬(1884~1967)

J.R.R. 톨킨에게 보낸 편지

1937년 12월 13일, 노리치
자필
1장, 176×115mm
전시: 옥스퍼드 1992, 113번
인쇄물: 옥스퍼드 1992; 브로건 1997
MS. Tolkien 21, fol. 91

보들리언 도서관 기록보관소에 있는 첫 번째 '팬레터'는 아서 랜섬이 『호빗』을 찬탄하며 보낸 편지이다. 이미 유명한 아동문학 작가였던 랜섬은 (결국 12권으로 완결될) 『스왈로 탐험대와 아마존 해적』 시리즈의 일곱 권을 발표한 후였다. 그는 톨킨에게 극찬을 보내며 스스로를 "겸손한 호빗 애호가(그리고 당신의 책이 재판을 많이 찍게 되리라 확신하는 사람)"라고 묘사했다. 『호빗』이 빌보의 회고록에 묘사된 실제 여행 기록이라는 톨킨의 생각에 동조하면서 그는 호빗과 난쟁이를 가리킬 때 'man'과 'boys'로 쓴 것이 필경사가 나중에 저지른 실수가 아닌지를 물었다. 톨킨 가족은 랜섬의 모험담을 잘 알고 있었고, 톨킨은 그의 편지를 받고 즐거워하며 이렇게 털어놓았다. "제 평판은 제 자녀들과 함께 커 가겠지요. 장남은 이제 'men'으로 분류될 나이이지만, 놀이방의 오래된 서가에는 '랜섬'이 남아 있답니다."[1]

톨킨은 랜섬의 몇 가지 의견을 수용했고 앞으로의 판본에 적용할 수정 목록을 만들어 출판사에 보내며 덧붙였다. "그의 질문에 대답할 수 있으려면 실로 '실마릴리온'이 필요합니다."[2] 이 말은 그즈음 출판사에서 출간을 거절한 그의 요정 신화에 대한 (뼈 있는) 언급이었다. 그는 랜섬에게 답장을 보냈다. "골목쟁이네가 소린에게 했던 말—'당신의 호의를 받다니 그건 어떤 호빗도 감히 바랄 수 없는 것이었습니다'—과 같은 말로 동의하리라 믿습니다."[3] 랜섬은 톨킨이 "골목쟁이네를 대단히 호빗답게Hobbitty 그려낸 솜씨"가 특출하다고 칭찬하면서 '호빗'의 새 파생어를 제시했다.[4] 이 단어는 현재 세 개의 파생어—Hobbitomane, Hobbitry, Hobbitish—만 수록된 옥스퍼드 영어사전에 등재되어 있지 않다.

랜섬은 노리치의 요양원에서 편지를 썼는데, 노퍽 호수에서 보트를 타다가 과로로 인한 배꼽 탈장으로 수술받은 후 요양 중이었다. 그는 "이 몇 주일을 즐겁게 보내는 데 『호빗』이 큰 도움이 되었습니다. 새 판본에 대해 말하자면 […] 수십 가지 판본이 나오리라는 것을 전혀 의심하지 않습니다."라고 말했다.[5]

1 톨킨 가족 문서, 아서 랜섬에게 보낸 편지 사본, 1937년 12월 15일.
2 하퍼콜린스 기록보관소, 스탠리 언윈에게 보낸 편지, 1937년 12월 16일.
3 브로건 1997, p.250.
4 브로건 1997, p.251.
5 브로건 1997, p.251.

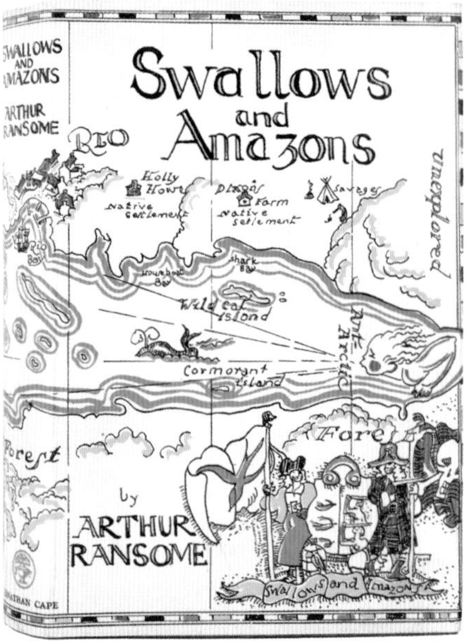

도판 41 『스왈로 탐험대와 아마존 해적』의 커버.
조너선 케이프, 1930년. (블랙웰 희귀본 서점에서 제공한 사진)

Nursing Home,
32 Surrey Street,
Norwich

Dec. 13.1937

Sir,

As a humble hobbit-fancier (and one certain that your book will be many times reprinted) may I complain that on page 27 when Gandalf calls Bilbo an excitable little hobbit, the scribe (human no doubt) has written "man" by mistake?. On page 112 Gandalf calls the goblins "little _boys_", but he means it as an insult so that is no doubt right. But on page 294 Thorin surely is misreported. Why his concern for _men_? Didn't he say "more of _us_" thinking of dwarves, elves, goblins, dragons and not of a species which to him must have been very unimportant. The error, if it is an error, is a natural one, due again to the humanity of the scribe to whom we must all be grateful for this chronicle.

I am, Sir,
Yours respectfully,
Arthur Ransome

C.S. 루이스(1898~1963)

J.R.R. 톨킨에게 보낸 편지

1949년 10월 27일, 옥스퍼드, 모들린대학
자필
3장, 175×151mm
톨킨 가족 문서

"나는 그 풍부한 잔을 들이켰고 오랜 갈증을 해소했습니다"라고 루이스는 『반지의 제왕』의 완성된 타자 원고를 읽고 톨킨에게 편지를 썼다. 루이스는 동료이자 벗이고 잉클링스 멤버였으며 팬으로서 톨킨이 『반지의 제왕』을 완결하기를 오랫동안 격려해 왔다. 톨킨은 이야기를 시작할 때는 문제가 없었지만 끝내는 데 큰 어려움을 겪었다고 고백했고, 스스로를 "기획은 잘하나 끝내지 못해 악명 높은 사람"이라고 묘사했다.[1] 그는 1937년 『호빗』이 출간된 직후에 『반지의 제왕』을 쓰기 시작했지만 12년 후에야 결국 그 대작을 완성했다. 그동안 그는 각 장을 쓰는 대로 자녀들과 벗들, 잉클링스 멤버들에게 들려주고 격려를 받았다. 루이스는 완결된 작품을 1949년에 읽었고 즉시 축하 편지를 보냈다. "Uton herian holbytlas"(호빗들을 칭송하자)라는 고대 영어로 시작한 그 편지는 그 긴 잉태기간에 대해 "그 작품에 쏟은 그 긴 세월은 정당화되었습니다"라는 말로 끝을 맺는다. 훗날 톨킨은 이 작품을 완결한 것에 대해 "지금도 놀랍습니다. [···] 어떻게 그리고 왜 해마다 종종 큰 어려움을 겪으면서도 이 작품에 매진하여 가까스로 귀결을 지었는지 여전히 놀라운 심정입니다."라고 인정했다.[2]

이 작품이 완전히 출간되기까지는 6년이 더 걸렸다. 톨킨이 출판사를 확보한 후 루이스는 다시 편지를 보내 그 원고가 실로 출판된다는 사실에 기쁨을 표현했다. "선생님 인생의 많은 부분이, 우리가 함께한 삶의 많은 부분이, 전쟁의 많은 부분이, 과거로 [···] 사라져 버릴 듯한 많은 부분이 이제 일종의 영원성을 얻었습니다."[3] 톨킨은 이 작품을 자녀들과 "잉클링스의 벗들에게" 헌정했는데, "그들이 실로 인내심과 관심을 갖고 그 이야기에 이미 귀를 기울여 주었기에 그들의 덕망 있는 조상에게 호빗의 피가 흐르고 있다는 의심이 들 정도였다"라고 썼다.[4] 1963년 루이스가 죽은 후 톨킨은 어느 편지에서 이렇게 적었다. "내가 그에게 진 빚은 일반적인 의미에서의 '영향'이 아니라 순수한 격려입니다. [···] 더 많은 것을 기대한 그의 관심과 끊임없는 열의가 없었더라면 나는 『반지의 제왕』을 결코 끝내지 못했을 겁니다."[5]

1 카펜터와 톨킨 1981, p.257.
2 카펜터와 톨킨 1981, p.257.
3 후퍼 2000~2006, 3권, p.249~250.
4 톨킨 1954~1955, 1부, p.7.
5 카펜터와 톨킨 1981, p.362.

도판 42 서재에 앉아 있는 C.S. 루이스의 사진. [1940년대], 아서 스트롱의 사진.(Bodleian MS. Tolkien photogr. 31, fol. 20; © 아서 스트롱/런던, 카메라 프레스)

C. S. LEWIS
MAGDALEN COLLEGE
OXFORD

Oct 27. 1949

My dear Tollers– <u>Uton herian holbytlas</u> indeed. I have drained the rich cup and satisfied a long thirst. Once it really gets under weigh the steady upward slope of grandeur and terror (not unrelieved by green dells, without which it wd. indeed be intolerable) is almost unequalled in the whole range of narrative art known to me. In two virtues I think it excels: sheer sub-creation – Bombadil, Barrow Wights, Elves, Ents – as if from inexhaustible resources, and construction – the construction Tasso aimed at (but did not equally achieve) wh. was to combine the variety of Ariosto with the unity of Virgil. Also, in <u>gravitas</u>. No romance can repel the charge of "escapism" with such confidence. If it errs, it errs in precisely the opposite direction: the sickness of hope deferred and the merciless piling up of odds against the heroes are near to being too painful. And the long <u>coda</u> after the eucatastrophe, whether you intended it or no, has the effect of reminding us that victory is as transitory as conflict, that (as

W.H. 오든 (1907~1973)

J.R.R. 톨킨에게 보낸 편지

1955년, 베를린
자필
3장, 261×260mm
톨킨 가족 문서

시인 W.H. 오든은 톨킨보다 한 세대 젊은 나이였다. 그는 옥스퍼드의 크라이스트처치대학에서 영문학을 공부하며 『베오울프』에 관한 톨킨의 강의를 들었다. 여러 해 후 그는 이탈리아에서 톨킨에게 편지를 썼다. "학부생이었던 제게 『베오울프』를 낭송하시는 교수님의 목소리를 들었던 것은 도저히 잊을 수 없는 경험이었다고 말씀드리지 않은 것 같습니다. 그 목소리는 간달프의 목소리였습니다."[1] 이듬해 옥스퍼드의 시학 교수(1956~1961)로 선출되었을 때 오든은 그의 취임 강연 '창조하기, 알기, 그리고 판단하기'에서 자신이 고대 영시와 중세 영시에서 가장 큰 영향을 받았다고 말했다.

그는 일찌감치 『반지의 제왕』의 팬이었고, 교정본을 받아 검토했다. 세심하게 관심을 기울여 읽은 후 그는 톨킨에게 편지를 보냈다. "이제 『[왕의] 귀환』을 세 번 읽었는데, [···] 제가 기대했던 대로, 교수님은 그 이야기를 끝까지 경이롭게 이어 가셨습니다." 그는 관련된 의문을 많이 제기했고 이렇게 편지를 끝냈다. "이 사소한 언급들을 용서해 주십시오. 아시다시피, 『반지 전쟁』은 제가 평생 거듭해서 읽을 몇 안 되는 책 중 하나입니다." 오든은 톨킨이 선호했던 3부 제목을 사용한다. 그의 출판업자인 레이너 언윈은 의견을 달리했고, 『왕의 귀환』이란 제목이 결말을 내비칠 거라는 톨킨의 망설임에도 불구하고 그 제목을 최종적으로 선택했다.

오든은 《뉴욕 타임스》 서평에 기고한 논평에서 『반지 원정대』에 관해 더할 나위 없는 극찬을 쏟아 냈다. "지난 5년간 읽은 소설 중에서 가장 큰 즐거움을 느낀 것은 『반지 원정대』였다."[2] 톨킨은 그의 배려에 고마워했고, 오랜 친구 네빌 콕힐에게 이렇게 썼다. "나는 정말로 W.H. 오든에게 더없는 감동을 받았다네. 이제 늙은 교수보다 더 유명한 사람이 그처럼 따뜻하고 너그러운 호평을 써 주다니 놀랍기 그지없네."[3] 1956년에 오든은 3부를 논평할 때 톨킨의 작품이 문학계에 일으킨 특이한 분열을 보고는 이렇게 썼다. "나는 이처럼 격렬한 논쟁을 일으킨 책을 거의 본 적이 없다. 중도적 의견을 가진 사람은 없는 것 같다. 나처럼 그 작품을 해당 장르의 걸작이라고 생각하거나 아니면 그 책을 참을 수 없어 한다."[4]

도판 43 '노르웨이, 노르곶 고원'의 그림 엽서. 오든이 옛 지도 교수 네빌 콕힐에게 "바로 톨킨의 나라!"라고 배서하여 보냄, 1961년. (톨킨 가족 문서)

1 톨킨 가족 문서, 오든의 편지, 1955년 7월 28일.
2 《뉴욕 타임스》 서평, 1954년 10월 31일.
3 톨킨 가족 문서, 콕힐에게 보낸 편지 사본, 1954년 11월 20일.
4 《뉴욕 타임스》 서평, 1956년 1월 22일.

HOTEL
CONTINENTAL
Inh. H. Wasel
HAUS ERSTEN RANGES
Telefon: 91 43 23
91 43 24
91 24 79
91 66 46

(1) BERLIN W 15
KURFÜRSTENDAMM 53/55
Telegramm-Adresse:
„Contiwasel Berlin"

and pride, seems to me a little excessive. Naturally, so long as the Shire is your Eden, you have a right to exclude anything you like, but, with the passing of the Third Age, can it be Eden any longer? I thought it a profound imaginative insight on your part to make the power of the three Elf-rings vanish with the destruction of the Master-Ring. But if that is so, I suspect that the Shire will have to put up with a chimney or two.

<u>One Regret</u>

Why does no one seem to care for domestic animals and pets? There are horses in plenty, Farmer Cotton has some fierce dogs, but where are cats, cows, hens, ducks etc.? You're so good about the vegetable world that one wonders what you would have done with the animals

<u>Another Regret</u>

Whatever happened to Radagast the Brown? I hoped we would meet him again.

Forgive these trivial remarks. As you know, <u>The Wars of the Ring</u> is one of the very few books which I shall keep re-reading all my life.

Yours sincerely

Wystan Auden

Absender ist nicht das Hotel

샘 감지

J.R.R. 톨킨에게 보낸 편지

1956년 3월 13일, 런던
자필
1장, 231×171mm
톨킨 가족 문서

『반지의 제왕』 마지막 3부가 출간된 직후에 톨킨은 샘 감지 씨라는 연로한 신사의 편지를 받았다. 그는 자신의 독특한 이름이 방대한 판타지 소설에 나오는 인물에 붙어 있다는 것을 젊은 친척에게 듣고 당황했던 것이다. 톨킨은 그 편지를 받고 즐거워했고, "제 이야기의 '감지네 샘Sam Gamgee'은 시골 출신이기는 하나 지금 많은 독자들에게 널리 사랑받고 있는 대단히 영웅적인 인물입니다"라고 그 신사를 안심시켰다.[1] 그는 이 이야기를 출판업자에게 들려주며 "이제 S. 골룸이나 샤그랏에게서 편지를 받는 일이 없으면 좋겠군요"라고 농담했다.[2] 『반지의 제왕』 서명본을 받은 그 '진짜' 샘 감지의 마음은 누그러졌다. "물론 나는 내 이름이 의도치 않게 사용된 것에 개의치 않소. 내가 불평한다고 생각하지 마시오. 하지만 내 이름이 아주 특이하기에 그 일이 특히 흥미로웠소."[3]

'감지 영감Gaffer Gamgee'(감지네 샘의 아버지)은 톨킨이 콘월에서 가족 휴가를 보낼 때 "어느 별난 시골 사람, 돌아다니며 뒷공론을 하거나 날씨를 알아맞히는 등 그런 일을 하는 노인"을 묘사하기 위해 만든 이름이었다. "내 아들들을 즐겁게 해 주려고 나는 그를 감지 영감이라고 불렀고, 그 이름은 그런 노인에게 붙이는 가족의 구전 지식이 되었다."[4] 이 이름의 우스꽝스러운 두운은 반드시 남서부 억양으로 발음해야 한다. 사실 감지라는 명칭은 샘슨 감지라는 시골 의사가 발명한 cotton-wool(탈지면)의 방언으로 그 이름이 사용되었던 버밍엄에서 톨킨이 보냈던 어린 시절의 유산이었다. 『반지의 제왕』에서 감지네 샘과 초막골네 로지Rosie Cotton의 결혼으로 돈독해진 감지 집안과 초막골 집안의 결합은 톨킨의 상상력에서 조금 더 나아간 것에 불과했다.

1 카펜터와 톨킨 1981, p.244.
2 톨킨 가족 문서, 레이너 언윈에게 보낸 편지 사본, 1956년 3월 21일.
3 톨킨 가족 문서, 샘 감지의 편지, 1956년 3월 30일.
4 카펜터와 톨킨 1981, p.348.

Mar 15th/56 (26) c/o 24 Villa Rd
Brixton Rd
London S.W. 9

Mr J.R.R Tolkein Dear Sir

I hope you do not mind my writing to you, but with reference to your story "Lord of the Rings" running as a serial on the radio under the item on the programme "for the Schools" Home Service once a week in the afternoons I was rather interested in how you arrived at the name of one of the characters named Sam Gamgee because that happens to be my name. I haven't heard the story myself not having a wireless, but I know some who have: one being my nephew, bearing the same surname, who is a school teacher and it caused a laugh among his class when it came on. Another, my great neice and the latter's daughter 9 yrs of age a pupil at a different school, also heard it and caused some surprise among the class when it came on at her school. I know it's fiction, but it's rather a coincidence as the name is very uncommon, but well known in the medical profession.

The above address is my brothers as I have no permanent address.

Yrs faithfully

Sam. Gamgee

시 「로절린드 래미지」

1963년
자필
1장, 176×137mm
대여

로절린드 래미지에게 보낸 편지

1963년 12월 7일, 옥스퍼드
자필
3장, 176×137mm
대여

톨킨은 일곱 살 먹은 『호빗』 팬에게서 편지와 시를 받고 기뻐하며 특별히 그 여자아이를 위한 시를 썼다. 평범한 팬레터로 보이는 아이의 편지에 이 특별한 선물을 보낸 것 이면에는 숨겨진 사연이 있었다. 로절린드 래미지는 톨킨이 영문학 교수로 재직한 머튼대학의 예전 수위의 딸이었다. 톨킨의 두 자녀가 쓴 『톨킨 가족 앨범』에 따르면, 당시 미혼이던 래미지 씨는 다른 수위들이 가족과 크리스마스 휴일을 보낼 수 있도록 당직을 도맡아 하겠다고 자청했다. 이 친절한 행동을 알게 된 톨킨은 크리스마스에 포도주 한 병을 자전거에 싣고 대학에 갔다. 톨킨은 래미지 씨가 대학에 입학하려고 열심히 공부하고 있는 것을 보았다. 이후 제임스 래미지는 1951년부터 1954년까지 옥스퍼드의 베일리얼대학에서 영문학을 공부했다. 그의 어린 딸이 톨킨에게 편지를 썼을 때쯤 그는 서머싯 주 웰스 시의 대성당 학교에서 교사로 재직하고 있었다.

그 도시를 잘 알았던 톨킨은 로절린드에게 보낸 편지에서 이렇게 썼다. "나는 1940년 이후로 웰스에 가 본 적이 없지만 시계와 백조들이 여전히 잘 있으면 좋겠구나." 이 말은 (영국에서 가장 오래된 시계 중 하나인) 대성당의 천문시계와, 주교 관저를 둘러싼 해자에서 살았고 아직 살고 있으며 먹이를 주면 그 보답으로 종을 울리도록 훈련된 백조에 대한 언급이었다. 톨킨은 이 편지와 함께 보낸 시에서 그 두 가지를 언급했다.

로절린드에게 보낸 편지에서 그는 '하프'라는 사물의 아름다움과 별개로 그 단어의 아름다움에 대해 말했다. 톨킨은 단어의 음에 특히 민감했고, 요정어 퀘냐를 자신의 언어학적 미학에 매력적으로 들리게 만들었다. 어쩌면 로절린드의 이름 때문에 그 시를 쓰려는 감흥이 일었을까? "나는 글을 쓸 때 늘, 언제나 하나의 이름으로 시작합니다. 내게 이름을 하나 불러 주세요. 그러면 그것이 이야기를 만들어 냅니다." 이듬해에 그는 어느 인터뷰에서 말했다.[1] 그 아이의 이름은 분명 아름다운 음을 갖고 있고, 톨킨은 마지막 2행에서 그 아이의 이름으로 운을 맞추며 솜씨 좋게 시를 끝낸다. "그녀는 아무 해도 입지 않고 내려왔지 / 로절린드 래미지."

톨킨은 이듬해에 시선집 『아동을 위한 겨울 이야기』의 편집자 캐럴라인 힐리어에게 이 시를 제안했지만 포함되지 않았고 지금까지 발표되지 않았다.

1 톨킨 1964.

Rosalind Ramage

One spring afternoon,
like a balloon
fair Rosalind
was blown by the wind,
till she was high
up in the sky.
Then she looked down
and below saw a town:
very small, very grey
among green it lay.
"What can that be,
I wonder?" said she.
"No use at all
for hobbits, too small
for the tiniest gnomes
if they wanted homes
up above ground".
She heard then a sound
from far under of bells.
"Why, that must be Wells,
where the funny clock chimes,
and at meal-times
the swans come and ring!
What a good thing,
at least I now know
where I am! I must go.
It's time for my tea.
But, O deary me,
how shall I get there
without ladder or stair?"
"You'll never be missed!"
the cold wind hissed.
Only his joke,
for just as he spoke
he let her gently go,
fluttering slow
like a swan's feather
in spring-weather.
Down she came without
damage:
Rosalind Ramage!

J.R.R.T.

December 7th. 1963.

My dear Rosalind,

Thank you very much for your very nice letter, and for the poem which is good. Especially 'the bones of a carp'. Harp is such a beautiful thing and word that it is a pity that there are so few rhymes to it. Carp is good. Especially as wizardy sort of people did make harps out of fish-bones. The great magic harp of Finland was made by the great wizard with the long name Väinämöinen out of a pike (I think).

아이리스 머독 (1919~1999)

J.R.R. 톨킨에게 보낸 편지

[1965년] 1월 2일, 옥스퍼드, 스티플 애스턴
자필
4장, 177×136mm
톨킨 가족 문서

『반지의 제왕』이 출간되고 10년 후에 톨킨은 철학자이자 소설가인 아이리스 머독의 팬레터를 받았다.

> 저는 『반지의 제왕』을 읽으며 얼마나 즐거웠는지, 얼마나 넋을 잃고 빠져들었는지를 알려 드리려고 오랫동안 생각해 왔습니다. […] 어쨌든 이 편지에 수고스럽게 답장하지 마십시오. 그저 열렬히 고마워하는 팬레터이니까요! 새해에 모든 소망이 이루어지시기를 바라며(이 말을 그 아름다운 요정어로 할 수 있으면 좋을 텐데)!
>
> 아이리스 머독 올림

이 편지를 받고 곧 톨킨은 아들 마이클에게 편지를 썼다. "나흘 전에 아이리스 머독의 열렬한 팬레터를 받고 몹시 놀랐단다."[1] 머독은 이미 성공한 소설가였고, 창작 활동에 전념하기 위해 옥스퍼드 세인트앤대학의 철학 지도교수직을 사임한 후였다. 그녀가 보낸 편지의 어조를 보면 톨킨과 친분이 있었던 것 같지는 않다. 사실 그녀는 톨킨보다 훨씬 젊었고 다른 학부 소속이었으며 여대의 지도교수였으므로 옥스퍼드에서 톨킨과 같은 단체에서 활동했을 가능성이 없다. 톨킨이 놀랐던 까닭은 그녀의 문학이 자신과 매우 다르다는 것을 알고 있었기 때문일 것이다. 머독의 소설은 20세기 중산층을 소재로 삼아, 사건과 재빨리 진행되는 줄거리보다는 인물의 성격, 심리적 동기, 관능성에 천착하고 있었다. 분명 그녀는 자신의 문학 양식 때문에 톨킨의 영웅 모험담을 포함한 전혀 다른 장르의 문학을 즐기지 못하지는 않았다. 또한 작가로서 자신의 명성 때문에 동료 작가에게 이처럼 관대한 감사의 편지를 쓰지 못하는 일도 없었다.

1 카펜터와 톨킨 1981, p.353.

MURDOCH

Cedar Lodge
Steeple Aston
OXford
Jan 2

Dear Professor Tolkien,

<u>I</u> have been
meaning for a long
time to write to you
to say how utterly
I have been delighted,
carried away, absorbed
by <u>The Lord of the Rings</u>.
<u>I</u> only read it quite
lately, and shall

Anyway, don't trouble
about answering this,
which is simply an
enthusiastic and grateful
fan letter! With all
very good New Year
wishes (<u>I</u> wish <u>I</u> could
say it in the fair
Elven tongue)

yours sincerely

Iris Murdoch

척과 조니 미첼 사진

[1960년대]
224×199mm
톨킨 가족 문서

조니 미첼 (1943년 출생)

「난 이해하는 것 같아」의 가사

[1966년 8월 26일], 디트로이트
타자 원고
1장, 278×216mm
톨킨 가족 문서

9

1966년에 조니 미첼과 그녀의 남편 척은 포부가 큰 포크송 가수로서 라이브 공연으로 변변찮은 수입을 얻으며 디트로이트의 철거 예정인 아파트에서 살아가고 있었다. 조니는 노래를 만들고 척은 음반사와 출판사를 차려 자신들의 음악을 보호하려고 애썼다. 그들은『반지의 제왕』을 읽다가 영감을 받아 톨킨에게 편지를 썼고 자기들 회사의 이름에 로리엔과 스트라이더(성큼걸이)를 사용하게 해 달라고 요청했다. "조니와 저는 당신이 (이 부분이 망설여지는데) 창조한 세계를 우연히 발견하고는 모험 삼아 들어갔다가 사랑에 빠지게 되었습니다. 창조했다기보다는 당신이 '밝혀 준' 세계가 더 정확한 말이겠지요. […] 저희 요청은 간단합니다. 음반사를 로리엔으로, 출판사를 스트라이더로 부르고 싶습니다."[1]

톨킨과 출판사는 그들의 요청을 허락했지만 그 부부는 BMI(Broadcast Music Inc.)에서 회사명을 등록하려다가 난관에 부딪혔다. 스트라이더는 이미 등록되어 있는 스트라이드 출판사와 너무 비슷했고, 두 번째로 선택한 아라고른도 아라곤이라는 다른 회사와 너무 비슷했다. 결국 미첼 부부는 로리엔과 간달프를 선택했는데 그것은 수용되었다. "그들의 명단에 간달프와 비슷한 이름은 전혀 없었나 봅니다"라고 척 미첼은 톨킨의 출판사에 썼다.[2]

감사의 선물로 척은 조니의 노래「난 이해하는 것 같아」의 가사 한 부를 보냈는데, 여기서 조니는 공포가 '야생지대Wilderland' 같다고 노래한다. 척 미첼은 조니가 톨킨의 작품을 읽기 전에 '야생지대'라는 단어를 사용했다고 말했다. "저는 노랫말을 찾아 가운데땅을 두 번째로 여행하기 시작했고, 조니는 방금 첫 번째 여행을 마쳤습니다. 그녀가 읽기 시작하기 전에 짧은 노랫말을 써 두었는데 왠지 그것은 그녀가 삼부작을 읽은 '후에' 쓴 것처럼 들립니다." 그 단어는 톨킨이 창안한 것이었는데 조니 미첼도 독자적으로 만들어 낸 것 같다. 이 노래는 3년 후 그녀의 앨범 〈클라우즈〉에 실려 발표되었다.

1 톨킨 가족 문서, 찰스 미첼의 편지, 1966년 3월 20일.
2 톨킨 가족 문서, 찰스 미첼의 편지, 1966년 8월 26일.

Daylight shatters on the path
The forest's far behind
Today I am not prey to dark uncertainty
The Shadow trembles in its wrath
I've robbed its darkness blind
And tasted sunlight as my fear came clear to me

I think I understand
Fear is like a Wilderland *
Stepping stones or sinking sand

Now the way leads to the hill
Above the steeple's chime
Below me sleepy rooftops 'round the harbor
It's there I'll drink my thirsty fill
Of friendship over wine
Forgetting fear, but never disregarding her

I think I understand
Fear is like a Wilderland
Stepping stones or sinking sand

Sometimes shadows in the night/will call me back again

Back along the pathway of a troubled mind
When forests rise to block the light
That keeps a traveler sane
I'll challenge them with flashes from a brighter time.

I think I understand
Fear is like a Wilderland
Stepping stones or sinking sand

Stranger, take my helping hand.

*Joni says she was working with "wilderness," but needed the rhyme, and found wilderland in her head. She hadn't read the trilogy then, and I don't think I mentioned the word to her, so I think it was a happy accident.

테리 프래쳇 (1948~2015)

J.R.R. 톨킨에게 보낸 편지

1967년 11월 22일, 비콘스필드
타자로 치고 서명한 편지
1장, 227×178mm
전시: 솔즈베리 2017~2018, 복사본
톨킨 가족 문서

노년에 접어들었을 때 톨킨은 단편소설 「큰 우튼의 대장장이」를 썼다. 그는 그 작품을 "내가 직접 경험한 '은퇴'의 상실감과 고령의 경험에서 비롯되기도 한 깊은 감정으로" 썼다고 묘사했다.[1] 이 작품에 대한 반응으로 그가 받은 첫 번째 팬레터는 지방 신문 《더 벅스 프리 프레스》에서 기자로 글을 쓰며 생활하던 청년 테리 프래쳇이 보낸 것이었다. 겨우 19세였지만 프래쳇은 그 책에서 깊은 감동을 받았고 그 이면에 존재하는 사별의 감정을 깨달았다. 그는 "그 소설을 읽었을 때 묘한 슬픔이 엄습했습니다"라고 썼다. 톨킨은 자신이 받은 팬레터 대부분에 그랬듯이 직접 답장을 썼다. "당신은 그 이야기에 대해 나와 똑같이 느끼는군요. 더 이상 덧붙일 말이 없습니다."[2] 프래쳇은 6년 전에 『반지의 제왕』을 읽은 후 톨킨 작품의 팬이 되었다. 열세 살의 나이에 그 삼부작을 25시간 걸려 읽었는데, 판타지 문학에 입문한 계기가 되었던 그 사건은 그의 인생을 뒤바꾼 경험이었다. 훗날 그는 이렇게 회상했다. "그 이후로는 정말로 이야기 안에 들어가 있는 경험을 한 적이 없었다."[3]

프래쳇은 '감사 편지'의 마무리로 "이제 저는 '실마릴리온'을 기다립니다"라고 쓰면서 상고대의 전설을 열렬히 기다리는 많은 톨킨 팬들의 감정을 압축적으로 표현했다. 『반지의 제왕』이 출간된 지 12년이 지났지만 프래쳇은 '실마릴리온'을 더 오래 기다려야 했다. 그 작품은 톨킨 생전에 출간되지 않았고, 그의 아들이자 유고 관리인인 크리스토퍼 톨킨에 의해 일관성을 갖춘 형태로 정리되었다.

테리 프래쳇은 훗날 유명한 판타지 작가가 되었고, 가장 주목할 그의 작품은 결국 41권까지 나아간 디스크월드 연작소설이다. 그는 판타지의 영역에서 톨킨의 압도적인 위상을 이렇게 묘사했다. "톨킨은 일본의 판화에서 아주 빈번하게 볼 수 있는 후지산처럼 이후의 모든 판타지 작품에 등장하는 산 같은 존재가 되었다. 어떤 때는 바로 가까이에서 웅대하게 보인다. 어떤 때는 수평선 위의 형체처럼 아스라이 보인다. 때로는 전혀 보이지 않는데, 그것은 예술가가 […] 실은 후지산 위에 서 있다는 뜻이다."[4]

1 톨킨 가족 문서, 덴마크 여왕 마르그레테에게 보낸 편지 초안, 1972년 1월 29일.
2 톨킨 가족 문서, 테리 프래쳇에게 보낸 편지 사본, 1967년 11월 24일.
3 프래쳇 2013, p.123.
4 프래쳇 1999.

도판 44 「큰 우튼의 대장장이」 교정 삽화. 폴린 베인스의 그림, 1967년. (Bodleian MS. Tolkien 10, fol. 52; 하퍼콜린스 출판사의 허락을 받아 수록함)

25 Upper-riding,
Holtspur,
Beaconsfield,
Bucks.

22 November, 1967

Dear Professor Tolkien;

This is simply a letter of appreciation. I have just read "Smith of Wootton Major". To tell the truth, when I ordered it I expected a light tale akin to "Farmer Giles of Ham"--instead I read and re-read it with awe.

I don't know what there was in it that moved me to write this letter. It was something that "The Lord of the Rings" never possessed except in very short measure, that Christmas long ago when I read it. I cannot explain the feeling of recognition. You said something in "Smith" which I hope I grasped, and there was a feeling almost of recognition. An odd feeling of grief overcame me when I read it. I cannot explain my feelings any clearer. It was like hearing a piece of music from way back, except that it was nearer poetry by Graves' definition. Thank you very much for writing it.

Now I await the Silmarilion,

Yours faithfully,

Terence Pratchett

Terence Pratchett

린다 존슨 롭 (1944년 출생)

J.R.R. 톨킨에게 보낸 편지

1968년 8월 2일, 워싱턴 백악관
타자로 치고 서명된 편지
1장, 234×159mm
톨킨 가족 문서

1960년대 미국에서 『반지의 제왕』의 인기는 높이 치솟았고, 대학 캠퍼스에서는 컬트 비슷한 현상도 생겨났다. 학생들은 "프로도는 살아 있다"와 "간달프를 대통령으로"라고 박힌 옷깃 배지를 달고 다녔다. 모임들과 단체들이 생겨났는데, 제일 먼저 생긴 것 중 하나는 1965년 컬럼비아대학교 캠퍼스에서 구성된 '뉴욕 톨킨 협회'였다. 1965년 미국의 에이스북스 출판사가 해적판을 발간함으로써 이 책의 인기를 부채질했다. 이 값싼 페이퍼백으로 이 작품은 더 폭넓게 보급되었지만 톨킨은 인세를 전혀 받지 못했다. 이 문제에 대한 매스컴의 관심이 빗발치듯 이어졌고, '가운데땅의 전쟁'이라는 별명이 붙었으며, 그로 인해 톨킨의 작품은 미디어에서 대단히 자주 다뤄졌다. 같은 해에 밸런타인북스에서 공인된 보급판을 급히 인쇄하여 출간했는데 톨킨의 글이 실려 있었다. "(적어도) 살아 있는 작가에 대한 예우에 동조하는 사람은 다른 책이 아니라 이 책을 구입할 것입니다." 이듬해 초에 에이스북스는 완전히 굴복했고 전쟁은 끝났다.

1968년 여름에 린든 B. 존슨 대통령의 장녀 린다 존슨 롭은 톨킨에게 편지를 보내서 자신의 책 『호빗』에 서명해 줄 수 있는지를 물었다. "제 책을 보내면 서명해 주실 수 있을까요? […] 그것이 제게 얼마나 큰 의미가 있는지 말로 다 할 수 없습니다!" 그 이전 해 12월에 백악관에서 찰스 롭과 결혼식을 치른 린다는 24세였고 첫 아이를 임신한 지 7개월째였다. 그녀는 저자의 서명을 받은 『호빗』을 자녀에게 물려주고 싶었던 것일까? 이때쯤 그녀의 부친이 백악관에 머물 날은 얼마 남지 않았고, 상단에 백악관이 인쇄된 편지지를 사용하는 혜택도 오래 누릴 수 없었다. 베트남 전쟁에서 승리하지 못한 후 존슨은 1968년 대통령직에 재출마하지 않겠다고 발표했고, 1969년 1월에 닉슨이 승계했다.

도판 45 '프로도는 살아 있다' 배지와 톨킨 협회 배지.
(톨킨 가족 문서)

THE WHITE HOUSE

WASHINGTON

August 2, 1968

Dear Mr. Tolkien:

As a collector of children's books, I am fortunate to have your book, The Hobbit, in my collection. I enjoyed reading it when I was young, and after taking a college course in Children's Literature, I can appreciate it even more.

Do you think, that if I sent my copy to you, you could autograph it? If this favor would be possible, please let me know where to send it. I can't tell you how much this would mean to me!

With best wishes,

Sincerely,

Lynda J Robb

Lynda Johnson Robb

Mr. J. R. R. Tolkien
c/o Houghton Mifflin Company
2 Park Street
Boston, Massachusetts 02107

PS I read the "Rings" in college

마르그레테, 덴마크 공주 (1940년 출생)

J.R.R. 톨킨에게 보낸 편지

1970년 10월 24일, 코펜하겐, 아말리엔보르 궁전
자필
3장, 224×173mm
톨킨 가족 문서

장별 제목 그림 7장의 사본

[1970년]
2장
〈발각된 계획〉, 339×210mm
〈어둠 속의 여행〉, 297×210mm
톨킨 가족 문서

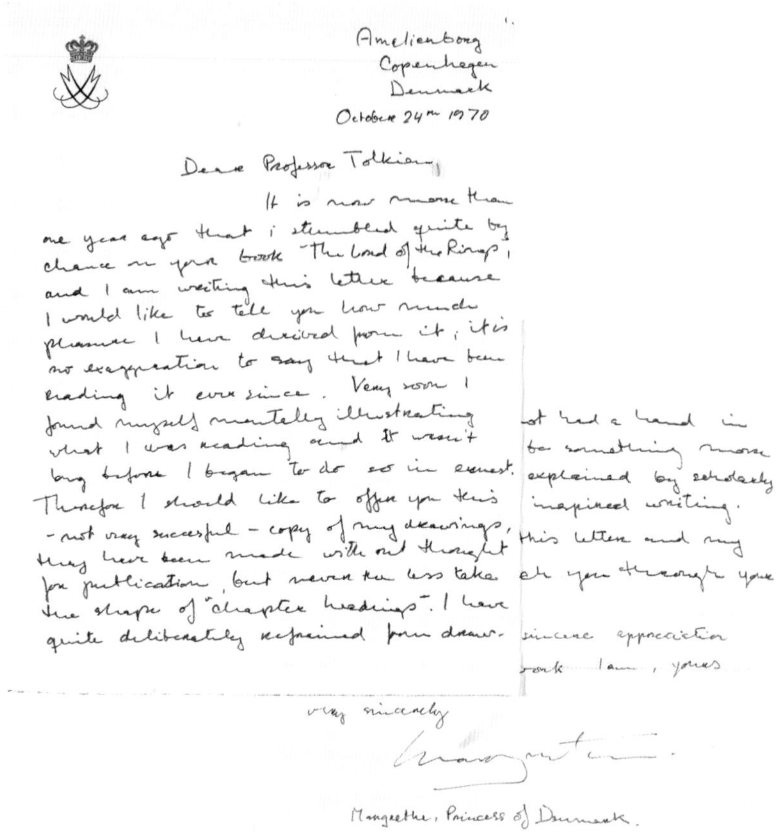
Amelienborg
Copenhagen
Denmark
October 24th 1970

Dear Professor Tolkien,
It is now more than one year ago that I stumbled quite by chance on your book "The Lord of the Rings", and I am writing this letter because I would like to tell you how much pleasure I have derived from it; it is no exaggeration to say that I have been reading it ever since. Very soon I found myself mentally illustrating what I was reading and it wasn't long before I began to do so in earnest. Therefore I should like to offer you this – not very successful – copy of my drawings; they have been made without thought for publication, but nevertheless take the shape of "chapter headings". I have quite deliberately refrained from draw-

...ot had a hand in
...be something more
explained by scholarly
inspired writing.
...this letter and my
...ch you through your
sincere appreciation
...ork I am, yours
very sincerely
Margrethe
Margrethe, Princess of Denmark.

『반지의 제왕』은 출간 이후 오랫동안 도처에서 쏟아진 찬사를 받아 왔다. 출간 후 15년이 지났을 때 톨킨은 코펜하겐의 왕궁에서 편지를 받았다. 덴마크의 마르그레테 공주가 그즈음 『반지의 제왕』을 읽고는 "나는 그 책에서 큰 기쁨을 얻었어요. 그 후로 계속 읽어 왔다고 말해도 과장이 아닙니다."라고 써 보냈던 것이다. 고마운 마음을 표현하기 위해 그녀는 자신이 그 책의 각 장 제목으로 그린 삽화 몇 장을 보내왔다. 톨킨은 그 삽화에 매료되었고, 답장 초안에서 이렇게 썼다. "저는 이따금 그 삽화들과 제가 시도한 (발표되지 않은) 삽화들의 유사성에 놀랐습니다. 그러나 예기치 못한 삽화들에—마치 그 이야기와 풍경이 독자적으로 실재하지만 다른 눈으로 관찰한 듯한—더 자주 놀랐지요. 각 장의 특정한 사건이나 인물 대신에 주제나 '분위기'를 예시하는 방안은 이 이야기의 특징인 흘끗 본 불길한 어둠과 평범한 소박함 사이의 지속적인 대조를 제공하는 데 특히 효과적입니다."[1]

두 사람은 이후 2년이 넘도록 서신과 삽화를 주고받았다. 1971년에 톨킨은 서재에서 열심히 회고록을 쓰고 있는 빌보의 삽화가 붙은 크리스마스 카드를 받고 기뻐했다. "공주께서는 빌보의 어린애 같은 면과 그의 지혜로움을 포착하셨고 동시에 나이가 들어 능력을 넘어서는 임무를 완수하려는 몸부림을 암시하셨습니다. 이제 저는 그 상황을 『반지의 제왕』의 마지막 장을 썼을 때보다 더 절감합니다."[2] 당시 톨킨은 자신의 레젠다리움 '실마릴리온'을 출판에 적합한 형태로 만들 수 없으리라는 것을 알고 있었다.

마르그레테 공주는 부친인 국왕 프레데리크 9세가 사망한 1972년에 덴마크의 여왕이 되었다. 1977년에 여왕은 잉가힐드 그라트메르라는 가명으로 『반지의 제왕』 폴리오 소사이어티 판본 삽화를 그렸다.

1 톨킨 가족 문서, 편지 초안, [1971년 1월].
2 톨킨 가족 문서, 편지 초안, [1971년 1월].

A Conspiracy Unmasked

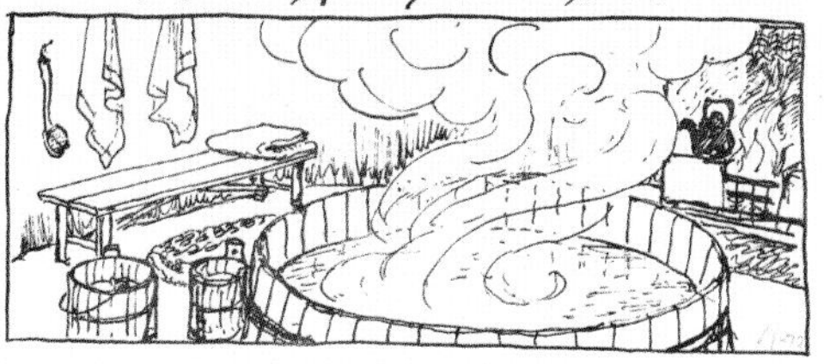

The Old Forest

In the House of Tom Bombadil

Fog on the Barrow-downs

A Journey in the Dark

The Bridge of Khazad-dûm

Lothlorien

팬레터

1972~1973년
편지 4통
톨킨 가족 문서

『반지의 제왕』이 출간되고 대학에서 은퇴한 후 톨킨은 '실마릴리온'을 마무리 짓기를 바랐다. 하지만 『반지의 제왕』이 엄청난 인기를 구가하면서 인터뷰, 담화, 사진, 다른 출판물에 글을 기고해 달라는 요청이나 그 작품을 어떤 형태로든 극화하는 것을 허락해 달라는 요청이 쇄도하며 점점 더 시간을 빼앗기게 되었다. 그의 작업을 방해한 것은 편지뿐만이 아니었다. 초대도 받지 않은 방문객들이 불쑥 그의 집에 나타나기도 했고, 시간차를 알지 못한 미국 팬들이 한밤중에 전화를 걸어오기도 했다. 그와 그의 아내는 포위 공격을 받는 느낌에 시달리다 결국 1968년에 옥스퍼드를 떠나 영국 남부 해안의 풀로 이사했고, 그는 주소와 전화번호를 모든 공적 참고자료에서 삭제했다.

많은 팬레터들이 런던에 있는 그의 출판사 사무실을 통해서 계속 당도했다. 『반지의 제왕』에서 밝혀진 세계에 매료된 독자들은 그의 2차적 세계의 모든 면모에 대해, "전차몰이족, 하라드, 난쟁이들의 기원, 사자들, 베오른족, 그리고 감감무소식인 두 마법사에 대한" 정보를 알고 싶어 했다.[1] 어떤 편지들은 단순히 감사의 편지였지만 룬문자나 요정어로 쓰인 편지들도 있었고, 가운데땅과 비슷한 곳의 사진이나 작품 속 인물들과 복장이 같은 사람들의 사진이 동봉된 편지들도 있었다. 또한 이 작품에 영감을 받아 그린 삽화나 노래가 든 편지도 있었다. 톨킨은 모든 편지에 직접 답장을 해야 한다고 느꼈지만 그것을 신속히 단숨에 써 보낼 수는 없었다. 보관된 그의 문서들을 보면 그의 완벽주의를 드러내는 증거를 많이 볼 수 있는데, 그는 팬레터에 대한 답장도 신중하게 생각하고 나서 초안을 쓰고 보내기 전에 수정했다. 이렇게 하려면 상당한 시간이 걸렸고, 특히 편지를 보낸 사람이 흥미로운 문제를 제기한 탓에 그것에 대해 '조사'하며 몇 시간을 보낼 때는, 기존 작업의 집중을 방해받기도 했다.

1 카펜터와 톨킨 1981, p.248.

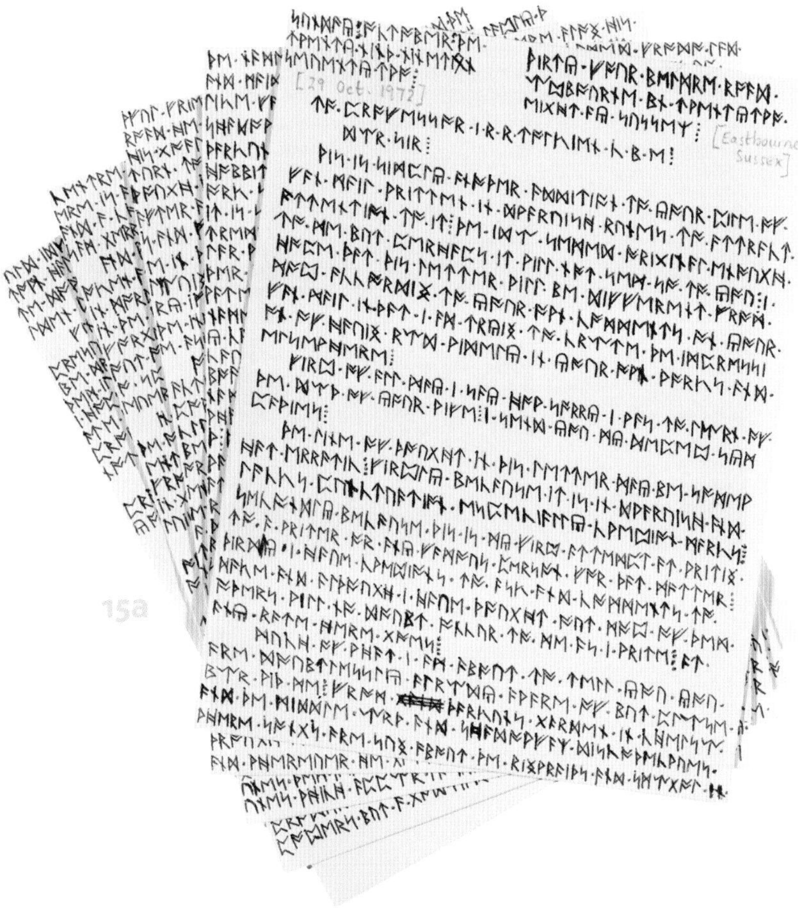

12/19/72

Dear Mr. Tolkien,

I am 12 years old, and last summer over the vacation I finished The Hobbit and read The Lord of the Rings. They were the most wonderful books I have ever read and probably ever will read.

Many people I know have read them and they enjoyed them just about as much as I did. In fact, one boy's older brother has almost memorized The Hobbit.

I can honestly say that I was never bored while reading your books. Some days I would shut myself in the den, make myself comfortable on the couch and read for 5 or 6 hours, stopping only to eat.

Sometimes I wish I could live in the Shire, or be one of Frodo's companions and travel with the Company.

I love all the charactors in The Lord of the Rings, but I think my favorites are Frodo and Sam. My favorites in The Hobbit

15b

Gray
908 E Mooney
Monterey Park, Ca 91754
January 3, 1973

J. R. R. Tolkien
c/o Houghton-Mifflin Co.
(The Riverside Press Cambridge)
110 Tremont St
Boston, Massachusetts 02107

Dear Professor Tolkien,

I have been an admirer of your histories of Middle Earth for some time. Any praise I might give would sound faint, but I do say that they are my favorite books.

While rereading The Lord of the Rings my wife and I have been reminded of several recurring questions with which we would greatly appreciate your help. We are most interested in why Elbereth, star-kindler, was the name which Frodo invoked when in great peril. In the war with Sauron it would seem that Gilgalad might be an elf name more hated by the Dark Lord and his servants; and Glorfindel, still walking abroad in the land, should have been the greatest bane to the Witch-King at the Last Ford to Rivendell. But we are unable to find satisfactory answers to the questions thus raised in the available appendices.

I have also searched in vain for knowledge of the Istari of the other two hues. It is said that the whole White Council united against the Shadow and drove Sauron from Mirkwood. Where, then, were the other wizards employed during the Great War? We have thought that perhaps their work lay in Mirkwood or further north in Dale, for at least Radagast resided near the borders of Mirkwood. I do not doubt that these answers are before my nose, but until now they remain elusive.

Also, in your appendices I find references to three works which, of course, are of the greatest interest to a follower of the history of Middle Earth: The Silmarillion, the Akallabêth, and the expanded Appendices and linguistic notes. I have every hope that these will appear in the (near) future. I have heard rumors that at least The Silmarillion is destined for publication.

In closing I should like to ask a favor of you. In your preface to the Houghton-Mifflin edition you mentioned that you have always had a penchant for histories, real and imagined. I confess to having a similar passion, but I have been repeatedly disappointed by the quality of historical fiction or nonfiction I have encountered. I would be greatly in your debt if you could recommend any works of quality or interest in which you have found particular delight in your long life of reading. Please do not confine yourself to histories only.

In return I should like to offer you these seeds that I found in the interior of Mexico. They will grow into quite large trees, though a hot house may be required in your climate; and I fancy that hobbits would have been particularly fond of them since they have brightly colored flowers and leaves of a curious shape.

Good Health to You,

Clyde Thomas Gray

[John R. James]

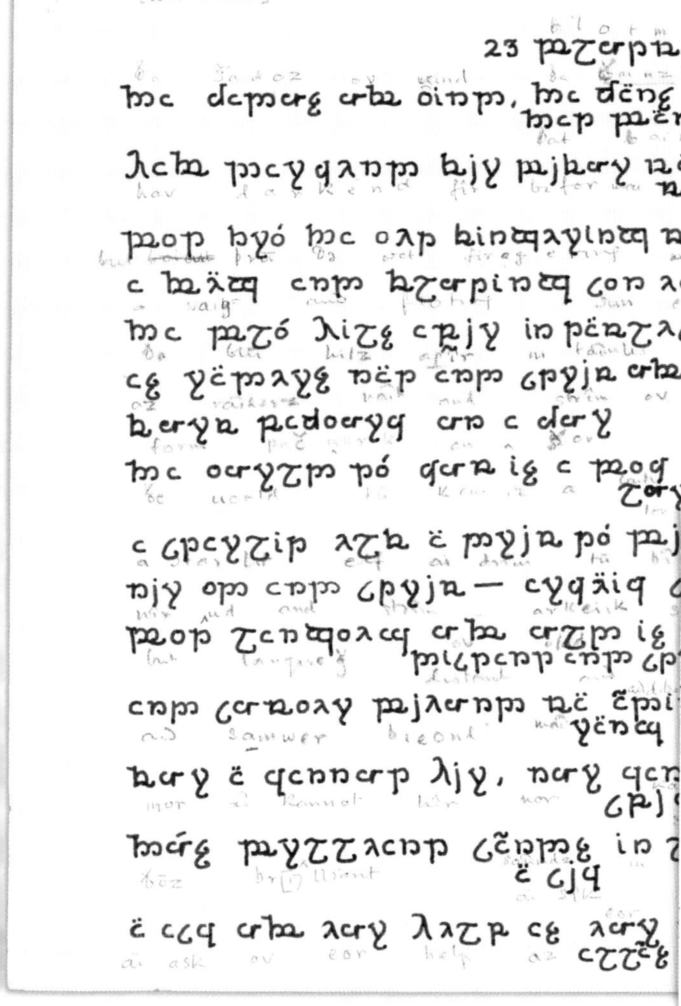

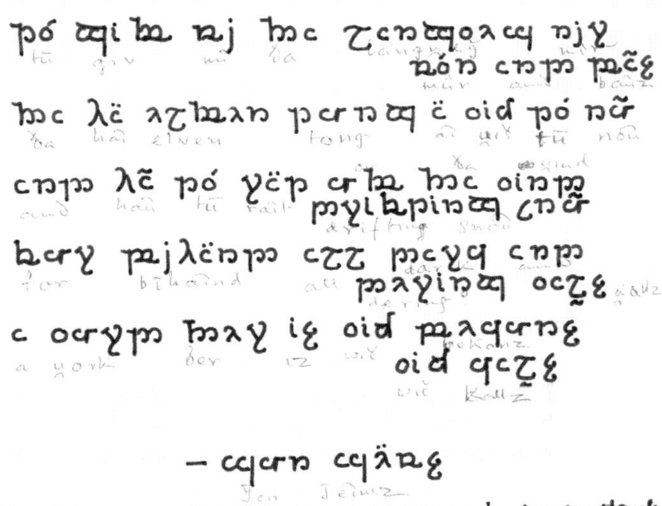

This is full of errors both in use of the 'clash letters' and in the attempt to represent with them English phonetically: often it is the spelt form that is transcribed. It proves, when deciphered, to be a piece of vers libre verse, which amounts to more than: "can you teach me the Bloish language, please?" In modern spelling it appears to be meant to run: 23 Blotmath (= November). The shadows of wind and chains that bind/have darkened fear before my mind/ but through the ~~vague~~ wet fingering mists/ a vague and floting sun exists/ the blue hills appear in timeless time, as riders, night, and stream of rain/ form patchwork on a shore./The world to come is a book of lore/. A starlit elf I dream to be/ near [w]ood and stream — archaic self? sea but language of old is distant and strange/and somewhere beyond my audible range/ More I cannot hear nor can I speak/ those brilliant sounds in leaves I seek/ I ask of your help as your time allows/ to give me the language of moor and boughs./ The high elven tongue I wish to know/ and how to write of the wind drifting snows./ For behind all dark and dering? [sic] walls a work there is which beckons, which calls.

Jon Jēimz

PTO

John R. James
Random House
Lee Hill Road
Boulder, Colorado 80302
U.S.A.

CHAPTER 2

어린 시절

'언어의 재능을 갖고 태어나'

톨킨의 어린 시절은 일찍부터 체험한 충격적 변화들로 인한 대조가 두드러졌다. 그는 남아프리카 고원 지대의 건조하고, 무덥고, 드넓은 녹지에서 태어났다. 톨킨이 간직한 어린 시절의 첫 기억은 크리스마스트리 대신 시든 유칼립투스, 그리고 바닷가에 처음 여행 갔을 때 인도양 쪽으로 달려갔던 일이었다. 세 살에 영국으로 온 그는 버밍엄과 중부 지방의 시골에서 어린 시절을 보냈다. 산울타리에 둘러싸이고 구불구불 흐르는 강으로 나눠진 푸른 들판에서 그는 영국 시골에 대한 변함없는 사랑을 품게 되었다. 이처럼 남반구에서 북반구로 이주하면서 생긴 갑작스러운 생활의 변화는 그의 어린 시절의 두 부분에 대한 생생한 기억을 남겼다. 또한 일종의 귀향으로 어린아이가 경험한 모국의 기후와 식물군을 더한층 예리하게 감지하게 되었다.

남아프리카에서 톨킨은 유복한 은행 지점장과 그 아내의 장남으로 사랑을 듬뿍 받았고 집안 하인들과 은행 직원들에게 귀여움을 받으며 부모의 높은 사회적 지위를 누렸다. 그가 영국으로 돌아온 후 부친 아서 톨킨이 사망하면서 가세가 기울었다. 네 살의 톨킨은 저소득층 가정의 아버지 없는 아이가 되었고, 홀로 된 어머니는 적은 수입으로 두 어린 아들을 양육하기 위해 애썼다.

영국에 정착한 후 첫 몇 해 동안 그는 시골 마을에서 비교적 가난하게 살았지만 남동생 힐러리와 함께 놀고 또한 고등교육을 받은 어머니의 다정한 보살핌을 온종일 받으며 매우 행복하게 지냈다. 훗날 톨킨은 자신이 "언어의 재능을 갖고 태어났다"고 말했고, 그의 어머니가 언어와 시에 대한 그의 관심을 키워 준 것은 분명하다.[1] 4년 후 그의 가족은 새어홀 마을에서 산업도시 버밍엄의 근교로 이사했다. 톨킨은 그 도시가 시골 생활보다 못하다고 느꼈지만, 그렇기 때문에 워릭셔 시골에서 보낸 어린 시절은 황금기로 기억에 각인되었다.

가장 예리한 단절은 그 이후에 일어났다. 열두 살의 그에게 어머니가 당뇨병으로 사망하면서 일어난 변화는 치유될 수 없는 것이었다. 훗날 그는 "열두 살에 고아가 되었을 때 행복한 어린 시절은 끝났다"고 회고했다.[2] 이때부터 그와 남동생에게는 가정이나 가족생활이 존재하지 않았다. 그들은 하숙집에서 살았고, 다정한 후견인이 그들의 생활에 늘 함께하며 보살펴 주었지만, 그럼에도 이제는 고아였고 금전적으로 궁핍했다.

톨킨의 유년기는 그의 생활을 '이전'과 '이후'로 나눈 사건들의 연속으로 볼 수 있다. 남아프리카에서 영국으로, 새어홀 마을에서 버밍엄 도시로, 풍요에서 금전적 불안정으로, 안정된 가정생활에서 고아 상태로 옮겨 가면서 극명한 대조를 경험했고 그것이 미친 영향은 오래 지속되었다.

1 톨킨 1966.
2 플림머와 플림머 1968.

메이블 톨킨 (1870~1904)

가족사진, 메이블 톨킨의 메모

1892년 11월 15일, 블룸폰테인
1장, 89×55mm
인쇄물: 카펜터 1977
MS. Tolkien photogr. 4, fols. 2~3

톨킨은 1892년 1월 3일에 블룸폰테인에서 다정하고 헌신적인 부모의 첫 아이로 태어났다. 부친 아서 루엘 톨킨은 즉시 버밍엄의 가족에게 편지를 보내 행복한 소식을 전했다. "메이블이 어젯밤(1월 3일)에 아름답고 작은 아들을 내게 선사했어요. 다소 이른 출산이었지만 아기는 건강하고 메이블은 경이롭게도 잘 견뎌냈습니다. […] 아기는 (물론) 사랑스럽고요. 손과 귀가 아름답고 (손가락이 아주 길고) 머리칼은 금발입니다. '톨킨' 집안의 눈과 아주 또렷한 '서필드' 집안의 입매를 갖고 있어요."[1] 서필드는 메이블의 결혼 전 성이었고, 갓 아버지가 된 아서의 묘사는 대단히 공정했다.

아서는 블룸폰테인의 은행 지점장이었고, 그의 가족은 도시 중심의 훌륭한 건물이었던 은행 사저에서 살았다. 그들이 살았던 작은 도시는 1854년에 수립된 보어 공화국, 오라녜자유국의 수도였다. 높은 초원에 위치해 있었고 꼭대기가 평평한, 코피라 불리는 작은 언덕들에 둘러싸여 있었다. 공식 언어는 네덜란드어였지만 많은 영국인들이 거주하고 있었다. 지역사회에서 아서와 메이블은 사회적 신분이 높은 편이었고 어느 정도 제한된 사교 생활에 참여했으며 일요일에 교회 성가대에서 노래를 부르고 테니스를 치거나 연극 상연에 참여했다.

1892년 11월 그의 가족은 크리스마스에 맞춰 영국의 가족들과 가까운 벗들에게 보낼 가족사진을 찍었다. 인종적 분열이 두드러진 나라에서 특이하게도 이 사진에는 집안 하인들이 모두 담겨 있다. 주름 장식에 리본을 단 열 달 된 아기 톨킨은 보모에게 안겨 있다. 그의 어머니 메이블은 중앙에 약간 딱딱한 자세로 앉아 있고 아버지 아서는 멋진 콧수염을 기른 모습으로 아내 옆에 느긋한 자세로 서 있다. 바탕 종이에 적힌 메이블의 독특한 필체 덕분에 사진은 생동감이 돈다. "11월의 아침 오라녜자유국에서. 1892년 11월 15일 7시 30분에 포도나무 옆에서 찍음. 크리스마스에 모두의 소망이 이루어지기를 바라며." 이 지역에 점점이 박힌 꼭대기가 평평한 언덕들을 그려 넣음으로써 사적인 느낌이 더욱 가미되었다.

이 사진을 찍기 전날에 아서는 부친에게 편지를 썼다. "제 아들은 완벽하게 아름답고, 저희는 아이가 없으면 살 수 없을 겁니다. 아이가 너무 영리한 편이라서 아내는 제가 아이에게 한 번에 너무 많은 것을 가르치지 못하게 합니다. 지금껏 본 적 없는 건강하고 귀엽게 생긴 아이예요."[2]

1 카펜터 1977, p.12.
2 톨킨 가족 문서, J.B. 톨킨에게 보낸 편지, 1892년 11월 14일.

도판 46 아서가 부친에게 보낸 편지,
1892년 11월 14일. (톨킨 가족 문서)

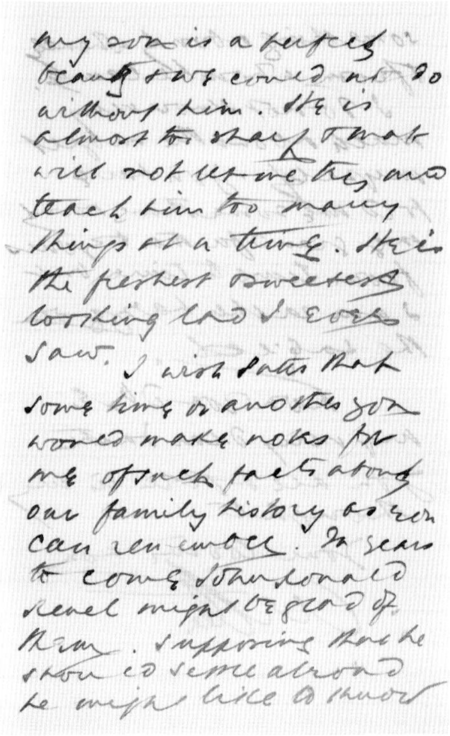
my son is a perfect beauty & we could not do without him. He is almost too sharp & Mab will not let me try and teach him too many things at a time. He is the perfect sweetest looking lad I ever saw. I wish sometimes that some king or another of you would make notes for me of such facts about our family history as you can remember. In years to come John Ronald Reuel might be glad of them. Supposing that he should settle abroad he might like to know

From (3) 2

"A November Morning" in The Oranje-Vrij Staat.

Taken by our vines at 7.30 November 15th 1892.

To wish you…

EVERY GOOD WISH FOR XMASTIDE

메이블 톨킨 (1870~1904)

존 벤저민과 메리 제인 톨킨에게 보낸 편지

1893년 3월 4일, 블룸폰테인
자필
2장, 203×127mm
전시: 옥스퍼드 1992, 6번
인쇄물: 카펜터 1977, 옥스퍼드 1992
톨킨 가족 문서

작고 독특한 필체로 메이블 톨킨은 블룸폰테인에서 일어나는 일상의 생생한 사건들을 활기차게 묘사한 편지들을 고국에 보냈다. "며칠 전에 옆집 애완용 원숭이가 건너와서 로널드의 턱받이 세 개와 다른 것들을 '먹어치워' 넝마로 만들었어요"라고 그녀는 아서의 부모에게 썼다. 버밍엄 교외에서 영국의 겨울 날씨를 견디고 있던 가족에게 이 말은 얼마나 이국적으로 들렸을까!

메이블과 아서의 결혼 생활은 행복했고 그들은 거의 모든 것을 함께했다. 1891년 케이프타운의 세인트조지 성당에서 결혼식을 올린 다음 날 아서는 "저는 어마어마하게 행복해요"라고 자기 심정을 토로하는 편지를 어머니에게 보냈다.[1] 2년 후에 그의 생각은 달라지지 않았다. "제 가정생활은 아주 행복하고, 저는 운 좋은 결혼을 한 행운아 중 하나예요."[2] 이 젊은 부부는 함께 지내는 것을 즐겼고, 은행 사저에서 자주 벗들과 손님들을 대접했다. 아서는 모임에 나가기보다는 집에 있기를 선호하는 가정적인 남자였다. 그는 블룸폰테인의 무덥고 긴 여름과 차고 건조한 겨울 날씨를 좋아했다. "높은 기온에 건조한 날씨가 내게는 더없이 잘 맞습니다. 전반적으로 여기 온 후처럼 건강이 좋았던 적이 없었어요."[3] 그럼에도 그는 메이블과 어린 아들 존 로널드를 위해 집안 환경을 개선하려고 넓은 베란다를 만들고 과일나무들을 심어서 타오르는 여름의 열기를 가려 줄 그늘을 만들고자 했다.

메이블은 집안일을 꾸려 가기 위해 보모와 요리사, 가정부, 심부름꾼의 도움을 받았다. 은행 지점장의 아내였던 그녀는 정찬 식사와 파티를 마련해야 했지만, 험악한 지역으로 긴 출장을 떠나는 남편을 따라나설 만큼 용감했다. 당연히 그녀는 어린 아들에게서 큰 기쁨을 느꼈다. "하얀 주름을 두르고 흰 구두를 신고 차려입으면 정말로 요정처럼 보이는 아기예요. 모두들 보시면 좋을 텐데요. 아기가 옷을 갖춰 입지 않았을 때는 더 요정처럼 보이는 것 같아요."

1 톨킨 가족 문서, M.J. 톨킨에게 보낸 편지, 1891년 4월 23일.
2 톨킨 가족 문서, 양친에게 보낸 편지, 1893년 7월 30일.
3 톨킨 가족 문서, 양친에게 보낸 편지, 1891년 1월 4일.

도판 47 아마추어 연극 프로그램. 메이블은 〈퍼디푸트 가의 두 사람〉이라는 익살극에서 '온갖 일을 다 하는 하녀 페기' 역을 맡았다. 1892년 8월 9일. (톨킨 가족 문서)

Sat. Night
March 4th 1893. —

The Bank House
Maitland Street
Bloemfontein.
I

My dear Mr & Mrs Tolkien

I expect you all think *very* badly of me that I never write to any of you, or even answer your kind letters to me? — I was very *very* pleased with the two lovely little pinafores, — so daintily made! & sent off (as we could see) by Mr Tolkien — The next-door pet monkeys had been over & eaten "3 of Ronald's pinafores & several other things into rags a few days before — Baby does look such a fairy when he's *very* much dressed-up in white frills & white shoes — I *wish* you could all see him — or even when he's very much *undressed* I think he looks more of an elf still. — We are all hoping & praying for cooler days soon, when Florrie's & Mabel's lovely little Xmas frocks will be just the thing for Baby — *at present* (*not* being the most extraordinarily sensible of Mothers I suppose) I dress him chiefly in little flimsy muslins with very short sleeves & low neck — he never goes out even now between ½ past 9 & ½ past 4 so he does not brown at all, or catch "prickly heat" — The weather is still intensely hot & trying & one does get so tired of it by Feb. & March. — I am of course utterly *delighted*! at the bare *thought* of May's visit but I am very disappointed at the time of the year they have arranged to come — if it were purely a pleasure visit I should beg them to wait till English Autumn — as it is they will see *no* typical S. African weather unless they stay right through the winter — April is warm & thundery not really blazing — May very English (often wet, & it's *so* miserable here when it's wet, when the sunshine is gone Bloemfontein has *very* few other attractions left!) in June the cold dry dusty time begins, & July & August are bitter months — winds & air that make you gasp! — Just as they get here too the fruit season will be nearly over, & it is so good this year too, I am so sorry — every-day at every meal our table is full of grapes — delicious ones

메이블 톨킨 (1870~1904)

'로널드'가 아버지 아서 루엘 톨킨에게 보낸 선물 카드

1893년 크리스마스, 블룸폰테인
자필
1장, 35×75mm
전시: 옥스퍼드 1992, 7번
인쇄물: 옥스퍼드 1992
톨킨 가족 문서

아서와 달리 메이블은 블룸폰테인의 기후에 잘 적응하지 못했다. 그녀는 여름철을 지내기 힘들어했고, "날씨가 여전히 무척 무더워서 괴롭고 그래서 너무나 지친다"고 기록했다.[1] "금발에 푸른 눈, 장밋빛 뺨"의 존 로널드는 아침 9시 30분부터 오후 4시 30분까지 화상과 따가운 열기를 피하기 위해 실내에 있어야 했다.[2] 겨울이 되어도 괴로움이 거의 줄지 않았는데, 여름의 뜨거운 열기가 "차고 메마른 먼지가 날리는 계절"로 바뀌어 두 달간 매서운 추위와 "숨막히는 바람과 공기"가 몰아쳤다.[3]

남아프리카에 사는 영국인들은 크리스마스를 거꾸로 세는 셈이었다. 타는 듯이 무더운 한여름 중간에 크리스마스가 있어서 많은 사람들은 고기를 구워 큰 정찬을 열기보다는 시골로 소풍 나가기를 선호했다. 하지만 톨킨의 집에서는 옛 전통을 계속 지켰고 몇몇 가까운 벗들을 크리스마스 정찬에 초대했다.

블룸폰테인에서 로널드가 두 번째 맞은 크리스마스에 보낸 카드가 남아 있는데 아마 산타클로스가 배달했을 것이다. 그 카드에는 로널드가 아버지에게 보낸 듯이 "와널드 토에킨스가 아빠 토에킨스에게"라고 메이블 톨킨의 필체로 적혀 있다. 소리 나는 대로 쓴 그 철자는 자음을 모두 발음하려고 애쓰는 아기의 목소리를 연상시킨다. 크리스마스 직전에 아서는 여동생 그레이스에게 편지를 써서 아들의 재주를 자랑했다. "론은 이제 (내키면) 어떤 말이든 할 수 있고 숫자도 세. 2, 4, 3, 10, 대개 그렇게 가지 [⋯] 매일 점심식사 후에 나와 함께 사무실에 내려와서 몇 분간 사람들을 보는데 모두들 아이를 너무 귀여워하고 야단스럽게 치켜세운단다. 아이는 전혀 수줍어하지 않고 '연킬'과 종이를 달라고 하지."[4] 이때가 로널드가 외동아이로 보낸 마지막 크리스마스였다. 남동생 힐러리가 이듬해 2월, 그의 두 번째 생일 직후에 태어났다.

오랜 세월이 흐른 후 젊은 아버지가 되었을 때 톨킨은 세 살 먹은 아들 존에게 산타클로스의 편지를 썼다. 그는 어머니가 시작한 집안의 전통을 이어 갔던 것 같다.

1 톨킨과 톨킨 1992, p.17.
2 톨킨 가족 문서, 아서 톨킨이 부친에게 보낸 편지, 1894년 8월 6일.
3 톨킨과 톨킨 1992, p.17.
4 톨킨 가족 문서, 그레이스 마운틴에 보낸 편지, 1893년 10월 28일.

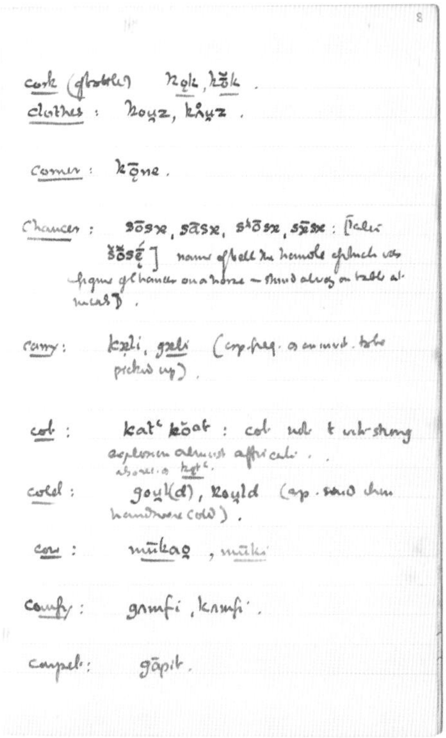

도판 48 J.R.R. 톨킨이 관찰한 장남의 언어 발달 기록, 두 살배기 아이가 쓴 어휘 중 '초서Chaucer'를 보여 줌. [1919년경]. (톨킨 가족 문서)

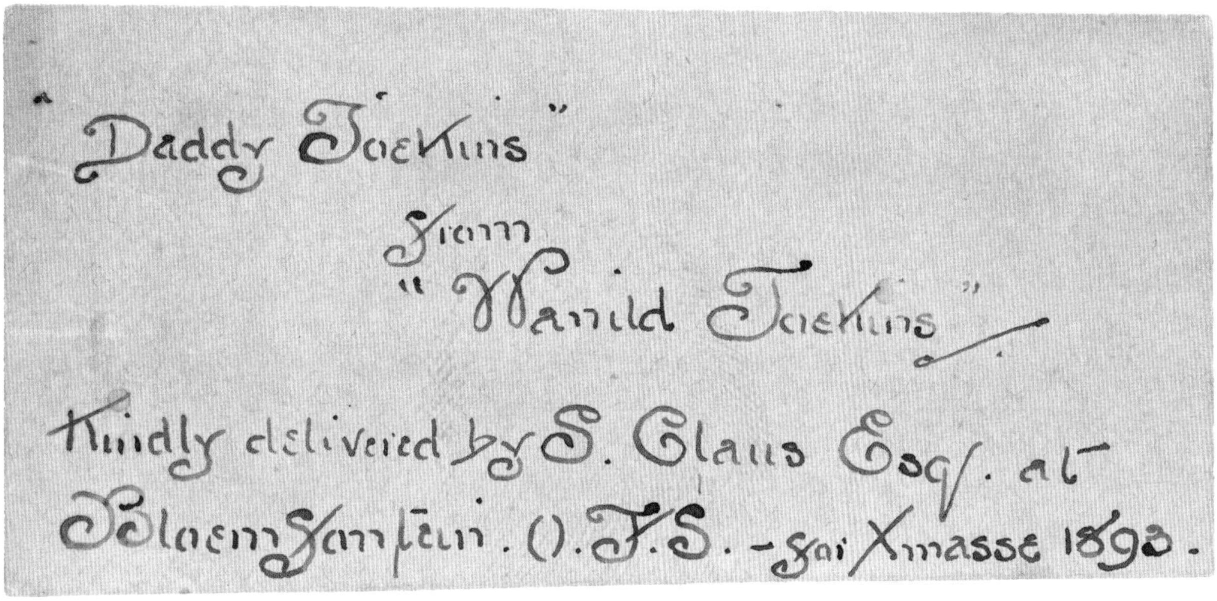

"Daddy Jackins"

from

"Wanild Jackins"

Kindly delivered by S. Claus Esq. at
Bloemfontein. O.F.S. — for Xmasse 1893.

힐러리 A.R. 톨킨과 J.R.R. 톨킨의 사진

1895년 9월
139×100mm
버밍엄, 뉴 가 58, 해럴드 베이커 스튜디오
인쇄물: 카펜터 1977; 톨킨과 톨킨 1992
MS. Tolkien photogr. 4, fol. 6

메이블은 당연히 고국의 가족을 그리워했고 친지들 앞에서 어린 두 아들을 자랑하고 싶어 했다. 하지만 아서는 큰 임무를 맡고 있었고 그 일을 다른 사람에게 맡길 적절한 시간이 주어지지 않았던 것 같다. 힐러리가 1894년 2월에 태어났을 때 그들의 고국 여행은 연기되었고 (최근 늘어난 가족으로 인해 더욱 커진) 항해 비용이 이제는 엄두를 내기 어려웠다. 결국 그 일을 결정한 것은 로널드의 건강 문제였다. 그는 병치레를 많이 했고 길고 건조한 여름철이면 종종 건강이 좋지 않았다. "뜨거운 날씨가 아이에게 전혀 맞지 않습니다"라고 아서는 그의 부친에게 썼다.[1] 메이블은 1895년 4월에 두 아이를 데리고 버밍엄에 돌아가기로 했다. 블룸폰테인에서 케이프타운까지 육로로 1,000킬로미터가 넘고 거기서 사우샘프턴까지 3주간의 항해가 이어지는 긴 여행이었다. 메이블은 이듬해까지 친지들과 머물 계획이었고, 아서는 크리스마스에 맞춰 가족을 만나러 버밍엄에 갔다 새해에 함께 블룸폰테인으로 돌아올 생각이었다.

아내가 여행 준비를 하고 있을 때 아서는 버밍엄의 부친에게 편지를 썼다. "제 아이들을 사랑해 주시기 바랍니다. 아이들과 헤어지려니 몹시 괴롭지만 그것이 최선이라고 믿습니다. 로널드는 다시 몸이 안 좋아졌지만 곧 나아졌습니다. 이곳의 열기나 높은 고도가 견디기 어려운 모양입니다."[2] 그는 아이가 극심한 기후에서 멀리 떨어진 곳에 1년간 가 있으면 더 튼튼하고 건강해질 거라고 기대했다.

버밍엄에 도착하고 다섯 달이 지난 후 메이블은 로널드와 힐러리의 사진을 찍을 준비를 했다. 남아프리카에 있는 아이들의 아버지에게 보낼 생각이었을 것이다. 사진 속 아이들은 현대인의 눈에 다소 여자처럼 보이지만, 이 형제가 입고 있는 옷은 빅토리아 시대 어린 소년들에게 일반적인 복장이었다. 흰 피부에 금발인 형에게 남아프리카의 기후가 특히 적합하지 않았으리라고 쉽게 상상할 수 있다.

1 톨킨 가족 문서, 편지, 1894년 5월 14일.
2 톨킨 가족 문서, 편지, 1895년 3월 25일.

J.R.R. 톨킨이 아버지에게 보낸 편지 그의 보모가 적음

1896년 2월 14일, 버밍엄
4장, 101×69mm
봉투 90×72mm
전시: 옥스퍼드 1992, 9번
인쇄물: 카펜터 1977; 옥스퍼드 1992
톨킨 가족 문서

메이블은 무사히 여행을 마쳤다. 오랜 항해 후 안전하게 도착해서 긴 체류를 즐기며 아들들을 그들의 조부모와 다른 가족들에게 소개했다. 반면 아서는 할 일이 많은 시기에 장기 휴가를 떠나는 것이 내키지 않아 여행 계획에 대해 머뭇거리고 있었다. 1895년 11월에는 류머티즘성 열병을 심하게 앓았고 그래서 회복할 시간이 몇 주 필요했다. 그는 크리스마스에 맞춰 영국으로 돌아갈 수 있을 만큼 건강한 상태가 아니었고, 차갑고 축축한 영국의 겨울 날씨가 허약한 몸에 미칠 영향을 염려했다. 질병과 가족과의 오랜 별거가 그의 삶에 큰 타격을 주었던 것이다.

그들 부부는 남아프리카 여름의 뜨거운 열기가 지나간 다음에 메이블이 아이들을 데리고 블룸폰테인으로 돌아가기로 결정했다. 아서는 가족의 부재를 쓰라리게 느끼고 있었다. 가족이 떠난 후 그는 집이 아니라 편의 시설이 제공되는 숙소에서 살았고, 12월 초에 부친에게 속마음을 털어놓았다. “제가 상당히 오래, 실은 너무 오래, 혼자 지내 왔기 때문에 이곳의 뜨거운 날씨가 지나자마자 메이블과 아이들을 데려와야겠어요. 제 가정을 다시 갖게 되기를 갈망하고 있습니다.”[1] 이듬해 2월 중순에 메이블은 여행 계획을 세웠다. 그들이 남아프리카로 돌아가는 항해에 나서기 직전에 네 살의 톨킨은 아버지에게 보낼 편지를 구술했고, 그의 보모가 받아썼다. “아버지를 보러 돌아가서 아주 기뻐요. 우리가 아버지를 떠나온 지 너무 오래되었어요. 배를 타고 우리 모두 안전하게 돌아가기를 바라요. 엄마 말로는 아빠가 아기와 저를 알아보지 못할 거래요. 우리는 아주 큰 남자가 되었어요.”

그 편지는 결국 보내지 못했다. 바로 그날 전보가 도착했는데 아서 톨킨이 위중한 상태임을 알려 주었다. 그는 다음 날인 1896년 2월 15일에 블룸폰테인에서 세상을 떠났다. 메이블과 로널드, 힐러리는 남아프리카에 다시 돌아가지 못했다.

1 톨킨 가족 문서, A.R. 톨킨의 편지, 1895년 12월 1일.

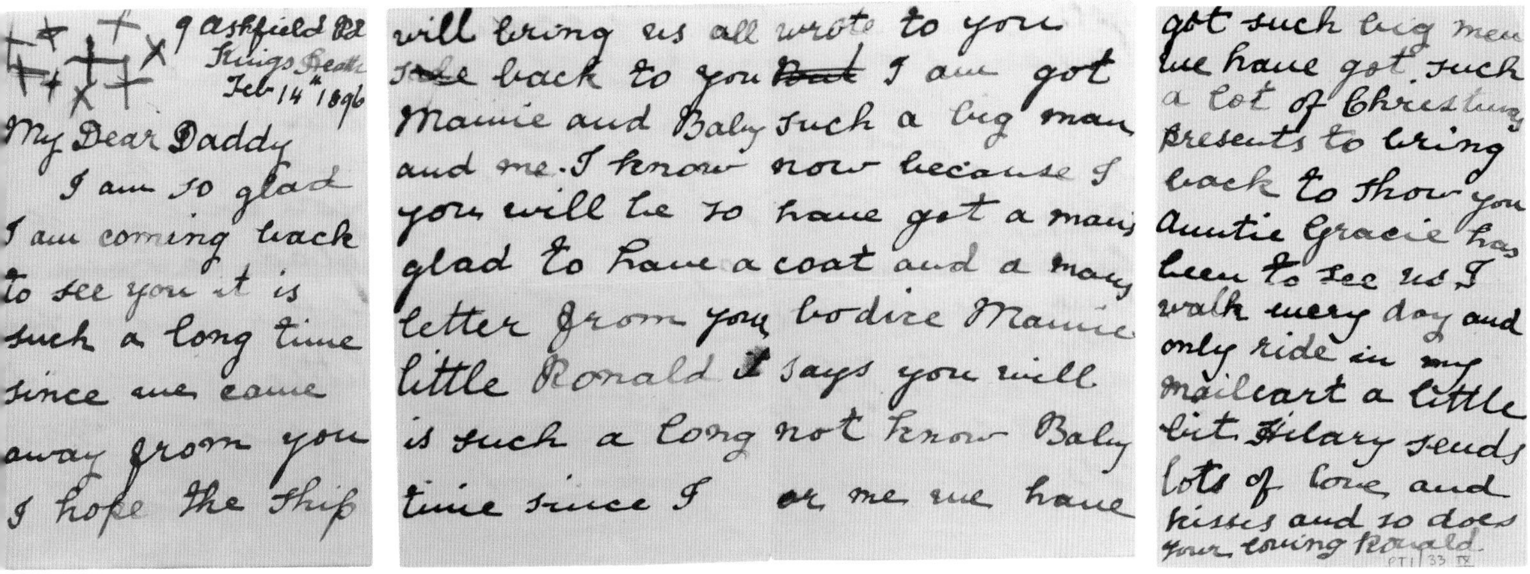

9 Ashfield Rd
Kings Heath
Feb 14th 1896

My Dear Daddy

I am so glad I am coming back to see you it is such a long time since we came away from you I hope the ship will bring us all ~~back~~ back to you Mamie and Baby and me. I know you will be so glad to have a letter from you little Ronald it is such a long time since I wrote to you ~~but~~ I am got such a big man now because I have got a man's coat and a man's bodice Mamie says you will not know Baby or me we have got such big men we have got such a lot of Christmas presents to bring back to show you Auntie Gracie has been to see us I walk every day and only ride in my mailcart a little bit. Hilary sends lots of love and kisses and so does your loving Ronald.

PT1/33 IX

20b

A.R. 톨킨(1857~1896)의 사망 기사

1896년 2월
220×135mm
톨킨 가족 문서

블룸폰테인에서 생활하는 동안 아서는 부모에게 쓴 편지에서 그곳의 기후를 자주 찬탄했다. "저는 건조한 공기와 햇빛을 너무 사랑하기에 언젠가 영국에 정착하고 싶을지 실은 잘 모르겠어요."[1] 그의 경력을 쌓기 위해 필요해서 시작했던 일이 이제는 좋아서 선택한 생활이 되었다. 하지만 같은 편지에서 그는 사실 끊임없이 병치레를 해왔고 적어도 1년에 한 번은 심한 열병이나 인플루엔자에 걸렸음을 드러낸다. 게다가 일에 대한 책임감 때문에 경제적, 정치적으로 어려운 상황에서 상당한 스트레스를 받았다. 그의 고객들은 주로 농부들이었는데 그들의 금전적 상태는 농작물을 다 휩쓸어 버릴 수 있는 역병이나 메뚜기, 가뭄에 달려 있었다. 더욱이 그는 외진 지역까지 힘들게 출장을 다녀야 했다. 길고 위험한 여행길에 나서면 포장되지 않은 도로를 불편한 마차로 이동하고 때로 비바람에 완전히 노출되기도 했다. 바로 그런 여행 직후에 그는 열병에 걸려 쇠약해졌고 재발하여 사망한 것이다. 그의 서른아홉 번째 생일이 되기 사흘 전이었다.

블룸폰테인 신문에서 찢어 낸 부고를 보면 그가 죽음을 맞은 정황이 기록되어 있다.

우리는 슬프게도 뱅크 오브 아프리카 블룸폰테인 지점의 유능하고 존경받던 지점장 A.R. 톨킨 씨의 사망 소식을 전한다. 네 달 전에 톨킨 씨는 류머티즘성 열병에 걸렸는데 완전히 회복하지 못했다. 약 3주 전 그는 신규 모집을 위해 정복된 영토로 떠났다. 돌아왔을 때 아직 쇠약한 상태였지만 쾌활해 보였는데 금요일 저녁에 다시 앓아누웠다. […] 토요일 오후에 성사를 받은 후 톨킨 씨는 마지막 숨을 거두었다.

1 톨킨 가족 문서, 부친에게 보낸 편지, 1893년 3월 9일.

도판 49 A.R. 톨킨(중앙에 앉음). 은행 사저 밖에서 은행 직원들과 함께, [1890년경]. (Bodleian MS. Tolkien photogr. 9, fol. 1)

...ing it he has to neg- ... other work, and that Advocate Lohmann is to take charge of the prosecution. The examination will not be resumed for at least fourteen days, witnesses who came from afar having been paid off and sent to their homes.

Death of Mr. Tolkien.

It is our sad duty to announce the death of Mr. A. R. Tolkien, the able and respected manager of the Bloemfontein branch of the Bank of Africa. About four months ago Mr. Tolkien was seized with an attack of rheumatic fever, from which he never fully recovered. About three weeks ago he went to the Conquered Territory to recruit, and, although on his return he was still weak, yet he appeared to be in good spirits until Friday evening, when he fell ill again. The patient did not at first surmise how bad his case was, and as late as Friday afternoon he expressed the hope that he would be able to resume his duties on Wednesday next, so as to enable his accountant to attend the cricket match on that day. But during the night hæmorrhage set in, and on Saturday afternoon, after having received the sacrament, Mr. Tolkien breathed his last, in the presence of the Dean, the nurse Sister Flora, and Mr. van Zyl, the accountant.

Mr. Tolkien was a native of Birmingham, and had only reached the age of forty. He was for years a trusted official in Lloyd's Bank in his native town, and joined the Bank of Africa about nine years ago. The last six years were spent in Bloemfontein, where the deceased, through his sterling qualities, gained the esteem of all with whom he came in contact.

Mrs. Tolkien, who is at present in England with her two children, was to have sailed for South Africa on the 2nd March. She was cabled to on Saturday morning to expect the worst, and will have the sincere sympathy of a large circle of friends.

The funeral took place yesterday afternoon and was largely attended. There was a full choral service in the Cathedral.

London Reptile Journalism.

Great satisfaction is felt here at the Press Law to be introduced at the ne... Volksraad sitting, says a London co... the *Johannesburg Times*, as ... abominably maliciou... statements wh... press sh...

race ... settlemen... Sprigg, H... Sir James... Upington,... Namaquala... David Graa... the Paarl). T... isters, leaders o... other men of influe... tinction of party.

Port Elizabeth, ...

ANOTHER SEVERE DUSTI...

LOHMANN UNPLAYABLE. ...

England won by 288 runs. Lohman... was practically unplayable. Score... continued :—

Butt	0
Wright...	32
O'Brien	16
Hayward	6
Fry	15
Lohmann	0
Hill	37
Woods	53
Davenport	7
Hawke	30
Miller, not out ...	20
	226

SOUTH AFRICA.—2ND INNINGS.

Routledge	2
Hearne...	5
Poore	10
Sinclair	0
Fichardt	1
Hime	8
Halliwell	3
Gleeson	1
Cook	0
Middleton	0
Willoughby	0
	30

Lohmann took 8 wickets for 7 ...

Vrybur...

GUN-RUNNER CAUG...

Seakumo, chief of Pitsa... Molopo River, has been arre... Germans in Damaraland, ... party of his men, for gun-...

MOONSHIN...

It is stated that secret ... of the Transvaal are ... the Boers in Bechuana...

TRANS...

CHAMB...

메이블 톨킨의 사진

[?1890년대]
217×163mm
MS. Tolkien photogr. 2, fol. 6

1890년대에 찍었을 메이블 톨킨의 스튜디오 사진은 아름답고 차분한 젊은 여성을 보여준다. 26세밖에 되지 않은 나이에 남편을 잃은 메이블은 버밍엄에서 자신과 아이들을 위해 새 삶을 살아가려고 애썼다. 그녀가 블룸폰테인에 돌아갈 이유는 없었다. 남아프리카의 친구들이 가재도구 판매를 주선하고 다른 물건들을 영국으로 보내도록 도와주었다. 아서는 생명보험에 가입한 상태였고, 아이들이 태어난 후에 보험료를 올렸었다. 또한 그가 갖고 있던 약간의 광산 주식이 메이블에게 상속되어 결코 넉넉하지는 않지만 약간이나마 자립하는 데 도움을 주었다. 메이블은 아들들과 함께 재산이 정리되는 동안 킹스 히스에 있는 친정집에 머물렀다. 그 후 그들은 3킬로미터 떨어진 작은 마을 새어홀의 작은 집으로 이사했다. 그곳에서 소년들은 처음으로 영국 시골 생활을 경험했다.

메이블은 대단히 유능한 여성이었던 것 같다. 집에서 아들들을 직접 가르쳤는데 여동생 제인 서필드가 가르친 기하학을 제외하고 모든 과목을 다루었다. 제인 서필드(결혼 후의 성은 니브)는 메이블보다 두 살 아래였고, 메이블이 남아프리카에 있는 동안 버밍엄대학교의 전신인 메이슨대학에서 과학 학위를 받고 에드워드 재단 바스로 학교의 교사가 되었다. 어머니와 이모에게 가르침을 받은 톨킨은 입학시험에 합격했고 나중에 자신의 아버지가 다녔던 학교인 버밍엄의 에드워드 6세 학교의 장학금을 받았다.

훗날 그는 자신의 어머니를 "기지가 뛰어나고 아름답고 재능 있는 숙녀"라고 묘사했고 어머니가 자신의 교육에 미친 영향을 인정했다. "내가 언어학, 특히 게르만 언어들과 모험담에 대한 취향을 갖게 된 것은 나를 (버밍엄의 유서 깊은 문법학교의 장학금을 받을 때까지) 가르친 어머니 덕분이다."[1] 이 말과 다른 회고로 미뤄 볼 때 그의 어머니가 그에게 라틴어와 게르만어를 가르쳤고 시와 비교 언어학, 어원학, 철자와 필체에 대한 관심을 일깨운 것은 분명하다. 그는 성인이 되어서도 언어학자로서 학술 연구에서, 그리고 그의 문학 작품, 특히 그의 판타지 작품에 깔려 있는 창조된 언어들과 문자들에서 이런 관심사를 줄곧 추구해 나갔다.

1 카펜터와 톨킨 1981, p.54와 p.218.

도판 50 새어홀, 그레이스웰 로路 톨킨 가족이 4년간 산 곳, [1900년경]. (톨킨 가족 문서)

무제 수채화 [강가의 오리나무]

[1906년경]
수채화
90×133mm
인쇄물: 해먼드와 스컬 1995
MS. Tolkien Drawings 84, fol. 28r

톨킨이 네 살에서 여덟 살이 될 때까지 4년간 메이블과 두 아들은 시골의 전원에서 살았다. 훗날 그는 그 시기를 "내 삶에서 가장 길게 느껴지고 성격 형성에 가장 중요했던 시절"[1]이라고 묘사했다. 그는 버밍엄의 하이 가에 있는 C.H. 브리튼에서 구입한 헝겊 커버의 작은 스케치북에 새 생활의 풍경을 그리기 시작했다. 이 시골 풍경은 워릭셔에서 그렸을 것이다.

두 형제는 학교에 다니지 않았고, 탐구적이고 격려하는 분위기에서 어머니의 가르침을 받았다. 수업이 끝나면 형제는 서로를 벗하며 시골 전역을 자신들의 놀이터로 삼았다. 가까이 방앗간이 있는 물방아용 연못이 있었고, 탐사해야 할 들판과 숲이 있으며, 소풍을 나가서 제철이면 블랙베리와 버섯을 딸 수 있는 작은 골짜기가 있었다. 톨킨은 "꽤 가난한 상태에서 성장했다"고 회고했지만, 모친의 독자적 수입과 교육적, 사회적 지위 때문에 그들 형제는 마을 아이들과 달랐을 것이다.[2] 형제는 세련된 억양과 멋진 옷, 긴 머리칼로 인해 욕설을 듣기도 했지만 톨킨은 그가 들은 시골 방언과 새로운 단어에 매료되었다.

뜨겁고 먼지 자욱한 고원의 기후에서 첫 몇 해를 살다가 영국 중부 지방의 녹음이 우거진 전원으로 돌연 이주한 것은 그에게 강한 인상을 남겼다. 남아프리카의 타는 듯한 열기와 불편한 기후를 경험하고 나서 새어홀에 오자 그는 원래의 고향을 찾은 것 같았다. "열기와 모래에 늘 시달리다가, 상상력이 막 뻗어 나려는 나이에 갑자기 고요한 워릭셔 마을에 있게 되면 지천에 맑은 물과 돌, 느릅나무가 있고 고요한 개천이 흐르는 이른바 영국 중부 지방의 시골에 대한 각별한 사랑이 솟아나는 것 같다."[3]

이 시절이 톨킨에게는 매우 행복한 시기였다. 말년에 인생을 회고하면서 그는 새어홀을 "실낙원 같은 곳"[4]으로 묘사했다. 훗날 그는 샤이어를 묘사하면서 이 시기와 장소를 떠올리곤 했다.

1 카펜터 1977, p.24.
2 에자드 1966.
3 톨킨 1964.
4 에자드 1966.

도판 51 톨킨의 스케치북 앞장에 적힌 글. (Bodleian MS. Tolkien Drawings 84)

엽서: '새어홀 방앗간: 1890년경 방앗간 마당의 풍경. 일하고 있는 조지 앤드류 씨와 그의 아들'

[1890년경]
버밍엄 뮤지엄과 아트갤러리에서 출판
169×120mm
톨킨 가족 문서

톨킨이 새어홀에 살 때 방앗간을 운영한 사람은 앤드류 씨와 그의 아들(오른쪽 엽서 참조)이었다. 톨킨 형제가 "하얀 거인"과 "검은 거인"이라고 부른 그 두 사람은 소년들에게 "경이롭고 무시무시한 인물"이었다.[1]

새어홀에서 4년을 지낸 후 톨킨 가족은 버밍엄으로 돌아갔고, 철로와 전차 궤도에 가로막혀 안타깝게도 식물과 녹지가 부족하고 단조로운 집들을 옮겨 다니며 살았다. 이 대조로 말미암아 그 시절에 대한 그의 기억은 더욱 빛났다. "나는 되돌아온 향수 같은 강렬한 사랑으로 [새어홀을] 사랑했다. 거기에는 실제로 곡물을 빻던 낡은 방앗간이 있었고, 『햄의 농부 가일스』에서 그대로 재현된 방앗간 주인과 아들이 있었다. 또 백조가 떠다니는 큰 연못과 모래 채취장, 꽃들이 무성한 아름다운 골짜기, 구식 시골집 몇 채, 더 멀리 떨어진 시내에 또 다른 방앗간이 있었다."[2]

그는 이 기억을 바탕으로 샤이어와 그곳에 사는 호빗들을 창조했고, "그 마을 사람들과 아이들에게서 호빗의 아이디어를 얻었다"고 회상했다.[3] 『반지의 제왕』이 출간된 후 그는 출판업자에게 보낸 편지에서 "샤이어는 […] 실은 대략 여왕 즉위 60주년 즈음의 워릭서 마을입니다"라고 말했다.[4] 톨킨과 가족이 새어홀로 이주한 이듬해인 1897년 6월에 길거리 파티와 폭죽, 장식 깃발로 빅토리아 여왕 즉위 60주년을 축하하는 기념행사가 열렸다.

톨킨이 1937년에 『호빗』을 위해 그린 호빗골의 수채화는 전경에 큰 방앗간이 있고 산울타리와 나무들로 경계가 지어지고 손질이 잘된 들판 풍경(품목 136번)을 보여 준다. 이곳은 새어홀이 아니라 톨킨이 워릭서 마을에서 어린 시절을 보낸 후 사랑해 온 영국 시골의 이상화된 풍경이다.

1 카펜터와 톨킨 1981, p.390.
2 에자드 1966.
3 에자드 1966.
4 카펜터와 톨킨 1981, p.230.

도판 52 7세의 로널드와 5세의 힐러리, 1899년.
(Bodleian MS. Tolkien photogr. 4, fol 7)

〈엄마(혹은 아내)가 없다면 가정이 뭐란 말인가〉

1904년 [4월~6월]
검은 잉크, 연필
115×152mm
전시: 옥스퍼드 1992, 15번
인쇄물: 옥스퍼드 1992; 해먼드와 스컬 1995
MS. Tolkien Drawings 86, fol. 5

메이블은 1900년에 가톨릭으로 개종했고, 같은 해에 버밍엄으로 이사했다. 가톨릭 성당과 톨킨이 다니는 에드워드 6세 학교에 더 가까운 곳이었다. 메이블의 친정인 서필드 집안과 시댁인 톨킨 집안은 그녀의 개종에 강력하게 반대했다. 부유한 사업가였던 언니의 남편 월터 잉클레던은 그녀에게 주던 금전적 지원을 즉시 끊어 버려서 그 가족을 몰락할 지경에 처하게 했다. 다행히 톨킨의 학비(연간 12파운드)는 부친의 남동생 로렌스 톨킨이 부담했다. 27세 미혼인 삼촌에게는 상당한 금액이었다.

그럼에도 불구하고 메이블이 새로 받아들인 신앙은 흔들리지 않았고, 그녀의 아들들도 과거에 블룸폰테인의 성공회 교회에서 세례를 받은 바 있었지만 곧 가톨릭 신앙의 가르침을 받게 되었다. 이 가족은 버밍엄의 가톨릭 성당인 오라토리오 근처로 이사했다. 메이블의 성향에 잘 맞았던 그곳에서 그녀는 프랜시스 모건 신부를 비롯해서 따뜻하게 격려해 주는 신부들을 알게 되었다.

1904년 톨킨이 열두 살이었을 때 메이블은 당뇨병 진단을 받았는데, 당시 그것은 고칠 수 없는 중병이었다. 그녀는 한동안 병원에 입원했고 의사들은 증상을 치료하려고 애썼다. 톨킨은 '이모부' 에드윈 니브와 함께 지내도록 브라이튼으로 보내졌고, 남동생 힐러리는 버밍엄에서 서필드 조부모와 제인 이모와 함께 지냈다. 에드윈 니브는 메이블의 여동생 제인과 약혼한 상태였고 나중에 결혼했다. 그는 약간 특이한 인물로 붉은 머리칼에 긴 콧수염을 기르고 강한 맨체스터 억양을 구사했으며 대중적인 뮤지컬 노래를 밴조로 연주하여 조카를 즐겁게 해 주었다.

톨킨은 새로운 생활을 일련의 그림으로 그려서 버밍엄의 뉴 제너럴 병원에 있는 어머니에게 보냈다. 그중 한 그림에는 난로 옆에 앉아 옷을 깁고 있는 두 남자가 있고 '엄마(혹은 아내)가 없다면 가정이 뭐란 말인가'라는 제목이 붙어 있다. '남자들은 무릇 일해야 하므로'라는 제목의 그림(도판 53)은 에드윈과 로널드가 규격 중절모를 쓰고 가디언 오피스(에드윈이 일한 보험 회사)로 걸어가는 장면을 보여 준다.

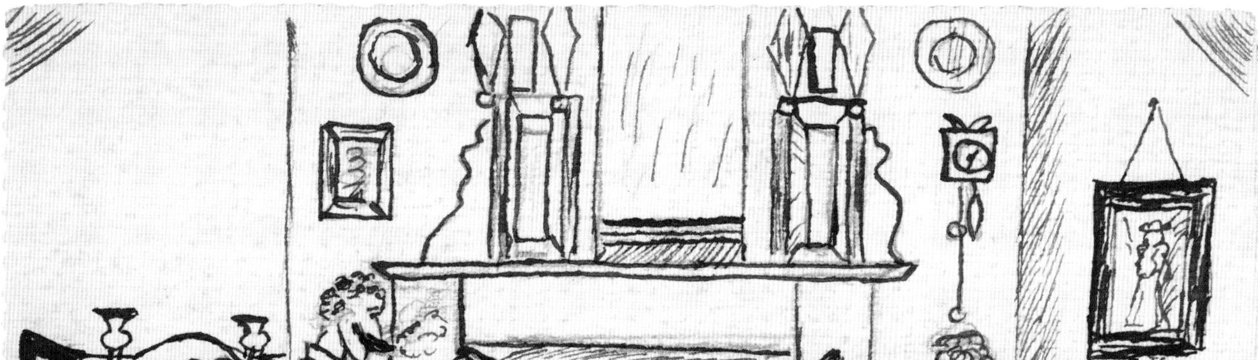

WHAT IS HOME WITHOUT A MOTHER
{OR A WIFE}
TRADE MARK

25

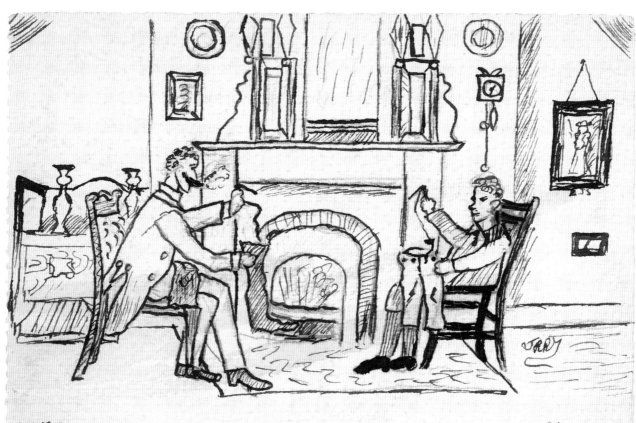

도판 53 〈남자들은 무릇 일해야 하므로〉, 1904년. (Bodleian MS. Tolkien Drawings 91, fol. 38)

J.R.R. 톨킨과 힐러리 A.R. 톨킨의 사진

1905년 5월
103×103mm
버밍엄, 캐넌 가 17, 해럴드 베이커 스튜디오
전시: 옥스퍼드 1992, 17번
인쇄물: 카펜터 1977; 옥스퍼드 1992
MS. Tolkien photogr. 4, fol. 9r
(뒷장에 실림)

두 달간 입원한 후 메이블 톨킨은 퇴원할 수 있을 만큼 회복되었다. 그녀는 요양할 수 있도록 버밍엄을 벗어난 레드널 마을의 작은 집에서 방을 임대했다. 그곳은 뉴먼 추기경의 시골 대저택과 가까웠는데, 그 추기경도 가톨릭으로 전향한 인물로 버밍엄 오라토리오를 창설했고 옥스퍼드 운동을 주창했으며 그의 저택은 오라토리오 사제들의 피정 장소로 쓰이고 있었다. 그녀는 레드널에서 아이들과 함께 지냈다. 방이 두 칸밖에 없고 모두 같은 방에서 잠을 잤지만, 소년들은 자유롭게 대저택을 돌아다녔고 피정의 집에서 미사를 드릴 수 있었으며 프랜시스 모건 신부(도판 54)를 자주 볼 수 있었다. 그 신부는 종종 "아이비로 덮인 베란다에서 큰 벚나무 파이프로 담배를 피우고" 있었다. 소년들은 그 신부의 개 '로버츠 경'을 데리고 대저택을 돌아다녔다.[1]

소년들은 어머니의 병세에 대해 거의 알지 못했던 터라 1904년 11월에 어머니가 쓰러지자 "무섭고 급작스러운" 충격을 받았다.[2] 메이블은 아들들을 고아로 남긴 채 서른네 살의 나이로 11월 9일에 사망했다. 톨킨은 열두 살이고 힐러리는 열 살이었다. 메이블은 자기 가족들이 아들들을 로마 가톨릭 신앙으로 키우지 않을 것을 염려해서 프랜시스 신부를 아이들의 후견인으로 지정했다. 여기 실린 두 소년의 사진은 메이블이 세상을 떠나고 여섯 달 후에 찍은 것이다. 프랜시스 신부는 이 사진을 액자에 넣어 1935년에 사망할 때까지 긴 세월 동안 자기 방에 걸어 두었다. 톨킨은 그 신부를 후견인이라기보다는 '두 번째 아버지'로 생각했고, 그 신부는 실제로 친아버지와 거의 같은 나이였다.[3] 톨킨 형제는 오라토리오에서 신부와 함께 살 수 없었으므로 "처음에는 외숙모와, 나중에는 낯선 사람들과 하숙집에서" 기거하게 되었다.[4] 톨킨은 그 시절을 뿌리가 없고 정처 없는 생활이라고 묘사했다. "나는 울적한 교외에 있는 고아들의 하숙집을 전전하는 고아였다."[5] 다행히 프랜시스 신부는 아이들을 매일 볼 수 있도록 그들의 숙소를 언제나 오라토리오 가까운 곳에 마련해 주었다. 그는 자신의 돈으로 아이들의 양육비를 보충했고 톨킨 형제가 에드워드 6세 학교에서 최고 교육을 받도록 조치했다. 여름철마다 소년들을 데리고 휴가 여행을 떠났고 때로 라임 레지스의 해변 휴양지에 가기도 했다. 어떻든 톨킨 형제는 새 생활에 적응했고, "프랜시스 신부의 사랑과 보살핌과 유머" 덕분에 잘 지내게 되었다.[6]

1 톨킨 가족 문서, 레드널에 관한 전기적 기록.
2 톨킨 가족 문서, 레드널에 관한 전기적 기록.
3 카펜터와 톨킨 1981, p.416.
4 톨킨 가족 문서, 전기적 기록.
5 에자드 1966.
6 카펜터와 톨킨 1981, p.417.

HAROLD BAKER
17 CANNON STREET
BIRMINGHAM

도판 54 프랜시스 모건 신부, [날짜 미상]. (Bodleian MS. Tolkien photogr. 31, fol. 31)

CHAPTER 3

학창 시절

'레젠다리움의 서막'

가정적으로 힘든 일을 겪었음에도 불구하고 톨킨은 에드워드 6세 학교에서 시간을 잘 보냈고, 1911년에 옥스퍼드의 엑서터대학에서 고전을 연구할 수 있도록 장학금을 받았다. "엑서터는 공부만 하는 대학이 아니었다. […] 학생들 대다수는 보통 급제생일 뿐이었고, 특히 강에서 건강한 야외 활동을 즐겼으며, 학구적인 목적으로 한밤중에 기름을 많이 소비하는 일이 없었다."고 1873년 졸업생 아서 브로드립은 썼다.[1] 학부생들은 정규 학과 이외의 클럽과 스포츠, 사교 활동에 쓸 시간이 많았음이 분명하다. 그들의 일상생활은 대학을 중심으로 돌아갔으므로, 그들은 대학 안에서 교육받고 생활하고 먹고 마시고 교류했다. 엑서터대학은 작은 공동체여서 1911년에 톨킨과 함께 입학한 학생은 55명이었고, 학생들은 나이나 전공과목에 상관없이 서로를 잘 알았다. 대학에 대한 충성심은 최고였기에, 톨킨은 펨브룩대학의 교수일 때도 엑서터대학의 조정팀을 응원했다.

그는 대학에 입학한 후 2년간 북서유럽의 언어와 전설에 관한 관심이 부쩍 커졌기에 3년째 되는 해에 학위 과정을 고전에서 영어로 바꾸었고, 그리하여 고대 영어와 문헌, 비교 언어학을 연구했다. 이제 그는 본격적으로 고대 스칸디나비아와 게르만 신화를 연구할 수 있었고, 자신을 매료시킨 핀란드 언어와 전설을 홀로 계속 탐구했다. 이 모든 자료들이 그가 당시 만들고 있던 자신의 레젠다리움과 언어의 창조에 영향을 미쳤다. 1914년에 그는 핀란드의『칼레발라』에 나오는「쿨레르보 이야기」를 개작하려고 시도했고 실은 그것이 '레젠다리움의 서막'이었다.[2]『실마릴리온』과 관련된 첫 작품들이 이 시기에 등장한다. 당시 그는 시를 쓰고 자신의 레젠다리움과 관련된 풍경을 그렸는데, 그 가운데 〈요정나라의 해안〉과 〈타나퀴〉는 둘 다 발리노르에 있는 요정들의 도시 코르를 묘사한다(품목 65번과 도판 80).

톨킨의 대학 생활 마지막 해는 이전 3년과 완전히 달랐다. 1914년 8월에 영국은 독일에 전쟁을 선포했다. 톨킨은 많은 이들이 그랬듯이 전쟁이 곧 끝날 거라고 생각했고 약혼녀 이디스에게 "독일이 오래지 않아 심각한 패배를 맛보고 전쟁이 곧 끝날 겁니다"라고 안심시켰다.[3] 그는 입대를 고려하지 않았다. 생활비가 부족하고 부모의 지원을 받지 못하는 학생으로서 그는 대학에서 일자리를 얻고 자신과 이디스를 위한 금전적 안정을 얻기 위해서 학위를 마쳐야 했다. 그는 10월에 옥스퍼드로 돌아갔으나 대학은 텅 비어 있고 시험학교는 육군 병원으로 바뀌었으며 거리를 메운 부상당한 군인들을 보고 경악했다. 하루 뒤에 그는 군사훈련을 받으면서 동시에 마지막 학년의 학업을 마칠 생각으로 장교 훈련단에 입대했다. 그는 군복을 받았고 시간의 절반을 '교련, 야외훈련, 강의'에 쓰게 되었다.[4] "모두들 입대했고 그렇지 않으면 공공연히 조롱을 받았던"[5] 시절에 이 특별한 행동 방침을 따른 것은 결단력과 의지력을 보여 주었다.

1 매디코트 1981.
2 카펜터와 톨킨 1981, p.214.
3 톨킨 가족 문서, 이디스 브랫에게 보낸 편지, 1914년 8월 11일.
4 톨킨 가족 문서, 이디스 브랫에게 보낸 편지, 1914년 10월 11일.
5 카펜터와 톨킨 1981, p.53.

19세의 톨킨 사진

1911년 1월
145×95mm
버밍엄, H.J. 위트록 앤 선즈 Ltd. 스튜디오
전시: 옥스퍼드 1992, 32번
인쇄물: 카펜터 1977; 옥스퍼드 1992
MS. Tolkien photogr. 4, fol. 16

1911년 버밍엄에서 찍은 톨킨의 스튜디오 사진은 성인이 되기 직전의 젊은이를 보여 준다. 그는 막 열아홉 살이 되었고 에드워드 6세 학교의 마지막 학년이었다. 그는 학교에서 즐겁게 생활했고, 언어와 토론에 탁월했으며, 럭비 경기와 연극 공연에서 열정적으로 활약했다. 또한 가까운 친구를 많이 사귀었고 스스로 '티 클럽과 배로우스 모임', 간단히 줄여서 T.C.B.S.라 부른 그룹의 중심이었다. 이 그룹에는 교장의 아들인 롭(R.Q.) 길슨과 감리교 목사의 아들 크리스(C.L.) 와이즈먼이 포함되어 있었다. 더 어린 학생 제프리(G.B.) 스미스는 톨킨을 따라 1913년 옥스퍼드에 진학하여 코퍼스크리스티대학에서 역사를 공부하면서 더 핵심적인 멤버가 되었다. T.C.B.S.라는 명칭은 이 그룹이 학교 도서관에서 차를 우려내던 습관에서 비롯되었다. 그것은 교칙에 어긋났기에 결국 '티 클럽'은 지역 백화점 배로우스의 카페로 장소를 옮겨 모임을 가졌다. 1911년 학교 잡지에서 이 모임은 자신들의 이름에 알 수 없는 글자 'T.C., B.S.'를 덧붙여 약간의 동요를 일으키고 비밀스러움을 더했다.

톨킨은 유능한 학생이었고 학업에서 수월하게 진척을 이뤘다. 처음에 그는 기하학과 수학, 영어, 성서, 역사, 지리, 식물학, 프랑스어, 라틴어, 그림과 체육 수업을 받았다. 나중에는 고전 분야로 옮겨서 라틴어, 그리스어, 로마와 그리스 역사, 영어, 게르만어와 수학 수업을 들었다. 수업 외에 '게르만 언어학(과 일반 언어학)에 대한 관심'을 키웠고 고대 영어와 중세 영어, 고대 스칸디나비아어, 고트어, 심지어 창안된 언어인 에스페란토도 배웠다.[1] 그는 두 번째 시도에서 옥스퍼드 엑서터대학의 고전 연구 장학금을 받았다. 그는 학교를 떠나 대학 생활을 시작할 때 약간 두려움을 느꼈을지 모르지만, 옥스퍼드에서 남자들만의 대학 생활은 소년들의 문법학교 생활과 거의 같은 방식으로 지속될 전망이었다.

1 Bodleian MS. Tolkien E 16/8.

도판 55 학교 럭비팀의톨킨, 1909~1910년. (Bodleian MS. Tolkien photogr. 4, fol. 12)

27

엑서터대학 흡연가를 위한 프로그램 도안

1913년 11월 19일
?판지에 검은 잉크
260×190mm
인쇄물: 옥스퍼드 1992; 가스 2014
톨킨 가족 문서

톨킨은 대학 생활에 온몸으로 뛰어들었다. 그는 붙임성 있는 학부생으로 스포츠 행사와 문학 모임과 토론에 참여했을 뿐 아니라 음주와 흡연, 값비싼 식사처럼 보다 자기방종적인 활동에도 가담했다. 그는 럭비와 테니스를 했고 대학의 조정팀을 열렬히 지지했다. 또한 엑서터의 토론 학회, '더 스테이플던'에 가입했을 뿐 아니라 더 철학적인 '변증법 학회'와 독창적인 글을 낭송하고 토론하는 '에세이 클럽'에도 참여했다. 그는 스스로 '아폴로스틱스'(자기방종에 빠진 자들)라는 클럽을 만들기도 했는데, 몇몇 친구들과 문학 작품을 토론하며 비싼 정찬을 즐기는 모임이었다(도판 57).

그의 예술적 재능과 유머 감각은 대학 음악회, '엑서터대학 흡연가'를 위한 프로그램 도안에서 명백히 드러난다. 이 프로그램은 노래, 피아노 연주, 밴조 독주, 오케스트라 연주를 포함해서 학생들이 연주할 다양한 곡목을 열거했다. 후반부에는 선정된 춤곡이 포함되어 있는데, 여성들이 (적절히 보호자를 동반하여) 대학에 들어올 수 있었던 극소수의 기회 중 하나였을 것이다. 톨킨의 도안에서 술을 진창 마신 학생들이 엑서터대학에서 터를 가를 따라 반대쪽으로 비틀거리며 가는 것을 볼 수 있다. 머리 위에서는 올빼미로 묘사된 대학 학생감과, 그의 '불독'인 중산모를 쓴 대학 경찰이 학생들을 지켜보고 있다. 브래스노스 레인의 모퉁이에 서서 남쪽으로 터를 가를 바라보면 이 거리를 지금도 알아볼 수 있다.

톨킨은 학부생으로 3년간 대학에서 살았다. 그의 방은 터를 가의 맞은편 끝에 있던 튜더 양식의 '스위스 코티지' 건물에 있었는데, 지금은 철거되어 블랙웰 미술관이 들어섰다.

도판 56 엑서터대학, 터를 가, 1914년.
(옥스퍼드 엑서터대학의 기금 관리부의 허락을 받아 수록함)

Exeter College
Nov 19th 1913
"Smoker"

버나드 윌리엄 핸더슨(1871~1929)과 E.A. 바버(1888~1965)

부학장의 신상기록부

1911~1973년, 옥스퍼드, 엑서터대학
75×124mm
인쇄물: 가스 2014
대여: 옥스퍼드, 엑서터대학

대학의 부학장은 모든 학생의 신상기록부를 갖고 있었다. 톨킨의 기록부를 보면 첫해에 성적이 좋지 않았음을 알 수 있다. "V(매우) 게으르고 exhibn의 경고를 받음"이라는 기록은 그가 연 60파운드의 장학금('exhibition')을 받지 못할 위험에 처했음을 알려 준다. 장학금을 받지 못하면 그는 옥스퍼드에서 공부할 수 없었을 것이다. 하지만 톨킨은 많은 학부생들과 마찬가지로 대학 생활의 비교적 자유로운 분위기를 즐기고 있었다. 그가 혼자 쓰는 방들이 있었고, 그 방들을 청소하고 불을 지피고 요청하면 아침 식사와 점심 식사를 갖다 주는 사환(대학의 하인)이 있었다. 그는 처음으로 생활비를 책임지게 되었고, 책이나 옷, 방의 비품, 그리고 물론 음식과 술, 담배를 구입할 수 있었다. 학부생들의 시내 술집 출입은 금지되었으므로, 그들은 저녁 시간을 대부분 서로의 방에서 술을 마시고 담배를 피우며 대화를 나누거나 클럽과 모임에 참석하며 보냈다. 이런 생활이 구속적이기는커녕 톨킨에게는 큰 자유를 의미했고, 고아로 하숙집에 살면서 자기 방에 친구들을 들이거나 친구들이 하숙집을 찾아오는 것도 금지되었던 예전 생활과는 완전히 대조적이었다.

그의 기록부에는 그가 로마 가톨릭('R.C.')이라고 기록되어 있다. 옥스퍼드대학교는 16세기의 종교개혁 이후 영국 성공회 교육기관이었다. 예전에는 이 대학교의 최고 기능 중 하나가 영국 성공회 목사를 양성하는 것이었고, 학부생들은 아직도 대학 예배당에서 예배에 참석하게 되어 있었다. 가톨릭 학생은 극소수였다. 사실 1895년까지 가톨릭 주교들은 옥스퍼드나 케임브리지 같은 성공회 대학교들이 야기할 '지적, 정신적 위험' 때문에 학생들이 그런 교육기관에 입학하는 것을 금지했다.[1] 톨킨이 옥스퍼드에 입학하기 16년 전에야 이 금지가 해제되었다. 하지만 그는 비가톨릭 세계에 대다수 학생들보다 더 잘 준비되어 있었다. 버밍엄에서 다닌 문법학교도 영국 국교회였으므로 그는 자신의 영적 생활과 학구적 생활을 분리하는 데 익숙했다. 대학의 예배에 참석하는 대신 그는 세인트자일스의 넓은 도로를 따라 걷거나 (종종 늦었기에) 뛰어서 우드스톡 로의 아름다운 세인트알로이슈 가톨릭 성당에 갔다.

1 「옥스퍼드와 케임브리지의 가톨릭교도」, 《더 태블릿》, 1896년 8월 15일, p.38.

도판 57 아폴로스틱스, 톨킨이 엑서터대학에서 만든 모임, 1912년 5월(톨킨의 친구 콜린 컬리스가 중앙에 앉아 있고 톨킨은 그의 왼쪽에 있다). (Bodleian MS. Tolkien photogr. 9, fols. 14~16)

Tolkien, John Ronald Reuel.

Jan. 3. 1892. 1st son (late) A.R.T. Esq.

b. Bloemfontein : ed. King Edward VI Birmingham

add. c/o Rev. F. Morgan, Oratory, Edgbaston.

M. Oct. 17. 1911. Open Exhibⁿ (Classical). T. Marett.

Hon. Mods. April 1913. 2nd Class. Div. Mods. Dec. 1914.

Hon. English 1915. 1st Class.

+ 3 9 73

R.C. v. lazy & warned re exhibⁿ. s.T. 1912. Much improved since

Pres. J.C.R. 1915.

C. 16th Lancashire Fusiliers.

Over //

Professor of English - Leeds University - 1924.

Examiner Hon. English - Oxford - ib.

Professor of Anglo-Saxon - Oxford - 1925

& Fellow of Pembroke Coll.

Merton P. of E. Lang & Lit '45-59 Hon Fell '58

이디스 브랫(1889~1971)의 사진

1906년
252×176mm
버밍엄, 브로드 가 201, 빅토리아 스튜디오
전시: 옥스퍼드 1992, 24번
인쇄물: 카펜터 1977, 옥스퍼드 1992
MS. Tolkien photogr. 16, fol. 1

30

버밍엄에서 학교를 다니는 동안 톨킨은 같은 하숙집에 살던 젊은 아가씨, 이디스 브랫을 만나 사랑에 빠졌다. 이디스는 1909년 그들의 로맨스가 시작할 무렵 이 사진을 기념으로 톨킨에게 주었다. 그녀가 열일곱 살 때 찍은 사진이었다.

그녀는 톨킨보다 나이가 몇 살 더 많았고 톨킨을 만났을 때는 이미 학교를 졸업한 후였다. 톨킨과 마찬가지로 그녀는 후견인의 도움을 받으며 적은 독자적 수입으로 살고 있던 고아였다. 서로 비슷한 처지로 인해 그들은 가까워졌고, 하숙집 생활에서 느끼는 불만의 이유를 공감하게 되었다. 그들은 가사를 맡은 하인 애니 골린스와 공모하여 부엌에서 여분의 음식을 몰래 가져와 각자의 침실 창가에서 (서로의 방에 들어가는 것은 생각도 할 수 없었다) 나눠 먹었다. 저녁이면 창가에서 긴 이야기를 나누었고 시골로 자전거를 타고 나가기도 하고 찻집에 가기도 했다. 그의 후견인 프랜시스 신부는 톨킨이 젊은 여자와 교제한다는 것을 알았을 때 매우 엄격하게 처신했다. 톨킨 형제에게 즉시 새 하숙집으로 옮길 것을 주장했고, 낭만적 관계로 인해 톨킨이 공부에 집중하지 못할 것을 염려하여 그가 성년이 될 때까지 (거의 3년간) 이디스와의 만남을 금지했다. 톨킨은 엄청난 충격을 받았지만, 후견인에 대한 사랑과 강한 의무감으로 "내 모든 것이 프랜시스 신부님 덕이니 순종해야 한다"고 받아들였다.[1]

이디스의 평판도 위태로웠다. 그녀는 버밍엄의 하숙집을 떠났고, 가족의 친구였던 부유한 노부부와 함께 살기 위해 첼튼엄으로 갔다. 그곳에서 그녀는 피아노를 연습하고 성공회 교회에서 오르간을 연주하고 옛 학교 친구들과 다시 우정을 나누며 새로운 생활을 해 나갔다. 그녀는 거의 3년간 톨킨에게서 아무 소식도 듣지 못했다. 톨킨은 스물한 번째 생일 전날 자정에 그녀에게 긴 편지를 썼고, 그녀에 대한 사랑을 다시 토로했다. 이디스의 답장은 예상치 못한 것이었다. 그녀는 학교 친구였던 몰리의 오빠 조지 필드와 결혼하기로 약속했던 것이다. 이런 사실에 굴하지 않고 톨킨은 최대한 빨리 첼튼엄에 가서 직접 사랑을 고백했고, 그날이 가기 전에 그들은 약혼했다. 그들은 3년 후인 1916년에 결혼했고, 그들의 결혼생활은 1971년에 그녀가 죽을 때까지 55년간 지속되었다.

이디스는 "길고 검은 머리칼, 흰 얼굴, 별처럼 반짝이는 눈"으로 톨킨의 레젠다리움, '실마릴리온'의 중심인물인 요정 공주 루시엔 티누비엘에 대한 영감을 주었다.[2] 그녀가 죽은 후 톨킨은 "그녀는 나의 루시엔이었고 그것을 알고 있었다"라고 썼다.[3]

1 카펜터 1977, p.43.
2 카펜터와 톨킨 1981, p.417.
3 카펜터와 톨킨 1981, p.420.

도판 58 「아름다운 두 나무처럼」, 이디스에 대한 사랑을 표현한 시, 1915년 1월. (톨킨 가족 제공)

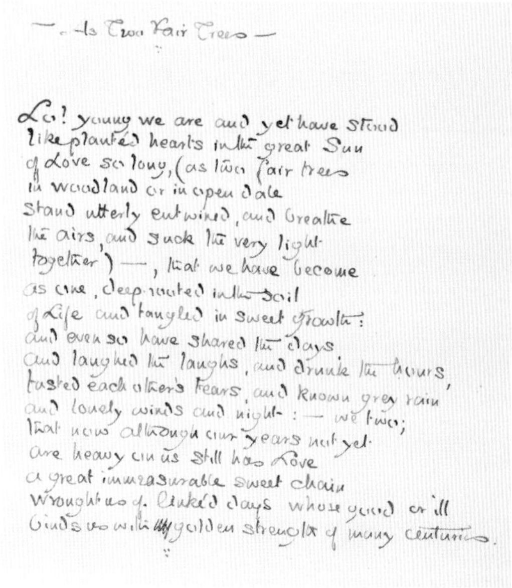
— As Two Fair Trees —

Lo! young we are and yet have stood
like planted hearts in the great Sun
of Love so long, (as two fair trees
in woodland or in open dale
stand utterly entwined, and breathe
the airs, and suck the very light
together) —, that we have become
as one, deep-rooted in the soil
of Life and tangled in sweet growth:
and even so have shared the days
and laughed the laughs, and drunk the hours,
tasted each other's tears, and known grey rain
and lonely winds and night: — we two;
that now although our years not yet
are heavy on us still has Love
a great immeasurable sweet chain
wrought us of linked days whose good or ill
binds us with golden strength of many centuries.

회계 장부

1913~1915년
연습장, 백지, 뻣뻣한 종이 커버에 붉게 물든 천,
1 + 15장
226×182mm
전시: 옥스퍼드 1992, 43번 [다른 장]
인쇄물: 옥스퍼드 1992
톨킨 가족 문서

톨킨이 옥스퍼드에서 2학년이 되었을 때 이디스와의 관계가 다시 시작되었다. 그때부터 그의 학업에 새로운 추진력이 더해졌고, 그는 "미혼 남성의 방종한 행동"을 모두 과거지사로 돌리겠다고 결심했다.[1] 그들은 가급적 빨리 결혼하려고 했지만, 그와 아내가 바라는 가족을 그가 금전적으로 부양할 수 있을 때까지는 불가능했다. "내 앞날이 얼마나 흐릿한지, 내 재능이 얼마나 하찮은지를 깨닫고 있어요"라고 그는 대학 3학년 때 그녀에게 썼다.[2] 그렇지만 그는 좋은 학위를 받고 학자로서 직업을 얻기 위해 노력을 배가했다. 그는 학업을 향상시키기 위한 기발한 계획을 마련했다. "당신을 다시 만나자마자 내가 공부한 한 시간마다 한 번씩 키스를 받을 '청구서'를 주말마다 당신에게 보내겠어요."[3] 그는 '청구서'뿐 아니라 매일 공부한 시간과 그녀에게 받아야 할 키스의 횟수를 기록한 회계 장부를 간직했다.

확고히 남성들로 구성된 옥스퍼드대학교에서 톨킨은 여자들과 교류할 일이 거의 없었다. 학생들은 스포츠와 놀이에 몰두해서 열기를 발산했다. 이제 톨킨은 자신의 희망과 꿈, 두려움을 결혼할 여자와 나눌 수 있었다. 이디스에게 보낸 그의 편지는 사랑과 갈망으로 가득하다. "나는 기다리고 있어요. ㅡ무언가를, 내가 아는 발걸음을, 어둠 속에서도 알아볼 형체를. 그런데 그건 결코 오지 않아요. ㅡ내가 당신을 기다리고 있으니까요."[4]

고아로서의 처지가 그들 연애의 중심에 있었다. 두 사람 다 어린 시절에 슬픔과 상실을 경험했고 그로 인해 그들의 관계는 더욱 소중했다. 그들이 교회에서 공식적으로 약혼하기 이틀 전에 톨킨은 그녀에게 편지를 썼다. "앞으로 몇 년은 우리가 먼저 집 없는 아이들이 아니었더라면 그리고 오랜 기다림 후에 서로를 찾지 않았더라면 느낄 수 없었을 기쁨과 만족감, 사랑과 달콤함을 우리에게 가져다줄 겁니다."[5]

1 톨킨 가족 문서, 이디스에게 보낸 편지, 1913년 1월 17일.
2 톨킨 가족 문서, 이디스에게 보낸 편지, 1914년 2월 28일.
3 톨킨 가족 문서, 이디스에게 보낸 편지, 1913년 1월 15일.
4 톨킨 가족 문서, 이디스에게 보낸 편지, 1913년 1월 26일.
5 톨킨 가족 문서, 이디스에게 보낸 편지, 1914년 1월 14일.

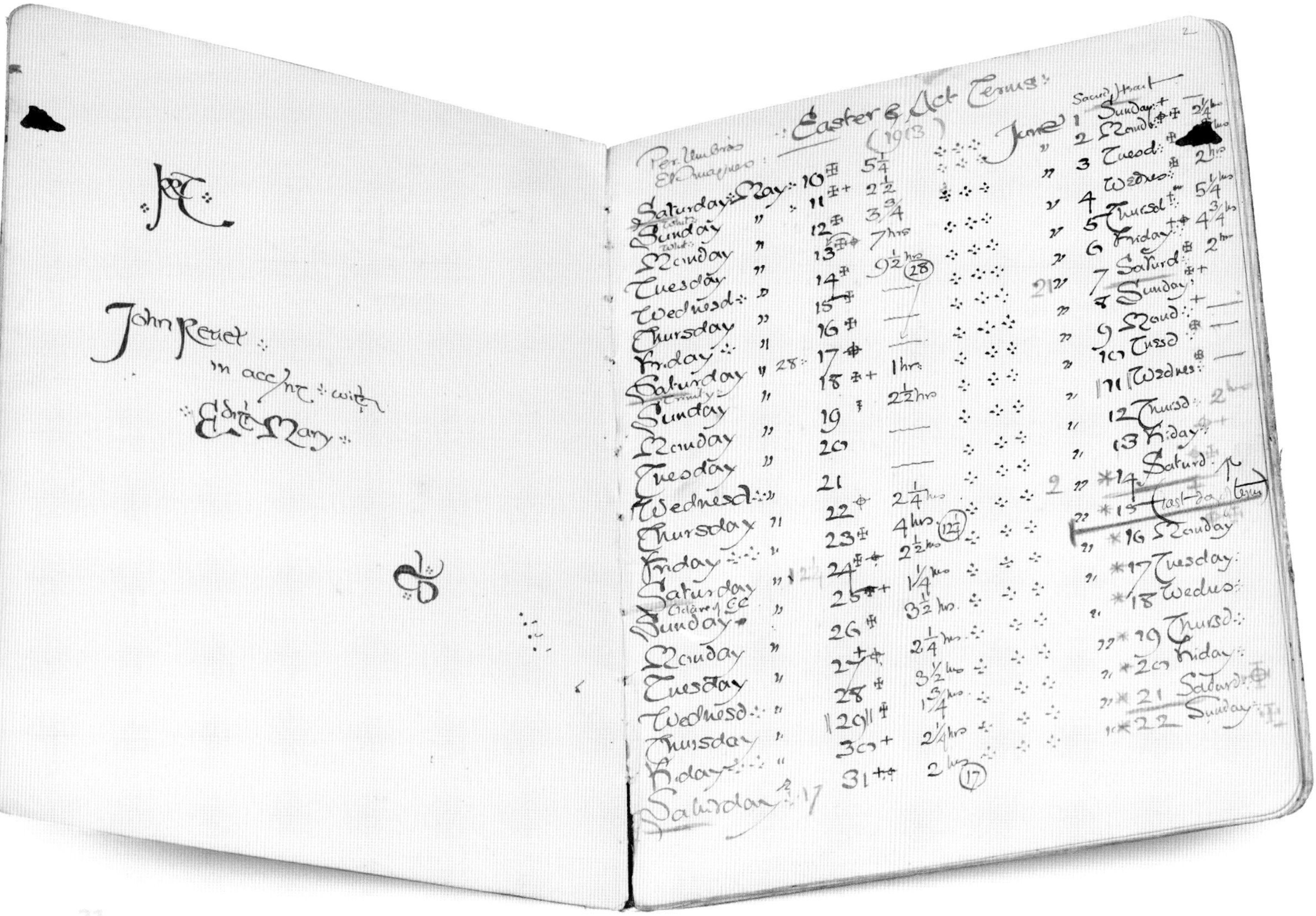

Left page:

JRC

John Revet
in acc/nt with
Edith Mary

Right page:

Per Umbras   Easter & Act Terms
Et Imagines   (1913)

Saturday May	10 ⊞	5¼	
Sunday "	11 ⊞+	2½	
"	12 ⊞	3¾	
Monday "	13 ⊕	9½ (28)	
Tuesday "	14 ⊕		
Wednesd "	15 ⊕		
Thursday "	16 ⊕		
Friday " 28	17 ⊕		
Saturday "	18 ⊕+	1hr	
Sunday "	19 ⊕	2½hrs	
Monday "	20		
Tuesday "	21		
Wednesd "	22 ⊕	2¼hrs	
Thursday "	23 ⊕	4hrs (12?)	
Friday "	24 ⊕+	2½hrs	
Saturday "	25 ⊕+	¼hr	
Sunday "	26 ⊕	3½hrs	
Monday "	27 ⊕	2¼	
Tuesday "	28 ⊕	3½hrs	
Wednesd "	29 ⊕	1¼	
Thursday "	30 +	2¼hrs	
Friday "	31 ++	2hrs (17)	
Saturday "			

June 1 Sunday +
"   2 Monday ⊕ 2¼
"   3 Tuesd ⊕ 2hrs
         Wednes
"   4 Thursd ⊕ 5¼
"   5 Friday ⊕ 4½hrs
"   6 Saturd ⊕ 2hr
"   7 Sunday +
"   9 Maud +
"   10 Tuesd ⊕
"   11 Wednes
"   12 Thursd 2h
"   13 Friday
"   *14 Saturd
"   *15 Last day Term
"   16 Monday
"   *17 Tuesday
"   18 Wednes
"   *19 Thursd
"   *20 Friday
"   *21 Saturd ⊕
"   *22 Sunday ⊕

톨킨과 친구들의 사진

[왼쪽에서 오른쪽으로: G.C.N. 맥카니스, 찰스 카트라이트,
J.R.R. 톨킨, 앤서니 셰익스피어, B.J. 톨허스트]
1914년 5월, 옥스퍼드, 엑서터대학
81×104mm
인쇄물: 카펜터 1977
MS. Tolkien photogr. 4, fol. 32

톨킨은 더 열심히 공부하고 학점을 올리는 데 전념했지만 옥스퍼드에는 집중을 방해하는 것들이 많았다. 친구들이 연달아 그의 방에 찾아와서 너벅선을 타러 가자거나 강을 따라 산책하러 가자거나 옥스퍼드셔/버크셔 경계의 화이트호스 힐로 자전거를 타러 가자고 부추겼다. 밤이 되면 즐겁게 난롯가에 앉아 친구들과 이야기를 나누거나 흥미로운 책을 읽으며 자정을 넘기기 일쑤였다. 이 격의 없는 사진은 (창문에서 파이프 담배를 물고 있는) 톨킨과 친구들이 1914년 5월 캠퍼스에서 쉬고 있는 모습을 보여준다. 세련되면서도 인습적이지 않은 분위기는 그들이 3, 4학년생이었음을 분명히 드러낸다.

톨킨은 이디스와 재결합한 직후에 쓴 편지에서 "나는 게으름을 피우고 싶은 유혹을 지독히도 많이 받아요"라고 고백했다.[1] 실제로 그가 나태한 적은 없지만, 고도로 발달된 양심으로 인해 그는 학업에 쓰지 않은 시간에 대해서나 고해성사를 하기 위해 일찍 일어나지 못한 일처럼 종교적 의무에서의 사소한 과실에 대해 자책하곤 했다. 그는 정규 학업 외에도 다양한 지적 관심사가 있었다. 문법학교에 다닐 때는 5세기와 6세기의 단편적 문서들에서 발견된, 소멸된 게르만어인 고트어를 재구하기 시작했다. 대학에 와서는 라틴어와 그리스어를 공부해야 할 때 핀란드어를 독학하기 시작했다. 이 언어는 톨킨이 접했던 어떤 언어와도 전혀 달랐고 에스토니아어와 헝가리어를 포함한 우랄어족에 속했다. 그는 핀란드어 문법을 읽었을 때의 충격을 이렇게 묘사했다. "전에 맛보지 못한 풍미가 있는 놀라운 포도주 병들이 가득 들어찬 완벽한 포도주 저장고를 발견한 것 같았고, 그것은 나를 완전히 취하게 했습니다."[2]

톨킨은 다른 사람들이 베토벤의 소나타를 듣거나 모네의 수련을 보면서 느끼는 미적 즐거움을 언어에서 느꼈다. 어린 시절부터 재미 삼아 여러 언어들을 만들었고, 언어 구조를 완성하기 위해 그림 부호 문자에서부터 표음 문자를 창안하기에 이르렀다. 핀란드어를 알게 되었을 때 그의 언어학적 관심은 예상치 못한 전환을 겪게 되었다. 그는 핀란드어의 음과 형태, 구조에서 큰 즐거움을 느꼈으므로 그 언어는 초기 요정어를 포함해서 그 자신의 언어 창안에 큰 영향을 주었다.

1 톨킨 가족 문서, 편지, 1913년 1월 24일.
2 카펜터와 톨킨 1981, p.214.

도판 59 고트어로 번역한 주기도문, [1950년경]. (Bodleian MS. Tolkien A 14/2, fol. 10r)

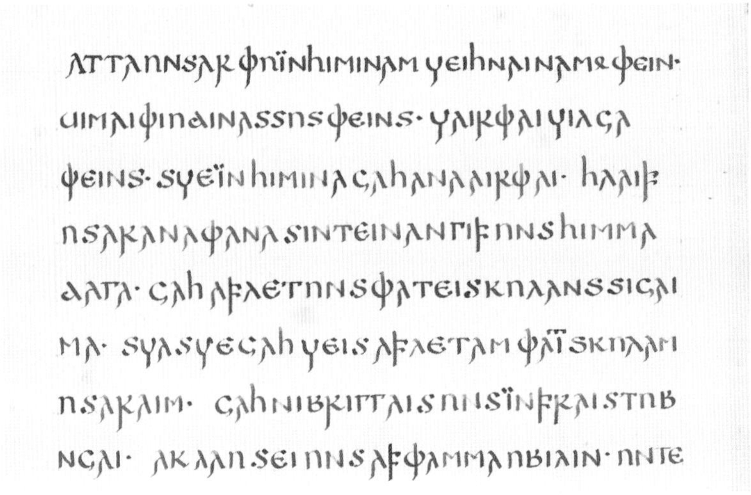

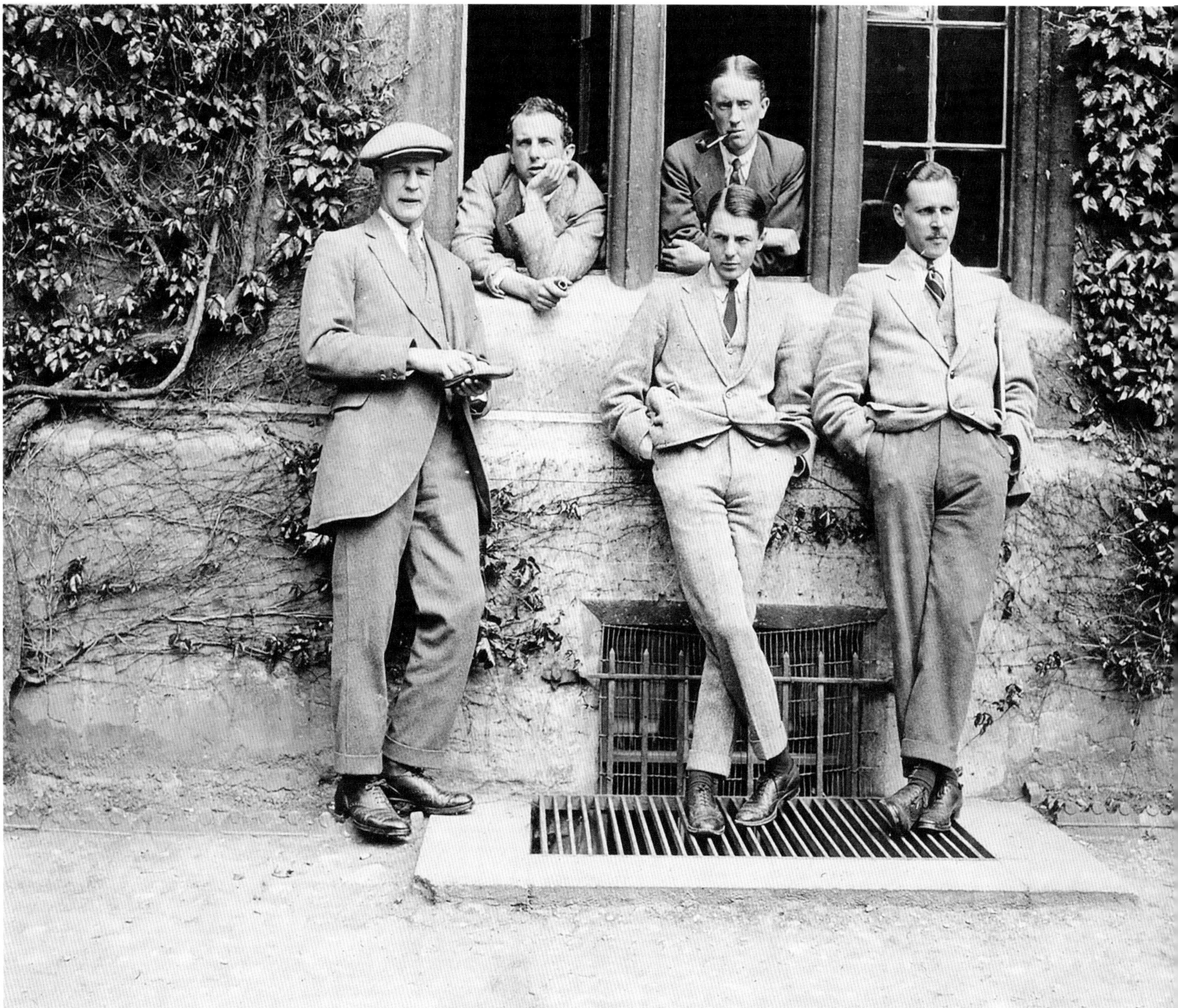

이디스 브랫에게 보낸 편지

1913년 11월 3일, 옥스퍼드
자필
8장, 177×114mm
톨킨 가족 문서

옥스퍼드의 대학은 제각기 도서관이 있었으므로, 톨킨은 학부생으로 처음 2년간 엑서터대학의 도서관을 이용하거나 자신이 수집한 대부분 중고서적인 책들을 이용하는 데 만족했다. 3학년 초가 되자 톨킨은 대학교의 중앙도서관인 보들리언 도서관에 열람자로 등록하러 갔다. 그즈음 영문학과 과정에 들어갔으므로 보들리언 도서관의 더욱 광범위한 자료가 필요했을 것이다. 옥스퍼드에서 영문학 학위가 생긴 것은 비교적 최근이었고, 영문학 졸업 학위 대학이 설립된 것은 1894년이어서 채 20년이 지나지 않았다.

1913년 가을 학기에 톨킨은 약혼녀에게 편지를 썼다.

> 11시에 난 겉옷을 입고 오래 미뤄 두었던 성가신 일을 하려고 용기를 냈어요. 보들리언 도서관에 가서 열람자로 등록하고 서약을 해야 했거든요. 나는 예상보다 친절한 대접을 받았고—그들이 어떤 사람들에게는 매우 무례하다고 합니다—래드클리프 카메라[보들리언 도서관의 일반 열람실]에 가서 등록했어요. 놀라운 원고들과 값을 헤아릴 수 없이 소중한 서적들을 소장한 이 도서관이 얼마나 근사하고 아름다운 곳인지 당신은 상상할 수 없을 겁니다.

그가 이 편지에서 언급한 서약이란, 열람자로 등록하기 전에 어떤 책도 가져가거나 표시하거나 훼손하지 않을 것이며 또한 불붙여 태우지 않겠다고 맹세하는 의식을 뜻한다. 보들리언 도서관은 대출을 하지 않는 참고도서관이라서 모든 책을 그 건물 안에서 열람해야 했다. 찰스 1세도 내전 중인 1645년 옥스퍼드에 머물렀을 때 책을 빌려달라고 요청했다가 거절당했다. 보들리언 도서관은 납본 도서관으로서 잉글랜드와 웨일스에서 발간되는 모든 책을 한 부씩 기증받을 권리가 있었다. 이것은 1610년으로 거슬러 올라가 토머스 보들리 경이 출판업조합과 맺은 협약에 근거한 것이었고, 그 결과 도서관의 소장품은 점점 많아져서 어마어마한 가치를 갖게 되었다. 화재의 위험을 없애기 위해서 톨킨이 학생이었던 시절에 이 도서관에서는 촛불이나 인위적 조명도 사용되지 않았다. 따라서 열람실은 강한 빛이 드는 시간에만 열렸고, 겨울에는 오전 10시부터 오후 3시까지, 여름에는 오전 9시부터 오후 4시까지 개방되었다.

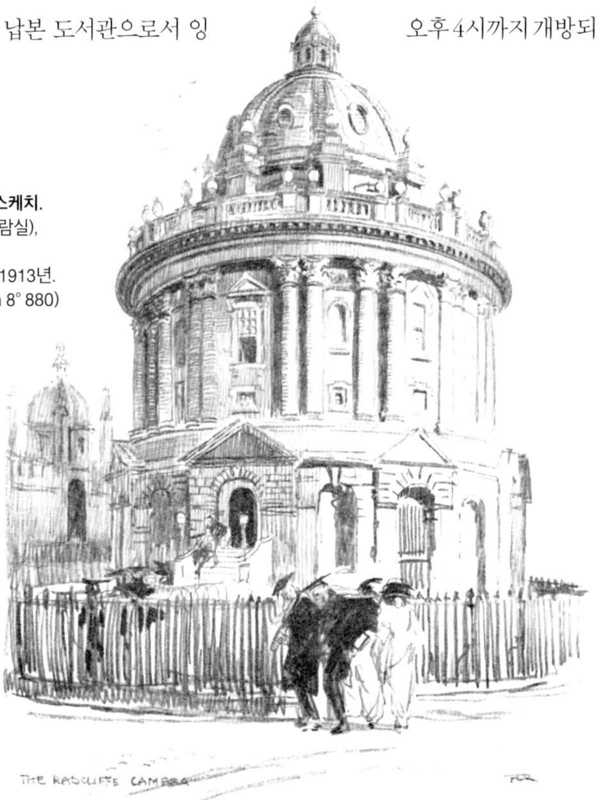

도판 60 래드클리프 카메라의 스케치.
(보들리언 도서관의 열람실),
프레드 리처즈의 그림,
『옥스퍼드: 스케치북』, 1913년.
(Bodleian G. A. Oxon 8° 880)

At 11 I put on my gown and braced myself for an ordeal I have long shelved :— going to register myself and take the oath at the Bodleian Library as a reader.

I was received better than I expected — they are very rude to some people — and then went on to the Radcliffe Camera [the Public Reading Room of the Bodleian] to register myself there. You have no idea what an awesome and splendid place this library of wonderful manuscripts and books without price is little one. The actual buildings too are immensely ancient too as well. I must take you to see it sometime my darling

이디스 브랫에게 보낸 편지

1914년 11월 29일, 옥스퍼드, 세인트존 가 59
자필
2장, 254×204mm
톨킨 가족 문서

J.R.R. 톨킨, 소위, 랭커셔 퓨질리어 13 연대

1916년, 버밍엄, 에지바스톤
223×96mm
A. 클라라 쿠퍼 스튜디오
전시: 옥스퍼드 1992, 46번
인쇄물: 카펜터 1977; 옥스퍼드 1992
MS. Tolkien photogr. 4, fol. 33

"우리 시대는 분명 평화로운 시간은 아니겠군요."[1] 1914년 8월에 1차 세계대전이 발발하자 톨킨과 이디스가 세웠던 장래 계획은 산산조각 나고 말았다. 톨킨은 마지막 학년을 마치려고 옥스퍼드에 돌아왔지만 도시와 대학은 급속히 달라져 있었다. 많은 학부생들은 이미 입대했고, 예전에 대학 생활의 주축이었던 클럽들과 학회들은 완전히 중단되었다. 톨킨은 경악한 심정을 이디스에게 토로했다. "이곳의 음울한 분위기는 끔찍합니다. 가라앉는 배에 탄 기분이에요. […] 나와 친구들이 관심을 쏟고 시간을 들여 여기서 운영했거나 수립했던 것들이 전부 박살 나고 말았어요."[2] 이전 학기에 톨킨은 4학년을 세인트존 가의 하숙집에서 친구 콜린 컬리스와 함께 지낼 수 있도록 특별 허락을 받았으므로 이제 절반쯤 비어서 소리가 울리는 대학에서 살지 않아도 되어 다행이었다.

톨킨은 학위를 마치고 불안정한 미래에 대비하려고 마음먹었지만, 새로운 현실을 받아들이고는 장교 훈련단에 등록했다. 그래서 유니버시티 파크에서 정규 훈련을 받을 뿐 아니라 도시 중앙의 북쪽에 있는 넓은 녹지, 포트 메도에서 기동 훈련을 받아야 했다. 그는 이디스에게 보낸 편지에서 야간 작전에 대해 묘사했다. "우리는 포트 메도의 진흙탕에서 한 시간가량 기고 쭈그려 앉아 있었어요. 그러고는 공포탄의 흐린 불빛 아래서 참호로 돌진했고, 손을 맞잡고는 졸음에 취한 상태로 (밤 11시경에) 노래를 부르며 진지로 굴러갔지요."[3] 목초지에서 모의 전투를 치른 후 손을 잡고 노래를 부르며 진지로 걸어가는 학도병들의 전우애는 그가 프랑스에서 맞닥뜨릴 참호전의 참혹한 현실과는 더없이 동떨어진 것이었다.

그 마지막 해는 그의 학업에 대단히 중요했지만 다행히 그는 신체적 군사 훈련에서 기운을 얻었다. "훈련은 뜻밖의 선물이에요. 일주일에 세 번 아침마다 책을 잡기 전에 정규 훈련을 받으면 놀랍게도 쾌적한 상태가 되거든요. 나는 거의 2주간 깨어 있었는데 진짜 옥스퍼드의 '졸음병'도 아직 걸리지 않았어요!"[4] 창조적인 작업면에서도 그에게 매우 생산적인 해였다. 그는 요정 신화와 관련된 수채화 몇 장을 그렸고, 퀘냐Qenya(그가 만들어 가던 요정어)에 관해 연구했으며, 많은 시를 썼는데, 그중 일부는 요정들의 전설과 관련되어 있었다.

1 톨킨 가족 문서, 이디스에게 보낸 편지, 1914년 10월 13일.
2 톨킨 가족 문서, 이디스에게 보낸 편지, 1914년 10월 13일.
3 톨킨 가족 문서, 이디스에게 보낸 편지, 1914년 11월 29일.
4 톨킨 가족 문서, 이디스에게 보낸 편지, 1914년 10월 22일.

PS. How's the poor dog?
Please give love to Jennie:
I do hope she is mended.
–R–

59: St John Street
Oxford.

Sunday: Nov. 29: 1914. 8.30 pm:

My own dearest: I really must just write you another little letter; because I read your letter again last night before blowing out my candle, and it was a very dear one, and I felt that my last one was rather piggy. You found I was right then and that nothing more than increasing easy-goingness was at bottom of the silence, didn't you little one –: I mean about Auntie? As for Fr. Francis he was very jolly quite content to sit with his breviary or paper while I worked & full of his usual kind of "scandal" and rumours. As soon as ever I sealed your letter I rushed to fall in last night (posting on the way): It was most realistic: the long rows of uniformed figures falling in in the narrow Oxford streets (by the Bodleian outside Hertford). Luckily for comfort it was a fresh night but mild with just a breeze and a high brilliant moon that made all the stars pale — but it made the whole business too simple and quick of course from the point of view of instruction.

We marched through North Oxford to Wolvercot (the inhabitants on the outskirts thought it was an invasion or a general mobilisation! You even looks a lot. The other half were entrenched in the mud of Port Meadow waiting to be attacked). We spent about an hour creeping and crouching in the stretch of Port Meadow and then rushed the trenches under a feeble fire of blanks joined hands and rolled sleepily home singing (at about 11 pm). I had never been out on Port Meadow (a huge stretch of flat land on the East bank of the upper (northward) Thames about 3 × 1 miles in area) at that time of day before and so enjoyed it in spite of the mud. I was in bed reading your letter by 12: but was rather tired this morning. I got up at 7.40 and just reached Church in time, and went to Communion. I have spent a most arduous day at Divinity Mods since: 10 — 1 : 1.45 to just after 4; when I reluctantly but of necessity had to snatch my last opportunity of performing my duty to Fr. Vincent's mother out in the wilds (143!) of Banbury Road.

제프리 바시 스미스 (1894~1916)

J.R.R. 톨킨에게 쓴 편지

1916년 2월 3일, 프랑스
자필
4장, 173×111mm
전시: 옥스퍼드 1992, 53번
인쇄물: 옥스퍼드 1992; 가스 2003
톨킨 가족 문서
(뒷장에 수록됨)

톨킨은 학창 시절의 친구들 중에서 마지막으로 입대했다. T.C.B.S.의 핵심 멤버로 가장 가까운 세 친구 롭 길슨, 크리스 와이즈먼, 제프리 스미스는 이미 입대해 있었다. 네 친구는 대학에 와서도 접촉을 이어 갔고 세상에 관한 생각을 주고받았으며 심미적 아름다움과 순수한 정신, 도덕을 세상에 다시 도입하기 위해 각자의 재능을 어떻게 사용할 수 있을지에 대해 토론했다. 톨킨에게 이런 창조적 열망 이면의 추진력은 종교였고 특히 가톨릭 신앙이었다. 그는 무엇보다도 "영국이 다시 가톨릭 국가가 되기"를 바랐고, 그러면서 아름다움과 순수함, 사랑을 조국에 다시 도입할 수 있기를 소망했다.[1]

톨킨은 특히 제프리 스미스와 친했는데, 그는 톨킨과 함께 옥스퍼드에 진학했고 1912년에 코퍼스크리스티대학에 입학했다. 톨킨은 스미스와 같은 부대에 배치되기를 바라며 랭커셔 퓨질리어 연대에 입대했지만 원하는 대로 이뤄지지 않았다. 그럼에도 그는 스미스에게서 군대 생활을 견뎌 내는 방법에 관한 현실적인 조언을 들었고 각자 쓴 시를 서로 주고받았다. 스미스는 톨킨의 작품을 열정적으로 지지했고, "무슨 일이 있어도 작품을 발표하라"고 촉구했다. "나는 열광적으로, 온 마음을 다해 흠모한다네."[2]

톨킨이 스태퍼드셔에서 훈련을 받고 있을 때 스미스는 이미 프랑스에서 복무하고 있었다. 야간 순찰을 하러 중립 지대로 나가기 직전에 그는 서둘러 톨킨에게 연필로 쪽지를 썼다(뒷장에 수록됨). 자신이 돌아오지 못할 수도 있다는 것을 너무 잘 알고 있었기에 그는 그 편지를 이런 말로 끝냈다. "신이 자네를 축복하시기를, 친애하는 존 로널드, 그리고 내가 살아생전에 말하려 했던 것을 미처 말하지 못할 운명이라면 오랜 세월이 지나고서 그것을 자네가 말해 주기를."[3]

열 달 후 스미스는 프랑스에서 포격으로 입은 부상으로 사망했다. 롭 길슨은 이미 죽은 뒤였다. 그는 1916년 7월 솜 전투의 첫날 부대원들을 전투로 이끌다가 전사했다. 오직 크리스토퍼 와이즈먼이 그 전쟁에서 살아남았다. 6년 후 톨킨은 유일하게 살아남은 학교 친구의 이름을 따서 사랑하는 셋째 아들의 이름을 크리스토퍼로 지었다.

1 톨킨 가족 문서, 이디스 브랫에게 보낸 편지, 1916년 2월 12일.
2 옥스퍼드 1992, p.31.
3 옥스퍼드 1992, p.31.

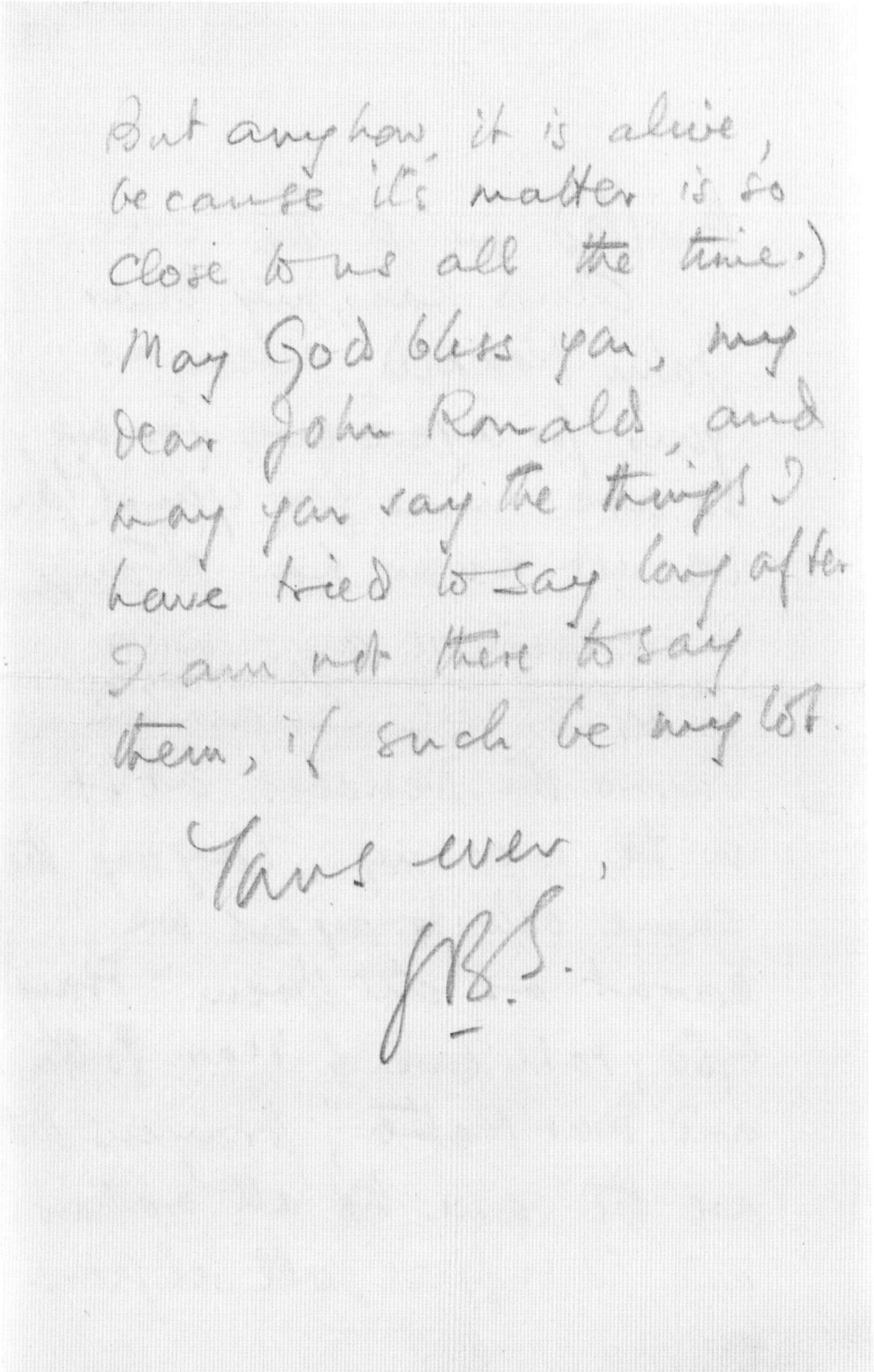

But anyhow, it is alive, because it's matter is so close to us all the time.)

May God bless you, my dear John Ronald, and may you say the things I have tried to say long after I am not there to say them, if such be my lot.

Yours ever,

G.B.S.

도판 61 톨킨의 친구 G.B. 스미스, 1915년.
(Bodleian MS. Tolkien photogr. 30, fol. 65)

엑서터대학 신입생의 사진

(톨킨은 뒷줄 왼쪽에서 두 번째)
1911년, 옥스퍼드, 엑서터대학, 펠로우 가든
439×530mm
옥스퍼드, 힐스 앤 선더스
MS. Tolkien photogr. 9, fol. 13r

1차 세계대전은 옥스퍼드 졸업생들과 학부생들을 사정없이 파괴했다. 대학에서 교육받은 사람들은 대부분 장교로 입대했고, 부하들을 이끌고 전장에 나가게 되어 있었다. 그들은 최선두에서 활동했기에 인명 손실도 낮은 직급보다 더 컸다. 톨킨이 엑서터대학에 입학한 해에 찍은 이 사진은 1911년에 그와 함께 대학생이 된 청년들을 보여 준다. 사진에는 총 53명이 있다. 이들 중 네 명은 실종되었다. 톨킨을 포함해서 46명이 참전했고 거의 절반인 24명이 전사했다.

톨킨이 1915년 6월 학기말 시험을 치렀을 즈음 전쟁이 발발한 지 거의 1년이 지난 상태였고, 그는 학우들과 대학 친구들의 사망 소식을 들어왔다. 톨킨과 같은 해에 엑서터대학에 입학했고 그의 클럽 아폴로스틱스의 멤버였던 어니스트 홀은 1915년 5월에 갈리폴리에서 전사했다. "내 친한 벗들 중에서 첫 사망자이지만, 곧 그 명단이 길어질 것을 알고 있어요."[1]

톨킨은 1915년에 최우수 등급 학위를 받으며 졸업했고, 본격적으로 "군대에 뛰어들었다."[2] 그는 양성 훈련을 받도록 베드퍼드에 배치되었고 다른 장교들과 함께 교외의 큰 임시 숙소에 머물렀다. 이처럼 순탄하게 군대 생활을 시작한 후 랭커셔 퓨질리어 연대에 배정되었고 이듬해에는 대부분 스태퍼드셔의 캐넉 체이스의 막사와 오두막에서 야영 생활을 했다. 끝없이 훈련을 받고 참호를 파고 군사 강연을 듣는 와중에도 그는 짬짬이 요정 신화를 만들어 갔다. 리치필드의 위팅턴 히스에서 야영하는 동안에는 발리노르로 여행하던 중 가운데땅에 남겨진 요정들('그림자 종족')에 관한 시를 썼다. 그는 그 시를 이디스에게 보내 주었고 그녀는 "'아랴도르의 노래'는 정말 마음에 들어요. 당신은 그 낡은 야영지에서 어떻게 그리 우아한 시를 지을 수 있어요?"라고 말했다.[3]

전문 통신 훈련을 포함해서 군사 훈련을 1년간 받은 후 그는 1916년 6월 솜 공격이 시작될 무렵 프랑스로 이송되었다. 그는 이디스와 더 이상 기다릴 필요가 없다고 생각해서 그해 3월에 결혼식을 치렀다. 전선에 가까운 프랑스 북부의 부쟁쿠르에 도착했을 때 그는 아내에게 「집으로 돌아가는 꿈」이라는 절절한 제목의 시를 써서 보냈다.

1 톨킨 가족 문서, 이디스 브랫에게 보낸 편지, 1915년 6월 1일.
2 카펜터와 톨킨 1981, p.53.
3 톨킨 가족 문서, 이디스 브랫이 보낸 편지, 1915년 9월 14일.

도판 62 엑서터대학 신입생, 1911년. 제1차 세계대전에서 전사한 사람들을 진하게 표시함.

CHAPTER 4

순수한 창안

'낡은 색깔의 새로운 무늬'

톨킨이 그린 작품은 학창 시절의 강렬하고 추상적인 감정 표현에서부터 아르누보에서 영감을 얻은 도안, 일본식의 검은 잉크 스케치에 이르기까지 놀라울 정도로 다양하다. 그는 대범하게 다양한 양식과 다양한 도구를 실험했다.

처음에 그는 어머니에게 그림을 배웠고 후에는 에드워드 6세 학교에서 그림 수업을 받았다. 하지만 공식적인 드로잉 교육이 끝난 다음에야 발견의 시기에 돌입했고 다양한 양식을 시험해 보기 시작했다. 옥스퍼드 학부생 시절은 실험적 시기였다. 그는 실제 생활의 그림과 스케치를 피하고 추상적 표현주의를 선호했으며, 그가 창조하고 있던 2차적 세계—결국 가운데땅이 될 세계의 시각 예술로 점차 나아갔다.

톨킨에게 그림과 문학은 긴밀히 연결되어 있었다. 그는 허구적 작품을 운문과 산문으로 써 나가면서 시각적으로도 그려 나갔다. 자녀를 위해 만든 이야기, 특히 『로버랜덤』과 산타클로스의 편지에 놀라운 삽화들을 많이 그려서 첨부했다. 순전히 성인을 위해 쓴 요정 신화의 '암울하고 비극적인' 이야기들도 〈타우르나푸인〉(품목 74번 참조)의 숲과 같은 수채화와 〈나르고스론드〉와 같은 연필화로 예시되었다.[1] 그의 '실마릴리온' 작업은 점점 모든 것을 아우르게 되었고, 예전에 무관했던 이야기들이나, 시나 도안 들이 그 궤도에 끌려 들어갔다. 가령 신문에 그렸던 추상적 도안들은 누메노르의 무늬가 되었다. 작품의 원천에 대한 질문을 받았을 때 그는 늘 그렇듯이 자신을 낮춰 대답했다. "낡은 색깔의 새로운 무늬 이상의 뭔가를 '창안'할 수 있다면 순수한 창안이라고 볼 수 있겠지요."[2]

학창 시절부터 시작된 초기 그림들은 펜과 잉크, 연필과 수채화에 능숙한 솜씨를 보여 준다. 나중에는 색잉크, 볼펜, 색연필도 사용했다. 그의 수채화는 1937년에 그린 『호빗』의 삽화에서 정점에 이르렀다. 이후에는 『반지의 제왕』 삽화에서 보이듯이 색연필로 즐겨 그렸다. 1950년대 중반에 이 작품이 출간된 후에는 신문에 그린 무늬와 요정의 문장 도안에서 드러나듯이 잉크와 볼펜을 사용한 더욱 추상적인 도안으로 나아갔다.

그가 청소년기에 그린 위트비 항구와 세인트앤드루스 풍경을 포함한 초기 그림을 보면 학기 중이 아닐 때라야 스케치북을 펼쳤음을 알 수 있는데, 그의 대학 시절에도 그러했다. 학기 중에는 약간 틈나는 시간에 이야기와 시를 쓰고 심지어 언어도 만들었지만, 한가롭게 쉬면서 그림을 그릴 긴 시간을 낼 수 있는 방학 기간이 아니면 그림을 시작하지 않았다.

1 카펜터와 톨킨 1981, p.333.
2 톨킨 가족 문서, A. 세퍼드슨의 편지에 관한 메모[1964년].

『다움의 책』

1914~1928년
베이지색 천으로 감싼 판지, 앞 면지 바깥 장에 스티커
'스케쳐스' 공책 …… 윈저 앤 뉴튼, Ltd., 런던, W.
278×215mm
MS. Tolkien Drawings 87

『다움의 책』은 톨킨이 1914년 1월부터 상상의 그림과 스케치를 위해 사용한 양장 스케치북이다. "최초의 다움"이라는 메모가 붙은 별도의 갈색 봉투에는 1911년부터 그린 유사한 작품들이 들어 있다. '다움'은 옥스퍼드에서 학부생 시절에 시작되었고 감정이나 추상적 관념을 그림으로 표현하려는 시도였다. 이 스케치북의 앞부분에는 〈섬뜩함〉(품목 40번), 〈그 너머〉(도판 66번), 〈그곳…… 그리고…… 이곳〉(품목 41번) 같은 실험적 그림이 있다. 1914년 12월쯤에는 핀란드의 전설 『칼레발라』에서 영감을 받은 그림들로 바뀌어 갔고, 이어서 1915년에 싹트기 시작한 자신의 신화에 고무된 〈타나퀴〉(도판 80), 〈요정나라의 해안〉(품목 65번)으로 나아간다. 이후에 대체로 1927~1928년에 그린 그림들은 '실마릴리온'의 장면들을 묘사하고, 실생활의 풍경이 간간이 섞여 있다. 가령 〈런던에서 버크셔를 거쳐 옥스퍼드로〉라는 제목으로 잘린 나무들을 그린 다소 초현실적 그림은 아마도 그가 집으로 가는 기차에서 흘끗 본 풍경이었을 것이다.

그는 '다움'이나 그 이면의 개념을 설명하는 글을 남기지 않았지만, 아마추어 화가였던 사촌 메리 잉클레던과 마저리 잉클레던과 함께 그것에 대해 이야기를 나눈 것은 분명하다. 메리는 1917년에 그에게 보낸 편지에서 흥미롭게도 '다움'을 예술비평가이자 사회개혁가였던 존 러스킨과 연결시켜 언급한다. "러스킨과 다움에 관해 네가 마저리에게 한 말이 굉장히 흥미로웠어. 그 그림들에 대해 난 오랫동안 어리둥절했거든. 어떤 짐작을 해 봐도 결국은 혐오스러웠어. 그 그림들을 심각하게 받아들이면 잘못이겠지. 그렇게 생각하지 않아?"[1] 러스킨은 19세기 후반에 상상의 예술과 관련해서 급진적인 개념을 설파했고, 화가나 시인의 최고 기능은 상상력이라고 주장했다.

잉클레던 사촌은 어머니의 언니인 메이(톨킨이 좋아한 이모)의 딸들이었다. 그들은 아주 어릴 때부터 친하게 지냈고, 톨킨이 일찌감치 언어를 만들기 시작했을 때 그들의 '동물어'를 사용하며 동참했다. 학창 시절에 톨킨은 우스터셔의 반트 그린에 있는 그들의 '코티지'에서 종종 방학의 일부를 보냈다. 말년에 그에게 편지를 쓰면서 마저리는 절절하게 회고했다. "내 평생 언제나, 우리가 창문에 코를 박고 네가 도착할 행복한 순간을 가져올 전차를 기다리던 챈트리 로에서의 어린 시절부터 너를 만나러 풀에 갔던 마지막 방문까지—너를 만난 날은 모두 붉은 글씨로 표시할 기념일이었어. 다른 날들은 그에 미치지 못했지."[2]

1 톨킨 가족 문서, 1917년 11월 23일자 소인이 찍힌 편지.
2 톨킨 가족 문서, 마저리 잉클레던의 메모, [1971년] 1월 5~6일.

도판 63 〈런던에서 버크셔를 거쳐 옥스퍼드로〉, [날짜 미상]. (Bodleian MS. Tolkien Drawings 87, fol. 25)

〈열 살 이전다움〉

[1912년]
수채 물감, 검은 잉크, 색연필, 연필
175×251mm
인쇄물: 해먼드와 스컬 1995
MS. Tolkien Drawings 88, fol. 13r

도판 64 〈어른다움〉, [1912년경]. (Bodleian MS. Tolkien Drawings 88, fol. 7)

이 생기 넘치는 그림은 톨킨의 초기 '다움' 그림 중 하나이다. 거대한 나비를 그린 듯이 보이는 그림의 중앙에 길이 있고 전경의 화려한 빨간색 나무들이 테두리를 이루고 있다. 1912년에 그렸을 이 그림의 왼쪽 페이지에는 "1912년 12월"이라고 적혀 있다. 톨킨은 당시 스무 살이었는데, 이 그림은 자신이 '열 살 이전', 어머니가 돌아가시기 이전에 새어홀의 시골 마을에서 보냈던 행복한 어린 시절의 느낌을 다시 포착해 보려는 시도였을 것이다.

이 그림은 '다움'이라는 접미사를 제목에 넣은 두 장의 그림 중 하나이고, 다른 그림 〈어른다움〉은 〈열 살 이전다움〉에 대응하는 그림이었을 것이다. 검은 잉크로 그린 이 그림에서 톨킨이 어린 시절을 표현할 때의 선명한 색깔은 완전히 사라졌다. 중앙의 삭발한 남자는 느낌표와 물음표를 내던지며 스트레스를 발산하는 듯하고, 그의 손은 모호한 동작으로 묘사된다. 하지만 그는 분명 눈이 멀었고 이 사실은 부제 "앞을 못 보고 눈멀고 잘 감싸여 있음"에 의해 강조된다. 시각의 결핍을 강조하기 위해 두 단어를 사용한 것은 강력한 진술이다. 이 그림은 진술과 질문을 토해 내고 자기 연구에 완전히 감싸여 있고 자신의 학생들이나 더 넓은 세상을 의식하지 못하는 전형적인 남자 교수의 초상화일까?

나중에 연필로 첨가된 왼쪽 하단의 '1913년 여름'은 아마 추정된 날짜일 것이다. "최초의 다움"이라고 표시된 봉투에 들어 있는 이 그림 전후의 그림들은 1912년부터 그린 것이 확실하다.

Undertenishness.

〈섬뜩함〉

[1914년 1월]
수채 물감, 연필
279×215mm
인쇄: 해먼드와 스컬 1995
MS. Tolkien Drawings 87, fol. 10

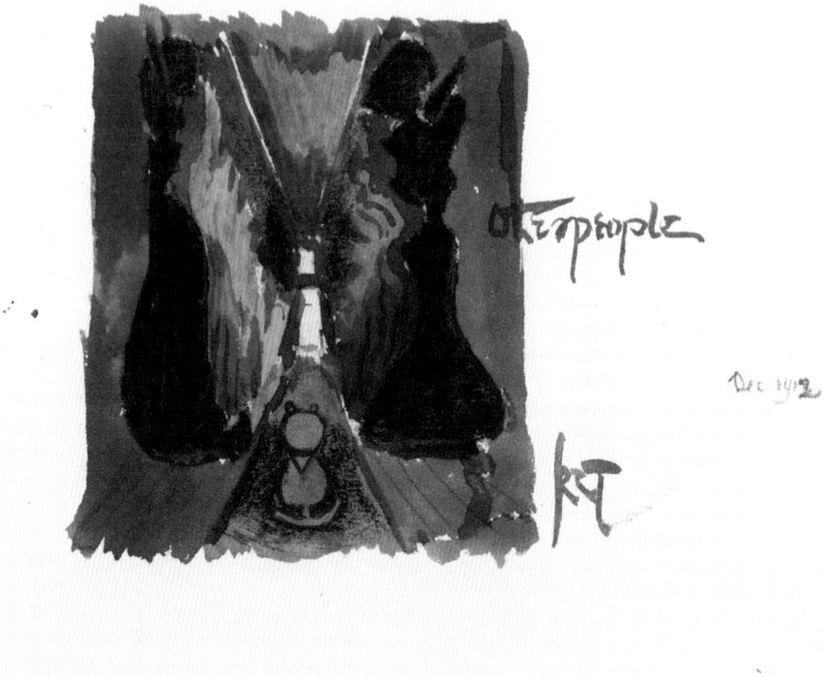

도판 65 〈타인〉, '다움'의 초기작, 1912년 12월. (Bodleian MS. Tolkien Drawings 88, fol. 13v)

〈섬뜩함〉의 오딘 같은 인물은 『호빗』에 처음 등장하는 마법사 간달프의 초기 모습처럼 보인다. 그는 "기다랗고 뾰족한 푸른색 모자를 쓰고 긴 회색 망토에 은색 스카프를 두르고 있었다. 스카프 위로 흘러내린 흰 수염이 허리춤 아래로 늘어졌고 검은색 구두는 매우 큼지막했다." 이 그림은 연필 스케치에 재빨리 수채 물감을 칠한 것이다. 신속함은 '다움'의 특징인 듯하다. 어떤 감정의 진정한 느낌 혹은 정직한 느낌을 두뇌의 개입 없이 포착하려는 화가의 의도에 신속함이 가장 중요했을 것이다. 회색, 푸른색, 자주색은 한밤중의 장면을 그려 내지만 중심인물은 빛의 원 안에 서 있고, 왼쪽 언덕 위의 자주색 나무 세 그루도 그러하다. 이 빛이 어디서 나온 것인지는 분명하지 않다. 텅 빈 길이 멀리 이어지면서 이 인물의 외로움을 강조하고, 그를 향해 발톱 같은 손을 내뻗는 전경의 나뭇가지들 때문에 무시무시한 느낌이 스며든다.

톨킨은 새 학기를 맞아 옥스퍼드로 돌아오기 전 1914년 1월에, 어쩌면 크리스마스 휴가를 보내며 이 그림을 그렸을 것이다. 여느 때처럼 그는 집이 없었기에 여러 친구들과 친척들의 집을 전전하며 방학을 보냈다. 그럼에도 그에게는 중요한 시기였다. 약혼녀 이디스가 가톨릭 교회에 받아들여졌고 그들은 1914년 1월 16일에 성당에서 약혼식을 올렸다. 이것은 두 사람이 갈망한 안정된 결혼 생활로 나아가는 중요한 단계였다.

EERINESS

〈그곳(여기서 가고 싶지 않을 때)〉 그리고 〈이곳(흥미진진한 곳에서)〉

[1914년]
수채 물감, 연필
279×216mm
MS. Tolkien Drawings 87, fol. 13

『다움의 책』에 나오는 서로 관련된 이 두 그림은 톨킨이 엑서터대학의 학부생 3학년이었던 1914년 1월에 그렸을 것이다. 〈그곳(여기서 가고 싶지 않을 때)〉은 멀리 있는 산을 묘사한다. 톨킨의 그림에서 산맥은 먼 거리를 묘사하는 데 종종 사용되고, 여행을 계속하기 위해 넘어야 할 장애물인 경우도 많다. 〈이곳(흥미진진한 곳에서)〉은 나무 세 그루를 가까이에서 보여주고, 중앙의 나무에 빙빙 도는 동심원 세 개는 아찔한 흥분을 전달할 것이다. 여기서 묘사된 이미지와 감정은 이디스와의 관계와 관련되었을 것이다. 두 사람은 거의 3년간 강제로 떨어져 지낸 후 1년 전에 교제를 다시 시작했고, 여성 보호자가 동반할 수 있을 때만 잠시 시간을 함께 보내며 주로 편지로 관계를 이어 갔다.

이 책에서 그 앞 그림은 '그 너머'라는 제목이 붙어 있고 1914년 1월 12일로 날짜가 적혀 있다. 이 그림은 〈그곳 그리고 이곳〉과 같은 색깔들을 사용하고, 또한 연필로 쓴 메모로 연결되어 있다. 〈그 너머〉 밑에는 "끔찍한 기분으로"라고 적힌 반면 〈그곳 그리고 이곳〉에는 "그런 기분이 줄어들면서"라고 적혀 있다. 톨킨은 평생 여러 번 우울함에 시달렸고, 특히 부친과 모친의 죽음으로 가정이 사라졌던 어린 시절과 사춘기 시절에 그러했다. 훗날 그는 "어린 시절과 청년 시절을 암울하게 했던 끔찍한 혼란"으로 인한 고통을 회고했다.[1]

1 톨킨 가족 문서, 1964년 12월에 받은 편지에 메모.

도판 66 〈그 너머〉, 1914년 1월 12일. (Bodleian MS. Tolkien Drawings 87, fol. 12)

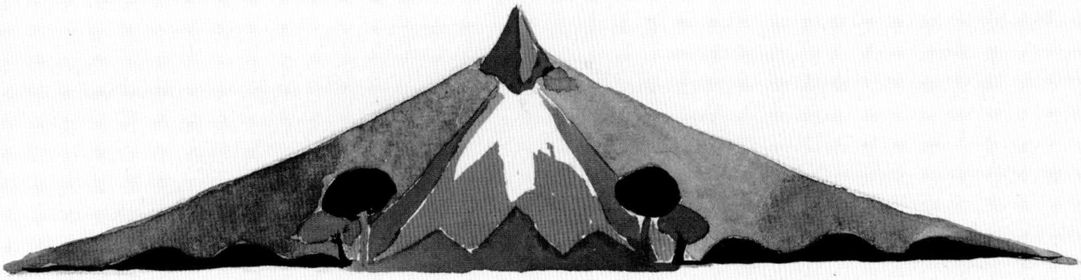

There (when you don't want to go from here)

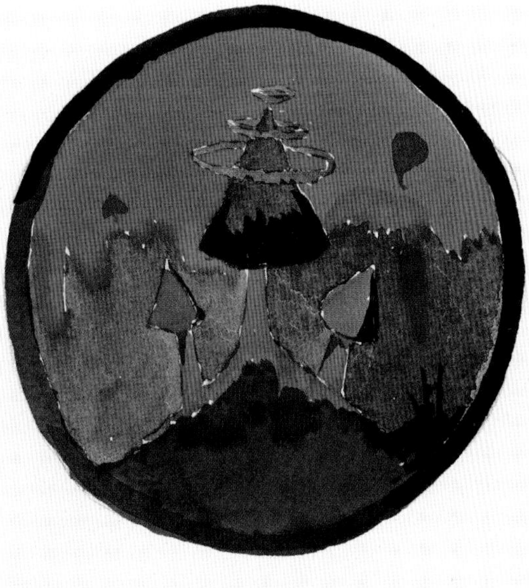

Here (in the exciting place)

〈물과 바람과 모래〉

[1915년]
수채 물감, 흰색 불투명 물감, 연필
278×217mm
인쇄물: 해먼드와 스컬 1995
MS. Tolkien Drawings 87, fol. 20

학부 3학년 말에 톨킨은 버밍엄 오라토리오 소속의 젊은 빈센트 리드 신부와 휴가 여행을 떠났다. 그들은 기차를 타고 영국 본토의 최남단인 콘월의 리저드 반도에 갔고, 침실 창문에서 바다가 내다보이는 하숙집에 머물렀다. 밝고 화창한 8월 날씨에 톨킨은 곶을 따라 걷거나 바위를 기어오르고 바위틈의 웅덩이를 들여다보며 시간을 보냈고 여유 있게 글을 읽거나 편지를 썼다. 그는 이 멋진 장관을 이디스에게 보낸 편지에서 묘사했다.

> 우리는 절벽 꼭대기의 황야를 지나 카이넌스 만으로 걸어갔어요. 이 지루하고 구태의연한 편지에서 뭐라 말해도 도저히 묘사할 수 없는 풍경이었어요. 햇볕이 내리쬐고 방대한 대서양의 큰 파도가 물에 잠긴 가지들과 암초에 부딪혀 포말을 내뿜더군요. 바닷물이 절벽에 깎아 놓은 기묘한 바람 구멍과 분수 구멍에서 나팔 소리가 울리고 고래처럼 거품이 솟구치더군요. 사방을 둘러보아도 검붉은 바위와 보라색의 투명한 바다색에 부딪히는 흰 거품뿐입니다.[1]

톨킨의 묘사는 과장이 아니었다. 그 바위는 "리저드 사문석으로 아름다운 암녹색 대리석이며 자주색, 흰색, 붉은색, 진홍색 등 다양한 색조의 돌결이 섞여 얼룩덜룩했다."[2] 이 바다 풍경에 깊은 인상을 받은 그는 휴가 동안 바위에 부딪혀 부서지는 파도를 표현한 〈리저드 근방의 만. 1914년 8월 12일〉을 포함해서 여러 장의 그림을 그렸다.

휴가가 끝난 후 그는 그 풍경을 시로 써 보려고 1912년 스코틀랜드 동해안의 세인트앤드루스에서 썼던 시를 수정했고, 원래 제목인 '음산한 바다'를 '조류'로 바꿨다. 1915년 3월경에 다시 그 시를 확장하여 '상고대의 바다 찬가'라는 제목을 붙였다. 동시에 『다움의 책』에 〈물과 바람과 모래〉를 그렸고 "상고대의 바다 노래를 예시함"이라고 묘사했다. 그가 본 바닷가에서 영감을 받은 것이 분명한 이 그림에서 그는 사실적 묘사에서 벗어나 초현실적 색채를 사용하고 전경에 갇혀 있는 작은 인물을 덧붙임으로써 뚜렷이 현대적 스타일을 제시한다. 2년 내에 이 시는 「울모의 뿔나팔: 상고대의 바다 노래」로 톨킨의 요정 신화에 포함되었고, 신 울모가 바다 소리로 투오르를 매혹해서 "그 후로 투오르는 늘 바다를 갈망했고, 쾌적한 내륙에 머물러도 마음속 평화를 느끼지 못했다"고 묘사한다.[3] 여러 해 후에 바다에 대한 이와 같은 동경은 『반지의 제왕』의 레골라스에게 투영되었다.

1 카펜터 1977, p.70.
2 『켈리의 데번과 콘월 안내책자』, 1914년, p.176.
3 톨킨 1986, p.215.

도판 67 〈리저드 근처의 만. 1914년 8월 12일〉.
(Bodleian MS. Tolkien Drawings 85, fol. 13r)

WATER WIND & SAND

판타지 풍경

[1915년]
수채 물감, 검은 잉크
148×173mm
MS. Tolkien Drawings 87, fol. 26

도판 68 〈요정 왕의 궁전 입구〉, [1936년]. (Bodleian MS. Tolkien Drawings 19)

이 그림의 과감하고 환각적인 색채는 초기의 추상적 그림들과 연결된다. 이 그림은 『다움의 책』에서 1915년으로 날짜가 적힌 그림들 뒤에 나오므로 톨킨의 학부생 시절이 끝날 무렵에 그린 것으로 추정된다. 초현실적 색채와 폭발적으로 분출하는 빛은 〈물과 바람과 모래〉(품목 42번)와 긴밀히 연결된다. 터널 혹은 인공적 구조물은 종이 밖으로 튀어나와 그림의 바닥 가장자리 너머로 밀려 나올 것 같다. 이 기법은 후에 글로룬드를 그릴 때, 용이 그림의 아래쪽 가장자리 너머로 미끄러지듯 나오는 그림(품목 76번)에서 사용되었다.

숲을 지나 산으로 이어지는 중앙의 길—〈섬뜩함〉(품목 40번)의 숲길이나 요정 왕의 궁전 입구와 비슷한—은 톨킨의 그림에서 자주 되풀이되는 이미지이다. 그가 시각화한 풍경은, 『호빗』과 『반지의 제왕』의 바탕이 되는 풍경들처럼, 종종 명백히 여행에 관련되어 있었다. 빌보가 길을 걸으며 부르는 노래로 알려진 시가 『호빗』의 끝부분에 처음 등장하는데, 그 변형된 형태는 『반지의 제왕』의 시작과 끝에도 등장한다. 빌보의 원래 노래는 이렇게 시작한다.

> 길은 끝없이 이어지네,
> 바위 위로 나무 아래로,
> 햇빛이 비치지 않는 동굴 옆으로,
> 바다에 이르지 못하는 개울 옆으로 […][1]

현대의 기준으로 보면 톨킨이 여행을 많이 다닌 것은 아니었다. 젊은 시절에 스위스로 도보 여행을 갔고, 프랑스에 두 번 갔는데 한 번은 멕시코 소년 세 명의 지도교사로, 나중에는 1차 세계대전 중 현역으로 갔었다. 말년에 자녀들이 모두 성장하여 집을 떠났을 때 그는 친구이자 동료인 시몬 다르덴을 방문하러 벨기에에 갔고, 딸과 함께 이탈리아의 아시시와 베네치아를 여행했으며, 『호빗』을 기념하기 위해 열린 네덜란드의 정찬 파티에 참석했고, 외부 시험관으로서 아일랜드에 몇 차례 여행했다. 하지만 그는 휴가를 대체로 잉글랜드와 웨일스의 바닷가 휴양지에서 보냈고, 그 이상의 여행은 책이나 상상을 통해서 하는 데 만족한 듯이 보였다. 빌보의 도보 여행 노래(와 그 변형된 노래)를 반복하면서 그는 보다 광의적인 여행의 개념—사람은 누구나 매일매일 길과 선택에 직면한다—을 전달하려고 노력한다. "내가 빌보의 도보 여행 노래에서 표현하려고 애썼듯이, 오후에서 저녁까지의 산책도 중요한 영향을 미칠 수 있답니다."[2]

1 톨킨 1937, 19장.
2 카펜터와 톨킨 1981, p.239.

26

〈포흐야의 땅〉

1914년 12월 27일
수채 물감, 검은 잉크
278×216mm
인쇄물: 해먼드와 스컬 1995; 플리거 2015
MS. Tolkien Drawings 87, fols. 17~18

학창 시절부터 톨킨은 운문 서사시로 쓰인 핀란드의 전설 『칼레발라』를 사랑했다. 그는 W.F. 커비의 운문 완역본을 학교 도서관에서 빌려 반납하지 않고 대학에 진학했다는 질책을 받기도 했다. 1911년 대학에 입학했을 때 엑서터대학 도서관에서 처음 빌린 책은 『핀란드어 문법』이었다. 그 이야기들을 원어로 읽을 수 있기를 바랐던 것이다. 오래지 않아 그는 핀란드어가 그 전설 못지않게 매력적이라는 것을 알게 되었고, 그 두 가지는 그가 만들어 낸 언어(특히 요정어 퀘냐Quenya의 전신이었던 퀘냐Qenya에 큰 영향을 미치게 되었다.

학부 4학년이 시작되었을 때 그는 『칼레발라』의 운문 이야기 하나를 산문으로 개작하기 시작했다. 그는 약혼녀 이디스에게 말했다. "나는 그 이야기 중 하나—정말로 대단하고 더없이 비극적인 이야기—를 [윌리엄] 모리스의 모험담과 약간 비슷하고 시가 많이 들어가는 단편소설로 옮기려 하고 있어요."[1] 그것은 괴력을 가진 남자 쿨레르보가 아기일 때 삼촌에 의해 노예가 되고 의도치 않게 누이와 동침하며(그녀는 나중에 자살한다) 삼촌과 그 추종자들에 대항하여 전쟁을 벌이고 그런 다음 자신의 칼로 자살하는, 어둡고 폭력적이며 비극적인 이야기였다.

톨킨은 「쿨레르보 이야기」를 끝내지 못했지만 『칼레발라』에 관한 에세이를 옥스퍼드의 두 학회(1914년 11월 코퍼스크리스티대학와 1915년 2월 엑서터대학)에서 발표했다. 또한 1914년 크리스마스 휴가 동안 『칼레발라』에 관한 이 삽화를 그렸고 '포흐야의 땅'이라는 제목을 붙였다. 그해 가을 학기에 고대 스칸디나비아의 『볼숭 가의 사가』, 고대 영어 서사시 『베어울프』, 중세 영시 「진주」 그리고 '초서와 그의 동시대인들'에 대한 강의를 들어야 했을 뿐 아니라 매주 10시간 군사 훈련을 받아야 했음에도 불구하고 이런 활동을 할 시간을 냈다는 것은 놀라운 일이다. 대단히 생산적이고 창조적인 시기였다.

1 카펜터와 톨킨 1981, p.7.

도판 69 가을 학기의 강의와 훈련 시간표, 1914년. (Bodleian MS. Tolkien A 21/13, fol. 182v)

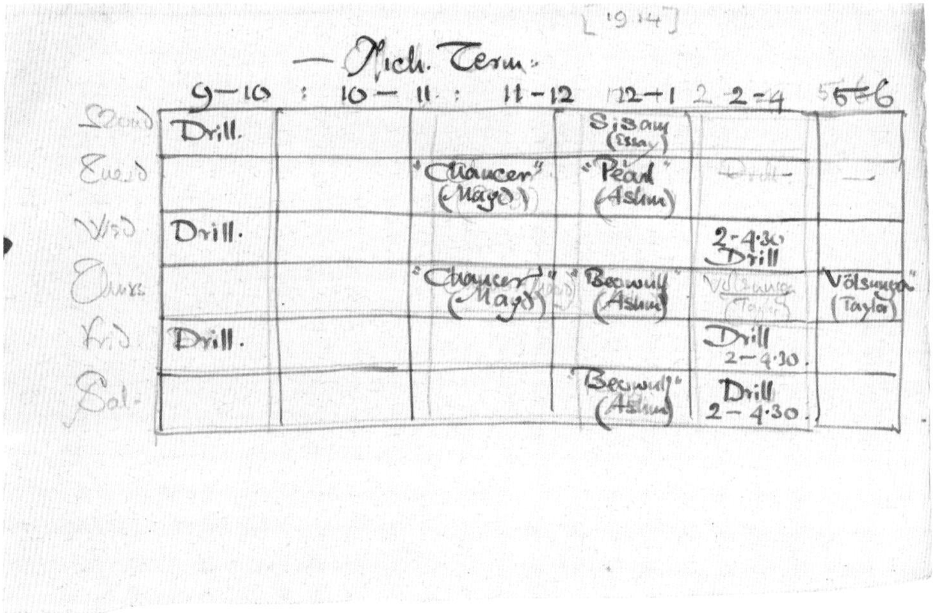
[1914]
— Mich. Term.

	9–10	10–11	11–12	12–1	2–4	5–6
Mond	Drill.			Sisam (Essay)		
Tues.d			"Chaucer" (Mayo)	"Pearl" (Ashton)	Drill	—
Wed	Drill.				2-4.30 Drill	
Thurs.			"Chaucer" (Mayo)	"Beowulf" (Ashton)	Völsunga (Taylor)	Völsunga (Taylor)
Frid	Drill.				Drill 2–4.30.	
Sat.				"Beowulf" (Ashton)	Drill 2–4.30.	

The Land of Pohja.

Dec 27
1914

〈아울라무〉

1928년
검은 잉크와 컬러 잉크
88×115mm
전시: 옥스퍼드 1992, 134번
인쇄물: 옥스퍼드 1992; 해먼드와 스컬 1995
MS. Tolkien Drawings 88, fol. 32r

도판 70 〈마도〉, 1928년. (Bodleian MS. Tolkien Drawings 88, fol. 31)

톨킨의 차남 마이클은 어렸을 때 '마도'와 '아울라무'라고 부른 두 생물에 관한 악몽을 되풀이해서 꾸었다. 마도는 팔이 없는 손으로 "어두워진 후에 커튼을 조금 젖히고 커튼을 따라 슬금슬금 내려왔다." 아울라무는 "불길해 보이는 큰 부엉이처럼 생겼는데 큰 가구나 액자 위에 앉아서 쏘아보았다."[1] 톨킨은 마이클의 공포를 없애 주려고 두 생물을 그렸다. 훗날 그는 "마도와 아울라무는 마이클이 여섯 살에서 여덟 살 사이에 상상한 악귀였다. 나는 마이클이 묘사한 대로 그리려고 애썼는데, 그 악귀들의 무시무시한 점이 사라진 것 같았다."[2]라고 썼다. 컬러 잉크로 그린 아울라무는 최면을 거는 듯이 분명 위협적으로 보이지만 톨킨의 그림은 바라던 효과를 거둔 듯하다.

일찍이 『호빗』에 대해 논평한 휴스는 아이들은 "공포를 견디는 타고난 능력이 있으며 그것은 거의 줄일 수 없다"라고 인정하면서도 "이 책의 일부분이 잠자리에서 읽어 주기에는 너무 무시무시하다고 생각하는 어른들이 있을 것이다"라고 경고했다.[3] 톨킨의 자녀들은 특히 상상력이 풍부했던 것 같다. 이 논평에 대한 답으로 톨킨은 출판사에 편지를 보냈다. "내 딸은 여덟 살인데 오래전부터 문학적 공포와 현실의 공포를 구분했습니다. 용은 얼마든지 받아들일 수 있고 고블린도 어느 정도 받아들입니다. 하지만 최근에 우리는 그 아이의 방에 있는 서랍장의 손잡이를 교체해야 했어요. 예전 손잡이가 어둠 속에서도 계속 '딸을 보고 씩 웃었거든요.'"[4]

1973년 톨킨의 별세 직후에 아들 마이클은 "부정과 우정을 결합한" 부친의 희귀한 재능에 대해 썼고, "내 유치한 말과 질문을 더없이 진지하게 받아들여 준 '특별한 성인이자 유일한 어른'"이었다고 묘사했다.[5]

1 Bodleian MS. Tolkien Drawings 88, fol. 33.
2 Bodleian MS. Tolkien Drawings 88, fol. 33.
3 「아동을 위한 책」, 《뉴 스테이츠먼》, 1937년 12월 4일.
4 톨킨 가족 문서, 스탠리 언윈에게 보낸 편지, 1937년 10월 15일.
5 「J.R.R. 톨킨—마법사 아버지」, 《선데이 텔레그래프》, 1973년 9월 9일.

OWLAMOO

〈인어 왕 궁전의 정원〉

1927년 9월
수채 물감, 검은 잉크, 연필
278×217mm
전시: 옥스퍼드 1992, 130번
인쇄물: 옥스퍼드 1992; 해먼드와 스컬 1995; 스컬과 해먼드 1998
MS. Tolkien Drawings 89, fol. 4

1920년대에 셋째 아들이 생기면서 가족이 늘어나자 톨킨의 상상력은 동화 쪽으로 나아가게 되었다. 1925년 노스요크셔의 파일리에서 가족 휴가를 보내던 중 마이클이 바닷가에서 장난감 강아지를 잃어버렸다. 그 장난감이 사라진 경위를 설명하고 상실감을 달래기 위해 톨킨은 로버라는 강아지에 대한 이야기를 아이들에게 들려주었다. 그 강아지는 지나가던 마법사에 의해 장난감 로버랜덤으로 바뀌었는데, 로버랜덤은 말도 못 하고 (밤 시간을 제외하면) 움직이지도 못하는 장난감인 것이 싫어서 자기를 소유한 작은 소년의 호주머니에서 가까스로 빠져나와 탈출했다. 해변에 떨어졌을 때 로버랜덤은 모래 마법사의 보호를 받고 여러 신나는 모험에 휩쓸리게 되었다. 그러다가 바닷속 인어 왕의 궁전에 가서 수영을 배우고 전우이자 자기와 이름이 같은 로버 인어-강아지와 물놀이를 즐기며 "그 왕궁의 영원한 애완동물"이 되었다.

파일리에서 휴가를 보내고 2년 후에 톨킨은 인어 왕 궁전과 수중 정원을 수채화로 그렸다. 로버랜덤을 깊고 푸른 바다 밑바닥으로 데려간 거대한 고래 우인은 왼쪽 꼭대기에 보인다. 톨킨은 10여 년 전에『잃어버린 이야기들의 책』에서 우인에 대해 썼는데, 울모 신이 요정들을 발리노르에 옮기기 위해 톨 에렛세아섬을 가운데땅 쪽으로 끌어가도록 도와준 고래였다. 전경의 물결무늬 식물과 배경의 잔물결 모양의 식물들은 그림에 동적 느낌을 더해 주고, 이 풍경이 물속에 있다는 것을 상기시킨다. 그림의 오른쪽 앞에서 길이 궁전으로 이어지고 궁전은 뚜렷이 동양적 형태를 보여 준다. 이야기에서 로버랜덤은 바다가 푸른색이 아니라는 것을 알고 깜짝 놀란다. "온통 연녹색 빛뿐이었다. 로버는 흐릿하고 환상적인 숲 사이로 구불구불 이어지는 하얀 모래 길에 이르렀다. […] 오래지 않아 거대한 왕궁의 입구가 보였다. 왕궁은 분홍색 돌과 하얀 돌로 지어진 것 같았는데 그 사이로 새어 나온 흐릿한 빛으로 빛났다."[1] 초록색이 주조를 이루는 부드러운 컬러 팔레트는 본문을 반영한다.

톨킨은「로버랜덤」을 1937년에 조지 앨런 앤드 언윈 출판사에 보냈지만 출판사는『호빗』에 관한 새 이야기를 간절히 바랐기에 로버의 모험담은 미뤄졌고, 톨킨이 별세하고 오랜 시간이 지난 1998년에야 출간되었다.

1 스컬과 해먼드 1998, p.59.

도판 71 파일리 해변에서 톨킨과 세 아들, 1925년.
(Bodleian MS. Tolkien photogr. 5, fol. 7)

The Gardens of the Merking's palace
from The tale of Roverandom

아말리온의 나무

[?1940년대]
회색 종이에 색연필, 수채 물감, 은색 페인트, 검은 잉크
300×240mm
전시: 옥스퍼드 1992, 211번
인쇄물: 톨킨 1979
MS. Tolkien Drawings 88, fol. 1

> 그는 나무보다 이파리를 더 잘 그릴 수 있는 그런 부류의 화가였다. 그는 이파리 하나에 긴 시간을 보내면서 그 형태와 광택과 끄트머리에 매달린 이슬방울의 반짝임을 포착하려고 애썼다. 하지만 동시에 같은 방식으로 그리면서도 모양이 제각기 다른 이파리들이 무성한 나무 전체를 그리고 싶어 했다.[1]

톨킨의 우화적 단편소설 「니글의 이파리」에서 발췌한 이 부분은 톨킨이 문학 작품과 학술 논문을 완성하기 위해 겪은 창조적 고투의 정곡을 찌르는 표현이다. 이 이야기는 1940년대 초에 집필되었고 당시 톨킨은 『반지의 제왕』과 요정어, 더 광범위한 레젠다리움을 조금씩 작업하고 있었는데 그 모두의 완성이 요원해 보였던 때였다. 그의 완벽주의적인 성향 때문에 종종 수정과 개작이 수없이 이어졌고, 세부사항에 관한 관심이 생기면 흥미롭지만 산만한 옆길로 새기도 했다.

그 단편소설의 화가 니글과 마찬가지로 톨킨도 여러 해에 걸쳐 다양한 꽃과 이파리를 달고 있는 나무를 많이 그렸다. 일찍이 1928년에도, 느지막이 1972년에도 그린 나무들이 있다. 나무는 그의 마음속에 떠올랐지만 완성에 이르려면 방해받지 않는 시간과 집중—양심적인 학자이고 헌신적인 남편이자 아버지로서 그가 누리지 못한 호사—이 필요한 이야기와 시의 표상이었다. 톨킨은 그것을 아말리온의 나무라고 불렀고, "시와 중요한 전설을 의미하는 다양한 형태의 이파리와 크고 작은 많은 꽃"을 달고 있다고 묘사했다.[2]

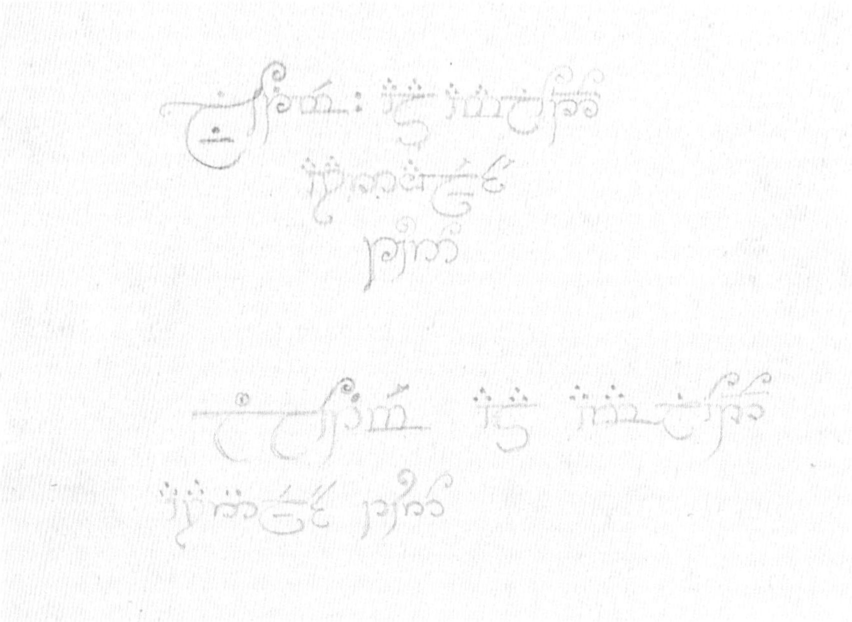

도판 72 요정어 어구 "lilótime alda amaliondo aranyallesse túno". [날짜 미상]
(Bodleian MS. Tolkien Drawings 93, fol. 33)

에세이 「요정 이야기에 관하여」에서 톨킨은 "수많은 나날들의 숲에 카펫처럼 깔려 있는 이야기 나무의 무수한 나뭇잎"을 언급한다.[3] 이 아름다운 묘사는 시와 이야기와 신화 들이 잎사귀처럼 달려 있는 톨킨의 '이야기 나무', '실마릴리온'에 적용될 수 있다. 그 이야기들은 거듭 다시 쓰이고 수정되고 확대되었지만 결코 완성된 형태에 이를 수 없었다.

'아말리온Amalion'이라는 단어는 톨킨의 작품에서 설명된 바 없지만 (퀘냐로 적힌) 요정어구에 포함되어 있고 그 어구가 그의 작품에서 두 번 등장한다. "lilótime alda amaliondo aranyallesse túno"는 "투나 왕국에서 많은 꽃이 피어난 아말리온 나무"(도판 72)로 옮길 수 있다. 단서를 얻기 위해 요정어 퀘냐를 살펴보면, 그 이름은 Aman—신들의 축복받은 땅—이나 amal—풍요, 축복, 행운—과 같은 어근에서 유래했을 수 있다.

1 톨킨 2001, p.94.
2 카펜터와 톨킨 1981, p.342.
3 톨킨 1983B, p.145.

47

〈linquë súrissë〉

[1960년경]
검은 잉크
228×178mm
MS. Tolkien Drawings 91, fol. 65

1960년대부터 검은 잉크로 식물과 풀잎을 그린 후기 그림들 중 하나이다. 말년에 그린 그림이지만 톨킨의 다른 그림들과 양식이 매우 다르다. 이 그림들은 동양의 묵화와 비슷하고, 대나무의 묘사도 동양의 영향을 암시하고 있다. 어떤 의미에서는 다양한 회화 양식을 기꺼이 실험하려는 그의 의지를 예시하는데, 그는 그런 성향을 매우 현대적이고 거의 반문화적인 '다움'에서부터 초기에 볼펜을 사용한 것에 이르기까지 평생에 걸쳐 보여 주었다.

이 그림들 중 몇 장은 퀘냐로 제목이 붙어 있다. "linquë súrissë"는 '바람 속의 들풀'로 번역될 수 있다. "linquë"는 원래 퀘냐로 '젖은' 또는 '물'을 뜻하는데 여기서는 물가에 자라는 식물과 관련될 수 있고, "súrissë"는 '바람'을 뜻하는 súri에서 연유하고 처소격 어미가 첨부되었다. 이와 유사한 다른 그림들의 제목 "Súriquessë"(바람의 깃털)와 "Pilinehtar"(화살 창병)는 둘 다 그 모양과 관련되어 있다.

톨킨은 가운데땅의 다양한 종족을 위한 많은 언어를 만들었다. 크후즈둘(난쟁이어), 아둔어(누메노르 사람들의 언어), 로한어(로한 사람들의 언어), 그리고 (사우론이 고안한) 암흑어와 같은 일부 언어들은 간략한 개요로만 존재한다. 다른 언어들은 문법 구조와 폭넓은 어휘를 갖추고 고도로 발전되어 있다. 그의 언어 창조의 초점은 요정어였다. '실마릴리온'의 초기 글들은 거의 요정과 관련되어 있고, 인간이 등장하기는 하지만『실마릴리온』은 '요정의 역사'이다. 퀘냐와 신다린은 가장 충실하게 발달한 요정어였다. 퀘냐는 고풍스럽고 형식적인 언어로 "책에 나오는 라틴어" 같다고 묘사된다. 신다린은 일상생활에서 사용되는 더욱 현대적인 표현이다.『반지의 제왕』에 나오는 대부분의 지명은 신다린이다.

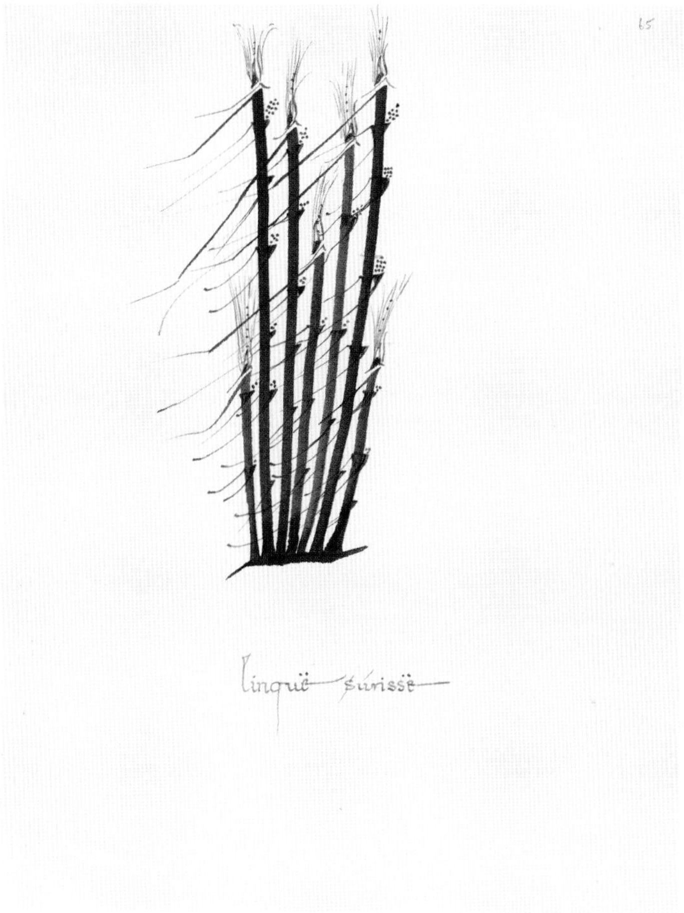

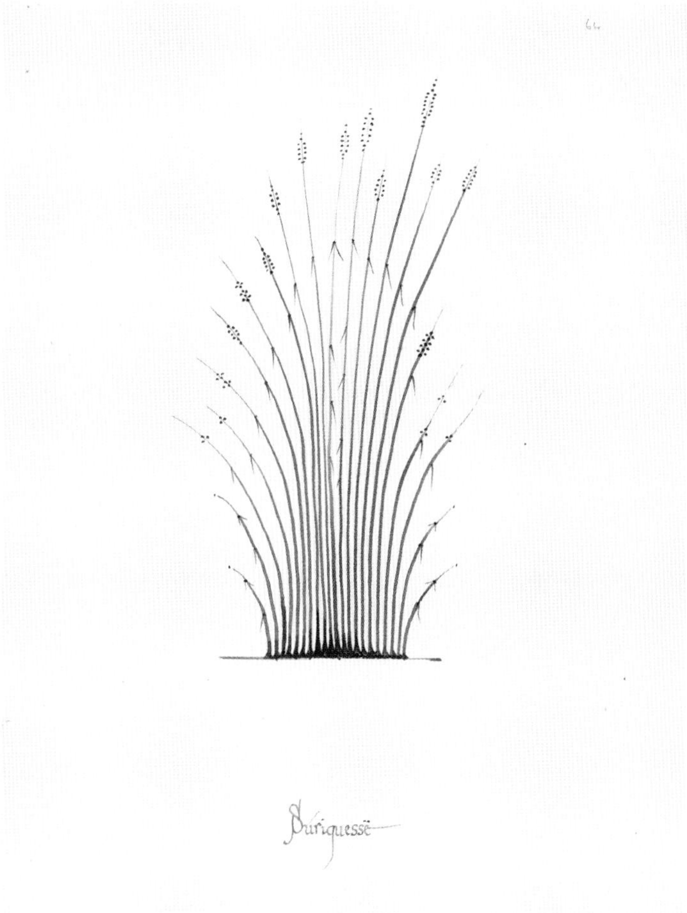

도판 73 〈Súriquessë〉, [1960년대]. (Bodleian MS. Tolkien Drawings 91, fol. 64)

장식 알파벳

1960년 11월
색연필, 색볼펜, 검은 잉크, 연필
229×178mm
전시: 옥스퍼드 1992, 231번
인쇄물: 옥스퍼드 1992; 해먼드와 스컬 1995
MS. Tolkien Drawings 91, fol. 24

톨킨은 평생 서체에 관심이 많았는데, 그가 에드워드 6세 학교에 입학하기 전에 거의 유일한 교사였던 어머니의 영향 덕분이라고 생각했다. 어머니는 "문자와 서체에 대한 관심을 일깨웠을 뿐 아니라" 외국어, 언어학, 어원학을 소개해 주었다고 그는 훗날 회고했다.[1] 은퇴 후 그는 잉크와 색볼펜, 색연필을 사용해서 이와 같은 장식 문자를 그렸다. 볼펜을 사용한 것은 그의 인생의 후반기로 추정한다. 볼펜이 미국에서 영국으로 건너온 것은 2차 세계대전 이후였고 톨킨은 1950년부터 글을 쓸 때, 1953년부터는 그림에 볼펜을 사용하기 시작했다.

여기 실린 장식 대문자들은 알파벳 순서로 되어 있지 않지만 모든 알파벳이 들어 있다. 장식으로 많이 사용된 것은 꽃과 나무이다. 이 장식들은 중세 원고에서 새 장이나 새 단락을 나타낼 때 사용한 장식된 대문자와 비슷하다. 고대 영어와 중세 영어 학자로서 톨킨은 보들리언 도서관의 소장품과 다른 곳들의 중세 문서에 친숙했다. 일부 중세 원고는 본문에 장식이 없었지만 종교적 문헌은 특히 대문자를 장식하고 채색하는 경우가 많았다. 그는 여러 해에 걸쳐 중세 영어 문서 「여성 은수자를 위한 지침서」를 케임브리지대학교의 코퍼스크리스티대학에 소장된 13세기 원고(MS. 402)를 사용해서 연구했다. 이 원고의 많은 대문자들은 붉은색과 푸른색 잉크로 장식되어 있었다. 보들리언 도서관에 소장된 이보다 더 오래된 원고인 MS. Junius 11은 서기 1000년경으로 추정되고, 고대 영어 텍스트 「출애굽기」의 유일한 원본을 포함하고 있으며, 톨킨은 옥스퍼드의 앵글로색슨어 교수로서 20년간 그것에 대해 강의했다. 이 원고의 대문자들은 서로 뒤얽힌 신화적 생물들로 장식되어 있다.

1 카펜터와 톨킨 1981, p.377.

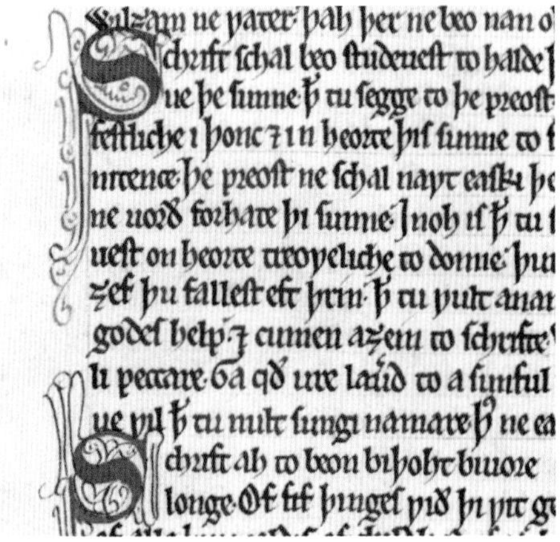

도판 74 「여성 은수자를 위한 지침서」. 첫 글자들이 장식됨, [13세기 초]. (케임브리지, 코퍼스크리스티대학, 대학 위원회의 허락을 받아 수록함, CCCC. MS. 402, fol. 92v)

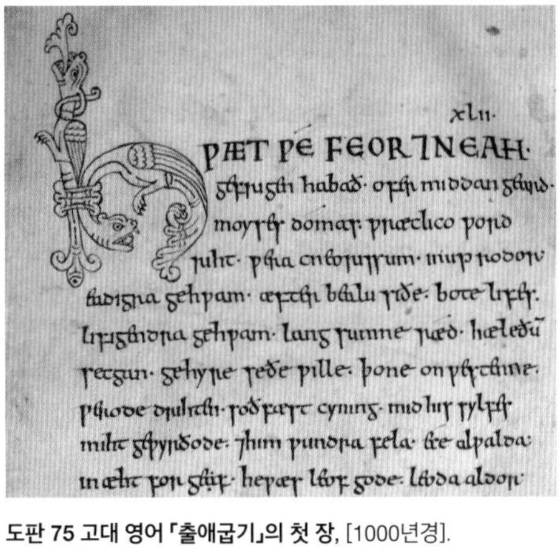

도판 75 고대 영어 「출애굽기」의 첫 장, [1000년경]. (Bodleian MS. Junius 11, p. 143)

신문에 그린 낙서

50 **추상적 도안**
[1960년 2월]
검은 잉크
MS. Tolkien Drawings 94, fol. 136

51 **개화한 등심초와 꽃무늬**
1960년 3월
색볼펜, 연필, 검은 잉크
전시: 옥스퍼드 1992, 223번
MS. Tolkien Drawings 94, fol. 13

52 **페이즐리 도안 다섯 개**
1960년 6월 11일
색볼펜, 검은 잉크, 색연필
MS. Tolkien Drawings 94, fol. 28

53 **색볼펜으로 그린 추상적 도안**
[1960년 2월]
검은 잉크, 색볼펜
MS. Tolkien Drawings 94, fol. 119

54 **가장자리 도안과 기하학적 패턴**
[1960년 8월]
색볼펜, 연필
MS. Tolkien Drawings 94, fol. 51

55 **꽃 도안**
1960년 10월 17일
색볼펜, 색연필, 검은 잉크
MS. Tolkien Drawings 94, fol. 64

56 **가장자리 도안과 꽃무늬**
[1960년 9월]
색볼펜
MS. Tolkien Drawings 94, fol. 54

57 **〈누메노르의 도자기 무늬〉**
1960년 3월
검은 잉크, 색볼펜
MS. Tolkien Drawings 94, fol. 12
전시: 옥스퍼드 1992, 222번

58 **꽃무늬 도안과 세 가지 가장자리**
1960년 11월 5일
색볼펜, 검은 잉크
MS. Tolkien Drawings 94, fol. 65

59 **〈누[메노르의] 도자기 풀잎 무늬〉**
1960년 2월
색볼펜
MS. Tolkien Drawings 94, fol. 11

60 **가장자리 도안, 허리띠 도안과 식물**
1960년 11월 5일
검은 잉크, 색볼펜
MS. Tolkien Drawings 94, fol. 66

언어학자이자 영문학 교수인 톨킨이 십자말풀이를 즐겨 했다는 사실은 놀랍지 않을 것이다. 그는 전국 일간지《타임스》와《데일리 텔레그래프》를 구독했고, 종종 같은 날에 두 신문을 받으면 시간이 있을 때 십자말풀이를 완성하려고 신문을 모아 두었다. 십자말풀이의 빈칸을 채워 가면서 (보들리언 기록보관소에 있는 십자말풀이는 모두 완성되어 있다) 그는 그 옆에 정교한 도안과 무늬를 낙서 삼아 그리곤 했다. 대체로 볼펜으로 그린 그 그림들은, 기하학적 도안, 반복되는 패턴의 가장자리 장식과 띠 장식, 페이즐리 무늬, 소용돌이무늬, 양식화된 꽃과 식물, 추상적인 곡선 도안을 보여 준다. 이처럼 신문에 그린 그림이 183점 남아 있는데, 대부분은 1960년이나 1967년에 그린 것으로 추정할 수 있다. 그가 1959년에 은퇴하고 대학 업무의 압력에서 풀려났을 때 당연히 이런 그림들이 급증했다. 어떤 도안은 그의 레젠다리움에 포함되었고, 가운데땅 제2시대에 만들어진 누메노르의 유물로 여겨졌다.

50

CHRISTIE, MANSON & WOODS, LTD.
KNIGHT, FRANK & RUTLEY
20, HANOVER SQUARE, W.1.
(MAYfair 3771.)
HANOVER SQUARE GALLERIES.

51

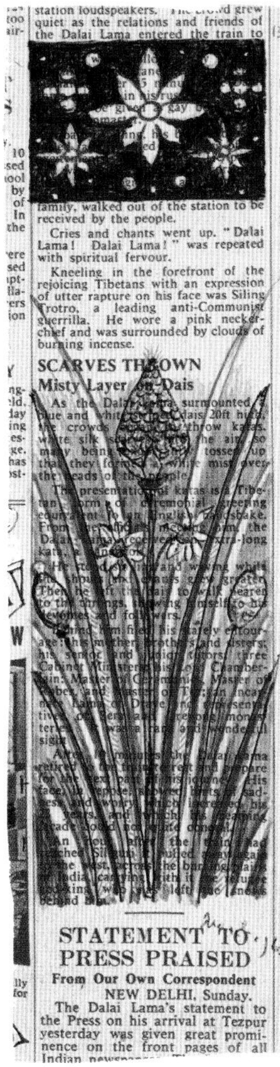
SCARVES THROWN
STATEMENT TO PRESS PRAISED
From Our Own Correspondent
NEW DELHI, Sunday.

52

U.N. RESOL
"Most Unwise"
TRAFFIC WARDENS
BAD DRIVING
"Middle-aged Delinquency"
315
AT AGE 55
TONE DEPLORED
Mr. Renton's Reply
COMPANY OF CANADA
COCKSPUR ST., LONDON, S.W.1.
QUICK CROSSWORD

GROUPS RESOLVED
By Our Commonwealth Correspondent
LEADER'S DENIAL
Inter-Union Dispute
MINISTERS AT NO. 10

53

54

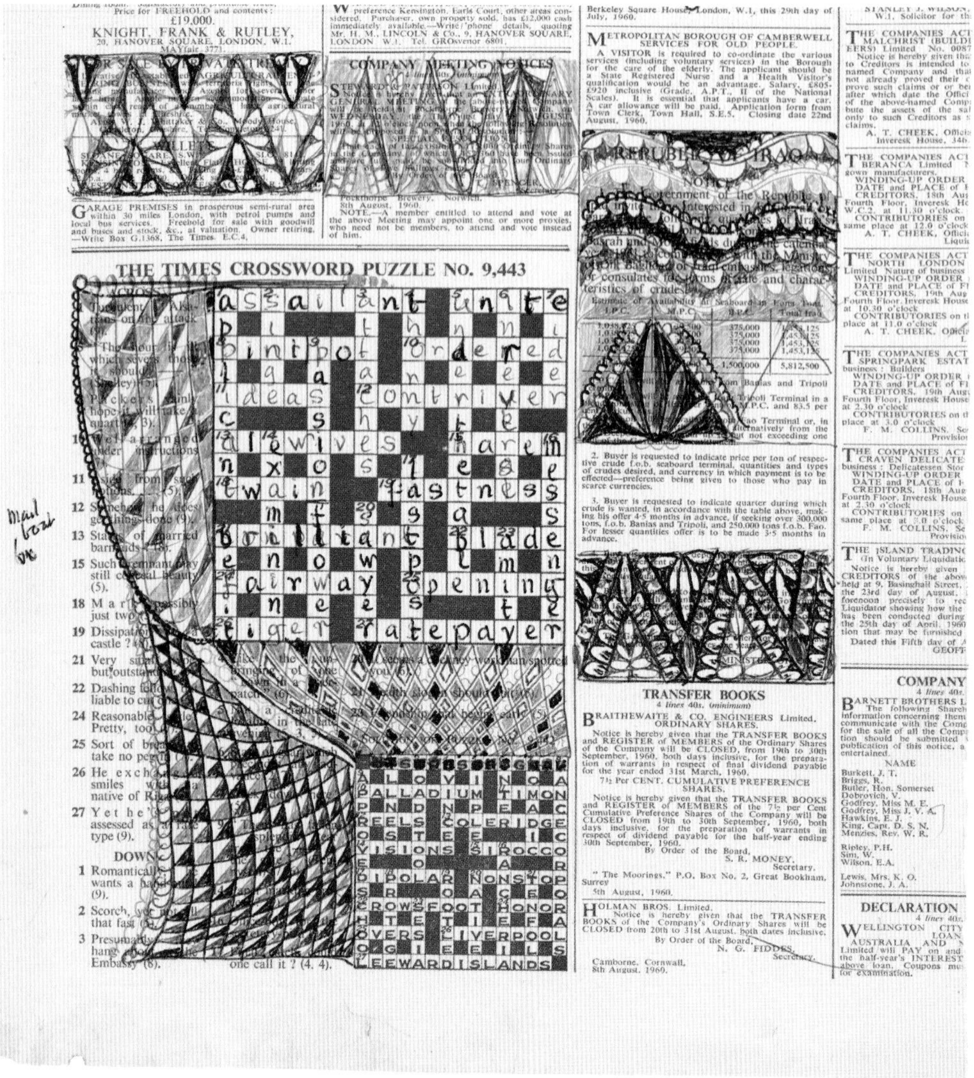

KNIGHT, FRANK & RUTLEY
COMPANY MEETING NOTICES
METROPOLITAN BOROUGH OF CAMBERWELL SERVICES FOR OLD PEOPLE.
THE TIMES CROSSWORD PUZZLE No. 9,443
TRANSFER BOOKS
COMPANY
DECLARATION

55

IN THE CONSTABLE COUNTRY.
EAST SUSSEX PROPERTIES
OXFORDSHIRE

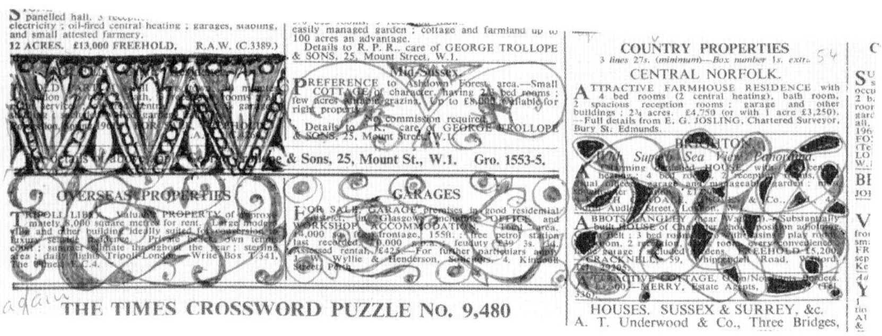

COUNTRY PROPERTIES
CENTRAL NORFOLK.
OVERSEAS PROPERTIES
GARAGES
THE TIMES CROSSWORD PUZZLE No. 9,480
HOUSES, SUSSEX & SURREY, &c.

56

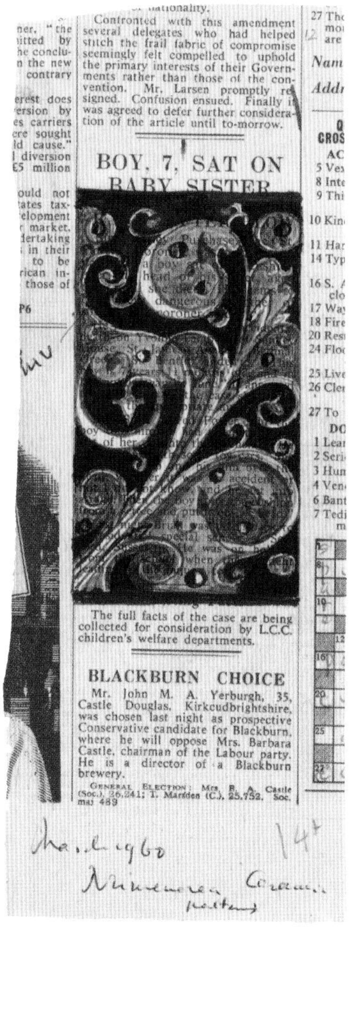

BOY, 7, SAT ON BABY SISTER
The full facts of the case are being collected for consideration by L.C.C. children's welfare departments.
BLACKBURN CHOICE

57

NON SMITH & CO.

THOMAS & HUMPHREY
London Road, Camberley, Surrey.
Tel., Camberley 2077.
...LEY, SURREY.—Most attractive Family
...standing back from the road in delightful
...reception, 5 bed rooms, 2 bath rooms;
...separate garage; all main services.

...LEY, SURREY.—Well planned modern

EAST ANGLIA
...and WINCH, Established 1906. Specialized
...for Country Residential and Agricultural Hold-
...and Essex and Houses
...requirements to their
...Ipswich (Tel. 52785),

...HANTS.
...clubbington, built only
...immaculate order; hall,
...bed rooms (wash-basins),
...For sale, FREEHOLD
...curtains and fitted carpets.—Sole

PARKER MAY & ROWDEN,
...OSVENOR STREET, LONDON, W.1.
(MAYfair 7666.)

DOBSON CLARK,
BOLTON ROAD, EASTBOURNE
...URNE, close to South Cliff.—Imposing
...floor FLAT in immaculate order; hall,
...kitchen &c. For sale, FREEHOLD,
...include curtains and fitted carpets.—Sole

HOUSING CO., LTD.
PARAMOUNT REALTY TRUST GROUP OF COMPANIES).
ROAD, EALING, W.5   Phone: EALing 6275/8.

PROPERTIES

WELLER & CO.
Horsham 3311
Henfield 22

EEN GUILDFORD AND HORSHAM.
For Sale with Vacant Possession.

KNOWLE ESTATE, CRANLEIGH.
A NOTABLY FINE RESIDENTIAL AND
AGRICULTURAL PROPERTY OF ABOUT
478 ACRES.
Quite exceptionally well maintained and equipped.
PRINCIPAL RESIDENCE dating from the 1820's,
set on a ridge in most beautiful gardens of moderate
size, with large rooms and completely modernized,
with bed room and bath room suites, and oil-fired
central heating, &c.
FIRST CLASS FARM OF ABOUT 250 ACRES,
with superior house (also with oil-fired central
heating) and extensive buildings; 14 unusually
good service cottages. The estate is heavily
timbered, and includes 80 acres of WOODLAND
Altogether a Very Fine Property.

by Private Treaty, or by AUCTION as a whole or in 18 Lots on 18th October, next
...reservation by the Sole Agents, Messrs. JOHN D. WOOD & CO., 23 Berkeley
...Messrs. & CO. (Tel. 3386), ...

SURREY-SUSSEX BORDERS.
The Excellent Residential Dairy Farm
WEYHURST, RUDGWICK, WEST SUSSEX.
...very conveniently situated in an outstanding position and comprising
EXCEPTIONALLY ATTRACTIVE RESIDENCE
...tion rooms, 4 bed rooms, 1 dressing room, 2 bath rooms, domestic offices.
MODERN FARM BUILDINGS
...for 30, large barn, covered yards, bull and calf pens, Dutch barn, &c.
...ther with about 74 Acres of Land in a Ring Fence, which
WELLER & CO.
...es, Opposite Castle Market, Guildford (Tel. 3386) and Cranleigh.
Horsham and Henfield.

R UDGWICK, SUSSEX.—MODERN RESI-
...DENCE with Farmery...4 Acres,
...active and well-...house
of 4 bed rooms, dressing room...ths, 3-4
reception rooms, morning rooms, we...ped and
convenient...main...ity and
water...SOLD by PUB...TION
(unless...private treaty...while) by
Messrs...& CO., 86, W...idge Road,
Guildford (Tel. 3386).

DDLESEX. Ideal Country
...acre of lovely gardens with
...and entertaining HOUSE
...and redecorated. Newly
...ating (gas fired). Spacious
...oak staircase and galleried
...space for cocktail bar)
...luxury kitchen, 4 double
...fitted bath room; 2 double
...for SALE. Privately or by
...ne—BRADSTREET & CO...
...WAY, N.W.4. Tel.: HENdon

OUGHBOROUGH SURREY.
& SCAMMELL,
...HER, EMBERBROOK 1298/9.
—Nicely situated detached
...n Charterel, south aspect;
...rooms, study; large garage;
...es; partial central heating.
...G., Chartered Surveyor, Bury

th West Counties.
OSWELL & CO.,
...Exeter. Tel. 59378.

IBBETT, MOSELEY, CARD & CO.
...HOUSES and ESTATES.
SEVEN...522/6) TUNBRIDGE WELLS (446).
OXTE...R...TE (5441). OTFORD (164).
...minutes' walk of the Station.—
6 bed r...2 reception rooms; part
centra...LD, £8,500.—Ossied Office
(Tel...700.

SUSSEX & ADJOINING COUNTIES
...& CO., ...ATH. Tel. 700.
Residential and...Properties.
...next station, opens Satur...a.m. to 6 p.m. Tel. 711.

NEW FOREST
...OUGHT-AFTER VILLAGE of Burl...near Golf
Course.—Charmingly secluded COU...Y RESI-
DENCE in attractively laid out gard...approxi-
mately one acre; centrally heated accom...ion com-
prises lounge-hall, cloaks, w.c., delightful...ing
room, study, modernized domestic offi...3 rooms,
2 bath rooms, &c.; garage, stabling...reenhouse.
£10,500, FREEHOLD. Offers invited...Auction.
—Sole Agents—

REBBECK (Established...
Chartered Surveyors,...
Tel...   Bournemouth.

SOUTH-EAST SOME...miles from Sherborne.—
Small GEORGIAN COUNTRY HOUSE with
entrance hall, cloak room, 3 reception rooms, 5 bed
rooms, 2 bath rooms...chen with Aga cooker; central
heating; main water...electricity; attractive walled
garden with greenhouse...stabling and garage for 2 cars.
...in all about 2 acres...FREEHOLD...£5,500.—SENIOR &
GODWIN, Chartered Surveyors...Sherborne, Dorset.
(Tel., 5.)

CHILTERN HILLS
Halfway between High Wycombe and Amersham.
Two Detached Old Country Cottages
AT MOP END
IN QUIET AND PROTECTED POSITIONS
AND IDEAL FOR
CONVERSION TO COUNTRY HOMES
Each with large gardens and with
VACANT POSSESSION

MESSRS. WHATLEY, HILL & CO.
will offer for...by AUCTION in se...rate lots at
The British...on Hall, Whitelde on Street, Amersham
on THU...AY, 27th OCTOBER, 1960...1 p.m.
Parti...and Conditions of Sale may...obtained
from...oneers : WHATLEY, HILL and...
Off...West Wycombe, Bucks and 24 ...nder Street,
...Soho, London, S.W.1; ...
Solicitors...Blyth, Dutson, Wri...and
2, Gresh...House, Old Broad St...Lond...

HELTEN...AND THE
G. H...BAYLI...ONS,
...es WE...OXFORD...charming small
...stone-built...and of Charm...recently recon-
structed...olid cottage...ent with double
2 reception...room (all with wat...). Brick
...electricity and water; oil-fired...ral heating was
electricity...other...outhouses ; pretty w...
For Sale, FREEHO...5,000.—WHATLEY,
& MESSR. CO., 28a, Athen...treet, ...don, S.W.1
(HY...Park 4304.)

...DON THAMES
J. CHAMBERS & CO.,
17, HART STREET.
Tel. Nos. 71 and 1510. Est. 1846.

£15,000.
Under 50 miles from London,
17 miles.—A choice RESIDENTIAL PROPERTY, light
and sunny, enjoying a beautiful outlook. Secluded
but not isolated and surrounded by a very lovely
Garden with a fine collection of trees and shrubs.
Excellent cottage for staff; 7 bed rooms, 3 bath rooms.
3 reception rooms, sun room (24ft. by 11ft. 9in.);
double garage and stable block; main electricity and
main water; central heating; woodland with ¾ acre
lake and pasture, in all about 42 acres. Early sale
desired.—For illustrated details of this recommendable
property please apply to DAVID G. BRAXTON & CO...
The Estate Offices, Uckfield. Telephone 581/2 and
2987.

WANTED
CLIENT would pay...rate moder...ized
COUNTRY HO...bed, plus staff and...
or cottage, stabling...ock. Must be daily w...
London (fast...)...Buckinghamshire, Berkshire pre-
ferred, but...y, Sussex, North Hampshire
considered.—...photographs if possible) to WILL...
Sloane...W.1. Sloane 814).

URG...REQUIRED for special applica...
...COUNTRY RESIDENCE preferably Hamp...
...plus staff...accom...tion
...s Petersfield of special interest.—Particulars
...& SONS, 32-34, London Road, Southampton
251...and...Usual Commission.

WITHIN easy reach...RESIDENCE...urban).—
...quired to purchase RESIDENCE...house
...rooms and early...Up to...
...y care...WOODARD & S...all
...St...James...London, S.W.1...
2721...

(24-hour recorded service).   Ashley Road, Walton-on-Thames. Tel.: 24181.

MESSENGER, MORGAN & MAY
8, QUARRY STREET, GUILDFORD, SURREY.   Tel. 2992.

A Charming Residential Estate.
W EST SURREY. In parklike surroundings an
attractive modernised house with hall,
cloak room, 2 reception rooms, kitchen and
utility room, 5 bed rooms, 2 bath rooms; full
central heating; double garage; useful out-
buildings; 2 loose boxes; pleasant gardens and
orchard, hard tennis court. About 22 acres pasture.
For SALE by AUCTION in November (unless
previously sold privately). Illustrated particulars
on request.

G ODALMING-HASLEMERE (between). A
charming modernised brick and stone PERIOD
COTTAGE in perfect country position 1½ miles
from Milford (Waterloo 50 minutes). Includes
fine lounge, dining room, modern kitchen, 3 bed
rooms, bath room; peaceful garden; south aspect;
garage. £5,250.

G UILDFORD. A compact, easily run modern
COTTAGE-STYLE HOUSE in a most
convenient situation. Hall, good drawing room,
loggia, dining room, bright kitchen, 4 bed rooms,
bath room; garage; services; very nice small
garden. Only £5,450.

DEVON—IN A FINE SPORTING DISTRICT
The Charming 16th Cent. Residence
"LANGHILL," MORETONHAMPSTEAD

FLATS AND CHAMBERS
3 lines 27s. (minimum)—Box number 1s. extra

SEASIDE AND COUNTRY
HORSHAM, SUSSEX.
NEW LUXURY FLATS AND
...amidst beautiful...n Gardens...only 55 m...s by
fast trains to...n and 36 min...s Coast.
Garages available...£2,745. 4 ...ed.).
...Apply ...RON ...YD, High...Court,
Guildford...Tel., 2764.

B OGNOR.—Ground-floor...; 2 bed, 2 reception;
expensively Furnished...&c.; £6 per week
inclusive; available next...—Write Box F.1268,
The Times, E.C.4.

B OURNEMOUTH (within centre and sea).—
Luxury FLATS for...lounge, 2-3 bed rooms,
dinette, kitchen, bath...separate w.c.; electric c.h.;
lease 99 years; at...prices from £3,750, inclusive
garage. Other fl...priced from...£3,150.—
Apply Ing...Wimborne...Bourne-
mouth.

...VE.
Nea...with view...the Sea.
MAGNIFICENT...FLOOR FLAT
IN A SECLUDED POSITION
4 bed rooms, dining room, living room, kitchen,
bath room and cloak room.
£425 per annum exclusive of rates.
Apply:
ELLIOTT, SON AND BOYTON,
86/87, WIMPOLE STREET, LONDON. W.1.
...6191.

M ERE, WILTS.—Unfurnished ground floor FLAT,
Georgian stone house, 4 rooms, kitchen and
bath; full central heating, c.h.w., well maintained
garden; garage.—Write Box, Y.1484, The Times,
E.C.4.

P ETERSFIELD, Hants (main line station).—Luxury
FLAT, ground floor, in quiet residential area;
2 beds, 1 reception, bath, cloaks, kitchen; mains;
c.h. TASTEFULLY FURNISHED. 7gns. per week,
mid-Oct., up to two years.—JOHN DOWLER & CO.,
F.A.I., 2, High Street, Petersfield. (Tel., 359.)

L OKSET COAST.
W ELL FITTED FLATS in new block; magnificent
views over Poole Harbour and the Purbeck
Hills; 2 bed, lounge, bath, separate w.c., kitchen;
hardwood floors; electric under-floor heating; garage.
Price from £4,000.
KEBBECK BROS.,
COUNTY GATES, WESTBOURNE.   Tel. 64241.

© THE TIMES PUBLISHING
COMPANY LIMITED 1960
Printed and Published by THE TIMES PUBLISHING COMPANY, LTD., at Printing
House Square, in the Parish of St. Andrew-by-the-Wardrobe with St. Ann,
Blackfriars, in the City of London, E.C.4, England, Friday, Oct. 7, 1960.

DEFIANCE GROWS IN ARGENTINA
From Our Own Correspondent
BUENOS AIRES, Wednesday.
Battle lines were drawn to-day for
what could be the definitive show-
down between President Frondizi and
the Peronist-Communist workers who
supported him for the Presidency but
now oppose his policies, especially his
austerity recovery plan.

Bank insurance clerks have
called a national strike to begin at
midnight in spite of a Government
order for automatic dismissal in not
reporting for work. President
Frondizi intends to transfer excess
staff from other departments to
official banks...

...an open condemnation of this
policy of war provocation."

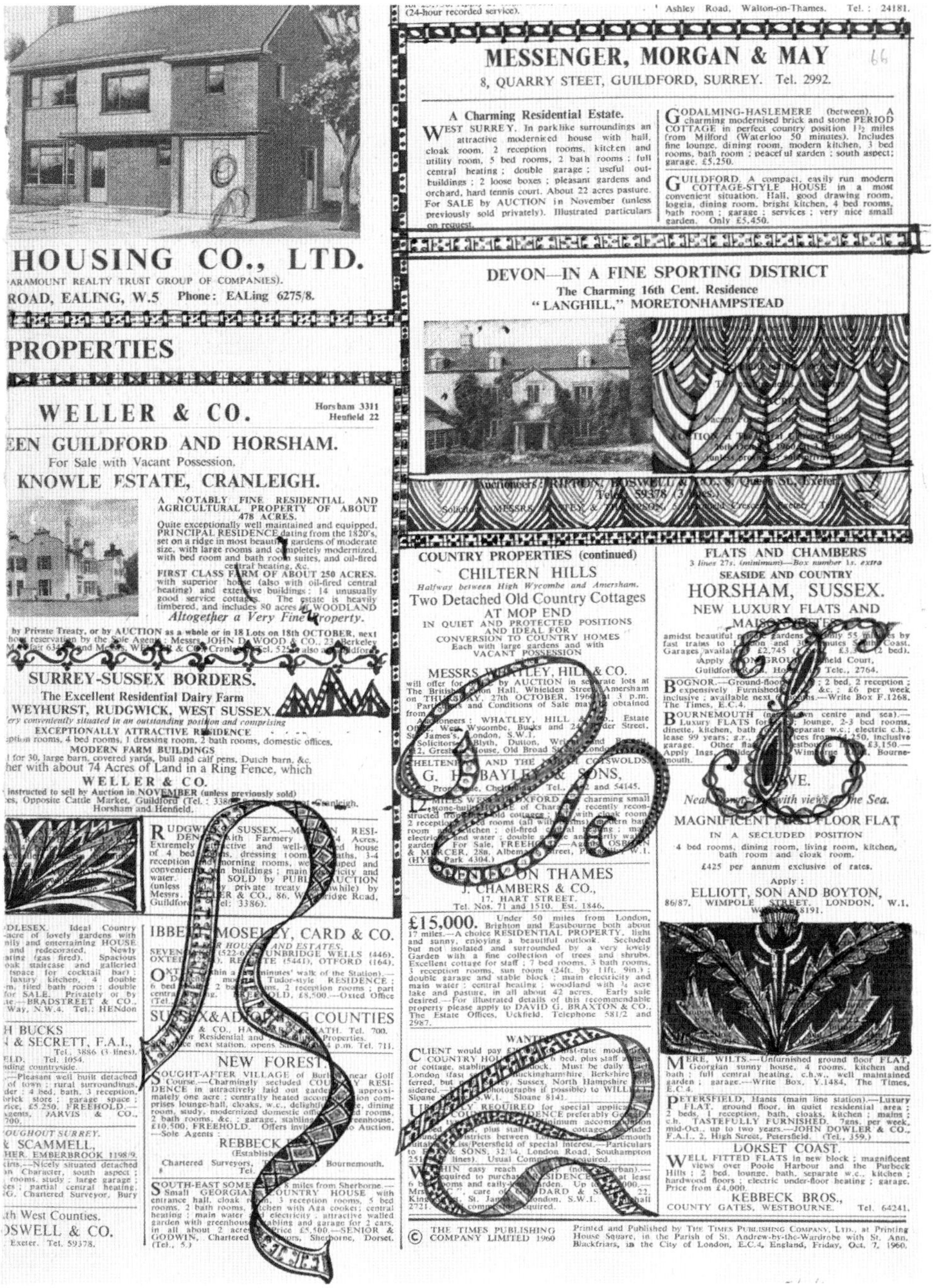

〈parma mittarion〉 – '들어감의 책'

[?1957년]
검은 잉크
222×143mm
MS. Tolkien Drawings 91, fol. 22r

1957년 11월 26일에 머튼대학에서 열린 회의의 안건 뒷장에 톨킨은 검은 잉크펜을 사용해서 정교한 도안이 반복되는 여러 줄의 무늬를 가득 그렸다. 그는 1957년 11월 7일 자《타임스》신문의 십자말풀이 옆에 검은 잉크로 비슷한 도안을 그렸는데, 이것이 더 큰 도안('신문에 그린 낙서', 188쪽 참조)의 전신이었을 것이다. 그는 텡과르로 알려진 페아노르 문자, 요정 왕자 페아노르가 만든 글자체로 하단에 제목을 덧붙였다. 신들의 땅, 발리노르에서 고안된 이 글자는 요정들의 탈출 시절에 가운데땅으로 전해졌다. 페아노르는 요정들 가운데 재능이 가장 뛰어난 자들 중 하나로서, 발리노르에 있는 두 나무의 빛을 담은 세 개의 위대한 보석, '실마릴'을 만들었다. 요정어 퀘냐로 적힌 제목은 "parma mittarion" 혹은 '들어감의 책'으로 옮길 수 있다.[1] 이것을 보면 이 도안을 책 표지로 쓰려는 의도가 있었던 것 같지만 보들리언 기록보관소에는 그런 책이나 내용을 가리키는 언급이 없다. 오른쪽에 요정 문자로 적힌 퀘냐 어구는 "kalma hendas" 또는 '눈 속의 빛'으로 읽힌다.[2]

두 중요한 요정어, 퀘냐와 신다린에서 모음은 테흐타라는 발음 부호로 표시하는 경우가 종종 있었다. 퀘냐에서 이 작은 기호들은 앞선 자음 위에 놓인다. 문자 'a'는 퀘냐에서 아주 빈번히 사용되었으므로 그 기호(삼각형 형태의 점 세 개)를 종종 생략했다. 따라서 여기 적힌 구절도 실제로는 "prm mittrion"과 "klm hnds"로 적혀 있다.

1 이것을 번역한 칼 F. 호스테터에게 감사를 전한다.
2 스미스 1992, p.7.

누메노르의 무늬

[?1960년]
검은 잉크, 색볼펜
228×177mm
MS. Tolkien Drawings 91, fol. 23

1930년대 후반과 1940년대에 톨킨은 누메노르의 몰락에 관한 글을 여러 편 썼다. 위대한 문명이 침몰된—실제로는 그 자체의 자만심으로 파괴된—그 나름의 아틀란티스 신화를 창조하려는 의도였다. 톨킨은 젊었을 때부터 "거대한 파도가 솟구쳐 올라 피할 수 없이 밀려들어 나무들과 푸른 평원을 덮치는" 악몽에 거듭 시달려 숨을 헐떡이며 깨어나곤 했다.[1] 누메노르/아틀란티스 이야기는 처음에 미완성 시간 여행 이야기인 「잃어버린 길」과 그 후속작 「노션 클럽 문서」의 일부였다. 하지만 당시 『반지의 제왕』도 집필하고 있었으므로 누메노르의 역사는 그 작품의 배경 전설로 긴밀히 엮여 들어가게 되었다. 그래서 결국 건립에서부터 파괴에 이르기까지 누메노르의 역사는 가운데땅 제2시대의 역사와 거의 동일해졌다.

『반지의 제왕』 출간(1954~1955) 이후 톨킨은 다시 그 이전 시대의 전설에 관심을 돌렸다. 1960년경 그는 누메노르에 대한 많은 글을 썼는데, 그 섬의 지리와 식물군, 동물군을 설명한 「누메노르 섬에 관한 기술」, 왕들과 그들의 통치 기간 중 중요한 사건들을 열거한 간략한 연보 「엘로스의 가계: 누메노르의 왕들」, 누메노르의 역사에서 초기에 일어난 사건으로 뱃사람 왕 알다리온과 그의 아내 에렌디스의 이야기 「알다리온과 에렌디스」가 포함된다.

그가 그린 누메노르의 무늬는 브로치나 메달걸이를 위한 도안처럼 보인다. 이 그림의 날짜는 적혀 있지 않지만 1960년대에 신문에 그린 무늬 및 도안과 비슷하다. 신문의 도안은 톨킨이 수수께끼 같은 십자말풀이를 풀면서 사용했던 볼펜과 검은 잉크로 그려졌다. 누메노르의 무늬도 마찬가지였다. 십자말풀이 옆의 어떤 무늬는 나중에 깨끗한 종이에 다시 그려졌고 당시 그의 마음에 가장 중요하게 여겨졌던 누메노르의 전설에 속하는 것으로 상정했음이 분명하다.

1 카펜터와 톨킨 1981, p.213.

도판 76 「엘로스의 가계: 누메노르의 왕들 — 아르메넬로스시의 건설에서 몰락까지」의 초안, [날짜 미상]. (Bodleian MS. Tolkien B 40, fol. 242)

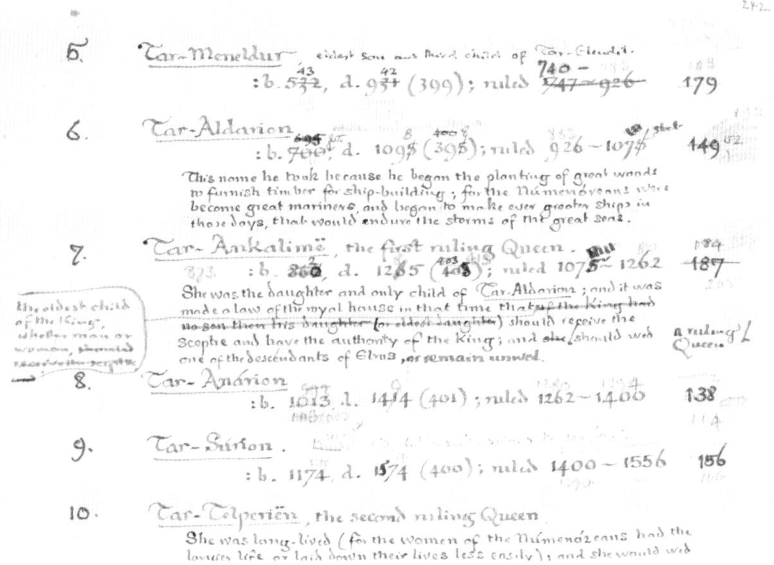
6. Tar-Aldarion
This name he took because he began the planting of great woods to furnish timber for ship-building; for the Númenóreans were become great mariners, and began to make ever greater ships in those days, that would endure the storms of the great seas.
7. Tar-Ankalimë, the first ruling Queen.
She was the daughter and only child of Tar-Aldarion; and it was made a law of the royal house in that time that the oldest child of the King, whether man or woman, should receive the Sceptre and have the authority of the King; and a ruling Queen should wed one of the descendants of Elros.
8. Tar-Anárion
9. Tar-Súrion.
10. Tar-Telperiën, the second ruling Queen
She was long-lived (for the women of the Númenóreans had the longer life or laid down their lives less easily); and she would wed

Númenórean patterns.

'누메노레'/'알다리온'

[1960년경]
검은 잉크, 연필
228×177mm
MS. Tolkien Drawings 91, fol. 21

63

이 도안들에는 날짜가 적혀 있지 않지만 톨킨이 1960년 11월 신문에 그렸던 곡선 무늬와 비슷하다. 또한 같은 시기에 그렸던 정교한 벨트 도안과도 흡사하다. '누메노레'라는 단어가 위쪽에 적혀 있고, 바닥에는 '알다리온'이라는 이름이 요정 문자로 두 번 적혀 있다.

가운데땅에서 벨레리안드 땅이 제1시대 말에 파괴되었을 때 발라들은 어둠의 군주 모르고스에 대항해서 요정들과 함께 싸웠던 인간들을 위해 섬을 창조했다. 이 섬은 누메노르 또는 서쪽나라라고 불렸고, 신들의 땅인 발리노르와 가운데땅 사이의 서쪽 대양에 있었다. 그 주민인 누메노르인 혹은 두네다인은 필멸의 존재였지만 오래 장수했고 병에 걸리거나 건강이 나빠져서 고통 받는 일이 거의 없었으며 보통 인간들보다 장신이었다. 그들은 가운데땅의 인간들에게 '인간들의 왕'으로 보였다.[1] 섬 국가에 적응했기에 항해술에 탁월했지만 발리노르나 요정들의 땅 톨 에렛세아를 향해 서쪽으로 항해하는 것은 신들에 의해 금지되었다.

알다리온은 누메노르의 6대 왕이었고 유명한 뱃사람이었다. 톨킨은 1960년에 이 도안을 그릴 무렵 알다리온과 에렌디스의 이야기를 집필하고 있었다.[2] 이 이야기는 누메노르의 몰락을 제외하면 그곳에 관한 유일한 이야기이다. 그것은 바다에 대한 알다리온의 열렬한 갈망과, 그가 요정 군주인 길갈라드 및 키르단과 연합하여 점점 커지는 사우론의 위협에 대항했던 가운데땅에서의 많은 여행에 대해 말해 준다. 알다리온은 누메노르 초원 출신의 대단히 아름답고 강인한 성격을 지닌 여성 에렌디스와 사랑에 빠져 결혼했다. 에렌디스는 바다를 사랑하지 않았고 자신이 사랑한 땅을 떠나 여행하기를 바라지 않았다. 결국 알다리온의 길고 빈번한 항해는 그들 사이에 쓰라린 분노를 낳아 그들의 관계는 소원해졌다. 그들의 외동딸 앙칼리메는 왕위를 계승할 유일한 상속자였지만, 부모의 별거를 둘러싼 원한에 오염되어 그녀의 결혼 생활도 불행해졌다. 안타깝게도 이 이야기는 완결되지 않았지만 톨킨 사후에 크리스토퍼 톨킨이 편집한『끝나지 않은 이야기』에 수록되었다.

1 톨킨 1992, p.392.
2 톨킨 1996, p.141과 p.163.

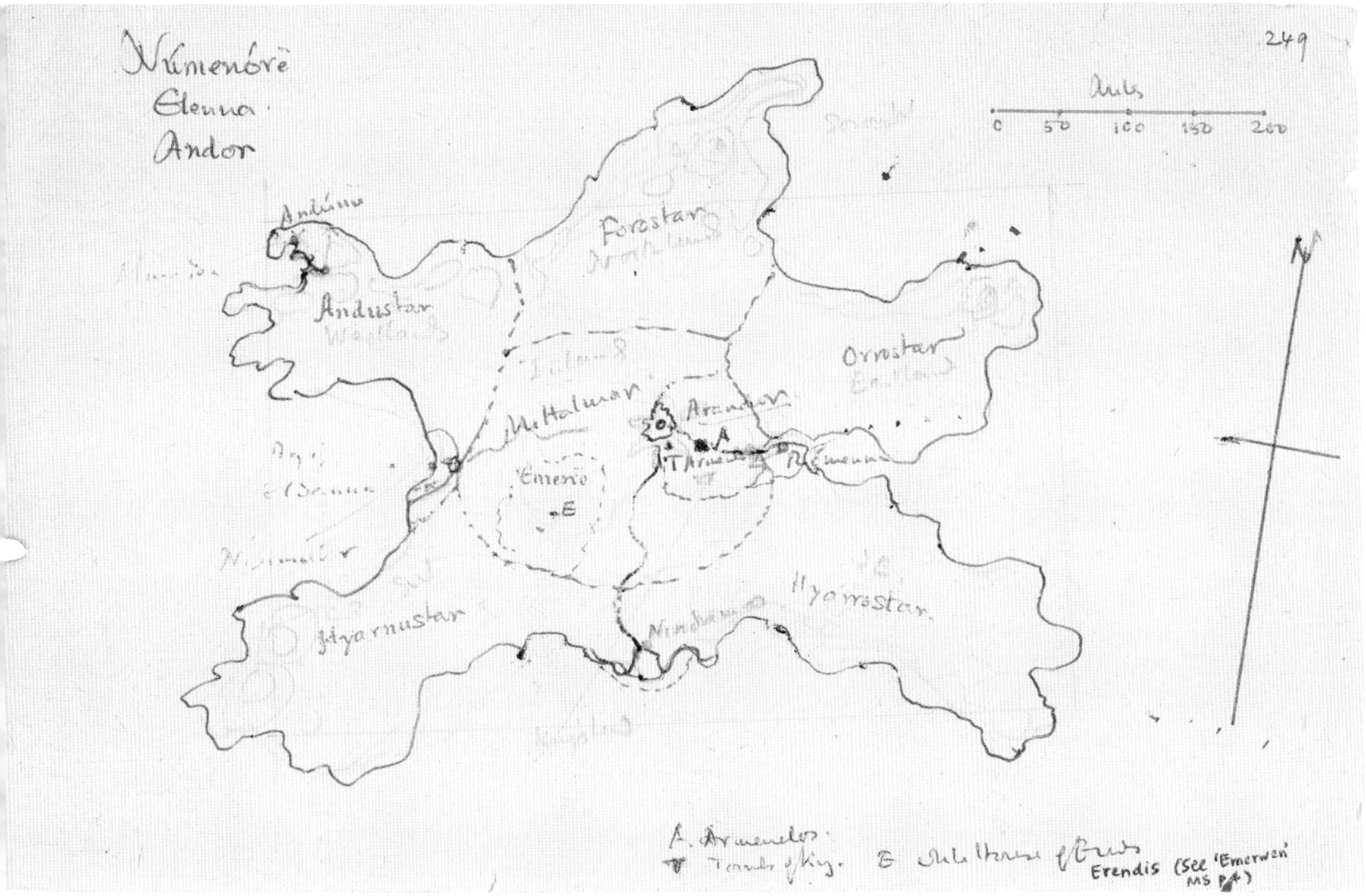

도판 77 누메노르 지도, [1960년경]. (Bodleian MS. Tolkien B 40, fol. 249)

〈ranalinque〉 – '달-풀'

[1960년경]
검은 잉크, 연필
228×178mm
MS. Tolkien Drawings 91, fol. 57

요정어(퀘냐) 명칭 "ranalinque"는 '달-풀'을 뜻하며 그림 아래쪽에 요정 문자로 적혀 있다. 도안과 요정어 제목은 처음에 연필로, 그 위에 자신 있게 검은 잉크로 그려졌다. 매끈한 선과 곡선의 소용돌이무늬는 아르누보 도안을 연상시키고, 톨킨이 1960년 신문에 그렸던 도안 중 특히 〈누메노르의 도자기 무늬〉(품목 57번과 59번)와 유사하다. "ranalinque"라는 명칭은 검은 잉크와 초록 볼펜으로 그린 비슷하게 양식화된 식물 도안에도 붙여졌다. 두 그림은 일반 용지에 그린 연작의 일부이다.

톨킨은 평생 식물학에 관심을 느꼈다. 그는 10대에 가장 영향을 미친 책을 말해 달라는 요청을 받았을 때 소설이 아니라 식물학 책을 언급했고, 10대 초에 가장 "소중하게 간직한 책은 존스의 『들판의 꽃들』, 영국 제도의 식물군에 관한 설명이었다"고 말했다.[1] 잉클링스 모임 친구들과 휴일에 산책을 나서면 종종 그들을 멈춰 세우고 꽃들과 식물들을 살펴보면서 그것에 대한 얘기를 하곤 했다. C.S. 루이스와 그의 남동생 워니는 도보 행군을 하다가 (톨킨은 그들을 "인정사정없이 걷는 사람들"이라고 불렀다)[2] 이렇게 중단되면 특히 불만스러워했다. 말년에 그는 친구 에이미 로널드에게 보낸 편지에서 "삽화가 그려진 식물학 책에서 […] 나는 특히 매력을 느꼈지. […] 내가 알고 있는 꽃들과 같은 종이지만 똑같지 않은 변이되고 변형된 꽃들에서. 그것들을 보면 유구한 시대를 거쳐 내려온 친족 관계가 눈앞에 떠올랐고 무늬/패턴의 신비를 생각하게 되었지."라고 썼다.[3] 톨킨은 식물학 지식을 이용해서 실제 꽃들의 조상이었을 꽃들을 그의 2차 세계를 위해 창조했다. 『반지의 제왕』에 등장하는 상상의 꽃은 다섯 가지로 알피린, 엘라노르, 말로스, 니프레딜, 심벨뮈네이다. 그는 세 가지를 조금 상세하게 묘사했다. 엘라노르는 "태양 같은 황금색 꽃과 별 같은 은색 꽃을 한 식물에서 피우고" 니프레딜은 "아네모네의 섬세한 친족"으로서 로슬로리엔의 풀이 무성한 케린 암로스언덕에서 꽃을 피우며, 심벨뮈네는 로한 왕들의 봉분에서 흐드러지게 피는 작은 흰 꽃이라서 바람에 날려 쌓인 눈 더미처럼 보였다.[4] 이 꽃들은 1년 내내 개화한다고 묘사되는데 매우 부럽기는 하지만 분명 딴 세상의 속성이다.

1 번과 펜즐러 1971, p.43.
2 카펜터 1978, p.58.
3 카펜터와 톨킨 1981, p.402.
4 카펜터와 톨킨 1981, p.402.

도판 78 〈ranalinque〉, '달-풀'의 퀘냐 제목이 붙은 양식화된 꽃 도안, [1960년경]. (Bodleian MS. Tolkien Drawings 91, fol. 56v)

57

CHAPTER 5

『실마릴리온』

'실마릴은 내 가슴속에'

『실마릴리온』은 세계 창조부터 제1시대 말까지 상고대로 알려진 시기의 요정들 역사서이다. 이 책은 가운데땅에서 요정들의 깨어남, 축복받은 땅 아만으로의 여행과 더없이 행복한 체류, 발리노르의 두 나무의 순수한 빛을 간직한 세 개의 위대한 보석 '실마릴'의 창조, 사악한 신 모르고스의 실마릴 절도, 가운데땅 북부에 있는 모르고스의 성채에서 실마릴을 되찾아 오려는 요정들의 긴 원정에 대해 들려준다.[1] 이 역사가 흐르는 동안 요정들은 신에게 반역하고 동료 요정들의 피를 뿌리며 인간들과 그리고 서로 간에 동맹을 맺기도 하고 깨뜨리기도 한다. 그것은 영웅적 행위와 희생, 사랑의 이야기로 점철된 복수와 배신, 죽음의 쓰라린 역사이다.

상고대는 수천 년에 걸쳐 이어졌다. 이 긴 시간을 연대기적 역사와 생생한 이야기, 서서히 발전하는 언어로 채우는 일은 평생 동안 톨킨을 사로잡은 어마어마한 기획이었다. 1915년부터 시작된 시와 그림 들을 보면 그가 옥스퍼드 학부생이었을 때 그 전설을 구상하고 있었음을 알 수 있다. 훗날 그는 "내가 그 전설을 구상하지 않은 때를 기억할 수 없다"고 말했다.[2]

『실마릴리온』은 톨킨 생전에 출간되지 않았다. 1937년에 그의 출판사는 이 작품의 (운문과 산문으로 집필된) 미완성 원고를 거부했고 대신 인기 있는 동화 『호빗』의 속편을 써 달라고 요청했다. 『호빗』을 곁가지 작품으로 여겼던 톨킨은 "내 마음은 정교하고 일관된 신화(와 두 언어)의 구성에 사로잡혀 있고, 실마릴은 내 가슴속에 있다는 제 말에 공감하실 거라 믿습니다"라고 대답했다.[3] 그는 『호빗』 속편에 창조적인 노력을 기울였고 결국 『반지의 제왕』을 집필했지만 『실마릴리온』 작업은 결코 멈추지 않았다. 1950년대에 이 작품을 『반지의 제왕』과 함께 출간하려고 다시 시도했으나 그의 출판사도, 또 다른 출판사 콜린스도 엄청난 재정적 위험을 무릅쓰며 두 작품을 동시에 출간하려 하지 않았다.

비록 거부되고 출간되지 않았지만 저변에 깔린 요정들의 역사와 지리, 언어는 출간된 작품들에 풍부한 깊이와 역사성을 더해 주었다. 그가 『실마릴리온』을 위해 창조한 세계는 가운데땅이 되었고, 원래 독자적인 이야기로 구상했던 『호빗』은 그 이야기 속으로 끌려 들어갔다. 그것이 『반지의 제왕』에 미친 영향은 더욱 강력했다. 톨킨은 그 이야기를 "사람의 발길이 닿지 않은 섬을 멀리서 바라보거나 햇빛이 비치는 안개 속에서 희미하게 빛나는 먼 도시의 탑들을 보는 것 같다"고 묘사했다.[4]

1 제1시대의 암흑의 군주 모르고스는 이전 이야기에서 멜코(후에는 멜코르)라고 불린다.
2 카펜터와 톨킨 1981, p.143.
3 카펜터와 톨킨 1981, p.26.
4 카펜터와 톨킨 1981, p.333.

〈요정나라의 해안〉

1915년 5월 10일
수채 물감, 검은 잉크, 연필
278×216mm
인쇄물: 해먼드와 스컬 1995
MS. Tolkien Drawings 87, fol. 22r

톨킨의 옥스퍼드 학부생 시절에 『실마릴리온』의 싹은 이미 그 가지를 내밀고 있었다. 3학년 말인 1914년 6월에 그는 여름 방학에 읽을 세 권짜리 앵글로색슨 시선집을 엑서터대학 도서관에서 빌렸는데,[1] 용어 해설에 인용된 『크리스트 I』로 알려진 고대 영시의 한 행이 그의 눈길을 끌었다.

> Eala Earendel engla beorhtast
> ofer middangeard monnum sended
> [오라, 에아렌델, 천사 중에 가장 빛나는 천사요, / 가운데땅 인간들에게 보내진 자여]

에아렌델은 누구일까? 혹은 무엇일까? 얼마간 생각해 본 후 그는 그것이 샛별, 금성을 가리키는 인명이고 이 시에서는 신의 전령을 의미한다고 결론을 내렸다. 하지만 그 끌림에는 단순히 지적 호기심을 넘어선 무언가가 있었다. 그 단어에 미적 호소력이 있었던 것이다. 그는 "[그 단어의] 아름다움과 조화로운 소리에 깊은 인상을 받"았다.[2] 1914년 9월 휴가가 끝날 무렵 그는 이모 제인 니브와 머물던 노팅엄셔 게들링의 피닉스 농장에서 그 단어에 영감을 받은 시 한 편을 썼다. 제목은 '저녁별 에아렌델의 항해'였다.

1년 후 옥스퍼드에서 최종 시험을 치르는 동안 그는 발리노르의 축복받은땅에 있는 요정들의 도시, 코르를 묘사한 신화의 한 장면을 그렸다. 달빛과 햇빛을 담은 두 나무의 휘감긴 가지들 사이로 흰 성채가 보인다. 그의 레젠다리움이 이미 상당히 진척되었다는 것은 이 그림으로 보아 분명하다. 여기 붙은 시에서 발리노르에 도착한 에아렌델은 그 요정들의 도시가 황폐해졌음을 알게 된다. 그는 톨킨의 신화에 '입양'되었고, 이야기가 전개되면서 "항해자로서, 결국에는 전령의 별이자 인간에게 희망의 징조로서 중요한 인물"이 된다.[3]

1 『Bibliothek der angelsächsischen Poesie』, 그라인과 뷜커, 가스 2014, p.31 참조.
2 카펜터와 톨킨 1981, p.385.
3 카펜터와 톨킨 1981, p.385.

도판 79 〈게들링의 피닉스 농장〉, [?1913년]. (Bodleian MS. Tolkien Drawings 86, fol. 14)

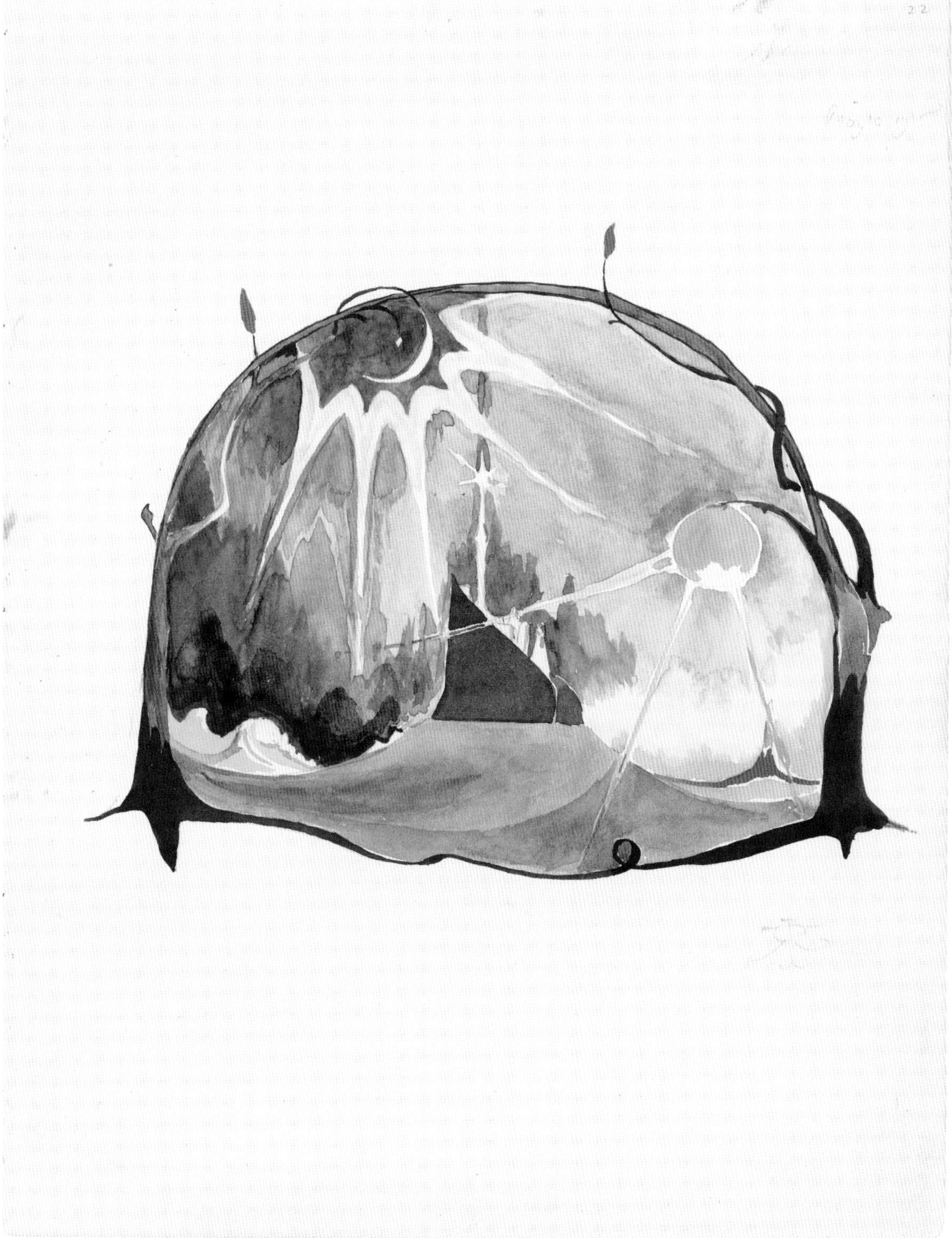

「달의 동쪽 해의 서쪽」

[1915년]
연필
278×216mm
MS. Tolkien Drawings 87, fol. 21v

톨킨은 이 시를 "1910년경에 구상한 신화 발리노르의 첫 번째 시"라고 묘사했다.[1] 수채화 〈요정나라의 해안〉에 붙어 있는 이 시는 여러 교정본 중 첫 번째이다. 그림에 "1915년 5월"로 적혀 있으므로 이 시도 같은 시기에 쓰였을 것이다. 약간 수정된 두 번째 교정본은 1915년 7월 8~9일 자로 되어 있고 고대 영어로 'Ielfalandes Strand[요정나라의 해안]'이라는 제목이 붙어 있다.

이 시에서 에아렌딜(Earéndel로 표기됨)은 외로운 항해자로서, 아름답지만 텅 빈 땅에서 감각을 가진 유일한 존재로 보인다. 코르의 언덕에 있는 요정들의 흰 도시는 버려졌고 금빛 해안에 부딪히는 파도 소리만 들린다.

에아렌딜은 이 신화의 첫 번째 판본인『잃어버린 이야기들의 책』에도 등장한다. 투오르와 이드릴의 아들로 반요정인 그는 요정들의 마지막 성채 곤돌린이 점령될 때 부모와 함께 탈출했다. 여러 해 후 부친 투오르를 찾으러 자신의 배 윙겔롯을 타고 축복받은땅 발리노르의 해안으로 항해하지만 황폐한 광경을 마주했을 뿐이다. 요정들이 모르고스(초기 이야기에서는 멜코라 불린)에 대항해서 전쟁을 벌이는 망명한 형제들을 돕기 위해 가운데땅으로 떠난 후 신들은 이미 자신들의 도시에서 세상과 담을 쌓고 살았다.

연대로 볼 때 에아렌딜의 이야기는 제1시대가 끝날 무렵,『실마릴리온』의 말미에 일어난다. 이 인물이 제일 처음으로 쓴 이야기에 등장한다는 것은 톨킨이 일찌감치 요정들의 역사를 대략적으로 구상했다는 사실을 알려 준다. 하지만 그 이야기들의 얼개를 확대하여 본격적인 이야기로 발전시키고 일관성 있는 서사로 연결하는 것은 평생의 (완결되지 않은) 과업이 되었다. 에아렌딜은 제일 먼저 구상된 인물 중 하나이지만 그의 이야기는 완전히 발전되지 않았고, 매우 간결하고 서로 상반된 판본들이 있을 뿐이다.

『반지의 제왕』을 보면 에아렌딜에 대한 간략한 언급이 있다. 프로도와 샘이 거대한 거미 쉴로브와 싸울 때 프로도는 갈라드리엘의 유리병을 꺼내 들고 소리친다. "아이야 에아렌딜 엘레니온 앙칼리마!"[2] 이 구절은 번역되지 않았기에, 톨킨이 오래전에『크리스트 I』의 시행을 보고 어리둥절했듯이, 독자들은 그 의미에 대해 어리둥절했다. 13년 후 그는 어느 독자에게 보낸 답장에서 그 요정어는 "가장 빛나는 별 에아렌딜을 환호하며 맞이하라"로 옮길 수 있다고 썼다.[3]

1 나중에 타자로 친 시에 자필로 붙인 메모.
2 톨킨 1954~1955, 4권, 9장.
3 카펜터와 톨킨 1981, p.385.

The shores of Faery.

S M

East
WEST of the MOON
west
EAST of the SVN

There stands a lonely Hill
Its feet are in the pale green Sea
Its towers are white & still
Beyond Taniquetil in Valinor.
No stars come there but one alone
That hunted with the Moon
For there the two Trees naked grow
That bear Night's silver bloom;
That bear the globed fruit of Noon
In Valinor.
There are the shores of Faery
With their moonlit pebbled strand
Whose foam is silver music
On the opalescent floor
Beyond the great sea-shadows,
On the margent of the sand
That stretches on forever
From the golden feet of Kôr
Beyond Taniquetil
In Valinor.
O! West of the Sun East of the Moon
Lies the Haven of the Star
The white town of the Wanderer,
and the rocks of Eglamar,
Where Wingelot is harboured
While Earéndel looks afar
On the magic and the wonder
Tween here and Eglamar
Out, out beyond Taniquetil
In Valinor – afar.

도판 80 〈타나퀴〉, 발리노르에 있는 요정들의 도시 코르의 또 다른 광경, [1915년]. (Bodleian MS. Tolkien Drawings 87, fol. 21r)

『잃어버린 이야기들의 책』

[1916~1917년]
유선공책, '고등학교 연습장'
38장
205×162mm
MS. Tolkien S I/1, fol. 1a

톨킨은 스스로 비하하듯 "허튼 요정어"라고 불렀던 자신의 요정어와 그에 동반하는 신화를 1915년 6월 대학을 졸업한 후에도 계속 만들어갔다.[1] 1차 세계대전이 아직 한창이었기 때문에 그는 장교 훈련단의 일원으로 입대를 결심했다. 최종 학위 시험이 끝나자마자 그는 현역 군인 생활에 뛰어들었다. 오랜 세월 후 그가 아들 크리스토퍼에게 털어놓은 바에 의하면, 그의 전쟁 경험이 "모르고스와 그노메의 역사를 낳았다. 그 역사의 많은 첫 부분들(그리고 언어들)—버려지기도 하고 흡수되기도 한—은 지저분한 구내식당에서, 차가운 안개 속에서 훈련 중에, 신성 모독의 욕설과 외설물로 가득한 오두막에서, 종 모양의 텐트 안에서 촛불 빛에 의해, 심지어는 포격을 받고 있는 참호에서 기록되었단다."[2] 참호에서 문학 작품을 쓰고 있는 사람을 상상하기 어렵지만, 요정의 언어와 전설이 늘 그의 마음속에 있었음은 분명하다.

프랑스의 전선과 그 근방에서 다섯 달간 근무한 후 1916년 10월에 그는 참호열에 걸렸는데 이가 옮기는 그 병은 몸을 쇠약하게 만들었다. 2주간 입원한 후 그는 여전히 "창백하고 쇠약한 상태에서 두통과 다리 통증을 호소"했다.[3] 그는 현역 복무에 적합하지 않다고 평가되어 영국행 병원선 HMS 아스투리아스호에 승선하게 되었다. 6개월 후 이 배는 병원선의 빛나는 붉은 십자와 초록색 밴드가 달려 있음에도 불구하고 해협에서 독일 유보트의 어뢰에 공격받았다. 톨킨은 버밍엄의 고향에 있는 제1 남부 종합병원으로 수송되었고, 어느 정도 회복되어 크리스마스를 아내 이디스와 스태퍼드셔의 그레이트 헤이우드에서 보낼 수 있었다. 그들이 부부로 처음 함께 보내는 크리스마스였다. 여기서 그는 연습장에 요정의 역사 이야기를 써 내려가기 시작했다. 이디스가 대필하며 도와주었다. 앞 커버에는 그녀의 말끔한 필체로 "EMT: 1917년 2월 12일"이 적혀 있고, 안에는 그녀의 필체로 『잃어버린 이야기들의 책』의 1장, 「잃어버린 극의 오두막」이 23페이지 채워져 있다.

1 카펜터와 톨킨 1981, p.8.
2 카펜터와 톨킨 1981, p.78.
3 의무평가위원회의 보고서, 1916년 12월 2일. (국립 기록보관소 WO 339/34423).

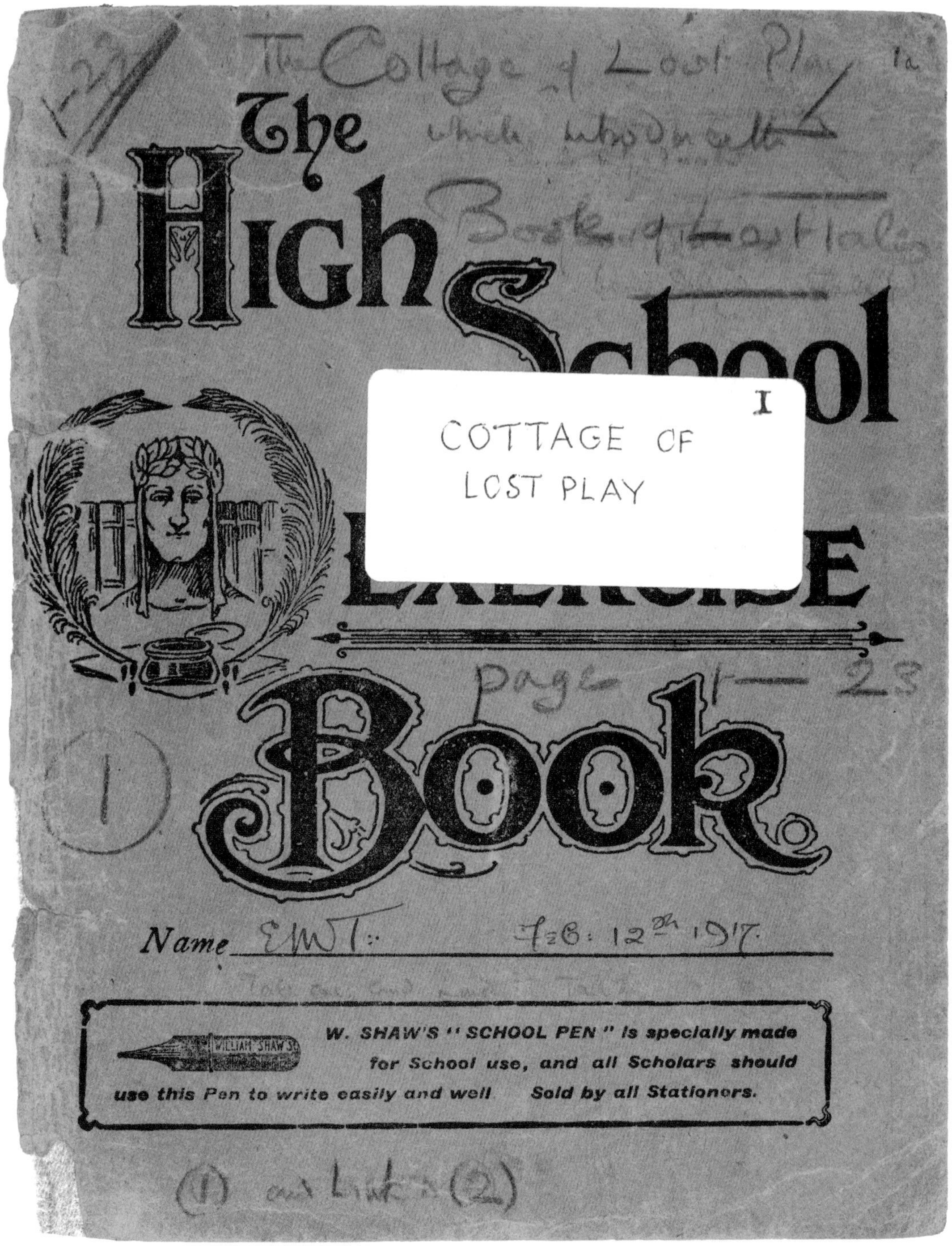
The Cottage of Lost Play
Book of Lost Tales
The High School Exercise Book
I
COTTAGE OF LOST PLAY
page 1 — 23
(1)
Name EWT: Feb: 12th 1917.
W. SHAW'S "SCHOOL PEN" is specially made for School use, and all Scholars should use this Pen to write easily and well. Sold by all Stationers.
WILLIAM SHAW
(1) and link to (2)

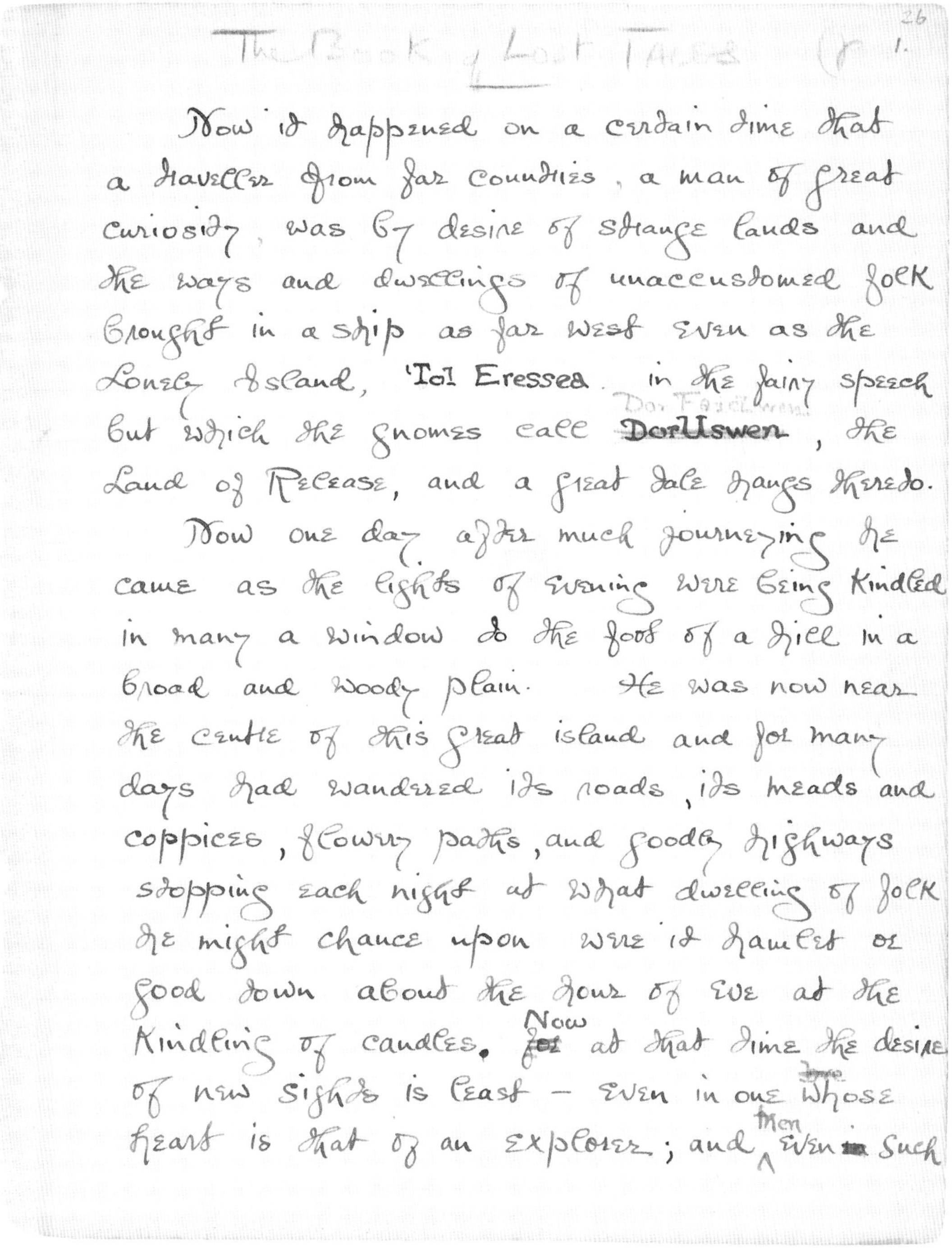
The Book of Lost Tales (P 1.
26
Now it happened on a certain time that a traveller from far countries, a man of great curiosity, was by desire of strange lands and the ways and dwellings of unaccustomed folk brought in a ship as far west even as the Lonely Island, Tol Eressea in the fairy speech but which the Gnomes call Dor Faidwen Dorllswen, the Land of Release, and a great tale hangs thereto.
Now one day after much journeying he came as the lights of evening were being kindled in many a window to the foot of a hill in a broad and woody plain. He was now near the centre of this great island and for many days had wandered its roads, its meads and coppices, flowery paths, and goodly highways stopping each night at what dwelling of folk he might chance upon were it hamlet or good town about the hour of eve at the kindling of candles. Now for at that time the desire of new sights is least – even in one whose heart is that of an explorer; and then even such
도판 81 『잃어버린 이야기들의 책』의 한 페이지, 이디스 톨킨의 필체, 1917년. (Bodleian MS. Tolkien S I/1, fol. 26)

〈I Vene Kemen〉 – '세계의 배 지도'

[1916~1920년경]
연필
108×202mm
전시: 옥스퍼드 1992, 201번
인쇄물: 톨킨 1983A; 옥스퍼드 1992
MS. Tolkien S 2/III, fol. 9r

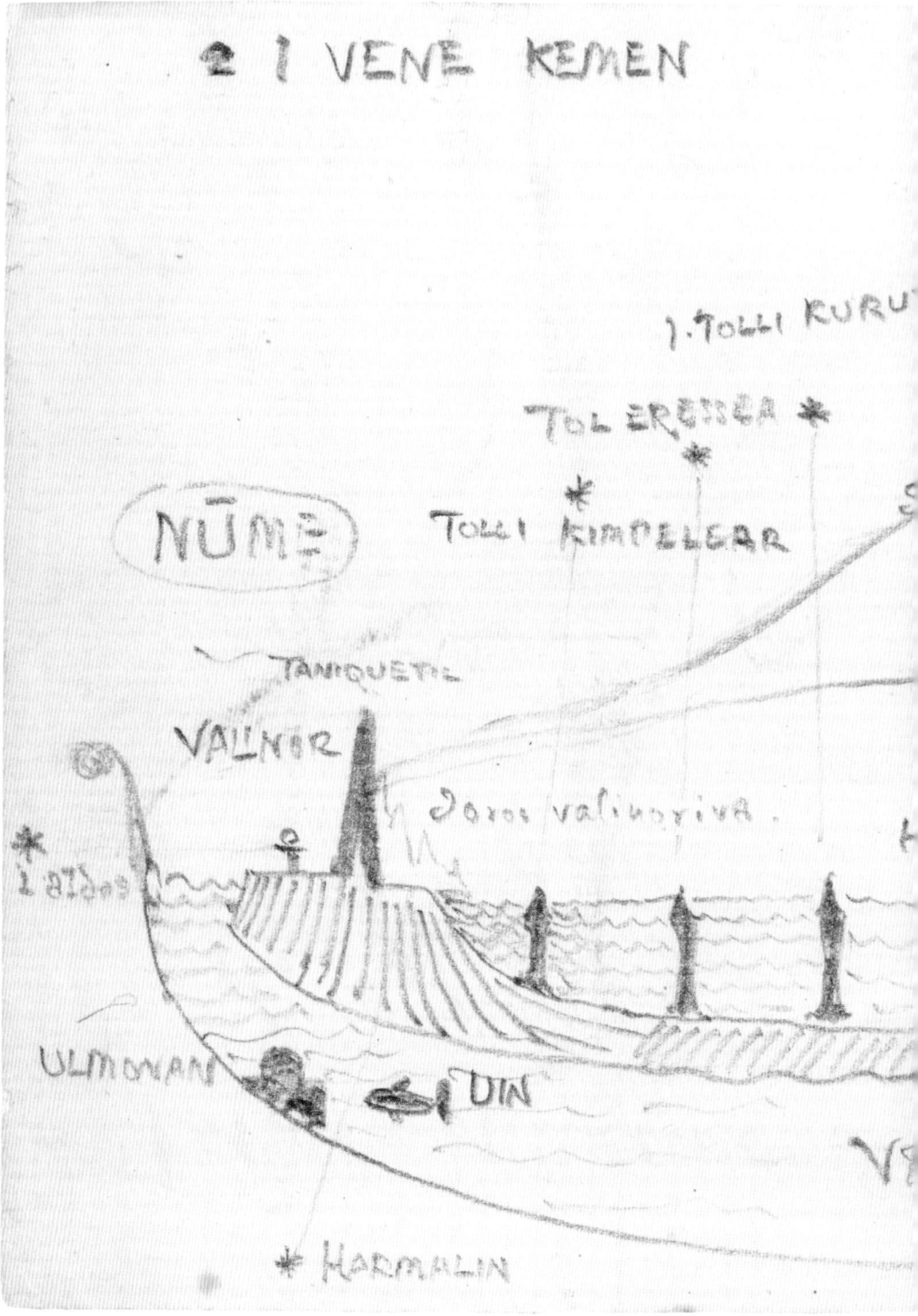

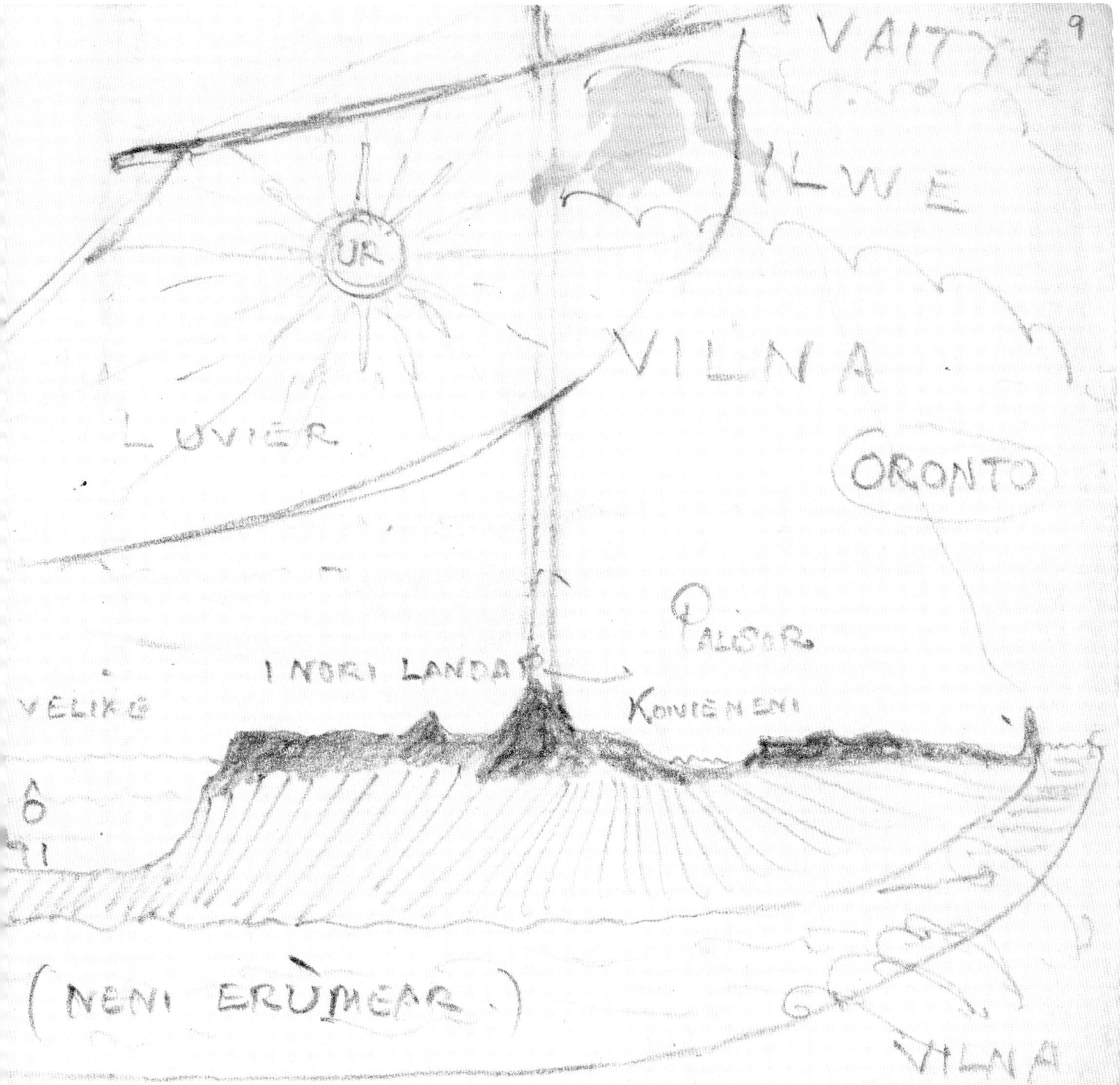

VAITYA
ILWE
UR
VILNA
LUVIER
ORONTO
PALISOR
INGRI LANDAR
VELIKE
KOMIENENI
(NENI ERÙMEAR.)
VILNA

『실마릴리온』의 초창기 판본인『잃어버린 이야기들의 책』을 쓰는 동안 톨킨은 세계의 단면도를 그렸고 위쪽 허공과 아래쪽 바다를 넣었다. 그 지명들과 우주론은 퀘냐Qenya의 어휘 및『잃어버린 이야기들의 책』과 긴밀히 연결되어 있고, 이 두 가지는 1916~1920년에 작성되었다고 추정할 수 있다. 이 스케치는 첫 이야기의 중요한 장소들을 보여 주는데 서녘의 신들의 땅 발리노르, 발리노르 동쪽의 섬 톨 에렛세아, 큰땅(나중에는 가운데땅으로 불린)의 요정들이 깨어난 곳 코이비에네니(후에는 쿠이비에넨)가 표시되어 있다. 이 스케치를 바이킹 선박으로 개작한 뱃머리와 돛대, 돛은 나중에 덧붙인 듯하다. 요정어 제목 'I Vene Kemen'은 '세계의 형태' 또는 '세계의 배'로 옮길 수 있다. '형태'와 '배'를 뜻하는 두 단어가 요정어 퀘냐 Qenya의 동일한 어근 VENE-에서 파생되었기 때문이다.[1] 하지만『잃어버린 이야기들의 책』의 한 원고에 '세계의 배 지도'에 대한 언급이 있는데 이 도해를 가리키는 것이 분명하다.

이 초기 이야기들에서 지리적으로 중요한 장소들은 현실 세계와 동일시될 수 있었고, 이는 영국 신화를 창조하려는 톨킨의 욕망을 반영한다. 톨 에렛세아섬, 곧 외로운섬은 영국이고, 인간이 살기 전의 역사상 고대로 상상되어 있다. 톨 에렛세아에 있는 요정들의 아름다운 도시, 코르티리온은 "발리노르에 있던 그들의 옛 도시 코르를 기념하여" 세워졌다.[2] 톨킨은 코르티리온을 워릭과 동일시했는데, 그곳은 이디스가 3년(1913~1916년)간 살았고 결혼 전에 그들이 주로 교제를 했으며 또 결혼식을 올린 곳이었다. 톨킨에게 특히 중요한 또 다른 장소 타브로벨은 그와 이디스가 신혼 시절을 잠시 보냈던 그레이트 헤이우드를 의미했다. 타브로벨(그레이트 헤이우드)의 요정 같은 아름다움은『잃어버린 이야기들의 책』한 곳에 묘사되어 있다.

> 하지만 나는 다시 달빛 아래 타브로벨 사람들을 보았다. 그들은 합쳐지는 두 강의 물줄기 위로 잿빛 다리가 뛰어오르듯 걸쳐진 골짜기를 가로질러 말을 달리거나 춤을 출 것이다. 그들은 꿈에 잠겨 풀밭 속의 잿빛 이슬 같은 보석을 반짝이고 흰 옷에 긴 달빛을 빛내며 신속히 나아갈 것이다.[3]

이 묘사에서 스태퍼드셔의 그레이트 헤이우드 마을을 알아볼 수 있다. 트렌트강과 소우강이 만나는 곳의 열네 개의 아치가 세워진 잿빛 에섹스 돌다리에서 "합쳐지는 두 강의 물줄기"가 멀리 "백 개의 굴뚝이 있는 집" 셔그버러 홀로 달려간다.[4]

1 톨킨 1983A, p.85.
2 톨킨 1983A, p.25.
3 톨킨 1983A, p.288.
4 톨킨 1983A, p.310.

도판 82 〈i glin grandin a Dol Erethrin Airi〉, 톨 에렛세아의 타브로벨[그레이트 헤이우드], 코르티리온[워릭], 켐바로스[첼튼엄] 마을을 묘사한 세 도안, 1916~1917년. (Bodleian MS. Tolkien S 1/XIV, fol. 105r)

i glin grandin a Dol Erethrin Airi

「투람바르와 포알로케」 이야기의 일부

[1919년]
『신영어사전』의 교정쇄 인쇄본 뒷면에 자필
169×105mm
인쇄물: 호스테터 외 1993~2013
MS. Tolkien S 1/VII, fol. 15r

훗날 『후린의 아이들』로 출간된 투린 투람바르의 이야기는 톨킨의 레젠다리움에서 제일 먼저 집필된 이야기 중 하나였다. 1919년에 시작된 그 이야기의 일부는 루밀 문자로 기록되었다. 요정들의 역사에 따르면, 루밀 문자는 요정들이 고안한 첫 번째 문자였고 발리노르에서만 사용되었으며 세로로 읽는다. 후에 그 문자를 대체한 것은 페아노르가 창안한 문자 텡과르였는데 가운데땅의 요정들이 사용했고 『반지의 제왕』 해설에 등장한다.

이 이야기는 톨킨이 어느 편지에서 설명했듯이 핀란드의 『칼레발라』에 나오는 쿨레르보의 이야기에서 직접 영감을 받아 집필되었다. "내가 만든 언어들에 어울리는 내 나름의 전설을 쓰려는 시도는 핀란드의 『칼레발라』에 나오는 불운한 쿨레르보의 비극적 이야기에서 싹텄습니다. 그것은 제1시대의 전설(이것을 『실마릴리온』으로 출간하기를 희망합니다)에서 중요한 문제로 남아 있지요. 하지만 『후린의 아이들』로 바뀌면서 그것은 비극적 결말을 제외하고 완전히 달라졌습니다."[1]

톨킨은 그 핀란드 전설을 학창 시절에 처음 읽었고 대학에 가서 애써 핀란드어를 독학했다. 사실 그는 학업에 바쳐야 할 시간을 핀란드어에 쏟았고, 훗날 아들 크리스토퍼에게 이렇게 인정하기도 했다. "핀란드어 때문에 명예학위와 졸업시험을 망칠 뻔했는데, 그것이 실마릴리온의 원래 싹이었단다."[2]

말년에 그는 핀란드에 가 보지 못해 유감이라고 썼다.

> 내가 학부생이 되어 (다른 일들을 해야 했을 시간에) 핀란드어를 공부하기 시작한 이후로 그 언어는 내 상상력에 불을 지폈지만 다만 멀리서만 그랬지요. 나는 수오미(핀란드—역자 주)에 가 본 적이 없고, 수오멘끼엘리(핀란드어—역자 주)를 숙달하지 못했어요. 그 단어 형태와 언어학적 양식이 내게 큰 심미적 기쁨을 주었고 지금도 그렇지만 말입니다. (어떤 예리한 언어 분석가가 꿰냐의 어떤 특징에서 그 점을 끌어냈지요.)[3]

1 카펜터와 톨킨 1981, p.345.
2 카펜터와 톨킨 1981, p.87.
3 톨킨 가족 문서, 진 몰리에게 보낸 편지 초안 [1971년 10월 30일].

도판 83 영어로 쓴 동일한 문단 원고, [1919년경]. (Bodleian MS. Tolkien S 1/VII, fol. 14r)

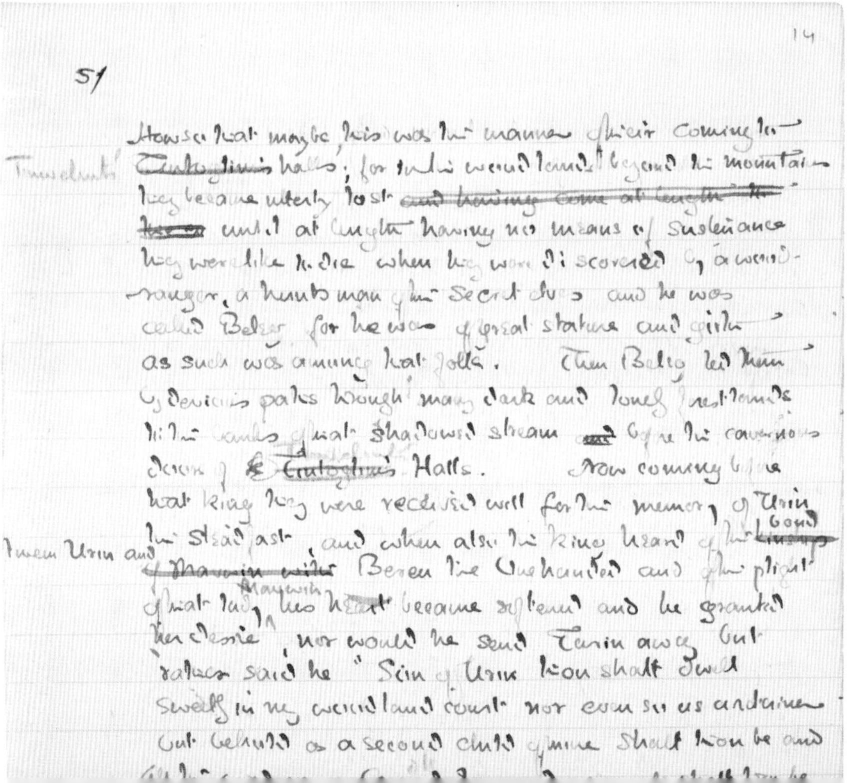

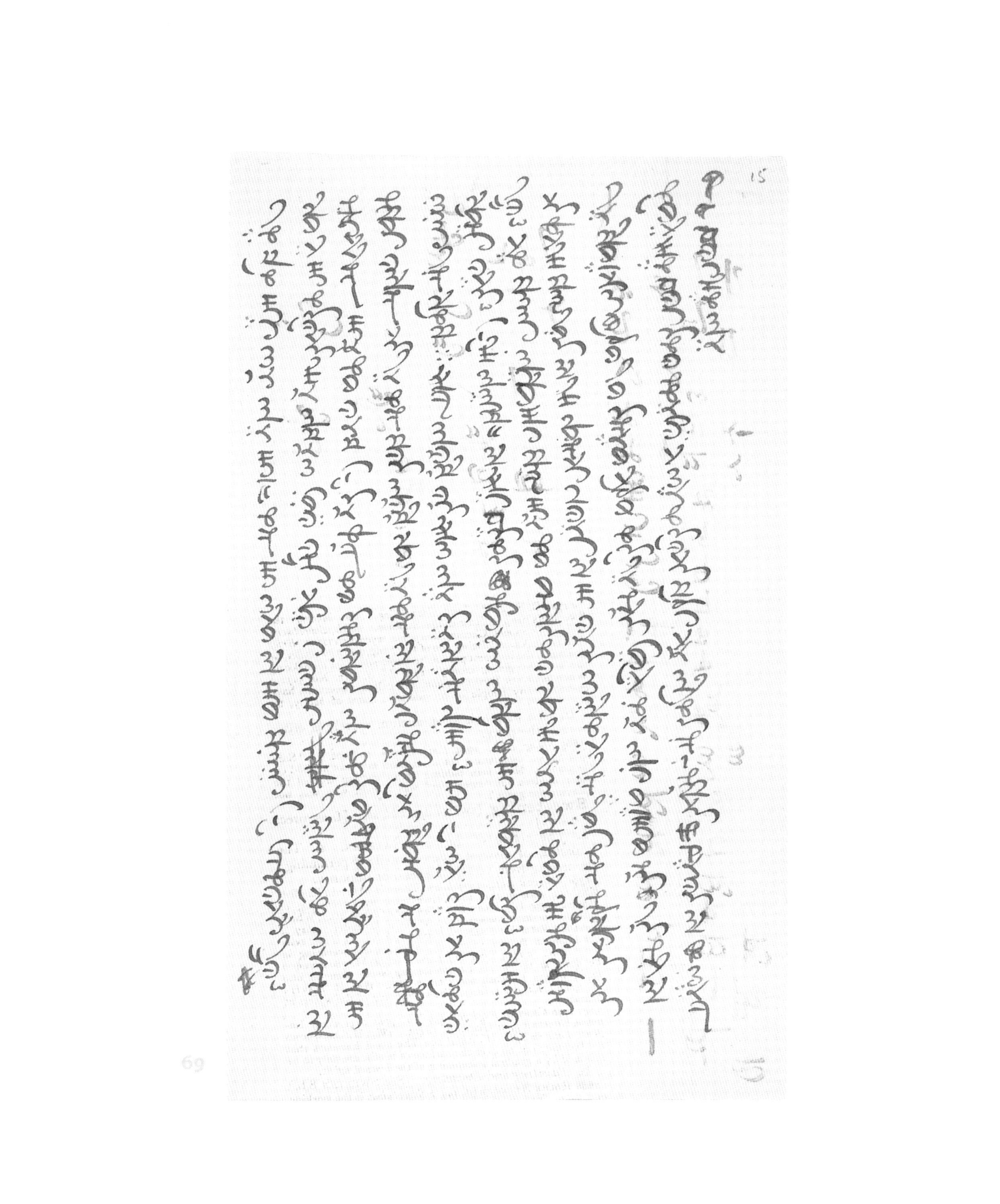

'I Eldanyáre: 요정들의 역사'

[1937~1938년]
일반 용지에 푸른 잉크, 붉은 잉크, 검은 잉크
260×203mm
전시: 옥스퍼드 1992, 203번
인쇄물: 톨킨 1987
MS. Tolkien S 5/2, fol. 3

『실마릴리온』은 '실마릴'이라는 보석 세 개의 역사이지만 그 이야기는 제1시대 요정들의 역사와 긴밀히 엮여 있어서 그 두 가지는 거의 같은 의미를 갖는다. 그 장구한 역사는 요정들의 추락이나 축복받은 곳으로부터 스스로 선택한 유형, 죽음을 넘어 지속된 베렌과 루시엔의 사랑 이야기, 자신들이 받은 저주를 피할 수 없었던 후린의 아이들의 비극적 운명, 그리고 제1시대 가운데땅 요정들의 마지막 성채였던 곤돌린의 몰락과 같은 신기하고 경이로운 많은 이야기를 들려준다.

『잃어버린 이야기들의 책』에서 요정들은 에리올이라는 방랑자에게 자신들의 역사를 일련의 노변한담으로 들려주었다. 톨킨은 리즈대학교에 임용된 1920년경 이 서사 구조를 포기했다. 본격적인『실마릴리온』의 구성 방식은 몇 년 후 1926년에 그의 옛 스승인 R.W. 레이놀즈에게 보낸 제1시대의 전체 개요,「신화 스케치」라는 글에서 드러났다. 이후의 판본들은 이 개요에 기초하고 있다. 더 풍부한 서사가 나오기는 했지만, 어떤 이야기들은 매우 상세하게 서술된 반면 어떤 이야기들은 간략한 개요로 남았다. 이 속표지는 톨킨이 1930년대에 집필한「퀜타 실마릴리온」에 나온다.

톨킨은 이 이야기들이 마치 외부의 원전에서 나온 듯이 거의 완성된 형태로 솟아오른 것 같다고 말했다. "딱 맞는 이야기들이었다. 그것들은 '주어진' 듯이 내 마음에 떠올랐다. […] 늘 나는 이미 '그곳에', 어딘가에 존재하는 것을 기록—'지어내는' 것이 아니라—한다는 느낌을 받

도판 84 〈미스림〉, 히슬룸 땅의 미스림호수를 둘러싼 지역, 1927년. (Bodleian MS. Tolkien Drawings 87, fol. 33)

았다."[1] 이처럼 지어내는 것이 아니라 기록한다는 느낌은 톨킨의 소신과 관련되어 있다. 최고의 창조자로서 신은 신성한 차원에 존재하고, 훨씬 밑에 있는 인간은 진정한 창조를 할 수 없고 신의 의지에 의해 다만 피조물로서 창조할 수 있는 존재이다. 톨킨은 독실한 로마 가톨릭 교도였고, 가톨릭으로 개종한 모친에 의해 전해진 신앙은 그에게 더없이 중요했다.『실마릴리온』에는 신들과 천사적 권능과 정령들이 넘쳐 나지만 그들 모두 유일신 일루바타르 밑에 정렬된 계급 조직을 구성한다. 자신이 지어낸 세계에서도 톨킨은 유일신의 존재와 최고 우위를 부정하지 않았다.

1 카펜터와 톨킨 1981, p.145.

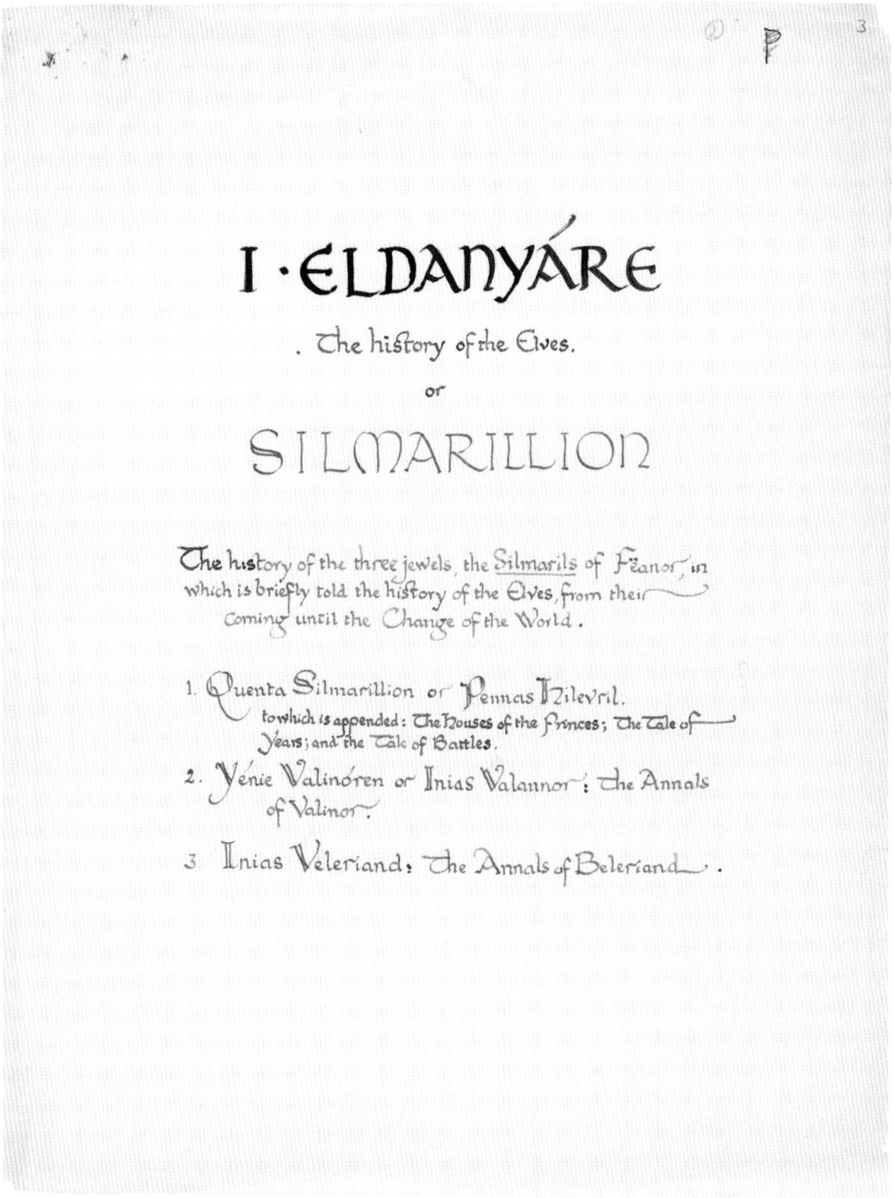
3

I · ELDANYÁRE

. The history of the Elves.

or

SILMARILLION

The history of the three jewels, the Silmarils of Fëanor, in which is briefly told the history of the Elves, from their coming until the Change of the World.

1. Quenta Silmarillion or Pennas Hilevril.
to which is appended: The Houses of the Princes; The Tale of Years; and the Tale of Battles.

2. Yénie Valinóren or Inias Valannor: the Annals of Valinor.

3 Inias Veleriand: the Annals of Beleriand.

에드워드 크랭크쇼 (1909~1984)

「베렌과 루시엔의 모험 이야기」 조지 앨런 앤드 언윈에 보내는 검토인의 보고서

1937년 12월 10일
타자 원고, 크랭크쇼의 서명, 편집자 찰스 퍼스의 논평
254×203mm
대여: 하퍼콜린스

1937년에 『호빗』이 선풍적인 인기를 얻은 후 톨킨의 출판사 조지 앨런 앤드 언윈은 톨킨의 더 많은 작품을 보고 출판하고 싶었을 것이다. 당시 『반지의 제왕』은 집필되지 않았지만 톨킨은 20년이 넘도록 은밀히 신화를 창조하며 그 자체의 세계와 주민, 언어를 구성해 왔다. 출판사가 갑자기 그의 작품에 관심을 보이면서 뜻밖의 출판 가능성이 높아졌다. 그래서 그는 운문으로 쓴 베렌과 루시엔의 이야기와 「누메노르인들의 몰락과 세계의 변화」라는 산문을 포함해서 '실마릴리온'의 일부를 출판사에 보냈다. 스탠리 언윈은 그 원고를 경험이 풍부한 검토인에게 보냈는데, 그는 그 원고에 곤혹스러워했고 그것이 창작물인지 아니면 기존의 전설을 옮긴 것인지 몰라 당혹해했다. 긴 운문 이야기에 관한 그의 의견은 분명했다. "켈트족의 요정과 인간에 관한 길고 복잡하고 낭만적인 운문 이야기에 과연 독자층이 있을까요?" 하지만 산문 이야기에 대해서는 독창적이고 독특하다고 생각하며 더 긍정적으로 평가했다. "산문으로 (아마도) 옮긴 글의 몇 페이지는 […] 어느 모로 보나 비교할 수 없이 낫습니다. 여기서는 이야기가 자극적인 속도로 전개되고 그림처럼 간결하고 품위 있게 전달되어 독자의 관심을 사로잡습니다. […] 여기에는 뭔가 원시적이고, 노골적이며 기이한 매력이 있습니다."

이 보고서 때문에 출판사는 곤란한 처지에 빠졌는데, 편집자가 이 보고서에 "어떻게 해야 하나?"와 "아직 처리하지 못함"이라고 걱정스럽게 써 놓은 메모에서 알 수 있다. 결국 이 보고서는 톨킨에게 전달되었고, 그는 그 비평을 수용했다. 더 가혹한 반응을 예상했음이 분명하다. 그는 스탠리 언윈에게 편지를 보냈다. "저는 이 사랑스러운 사적 허튼소리를 내놓은 후 아주 우습게도 두려움과 상실감에 시달렸습니다. 그것이 당신에게도 허튼소리로 보였다면 정말로 참담한 기분이었을 겁니다."[1] 그는 사실 이 이야기들의 운문 집필을 이미 중단했고 1930년대에는 산문 이야기에 집중했다.

1 카펜터와 톨킨 1981, p.26.

도판 85 투린의 무리가 벨레그를 포로로 잡다, 「후린의 아이들의 노래」 초고 일부, [1920년경]. (Bodleian MS. Tolkien S 3, fol. 22v)

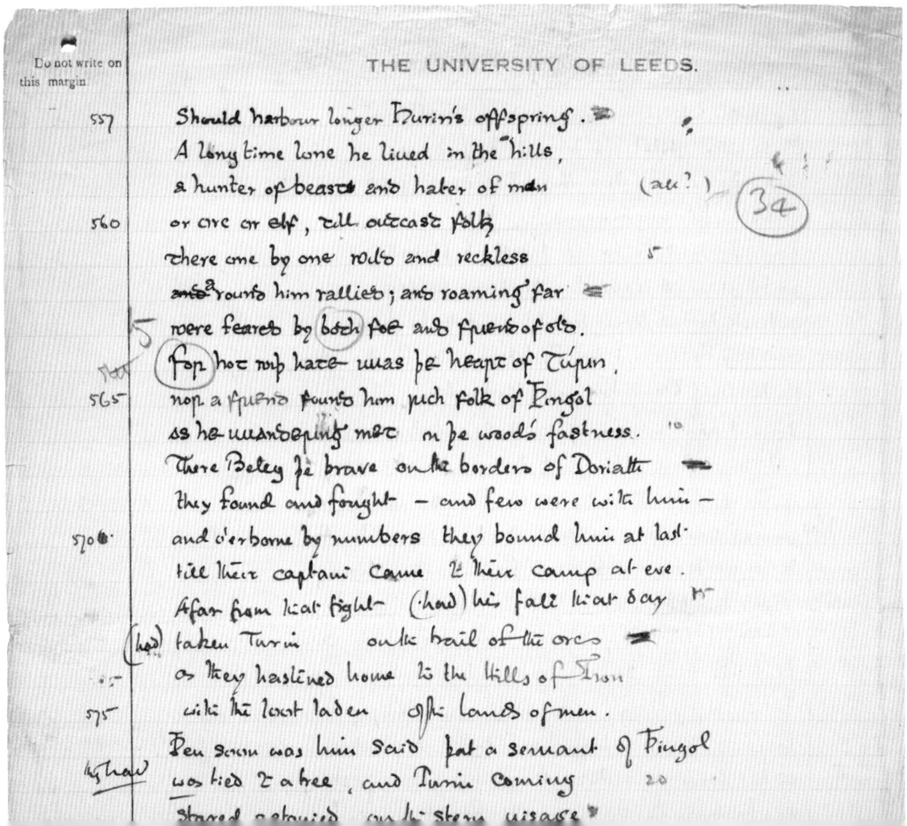
Do not write on this margin
THE UNIVERSITY OF LEEDS.

Should harbour longer Turin's offspring.
A long time lone he lived in the hills,
a hunter of beasts and hater of man
or orc or elf, till outcast folk
there one by one wild and reckless
and round him rallied; and roaming far
were feared by both foe and friend of old.
For hot with hate was the heart of Turin,
nor a friend found him such folk of Fingol
as he wandering met in the wood's fastness.
There Beleg the brave on the borders of Doriath
they found and fought — and few were with him —
and o'erborne by numbers they bound him at last
till their captain came to their camp at eve.
Afar from that fight (had) his fate that day
taken Turin on the trail of the orcs
as they hastened home to the hills of Iron
with the loot laden of the lands of men.
Then scorn was his said that a servant of Fingol
was tied to a tree, and Turin coming
stared astonied on the stern visage

not yet dealt with

Dr Tolkien 10.12.1937

THE GESTE OF BEREN AND LUTHIEN. (Retold in verse by - ? -) J. Tolkien

I am rather at a loss to know what to do with this - it doesn't even seem to have an author! - or any indication of sources, etc. Publisher's readers are rightly supposed to be of moderate intelligence and reading; but I confess my reading has not extended to early Celtic Gestes, and I don't even know whether this is a famous Geste or not, or, for that matter, whether it is authentic. I presume it is, as the unspecified versifier has included some pages of a prose-version (which is far superior).

In any case, authenticity apart, it seems to boil down to one thing: - would there be any market for a long, involved, romantic verse-tale of Celtic elves and mortals? I think not. Especially as this particular verse is of a very thin, if not always downright bad, quality, and the tale in this retelling has been spread out almost to nothingness. The few pages of (presumably) prose transcript from the original are immeasurably better in every way; the tale here proceeds at a stinging pace and is told with a picturesque brevity and dignity that holds the reader's interest in spite of its eye-splitting Celtic names. It has something of that mad, bright-eyed beauty that perplexes all Anglo-Saxons in face of Celtic art (and that they can only stand in very small doses, like the Immortal Hour, or a very few chapters of Lord Dunsany); and of course it has the charm of something primitive, downright, and strange. All this is gone in the verse-version: the action is gone, the primitive strength is gone, the clear colours are gone. The tale is spoilt; the tinkling verses go on - and on, conveying almost nothing. On that count alone I am afraid this is not even worth considering.

Edward Crankshaw.

What do we do?
CAF

첫 번째 실마릴리온 지도

[1920년대]
줄이 있는 종이에 연필, 검은 잉크, 붉은 잉크, 초록 잉크
289×226mm
전시: 옥스퍼드 1992, 198번
인쇄물: 톨킨 1986; 옥스퍼드 1992
MS. Tolkien S 2/X, fol. 3r

가운데땅의 첫 번째 지도는 1920년대에 톨킨이 1920년부터 1925년까지 가르쳤던 리즈 대학교 시험지의 사용되지 않은 면에 그려졌다. 거기에는 영어('Land of Dread')와 요정어('Nan Dun-Gorthin') 두 가지로 적힌 놀라운 지명이 많이 나온다. 또한 특이하게도 중요 인물들의 이름도 적혀 있는데 그들이 영향력을 미치는 영역이나 주요 활동 지역을 나타낸다. 1920년대에 톨킨은 '실마릴리온'의 중요한 이야기 두 편을 운문으로 개작하기 시작하여, 후린의 아이들의 이야기는 두운시로, 베렌과 루시엔의 이야기는 압운 2행 연시로 다시 썼다. 「후린의 아이들의 노래」에서 처음 사용된 도르나파우글리스(목마른평원)처럼 지도에 등장한 지명들과 인명들은 이 시기와 확고히 결부되어 있다. 크리스토퍼 톨킨은『가운데땅의 형성』(1986)에서 지도를 분석하면서 많은 예들을 상세히 설명했다.

중앙에 접히고 닳은 자국이나 가장자리에 찢어진 부분을 보면 이 지도를 여러 해에 걸쳐 자주 만졌음이 분명하고, 차차 달라진 지명들을 보면 이것이 적어도 1930년대까지 잠정적 지도로 사용되었음을 알 수 있다. 지도를 처음 만들 때부터 지명과 강 이름은 붉은 잉크로, 인물과 종족명은 검은 잉크로 썼다. 그러므로 타우르나푸인('끔찍한 밤그늘의 숲'), 도리아스(신다르 요정들의 숲의 왕국), 거대한 시리온강은 붉은 글씨로, 모르고스(암흑의 군주)와 싱골(도리아스의 왕), 숲요정들은 검은 글씨로 적혀 있다. 연필로 쓴 것은 대개 고치거나 나중에 덧붙인 것이다.

이 지도에는 비율이 표시되어 있지 않다. 이는 거리나 시간 경과를 거의 밝히지 않는 톨킨의 초기 글들과 일치한다. "그들은 먼 길을 여행했다" 같은 막연한 묘사가 이야기에 전설적인 맛을 풍긴다.[1] 그럼에도 불구하고 이 첫 번째 지도는 톨킨이 가운데땅의 지리를 명확히 상상했음을 알려 주고, 이 땅의 고저를 나타내는 등고선에 번호도 붙어 있다. 1930년대에 쓴 「퀜타 실마릴리온」에서 처음으로 거리를 체계적으로 제시하는데, 측정 단위를 리그로 표시한다. 이 구식 용어는 약 5킬로미터에 해당한다.

1 톨킨 1986, p.96.

도판 87 개작한 「레이시안의 노래」의 첫 페이지, [1950년경]. (Bodleian MS. Tolkien S 4/4, fol. 2r)

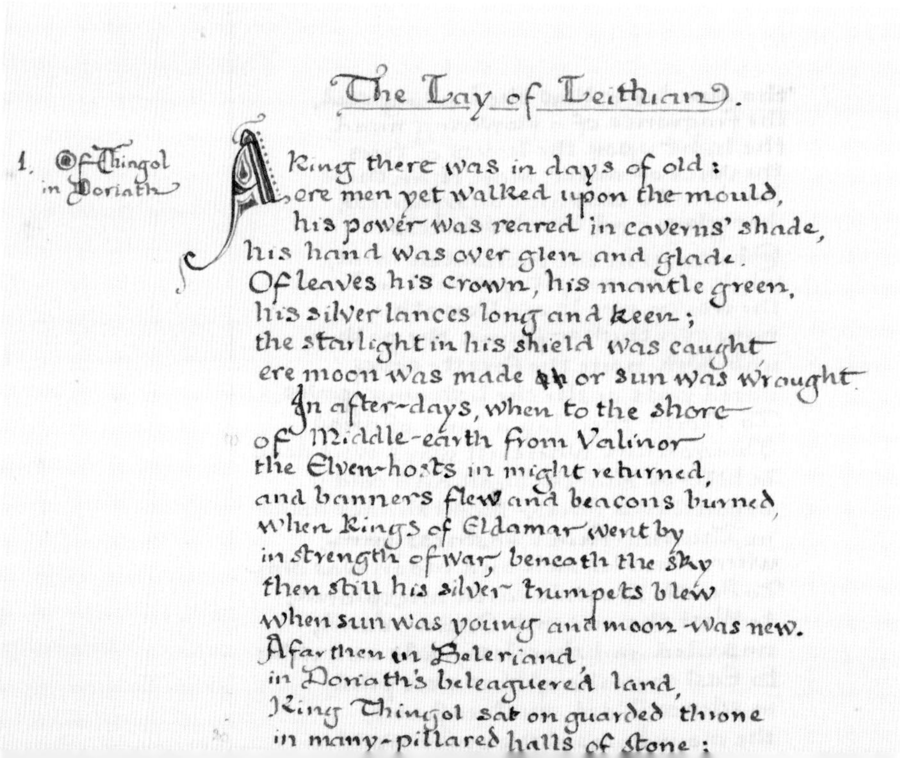
The Lay of Leithian.

1. Of Thingol in Doriath

A King there was in days of old:
ere men yet walked upon the mould,
his power was reared in caverns' shade,
his hand was over glen and glade.
Of leaves his crown, his mantle green,
his silver lances long and keen;
the starlight in his shield was caught
ere moon was made or sun was wrought.
In after-days, when to the shore
of Middle-earth from Valinor
the Elven-hosts in might returned,
and banners flew and beacons burned,
when kings of Eldamar went by
in strength of war, beneath the sky
then still his silver trumpets blew
when sun was young and moon was new.
Afar then in Beleriand,
in Doriath's beleaguered land,
King Thingol sat on guarded throne
in many-pillared halls of stone:

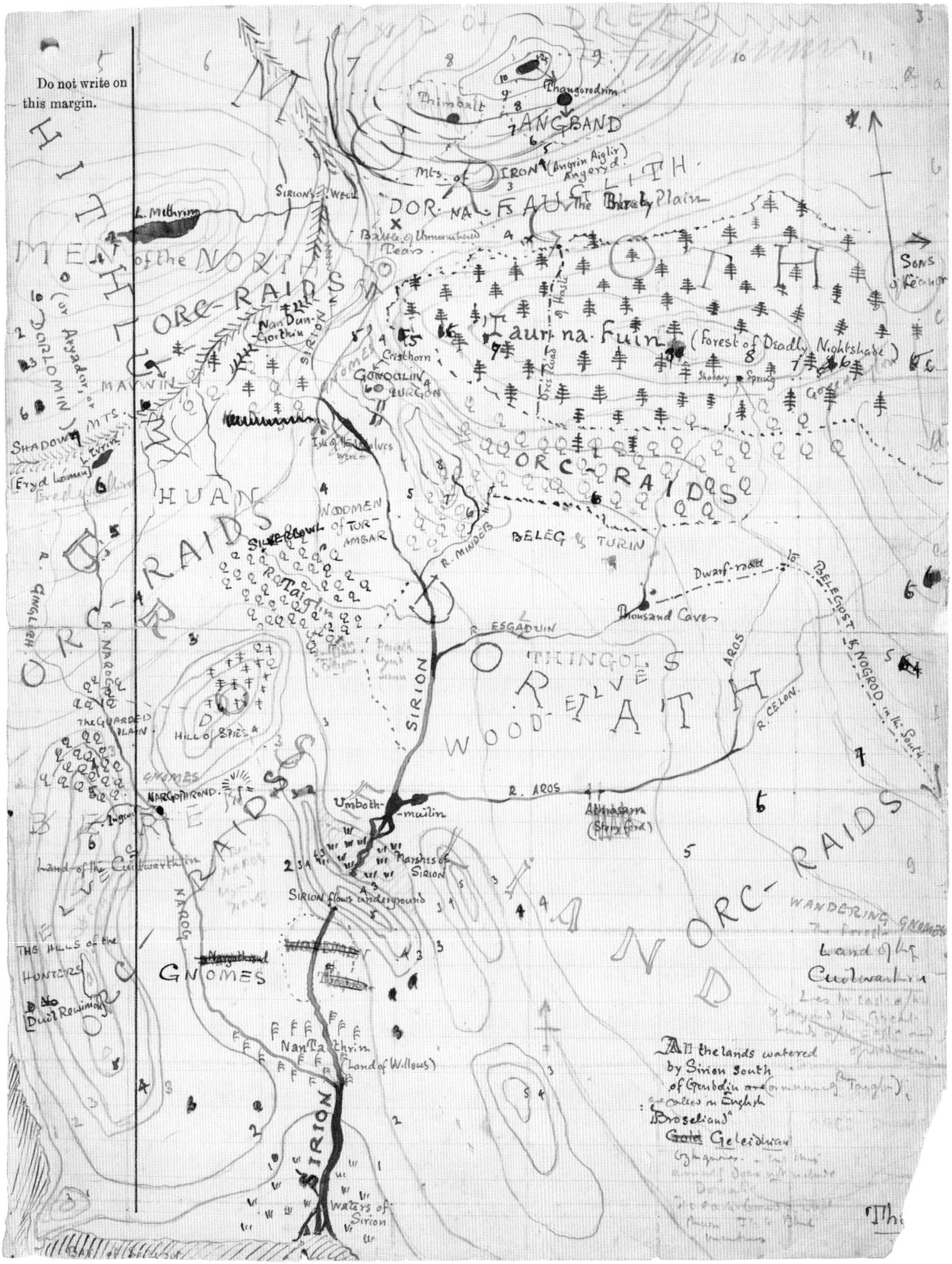
Do not write on this margin.
Thangorodrim
Thimbalt
ANGBAND
Mts. of IRON (Angrin Aiglir) Angorod
DOR-NA-FAUGLITH
The Thirsty Plain
Sirion's Well
L. Mithrim
Battle of Unnumbered Tears
MEN of the NORTH
ORC-RAIDS
HITHLUM
DORLOMIN
Nan Dun-Gorthin
Cristhorn
GONDOLIN
Taur-na-Fuin (Forest of Deadly Nightshade)
Shadowy Spring
SHADOWY MTS.
L. Turin
Eryd Lómin
SONS of Fëanor
HUAN
WOODMEN of TURAMBAR
Silver Bowl
R. Taiglin
R. MINDEB
BELEG & TURIN
Dwarf-road
Thousand Caves
BELEGOST & NOGROD in the South
R. NARROG
R. ESGALDUIN
THINGOL'S WOOD-ELVES
ARTANOR
R. AROS
R. CELON
The GUARDED PLAIN
Hill of Spies
SIRION
NARGOTHROND
GNOMES
Umboth-muilin
Marshes of SIRION
Athrasarn (Stony ford)
Land of the Cuilwarthin
SIRION flows underground
NAROG
THE HILLS of the HUNTERS
Duil Rewinion
WANDERING GNOMES
Land of the Cuilwarthin
Nan Tathrin (Land of Willows)
All the lands watered by Sirion south of Gondolin are called in English "Broseliand"
Geleidhian
Waters of Sirion

〈벨레그가 타우르나푸인에서 플린딩을 발견하다〉

1928년 7월
수채 물감, 검은 잉크와 컬러 잉크
162×214mm
전시: 옥스퍼드 1992, 210번
인쇄물: 톨킨 1979; 옥스퍼드 1992; 해먼드와 스컬 1995
MS. Tolkien Drawings 89, fol. 14

1928년 7월과 8월에 톨킨은 아내와 어린 세 아들과 함께 이전 해처럼 도싯의 라임 레지스 해안 휴양지로 휴가 여행을 갔다. 그는 어린 시절에 후견인 프랜시스 모건 신부와 함께 휴가를 보낸 기억이 있는 그곳을 특히 좋아했다. 이제 70대에 접어든 신부도 이 가족 여행에 동행했다. 톨킨은 1928년에 많은 그림을 그렸는데 몇 장은 이 기간에 그렸을 것이다. 대학 업무의 압박에서 풀려나 휴식을 취하면서 그림과 스케치로 시간을 보낼 수 있었다. 〈타우르나푸인〉을 포함한 많은 그림들은 그의 신화에 나오는 장면들을 묘사한다.

그는 1925년에 '후린의 아이들'의 이야기를 두운시로 쓰는 것을 중단했지만, 그 이야기는 그의 마음에 생생하게 살아 있었다. 이 그림에서 (왼쪽 하단의) 요정 사냥꾼 벨레그는 오르크에게 포로로 잡힌 전우 투린을 찾고 있다. 타우르나푸인, "길이 없고 치명적인 어둠이 깔린 숲"에서 방황하다가 그는 작고 푸른 빛에 이끌리고 거대한 나무 밑에서 플린딩(후에는 귄도르)의 엎어진 몸을 발견한다.[1] "공포에 질린 얼굴이 어둠 속에 묻혀 있던" 그 탈진한 요정은 발로그

FANGORN FOREST

의 채찍을 맞으며 쉴 새 없이 노동해야 했던 모르고스의 광산에서 도망친 것이었다.[2] 그의 옆에 있는 작고 푸른 등불은 요정들이 수정으로 만든 것으로 꺼지지 않는 광원을 공급했다.

이 그림의 원래 제목은 '투린의 이야기에서 벨레그가 타우르나푸인에서 플린딩을 발견하다'였는데 어느 시점엔가 삭제되었다.『호빗』이 1937년에 출간되었을 때 톨킨은 미국 출판사에서 컬러 삽화를 원한다는 것을 알고는 자기 작품의 샘플로 이 그림을 보냈다. 어둡고 짓누르는 듯한 숲은 분명『호빗』의 어둠숲 그림을 예시한다. 더 나아가 오랜 세월이 흐른 후 톨킨은 이 그림의 제목을 〈광고른숲〉으로 바꾸었고,『반지의 제왕』의 삽화로『J.R.R. 톨킨 달력 1974』에 사용했다.

1 톨킨 1985, p.34.
2 톨킨 1985, p.35.

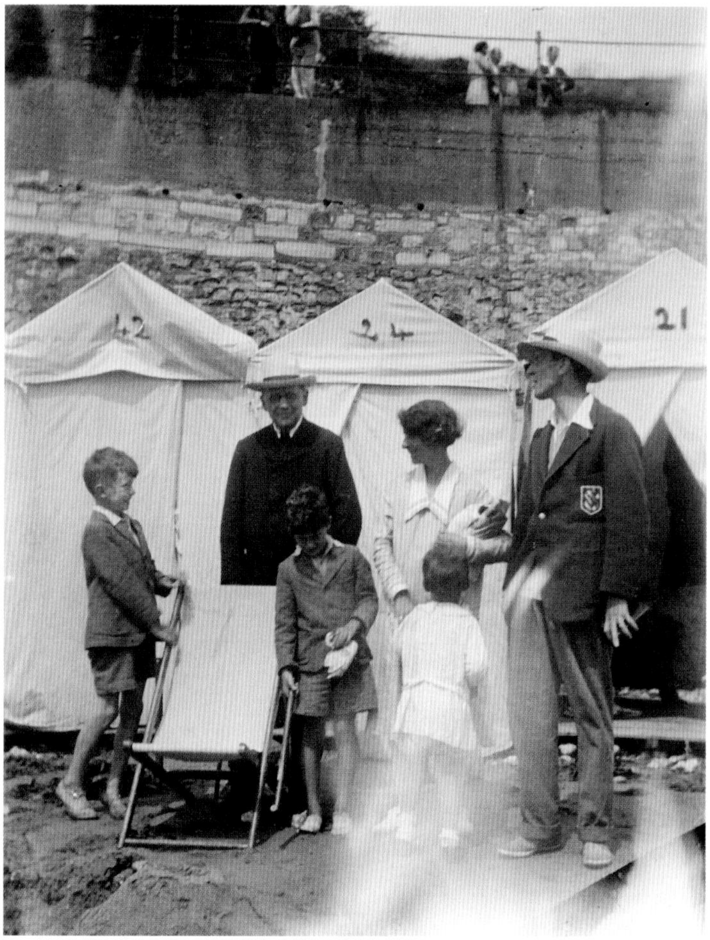

도판 88 프랜시스 신부와 톨킨 가족. 라임 레지스, 1928년 8월.
(Bodleian MS. Tolkien photogr. 5, fol. 26)

두 번째 실마릴리온 지도

[1930년대]
연필과 검은 잉크, 초록 잉크, 붉은 잉크, 푸른 잉크
373×484mm
인쇄물: 톨킨 1987
MS. Tolkien S 5/1, fols. 93~96

이 지도는 첫 번째 지도보다 더 정교하고, 적어도 처음에는 더 신중하게 그려졌다. 멀리 북쪽의 상고로드림에서 솟아오르는 연기가 보이고, 다른 종류의 숲은 다른 나무 모양으로 (아래와 뒷장을 보라) 묘사되었다. 낱장 종이 네 장에 펼쳐진 이 지도는 첫 번째 지도보다 훨씬 더 넓은 지역을 담고 있다. 뒷장에 비율이 제시되어 있는데 대부분 「퀜타 실마릴리온」에서 제시된 거리와 일치한다.

이 지도는 1930년대에 그려졌고, 톨킨은 평생 레젠다리움에 관한 작업을 이어 갔지만 벨레리안드의 지도는 다시 만들지 않았다. 대신 이 지도에 계속 첨가했는데, 연필과 푸른 잉크, 색연필로 간략하게 덧붙인 것들은 레젠다리움의 성장을 밝혀 준다. 여기 보이는 많은 지명들은 톨킨에게 이름이 갖는 중요성과, 또한 그 이면에 창조된 언어의 핵심적 중요성을 드러낸다.

이 지도에 보이는 땅의 대부분은 제1시대 말에 파괴되었다. 이 사건은『실마릴리온』의 끝부분에서 발라와 요정 들이 모르고스를 패배시키고 앙반드에 있는 그의 요새를 초토화할 때 묘사된다. 이 전투를 치르는 동안 가운데땅의 광범위한 지역이 파괴되었다. "그 적들의 분노가 너무 컸기에 서부 세계의 북부 지역은 갈가리 찢겨졌고, 갈라진 깊은 구멍에서 바닷물이 솟구쳐 올라와, 어마어마한 혼란과 굉음이 이어졌다."[1] '벨레리안드의 침몰'로 알려진 이 시기에『실마릴리온』에 등장한 가운데땅의 모든 땅이 물에 잠겼다.

『반지의 제왕』에서 벌어지는 사건은 이 지도의 동쪽 가장자리에 놓인 청색산맥(에레드 루인)의 동쪽에서 일어난다.『반지의 제왕』에 실린 지도는 제3시대 말의 가운데땅을 보여 준다. 그 지도의 북쪽 해안에 보이는 힘링섬은 제1시대말에 바다에 가라앉은 마에드로스변경지역 근처의 힘링언덕에서 남은 부분이다.

1 톨킨 1986, p.303.

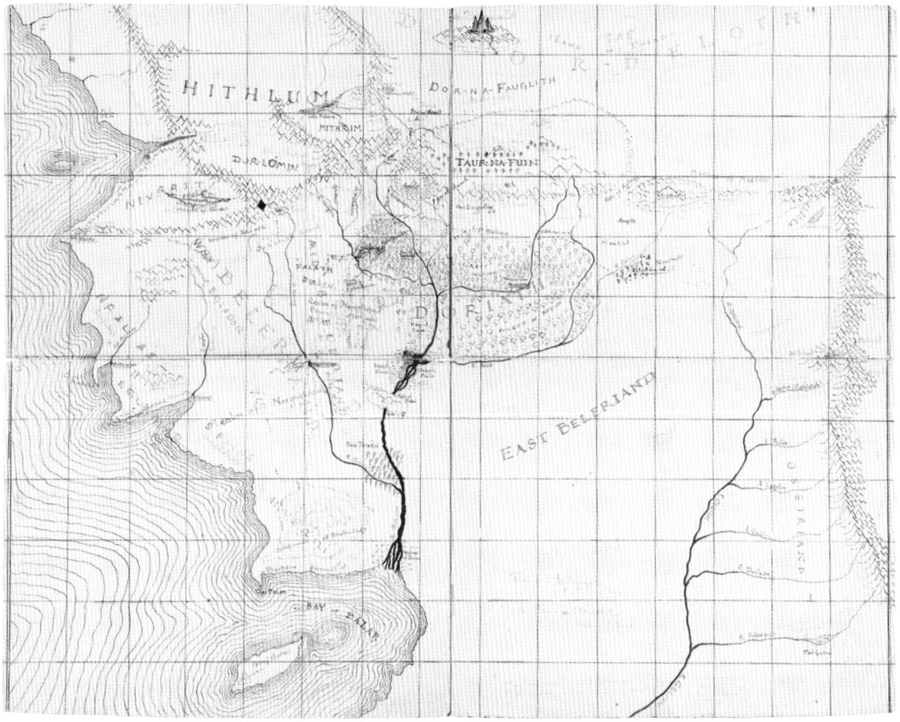

75

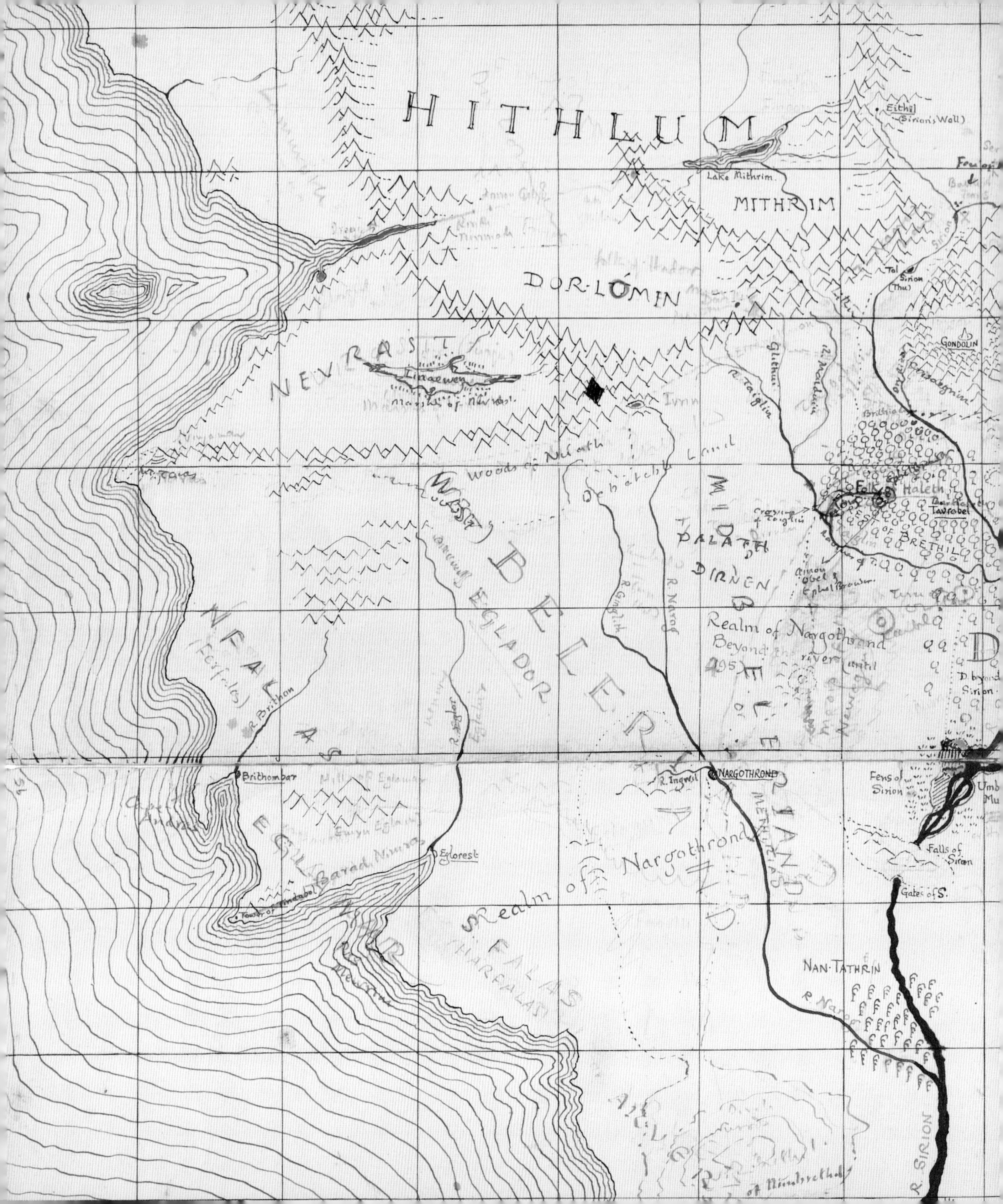
HITHLUM
Eithil
(Sirion's Well)
Lake Mithrim
MITHRIM
DOR·LÓMIN
Tol
Sirion
(Thu)
GONDOLIN
NEVRAST
Linaewen
Marshes of Nevrast
Ivrin
R. Taiglin
Glithui
Woods of Nuath
WEST
BELERIAND
EGLADOR
MID
DALATH DIRNEN
Folk of Haleth
Tavrobel
OF BRETHIL
Crossing of Taiglin
Realm of Nargothrond
Beyond the river until
495
D. beyond
Sirion
NEFALAS
(Forfalas)
R. Brithon
R. Ginglith
R. Narog
Brithombar
NARGOTHROND
R. Ingwil
Fens of
Sirion
Falls of
Siron
Gates of S.
Eglorest
Barad Nimras
Tower of Tindabol
Realm of Nargothrond
FALAS
NAN·TATHRIN
R. Narog
R. SIRION

N A-FAUGLITH
UR-NA-FUIN
Marches of Maedros
Pass of Aglond
Hill of Himring
Himlad
R. Celon
EST OF
NELDORETH
(Thousand Caves)
MENEGROTH
Esgalduin
IATH
Aros
FOREST OF REGION
R. Aros
R. GELION
EAST BELERIAND
R. Ascar (Rathloriel)
R. Thalos
R. Legolin
R. GELION
R. Brilthor
O S S I R I

〈글로룬드가 투린을 찾아 나서다〉

1927년 9월
수채 물감, 검은 잉크
278×217mm
전시: 옥스퍼드 1992, 207번
인쇄물: 톨킨 1979; 옥스퍼드 1992; 해먼드와 스컬 1995
MS. Tolkien Drawings 87, fol. 34

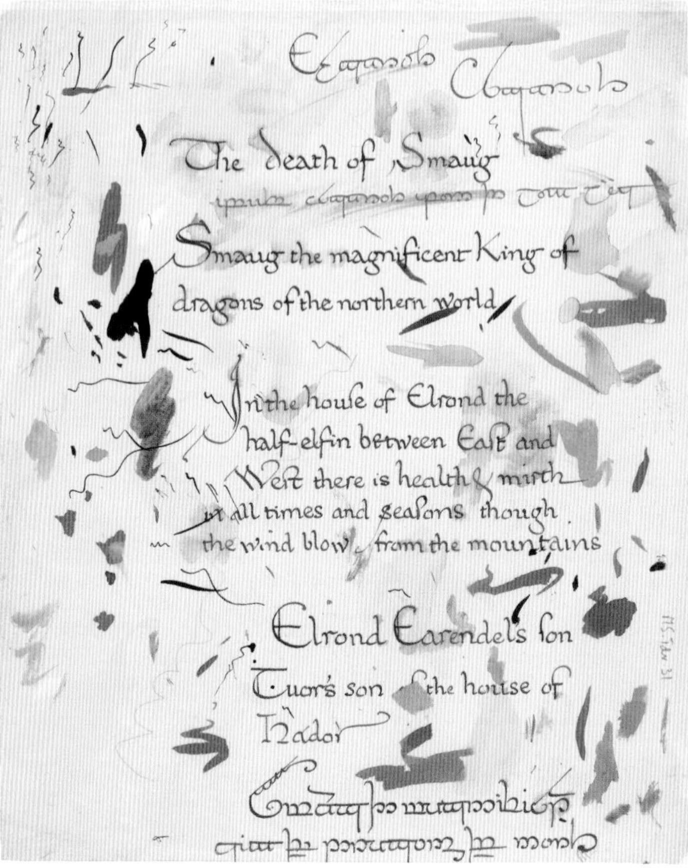

도판 89 스마우그와 엘론드에 관련된 시행. 엘론드는 투린 투람바르와 관련됨, [?1936년]. (Bodleian MS. Tolkien Drawings 31v)

모르고스(초기 이야기에서는 멜코로 불린)의 저주가 후린의 아이들, 투린과 니에노르를 뒤쫓았다. 그들은 용 글로룬드(나중에는 글라우룽으로 불린)와 맞닥뜨리면서 슬픈 역사의 마지막 비극적 사건에 이르게 된다. 『잃어버린 이야기들의 책』에서 글로룬드는 포알로케('자기 보물을 지키는 뱀')라는 퀘냐Qenya 이름으로도 불리고, "멜코가 세상에 풀어놓은 가장 강력한 용들" 중 하나로 묘사된다. "더 강력한 용들은 뜨겁고 매우 육중하며 천천히 움직인다. 어떤 용은 화염을 내뿜고 비늘 밑에서 불길이 깜박인다. 이들의 욕망과 탐욕, 교활한 사악함은 어떤 생물보다도 크다. 포알로케도 그런 용이라서 자기가 사는 곳을 태워 온통 황량한 폐허로 만들었다."[1]

1927년 여름휴가 동안 아마 라임 레지스에서, 톨킨은 시간을 내어 자기 굴에서 정면으로 나오는 황금 용 글로룬드의 인상적인 그림을 그렸다. 이 그림은 대단히 양식화되어 있고 색깔은 기이하게 비현실적이다. 회색 하늘에 흰색과 분홍색이 어우러진 태양이 맹렬히 빛을 발하고 전경의 푸른 나무들은 용의 입김 때문에 한쪽이 오렌지색으로 타 버려서 이 풍경을 비현실적으로 보이게 한다. 용은 네 다리를 갖고 있고 분절된 몸에 갑옷을 둘렀으며 불을 내뿜고 있다. 가장 두드러진 특징은 뿔 달린 머리인데, 최면을 거는 듯한 오렌지색 눈이 초록색 가면 같은 얼굴에 박혀 있다. 본문에서 그의 눈을 들여다본 자는 주문에 걸려 그의 의지에 저항할 수 없게 된다.

10년 후 옥스퍼드의 자연사 박물관에서 열린 용에 관한 아동 강연에서 톨킨은 용이 기어 다니거나('repens') 날개가 달려 있다('alatus')고 묘사했다. 글로룬드는 분명 기어 다니는 용이다. 이것이 이야기의 핵심적인 부분인데, 그 덕분에 투린은 협곡에 숨어 기다리다가 그 용이 깊은 수렁을 가로질러 기어갈 때 그 부드러운 아랫배에 칼을 찔러 넣을 수 있었던 것이다.

글로룬드의 악의, 사악한 교활함, 황금에 대한 탐욕은 모두 나중에 『호빗』에서 골목쟁이네 빌보가 대면하는 "가장 탐욕스럽고 강하고 사악한 용" 스마우그에게서 볼 수 있는 속성이다.

1 톨킨 1984, p.96~97.

Glórund sets forth to seek Túrin :-

'언어 계도'

[1930~1937년]
243×192mm
인쇄물: 톨킨 1987
MS. Tolkien S 2/V, fol. 28

언어 창조는 톨킨 신화의 바탕이었다. 그는 자신의 레젠다리움이 "일차적으로 언어학적인 데서 착상이 이루어졌고, 요정어를 위해 필요한 '역사적' 배경을 마련하기 위해 시작"되었다고 썼다.[1] 이야기에 요정의 언어를 덧붙이거나 해설으로 첨가했다고 생각하는 많은 독자들은 이 말에 놀랄 것이다. 톨킨은 실은 정반대임을 분명히 밝혔다. "언어의 창조가 토대였습니다. 그 언어에 세계를 제공하기 위해 '이야기'를 만든 것이지 그 반대가 아니었지요."[2]

어린 시절부터 그는 언어와 문자를 만들어왔다. "많은 어린아이들이 가상의 언어를 만들거나 그런 시도를 하는데, 나는 글자를 쓸 수 있을 때부터 그 일을 했네."[3] 하지만 그의 사촌 메리와 마저리 잉클레던을 포함해서 다른 아이들은 중단한 반면에 그는 결코 그만두지 않았다. 대학에 진학했을 때 그는 요정어 퀘냐Qenya를 만들기 시작했고, 그 언어가 발전하면서 (후에 퀘냐Quenya가 된다) 그에 수반된 요정들의 이야기들도 발전했다.

결국 그는 긴밀히 연관된 언어들의 연결망을 구성했는데, 각 언어는 요정들의 고통스러운 역사와 긴 고역을 반영하는 그 나름의 역사와 진화를 겪는다. 요정들이 지리적으로 분산되어 일부는 발리노르에 도달하고 다른 요정들은 가운데땅에 남게 되면서 그들의 언어도 단절되고 다른 방향으로 발전했다. 이 계도는 서로 다른 요정어들의 계보를 추적한다. 모든 언어는 궁극적으로 신들의 언어, 발라린에서 유래했는데, 요정들이 가운데땅의 쿠이비에넨에서 깨어났을 때 말하는 법을 처음 가르쳐 준 것이 신이었기 때문이다. 이 계도에는 여섯 개의 요정어가 아직 사용된다고 표시되어 있다. 퀘냐Qenya(요정의 라틴어), 엘다린, 텔레린, 놀도린, 가운데땅에 머물고 있는 자들의 그노메어, 그리고 지상에 남은 텔레리와 라이퀜디의 극소수 후손들의 언어이다.[4] 더 나아가 "마음속에 묻혀 있거나 글에 보존된" 네 개의 언어, 옷시리안데브, 도리아스린, 코르놀도린(혹은 코롤람베) 그리고 고대의 골로드린이 있다.

톨킨에게 언어 창조는 지적 도전이자 게임이었지만, 또한 창조적 분출구로서 단어와 소리, 의미를 자신의 언어 미학에 적합하게 맞추는 방법이기도 했다. 전문적 언어학자로서 그는 자신의 지식과 전문적 식견을 이용해서 창조된 언어들을 계속 다듬어 나갔다. 또한 단어의 역사를 전문적으로 추적했다. 그가 창조한 많은 요정어들이 하나의 공동 조상에서 유래한다는 사실은 대개의 유럽 언어들이 하나의 공동 조상, 곧 인도유럽어에서 유래했다는 언어학자들의 믿음을 반영한다.

1 『반지의 제왕』(1966) 2판 서문.
2 카펜터와 톨킨 1981, p.219.
3 카펜터와 톨킨 1981, p.143.
4 '그노메'는 원래 톨킨이 놀돌리[후에는 놀도르]로 알려진 요정들을 가리킬 때 사용한 단어이다.

The Tree of Tongues.

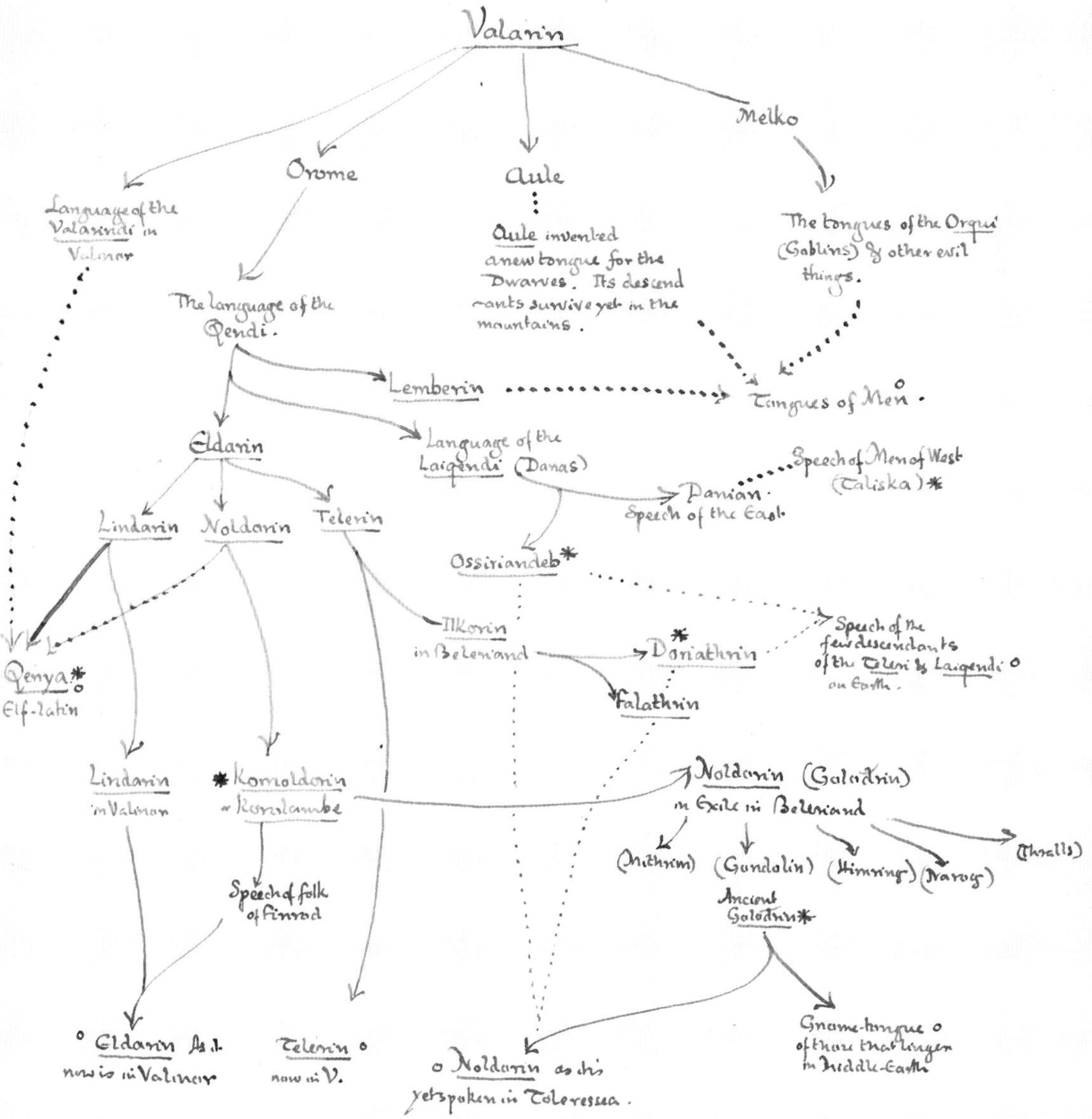
Valarin
Melko
Orome
Aule
Language of the Valarindi in Valmar
Aule invented a new tongue for the Dwarves. Its descendants survive yet in the mountains.
The tongues of the Orqui (Goblins) & other evil things.
The language of the Qendi.
Lemberin
Tongues of Men°.
Eldarin
Language of the Laiqendi (Danas)
Speech of Men of West (Taliska)*
Danian.
Speech of the East.
Lindarin
Noldorin
Telerin
Ossiriandeb*
Ilkorin in Beleriand
Doriathrin*
Speech of the few descendants of the Teleri & Laiqendi° on Earth.
Qenya*°
Elf-latin
Falathrin
Lindarin in Valmar
*Korkoldorin or Korolambe
Noldorin (Golodhrin) in Exile in Beleriand
(Mithrim)
(Gondolin)
(Himring)
(Narog)
(Thralls)
Speech of folk of Finrod
Ancient Golodhrin*
° Eldarin As. I. now is in Valmar
Telerin° now in V.
° Noldorin as it is yet spoken in Toleressea.
Gnome-tongue° of those that linger in Middle-Earth

These tongues are yet spoken °
These tongues are yet held in mind or preserved in writings *

「베렌과 티누비엘에 관하여」

[1930~1937년]
검은 잉크, 연필
243×192mm
인쇄물: 톨킨 1987
MS. Tolkien S 5/1, fol. 78v

『실마릴리온』의 중심적인 이야기는 필멸의 인간 베렌과 불멸의 요정 루시엔 티누비엘의 사랑 이야기이고, 그들의 운명은 발리노르의 빛을 간직한 귀중한 보석, 실마릴의 운명과 뒤얽혀 있다. 루시엔의 부친으로 요정 왕인 싱골은 필멸의 인간이 자기 딸을 얻을 자격이 없다고 생각하고는 조롱하듯이 신부 값으로 모르고스의 왕관에 박힌 실마릴을 요구한다. 오른쪽에 실린 원고는 1930년대에 집필된「퀜타 실마릴리온」의 산문 원고이다. 중간 아래쪽에 마법사 사우론에 대한 언급이 있다. 이 이야기의 배경인 가운데땅의 제1시대에 사우론은 암흑의 군주 모르고스의 부관에 불과했다.

베렌과 루시엔의 이야기는 처음에『잃어버린 이야기들의 책』에 등장했고, 거기서 베렌은 원래 인간이 아니라 발리노르에서 추방된 요정이었고, 사우론의 자리를 차지한 것은 테빌도라는 고양이 군주, 거대한 고양이 형상의 사악한 정령이었다. 톨킨은 그 이야기를 여러 차례 다시 썼고, 사소하거나 중요한 부분을 많이 수정했다. 톰 시피는 톨킨의 기록보관소에 남아 있는 이 이야기의 수정본이 열두 가지가 넘는다고 추산했다.[1] 나중에 쓴 이야기의 가장 중요한 부분은 인간과 요정의 결혼에 대한 싱골의 반대와 그들의 궁극적 결합이 반요정의 혈통으로 가운데땅에 남긴 유산이다.

1925년에 톨킨은 이 이야기를 운문으로, 압운 2행 연시로 다시 쓰기 시작했다. 이 시기에 레젠다리움과 관련된 글과 언어 들이 모두 그렇듯이 이 작품도 순전히 사사로운 시도였다. 그의 아내 외에 그것을 읽은 사람이 있을지 의심스럽다. 그해에 옥스퍼드로 옮기면서 그는 C.S. 루이스와 가까워졌고 신화와 전설에 대한 취향을 공유하고 있음을 알게 되었다. 루이스는 1929년에 친구 아서 그리브즈에게 편지를 썼다. “나는 월요일에 [새벽] 2시 30분까지 깨어 있었네. (앵글로색슨 교수 톨킨과 이야기를 나누면서 […] 신들과 거인들, 아스가르드에 대해 세 시간 동안 대화를 나누고는 비바람 속에 출발했지—난롯불은 따뜻하게 타오르고 멋진 이야기를 하고 있는데 누가 그를 쫓아낼 수 있겠는가?)”[2]

그해에 톨킨은 루이스에게「베렌과 루시엔의 모험 이야기」를 읽어 보라고 주었다. 루이스는 밤늦게까지 앉아서 그 미완의 운문 이야기를 읽었고 넘치는 감격으로 톨킨에게 편지를 썼다. “그처럼 즐거운 저녁 시간을 보낸 것은 아주 오랜만이었어요. 벗의 작품이라서 느끼는 사적인 흥미와는 거의 무관한 즐거움이었지요. 서점에서 무명작가의 작품으로 그것을 집었더라도 똑같이 즐거웠을 겁니다.”[3] 이 작품은 1937년 조지 앨런 앤드 언윈 출판사에 보냈을 때 원고 검토인이 약간의 조롱과 함께 거부했던 그 모험담이었다.

1 시피 2005, p.292.
2 후퍼 2000~2006, 1권, p.838.
3 카펜터 1978, p.30.

Of Beren and Tinúviel.

The meeting of Beren & Lúthien Tinúviel

12. Among the tales of sorrow and ruin that come down to us from the darkness of those days there are yet some that are fair in memory, in which amid weeping there is a sound of music, and amid the tears joy, and under the shadow of death light that endureth. And of these histories most fair still in the ears of the elves is the tale of Beren and Lúthien; for it is sad and joyous, and touches upon mysteries, and it is not ended.

Of their lives was made the Lay of Leithian, Release from Bondage, which is the longest save one of the songs of the Noldor concerning the world of old; but here the tale must be told in fewer words and without song. When ~~Beor~~ Bregolas was slain, as has been recounted, Barahir his ~~son~~ brother saved King Felagund, and received his ring in token of never-failing friendship. But Barahir would not forsake Dorthonion, and there Morgoth pursued him to the death. At last there remained to him only twelve companions, Beren his son, and the sons of Bregolas, and nine other men. Of these Gorlim son of Angrim was one, a man of valour. But Gorlim was caught by the guile of Sauron the wizard, as the lay tells, and Morgoth wrung from him knowledge of the hiding-place of Barahir; but Gorlim he rewarded with death. Thus Morgoth drew his net about Barahir, and he was taken by surprise and slain with all his companions, save one. For by fortune Beren was not with them at that time, but was hunting alone in the woods, as often was his custom, for thus he gained news of the movements of their foes. But Beren was warned by a vision of Gorlim the unhappy that appeared to him in sleep, and he returned in haste, and yet too late. For his father was already slain, and the carrion-birds arose from the ground as Beren drew near, and sat in the alder-trees, and croaked in mockery. For there was a high tarn among the moors, and beside it Barahir had made his lair.

There Beren buried his father's bones, and raised a cairn of boulders over him, and swore upon it an oath of vengeance.

요정의 문장

79 **'이드릴의 문장'**
1960년 12월 14일
색연필, 연필
206×129mm
전시: 옥스퍼드 1992, 218번
인쇄물: 톨킨 1979; 옥스퍼드 1992; 해먼드와 스컬 1995
MS. Tolkien Drawings 91, fol. 11

80 **'루시엔 티누비엘'**
[?1960년]
수채 물감, 색연필, 검은 잉크, 연필
207×219mm
전시: 옥스퍼드 1992, 217번
인쇄물: 톨킨 1979; 옥스퍼드 1992; 해먼드와 스컬 1995
MS. Tolkien Drawings 91, fol. 7

81 **'루시엔 티누비엘'**
[?1960년]
검은 잉크, 색연필, 연필
228×178mm
전시: 옥스퍼드 1992, 216번
인쇄물: 톨킨 1979; 옥스퍼드 1992; 해먼드와 스컬 1995
MS. Tolkien Drawings 91, fol. 9

82 **'베렌 감로스트', 핀로드와 피나르핀**
[?1960년]
색연필, 연필, 검은 잉크와 붉은 잉크
204×127mm
인쇄물: 해먼드와 스컬 1995
MS. Tolkien Drawings 91, fol. 29

1960년대에 톨킨은 자신의 레젠다리움에 등장하는 주요 인물들과 가문의 문장을 그렸다. 여성 인물의 문장은 원형이고, 그들의 신분은 바깥 테두리에 닿은 점의 숫자로 표시되었다. 곤돌린의 왕 투르곤의 딸인 이드릴의 문장은 열두 개의 점이 바깥 원주에 닿는 원형으로 요정 공주인 그녀의 신분을 나타낸다. 퀘냐로 쓰인 제목 "menelluin írildeo ondolindello"는 '곤돌린의 이드릴의 수레국화'를 뜻한다. 이드릴은 필멸의 인간 투오르와 결혼했고, 베렌과 루시엔 이후 요정과 인간이 결합한 두 번째 경우였다. 그들의 아들은 뱃사람 에아렌딜이었으며 그의 반요정 혈통의 후손에 깊은골의 엘론드가 포함된다.

루시엔의 문장은 전혀 다른 두 가지가 있는데 본문에서 그녀가 차지하는 중심적 역할과 톨킨의 개인사에서 그녀가 갖는 중요성을 나타낼 것이다. 루시엔은 싱골 왕과 마이아 혹은 천사의 영혼인 그의 아내 멜리안의 딸인데, '일루바타르의 자손들 중에서 가장 아름다운 인물'로 묘사되었다. 베렌은 처음에 넬도레스숲에서 노래하고 춤추는 그녀를 보았다. 그는 그녀에게 매혹되었고 그녀를 '나이팅게일'을 뜻하는 '티누비엘'이라 불렀다. '루시엔 티누비엘'이라는 이름은 요정 문자(텡과르)로 두 문장 위에 쓰여 있다.

베렌과 루시엔은 그 귀중한 실마릴을 움켜쥐고 모르고스의 요새에서 달아났을 때 입구를 지키는 거대한 늑대 카르카로스와 맞닥뜨린다. 늑대는 아직 실마릴을 움켜쥐고 있는 베렌에게 달려들어 그의 오른손을 물어뜯는다. 그 보석의 타오르는 불은 늑대의 내장부터 삼키기 시작해서 늑대를 발광하다 죽게 만든다. 후에 베렌에게 '빈 손'을 뜻하는 '감로스트'라는 이름이 더해졌고, 그의 문장에는 실마릴과 붉은 손이 들어 있다.

『반지의 제왕』에서 아라고른은 바람마루에서 불가에 둘러앉은 호빗들에게 베렌과 루시엔의 이야기를 들려준다. 비록 아득히 먼 과거의 이야기지만 그 이야기는 해설에서 전해지는 아라고른과 아르웬의 사랑 이야기에서 메아리친다. 그들의 결혼은 필멸의 인간과 불멸의 요정의 세 번째이자 마지막 결합이었다. 아르웬은 과거에 루시엔이 요정의 운명보다 베렌과 죽음을 선택했듯이 아라고른과 필멸의 삶을 선택한다.

79

80

81

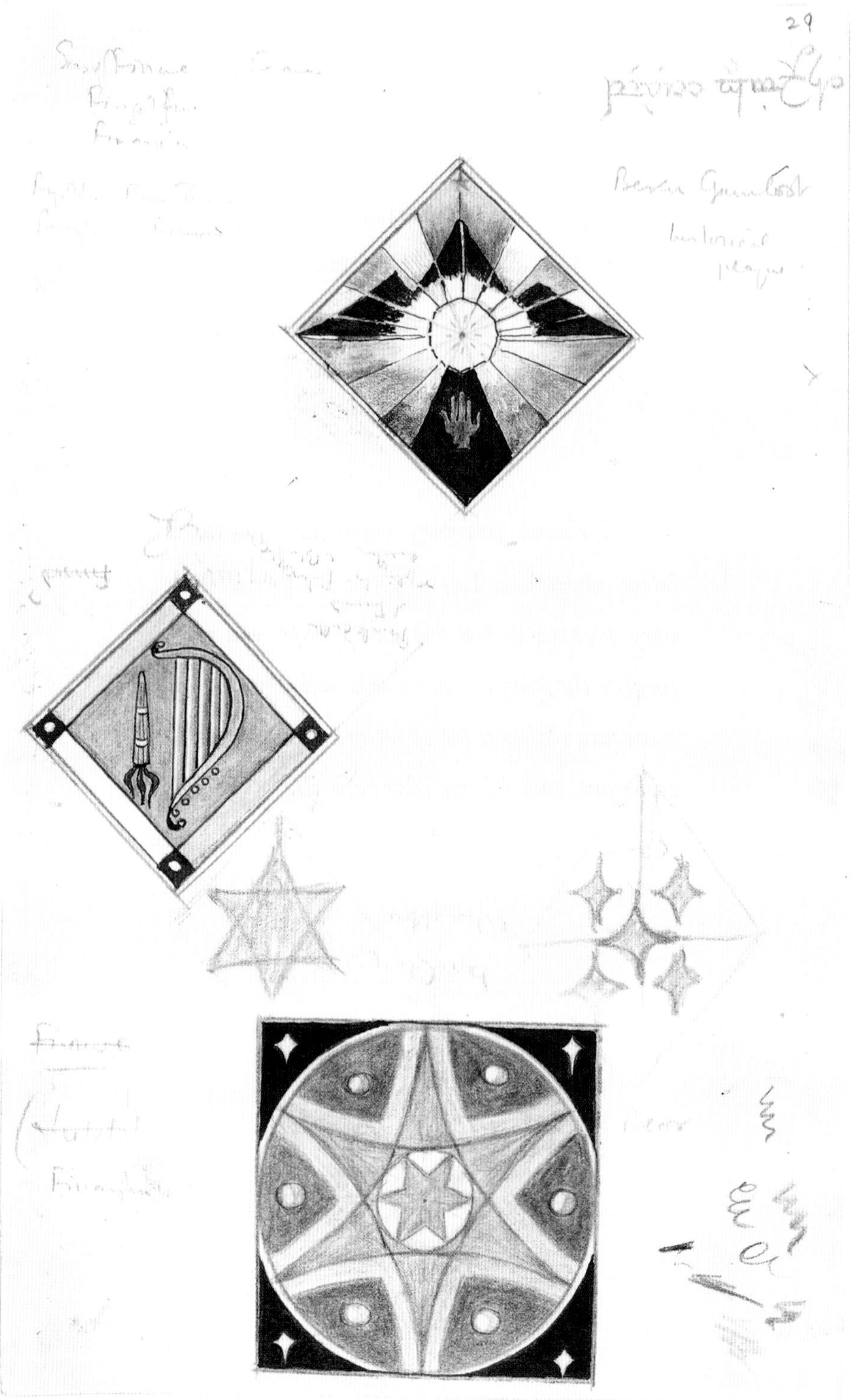

톨킨과 아내 이디스의 비석 사진

그들의 행로는 함께 세상의 경계 너머까지 이어지게 되었다[1]

베렌과 루시엔의 이야기는 톨킨과 그의 아내 이디스의 진실한 사랑에 의해 창조되었다. 검은 머리와 회색 눈, 아름다운 목소리를 가진 이디스는 그 요정 공주를 만들어 낸 영감의 원천이었다. 아내가 세상을 떠난 후 톨킨은 헴록 꽃들이 만발한 숲속 빈터에서 그녀가 그를 위해 춤추고 노래하던 신혼 시절을 회고했다. 이 장면은 『실마릴리온』에서 베렌이 넬도레스숲의 "시들지 않는 풀을 밟으며" 춤추는 루시엔을 처음 마주쳤을 때 재현되었다. 그녀의 사랑스러운 모습은 그에게 깊은 매혹의 주문을 걸었고 그녀의 노래는 "가슴을 에는 듯" 겨울의 굴레를 깨뜨리고 얼어붙은 강물을 녹이며 꽃들이 그녀 발밑의 땅에서 솟아나게 한다.

톨킨과 이디스의 사랑 이야기는 60년 넘게 지속되었고, 그녀가 1971년에 세상을 떠났을 때 톨킨은 상실감에 빠졌다. 그는 아들 마이클에게 보낸 편지에서 베렌과 루시엔의 이야기를 떠올리며 슬픔을 표현했다. "이제 그녀가 베렌에 앞서, 그를 실로 외손잡이로 남기고 떠났지. 그러나 그는 그 냉혹한 만도스를 감동시킬 힘이 없구나. 그리고 이 타락한 아르다의 왕국에는 도르 귀르스 이 쿠이나르, '살아 있는 죽은 자의 땅'이 없단다."[2] 자신들에 대응하는 허구의 인물들과 달리 그들은 죽음을 피할 수 없었지만 톨킨은 자신의 사랑을, 현재를 초월할 수 있는 신비로운 속성을 가진 것으로 묘사했다. "언제까지나 (특히 혼자 있을 때) 우리는 여전히 숲속 빈터에서 만났고, 마지막 작별 이전에 임박한 죽음의 그림자를 피하기 위해 여러 차례 손을 잡고 갔단다."[3]

톨킨은 이디스의 비석에 '루시엔'이라는 이름을 덧붙여 새기게 했다. 그리 하기로 한 결정을 아들 크리스토퍼에게 설명하면서 그는 자신들이 함께 살아온 삶에 대해 감동적으로 묘사했다. "우리의 어린 시절의 그 끔찍했던 고통, 그 고통으로부터 우리는 서로를 구해 주었단다. […] 우리의 사랑이 시작된 후에 견뎠던 고통 […] 때로 우리의 삶을 훼손한 과실들과 어둠들 […] 이런 것들은 우리의 깊은 감정에 닿지 않았고 젊은 사랑의 기억을 흐려 놓지 않았단다."[4] 그는 바로 2년 후에 세상을 떠났고, 그들은 옥스퍼드 북부의 울버코트 묘지에 함께 묻혀 있다. 그들의 무덤은 베렌과 루시엔이라고 새겨진 회색 콘월 화강암의 단순한 비석으로 표시되어 있다.

1 톨킨 1977, p.187.
2 카펜터와 톨킨 1981, p.417.
3 카펜터와 톨킨 1981, p.421.
4 카펜터와 톨킨 1981, p.421.

CHAPTER 6

교수의 서재

'이미 저당 잡힌 시간에서'

톨킨 생전에 출간된 작품은 비교적 적었다. 문학 작품으로는 판타지 소설 두 권(『호빗』과 『반지의 제왕』), 단편소설 세 편(「니글의 이파리」, 「햄의 농부 가일스」, 「큰 우튼의 대장장이」), 그리고 시집 한 권(『톰 봄바딜의 모험』)이 있었다. 그의 중요한 학술적 업적으로는 중세 영어 문서 편집본 두 편(『가웨인 경과 녹색 기사』와 『여성 은수자를 위한 지침서』), 『중세 영어 어휘 사전』과 오늘날에도 교재로 쓰이는 탁월한 에세이 두 편(「베오울프: 괴물과 비평가」와 「요정 이야기에 관하여」)가 있다. 그의 대학 동료들은 더 많은 업적을 기대했고, 그의 출판사는 더 많은 작품을 희망했다. 그는 34년간 옥스퍼드대학교의 교수로 재직하면서 고대 영어와 중세 영어 학자로서 널리 존경을 받았다. 그의 기록보관소에는 고대 영어와 중세 영어 텍스트에 관한 광범위한 강의 노트와 상세한 논평이 있는데, 다른 사람이었더라면 그 자료로 수많은 논문과 편집본, 교재를 만들어 냈을 것이다. 그렇다면 그가 발표한 것은 왜 그리 적었을까?

톨킨은 시간을 써야 할 일이 많았다. 말년의 사진에서 보이듯이 그가 늘 파이프 담배를 피우고 있는 나이 지긋한 교수였던 것은 아니다. 비교적 젊은 나이인 서른셋에 옥스퍼드의 교수가 된 그는 학구적 경력의 정점에 이르렀고 연구와 수업, 평가를 포함한 많은 대학 업무를 가까스로 해 나가며 어린 자녀들로 분주한 가정생활을 꾸려 가고 있었다. 그가 출판업자에게 설명했듯이 "산문이든 운문이든 이야기를 쓰려면 이미 저당 잡힌 시간에서 종종 죄책감을 느끼며 시간을 훔쳐 내야 했습니다."[1]

톨킨은 완벽주의자였고 극히 세심하게 공들여 일했다. 그는 자신이 "성실한 교수이고, 어느 정도는 그렇기 때문에 성실한 작가가 되지 못했습니다"라고 인정했다.[2] 톨킨의 전기 작가 험프리 카펜터는 톨킨이 앵글로색슨 교수로 임명되었을 때 "규정에 따르면 연간 적어도 36회의 강의나 수업을 해야 했지만 그는 그 주제를 다 다루려면 그것으로 충분하지 않다고 생각해서 교수로 임명된 이듬해에는 강의와 수업을 136회 했다"고 썼다.[3]

앵글로색슨 교수로서 그는 펨브룩대학 소속이었지만 대학에 연구실이 없었으므로, 노스무어 로의 그의 집 서재가 학구적, 창조적 생활의 중심이었다. 여기서 그는 참고 도서들이 꽂힌 서가에 둘러싸여 대학원생들을 가르쳤고, 강의를 준비했고, 논문을 썼고, 시험지를 채점했다. 종종 밤늦게 여가 시간에는 요정들과 인간들의 전설을 쓰고, 가운데땅의 풍경을 그리고, 요정어 문법과 사전을 만들었다. 또한 이 서재에서 그는 자녀들에게 호빗과 요정의 이야기를 들려주었고, 그들에게 보낼 산타클로스의 편지를 썼으며, 그 편지들에 놀라운 그림들을 그려 넣었다. 톨킨 자택의 서재는 교수이자 학자, 교사이고, 아버지이자 이야기꾼이고 화가로서 그의 다양한 생활이 포개진 곳이었다.

1 카펜터와 톨킨 1981, p.24.
2 시블리 2001.
3 카펜터 1977, p.135.

톨킨의 개인 서재의 책

보들리언 기록보관소

서재에 있는 톨킨 사진

옥스퍼드, 노스무어 로 20 [1937년경]
83×58mm
MS. Tolkien photogr. 5, fol. 94

노스무어 로 20번지의 서재에서 일하고 있는 톨킨의 이 희귀한 사진은 1930년대 『호빗』이 출간되었을 무렵에 찍은 것이다. 그는 팔걸이가 있는 휠백체어에 앉아 있다. 그가 쓰는 책상은 1927년에 아내 이디스가 준 선물이었다. 그는 이 책상을 오랫동안 사용했고, 그 위에서 『호빗』과 『반지의 제왕』의 대부분을 썼다. 아내가 1971년에 죽은 후 그는 "멀리 바닷가 근처의 숲속에" 있는 넓은 주택을 팔고 옥스퍼드로 돌아와 머튼대학에서 제공한 숙소에서 지냈다.[1] 이렇게 살림을 줄이는 과정에서 그는 이 책상을 노인 원조 자선 단체에 기증했다. 그들은 이디스를 기념하여 노인 숙소를 위한 기금을 마련하기 위해 그 책상을 팔았다.

이 사진의 배경에서 톨킨의 넓은 서재를 일부 볼 수 있다. 그는 개인 서재를 만들게 된 것이 옥스퍼드에서 그의 지도교수였던 케네스 시섬 덕분이라고 말했다. 시섬은 톨킨에게 중고서적 목록을 알려 주었고 톨킨이 사야 하는 책들을 강조했다. 이 장서의 일부는 보들리언 도서관에 소장되어 있는데, 특히 게르만어를 포함해서 라틴어, 희랍어, 고대 스칸디나비아어, 고대 영어, 중세 영어, 게일어, 웨일스어 사전들과 문법책, 문서 편집본이 포함되어 있다. 톨킨은 많은 책들에 그 책을 구입한 날짜와 메모를 적어 넣었다. 그는 학창 시절에 책을 수집하기 시작했음이 분명하다. 그가 소장했던 크고 닳은 『체임버의 영어 어원사전』에는 이렇게 적혀 있다. "이 책은 [1904년경에] 내가 게르만 언어학(그리고 일반 언어학)에 관심을 갖게 된 시발점이었다. '음운 변이' 등을 처음으로 눈뜨게 해 준 '서론'은 안타깝게도 너무 닳고 너덜너덜해져서 분실되었다."[2] '음운 변이'란 오랜 시간에 걸쳐 언어에 서서히 발생하며 식별할 수 있는 패턴을 따르는 음의 변화를 뜻한다. 이 패턴의 성격(게르만어의 음 변이)을 처음 기록한 사람은 19세기 게르만 언어학자 야콥 그림이었는데, 동생 빌헬름과 수집한 동화집 『그림의 동화책』으로 더 잘 알려져 있다.

1 톨킨이 네일, 데이비드, 캐서린 맥콜에게 보낸 편지, 1969년 1월 3일. [2016년 3월 16일, 런던, 보넘에서 판매됨.]

2 Bodleian MS. Tolkien E 16/8, 앞 면지.

84

'백악기 답사자들의 대학, 재입학 시험지'

1938년 4월
레드 라이언 호텔의 주소가 인쇄된 메모지에 연필
베이싱스토크
202×127mm
인쇄물: 후퍼 1983
Dep. c. 1104, fol. 5

톨킨과 C.S. 루이스는 잉클링스라 불린 친구들 그룹의 핵심 멤버였다. 그들은 겉으로는 자신들의 작품을 낭독하기 위해서였지만, 오전에는 맥주를 곁들이고 저녁 모임일 때는 더 강한 음료를 곁들여 화기애애한 분위기에서 남성들 간의 교류와 폭넓은 대화를 즐기기 위해 일주일에 한두 번 만났다. 이 그룹의 구성원은 유동적이었지만 모두 작가였고, 이런저런 교파의 기독교인이었다. 톨킨에게 그 모임은 가정사에서 벗어나 한때 T.C.B.S.에서 찾았고 잃었던 남성들의 유대의 세계였다. 어쩌면 톨킨에게는 미발표 작품의 청중을 잉클링스에서 얻었다는 사실이 더 중요했을 것이다. 다음 모임에서 낭독할 글을 써야 한다는 압박감이 결국『반지의 제왕』을 완결하는 데 무엇보다도 기여했을 것이다.

매년 부활절 휴일이면 C.S. 루이스와 그의 친구들은 기차로 쉽게 접근할 수 있는 영국 남부로 사나흘 간의 짧은 도보 여행을 떠나곤 했다. 이 도보 여행에 늘 동참하는 사람은 그의 동생 워니 루이스와 학부 시절의 친구 오웬 바필드와 세실 하우드였다. 이 여행은 잉클링스의 야외 모임과 같아서 그들은 아름다움이 훼손되지 않은 시골 지역을 걸었고 도중에 시골 주막에 들르기도 하면서 폭넓은 토론을 즐길 수 있었다. 때로 톨킨은 필요한 집안일을 처리하고 그 그룹에 합세할 수 있었는데, 루이스가 정한 하루 25~30킬로미터의 꾸준한 행군이 좀 버겁다고 느꼈다.

톨킨은 1938년 햄프셔에서 휴가를 보내는 동안 동료 도보 여행자들을 위해 이 가짜 시험지를 만들었다. 그들이 숙박했을 베이싱스토크의 레드 라이언 호텔의 주소가 인쇄된 메모지에 작성한 이 시험지는 장난기와 패기가 넘치는 톨킨의 모습을 보여 준다. "당신은 어디에서 떠나는가?"와 "시어를 비교하라" 같은 답할 수 없는 질문도 있다. 이 시험지는 오웬 바필드의 수집품 상자에서 발견되었고, 몇 가지 질문은 특히 바필드(10번)와 그의 작품(2, 3, 6번)에 관련되어 있다. 일곱 달 전에 출간된『호빗』에 대한 언급(4번과 10번)도 나온다.

'백악기 답사자'란 명칭은 톨킨이 만든 것이 아니었다. 이 구절은 1930년대 초에 C.S. 루이스가 예전의 타이핑된 시험지에 쓴 답변에서 사용되었다.[1] 그것은 영국 남부의 켄트에서 서머싯까지 펼쳐진 백악질 구릉을 가리키는데 후기 백악기에 형성되었기에, '백악기 답사자'란 그 남부 구릉을 걷는 사람을 가리킨다.

1 Bodleian Dep. c. 1104, fol. 8.

도판 90 (오른쪽 면) '백악기 답사자'들의 가짜 시험지의 왼쪽 면. (Bodleian Dep. c. 1104, fol. 5v)

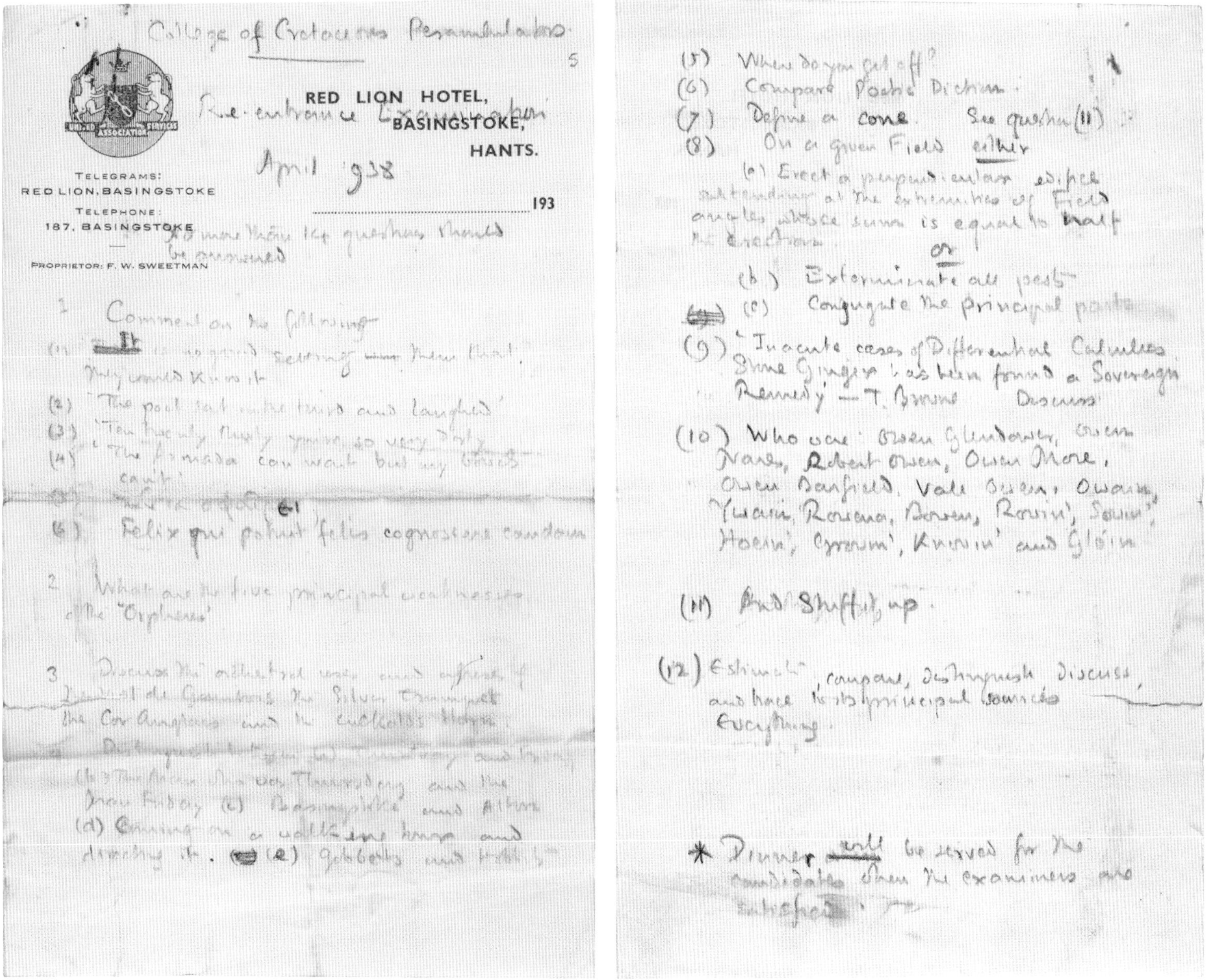

College of Cretaceous Perambulators

5

RED LION HOTEL,
BASINGSTOKE,
HANTS.

Re-entrance Examination

TELEGRAMS:
RED LION, BASINGSTOKE
TELEPHONE:
187, BASINGSTOKE

PROPRIETOR: F. W. SWEETMAN

April 1938
......................193

No more than 14 questions should be answered

1 Comment on the following

(1) 'It is no good saying ~~....~~ then that they would know it'

(2) 'The poet sat on the third and laughed'

(3) 'Ten twenty thirty you're so very dirty'

(4) 'The Armada can wait but my bowels can't'

(5) [illegible]

(6) Felix qui potuit felis cognoscere caudam

2 What are the five principal weaknesses of the "Orpheus"

3 Discuss the orchestral uses and effects of [illegible] de Gamba, the Silver Trumpet, the Cor Anglais and the cuckold's horn.

4 Distinguish between [illegible] and [illegible] (b) The Avon when it was Thursday and the Avon Friday (c) Basingstoke and Athens (d) Coming on a walking tour and directing it. (e) Gibbets and Habits

(5) When do you get off?

(6) Compare Poetic Diction.

(7) Define a cone. See question (11)

(8) On a given Field either

(a) Erect a perpendicular edifice subtending at the extremities of Field angles whose sum is equal to half the erection.

or

(b) Exterminate all pests

(c) Conjugate the principal parts

(9) 'In acute cases of Differential Calculus Stone Ginger has been found a Sovereign Remedy' — T. Browne. Discuss

(10) Who were: Owen Glendower, Owen Nares, Robert Owen, Owen More, Owen Barfield, Vale Owen, Owain, Ywain, Rowena, Bowen, Rowin', Sowin', Hoein', Growin', Knowin' and Glóin

(11) And Shuffit up.

(12) Estimate, compare, distinguish, discuss, and trace to its principal sources Everything.

* Dinner ~~will~~ be served for the candidates when the examiners are satisfied.

옥스퍼드 대학 수첩, 1941~1942년

(옥스퍼드대학교 출판사)
2 + 346장, 붉은 천 표지
95×50×13mm
톨킨 가족 문서

전시에 톨킨은 다른 의무들을 떠맡아야 했다. 1942년 출판사에 보낸 편지에서 톨킨은 『반지의 제왕』을 끝내기 위해 어떻게 노력하고 있는지를 설명했다. "나는 1938년 이후로 틈이 날 때마다 그 일을 해 왔습니다. 실은 세 배로 늘어난 공무와 네 배가 된 가사 그리고 '민방위' 활동을 하고 남은 틈새였지요."[1] 1942년 1월 15~17일자 톨킨 수첩의 한 면을 보면 가족과 친구, 업무와 전쟁으로 겹치는 일정이 기록되어 있다. 팬터마임을 보러 가족 외출이 예정되어 있고, 공습 대비 위원회에서 학장의 연설이 있을 것이며, 예전 학생 스텔라 밀스가 티타임에 오기로 되어 있고, 잉클링스의 모임이 있을지 모른다는 기대감이 물음표로 표시되어 있다.

전쟁 발발 이전에도 톨킨은 전문적인 스칸디나비아어 지식을 이용해서 암호를 풀도록 비상사태 시 정부 부호 및 암호 학교에 동원될 교수 명단에 포함되어 있었다.[2] 그는 이 일로 동원 명령을 받은 적이 없었지만 다른 교수들이 전시 업무에 투여되면서 대학은 교원이 부족해졌다. 청년들이 군대에 끊임없이 공급되어야 하므로 정상적인 학부 과정은 방해받을 수밖에 없었다. 학생들에게서 대학교육을 완전히 박탈하지 않도록 정규과정 외에 특별 단기과정을 마련하고 교육하고 평가해야 했다. 톨킨은 또한 공습 감시원을 자원했고 정기적으로 밤새 근무하고는 다음 날 수업을 하곤 했다.

전쟁 중 일상생활은 더욱 힘들어졌고 일상적인 일에 더 많은 시간이 들었다. 제일 먼저 휘발유 보급이 제한되면서 일반 민간인이 차를 사용하는 일은 사라졌다. 야채와 빵을 제외한 식료품 보급은 1942년 8월에 제한되었고, 원하는 상품을 구입할 수 있으리라는 확신도 없이 음식을 사기 위해 줄을 서는 일이 이어졌다. 남녀 할 것 없이 군대와 전쟁을 위한 총력에 동원되면서 노동력이 부족해졌다. 이로 인해 서비스업에 여파가 미쳐서 톨킨 가족은 가사 도우미를 구하거나 정원사를 고용하거나 심지어 자전거를 수리해 줄 사람을 찾는 데도 큰 어려움을 겪었다. 밤마다 등화관제를 실시하면서 적들의 비행기에 빛을 보여 주지 않도록 모든 창문과 문을 커튼으로 막아야 했다. 저녁때 시내에 나가면 어둠 속에서 오로지 연석에 칠해진 흰 줄에 의지해 밴버리 로를 자전거로 달리다가 공급품이 고갈되고 술집들이 닫혀 있는 거리를 보았을 것이다.

1 카펜터와 톨킨 1981, p.58.
2 국립 기록보관소, HW 62/21/18, 정부 부호 및 암호 학교 부서.

도판 91 수첩 앞표지.
(톨킨 가족 문서)

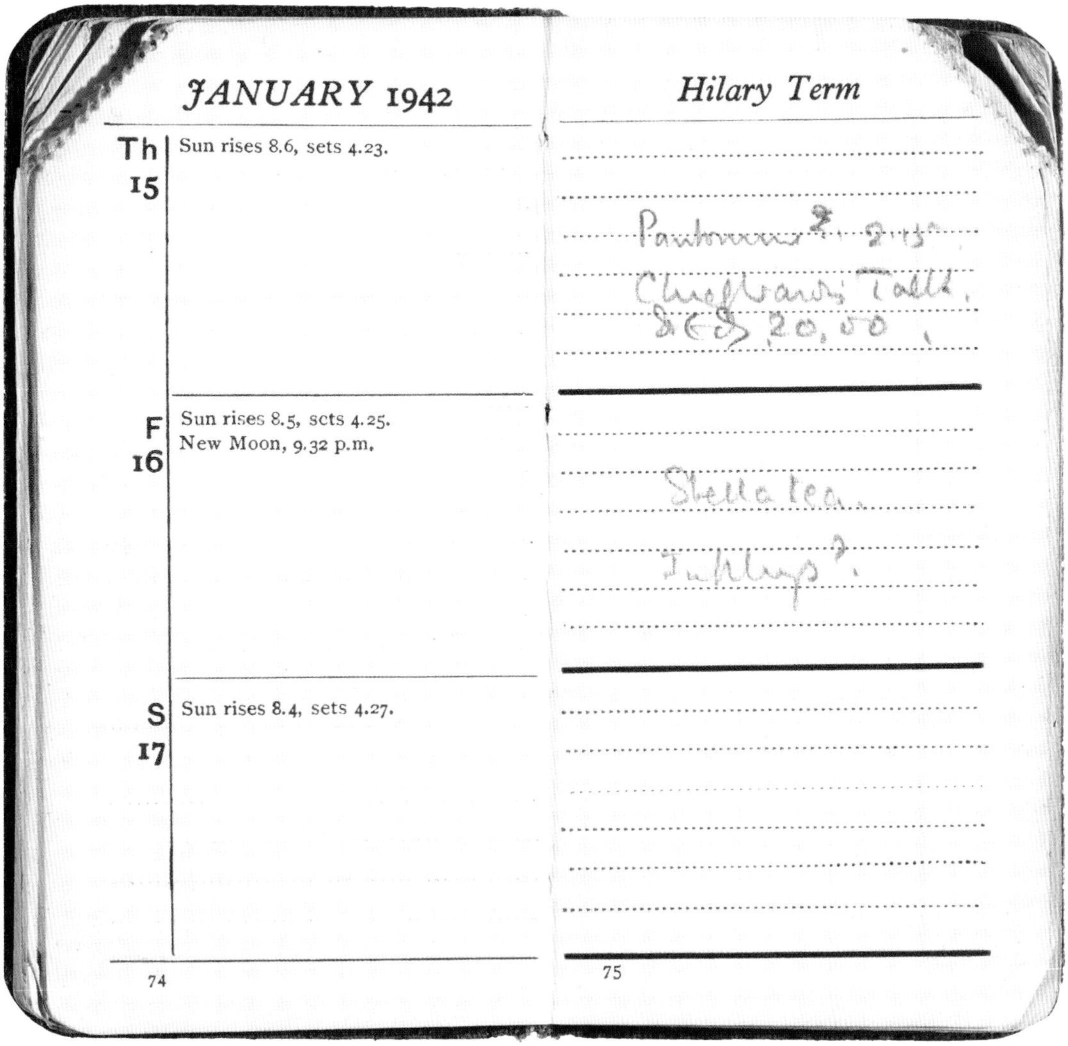
JANUARY 1942
Hilary Term
Th 15
Sun rises 8.6, sets 4.23.
Pantomime? 2.15
F 16
Sun rises 8.5, sets 4.25.
New Moon, 9.32 p.m.
Stella tea.
Inklings?
S 17
Sun rises 8.4, sets 4.27.
74
75

「아서의 몰락」, 제2편

[1927년경]
자필
35장, 243×193mm
인쇄물: 톨킨 2013
MS. Tolkien B 59/2, fol. 115

R.W. 체임버스 (1874~1942)

J.R.R. 톨킨에게 보낸 편지

1934년 12월 9일, 런던대학교, 유니버시티대학
자필
2장, 253×202mm
MS. Tolkien B 59/2, fol. 250

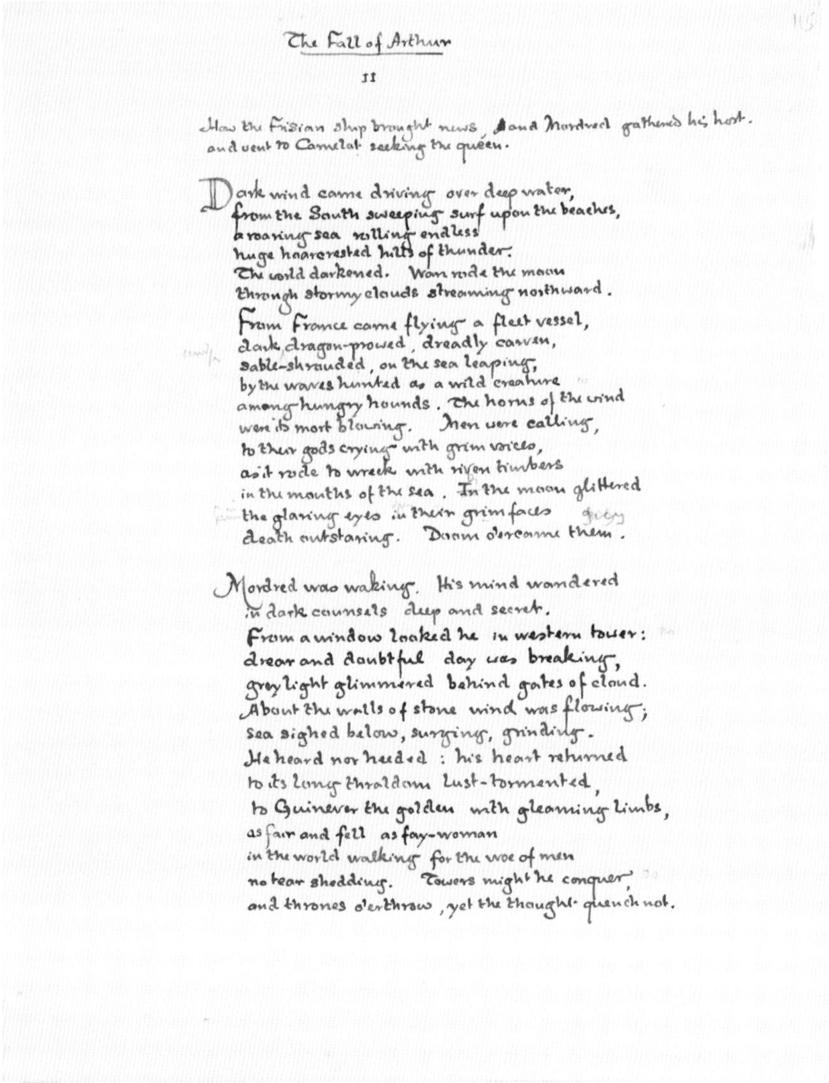

115

The Fall of Arthur

II

How the Frisian ship brought news, and Mordred gathered his host.
and went to Camelot seeking the queen.

Dark wind came driving over deep water,
from the South sweeping surf upon the beaches,
a roaring sea rolling endless
huge hoarcrested hills of thunder.
The world darkened. Wan rode the moon
through stormy clouds streaming northward.
From France came flying a fleet vessel,
dark, dragon-prowed, dreadly carven,
sable-shrouded, on the sea leaping,
by the waves hunted as a wild creature
among hungry hounds. The horns of the wind
were its mort blowing. Men were calling,
to their gods crying with grim voices,
as it rode to wreck with riven timbers
in the mouths of the sea. In the moon glittered
the glaring eyes in their grim faces
death outstaring. Doom o'ercame them.

Mordred was waking. His mind wandered
in dark counsels deep and secret.
From a window looked he in western tower:
drear and doubtful day was breaking,
grey light glimmered behind gates of cloud.
About the walls of stone wind was flowing;
sea sighed below, surging, grinding.
He heard nor heeded: his heart returned
to its long thraldom lust-tormented,
to Guinever the golden with gleaming limbs,
as fair and fell as fay-woman
in the world walking for the woe of men
no tear shedding. Towers might he conquer,
and thrones o'erthrow, yet the thought quench not.

톨킨은 20년간 옥스퍼드대학교에서 '앵글로색슨의 롤린슨과 보스워스 교수'였고 고대 영어 두운시를 읽고 쓰는 데 더할 나위 없이 능숙했다. 말년에 그는 미국 출판업자에게 편지를 썼다. "저는 두운시 쓰기를 좋아하는데, 「베오르흐트노스의 귀향」 외에 『반지의 제왕』에 나오는 단편들 말고는 거의 발표하지 않았습니다. […] 「아서의 몰락」에 관한 장시를 같은 운율로 끝낼 수 있기를 여전히 희망합니다."[1] 그의 생전에 출간된 작품이 극히 적었던 것은 대부분의 시가 완성되지 않았기 때문이었다. 그런 시 중 하나인 「아서의 몰락」은 아서 왕의 전설을 다루면서 영국의 전승과 프랑스의 전승에서 여러 요소를 결합하여 새롭고 독특한 것을 창조하려는 작품이었다. 1920년대 후반에 쓴 그 시는 그가 친구이자 동료이고 런던 유니버시티대학 영문학부의 퀘인 교수인 R.W. 체임버스에게 보낸 1934년에도 아직 완성되지 않은 상태였다. 체임버스의 반응은 명쾌했다. "아서는 실로 대단하군요. […] 당신이 끝내기만 하면 됩니다."

체임버스의 이런 답변에도 불구하고 「아서의 몰락」은 결국 완성되지 않았다. 톨킨은 끝내야 할 일이 많았고 그중 하나가 『호빗』이었다. 이 작품이 3년 후 1937년 출간에 이르렀을 때 톨킨은 출간 전에 체임버스에게 견본을 보냈다. "친절한 옛" 친구는 그 작품을 보고 즐거워하며 편지를 보냈다. "어제저녁에 호빗이 도착했는데 [···] 나는 그의 흥미진진한 모험에 푹 빠졌습니다."[2] 불행히도 체임버스는 건강이 좋지 않아서 생전에 『반지의 제왕』의 출간을 보지 못했다.

「아서의 몰락」은 어떻게 완결되었을지 알려주는 초고 메모만 남아 있다. 이 작품은 거의 70년 후인 2013년에 톨킨의 아들이자 유고 관리인인 크리스토퍼 톨킨의 편집으로 출간되었다.

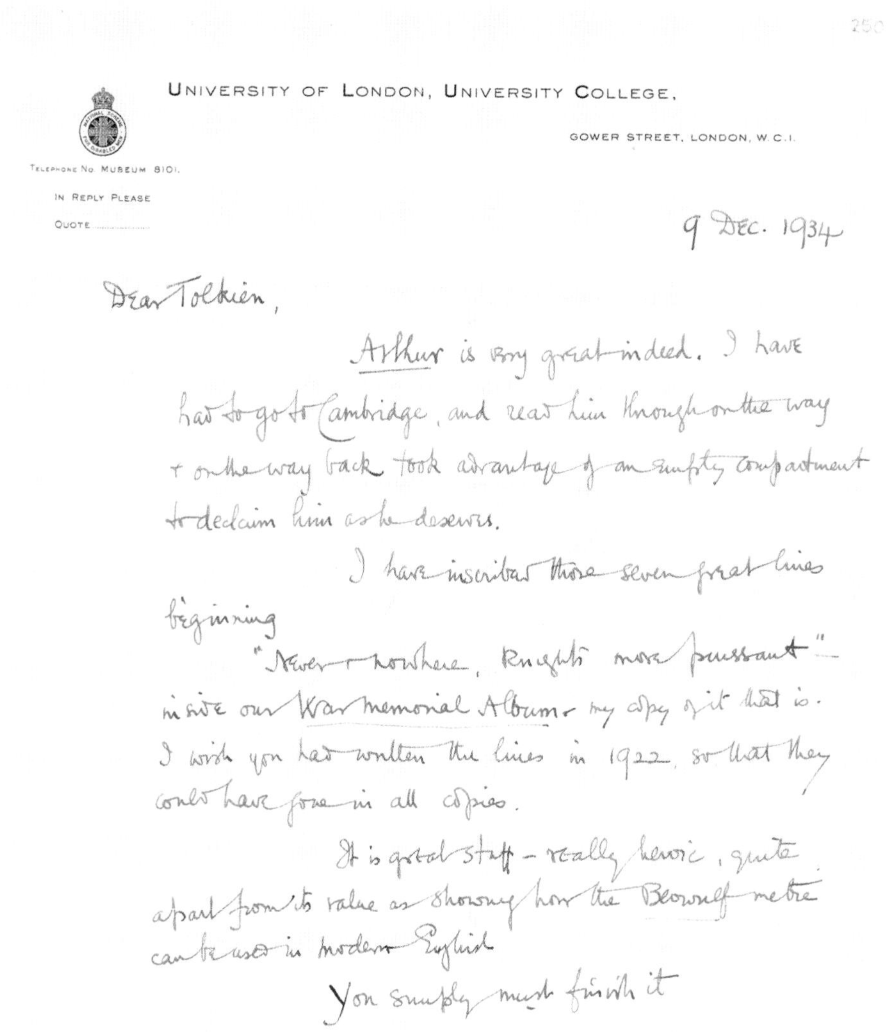
UNIVERSITY OF LONDON, UNIVERSITY COLLEGE,
GOWER STREET, LONDON, W.C.1.

TELEPHONE No. MUSEUM 8101.
IN REPLY PLEASE
QUOTE ....

9 Dec. 1934

Dear Tolkien,

Arthur is very great indeed. I have had to go to Cambridge, and read him through on the way & on the way back took advantage of an empty compartment to declaim him as he deserves.

I have inscribed those seven great lines beginning
"Never & nowhere, knights more puissant" – inside our War memorial Album – my copy of it that is. I wish you had written the lines in 1922, so that they could have gone in all copies.

It is great stuff – really heroic, quite apart from its value as showing how the Beowulf metre can be used in modern English.

You simply must finish it

1 카펜터와 톨킨 1981, p.219.
2 카펜터와 톨킨 1981, p.20. Bodleian MS. Tolkien 21, fol. 45.

산타클로스의 첫 번째 편지

1920년 12월 22일
붉은 잉크와 검은 잉크, 은가루; 166×101mm
전시: 옥스퍼드 1976~1977; 옥스퍼드 1992, 75~76번
인쇄물: 톨킨 1976; 옥스퍼드 1992; 해먼드와 스컬 1995
MS. Tolkien Drawings 37~38

산타클로스의 그림

1920년 12월 22일
수채 물감, 흰 불투명 물감, 은가루, 검은 잉크
190×129mm
전시: 옥스퍼드 1976~1977; 옥스퍼드 1992, 75~76번
인쇄물: 톨킨 1976; 옥스퍼드 1992; 해먼드와 스컬 1995
MS. Tolkien Drawings 37~38

1920년부터 1943년까지 크리스마스에 톨킨의 자녀들은 '산타클로스'가 손으로 쓴 편지와 그림을 받았다. 이 편지들은 북극의 산타클로스의 벗들과 도우미들의 소식과 그해에 일어난 (그의 '도우미'인 북극곰이 주로 일으킨) 사고와 불상사를 들려주었다. 이 편지들의 흔들리는 가늘고 긴 글씨체는 천 살이 넘은 산타클로스의 고령을 암시하고 또한 톨킨 자신의 필체를 숨기기 위한 것이었다. 때로 이 편지들 곳곳에 도우미들의 메모가 각각 독특한 필체로 적혀 있었고, 편지마다 사건들을 묘사한 그림이 동봉되어 있었다. 북극 우표가 붙은 봉투에 담겨 도착한 이 편지들은 벽난로 위에서 발견되기도 하고 우체부가 배달하는 경우도 있었다.

산타클로스의 첫 번째 편지는 세 살배기인 톨킨의 장남, 존에게 보낸 것이었는데, 존은 산타클로스가 어떻게 생겼는지, 어디에 살고 있는지를 톨킨에게 물어본 적이 있었다. 이 편지와 '나'와 '내 집'을 보여 준 그림들은 은빛 반짝이가 뿌려져 있어서 서리처럼 반짝였다. 그림에서 산타클로스는 선물 자루를 메고 눈 속을 터벅터벅 걷고 있고, 편지에는 "나는 방금 장난감 꾸러미를 메고 옥스퍼드로 출발했단다. 네 장난감도 있지."라고 적혀 있다. 그의 붉은 뺨과 코는 북극의 매서운 추위를 암시한다. 그 밑에 있는 그의 집, '크리스마스 집'은 얼음 석순이 달린 이글루처럼 보인다. 이것은 톨킨이 학부생이었던 1914년 1월에 그린 숲속 동화의 집 그림을 개작한 것이다.

봉투에는 직접 만든 아름다운 우표가 붙어 있는데 북극이 그려져 있고 우표 값으로 "키스 2회"가 적혀 있다. 주소는 톨킨 가족이 하숙집에 살았던 "옥스퍼드 시 앨프리드 가 1번지"로 적혀 있다. 앨프리드 가는 세인트자일스 가의 골목길로 지금은 퓨지 가라고 불리는데 그 집은 남아 있지 않다.

도판 92 산타클로스의 편지 봉투, 1920년. (Bodleian MS. Tolkien Drawings 36)

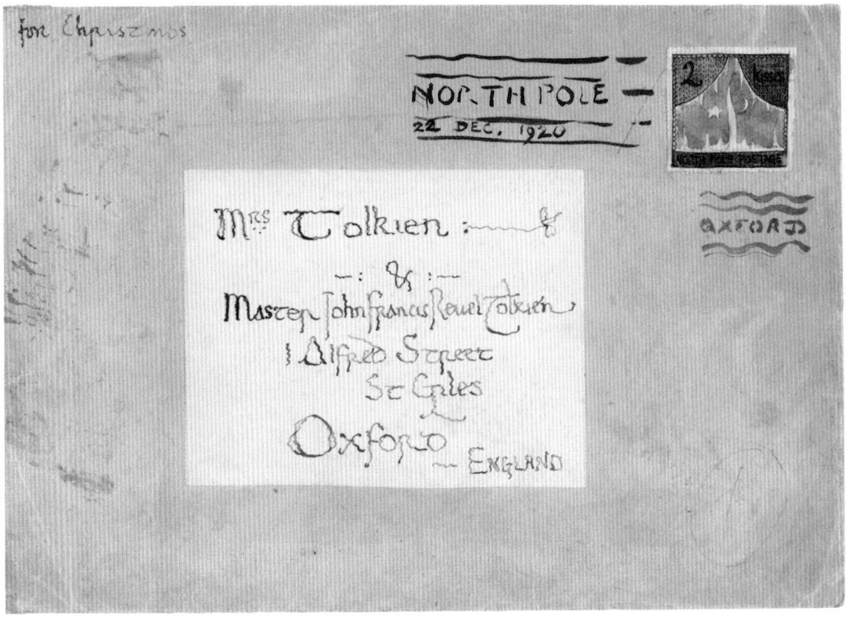

Christmas House
NORTH POLE
1920

Love to daddy, mummy michael & auntie mary

Dear John,

I heard you ask daddy what I was like & where I lived. I have drawn ME & My House for you. Take care of the picture. I am just off now for Oxford with my bundle of toys — some for you. Hope I shall arrive in time: the snow is very thick at the NORTH POLE tonight: Yr loving Fr. Chr.

〈오로라〉, 산타클로스의 그림

1926년 12월
수채 물감, 검은 잉크, 색연필, 연필
231×178mm
전시: 옥스퍼드 1976~1977; 옥스퍼드 1992, 79번
인쇄물: 톨킨 1976; 옥스퍼드 1992
MS. Tolkien Drawings 46

1924년에 큰아이 존과 마이클은 각각 산타클로스의 카드를 받았다. 그림이나 이야기는 없었지만 카드에는 큰 북극곰(이 편지에서 처음으로 곰이 등장하는데 나중에는 북극곰 혹은 간단히 NPB라고 불린다)의 짧은 편지가 따로 들어 있었다. 이 카드 쪽지는 직접 만든 아름다운 우표가 붙은 봉투에 담겨 왔는데, 우표마다 오로라가 그려져 있다. 마이클에게 보낸 쪽지에서 산타클로스는 "난 올해 몹시 바쁘단다. 편지를 쓸 시간이 없구나."라고 썼고, 존에게는 "짧은 편지를 쓸 시간밖에 없구나. 내 썰매가 기다리고 있거든."이라고 고백했다. 실로 톨킨에게는 분주한 해였다. 그는 3월에 리즈 교외에 첫 집을 구입했고, 7월에 리즈대학교 영문학부의 부교수에서 교수로 승진했고, 11월에는 삼남 크리스토퍼가 태어나면서 가족이 다섯 명으로 늘어났다.

1925년부터 이 편지들의 내용은 북극곰의 엉뚱한 장난들로 채워지는데, 산타클로스의 도우미임에도 불구하고 그 곰은 오히려 일거리를 갑절로 만든다. 1925년에 북극곰은 자기 두건을 찾으려고 북극점North Pole(Pole에는 막대라는 뜻도 있다. ―역자 주)에 기어 올라가다가 산타클로스의 집을 부서뜨렸고 막대가 부러지는 바람에 집의 굴뚝 속으로 떨어지고 말았다. 이듬해에는 "로리 보리 아일리스"를 위해 꼭지를 돌리는 바람에 거의 비슷한 참사를 일으켰다. 그 결과 "세상에서 가장 큰 폭발이 일어났고 더없이 끔찍한 불꽃을 일으켰단다. [⋯] [그 곰은] 2년간 쓸 북쪽의 모든 빛을 한번에 다 켜 버린 거야. 그런 일은 들은 적도, 본 적도 없었어." 북극의 화려한 불꽃놀이를 보여 주는 이 그림의 오른쪽 절벽 꼭대기에 산타클로스의 새 집이 있다. '조금도 미안해하지' 않는 북극곰은 겁에 질린 사슴이 달아나면서 도처에 선물을 흩뜨리고 산타클로스가 그것을 좇아 뛰어가는 우스꽝스러운 스케치(오른쪽 밑에 NPB라고 서명한)를 아래쪽에 덧붙였다. 이 버릇없는 북극곰은 아홉 살, 여섯 살, 두 살이었던 톨킨의 세 아들을 즐겁게 해 주었을 것이다. 늘 그렇듯 뉘우치지 않는 북극곰은 추신에 "내가 없으면 산타클로스가 뭘 할 수 있을지 모르겠어!"라고 덧붙였다.

NPB
1926

존에게 보낸 산타클로스의 편지 봉투

1924년 12월
검은 잉크와 붉은 잉크, 수채 물감
106×135mm
전시: 옥스퍼드 1976~1977; 옥스퍼드 1992, 77번
MS. Tolkien Drawings 40

마이클에게 보낸 산타클로스의 편지 봉투

1924년 12월
검은 잉크와 붉은 잉크, 수채 물감
109×135mm
전시: 옥스퍼드 1976~1977; 옥스퍼드 1992, 78번
MS. Tolkien Drawings 41

94

1932년 크리스마스

95 산타클로스의 편지
1932년
검은 잉크, 붉은 잉크, 초록 잉크
4장, 329×203mm
인쇄물: 『북극에서 온 편지』(2012)
MS. Tolkien Drawings 83, fol. 21

96 그림 〈메리 크리스마스〉
1932년
수채 물감, 검은 잉크와 컬러 잉크
전시: 옥스퍼드 1976~1977; 옥스퍼드 1992, 83번
인쇄물: 톨킨 1976; 옥스퍼드 1992; 해먼드와 스컬 1995
MS. Tolkien Drawings 57

97 동굴 그림
1932년
검은 잉크, 붉은 잉크, 수채 물감
242×183mm
전시: 옥스퍼드 1976~1977; 옥스퍼드 1992, 84번
인쇄물: 톨킨 1976; 옥스퍼드 1992; 해먼드와 스컬 1995
MS. Tolkien Drawings 58

톨킨의 자녀들이 성장하면서 산타클로스의 편지는 더 길어졌고, 이야기는 더 어둡고 흥미진진해졌다. 1932년의 편지와 그림에 처음 등장하는 고블린은 북극 밑의 동굴에 살면서 산타클로스의 지하 저장고에서 아이들의 선물을 훔친다. 다행히 '고블린 냄새를 맡은' 북극곰이 알아채고는 노르웨이의 붉은 그노메들의 도움으로 그것들을 몰아가서 사로잡는다. 이 편지를 쓸 무렵에 톨킨은 『호빗』을 집필하고 있었는데 그 이야기에 등장하는 고블린, 와르그, 요정들이 크리스마스 편지로 흘러들었음이 분명하다. 흥미롭게도 이 편지에서 요정은 Gnomes라고 불리고 1935년부터 산타클로스는 요정을 Elves라고만 부른다. 그노메는 톨킨이 예전의 '실마릴리온' 글에서 놀도르 요정을 가리킬 때 사용한 용어였다. 이 용어는 1937년에 출간된 『호빗』 초판에서도 사용되었지만 이후 판본에서는 "서녘의 높은요정"으로 대치되었다.

중간의 삽화는 고블린들이 우글거리는 동굴 속의 산타클로스와 북극곰, 늙은 갈색 동굴 곰을 보여 준다. 동굴 그림의 전면 삽화가 들어 있는 편지에서 그는 이렇게 들려준다. "이 동굴들의 벽은 바위에 새기거나 붉은색, 갈색, 검은색으로 칠한 그림들로 뒤덮여 있단다. 어떤 그림은 (주로 동물 그림) 아주 잘 그렸고, 어떤 그림은 이상하고, 어떤 그림은 못 그렸어. 이상한 표시와 기호, 낙서도 많이 있는데, 불쾌하게 보이는 어떤 것들은 틀림없이 흑마술과 관련이 있을 거란다."

위쪽 그림은 일곱 쌍의 순록과 특별히 속도를 내기 위해 흰 순록 한 쌍이 더 매달린 썰매를 타고 옥스퍼드의 스카이라인을 가로지르는 산타클로스를 보여 준다. 중앙에 있는 보들리언 도서관의 열람실, 래드클리프 카메라의 반구형 지붕이 눈에 띄고, 오른쪽의 수직선 세 개는 노스무어 로에 있는 톨킨 집의 위치를 가리킨다. 아래쪽 그림은 크리스마스 배달이 끝난 다음 날 열리는 파티를 보여 준다. 아마도 아이들의 질문에 답하기 위해서 산타클로스는 어떻게 자신이 그 짧은 시간에 모든 일을 해 낼 수 있는지를 알려 준다. "내 마법이 아주 강력한 크리스마스 시즌에는, 1분에 양말 천 개쯤 만들 수 있단다." 그리고 이 편지에서 이렇게 덧붙인다. "크리스마스 그림을 그리느라 꽤 수고를 많이 했지. 어떤 그림은 1분이나 걸리거든."[1]

1 Bodleian MS. Tolkien Drawings 83, fol. 11v.

Cliff House
near the North Pole
December 23rd.
1932.

My dear children,

There is a lot to tell you. First of all a Merry Christmas! But there have been lots of adventures you will want to hear about. It all began with the funny noises underground which started in the summer & got worse & worse. I was afraid an earthquake might happen. The N.P.B. says he suspected what was wrong from the beginning. I only wish he had said something to me; & anyway it can't be quite true, as he was fast asleep when it began, & did not wake up till about Michael's birthday. However, he went off for a walk one day, at the end of November I think, & never came back! About a fortnight ago I began to be really worried, for after all the dear old thing is really a lot of help, inspite of accidents, & very amusing. One Friday evening (Dec. 9th) there was a bumping at the front door, & a snuffling. I thought he had come back, & lost his key (as often before); but when I opened the door there was another very old bear there, a very fat & funny-shaped one. Actually it was the eldest of the few remaining cave-bears, old Mr Cave-Brown-Cave himself (I had not seen him for centuries).

'Do you want your North Polar Bear?' he said. 'If you do you had better come & get him!'

It turned out he was lost in the caves (belonging to Mr C.B.C or so he says) not far from the ruins of my old house. He says he found a hole in the side of a hill, & went inside because it was snowing. He slipped down a long slope, & lots of rock fell after him, & he found he could not climb up or get out again. But almost at once he smelt goblin! & became interested, & started to explore. Not very wise; for of course goblins can't hurt him, but their caves are very dangerous. Naturally he soon got quite lost, & the goblins shut off all their lights, & made queer noises & false echoes.

Goblins are to us very much what rats are to you, only worse because they are very clever; & only better because there are in these parts very few. We thought there were none left. Long ago we had great trouble with them, that was about 1453 I believe, but we got the help of the Gnomes, who are their greatest enemies, & cleared them out. Anyway there was poor old PB lost in the dark all among them, & all alone until he met Mr. CBC (who lives there). CBC can see pretty well in the dark, & he offered to take PB to his private back-door. So they set off together, but the goblins were very excited & angry (PB had boxed one or two flat that came and poked him in the dark, & had said

1932
A merry christmas
NC

파일리 해변에서 톨킨과 마이클과 존

1925년 9월
63×89mm
MS. Tolkien photogr. 5, fol. 11

「로버랜덤」

[1930년대 초]
교정된 타자 원고
39장, 240×177mm
MS. Tolkien B 64/1, fol. 2

〈로버가 장난감이 되어 모험을 시작한 집〉

1927년 9월
수채 물감, 검은 잉크
136×203mm
전시: 옥스퍼드 1992, 131번
인쇄물: 옥스퍼드 1992; 해먼드와 스컬 1995; 스컬과 해먼드 1998
MS. Tolkien Drawings 89, fol. 2

1925년 여름 방학에 톨킨과 이디스는 어린 세 아들을 데리고 요크셔 연안의 파일리 해변 휴양지로 휴가 여행을 갔다. 그들이 살고 있던 리즈에서 기차를 타고 쉽게 갈 수 있는 곳이었다. 모래사장에서 놀던 네 살 먹은 마이클(왼쪽)이 어디에나 갖고 다니던 좋아하는 장난감 강아지를 잃어버렸다. 아버지와 형 존이 그를 도와 해변을 찾아보았지만 그 장난감은 발견되지 않았다. 이후 곧 맹렬한 폭풍이 동쪽 해안을 강타했고 그들이 머물고 있던 절벽 꼭대기의 오두막을 뒤흔들었다. 아이들을 안심시키기 위해서 톨킨은 지나가던 마법사에 의해 장난감 로버랜덤으로 변해 버린 로버라는 이름의 강아지에 대한 이야기를 들려주었다. 로버랜덤은 자신의 원래 형태로 되돌아갈 길을 탐색하며 많은 모험을 겪었다. 달에 간 그는 달나라 인간의 보살핌을 받고 달나라 개 로버와 친구가 되었다. 그는 달나라 개처럼 날개를 얻었고 그 둘은 자신들을 죽이려는 거대한 백룡의 추격을 받지만 그 용은 달나라 인간의 멋진 주문에 진압된다. 나중에 로버랜덤은 달의 어두운 쪽으로 가서 꿈의 정원에서 아이들과 놀았다. 결국 그는 고향이 그리워 지구에 돌아오지만 자신에게 주문을 걸었던 마법사가 인어와 결혼해 '깊고 푸른 바다'의 밑바닥으로 가 버렸다는 것을 알게 된다(그의 바닷속 모험을 보고 싶다면 180쪽 참조).

톨킨은 1927년경에 이 이야기를 처음에는 자필로 써 내려갔다. 여기 실린 면은 1930년대 초에 타자로 친 원고의 첫 장인데, 원래 제목은 '로버의 모험'이었지만 나중에 '로버랜덤'으로 수정되었다.

로버가 살던 집의 수채화는 파일리에서 휴가를 보내고 2년 후에 아들 크리스토퍼를 위해 그린 것이다. 이 그림에서 검은 귀와 반점이 있는 흰 강아지 로버가 농부 앞에서 돼지들과 둘씩 짝지어 걷는 것을 볼 수 있다. 위에서 날고 있는 갈매기는 근방의 바다를 환기시키는데, 아마도 이야기 후반에 로버를 달에 데려다주는 갈매기 뮤일 것이다.

Roverandom

~~THE ADVENTURES OF ROVER.~~

Once upon a time there was a little dog and his name was Rover. He was very little, or he would have known better; and he was very happy playing in the sunshine in the garden with a yellow ball that someone had left on the lawn, or he would never have done it. Every old man with ragged trousers is not a bad old man; some are bone-and-bottle men and have little dogs of their own, and some are gardeners, and some are wizards prowling round on a holiday looking for something to do. This one was. He came wandering up the path in a ragged old coat, with an old pipe in his mouth, and an old green hat on his head. If Rover hadn't been so busy barking at the ball he might have noticed that he had a blue feather stuck in the back of the green hat, and then he would have suspected that it was a wizard, as any other properly taught little dog would; but he never saw the feather at all. When the old man stooped down and picked up the ball—he was thinking of turning it into an orange, or even into a bone or a piece of meat for Rover—Rover growled and said "put it down" without ever a "please", and the wizard, being a wizard, understood him perfectly, and said "be quiet, silly" back again without ever a "please", and he put the ball in his pocket just to tease the dog, and he turned away. And then Rover bit his trousers, and tore a large piece out, and perhaps he bit a piece out of the wizard as well. Any way the wizard suddenly turned round very angry and said: "Idiot! go and be a toy!"

Rover never quite knew what happened after that. He was only a little dog, but he suddenly felt very much smaller. He saw the grass grow very tall and wave right above his head, and far away through the grass like the sun rising through the trees of a forest he could see the huge yellow ball where the wizard had thrown it down again. He heard the gate click as the old man went out, but it was too far away for him to see it. He tried to bark but only a little tiny noise came out too small for people to hear, and I don't suppose even a [redacted] dog would have noticed it; and if any cat had come along just then, I expect she would have thought that Rover was a mouse and have eaten him all up.

『베오울프』의 산문 번역

1926년
검은 잉크와 연필로 수정된 타자 원고
48장, 254×203mm
인쇄물: 톨킨 2014
MS. Tolkien A 29/1, fol. 66

『베오울프』는 11세기 초에 고대 영어(앵글로색슨어)로 쓰인 장편 두운시이다. 이 시에서 제목의 영웅 베오울프는 초인적 힘을 가진 인간으로서 세 가지 치명적인 적에 직면한다. 그것은 괴물 같은 인간의 형체를 가진 '지옥의 마귀' 그렌델, '여자의 모습으로 흉포한 파괴자이자 식인 거인' 그렌델의 어미, 그리고 '인간의 약탈자'인 용이다.[1] 세 번째 숙적이 결국 마지막 적이 된다. 베오울프는 용을 살해하고 자신도 죽으며 자기 종족을 지도자 없이 남긴다. 그의 종족이 "밀어닥치는 살해와 노예생활, 치욕"을 직시하는 가운데 이 시는 애가의 곡조로 끝난다.[2]

톨킨에게 이 시는 대단히 중요한 작품이었고 "현존하는 고대 영시에서 가장 위대한 작품"이라고 불렀다.[3] 1913년에 옥스퍼드 학부생으로 고대 영어를 본격적으로 연구하기 시작한 그는 리즈대학교와 옥스퍼드대학교에서 일하는 동안 계속『베오울프』를 연구하고 토론하고 가르쳤다. 16년간 학부생들에게 『베오울프』를 가르친 후 1936년에는 브리티시 아카데미에서 '베오울프: 괴물과 비평가'라는 중요한 강연을 했다. 이 강연은『베오울프』를 위대한 문학 작품으로 재발견하고, 언어학자와 역사가, 고고학자 들이 발굴할 역사적 원전으로서 이 작품을 낮은 위상에서 끌어올리려는 톨킨의 시도였다. 이 강연은『베오울프』 연구를 재정비하고 그 문학 원본을 중심으로 되돌려 놓는 데 기여했다.

톨킨은 옥스퍼드의 앵글로색슨 교수가 된 직후인 1926년에 이 시의 산문 번역을 완성했다. 이 번역은 연구를 돕기 위한 것이었지, 그가 "솜씨 있고 세밀한 운율로 짜인 작품"이라고 찬사를 보낸 시를 대체하려는 것이 아니었다.[4] 아주 작은 글자체로 타이핑된 이 얇은 종이는, 그가 각 행의 끝에 빠진 단어들을 채워 넣은 메모에서 볼 수 있듯이, 톨킨이 작업하는 동안에도 찢어지고 너덜너덜해졌다. 이 원고는 영국 도서관에 보관된『베오울프』의 유일한 현존 원본 못지않게 훼손되었다. 그 원본은 천 년의 세월이 지나는 동안 18세기의 화재로 심한 손상을 입어 오른쪽 본문 일부는 소실되었다. 톨킨의 번역은 생전에 출간되지 않았고 2014년에 그의 아들 크리스토퍼 톨킨에 의해 편집되고 출간되었다.

1 톨킨 2014, p.16, p.49, p.79.
2 Bodleian MS. Tolkien A 29/1, fol. 9.
3 톨킨 1983B, p.49.
4 톨킨 1983B, p.49.

도판 94 베오울프 원고의 첫 페이지, [11세기 초].
(© 영국 도서관 위원회. 판권 소유/ 브리지맨 이미지, Cotton MS Vitellius A.XV, fol. 132r)

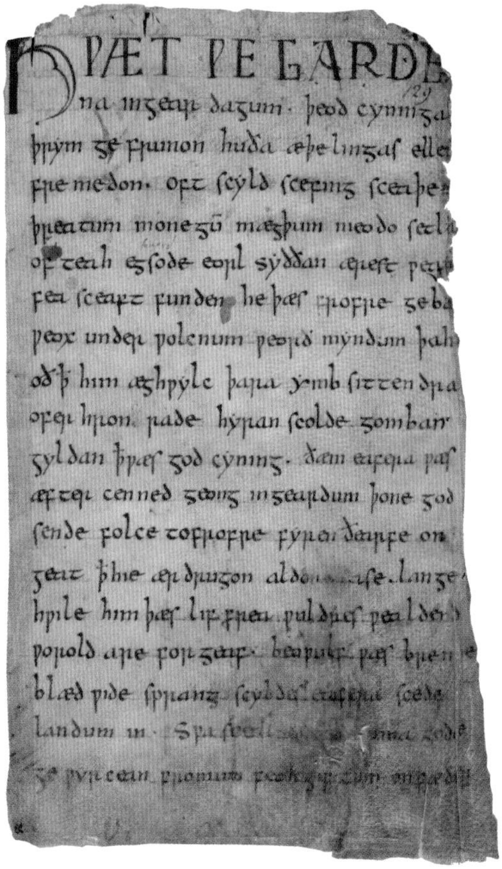

Now may ye go in your harness of battle beneath your vizored helms to look ~~on~~ upon Hrothgar; leave here your warlike shields and deadly shafted spears to await the issue of your words with him".

Then arose that man of might, and about him many a warrior, a valiant company of knights. Some ~~Some~~ remained behind guarding their ~~raiment~~ gear of war, even as the ~~Brave Beowulf~~ bold captain commanded. They went with speed together, the knight guiding them, beneath the roof of Heorot. ~~Grim~~ Stern beneath his helm strode Beowulf until he stood beside the hearth. Words he spake---his mail gleamed ~~on~~ upon him, woven like stuff in crafty web by the cunning of smiths---: "Hail to thee, Hrothgar! I am Hygelac's kinsman and vassal; on many a renowned deed ~~have~~ I ventured in my youth. To me ... me on my native soil ~~was~~ the matter of Grendel was told and revealed; travellers upon the sea ~~do say~~ report that this hall, ~~and best~~ fairest of ~~mansions~~ houses, stands empty and to all men useless, as soon as the ~~last li~~ light of evening is hid beneath heaven's pale. Thereupon ~~my lords,~~ the worthiest of my people ~~of my folk and wise~~ and wise men ~~thus~~ counselled me ~~that I should go~~ to come unto thee, King Hrothgar; for they had learned ~~the~~ power of my body's strength; they had themselves observed it, when I returned all stained with blood ~~from~~ from the dangerous toils of my foes, ~~that day that~~ when five I bound and I made desolate the race of monsters ~~five di~~ ~~in death,~~ and when I slew amid the waves by night ~~the~~ water-demons, enduring bitter need, ~~and~~ avenging the affliction of the Weder-Geats, and destroying those hostile things---their own ~~woe~~ woe they sought. And now must I with Grendel, alone with that fierce slayer keep appointed tryst, ~~tryst,~~ alone with the ~~an~~ ogre. Now therefore will I, prince of the glorious Danes, ~~make to~~ ask of thee ~~a singl~~ but one boon, that thou deny not to me, O protector of warriors, ~~father~~ fair lord of peoples, since I have come from so far away, that I ~~be permitted~~ may, unaided, I and my proud company of men, this dauntless company, make Heorot clean ~~cleanse thy Heorot~~. I have learned, too, that this fierce slayer in his savagery by weapons sets no store; then I too will disdain (~~that~~ so ~~may~~ love me Hygelac, my liege-lord!) ~~be glad~~ to bear either sword, or wide ~~tall~~ shield ~~with yellow orb~~ yellow-bossed to battle, ~~but~~ but with my gripe I may shall seize upon the foe, engaging in mortal combat with hate against hate---there ~~[struck]~~ to the judgement of the Lord must he resign himself whom death doth take. Methinks he will, if ~~so~~ he may so contrive it, in this hall of strife devour without fear the Geatish folk, as oft he ~~hath~~ the proud hosts of your men. No need wilt thou have in burial to shroud my head, but he will hold me reddened with gore, if death take me; a bloody corse will bear, will think to taste it, and departing alone ~~to solitude~~ will eat unpitying, staining the hollows of the moors. No need wilt thou have any longer to care for ~~for further thought concerning~~ my body's sustenance! Send back ~~thou~~ to Hygelac, if battle take me, the mail-shirt most excellent that ~~this most goodly armour that~~ defends my breast, fairest of raiment. Hrethel ~~did~~ bequeathed it ~~me~~, the work of Wayland. Fate goeth ever as she must!"

Hrothgar made answer, guardian of the Scyldings: "My fried Beowulf, for our ~~ancient~~ deserts and for the grace that once we showed thou hast now come to ~~sought~~ us ~~out~~. Thy father ~~a most mighty~~ feud ~~did~~ with his sword in slaughter ended: Heatholaf with his own hands he slew ~~in the land of the~~ among the Wylfings. Then the kindred of the Weder-Geats might no longer keep him for the dread of war, ~~and~~ and ~~from~~ thence he sought the South-Danish folk over the surges of the sea, even the glorious Scyldings, in that time when first I ruled the people of the Danes and in youth governed a wide ~~severed my~~ wid

〈Wudu wyrtum faest〉

1928년 7월
검은 잉크, 연필
186×241mm
인쇄물: 해먼드와 스컬 1995
MS. Tolkien Drawings 88, fol. 17

「Sellic Spell」

[1942년경]
타자 원고
27장, 253×202mm
인쇄물: 톨킨 2014
MS. Tolkien B 62/2, fol. 138

톨킨은 20년간 옥스퍼드에서 앵글로색슨 교수로서 『베오울프』에 대해 강의했다. 이 시기에 옥스퍼드에서 영문학 학위를 받으려는 학생들은 『베오울프』를 공부해야 했고, 앵글로색슨어로 쓰인 이 장시의 앞 절반(1~1650행)을 잘 알아야 했다. 톨킨이 『베오울프』에 관해 쓴 수백 장의 강의록과 텍스트 비평 가운데 이 시에 영감을 받은 창조적 작품이 있다.

톨킨은 옥스퍼드에서 2, 3년간 이 텍스트를 집중적으로 가르쳤던 1927~1928년에 그것에서 직접 영감을 받은 그림을 몇 장 그렸다. 1928년 여름 방학에 그린 〈Wudu wyrtum faest〉는 그렌델의 호수—이 괴물과 식인 거인인 어미가 거주하는 굴에 가기 위해 뛰어들어야 하는, 늑대가 출몰하는 황야의 검은 호수—를 보여 준다. 베오울프는 이 호수의 밑바닥까지 헤엄쳐 가서 '바다의 여자 괴물'을 죽이고 그렌델의 절단된 머리를 가져온다.[1] 『베오울프』에서 따온 이 그림의 제목(1364행)은 호수 위에 늘어진 검은 나무들을 묘사한다. 톨킨은 그 행을 두운시로 "어둠에 잠긴 단단히 뿌리박힌 숲"이라고 옮겼다.[2] 그렌델의 호수를 보여 주는 그림이 두 장 더 있다. 똬리를 튼 용의 수채화 제목 〈hringboga heorte gefyesd〉는 『베오울프』(2561행)에서 따온 것으로 "이제 똬리를 튼 용의 기분이 동하다"(도판 95)를 뜻하며, 용과 싸우는 전사의 수채화가 있다.[3]

몇 년 후 톨킨은 『베오울프』를 바탕으로 단편소설 「Sellic Spell」을 썼다. 그 제목은 『베오울프』 2109행의 'syllíc spell'을 따온 것으로 '기이한 이야기'를 뜻한다. 톨킨은 "서사시와 대조되는 요정 이야기에 내재한 다른 분위기와 어조를 드러내려는 것이 주된 목적"이라고 말했다.[4] 그는 원시의 서사시적 이야기에서 '영웅적이거나 역사적' 요소를 배제하고 본래의 설화로 되돌려 놓았다. 첫 행을 "옛날 옛적에 세상 북쪽에 어떤 왕이 있었는데[…]"로 시작하며 시간을 초월한 동화적 성격을 부여한다. 몇 년 전 1939년에 발표한 「요정 이야기에 관하여」에서 톨킨은 이렇게 말했다. "요정 이야기의 서두에 관해서, '옛날 옛적에'라는 판에 박힌 문구는 개선할 여지가 거의 없다. […] 이 문구는 지도에 표시되지 않은 시간의 방대한 세계를 단번에 만들어 낸다."[5]

1 톨킨 2014, p.57.
2 Bodleian MS. Tolkien A 29/1, fols. 11~12.
3 톨킨 2014, p.88.
4 Bodleian MS. Tolkien 25, fol. 9.
5 톨킨 1983B, p.161.

17

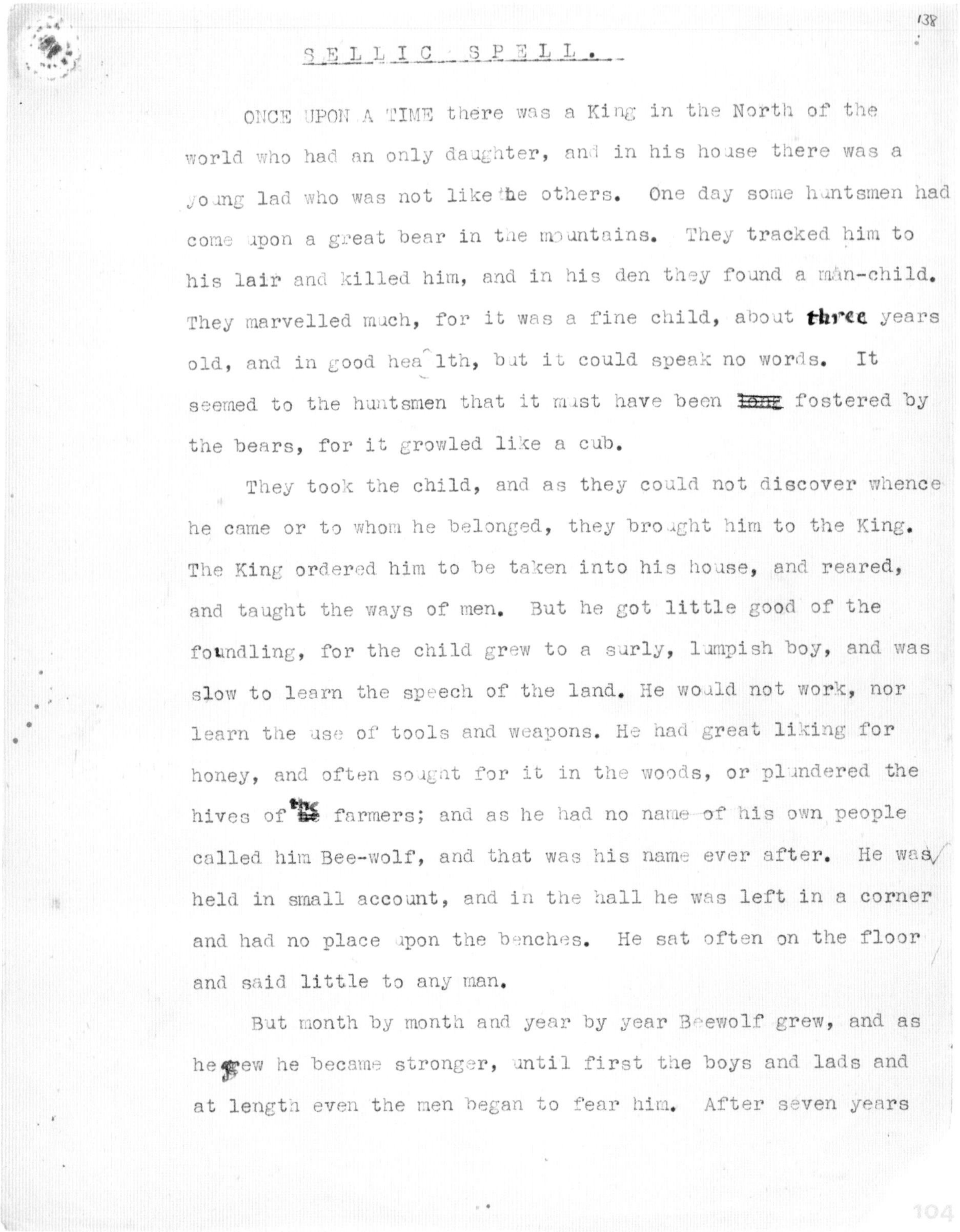

138

S E L L I C S P E L L.

ONCE UPON A TIME there was a King in the North of the world who had an only daughter, and in his house there was a young lad who was not like the others. One day some huntsmen had come upon a great bear in the mountains. They tracked him to his lair and killed him, and in his den they found a man-child. They marvelled much, for it was a fine child, about three years old, and in good health, but it could speak no words. It seemed to the huntsmen that it must have been ~~long~~ fostered by the bears, for it growled like a cub.

They took the child, and as they could not discover whence he came or to whom he belonged, they brought him to the King. The King ordered him to be taken into his house, and reared, and taught the ways of men. But he got little good of the foundling, for the child grew to a surly, lumpish boy, and was slow to learn the speech of the land. He would not work, nor learn the use of tools and weapons. He had great liking for honey, and often sought for it in the woods, or plundered the hives of the farmers; and as he had no name of his own people called him Bee-wolf, and that was his name ever after. He was held in small account, and in the hall he was left in a corner and had no place upon the benches. He sat often on the floor and said little to any man.

But month by month and year by year Beewolf grew, and as he grew he became stronger, until first the boys and lads and at length even the men began to fear him. After seven years

104

도판 95 〈hringboga heorte gefysed〉(이제 똬리를 튼 용의 기분이 동하다), 1927년 9월. (Bodleian MS. Tolkien Drawings 87, fol. 37)

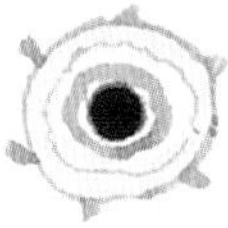

톨킨의 사진

[1930년대]
196×146mm
런던 뉴본드 가, 라파예트 스튜디오 Ltd.
MS. Tolkien photogr. 10, fol. 2

엘리자베스 '베티' 보이드 본드 (1918~2012)

톨킨에게 보낸 편지

1941년 3월 16일, 옥스퍼드
자필
1장, 177×108mm
톨킨 가족 문서

어떤 면에서 톨킨은 자신이 강연을 잘하지 못한다고 느꼈다. 학창 시절에 럭비 경기장에서 혀를 깨물어 거의 반토막 낼 뻔했던 사고 때문에 말투가 불분명해졌다고 생각했고, 짧은 시간에 할 말이 많다 보니 말이 빨라졌다고 생각했다. 그는 34년간 옥스퍼드에서 두 교수직을 역임했지만 취임 강연을 한 번도 하지 않았다. 1959년에 퇴임할 때 '고별 연설'에서 그는 자신이 취임 강연을 하지 않은 것이 "강연자로서의 무능"[1] 때문이라고 말했다. 하지만 그의 학생들은 그렇게 기억하지 않았다. 훗날 영문학자이자 (마이클 이너스라는 필명으로) 범죄 소설가가 되었던 J.I.M. 스튜어트는 톨킨의 강의는 북유럽의 궁전에서 연회장의 손님들처럼 모인 학생들에게 음유시인이 이야기를 들려주는 것 같았다고 회고했다. 톨킨은 앵글로색슨 교수로 재임하던 중에 '팬레터'도 받았다. 1941년에 '옥스퍼드 홈 스튜던트 소사이어티'(이듬해에 세인트앤대학이 된)의 학부생 베티 본드가 보낸 것으로, 『베오울프』에 관한 "큰 깨우침을 주면서도 재미있는" 강의에 감사하는 편지였다. 그녀는 그해 여름에 '학교의 공포'라고 불리는 최종 시험을 치렀고 무사히 학사 학위를 받았다.

톨킨은 사람들에게 관심을 기울였고 그의 학생들도 예외가 아니었다. 그는 냉담한 교수가 아니었고 주거 문제나 가족 문제 같은 전반적인 문제에 관해서도 늘 기꺼이 도와주고 조언해 주려 했다. 어떤 학생들은 그의 친절하고 정중한 태도를 기억했고, 어떤 학생들은 가족과 가까운 벗이 되었다. 톨킨이 1920년대에 리즈대학교에서 가르쳤던 한 학생은 교육 교단의 수녀가 되었다. 20년쯤 후 『호빗』을 읽으면서 그녀는 그 책의 저자에게 감사의 편지를 보냈고 교수로서 그의 기량에 찬사를 보냈다. "저는 교수님이 늘 보여 주신 정중한 친절을 결코 잊지 않았습니다. […] 교수님은 혹시 엘론드가 아니신가요? 엘론드에 관한 묘사에는 제가 너무나 잘 기억하는 교수님의 몇 가지 특징—'한 여름처럼 친절한'—이 들어 있습니다." 그녀는 극찬으로 편지를 끝냈다. "교수님은 작가이자 시인, 화가이자 엘론드, 이 모두가 합쳐진 분입니다."[2]

105

1 톨킨 1983B, p.224.
2 Bodleian MS. Tolkien 21, fol. 7.

Betty Bond

SPRINGFIELD S. MARY,
33, BANBURY ROAD,
TEL. OXFORD 3079. OXFORD.

March 16
1941

Dear Professor Tolkien,

Some of us among the Home Students would like to tell you how much we have enjoyed your 'Beowulf' lectures this term, & to thank you not only for enlightening but also entertaining us for two hours a week. We hope that we shall now be able to face the terrors of Schools as fearlessly as Beowulf met Grendel!

Yours sincerely,

Betty Bond

가족사진

톨킨은 다정하고 헌신적인 아버지였다. 과중한 업무에 시달리고 있어도 그는 늘 아이들의 생활에 동참했다. 이것은 그가 주로 집에서 일을 하기 때문이기도 했다. 그의 작업실이었던 서재는 출입 금지 구역이었던 적이 없었고, 학생들을 지도하는 동안 자녀가 우연히 서재에 들어오면 혼을 내기보다는 정중하게 부탁했다. 오후에 정원에서 차를 마시는 것은 늘 특별한 즐거움이었고, 여름휴가를 바닷가에서 보내거나 추수철에 수확을 돕기 위해 이브셤에 있는 동생 힐러리의 과수원에 가는 것도 그러했음을 많은 사진에서 알 수 있다. 여름철에는 집에서 조금 떨어진, 느리게 흘러가는 처웰강에서 펀트 배를 빌려 노를 저었다. 3년, 4년, 5년의 터울로 태어난 자녀들에게 함께 놀도록 북돋우고, 커 가는 아이들에게 (전시에) 과일 나무를 가꾸고 닭을 돌보는 일을 포함해서 정원 일을 돕도록 분위기를 만들었다.

107 이디스, 마이클과 존. [1920년경], 옥스퍼드.
108 이디스와 크리스토퍼. 1925년, 리즈.
109 존, 마이클, 크리스토퍼. 1928년, 옥스퍼드.

107

110

111

112

113

114

110 이디스, 크리스토퍼와 존. 1925년, 리즈.
111 정원에서의 가족 티 파티. 1930년, 옥스퍼드.
112 라임 레지스의 해변에 앉아서. 1928년.
113 정원에서의 가족 티 파티. 1928년, 옥스퍼드.
114 톨킨과 크리스토퍼. 1928년, 옥스퍼드.
115 마이클과 프리실라, 노스무어 로에서. 1932년, 옥스퍼드.
116 존, 프리실라, 마이클과 크리스토퍼. [1933년경].
117 마이클과 크리스토퍼. [?1936년].
118 톨킨과 이디스, 노스무어 로 20번지 앞에서. [1936년경], 옥스퍼드.
119 톨킨과 네 자녀들, 정원에서. 1936년 7월 26일, 옥스퍼드.
120 정원에서 가족. 1942년, 옥스퍼드.
121 (군복을 입은) 마이클과 톨킨. [1940년경], 옥스퍼드.
122 정원에서 가족. 1945년, 옥스퍼드.
123 정원의 닭들과 존. 1944년, 옥스퍼드.
124 웨스턴슈퍼메어에서 가족. 1940년.

115

116

117

118

119

120

121

122

123

124

톨킨의 서재

125 **석사 가운**
[?1919년]
1370×360mm
대여: 톨킨 가족

126 **열리는 뚜껑에 녹색 베이즈 천이 붙어 있고, 놋쇠 손잡이와 열쇠 구멍 판이 달린 책상**
1000×880×500mm
대여: 톨킨 가족

127 **팔걸이가 있는 윈저 체어**
1105×589×503mm
대여: 톨킨 가족

125

톨킨의 집에는 언제나 서재가 있었다. 그가 노스무어 로에 살 때는 대학에 연구실이 없었기에 서재가 필수적이었지만, 머튼대학으로 옮기고 넓은 연구실이 배정되었을 때도 그의 책과 논문을 보관할 서재가 필요했다. 그는 1950년대에 헤딩턴으로 이사했을 때 차고를 서재로 개조했고, 말년에 '실마릴리온'을 완결 지을 시간을 얻을 수 있기를 바라며 도싯 주의 풀에 있는 단층집으로 이디스와 함께 이사했을 때도 비슷하게 서재를 꾸몄다. 그의 서재는 순전히 사적인 공간이 아니라 학생들과 연구자들, 방문객들을 맞는 곳이었다. 톨킨의 집에는 책상과 필기용 테이블이 여럿 있었다. 일부는 그의 서재에 있었고 나머지는 그의 침실에 있었는데, 그의 침실은 실은 서재를 사적으로 연장한 공간으로서 책장과 필기용 책상, 테이블이 있었다. 그가 주로 쓰던 책상은 이디스가 1927년에 선물한 것으로 현재 일리노이 주 위튼대학의 웨이드 센터에 소장되어 있지만, 다른 책상들과 의자들은 그 가족이 보존해 왔다. 그는 팔걸이가 달린 윈저 체어에 앉아 책상에서 글을 쓰기 좋아했고, 여기 보이는 의자는 톨킨이 서재나 서재 겸 침실에서 사용한 것이다. (여기 실린) 뚜껑을 여닫을 수 있는 책상은 그가 1927년에 책상을 선물받기 전에 필리스 브룩스-스미스에게 받은 것이다. 필리스의 부모, 엘런과 제임스는 톨킨의 이모 제인 니브와 함께 약 1911년부터 1922년까지 게들링에서 피닉스 농장을 운영했다. 톨킨은 학부생 시절의 방학을 브룩스-스미스 가족과 함께 농장에서 많이 보냈고, 필리스는 1911년 여름에 톨킨과 스위스의 알프스로 도보 여행을 떠났던 일행 중 하나였다.

127

126

128 **윌리엄 러셀 플린트, 『학생 집시』의 수채화 삽화,**
〈크라이스트처치 홀의 명료한 빛줄기 (XIII, 9)〉
1910년
메디치 인쇄
240×278mm
대여: 톨킨 가족

129 **윌리엄 러셀 플린트, 『학생 집시』의 수채화 삽화,**
〈밥 록 하이드의 가느다란 템스강 (VIII, 4)〉
1905년
메디치 인쇄
303×236mm
대여: 톨킨 가족

130 **윌리엄 러셀 플린트, 『서시스』의 수채화 삽화,**
〈꼭대기에 전나무가 서 있는 언덕, 농장과 고요한 들판 (XXII, 7)〉
[1910년경]
메디치 인쇄
303×236mm
대여: 톨킨 가족

131 **윌리엄 러셀 플린트, 『학생 집시』의 수채화 삽화,**
〈눈길이 옥스퍼드 탑으로 이끌린다네 (III, 10)〉
[1910년경]
메디치 인쇄
240×278mm
대여: 톨킨 가족

1911년 여름에 스위스에서 휴가를 보낸 후 톨킨은 옥스퍼드로 가서 학부 과정을 시작했다. 그는 장학금을 받았기에 엑서터대학의 자기 방을 꾸밀 돈이 약간 있었다. 그래서 윌리엄 러셀 플린트의 옥스퍼드셔 풍경화 넉 장을 샀다. 그것은 매슈 아널드의 시 『학생 집시』와 『서시스』의 삽화였다. 1850년대와 1860년대에 이 시들은 옥스퍼드 주위의 시골을 배경으로 집필되었고, 1910년에 러셀 플린트의 삽화와 함께 한 권의 책으로 출간되었다.[1]

러셀 플린트가 의뢰받은 첫 번째 중요한 작품은 1907년에 출간된 라이더 해거드의 『솔로몬 왕의 광산』 삽화였다. 삽화가로서 그의 평판은 1910년에 출간된 말로리의 『아서의 죽음』으로 확고해졌다. 톨킨은 어린 시절에 이 두 작품을 읽었을 테고, 러셀 플린트의 그림을 이미 잘 알았을 것이다. 그의 옥스퍼드셔 그림은 톨킨의 학창 시절 그림에 영향을 미쳤을 것이다. 톨킨이 1912년 여름휴가 중에 그린 버크셔의 램본 수채화와 1913년에 그린 〈빌버리 언덕에서 본 킹스 노턴〉 풍경화에서 어떤 유사성을 찾을 수 있다.[2] 또한 이 목가적인 풍경에서 샤이어와 비슷한 점도 발견할 수 있다. 톨킨은 이 그림들을 평생 바라보았고, 그가 거주한 곳 어디든 그의 방에는 이 그림들이 걸려 있었다. 이 그림들은 그의 마지막 거주지였던, 1972년 머튼대학에서 제공한 머튼 가의 작은 아파트로 가져간 엄선된 소장품에 포함되어 있었다.

1 매슈 아널드, 『학생 집시 & 서시스』, 필립 리 워너, 런던, 1910년. (Bodleian 280 d. 261)

2 해먼드와 스컬 1995 참조.

128

129

130

131

톨킨의 문학박사 가운

1972년
회색 실크 소매와 앞면의 긴 조각이 달린 진홍색 천
1335×410mm
대여: 톨킨 가족

옥스퍼드의 톨킨 사진

1972년 6월 3일
빌렛 포터의 사진

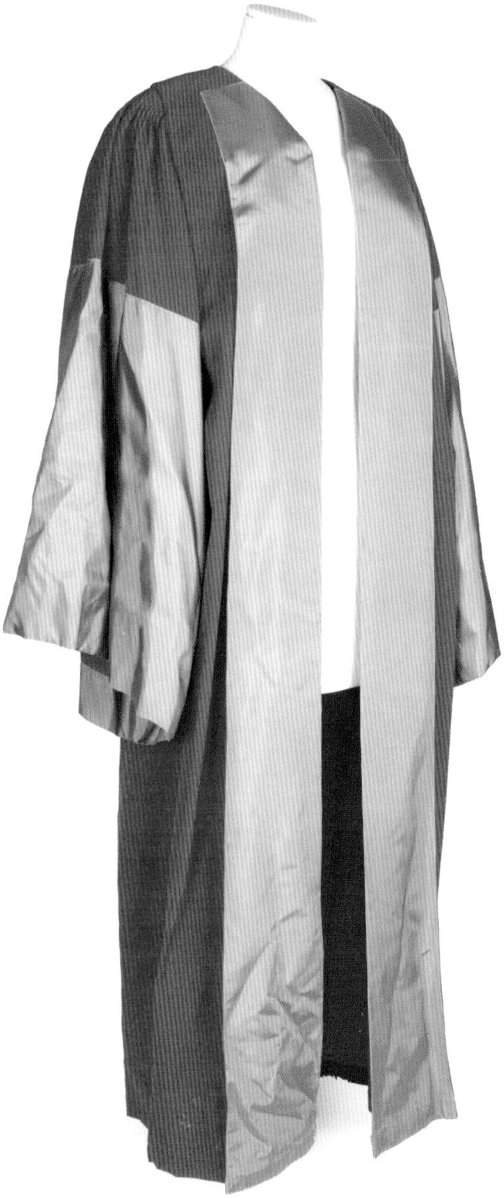

생애의 마지막 2년 동안 톨킨에게는 명예가 쌓여 갔다. 1972년에 그는 신년 서훈자 명단에서 '문학에 봉사'한 공로로 C.B.E.(대영제국 훈작사) 훈장을 수여받았다. 그는 이 상황의 아이러니를 놓치지 않고 재미있어하며 "나는 대학에서 거의 모든 영문학 선생들의 무자비한 적대감과 싸우며 평생을 보냈지"라고 말했다.[1] 그는 버킹엄 궁전에서 "감동적이고 기억할 만한" 여왕과의 대면에서 훈장을 받았다.[2] 그해 후반에는 놀랍게도 '더 귀중한' 명예를 얻게 되었다. 옥스퍼드에서 명예 문학박사 학위를 받게 된 것이다.[3] 그는 캐나다의 한 친구에게 이렇게 말했다. "옥스퍼드의 문학박사 학위는 1928년에 옥스퍼드 사전이 완성된 후 살아 있는 편집인들에게 수여되었을 때까지 '명예'로 그저 준 적이 없었다네. 당시 엑서터대학의 학장인 파넬 박사가 이 획기적 사건에 대해 항의하는 연설을 하자 모여 있던 사람들이 말없이 당혹스러워하며 들었지. 그 이후로 이 대학교의 구성원에게 그 학위가 수여되는 일은 거의 없었다네."[4]

오늘날 대학 졸업 후의 연구가 활발한 분위기에서, 톨킨의 교수 자격이 옥스퍼드의 학사 학위와 몇 년 후 더 이상의 연구 없이 받은 석사 학위밖에 없었다는 것은 이상하게 보일 수 있다. 실은 1940년대까지 옥스퍼드대학교는 (케임브리지대학교도) 학부생들에게 일반교양 교육을 제공하는 것을 자랑스럽게 여겼고 유럽 특히 독일의 대학교에서 융성한 전문화와 학술적 연구 문화를 경시했다. 톨킨이 1915년 옥스퍼드를 졸업했을 때 연구 학위나 박사 학위는 아예 존재하지 않았고, 옥스퍼드 학위는 대학교나 일류 사립학교에서 교편을 잡는 데 필요한 유일한 자격이었다.

1 톨킨 가족 문서, 앨런 클래스에게 보낸 편지 사본, 1972년 6월 15일.
2 톨킨 가족 문서, 홀즈베리 경에게 보낸 편지 사본, 1972년 4월 27일.
3 톨킨 가족 문서, 앨런 클래스에게 보낸 편지 사본, 1972년 6월 15일.
4 톨킨 가족 문서, 앨런 클래스에게 보낸 편지 사본, 1972년 6월 15일.

33

CHAPTER 7

『호빗』
'땅속 어느 굴에 한 호빗이 살고 있었다'

1937년 9월 21일에 출간된『호빗』은 선풍적인 인기를 누리며 세 달 만에 1쇄가 매진되었고 크리스마스 전에 2쇄가 나와야 했다. 원래 톨킨의 자녀들을 위해 쓴 빌보의 모험담은 아득한 과거를 배경으로 설정된 그의 요정 신화 '실마릴리온'과 더 친숙한 동화의 세계를 연결한 결정적인 고리가 되었다.『호빗』은 특별한 경험이 없는 사람도 쉽게 이해할 수 있는 세계에 자리 잡고 있다. 이 작품은 이전의 전설에 대해(엘론드라는 인물과『반지의 제왕』에서 사우론으로 밝혀진 강령술사에 관해) 언급하고 동일한 세계로 설정되었지만, 톨킨은 천재적인 재능으로 완전히 새롭게 창안된 존재, 호빗을 포함시켰다. 작은 체구에 상상력도 부족한 이 우스꽝스럽게도 온건한 인물 덕분에 독자들은 영웅과 괴물의 전설적 세계를 자신들과 다르지 않은 지극히 평범하고 작은 인물의 눈을 통해 볼 수 있었다. 골목쟁이네 빌보는 고블린이나 와르그와 싸울 때보다 찻주전자를 불에 올리고 두 번째 아침식사를 차릴 때 더 행복해하는 인물이지만 독자들을 톨킨 신화의 핵심적 개념으로 이끌어 간다. 즉, "어둠 속에서 냉기가 도는 희미한 불꽃으로 빛"나는 창과 칼을 든 요정 전사들, 인간의 언어를 말하는 새들의 왕이자 위풍당당하면서도 냉담한 독수리, 재물에 대한 욕망과 용서하지 않는 오랜 기억을 간직한 용맹한 난쟁이들을 소개한다.[1]

『호빗』이 인기를 누리면서 그 속편에 대한 요구가 커졌기에 톨킨은 오래지 않아『반지의 제왕』집필에 착수했다.『호빗』의 출판 역사에서 가장 특이한 장은 이와 관련되어 있다. 톨킨이 속편을 집필하면서 빌보의 마술 반지를 '절대반지'로 바꾸자 눈에 띄는 모순이 명백히 드러났다.『호빗』5장에서 골룸은 수수께끼 내기에서 이긴 상으로 그 반지를 기꺼이 빌보에게 주려 했고 반지를 찾지 못하자 비굴하게 사과했다. 이는 그 반지의 '소유자'로 하여금 그것을 훼손하거나 파괴하거나 내주지 못하게 만드는 절대반지의 지배력과 전혀 맞지 않았다.『반지의 제왕』원고를 10년간 집필한 후 1947년에 톨킨은『호빗』의 5장 수정본을 출판사에 보냈는데, 본문을 교묘하게 고쳐서 골룸을 그 반지를 줄 생각이 전혀 없었던 보다 사악한 인물로 만들었다. 이렇게 하여 두 이야기는 호응하게 되었고, 새 판본은『반지의 제왕』이 출간되기 3년 전에『호빗』2판(1951)으로 출간되었다.

1 톨킨 1937, 17장.

스로르의 보물 지도

[1920년대 후반]
검은 잉크, 연필
270×215mm
출처: 크리스토퍼 톨킨이 마켓대학교에 기부, 1987년
대여: 위스콘신 주, 밀워키, 마켓대학교
전시: 밀워키 1992; 시카고 2007~2008; 시애틀 2013~2014
인쇄물: 앤더슨 2003; 레이트리프 2007; 해먼드와 스컬 2011
Marquette, MS. Tolkien Mss-1/1/1

『호빗』의 발단에 대해 내가 기억하는 바는 자녀가 있는 가난한 교수들에게 매년 부과되는 대학 졸업자격 시험지를 검토하면서 끝없는 피로감에 시달리고 있었다는 것뿐입니다. 그러다가 어느 빈 답안지에 "땅속 어느 굴에 한 호빗이 살고 있었다"라고 낙서를 했지요. 왜 그랬는지 그때도 몰랐고, 지금도 모릅니다. 그 낙서는 오랫동안 묻혀 있었고, '스로르의 지도'를 만든 것 외에 몇 년 동안 별다른 진전이 없었지요.[1]

톨킨은『호빗』을 1920년대 말에 쓰기 시작했고, 저녁에 "그런 즐거움에 적합한 장소"인 서재에서 아들들에게 그것을 조금씩 읽어 주었다.[2] 장남 존은 1930년 새해 첫날 일기에 "오후에 놀이방에서 놀았다. 차를 마신 후 아빠가 '호빗'을 읽어 주셨다"라고 썼다. 존은 열두 살이었고, 마이클과 크리스토퍼는 각각 아홉 살과 다섯 살이었다. 안타깝게도 학생의 시험지에 쓴 첫 줄이 포함된 원고는 현재 남아 있지 않다. 여기 실린 스로르의 지도는 초고에서 남은 여섯 장 중 하나이다. 여러 해 후에 톨킨은 이 지면(왼쪽 윗부분)에 "제 1장을 넘지 않은, 처음으로 휘갈겨 쓴 '호빗' 원고에서 남은 유일한 면"이라고 적었다. 사실 그는 잘못 알고 있었다. 그가 그 원고와『호빗』의 타자 원고를 1957년에 마켓대학교에 팔았을 때 다른 두 장이 그 대학으로 이전되었다. 따로 떨어진 이 한 장은 30년 후 그의 아들 크리스토퍼가 마켓대학교에 기증했다.

이 지도는 초판본의 앞 면지에 실린 스로르의 지도와 매우 유사하다. 톨킨은 그 이야기가 몇 페이지 이상 전개되기 이전에도 호빗이 헤매게 될 상상의 세계를 명확히 구상하고 있었던 듯하다. 최종 지도는 두 가지 중요한 점에서 다르다. 그 지도는 동쪽에 맞춰져 있는데 그것은 난쟁이 지도의 공통적 특징이라고 한다. 그리고 보이지 않는 달빛 문자가 중앙에 적혀 있다. 톨킨은 달빛 문자가 그 면을 빛에 대고 비춰볼 때 마술적으로 나타나도록 본문 안에 별도의 종이로 인쇄되기를 바랐다. 그는 심지어 종이의 뒷면을 통해서 드러나도록 그 달빛 문자를 거꾸로 쓴 형태로 세심하게 준비하기도 했다. 기술적으로 너무 어렵거나 비용이 엄두도 내지 못할 정도였을까? 어떤 이유에서든, 이 지도는 앞면에 그 마술적인 룬문자가 찍힌 채 출간되었다.

1 카펜터와 톨킨 1981, p.215.
2 카펜터와 톨킨 1981, p.21.

"Why?"

"Because it's too small. 'Five feet high the door, and ~~four abreast~~ three abreast may walk it' say the runes. But ~~Smaug~~ Pryftan could not creep into a hole that size, not even when he was a young dragon, ~~certainly not~~ and not after he had devoured so many of the maidens of the valley."

~~He~~ "It seems a great big hole" piped ~~up~~ Bilbo. He loved maps, and in his hall there was a large one of the Country Round (where he lived) with all his favourite walks marked on it in red ink. ~~This was picked~~ ~~across~~ He was so interested he forgot to be shy and keep his mouth shut. "How could such an enormous ~~hole~~ door (he was a hobbit, remember) be secret?"

"Lots of ways" said Bl. "Which one of them we don't know without looking."

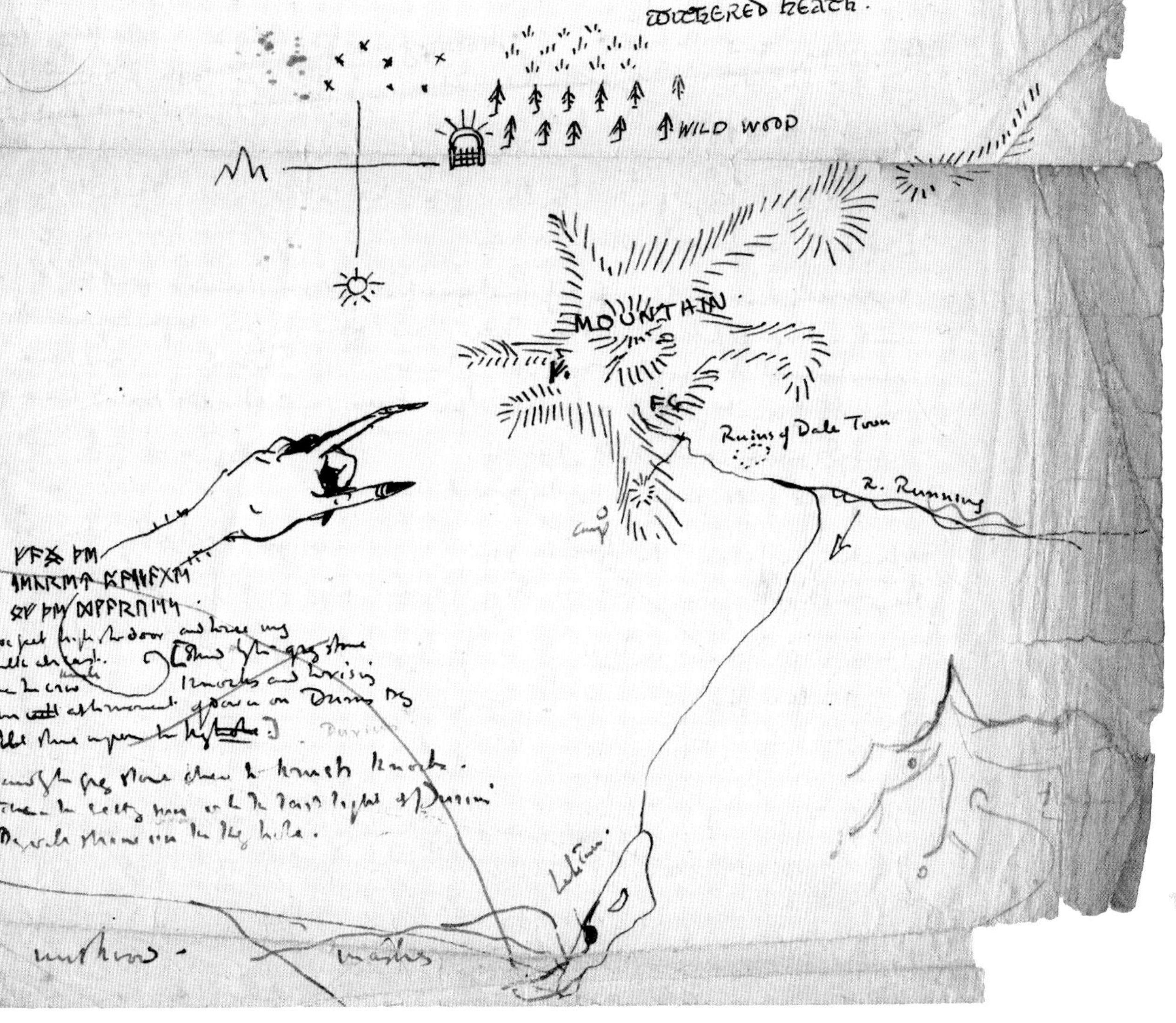

WITHERED HEATH.
WILD WOOD
MOUNTAIN
Ruins of Dale Town
R. Running
camp
ᚠᛁᚡᛖ ᚠᛖᛖᛏ
Five feet high the door and three may walk abreast. [Stand by the grey stone when the thrush knocks and the rising sun with the last light of Durin's Day shine upon the keyhole.]
Durin's
Stand by the grey stone when the thrush knocks. Then the setting sun with the last light of Durin's Day will shine on the key-hole.
Lake Town
Mirkwood
marshes

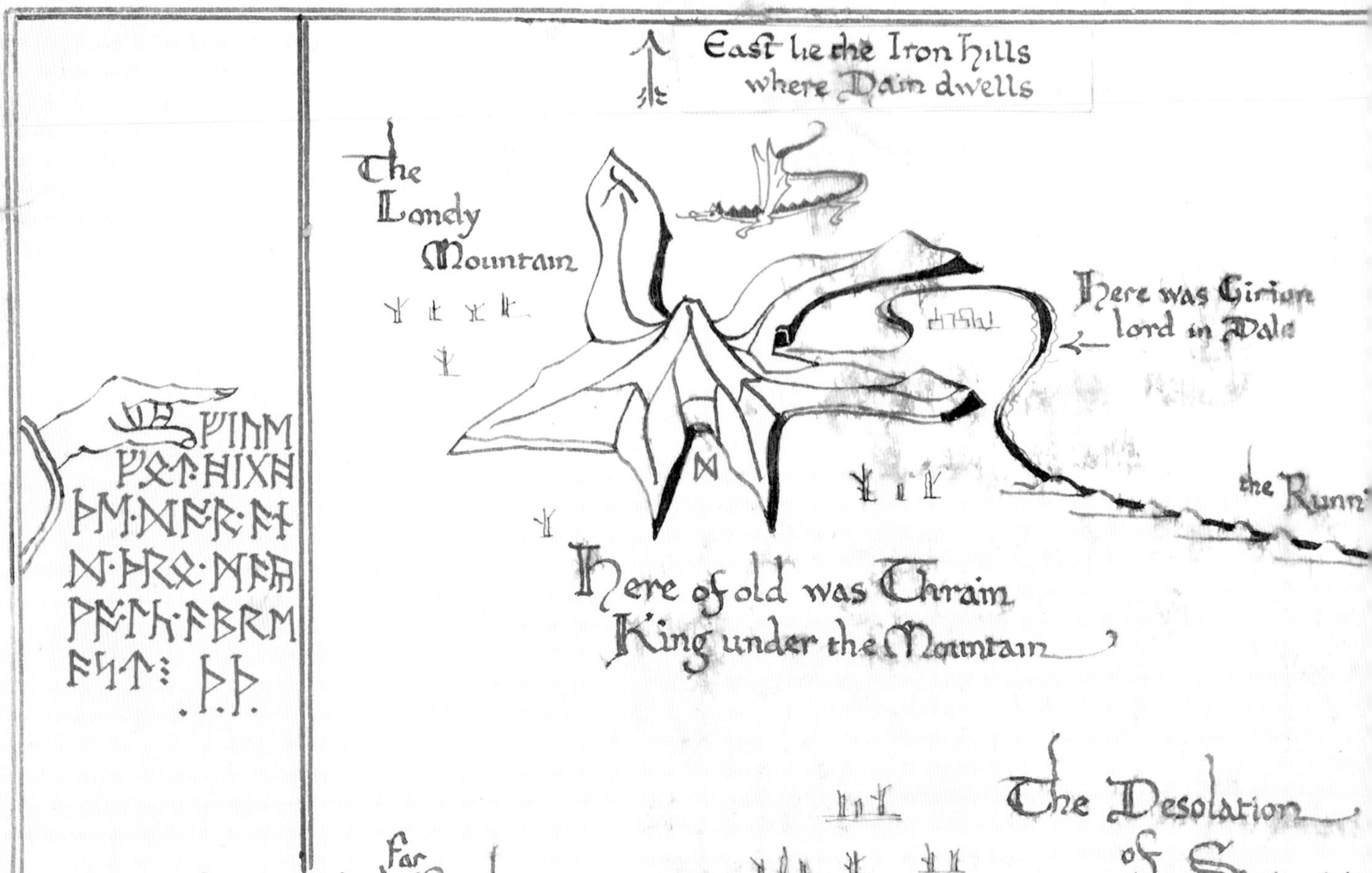
East lie the Iron Hills
where Dáin dwells
The Lonely Mountain
Here was Girion lord in Dale
the Runn
Here of old was Thrain
King under the Mountain
The Desolation of Smaug
Far to the North are the Grey Mountains & the Withered Heath whence came the Great Worms.
Thror's Map
West lies Mirkwood the Great
there are Spiders.

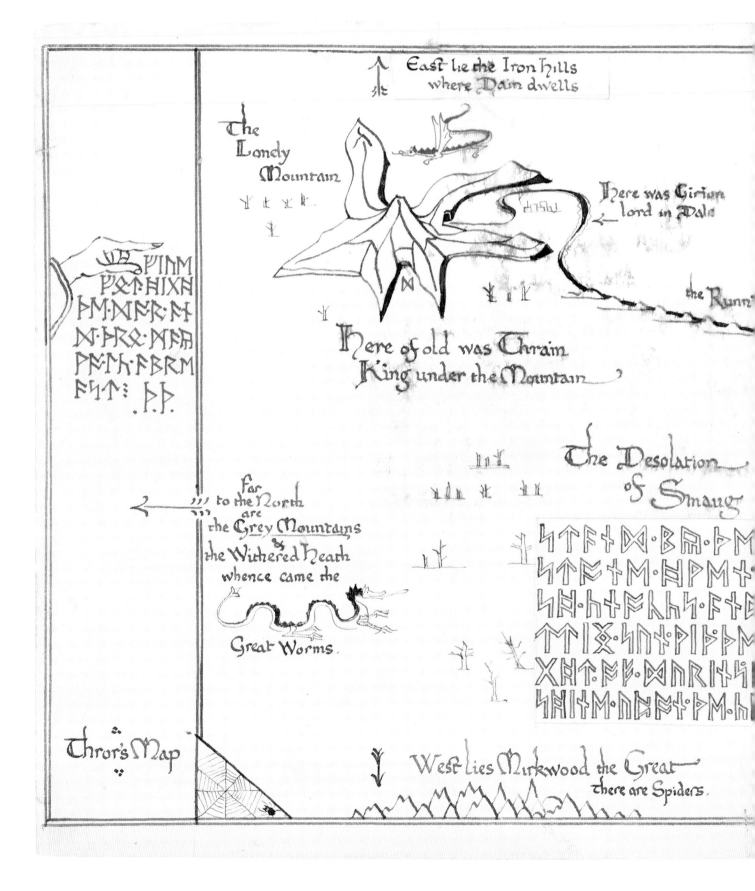

도판 96 스로르의 지도 최종본, [1936년]. (Bodleian MS. Tolkien Drawings 34r)

『호빗』의 속표지

135

[1936년경]
검은 잉크로 자필 제목; 미지의 필체가 연필로 첨가
242×195mm
출처: 마켓대학교가 J.R.R. 톨킨에게 구입, 1957년
대여: 위스콘신 주, 밀워키, 마켓대학교
전시: 밀워키 1987, 3번
인쇄물: 레이트리프 2007
Marquette, MS. Tolkien 1/1/51

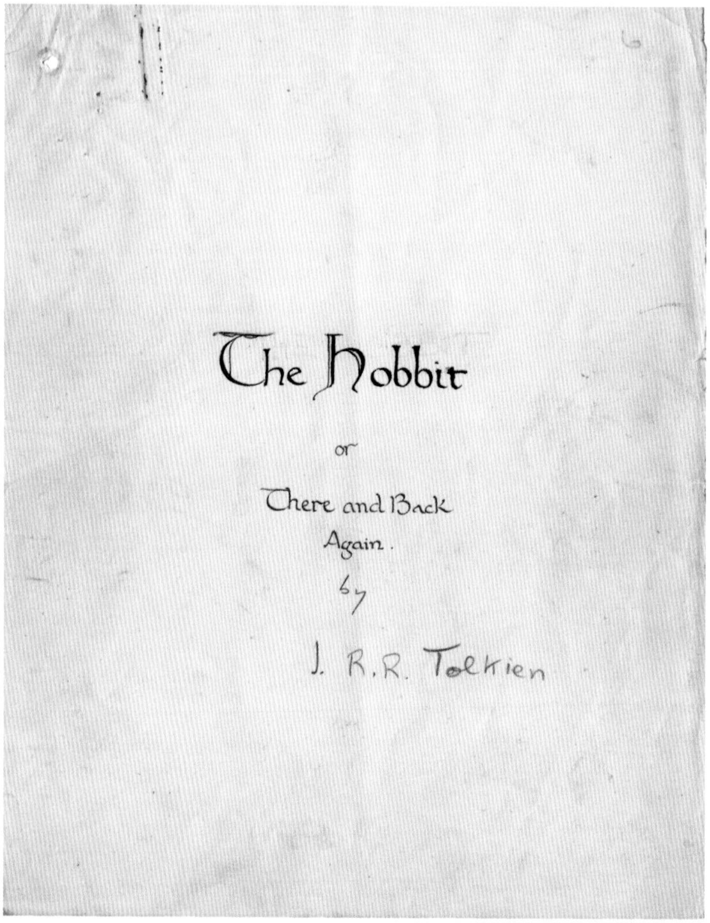

『호빗』은 톨킨이 저녁에 어린 아들들에게 들려준 이야기로 시작되었다. 초기의 원고는 스마우그의 죽음으로 끝나지만, 톨킨은 이 원고를 타자로 치고 마지막 몇 장을 수기로 덧붙였다. 이 혼합된 원고를 친구들에게 빌려주었는데, 1933년 1월에 그것을 읽은 C.S. 루이스는 친구 아서 그리브즈에게 "학기가 시작[1월 15일]된 후 나는 톨킨이 얼마 전에 쓴 동화를 읽으며 즐겁게 보냈네"라고 편지를 썼다.[1] '가정용 원고'라고 불린 그 원고를 빌려 본 몇몇 사람들 중에 가족과 친하게 지냈던 일레인 그리피스라는 대학원생은 톨킨의 지도를 받아 중세 영어 텍스트 『여성 은수자를 위한 지침서』에 관해 연구하고 있었다. 그녀는 그 원고를 조지 앨런 앤드 언윈 출판사에서 일하는 친구 수전 대그널에게 추천했다. 대그널은 그 이야기를 빌려 읽고는 출간에 적합하다고 생각해서 그 타자 원고를 완성해서 공식적으로 출판사에 보내 달라고 요청했다. 톨킨은 타자 원고를 조지 앨런 앤드 언윈 출판사에 보낼 때 이 속표지를 직접 써서 보냈다. 작가의 이름은 출판사나 인쇄소에서 첨가했을 것이다.

조지 앨런 앤드 언윈의 보관소에서 찾은 큰 원장에는 그 출판사가 받은 신출내기 작품들이 기록되어 있다. 『호빗』의 타자 원고는 (필사본은 수용되지 않았다) 1936년 10월 5일에 받은 것으로 기록되어 있다.[2] 이 원장을 보면 톨킨이 여러모로 남들과 달랐음을 알 수 있다. 그는 에이전트가 없었고(대개의 작가들에게는 에이전트가 있었다), 동화책을 제출했으며(조지 앨런 앤드 언윈은 대체로 논픽션을 출판했고 동화책은 거의 출판하지 않았다), 그의 타자 원고를 세 명의 검토인이 검토했고(대개는 한 명이 검토했다), 그의 작품이 받아들여진 것이다. 같은 날 들어온 여러 작가들의 다섯 작품 중에서 출간이 허용된 것은 『호빗』뿐이었다. 1936년 10월 한 달에 184건의 원고가 들어왔지만 9퍼센트가 안 되는 16건만 출간이 허용되었다. 이렇게 『호빗』의 출간 여정이 시작되었다.

1 후퍼 2000~2006, 2권, p.96.
2 리딩대학교, 조지 앨런 앤드 언윈 보관소, MS 3282/12, manuscript book 11(1936년 4월~1937년 5월).

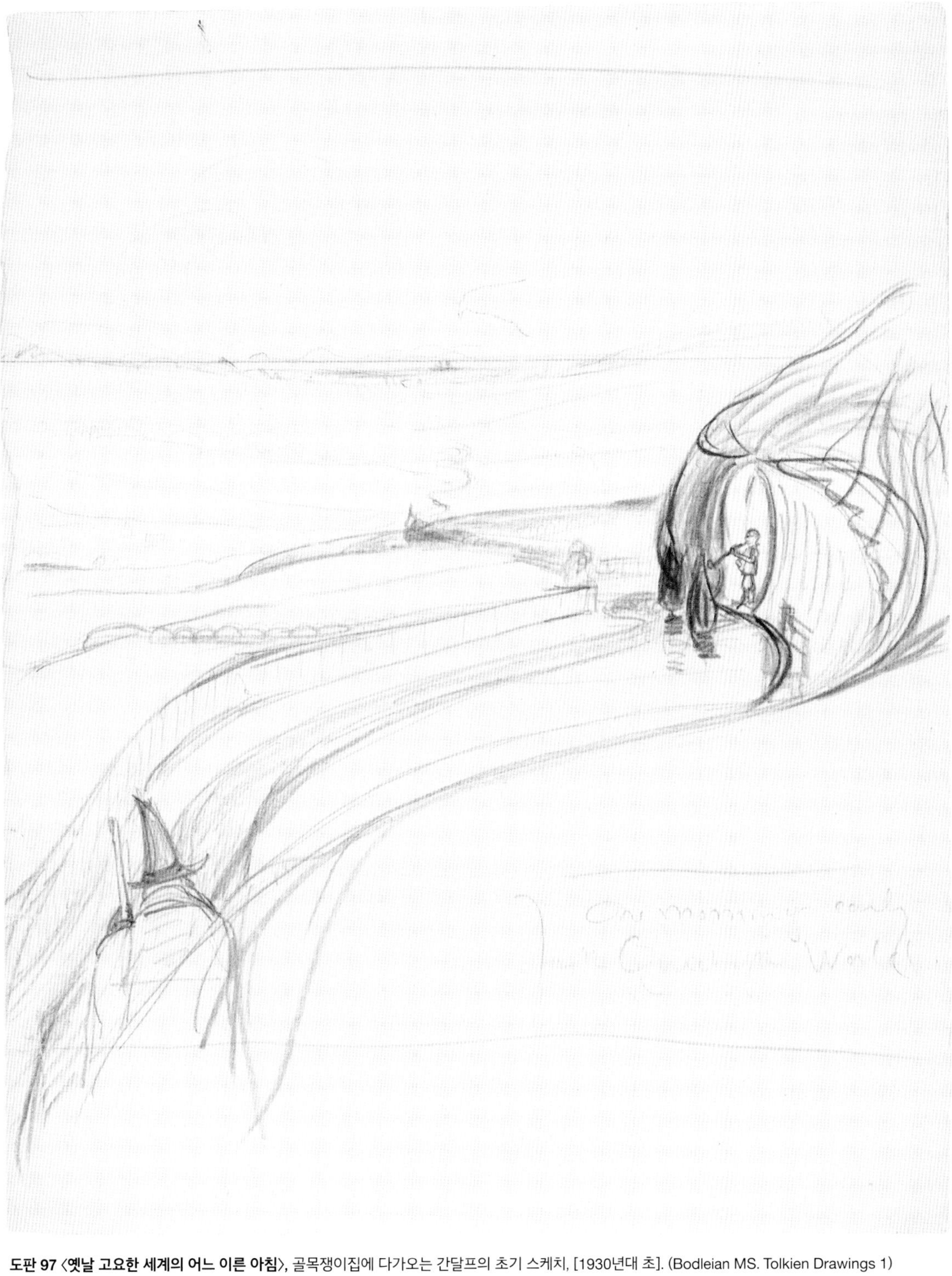

도판 97 〈옛날 고요한 세계의 어느 이른 아침〉, 골목쟁이집에 다가오는 간달프의 초기 스케치, [1930년대 초]. (Bodleian MS. Tolkien Drawings 1)

〈언덕: 물강 건너편의 호빗골〉

[1937년 8월]
수채 물감, 흰 불투명 물감, 검은 잉크
241×189mm
전시: 옥스퍼드 1976~1977; 옥스퍼드 1987, 5번; 옥스퍼드 1992, 100번
인쇄물: 톨킨 1979; 해먼드와 스컬 1995; 해먼드와 스컬 2011
MS. Tolkien Drawings 26

이 수채화는 톨킨이 미국의 초판본을 위해 그린 다섯 장 중 하나이다. 그의 출판사인 호턴 미플린 사는 미국 시장에 컬러 삽화가 필요하다고 생각했다. 톨킨은 "미국 화가들이 (틀림없이 감탄스러운 재주를 갖고 있겠지만) 그려 낼 것에 대한"[1] 우려로 그 일을 직접 떠맡았고, 1937년 여름 방학에 삽화 다섯 장을 그렸다. 호턴 미플린은 〈빌보가 뗏목 요정들의 오두막에 가다〉(품목 141번)만 제외하고 다른 삽화를 포함시켰다. 영국 출판사는 그 그림들의 가치를 재빨리 알아보고는 2쇄에 독수리 그림(품목 140번)을 제외한 네 장을 포함시켰다.

톨킨은 강 건너 보이는 "언덕"의 풍경화를 완성하기 전에 준비 작업으로 골목쟁이집과 언덕을 많이 스케치했다. 초판의 권두 삽화에 실린 이 풍경 잉크화는 독자들을 곧바로 산업화 이전의 목가적 시골로 이끌었다. 그해 후반에 나온 2쇄의 권두 삽화는 이 수채화로 대체되었다. 이 그림은 선화(도판 98)를 세밀히 옮긴 것인데 톨킨은 몇 가지 소소한 부분을 수정했다. 무엇보다 중요한 것은 표지판이 "골목쟁이집"(빌보의 집)에서 더 포괄적 의미의 "언덕"으로 바뀌었다는 점이다. 그리고 모든 건물의 창문이 사각형에서 더 호빗답게 원형으로 바뀌었다.

신록의 나뭇잎과 꽃이 만발한 마로니에 나무, 오두막 정원의 다채로운 잔디밭 둘레는 본문과 일치한다. 골목쟁이네 빌보는 "5월이 되기 직전의 어느 화창한 아침"에 골목쟁이집에서 출발하여 1년 후 6월 22일에 돌아와서는 자기 가재도구가 팔려 나가고 자신은 '추정 사망자'가 되었다는 것을 알게 된다.[2]

『호빗』에는 호빗골에 대한 묘사가 없지만 빌보가 강변마을의 푸른용 주막에서 난쟁이들과 모험을 떠날 때 "길이 평평하게 나 있고 점잖은 종족이 사는 넓고 아름다운 호빗 마을을 지나 주막을 한두 곳 지났고, 일을 보러 느릿느릿 걸어가는 한두 명의 난쟁이나 농부를 때로" 지나쳐 간다.[3] 오랜 세월이 지나서야 독자들은 호빗들이 사는 곳이 샤이어라고 불린다는 것을『반지의 제왕』에서 알게 되었다.

1 카펜터와 톨킨 1981, p.17.
2 톨킨 1937, 2장.
3 톨킨 1937, 2장.

The Hill : Hobbiton-across-the Water

도판 98 〈**언덕: 물강 건너편의 호빗골**〉, **선화**, [1937년 1월]. (Bodleian MS. Tolkien Drawings 7)

〈트롤〉

[1937년 1월]
검은 잉크, 흰 불투명 물감
227×176mm
전시: 옥스퍼드 1976~1977; 옥스퍼드 1987, 9번; 밀워키 1987; 옥스퍼드 1992, 90번; 옥스퍼드 2013
인쇄물: 해먼드와 스컬 1995; 해먼드와 스컬 2011
MS. Tolkien Drawings 9
(뒷장에 실림)

> 그들은 양고기와 다른 노획물을 나를 때 쓰는 자루를 손에 들고 어둠 속에서 기다렸다. 난쟁이들은 하나씩 다가와 모닥불과 엎질러진 술잔, 뜯어 먹던 양고기를 쳐다보다가 갑자기 "앗!" 하는 사이에 구역질 나는 자루에 들씌워져 잡히고 말았다.[1]

이 그림은 톨킨이 이 장을 위해 그린 삽화 넉 장 중 하나로 가장 어둡고 가장 위협적이다. 독자의 시선은 전경의 난쟁이처럼 모닥불 쪽으로 이끌리고, 반면 트롤들은 덮칠 준비를 한 채 몸을 반쯤 숨기고 어둠속에서 기다린다.

이 그림은 놀라울 정도로 뛰어난 솜씨를 보여 주는데, 빛과 어둠의 균형에서 그 효과를 발휘한다. 중앙의 (불길이 발산하는) 빛이 그림을 지배하지만 바깥 가장자리를 검은 잉크로 채워 숲을 둘러싼 어둠을 강조한다. 이 그림은 잉크로 그린 (대체로 수직) 선들 사이의 공백에 의해 만들어졌다.

『호빗』은 원래 삽화가 있는 책으로 기획되지 않았다. 1936년 10월에 출판사는 본문과 지도 몇 장을 받아들였다. 하지만 석 달 후 이미 제작 과정이 진행되고 있을 때 톨킨은 흑백 삽화 네 장을 보냈고 곧이어 〈트롤〉을 포함해 여섯 장을 더 보냈다. 톨킨은 자신의 그림 솜씨에 대해 늘 겸손했고, 그림들을 보내면서 "이 그림들은 그리 훌륭하지 않고, 기술적으로 적합하지 않을 수도 있습니다"라고 말했다.[2] 출판사는 이 삽화들로 인해 제작 비용과 판매 가격이 높아질 것을 우려했지만 "그림들이 너무 매력적이어서 넣지 않을 수 없었습니다. 경제적으로는 꽤 잘못된 결정이지만 말이지요."라고 결론을 내렸다.[3] 『호빗』 초판에는 열 장의 삽화가 모두 실렸고 지도 두 장도 면지에 수록됐다.

1 톨킨 1937, 2장.
2 카펜터와 톨킨 1981, p.14.
3 해먼드와 앤더슨 2012, p.10.

.The Trolls.

도판 99 〈트롤의 언덕〉, [1930년대 초]. (Bodleian MS. Tolkien Drawings 8)

〈깊은골〉

[1937년 7월]
수채 물감, 검은 잉크, 연필
242×195mm
전시: 옥스퍼드 1976~1977; 옥스퍼드 1987, 12번;
옥스퍼드 1992, 101번
인쇄물: 톨킨 1979; 해먼드와 스컬 1995; 해먼드와 스컬 2011
MS. Tolkien Drawings 27

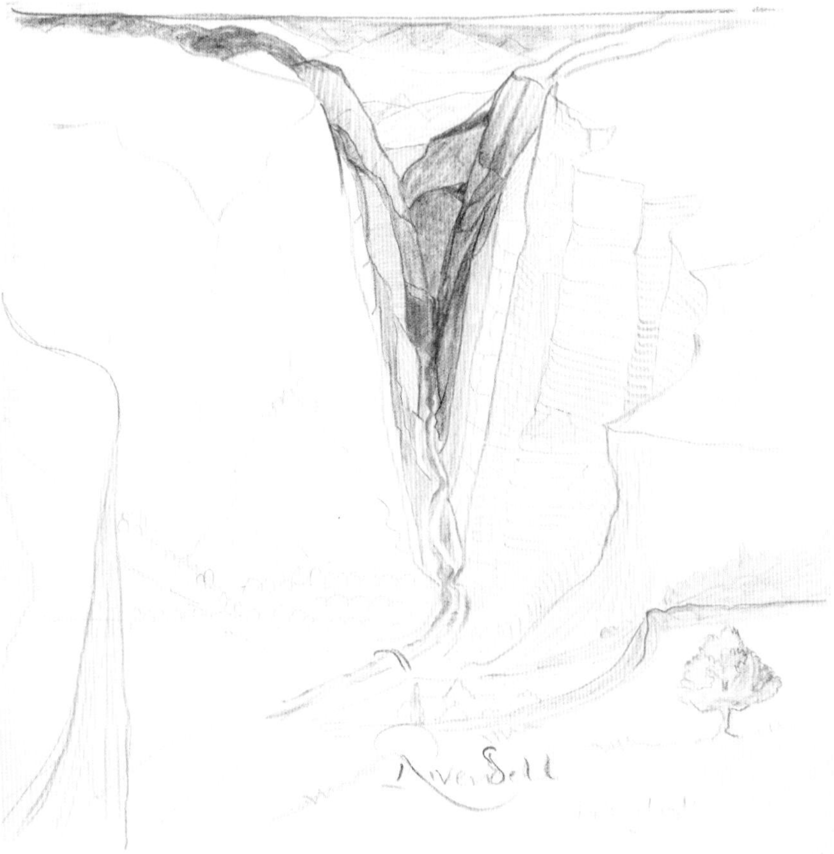

도판 100 〈깊은골 서쪽 풍경〉, [1930년대 초]. (Bodleian MS. Tolkien Drawings 10)

톨킨은 깊은골 그림을 다섯 장 그렸고, 이 그림에 이르기 전에 준비 작업으로 엘론드의 집을 두 번 스케치했다. 이 그림은 강물에 깎여 깊이 갈라진 틈(깊은 골)에 자리 잡고 있는 '최후의 아늑한 집'의 숨겨진 위치를 완벽하게 예시한다. "그의 집은 완벽함 그 자체였다. 식사하는 것, 자는 것, 일하는 것, 이야기하는 것, 노래하는 것, 아니면 그냥 앉아서 생각하는 것, 아니면 이것들을 동시에 즐겁게 하는 것, 그 어떤 일이든 이 집에서는 다 할 수 있었다. 사악한 것들은 이 계곡으로 들어올 수 없었다."[1] 전경의 은색 자작나무는 이 풍경의 테두리를 이루고, 시선은 협곡을 통해 저 멀리, 앞으로 다가올 여행을 상기시키는 안개산맥으로 나아간다. 바닥의 파도무늬 띠 장식은 그림의 색깔들을 연하게 사용하여 동적 효과를 더해 주고 세차게 흐르는 강물을 강조한다.

톨킨은 삽화와 특히 테두리의 사용에 대해 확고한 견해를 갖고 있었다. 미국 출판사가 이 그림의 일부를 잘라 낸 것을 알았을 때 기분이 상한 그는 미국 초판본을 받은 직후에 스탠리 언윈에게 편지를 썼다. "나는 그들이 왜 윗부분을 잘라 내고 바닥의 장식을 떼어 내서 깊은골 그림을 망쳤는지 이해할 수 없습니다."[2] 1년 후 세인트앤드루스대학교에서 '요정 이야기에 관하여' 강연을 하면서 그는 똑같이 강조했다. "마법에 걸린 숲에는 여백이 있어야 하고 정교한 테두리도 있어야 합니다. 그것이 마치 요정나라의 '스냅사진'이나 '즉석에서 그린 스케치'인 양 그림엽서의 로키산맥 '사진'처럼 면에 접하도록 인쇄하는 것은 어리석은 일이자 남용입니다."[3] 이렇게 말했음에도 불구하고 그의 모든 수채화에 테두리가 있었던 것은 아니다. 독수리 둥지에 있는 빌보의 그림은 테두리나 제목도 없지만 가장 자연스럽다. 이것은 그가 1937년 여름 방학에 수채화들을 신속히 그렸기 때문일 것이다.

1 톨킨 1937, 3장.
2 카펜터와 톨킨 1981, p.34.
3 톨킨 1983B, p.161.

MS. T dr 27

491

〈산길〉

[1937년]
검은 잉크
227×176mm
전시: 옥스퍼드 1976~1977; 옥스퍼드 1987, 13번; 밀워키 1987, 21번; 옥스퍼드 1992, 91번
인쇄물: 해먼드와 스컬 2011
MS. Tolkien Drawings 13

> 그보다 더 끔찍한 것은 한밤중에 높은 산에서, 동쪽 서쪽에서 몰려온 폭풍이 전투를 벌이며 천둥과 번개를 쳐 대는 것이다. 번개가 밤하늘을 찢는 듯 봉우리에서 번쩍거리면 바위들이 흔들리고 요란한 소리가 대기를 흔들고 우르르 울리면서 동굴과 구멍 구석구석에까지 전달된다. 그러면 귀를 찢는 듯한 소음과 갑작스러운 섬광이 어둠을 꿰뚫는다.[1]

톨킨이 산속의 폭풍을 묘사한 강렬한 삽화는 바위와 돌산을 묘사한다. 이 황량한 풍경을 막아 줄 나무 한 그루, 풀 한 포기 없다. 강렬한 검은 선과 흰 선이 사용되어 눈부시고, 어둠을 밝히며 내리치는 번개 같은 효과를 낸다. 이 그림은 『호빗』 초판에 실린 톨킨의 잉크화 아홉 장 중 하나이고, 그의 많은 그림들이 그렇듯이 이 삽화도 초안이 남아 있지 않다. 초안을 가장 많이 그린 그림 중 하나는 〈요정 왕의 궁전 입구〉인데, 톨킨은 그것을 위한 예비 그림을 일곱 장 그렸다. 이 그림들은 톨킨이 입구의 모양과 성문 형태를 여러 각도에서 실험하고 있었음을 보여 준다.

톨킨은 '산-길'이나 '생일-선물'(골룸이 반지를 부르는 말)처럼 두 명사를 하이픈으로 연결해서 종종 사용했다. 이와 같은 고풍스러운 용례는 20세기 이전의 문서에서 더 많이 발견된다. 또한 톨킨은 두 명사를 하이픈으로 연결해서 완전히 새로운 단어를 만들기도 했는데, 가령 간달프는 자신들의 모험에 대해 "돌-미끄럼틀을 기어 내려왔고 숲속에서 늑대-고리에"[2] 포위되었다고 베오른에게 묘사한다. 현대 독자에게는 하이픈으로 연결된 단어들이 눈에 띄고, 흥미로우면서도 시적으로 보인다. 톨킨은 '완곡 대칭법'[3]이라 알려진 "그림처럼 묘사하는 복합어"를 종종 사용하는 앵글로색슨 시를 오랫동안 연구하면서 이런 표현 방식에 이끌렸을 것이다. 이런 시적 방식은 일상적인 것을 은유적으로 묘사했으며 가령 '몸'을 '뼈-집'으로, '바다'를 '고래-길'로 표현했다. 이 간결한 표현은 특히 고대 영시의 제한된 운율에 적합했는데, 그것을 톨킨은 "날카롭게 뜯은 하프 현처럼 울리는 짧은 단어들"[4]이라고 표현했다.

1 톨킨 1937, 4장.
2 톨킨 1937, 7장.
3 톨킨 2014, p.141.
4 톨킨 1983B, p.60.

The Mountain-path

〈빌보가 이른 아침 햇살을 받으며 깨어나다〉

[1937년 7월]
수채 물감, 흰 불투명 물감, 검은 잉크
244×194mm
전시: 옥스퍼드 1976~1977; 옥스퍼드 1987, 15번; 밀워키 1987, 26번; 옥스퍼드 1992, 102번; 옥스퍼드 2013
인쇄물: 톨킨 1979; 해먼드와 스컬 1995; 해먼드와 스컬 2011
MS. Tolkien Drawings 28

도판 101 어린 황금 독수리의 삽화. T.A. 카워드의 『영국 섬들의 새들과 알들』, 1919년. (Bodleian 189611 f.12/1)

큰 독수리들은 와르그와 고블린에게서 구해 낸 후 "두려움에 떨고 있는 빌보를 산비탈의 넓은 바위 턱에 내려놓았다. 그 바위 턱에 내려가려면 날아가는 수밖에 없었고, 그곳에서 밑으로 내려가려면 벼랑에서 뛰어내리는 수밖에 없었다."[1] 이 그림의 산뜻한 파란색과 흰색은 산지의 맑은 공기를 전해 주고, 노란색이 가미된 산비탈은 이른 아침 햇살을 나타낸다. 흰 불투명 물감으로 그은 가느다란 선들과 날개를 위로 펼친 채 날고 있는 독수리 두 마리는 경이로운 동적 느낌을 준다.

톨킨은 T.A. 카워드의 『영국 섬들의 새들과 알들』(1919)에 실린 어린 황금 독수리의 삽화를 보고 따라 그렸다. 막내아들 크리스토퍼 톨킨이 아버지를 위해 집 안에 보관된 자연사에 관한 책들 중 하나에서 이 삽화를 찾아 주었다. 『호빗』에서 이 수채화에만 제목이 없지만 톨킨은 이 그림이 "이튿날 아침 일찍, 햇살이 눈에 비치자 빌보는 잠에서 깨었다"로 시작하는 7장의 맞은편에 실려야 한다고 지적했다. 이상하게도 빌보가 신고 있는 긴 검은색 신발이 보이는데, 호빗들은 "발바닥이 천연 가죽처럼 질기고" "굵고 곱슬곱슬한 갈색 털이 발을 따뜻하게" 발을 감싸 주기 때문에 불필요한 물건이다.[2] 톨킨은 미국 출판사에 보낸 편지에서 이 이상한 점을 설명했다. "본문에는 그가 신발을 얻었다는 언급이 없습니다. 있어야 했는데! 여러 번 수정하는 과정에 어떻게 되어서인지 빠졌군요. 그 신발은 깊은골에서 신게 되었지요."[3]

이 풍경은 톨킨이 열아홉 살 때 보았던 스위스의 알프스산에서 영감을 얻었을 것이다. 그는 아들 마이클에게 보낸 편지에서 그 점을 설명했다.

> 그 호빗(빌보)이 깊은골에서 안개산맥 너머로 여행한 과정은, 미끄러지는 돌에서 굴러 소나무 숲에 떨어진 것을 포함해서, 1911년에 내가 겪은 모험에 바탕을 두고 있단다. […] 하루는 가이드들과 함께 알레치 빙하로 긴 행군을 했는데—그때 나는 비명횡사할 뻔했지. […] 우리는 좁은 길을 따라 한 줄로 걸어갔는데 오른쪽에는 눈 덮인 비탈이 치솟아 시야를 가리고 왼쪽에는 깊은 협곡으로 떨어져 내렸단다. 그해 여름에 눈이 이미 많이 녹아서 (내 생각으로는) 대체로 눈에 덮여 있던 돌들과 큰 바위들이 드러나 있었어. 대낮의 열기로 눈이 계속 녹았고 많은 돌들이 비탈을 따라 굴러떨어지면서 점점 속도가 빨라져서 우리는 깜짝 놀랐단다. 오렌지만 한 돌부터 축구공만 한 것, 그보다 더 큰 것도 있었지. 그 돌들은 우리가 걷고 있던 길을 순식간에 가로질러 협곡으로 떨어졌어. […] 내 바로 앞에 있던 일행 한 분(연로한 여교사)이 갑자기 꺅 소리를 지르고 앞으로 껑충 뛰었는데 큰 바윗덩어리가 우리 사이로 쏜살같이 굴러갔단다. 남자답지 못한 내 무릎에서 잘해야 30센티미터쯤 떨어진 곳에서.[4]

1 톨킨 1937, 6장.
2 톨킨 1937, 1장.
3 카펜터와 톨킨 1981, p.35.
4 카펜터와 톨킨 1981, p.391~393.

〈빌보가 뗏목 요정들의 오두막에 이르다〉

[1937년 7월]
수채 물감, 연필, 흰 불투명 물감
242×190mm
전시: 옥스퍼드 1976~1977; 옥스퍼드 1987, 22번; 밀워키 1987, 37번; 옥스퍼드 1992, 103번
인쇄물: 톨킨 1979; 해먼드와 스컬 1995; 해먼드와 스컬 2011
MS. Tolkien Drawings 29

빌보는 요정 왕의 감옥에서 난쟁이들(통 속에 숨겨진)의 탈출을 도운 후 숲강을 따라 흘러가는 통 위에 두 다리를 벌리고 앉아 있다. "마침내 골목쟁이네는 양옆으로 나무들이 드문드문 서 있는 곳으로 나아가게 되었다. 나무들 사이로 어슴푸레한 하늘이 보였다. 강이 갑자기 넓어지더니[…]."[1] 이 삽화는 아름답게 구성되어 있다. 구불구불한 강물이 검은 숲에서 나와 희미한 햇살이 퍼진 탁 트인 공간으로 흘러간다. 위쪽의 어두운 나무들과 아래쪽의 거대한 나무뿌리들이 그림의 테두리를 이룬다. 독수리 그림(품목 140번)보다 덜 자연스럽고, 양식화된 나무는 나무와 강물 무늬가 반복되는 아르누보 양식의 바닥 테두리와 어울린다. 이 삽화는 사실 빌보가 밤중에 뗏목 요정들의 오두막에 이르는 본문 내용과는 일치하지 않는다. 이보다 앞선 수채화에서는 빌보가 실로 달빛을 받으며 도착하는 것으로 그려져 있다.

톨킨은 이 삽화를 좋아했고, 미국 초판본에서 이 그림이 빠진 것을 알았을 때 실망했다. 그는 미국 출판사, 보스턴의 호턴 미플린 사에 편지를 쓰면서 스스로를 삼인칭으로 지칭하며 비난조로 말했다. "귀 출판사에서 (9장의) 강 그림을 선택하지 않았다니 유감입니다. 그 그림에서 아마추어 화가가 대체로 상상의 장면을 더없이 충실하게 포착했는데 말이지요."[2]

가족이 늘고 생활비가 많이 들면서 톨킨은 여름 방학 중에 으레 다른 대학 기관의 외부 시험관으로 일했다. 이 수채화들을 미국 출판사에 보낸 후 그는 주저하며 보수에 대해 언급했다. "현재 내가 (대체로 의료비 때문에) 상당히 곤란한 처지라서 아주 작은 보수라도 큰 도움이 되겠습니다."[3] 당시 막내아들 크리스토퍼가 맹장 수술을 받았는데 국민건강보험이 생기기 이전이라서 뜻밖의 큰 비용이 들었다. 호턴 미플린은 수채화 다섯 장에 대해 100달러를 보냈는데 당시로는 큰 금액이었다.

1 톨킨 1937, 9장.
2 톨킨 가족 문서, 페리스 그린슬렛에게 보낸 편지, 호턴 미플린 출판사, 1938년 3월 5일.
3 카펜터와 톨킨 1981, p.20.

Bilbo comes to the Huts of the Raft-elves

도판 102 〈**숲강의 스케치**〉, [1937년 7월]. (Bodleian MS. Tolkien Drawings 21)

플롯 메모

142

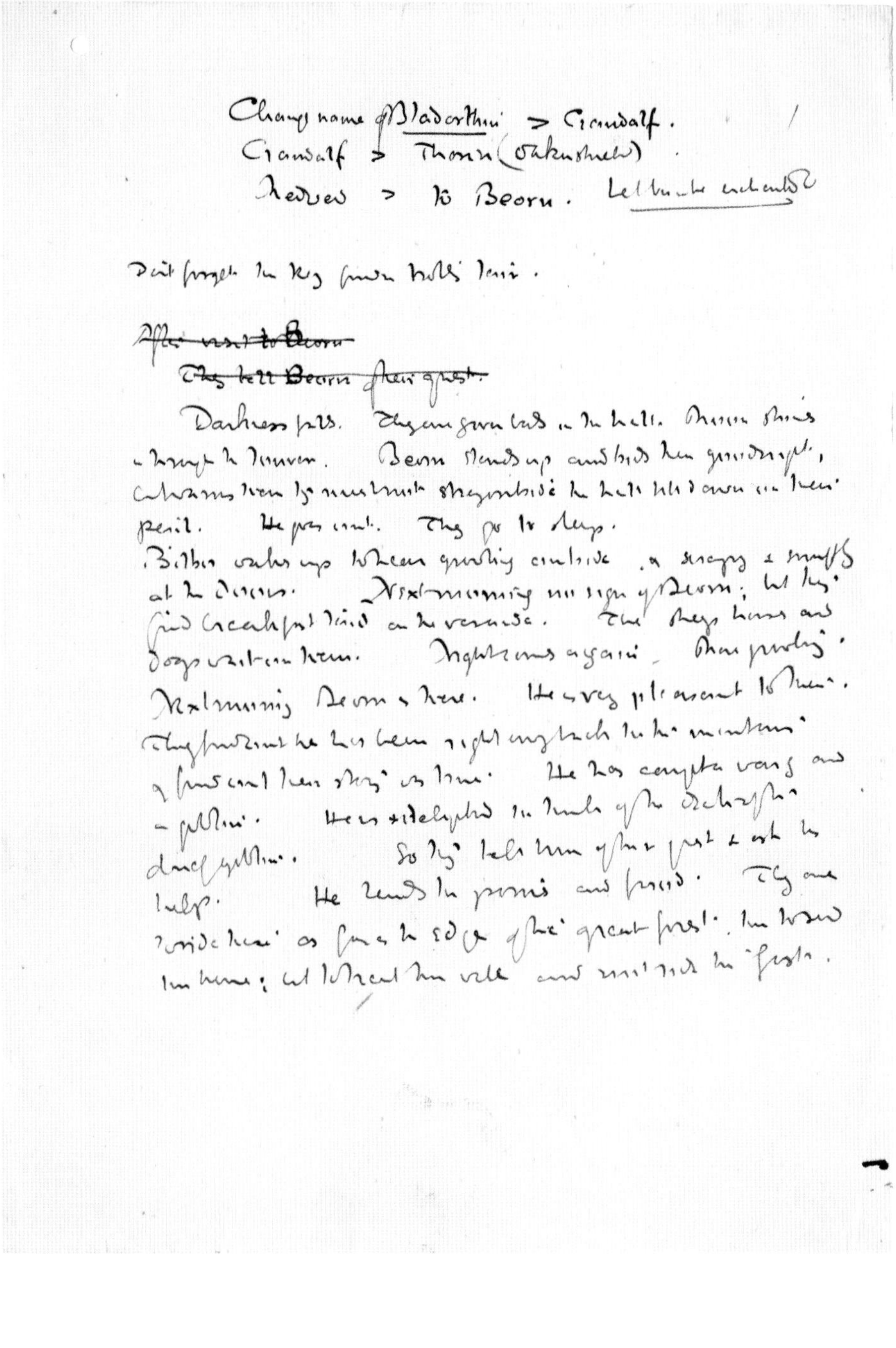

Change name of Bladorthin > Gandalf.
Gandalf > Thorin (Oakenshield)
Medwed > to Beorn. Let bear be enchanted

[1930년대 초]
자필, 검은 잉크
6장, 240×182mm
출처: 마켓대학교가 J.R.R. 톨킨에게 구입, 1957년
대여: 위스콘신 주, 밀워키, 마켓대학교
전시: 밀워키 1987, 28번; 밀워키 1992
인쇄물: 레이트리프 2007
Marquette, MS. Tolkien 1/1/23

> **이름 바꾸기**
> 블라도르신 > 간달프
> 간달프 > 소린 (참나무방패)
> 메드웨드 > 베오른으로. 곰이 마법에 걸리도록 하라.

이것은 마켓대학교에서 『호빗』 원고와 함께 발견한 첫 번째 플롯 메모의 첫 부분이다. 이 메모에는 7장에서 9장까지의 줄거리, 즉 난쟁이 일행이 베오른의 집에서 체류한 후 어둠숲을 지나며 거대한 거미와 싸우고 결국 숲요정들에게 포로로 잡힐 때까지의 여정이 간략히 기술되어 있다. 첫 부분에서 톨킨은 블라도르신으로 불렸던 마법사와 간달프로 불렸던 난쟁이들의 우두머리를 포함해서 중요 인물 몇 명의 이름을 바꾼다. 실은 이 변화는 본문에 즉시 도입되지 않았다. 이 새로운 이름들은 빌보가 요정왕의 감옥에서 난쟁이들의 탈출을 돕고 그들이 통 속에 갇힌 채 강을 내려와 호수마을에 도착할 때까지 초고에서 사용되지 않았다. "몹시 가련한 난쟁이 한 명이 기어 나왔다. 질질 끌리는 그의 수염에 젖은 밀짚이 달라붙어 있었다. 온몸이 쑤시고 뻣뻣하게 굳은 데다 멍도 많이 들고 부딪힌 곳이 많아 얕은 물을 비틀거리며 걸어 올라가 뭍에서 신음하며 누워 있기도 힘들

지경이었다. 굶주린 그의 얼굴은 마치 사슬에 묶인 채 깜빡 잊혀 일주일이나 개집에 갇혀 있던 개처럼 사나워 보였다. 그는 소린이었다."[1] 통에서 기어 나온 순간부터 참나무방패 소린은 산아래의 왕이 되고, 그 이름은 본문에 확고하게 고정되었다.

이 책이 출간된 직후에 톨킨은 예전 동료인 제프리 셀비에게 편지를 쓰면서 난쟁이들을 "「볼루스파Völuspá」에 나오는 에다식 이름을 가진 난쟁이 무리"라고 불렀다.[2] 간달프를 포함해서 거의 모든 난쟁이들의 이름은 고대 스칸디나비아의 시 「볼루스파」에서 그대로 따온 것이고, 그 시의 '난쟁이들의 기록'에 그 이름들이 열거되어 있다. 반면에 블라도르신은 톨킨 자신이 만든 한 요정어 이름이었고, 고대 스칸디나비아어의 난쟁이 이름과는 전혀 다른 소리가 나도록 만들어졌다. 톨킨은 그 이름의 의미를 설명하지 않았지만, 학자들은 초기 요정어 문서에 주어진 정보를 바탕으로 '신=회색, 블라도르=넓은 땅'의 의미에서 '회색 방랑자'라는 뜻을 유추할 수 있다고 주장했다.[3]

1 마켓대학교, MS. Tolkien 1/1/11.

2 톨킨 1988, p.7.

3 길슨 1991, p.1~2; 레이트리프 2007, p.52~53.

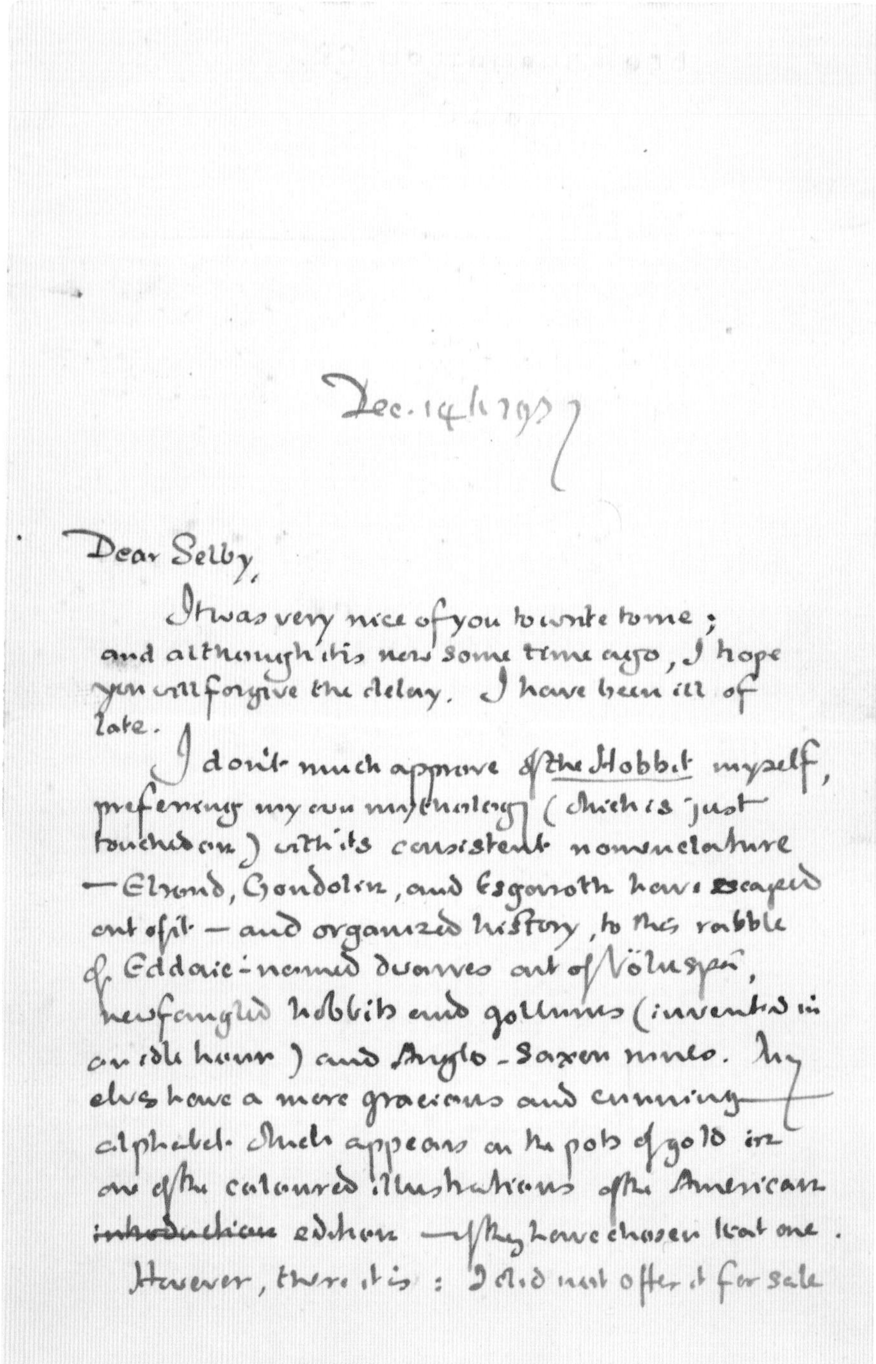

Dec. 14th 1937

Dear Selby,

It was very nice of you to write to me; and although it is now some time ago, I hope you will forgive the delay. I have been ill of late.

I don't much approve of the Hobbit myself, preferring my own mythology (which is just touched on) with its consistent nomenclature — Elrond, Gondolin, and Esgaroth have escaped out of it — and organized history, to this rabble of Eddaic-named dwarves out of Völuspá, newfangled hobbits and gollums (invented in an idle hour) and Anglo-Saxon runes. My elves have a more gracious and cunning alphabet which appears on the pots of gold in one of the coloured illustrations of the American introduction edition — if they have chosen that one.

However, there it is: I did not offer it for sale

도판 103 제프리 셀비에게 보낸 편지, 1937년 12월 14일. (모건 도서관 & 박물관, MA 4373. 줄리아 P. 와이트먼 양의 선물로 구매, 1984~1986년)

〈스마우그와의 대화〉

[1937년 7월]
검은 잉크와 컬러 잉크, 수채 물감, 흰 불투명 물감, 연필
242×183mm
전시: 옥스퍼드 1976~1977; 옥스퍼드 1987, 25번; 밀워키 1987, 42번; 옥스퍼드 1992, 104번; 옥스퍼드 2013
인쇄물: 톨킨 1979; 해먼드와 스컬 1995; 해먼드와 스컬 2011
MS. Tolkien Drawings 30
(뒷장에 게재)

> 스마우그는 엄청나게 큰 박쥐 날개 같은 것을 접고 몸을 한쪽으로 약간 기울인 채 누워 있었기 때문에, 호빗은 용의 희끄무레한 긴 배와 아랫부분을 볼 수 있었다. 오랫동안 그 비싼 침대에 누워 있어서 보석과 금 조각들이 용의 뱃가죽에 더덕더덕 붙어 있었다. 그 너머로 가장 가까운 벽에 갑옷, 투구, 도끼, 칼, 창이 걸려 있는 것이 어렴풋이 보였다. 그곳에는 커다란 항아리와 단지가 줄지어 있었고, 그 안에는 짐작도 할 수 없는 귀금속이 들어 있었다.[1]

이 화려한 색깔의 삽화는 보물 침대에 누워 있는 용 스마우그를 보여 준다. 보물 더미 꼭대기에서 아르켄스톤, 난쟁이들이 가장 소중하게 여기는 보물이 빛을 발한다. 오른쪽 하단의 구름 모양에 감싸인 빌보의 모습은 그가 반지를 끼고 있어서 보이지 않는다는 것을 뜻한다. 톨킨이 나중에 인정했듯이 용에 비해 빌보가 너무 크게 그려져 있다. "황금 더미 그림에서 그 호빗은 물론 (뚱뚱하게 잘못 그려진 부분과 별도로) 너무 거대하다."[2] 왼쪽 아래의 큰 항아리에는 페아노르 문자(요정 문자)로 도둑들에 대한 저주가 새겨져 있다. 이 굴에 흩어져 있는 유골의 파편들에서 용의 흉포함이 명백히 드러난다.

톨킨의 마음은 용에 매료되어 있었다. 시인 W.H. 오든에게 쓴 편지에서 그는 자신이 어린 시절에 쓴 첫 이야기가 용에 관한 것이었다고 회고했다. "일곱 살경에 처음으로 이야기를 쓰려고 해보았지. 그것에 대해 기억나는 것은 언어학적 사실뿐이라네. 어머니께서 용에 대해서는 아무 말씀도 안 하시고 '녹색의 큰 용a green great dragon'이라고 해서는 안 되고 '큰 녹색 용a great green dragon'이라고 말해야 한다고 지적하셨지. 왜 그런지 궁금했었고 지금도 그렇다네."[3]『후린의 아이들』에 나오는 사악한 글라우룽[글로룬드]부터 「햄의 농부 가일스」에 나오는 비겁한 크리소필락스에 이르기까지 용은 그의 시와 산문에 계속 등장한다. 톨킨은 이 '무시무시한 생물'이 마음을 매료시키는 것은 "인간적 악의와 야수성"이 "사악한 지혜와 교활함"과 결합되어 있기 때문이라고 설명했다.[4]

용은 그의 많은 작품에 나오지만『반지의 제왕』에는 직접 등장하지 않는다. 마켓대학교에 보관된 초기의 플롯 메모를 보면 톨킨은 실제로 용을 등장시킬 것을 고려했었다. "용 한 마리가 호빗골에 돌아와서 사람들이 더 준엄한 자질을 갖고 있음을 보여 주어야 한다."[5]

1 톨킨 1937, 12장.
2 카펜터와 톨킨 1981, p.35.
3 카펜터와 톨킨 1981, p.214.
4 톨킨 1964.
5 Marquette, MS. Tolkien Mss-1/1/7.

143

도판 104 〈스마우그의 죽음〉, [?1936년]. (Bodleian MS. Tolkien Drawings 31r)

'야생지대'의 지도

[1937년]
검은 잉크와 푸른 잉크
192×243mm
전시: 옥스퍼드 1976~1977; 옥스퍼드 1987, 7번; 밀워키 1987, 52번; 옥스퍼드 1992, 98번; 옥스퍼드 2013
인쇄물: 해먼드와 스컬 1995; 해먼드와 스컬 2011; 홀 2016
MS. Tolkien Drawings 35
(뒷장에 게재)

『호빗』 초판본에는 두 장의 지도, 야생지대의 지도(뒷장)와 스로르의 지도가 실렸다. 야생지대는 아이들의 관심을 끌도록 고안된 그림 지도였다. 어둠숲에 거대한 거미들이 숨어 있고, 남쪽 숲에 숲사람의 오두막들이 있고, 위협적인 모습의 스마우그가 외로운산 위를 날고 있다. 이보다 먼저 그린 지도는 기본적 특징이 동일하지만 세밀한 그림들은 모두 빠져 있다. 야생지대는 면지에 실렸는데, 톨킨은 푸른색과 검은색 잉크로 그렸지만 출간된 책에는 붉은색과 검은색으로 인쇄되어 더 눈길을 끌었다.

이 지도는 북쪽 방위에 맞춰져 있지만 비율은 나와 있지 않다. 『호빗』 본문에서 거리는 단지 막연하게 '길고 긴 킬로미터'라는 먼 거리부터 '몇 킬로미터'라는 짧은 거리로 표현되었다. 구체적으로 거리가 제시되는 것은 딱 한 번뿐이다. 빌보가 겁을 먹고 숲 입구를 지나 검은 어둠숲으로 들어가기를 망설일 때 간달프는 그 숲을 돌아가려면 "북쪽으로 300킬로미터쯤 더 가고 남쪽으로 그 두 배쯤 되는 거리"를 내려와야 한다고 말한다.[1]

'야생지대Wilderland'라는 단어는 영국인들에게 익숙하게 들리겠지만 『옥스퍼드 영어사전』에는 나오지 않을 것이다. 톨킨이 만든 이 단어는 황야wilderness를 암시하며 "곁들여 wilder(길을 잃고 헤매다)와 bewilder(어리둥절하다)라는 동사를 암시한다."[2] 지명과 인명은 무엇보다도 중요했으므로 그는 그것들을 만들어 내는 데 많은 노력을 기울였다. 그의 지명은 "진짜처럼 들리도록" "신중하게 구성하여 익숙한 패턴에 맞추어졌다."[3]

『호빗』의 많은 지명들은 형용사와 명사가 결합되어 있고 둘 다 대문자로 시작한다. 안개산맥과 긴호수 같은 지명이 야생지대의 지도에 많이 나온다. 이질적으로 들리는 지명이 두 개 있는데 '에스가로스'와 '군다바드산'이다. 둘 다 톨킨이 만든 언어에서 나온 명칭이다. 에스가로스는 '갈대호수'를 뜻하는 요정어 신다린의 명칭이고, 군다바드는 난쟁이들의 언어 크후즈둘에서 나온 난쟁이 이름이다. 『반지의 제왕』에서 톨킨이 만든 언어, 특히 두 요정어 퀘냐와 신다린은 더욱 부각된다. 야생지대라는 명칭은 『반지의 제왕』의 전체 지도에 나오지만 그것의 요정어(신다린) 명칭 로바니온 뒤에 대괄호 안에 제시된다. 이후에 나온 지도에는 신다린 지명만 남고 야생지대는 완전히 생략되었다.

1 톨킨 1937, 7장.
2 해먼드와 스컬 2005, p.779.
3 카펜터와 톨킨 1981, p.251.

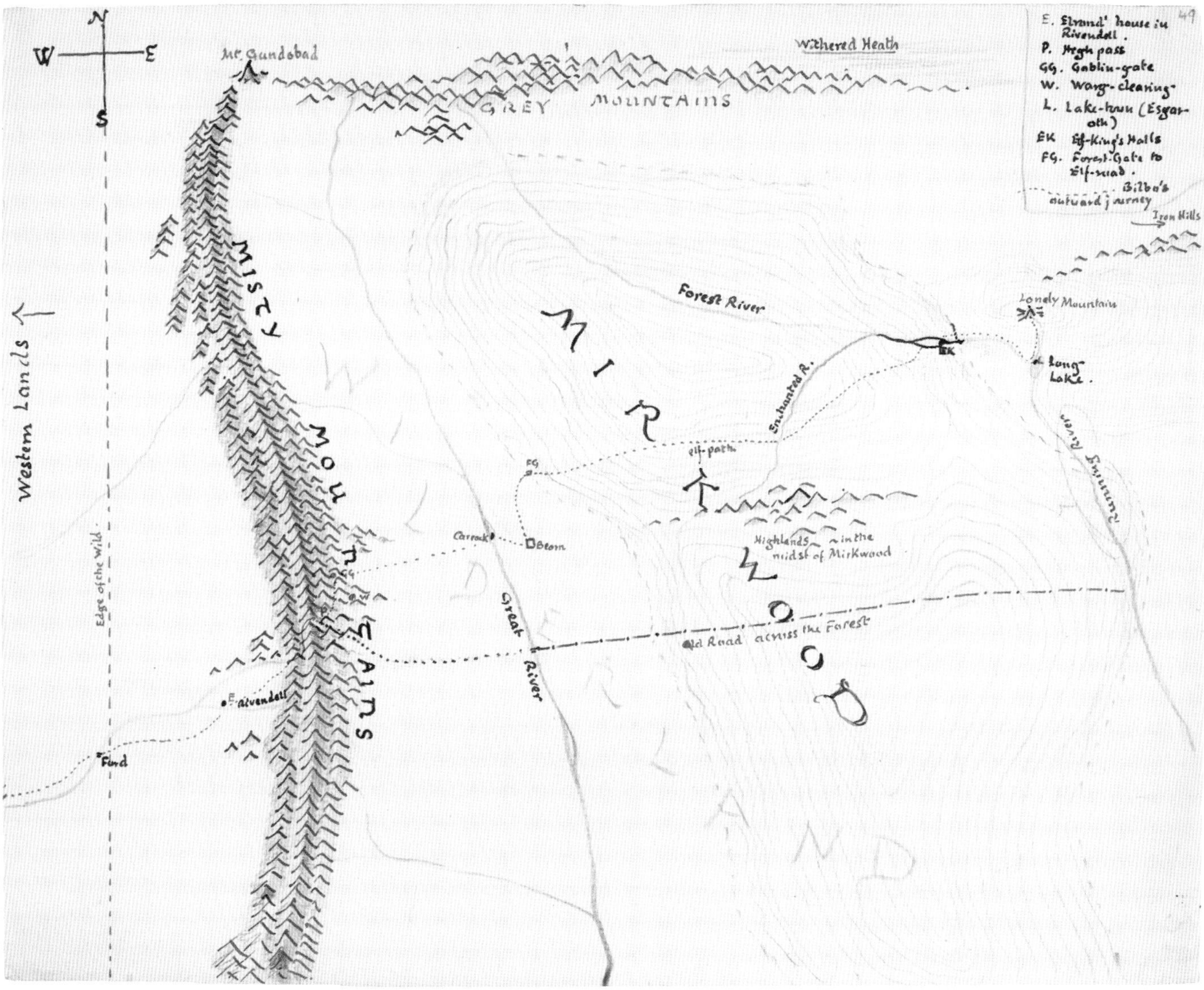

도판 105 야생지대의 이전 지도, [1936년경]. (Bodleian MS. Tolkien Drawings 89, fol. 49r)

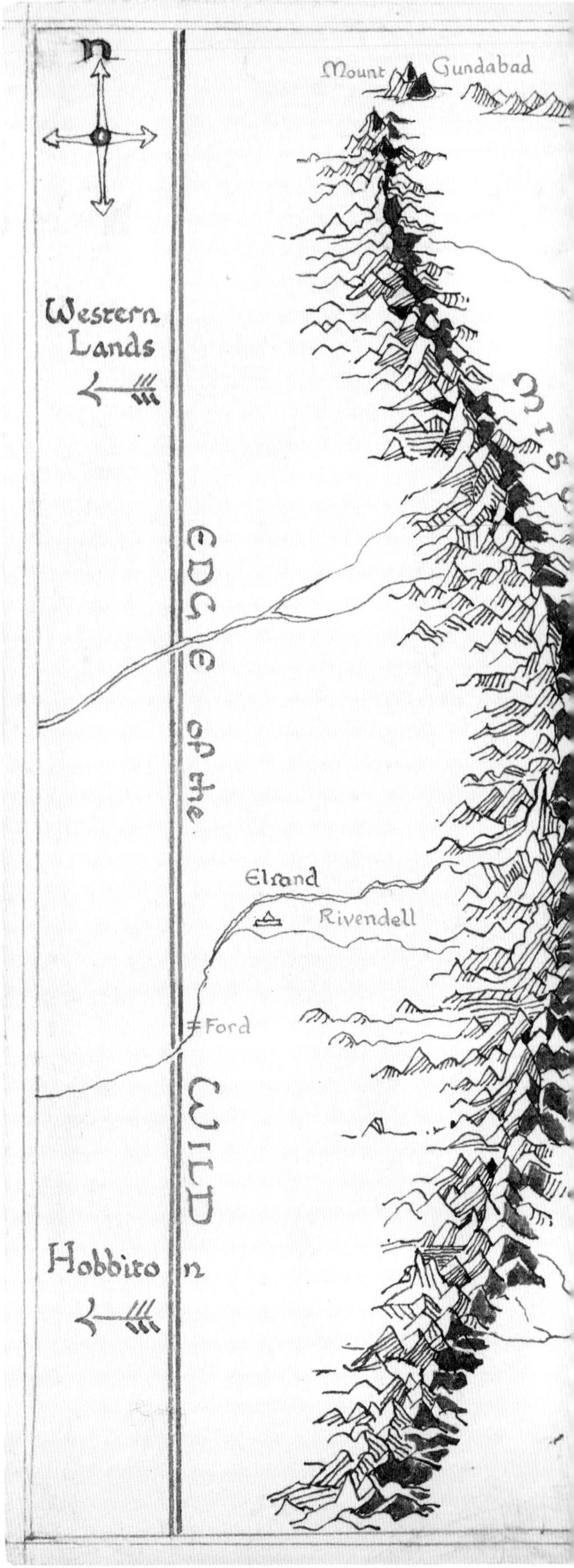
Mount Gundabad
Western Lands
EDGE of the WILD
Elrond
Rivendell
Ford
Hobbiton

144

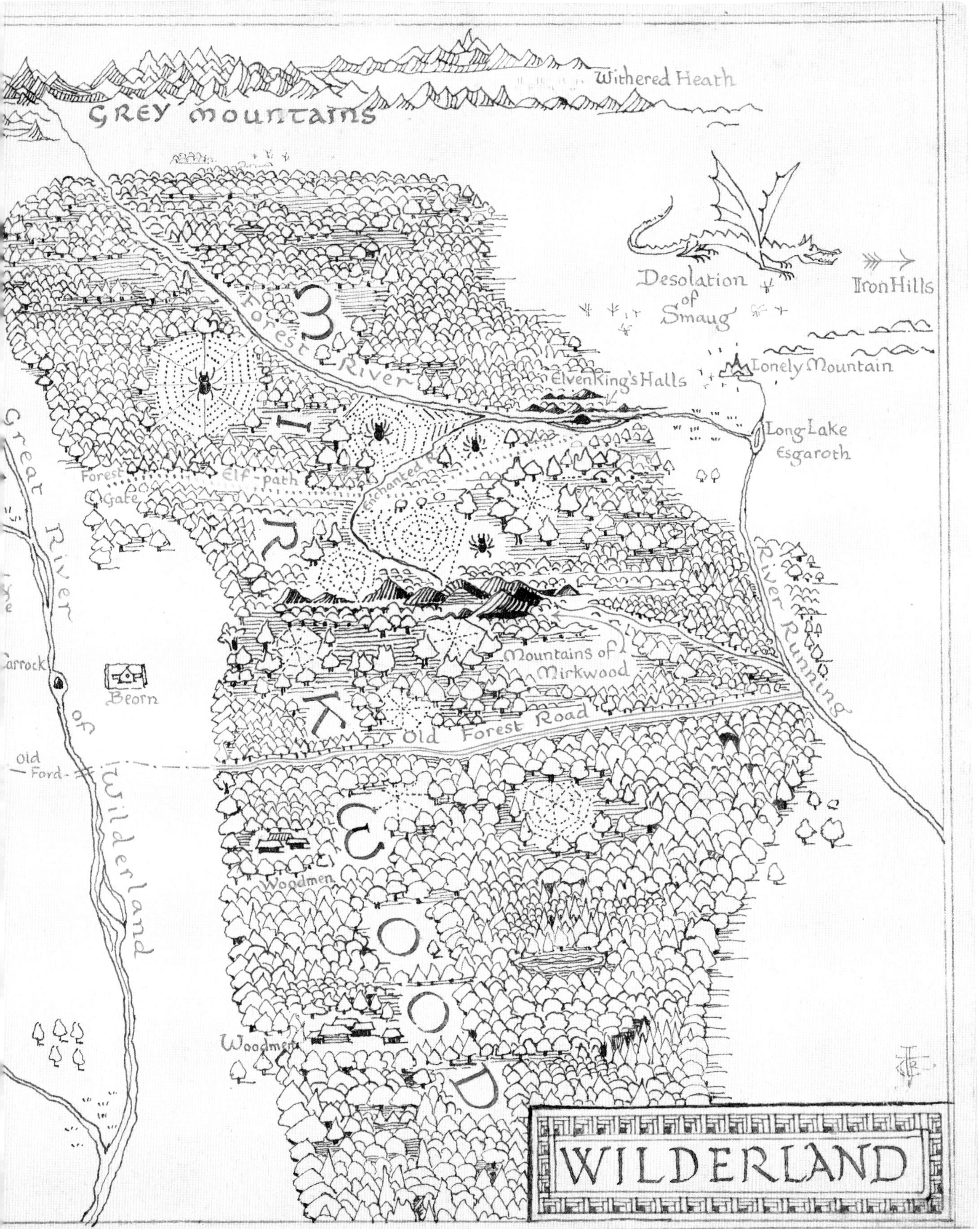
Grey Mountains
Withered Heath
Desolation of Smaug
Iron Hills
Lonely Mountain
Elvenking's Halls
Long Lake
Esgaroth
Forest River
MIRKWOOD
Forest Gate
Elf-path
Enchanted R
River Running
Mountains of Mirkwood
Great River of Wilderland
Carrock
Beorn
Old Forest Road
Old Ford
Woodmen
Woodmen
WILDERLAND

커버 초안

[1937년]
연필, 검은 잉크, 수채 물감
197×305mm
출처: 마켓대학교가 J.R.R. 톨킨에게 구입, 1957년
전시: 밀워키 1987, 1번; 캐나다와 북아메리카 1967~1971
인쇄물: 해먼드와 스컬 1995; 해먼드와 스컬 2011
대여: 위스콘신 주, 밀워키, 마켓대학교
Marquette, MS. Tolkien 1/2/4

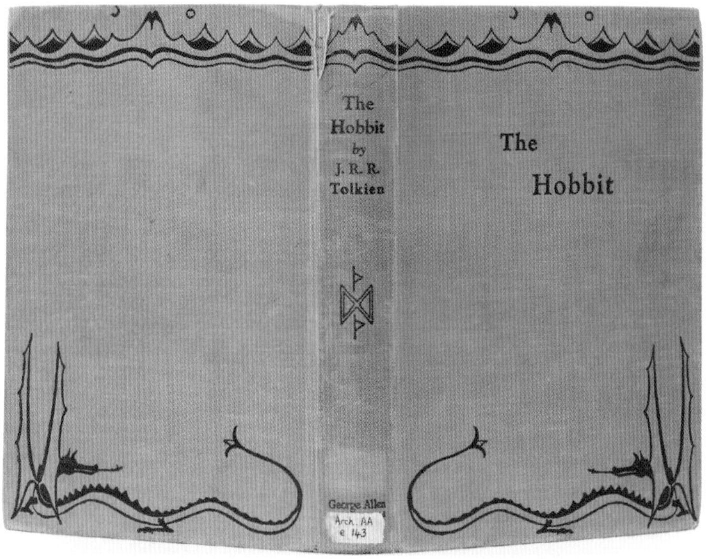

도판 106 『호빗』, 초판 표지, 1937년. (보들리언 기록보관소. AA e. 143)

조지 앨런 앤드 언윈 출판사는 톨킨의 흑백 삽화와 그림 지도에 깊은 인상을 받았기에『호빗』의 커버 도안을 그려 달라고 부탁했다. "우리는 교수님께 커버를 만드실 능력이 있다고 설득할 수 있기를 여전히 희망합니다"라고 편집인이 1937년 3월에 썼다.[1] 다행히 그 편지가 도착한 것은 부활절 휴가 기간이라서, 톨킨이 수업과 관련된 행정적 의무에서 벗어나 있을 때였다. 그는 즉시 책 커버에 관심을 쏟았고 2주 내로 초안을 만들어 편집인에게 보냈다. 편집인은 열렬한 찬사를 보냈다. "보내 주신 그림이 탁월하다고 생각합니다. 호빗을 창조한 사람만이 그처럼 적합한 커버를 만들어 낼 수 있겠지요."[2] 톨킨은 맡은 일을 완수했으므로 이틀 후에 C.S. 루이스 및 오웬 바필드와 서머싯으로 도보 여행을 떠났다.

마켓대학교의 기록보관소에 있는 도안은 아마 앨런 앤드 언윈 출판사에 보낸 것보다 먼저 그린 첫 도안일 것이다. 그럼에도 불구하고 배경의 봉우리에 눈 덮인 산들과 전경에 밀집한 나무들을 특징으로 하는 최종 커버의 전신임을 분명히 드러낸다. 앞 커버에는 태양 앞에서 날아가는 용이 두드러져 보이고, 뒤 커버에는 독수리들이 솟아올라 밤하늘을 가로지른다. 두드러진 산(외로운산)이 책등에 위치하도록 중앙에 자리하고 있다. 최종 도안에서 톨킨은 용과 독수리의 위치를 바꾸었고, 독수리는 태양과 함께 앞 커버에, 용은 달과 함께 뒤 커버에 배치함으로써 선한 힘은 햇빛에, 악한 힘은 어둠에 맞추었다. 이 초안에는 출판사에 보낸 첫 번째 도안과 달리, 테두리를 따라 이어지는 룬문자가 없다.

이 책의 제작에 톨킨이 관여한 부분은 지도와 선화, 컬러 삽화, 커버 도안에 그치지 않았다. 그는 출판사가 제안한 표지의 글자 배열과 장식에 반대 의견을 제시하고 대안으로 용과 산을 특징으로 한 도안을 많이 그렸다. 초판 표지는 그의 산 도안이 상단을 따라 이어지고 용 그림이 앞표지와 뒤표지의 아래 바깥쪽 구석에 놓이도록 인쇄되었다.

1 톨킨 가족 문서, 찰스 퍼스의 편지, 1937년 3월 23일.
2 톨킨 가족 문서, 찰스 퍼스의 편지, 1937년 4월 15일.

THE HOBB
J.R.R.TOLKIEN

책 커버 도안

[1937년 4월]
연필, 검은 잉크, 수채 물감, 흰 불투명 물감
204×381mm
전시: 옥스퍼드 1976~1977; 옥스퍼드 1987, 28번; 옥스퍼드 1992, 99번; 뉴욕 2014; 옥스퍼드 2015, 45번
인쇄물: 해먼드와 스컬 1995; 해먼드와 스컬 2011
MS. Tolkien Drawings 32
(뒷장에 게재)

톨킨이 완성한 『호빗』의 커버 그림(뒷장)은 지금은 도안의 고전이 되었고 현재에도 사용되고 있다. 이전 도안에 기초하고 있지만 이 그림의 이미지는 훨씬 더 강렬하다. 선들은 더욱 힘차고, 색깔은 더욱 과감하다. 톨킨은 초록색과 푸른색이 이채를 띠도록 사용하고, 검은색과 흰색은 나무와 산의 윤곽을 그리는 데 사용한다. 대칭성이 강화되어서 앞장과 뒷장의 풍경이 서로를 반사한다. 그 대칭을 방해하는 것은 앞표지에 첨가된 호수에 박힌 기둥 위로 돌출한 호수마을뿐이다.

톨킨은 이 도안에 붉은색을 사용하고 싶어 했고 태양과 용을 불그스름하게 그렸다. 하지만 출판사는 색깔을 더 늘려서 비용이 늘어나는 것을 원치 않았다. 붉은색이 사용되기를 바란 톨킨의 기대는 도안의 양쪽에 그가 쓴 메모—"만일 붉은색이 사용된다면, 책등의 저자 이름을 붉은색으로?" 그리고 "붉은색이 사용되지 않는다면 태양을 (구름을 가르지 않는) 가느다란 윤곽선으로?"—에서 볼 수 있다. 불행히도 출판사는 확고한 결정을 내렸고, 왼쪽 여백에 인쇄업자에게 쓴 메모에서 "붉은색을 무시하라"고 지시했다. 이 지시는 왼쪽 페이지에도 적혀 있고 밑줄이 세 번 그어져 있다.

제일 처음 도안한 커버에는 이 그림의 테두리를 따라 돌아가는 룬문자가 나오지 않는다. 톨킨은 룬문자를 "마술적으로 보인다"고 묘사했지만 그것을 번역하면 다소 무미건조했다.[1] 그 문자는 (왼쪽 아래부터 시계반대 방향으로 가면서) 다음과 같은 의미이다.

> 호빗 혹은 그곳으로 그리고 다시 이곳으로 호빗골의 골목쟁이네 빌보의 1년간의 여행 기록 그의 회고록을 J.R.R. 톨킨이 편집하고 조지 앨런 앤드 언윈 사에서 출판함

여기서 톨킨은 앵글로색슨족이 나무와 돌에 글자를 새기기 위해 사용한 룬문자를 포함해서 고대 영어에 관한 자신의 전문 지식을 사용한다. 또한 스로르의 지도에도 룬문자를 삽입하여 비밀문의 크기와 위치를 알려 주고 그 문을 열 수 있는 방법을 밝힌다.

이제 아이콘이 된 이 도안을 미국 출판사 호턴 미플린은 거절했다. "우리는 본문의 삽화와 조화를 이루도록 특별한 커버를 마련하겠습니다. 교수님의 커버는 좀 영국식 디자인으로 되어 있는데 그런 디자인은 늘 우리의 도서 판매를 방해하고 부진하게 만드는 듯합니다."[2]

1 카펜터와 톨킨 1981, p.17.
2 톨킨 가족 문서, 찰스 퍼스가 톨킨에게 보낸 편지, 1937년 8월 10일.

The Hobbit
"ITS place is with 'Alice' and 'The Wind in the Willows' . . . 'The Hobbit' may well prove a classic."—London Times
By J. R. R. Tolkien

도판 107 미국 초판본의 커버, 1938년. (개인 소장)

THE
HOBBIT

THE
HOBBIT

by

J.R.R. Tolkien

OLKIEN

ORGE ALLEN
ND UNWIN

weaker good

Sun in
thin outline
(not cutting clouds)
if no red used

7. Sep 36
to fit drawing

dark green
green patches
behind last row
of pointed trees)
underneath by edge
on either side of
pale?)

front row of
large trees
dark green?

if red is used
on author's name on
shelf/back is
red? Also on
HOBBIT on
front cover, & (2)
blue under on
front row of
white tree trunks
(3) & outer runic
border.

CHAPTER 8

『반지의 제왕』

'내 생명의 피로 쓰였지'

톨킨은『호빗』의 속편으로『반지의 제왕』을 쓰기 시작했다. 12년간 이 작품에 노고를 기울여 왔는데, 낮에는 수업과 위원회 모임, 공습과 관련된 임무, 집안일과 가족에 대한 배려로 빽빽하게 시간을 보낸 후 밤늦게까지 일했다. 그동안 2차 세계대전이 발발했다가 끝났고, 네 자녀는 성장하여 집을 떠났고, 그는 옥스퍼드 북부의 주택을 팔고 시내의 대학 건물로 이사했으며, 펨브룩대학에서 머튼대학으로 교수직을 옮겼다. 1949년에 완성된 그 속편은 아동용 도서라기보다는 더 어둡고, 더 길고, 더 나이 먹은 독자들을 위한 책이 되어 있었다. 톨킨은 탈진한 듯이 말했다. "그것은 내 생명의 피로 쓰였네. 진하든 묽든 말이지. 나는 달리할 수 없었네."[1]

1937년에서 1949년 사이에 스탠리 언윈과 그의 직원들은 이 작품의 진척 상황에 대해 문의하느라 서른세 통의 편지를 보내왔다. 그들은 한결같이 격려하며 그 책의 출간에 참여하기를 열망했다. 작품이 완성되었을 때 톨킨은 이 소설을 '실마릴리온'과 결합해서 출간해야 한다고 생각했다. 앨런 앤드 언윈에서 1937년에 '실마릴리온'을 거절한 일에 아직도 마음이 상했기 때문에 그는 콜린스 출판사의 밀턴 월드먼에게 접근했고 두 작품의 원고와『호빗』의 교정본을 제공했다. 월드먼은 '실마릴리온'을 '놀라운' 작품이라고 말하며 출간하고 싶어 했다. 그러나 그가 정말로 열광한 작품은『반지의 제왕』이었고, 그는 그것이 "창조력과 학식, 상상력이 결합된 진정한 작품"이라고 말했다.[2] 문제는 이 두 작품의 어마어마한 규모와 완결되지 않은 '실마릴리온'의 혼란스러운 상태였다. 2년 반 동안 시간을 끌고 얼버무리다가 그 출판사는 결국 포기하기로 결정하고 관심을 철회했다.

이런 최악의 상황에서 톨킨은, '원래 호빗 관련자'였고 당시에는 자기 부친의 회사 조지 앨런 앤드 언윈에서 일하고 있던 레이너 언윈의 편지를 받았다.[3] 우연히 보낸 편지에서 그는 출간되지 않은 작품들에 대해 정중히 문의했다. 그것은 뜻밖의 기쁜 순간이었다. 콜린스 출판사와의 길고 무익한 협상에 지쳐 있던 톨킨은 결국 두 작품을 동시에 출간하려는 소망을 포기했고 "뭐라도 있는 것이 아무것도 없는 것보다는 낫다"고 말했다.[4]

언윈은 재빨리 행동에 착수했다. 그는『반지의 제왕』원고를 받았고, 인쇄소의 견적을 받았으며, 부친에게 출간 허락을 구했다. 이 책의 규모와 비용은 어마어마했다. 긴 출장으로 극동 지방에 있었던 스탠리 언윈은 "그것이 천재의 작품이라고 믿는다면, 그렇다면 천 파운드쯤 손실을 봐도 좋다"는 답장을 보냈다.[5] 예상되는 손실을 줄이기 위해서 출판사는 제작비용을 지불한 후 남는 수익의 절반을 톨킨에게 제안했다. 베스트셀러를 예상할 경우에는 분명 이런 식의 거래를 하지 않을 터이므로, 실로 누구도『반지의 제왕』이 베스트셀러가 되리라고 예상하지 않았던 것 같다.

1 카펜터와 톨킨 1981, p.122.
2 톨킨 가족 문서, 밀턴 월드먼의 편지, 1950년 1월 4일.
3 톨킨 가족 문서, J.R.R. 톨킨이 크리스토퍼 톨킨에게 보낸 편지, 1944년 9월 14일.
4 카펜터와 톨킨 1981, p.163.
5 언윈 1999, p.99.

조지 앨런 앤드 언윈의 편집인, 찰스 퍼스에게 보낸 편지

1938년 2월 4일, 옥스퍼드, 노스무어 로 20
자필
1장, 177×115mm
[사본 전시, 옥스퍼드 1992, 147번]
인쇄물: 카펜터와 톨킨 1981; 옥스퍼드 1992
대여: 하퍼콜린스

『호빗』이 1937년에 출간된 직후 톨킨은 출판업자 스탠리 언윈에게서 호빗에 관한 다른 책을 써 달라는 부탁을 받았다. "『호빗』은 이제 확고히 정착했고, 내년에는 많은 대중이 호빗에 관한 더 많은 이야기를 교수님께 듣게 되기를 기대할 거라고 알려드려도 될까요?"[1] 세 달 뒤 크리스마스 휴가 동안 그는 '새 호빗'을 쓰기 시작했다. 학기가 끝난 후 그는 시간을 내어 호빗의 오식 정정 목록을 만들어 조지 앨런 앤드 언윈의 편집인 찰스 퍼스에게 보냈고, 이 편지를 마무리하며 새로운 소식을 전했다. "나는 호빗에 관한 새 이야기의 첫 장을 썼습니다—'오랫동안 기다린 잔치'."[2] 이 즐거운 소식에 편집인은 톨킨의 편지 여백에 "만세 삼창!"이라고 연필로 썼다. 바로 일주일 전에 그는 '실마릴리온' 원고를 출간할 수 없고 대중이 정말로 원하는 것은 호빗에 관한 이야기라고 톨킨에게 어떻게 말해야 할지 몰라 고민했던 것이다.

147

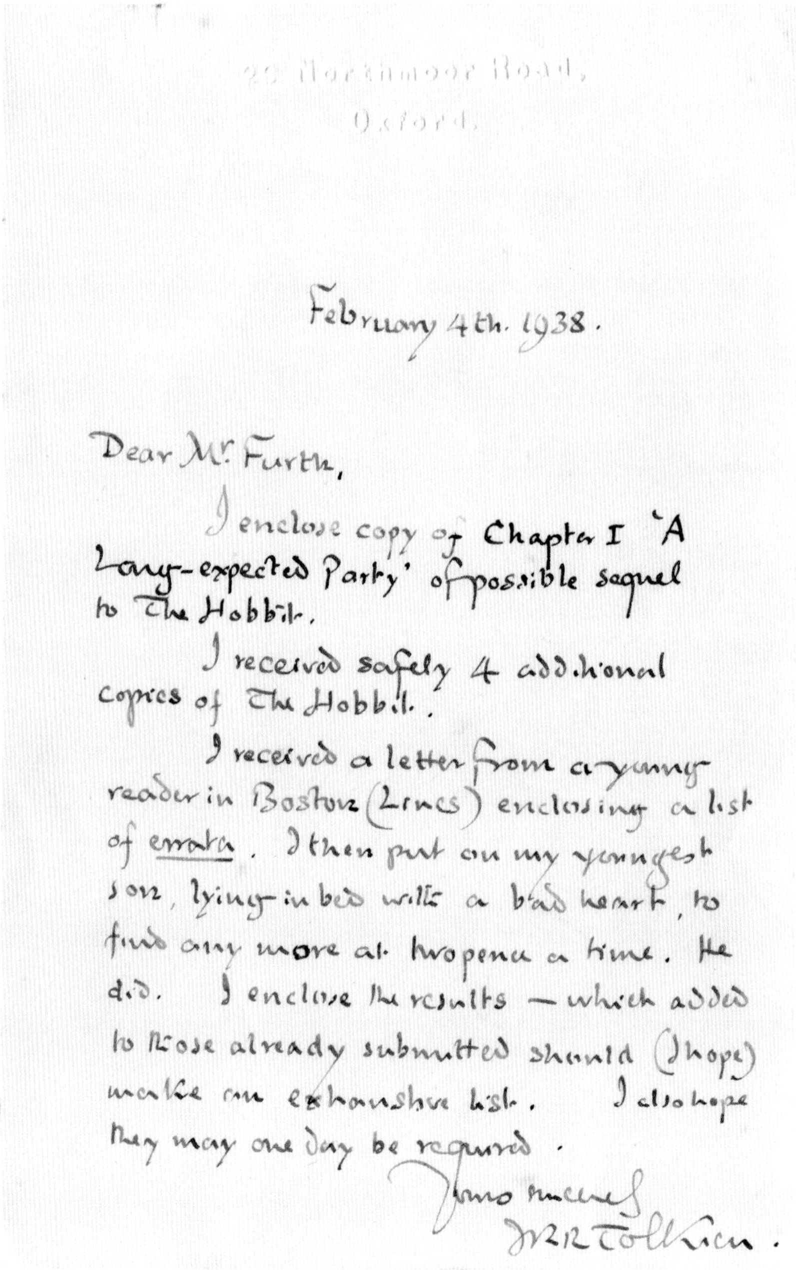
20 Northmoor Road,
Oxford.

February 4th. 1938.

Dear Mr Furth,

I enclose copy of Chapter I 'A Long-expected Party' of possible sequel to The Hobbit.

I received safely 4 additional copies of The Hobbit.

I received a letter from a young reader in Boston (Lincs) enclosing a list of errata. I then put on my youngest son, lying in bed with a bad heart, to find any more at twopence a time. He did. I enclose the results — which added to those already submitted should (I hope) make an exhaustive list. I also hope they may one day be required.

Yours sincerely
JRR Tolkien.

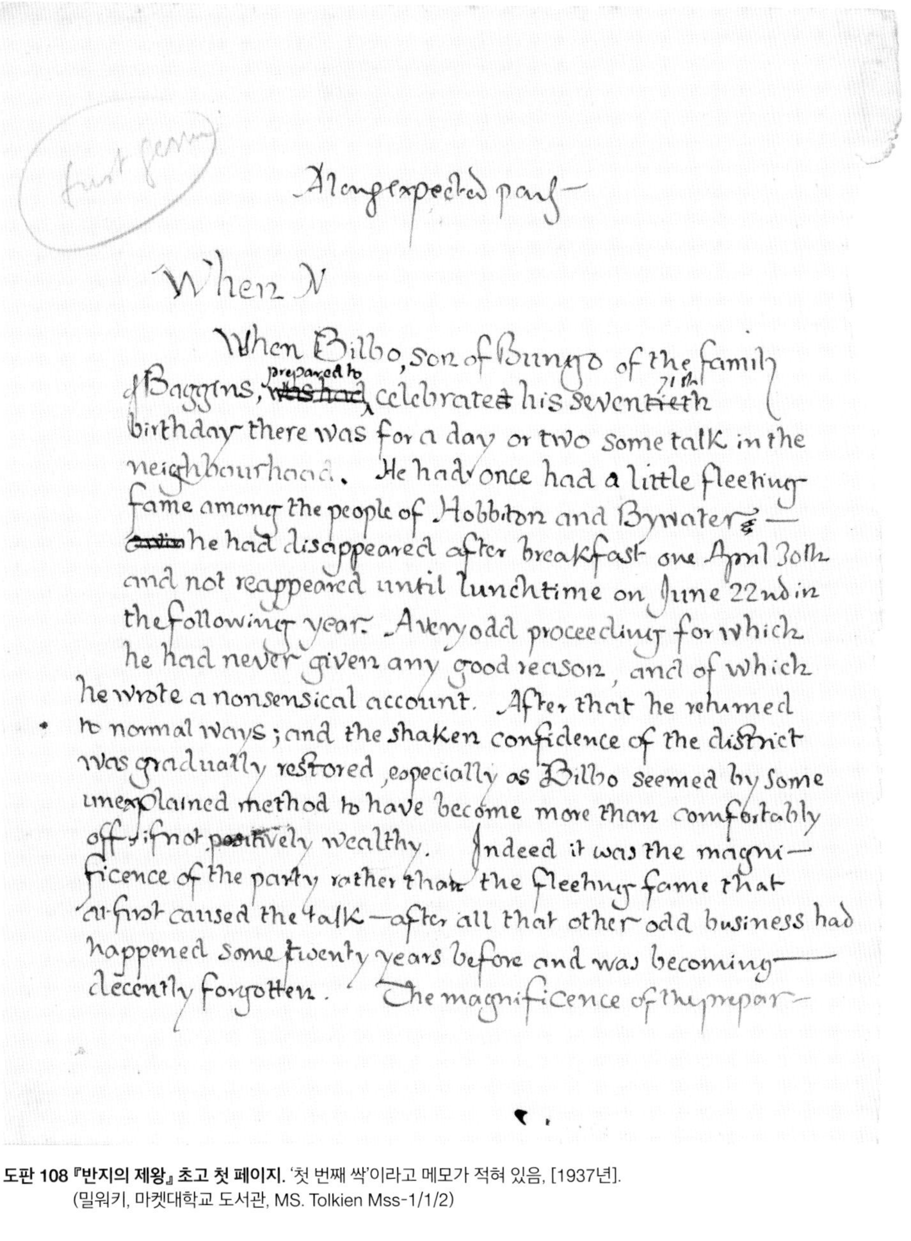

first germ

A long expected party

When N

When Bilbo, son of Bungo of the family of Baggins, prepared to celebrate his seventy 71th birthday there was for a day or two some talk in the neighbourhood. He had once had a little fleeting fame among the people of Hobbiton and Bywater — he had disappeared after breakfast one April 30th and not reappeared until lunchtime on June 22nd in the following year. A very odd proceeding for which he had never given any good reason, and of which he wrote a nonsensical account. After that he returned to normal ways; and the shaken confidence of the district was gradually restored, especially as Bilbo seemed by some unexplained method to have become more than comfortably off, if not positively wealthy. Indeed it was the magnificence of the party rather than the fleeting fame that at first caused the talk — after all that other odd business had happened some twenty years before and was becoming decently forgotten. The magnificence of the prepar—

도판 108 『반지의 제왕』 초고 첫 페이지. '첫 번째 싹'이라고 메모가 적혀 있음, [1937년].
(밀워키, 마켓대학교 도서관, MS. Tolkien Mss-1/1/2)

이듬해 2월에 톨킨은 "『호빗』의 속편이 될 수 있을 이야기"의 1장 초고를 보냈다. 그 제목 '오랫동안 기다린 잔치'는 『호빗』 1장의 제목 '뜻밖의 파티'를 반영한 것이었다. 이 원고와 함께 보낸 편지에서 그는 막내아들의 도움을 언급한다. 그 아이는 재판본을 위해 "언젠가 필요하기를" 바라며 『호빗』에 드러난 실수와 오자 목록을 작성했다는 것이었다. 그 아이, 크리스토퍼 톨킨은 13세에 심각한 심장 질환으로 거의 1년 내내 침대에 붙박여 있었나. 어린 시절부터 그는 아버지의 창조적 작업에 깊은 관심을 갖고 긴밀히 동참해 왔다. 부친의 사망 후에는 자기 삶의 많은 부분을 바쳐 부친의 원고를 편집하고 출간했으며, 『반지의 제왕』 이면에 존재한 방대한 레젠다리움을 더 많은 독자들에게 전해 주었다.

1 하퍼콜린스 기록보관소, 스탠리 언윈의 편지, 1937년 10월 11일.
2 카펜터와 톨킨 1981, p.27.

속표지 초안

[1938년]
자필
1장, 225×175mm
출처: 마켓대학교가 J.R.R. 톨킨에게 구입, 1957년
대여: 위스콘신 주, 밀워키, 마켓대학교
Marquette, MS. Tolkien 3/1/2

속표지

[1949년경]
자필
1장, 252×202mm
출처: 마켓대학교가 J.R.R. 톨킨에게 구입, 1957년
대여: 위스콘신 주, 밀워키, 마켓대학교
Marquette, MS. Tolkien 3/1/1

『반지의 제왕』은 오랫동안 그저 '새 호빗'으로 지칭되었다. 그러나 이야기가 전개되면서 본래의 의도를 넘어섰고 더 적절한 제목이 필요해졌다. 톨킨이 서문 초고에서 썼듯이, "이 이야기는 그 다른 이야기의 변두리에 그저 숨어 있었지만 온 역사를 통틀어 세계를 괴롭혀 왔던 어두운 것들에 대해 보다 분명하게 말한다."[1] 이야기의 규모가 예상 밖으로 커졌다는 것은 첫 속표지의 제목이 '마법의 반지'에서 '?반지의 제왕'으로 바뀌었다는 점에서 분명히 드러난다. 새 제목은 1938년 조지 앨런 앤드 언윈 출판사의 편집인 찰스 퍼스에게 보낸 편지에서 처음으로 언급되었다. "나는 '호빗'의 속편, '반지의 제왕The Lord of the Ring'을 다시 시작했습니다. 지금 그 이야기는 잘 흘러가고 있고 내 손을 벗어나고 있군요."[2] 제목의 '반지'가 단수로 적힌 것이 출간된 제목에 오랫동안 익숙했던 독자들에게는 약간 거슬릴지 모른다. 톨킨은 최종적으로 제목을 선택할 때 자녀들과 상의했음이 분명한데, 그가 연필로 왼쪽 위에 "프리스카와 크리스는 반지의 제왕The Lord of the Rings이라고 한다"라고 적은 메모에서 알 수 있다.

몇 년 후 작품이 완성될 무렵에 톨킨은 더 정교한 속표지를 만들었고 책 제목을 네 번 썼다. 처음 세 번은 각기 다른 문자로, 즉 앙게르사스로 알려진 룬문자(꼭대기)와 라틴 문자(중간) 그리고 텡과르로 알려진 요정 문자를 이용해서 영어로 썼다. 바닥에 등장한 네 번째 제목은 요정어 퀘냐로 요정 문자를 사용했다. 톨킨이 다양한 언어들과 문자들을 만든 것은 적어도『반지의 제왕』을 집필하기 20년 전이었지만, 그것들을 더 광범위한 대중에게 선보인 것은 이 책의 출간을 통해서였다.『호빗』의 스마우그 수채화에서 텡과르로 쓴 저주가 항아리에 새겨져 있지만, 톨킨이 창안한 언어의 규모는 그 속편에 이르러서야 밝혀졌다. 요정어로 쓴 시와 노래, 주문이 등장하고, 언어학적 관심을 가진 사람들을 위한 더 상세한 정보가 해설에 제공되었다.

1 Marquette, MS. Tolkien 3/1/2.
2 카펜터와 톨킨 1981, p.40.

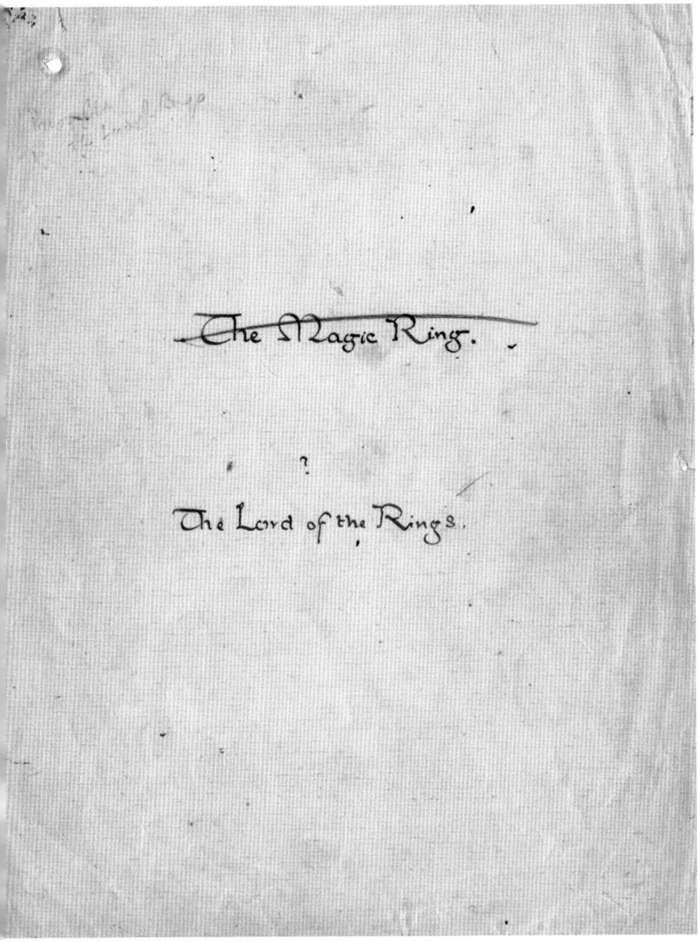
~~The Magic Ring.~~

?

The Lord of the Rings.

The Lord of the Rings

반지의 시

[1940년대]
자필
1장, 225×175mm
출처: 마켓대학교가 J.R.R. 톨킨에게서 구입, 1957년
대여: 위스콘신 주, 밀워키, 마켓대학교
인쇄물: 해먼드와 스컬 2015
Marquette, MS. Tolkien 3/1/3

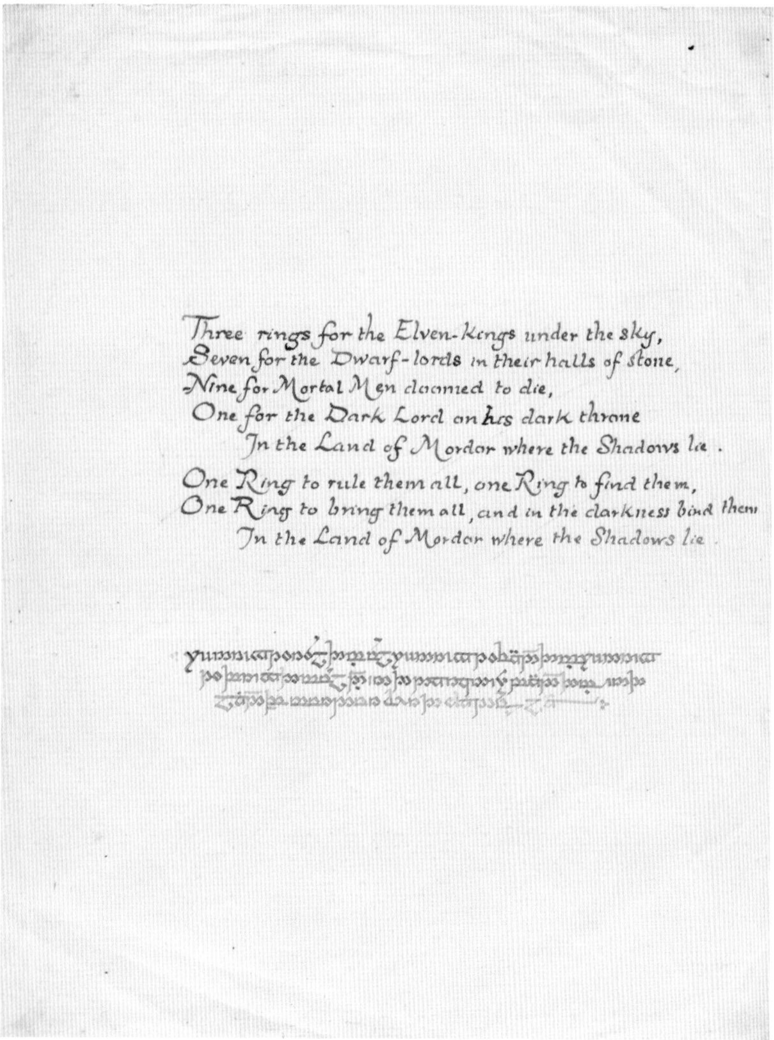
Three rings for the Elven-kings under the sky,
Seven for the Dwarf-lords in their halls of stone,
Nine for Mortal Men doomed to die,
One for the Dark Lord on his dark throne
In the Land of Mordor where the Shadows lie.
One Ring to rule them all, one Ring to find them,
One Ring to bring them all, and in the darkness bind them
In the Land of Mordor where the Shadows lie.

『반지의 제왕』의 중심에는 절대반지의 사악한 힘을 예언하는 한 편의 시, 하나의 수수께끼가 자리 잡고 있다. 이 시의 정서본이 마켓대학교에 포함되어 있다. 아래쪽에 붉은 잉크로 쓴 요정 문자는 이 시의 마지막 3행으로, 절대반지에 불꽃 글씨로 나타나는 핵심적인 행들이다. 오랜 세월 후 톨킨은 자신이 욕조에 누워 있을 때 어떤 '깨달음'의 순간에 그 시가 떠올랐다고 회고했다. 『반지의 제왕』의 초고들을 보면 그가 반지들이 몇 개나 존재하는지, 그것들이 어떻게 배분되는지를 궁리하면서 여러 차례 수정했음을 알 수 있다. 처음에 초고에서 그 시의 중심 부분은 약간 다르게 끝난다.

> 모든 반지를 지배하고, 모든 반지를 발견하는 것은 절대반지
> 모든 반지를 불러모아, 모든 반지를 묶는 것은 절대반지

마지막 행의 절반은 줄을 그어 지워졌고 "암흑에 가두는 것은 절대반지"로 수정되었다.[1] 반지의 시 전체는 원고의 다음 장에 나오는데, 요정의 반지 아홉 개는 세 개로 바뀌고 죽을 운명의 인간들의 반지는 세 개에서 아홉 개로 바뀐다.

절대반지의 개념은 톨킨이 써 가는 동안에 서서히 등장했다. 초기의 플롯 메모를 보면 그는 다음과 같은 줄거리를 모색하고 있었다. 골목쟁이네 빌보가 재물을 다 써 버렸고 새로운 모험을 추구한다. 호빗골에 용이 나타나서 호빗들은 패기를 보여야 한다. 빌보는 어떤 위험한 섬으로 여행하는데, 요정들이 아직 다스리고 있는 곳이다. 이런 메모들 가운데 갑자기 반지에 대한 생각이 등장한다. "반지를 되돌려 주는 것을 모티프로 삼자." 새로 쓰는 책은『호빗』의 속편이었으므로 빌보가 안개산맥의 깜깜한 굴에서 발견한 마술 반지는 유용한 연결 고리로 보였다. 톨킨은 플롯 메모의 다음 장에서 그 생각을 이어 갔다. "그 반지는 어디서 왔을까? 강령술사에게서? 좋은 목적으로 사용될 때는 그리 위험하지 않다." 이런 생각과 더불어 이야기가 본격적인 궤도에 오른 듯하다. 여기 실린 메모의 하단에 이 소설의 여러 사건들이 처음으로 등장한다. "수상쩍은 지역을 만들라—깊은골에 가는 길에 묵은숲. 그들은 강 남쪽에서 벗어나 골목쟁이네 프로도를 찾아온다. 길을 잃고 버드나무인간과 고분악령에게 붙잡힌다. T. 봄바딜이 등장한다."

1 톨킨 1988, p.257.

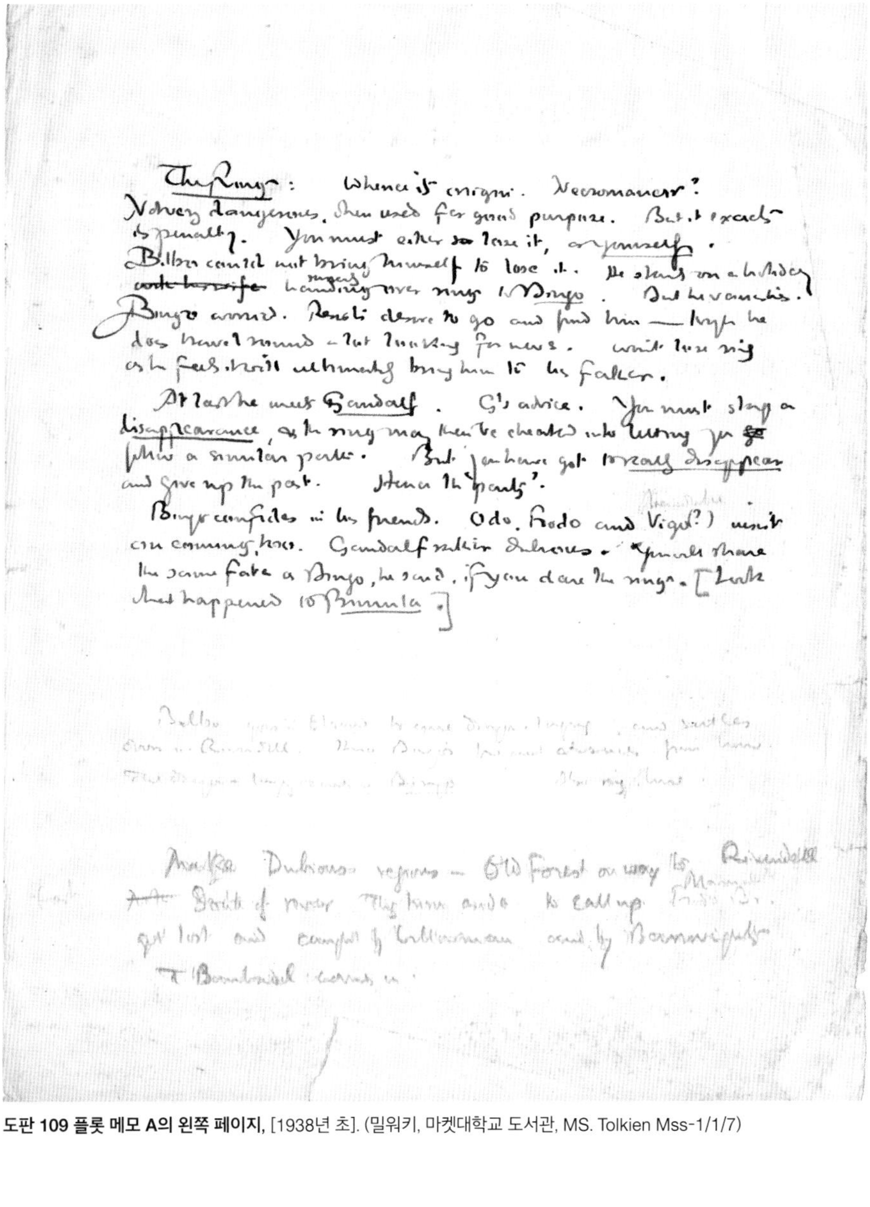
The Ring: whence its origin. Necromancer?
Not very dangerous, when used for good purpose. But it exacts its penalty. You must either lose it, or yourself.
Bilbo could not bring himself to lose it. He starts on a holiday handing over rings to Bingo. But he vanishes.
Bingo worried. Resolves desire to go and find him — hopes he does travel round — but looking for news.
At last he meets Gandalf. G's advice. You must stage a disappearance, as the ring may then be cheated into letting you follow a similar path. But you have got to really disappear and give up the past. Hence the 'party'.
Bingo confides in his friends. Odo, Frodo and Vigo(?) insist on coming too. Gandalf rather dubious.

도판 109 플롯 메모 A의 왼쪽 페이지, [1938년 초]. (밀워키, 마켓대학교 도서관, MS. Tolkien Mss-1/1/7)

〈버드나무 영감〉

[?1938년]
연필, 색연필
180×251mm
전시: 옥스퍼드 1976~1977; 옥스퍼드 1992, 150번
인쇄물: 톨킨 1979; 해먼드와 스컬 1995; 해먼드와 스컬 2015
MS. Tolkien Drawings 71

앞에는 흑갈색 강물이 유유히 흘렀고 강가에는 수백 년 묵은 버드나무들이 지천으로 깔려 있었고, 쓰러진 버드나무들에 가로막히고 수천 개의 버드나무 낙엽들로 얼룩덜룩했다.[1]

묵은숲에서 길을 찾아 벗어나려고 애쓰던 호빗들은 끊임없이 앞이 가로막히는 것을 알게 되고 어쩔 수 없이 버들강과 버드나무 영감 쪽으로 내려가게 된다. '버드나무'라는 단어가 되풀이되고 많은 묘사 어구가 사용되면서 단조롭게 반복되는 노래 같은 것이 만들어져 졸음기를 불러오고 숨 막힐 듯한 느낌을 준다. 이 효과는 버드나무 영감이 강력한 노래로 조심성 없는 호빗들을 제압하며 미치는 영향과 유사하다. "그의 마음은 썩어 갔으나 힘은 아주 강하고 지혜는 간교했다. 그는 바람을 부릴 줄 알았고, 그의 노래와 생각은 숲으로 전파될 수 있었다."[2] 이 그림의 노란 색조는 본문의 "황금빛 낙조가" 비추고 "나뭇가지가 금빛으로 반짝일 때"의 버드나무 이파리들의 묘사와 일치한다. 버드나무의 뿌리는 땅에서 분연히 일어서려는 듯이 보이며 이동하려는 욕망을 암시한다.

톨킨은 자연을, 특히 나무를 깊이 사랑했다. 미국 출판사에 보낸 짧은 작가 소개에서 그는 이렇게 말했다. "나는 (명백히) 식물을, 특히 모든 나무를 사랑합니다. 언제나 그랬습니다. 식물을 학대하는 일은 어떤 사람들이 동물 학대를 견디기 어려워하듯이 참아 주기 어렵지요."[3] 『반지의 제왕』 도처에 나무와 나무 비슷한 생물이 눈에 띄게 등장한다. 어떤 것은 버드나무 영감처럼 사악한 마음을 갖고 있지만 반면에 고대의 숲 팡고른의 수호자 나무수염처럼 선한 힘을 가진 존재도 있다. 그럼에도 불구하고 톨킨은 "내 모든 작품에서 나는 나무의 편에 서서 나무들의 적들에게 대항했습니다"라고 주장했다. 분명 그는 나무들에 공감했고, 나무들이 도끼와 톱을 휘두르는 자들을 미워할 수 있는 살아 있는 존재라고 여겼다.[4] 묵은숲의 나무들은 "대지를 자유로이 활보하면서 물고 뜯고 베고 자르고 불태우는 파괴자와 약탈자 들"에 대한 증오심으로 가득 차 있었다.[5] 톨킨의 작품에서 나무들은 수동적이고 움직이지 못하는 희생자가 아니라, 헬름협곡의 전투에서 후오른들이 가증스러운 오르크들을 둘러싸고 파괴하듯이, 침입자들을 위협하고 제압하며 추격할 힘을 가진 존재이다.

1 톨킨 1954~1955, 1권, 6장.
2 톨킨 1954~1955, 1권, 7장.
3 카펜터와 톨킨 1981, p.220.
4 카펜터와 톨킨 1981, p.419.
5 톨킨 1954~1955, 1권, 7장.

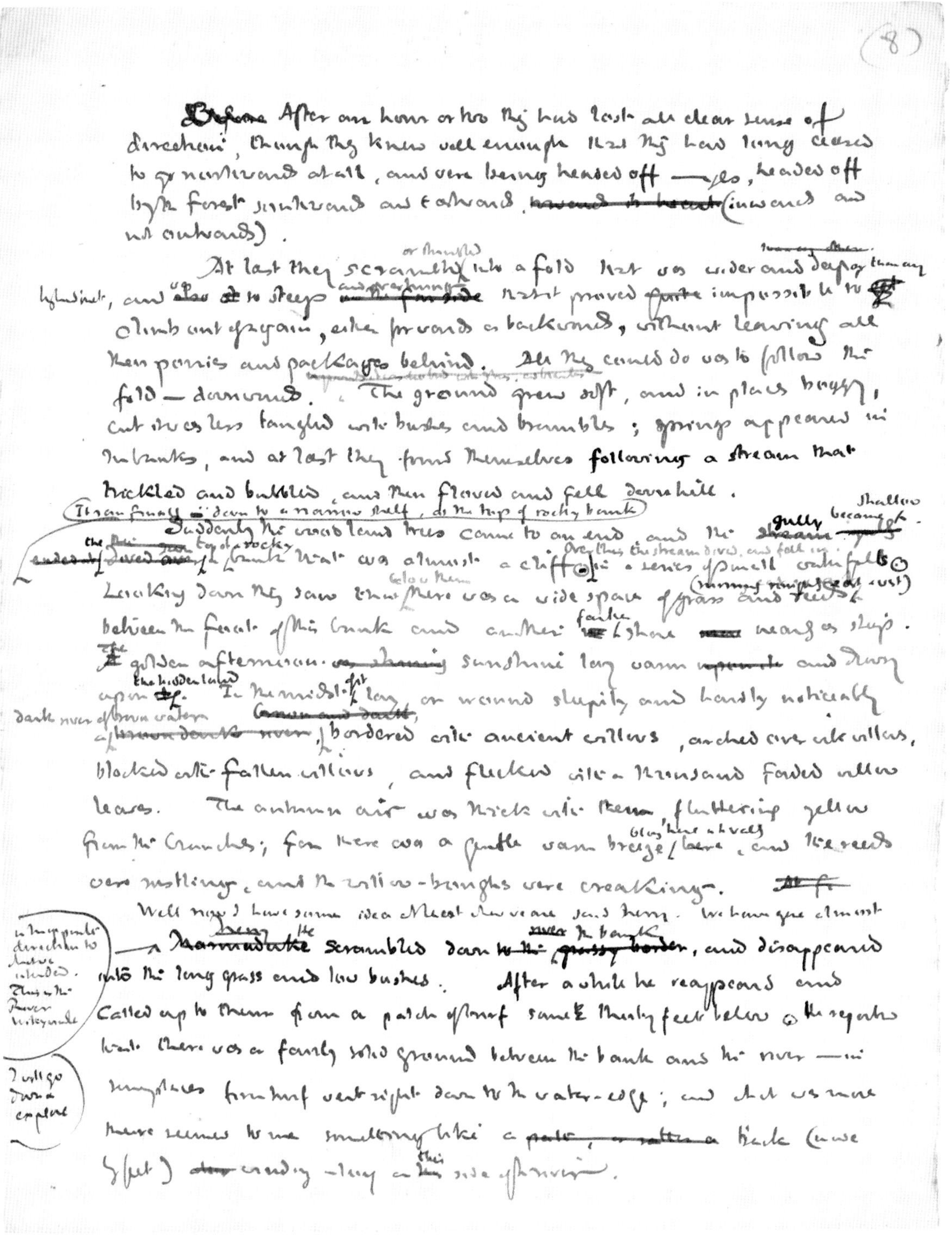
(8)

~~Before~~ After an hour or two they had lost all clear sense of direction, though they knew well enough that they had long ceased to go northward at all, and were being headed off — yes, headed off by the forest southward and eastward, ~~inward to heart~~ (inwards and not outwards).

At last they scrambled [or thrusted] into a fold that was wider and deeper [than any] hitherto, and ~~also~~ so steep ~~on the far side~~ [and overhung] that it proved ~~quite~~ impossible to ~~get~~ climb out of it again, either forwards or backwards, without leaving all their ponies and packages behind. All they could do was to follow the fold — downward. The ground grew soft, and in places boggy, cut over less tangled with bushes and brambles; springs appeared in the banks, and at last they found themselves following a stream that trickled and babbled, and then flowed and fell downhill.

(It ran finally [illegible] down to a narrow shelf, at the top of rocky bank)

Suddenly the woodland trees came to an end and the ~~stream~~ gully [became] shallow [illegible] ~~ended~~ ~~in~~ the top of a rocky bank that was almost a cliff. [Over this the stream dived and fell in] a series of small waterfalls (running [illegible] east [illegible]). Looking down they saw that [below them] there was a wide space of grass and reeds between the foot of this bank and another [fainter] shore ~~[illegible]~~ nearly as steep. The golden afternoon ~~[illegible]~~ sunshine lay warm ~~[illegible]~~ and drowsy upon ~~it~~ [the hidden land]. In the midst of it lay or wound sleepily and hardly noticeably a [dark river of brown water] ~~brown dark river~~ ~~brown and dark~~, bordered with ancient willows, arched over with willows, blocked with fallen willows, and flecked with a thousand faded willow leaves. The autumn air was thick with them, fluttering yellow from the branches; for there was a gentle warm breeze [blowing here at least] blowing here, and the reeds were rustling, and the willow-boughs were creaking. ~~At f~~

Well now I have some idea at least where we are said Merry. We have gone almost

— ~~Marmaduke~~ [Bingo the] scrambled down ~~to the grassy border~~ [over the bank], and disappeared into the long grass and low bushes. After a while he reappeared and called up to them from a patch of turf some thirty feet below [illegible] that there was a fairly solid ground between the bank and the river — in many places firm turf went right down to the water-edge; and what is more there seemed to be something like a ~~path, or rather~~ a track (a [illegible]) ~~[illegible]~~ winding along on this side of the river.

(in the opposite direction to what we intended. This is the River Withywindle)

I will go down and explore

도판 110 버들계곡의 버드나무를 묘사하는 초고, 1권, 6장. [1938년]. (밀워키, 마켓대학교 도서관, MS. Tolkien Mss-1/1/16)

레이너 언윈 (1925~2000)

원고 검토인의 보고서

152

1938년 5월 3일
자필
1장, 215×131mm
인쇄물: 언윈 1999
대여: 하퍼콜린스 기록보관소

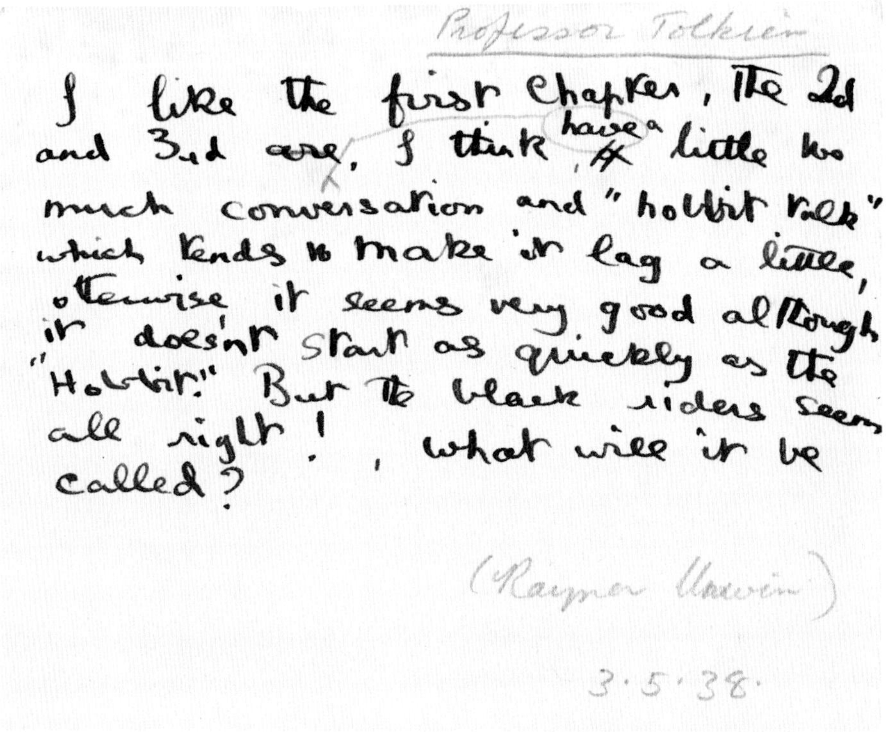

Professor Tolkien

I like the first chapter, the 2d and 3rd are, I think, have a little too much conversation and "hobbit talk" which tends to make it lag a little, otherwise it seems very good although it doesn't start as quickly as the "Hobbit." But the black riders seem all right! , what will it be called?

(Rayner Unwin)

3·5·38·

열 살이었던 레이너 언윈은 부친에게 1실링을 받기로 하고『호빗』이 될 첫 타자 원고를 읽고 출판 적합성에 관한 보고서를 쓰기로 했다. 그는 긍정적인 보고서를 썼고, 이렇게 해서 톨킨 및 그의 작품과 평생 지속될 관계가 시작되었다. 톨킨이『호빗』속편의 처음 몇 장을 썼다고 알렸을 때 이 원고도 논평을 받기 위해 레이너에게 보내졌다. 그는 소설 초반부터 더 많은 사건이 일어나기를 바랐지만 전체적으로 긍정적인 평가를 내렸다. "대화와 '호빗의 수다'가 좀 많기는 하지만 […] 암흑의 기사들은 괜찮아 보여요! 이 책은 뭐라고 불릴까요?"

레이너 언윈은 이 열렬한 보고서를 썼을 때 열두 살이었다. 9년 후 그의 부친은 미완성 원고에 대한 중간 보고서를 다시 쓰라고 그에게 요청했다. "그 반지, 아니 내가 읽은 바의 그 원고는 기묘한 책입니다. 부피가 어마어마하고 다양한 호소력을 갖고 있지만, 탁월하고 흥미진진한 이야기예요. […] 솔직히 말해서, 누가 그것을 읽을지는 모르겠어요. […] 원고 전체가 한 편의 서사시라서 그것을 나누는 방법을 고안해야 합니다."[1] 당시 레이너는 옥스퍼드 학부생이었지만 당면한 출판 문제, 즉 작품의 부피와 잠재적 독자의 문제를 예리하게 파악했다. 『반지의 제왕』이 출간될 무렵 그는 학교를 마쳤고 트리니티대학에서 영문학 학위를 받고 졸업한 후 하버드에서 1년을 보내고 부친의 회사에 취업해서 출판업의 전모를 배우기 위해 바닥에서부터 일하고 있었다.

이 소설이 여러 문제를 야기했음에도 불구하고 그는 이 작품의 가치를 확신했고, 마찬가지로 그의 부친을 설득할 필요도 거의 없었다. 여러 해 전에『호빗』이 출간된 후 스탠리 언윈은 톨킨에게 찬사를 담은 편지를 보냈다. "교수님은 천재적 재능을 지닌 극소수 사람들 중 한 분입니다. 다른 출판업자들과 달리, 저는 30년간 출판업을 해 오면서 그 단어를 여섯 번도 쓰지 않았습니다."[2]

1 톨킨 가족 문서, 스탠리 언윈이 톨킨에게 보낸 편지에 동봉됨, 1947년 7월 28일.

2 카펜터와 톨킨 1981, p.25.

두린의 문 스케치 초안

[1953년]
푸른 잉크, 연필
242×191mm
인쇄물: 해먼드와 스컬 1995; 해먼드와 스컬 2015
MS. Tolkien Drawings 90, fol. 36r

눈보라 때문에 어쩔 수 없이 산을 내려오게 된 간달프는 모리아 광산을 통해 산 밑으로 지나가려고 모리아의 서쪽 입구로 일행을 이끌어 간다. 두린의 문은 그 서쪽 입구에 있지만 "난쟁이의 문은 한번 닫히면 흔적이 없"다.[1] 일행이 텅 빈 절벽에 다가갔을 때 큰 호랑가시나무 두 그루 사이로 돌벽이 보일 뿐이다. 간달프가 손을 대고 "가운데땅에서는 잊힌 옛날 말"—본문에서 명시되지 않은—을 중얼거리자 아치 기둥의 윤곽이 드러난다. 다행히도 일행이 어두워진 후 도착했기에, "별빛과 달빛에만 반사되는 이실딘이라는 금속으로 새겨진" 요정의 도안이 드러났던 것이다.[2] 톨킨은 출간되는 작품에 이 문의 도안을 넣고 싶었기에 그 도안을 몇 장 그렸다. 그러고는 출판사에 "그 그림은 물론 검은 바탕에 흰 선으로 적절히 드러나야 합니다. 어둠 속의 은빛 선을 나타내니까요."라고 알렸다.[3] 이것의 비용이 너무 많이 들어 출판사에서는 고려할 수 없었지만, 톨킨이 상상한 도안은 톨킨 재단 웹사이트에서 볼 수 있다.

(뒷장의) 삽화는 첫 번째 전체 도안으로 본문을 충실히 따르고 있다. 그 안에는 (모루와 망치가 있고 그 위에 일곱 개의 별과 왕관이 있는) 두린의 상징, 높은요정들의 나무(초승달이 걸린 나무로 대칭을 위해 두 그루가 사용된다), 페아노르 가문의 팔각별이 있다. 최종적으로 출간된 도안에서는 더 두드러진 기둥들을 나무 두 그루가 휘감고 있다.

아치를 따라가며 새겨진 요정어 글자는 바닥에 다른 언어로 옮겨져 있다. 신다린으로 쓰인 그 글을 옮기면 다음과 같다.

> 모리아의 왕 두린의 문. 말하라, 친구, 그리고 들어가라.
>
> 나, 나르비가 만들고 호랑가시나무땅의 켈레브림보르가 그리다.

나르비는 난쟁이였고 요정 장인 켈레브림보르와 막역한 친구였다. 이 문은 난쟁이들과 요정들이 호랑가시나무땅에서 우호적으로 살았던 오래전의 과거를 상기시킨다. 요정의 세 반지를 만든 것은 켈레브림보르였고, 그는 암흑의 군주가 절대반지를 통해서 지배하려는 사악한 목적을 품고 있다는 걸 알았을 때 그 반지들을 잘 숨겨 두었다.

1 톨킨 1954~1955, 2권, 4장.
2 톨킨 1954~1955, 2권, 4장.
3 카펜터와 톨킨 1981, p.167.

Here is written in an archaic form of the Elvish characters:

Ennyn Durin Aran Moria: pedo mhellon a minno.

Im Narvi hain echant: Celebrimbor o Eregion teithant i thiw hin.

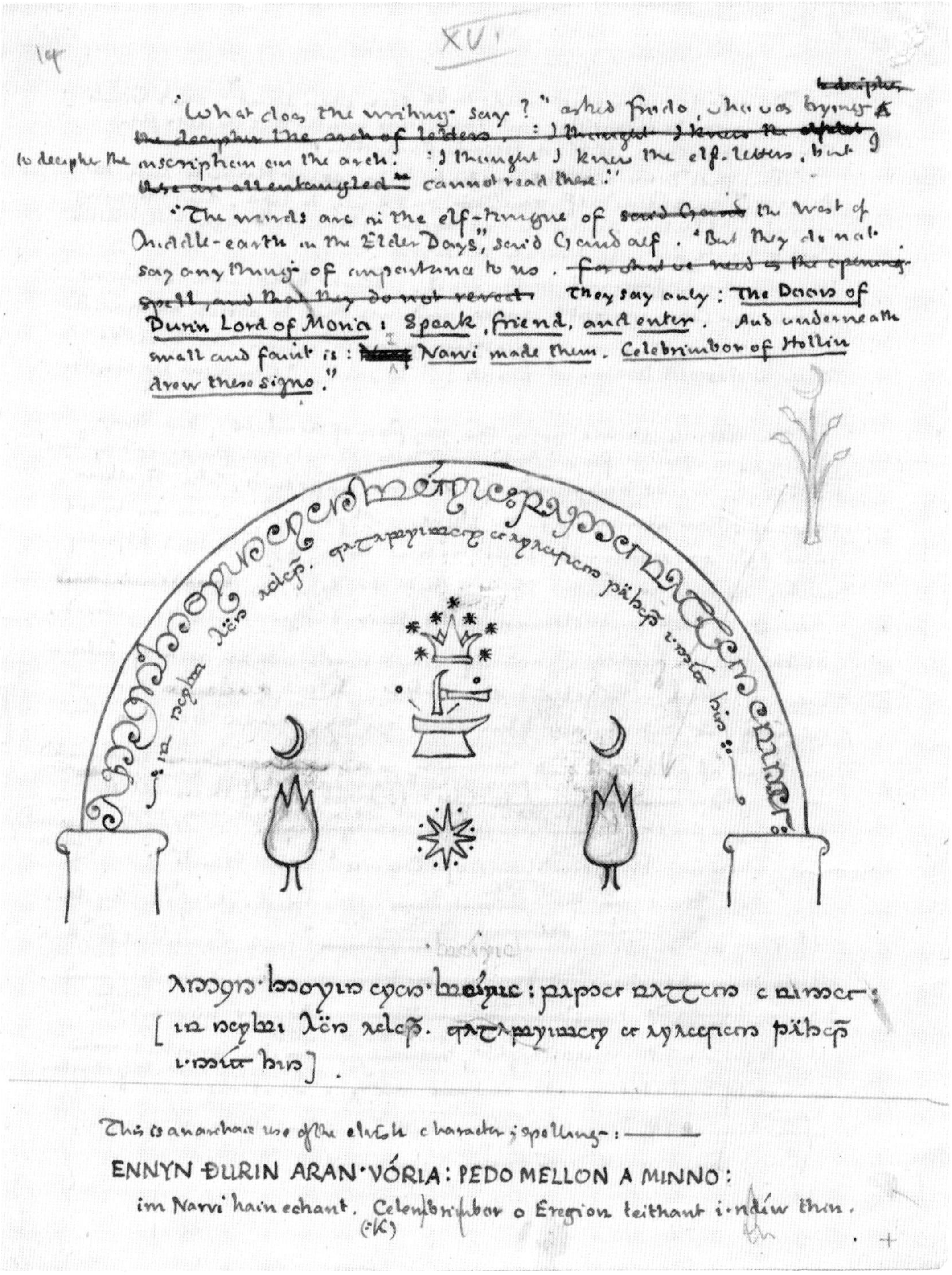

"What does the writing say?" asked Frodo, who was trying ~~to decipher~~ ~~the arch of letters~~ ~~I thought I knew the~~ ~~elf~~ to decipher the inscription on the arch. "I thought I knew the elf-letters, but I ~~there are all entangled~~ cannot read these."

"The words are in the elf-tongue of ~~sord Eriand~~ the West of Middle-earth in the Elder Days", said Gandalf. "But they do not say anything of importance to us. ~~for that we need is the opening~~ ~~spell and that they do not reveal~~ They say only: The Doors of Durin Lord of Moria: Speak, friend, and enter. And underneath small and faint is: ~~Narvi~~ Narvi made them. Celebrimbor of Hollin drew these signs."

This is an archaic use of the elvish character; spelling:—

ENNYN DURIN ARAN · VÓRIA : PEDO MELLON A MINNO :

im Narvi hain echant. Celebrimbor o Eregion teithant i·nđiw thin.

(·K)

도판 111 두린의 문의 첫 번째 도안, [1940년경]. (밀워키, 마켓대학교 도서관, MS. Tolkien 3/3/10)

불꽃 글씨

[1953년]
붉은 잉크와 검은 잉크, 연필
254×203mm
인쇄물: 해먼드와 스컬 2015
MS. Tolkien Drawings 90, fol. 39r

사우론이 다른 반지들을 통제하기 위해 만든 절대반지, 주군-반지는 불길이 닿기 전에는 아무 무늬도 보이지 않는 매끄럽고 둥근 금반지이다. 불에 닿으면 "아주 정교한 펜으로도 그릴 수 없는 가는 선들"이 드러나고, "반지 둘레 안팎에 […] 불꽃으로 드러난 가는 선들은 유려한 필치로 흘려 쓴 어떤 문자처럼 보였다."[1] 요정 문자로 쓰인 글은 더 긴 시의 두 행으로 이루어져 있다.

> Ash nazg durbatulûk, ash nazg gimbatul,
> ash nazg thrakatulûk agh burzum-ishi krimpatul
> [모든 반지를 지배하고, 모든 반지를 발견하는 것은 절대반지,
> 모든 반지를 불러 모아 암흑에 가두는 것은 절대반지.]

모르도르의 '암흑어'인 이 언어는 영어 화자의 귀에 당장 거칠고 불쾌하게 들린다. 간달프는 골목쟁이집에서 그 단어들을 입에 올리기를 거부하지만, 깊은골의 엘론드가 주재한 회의에서 그것을 입 밖에 내는데 그러자 손에 잡히듯이 공포가 엄습한다. "어두운 그림자가 한낮의 태양을 가리는 듯하더니 현관이 잠시 어둠에 휩싸였다. 참석한 이들은 모두 몸을 떨었고 요정들은 귀를 막았다."[2]

1권 2장에서 불꽃 글씨가 처음 밝혀질 때 본문에 요정 글자가 제시된다. 톨킨은 그 글씨체를 출판사에 제공했다. 여기 실린 페이지에서 우리는 그가 반지에 나타나는 불꽃 글씨를 완벽하게 그리려고 애쓰면서 다양한 양식으로 실험한 것을 볼 수 있다. 초판에 실린 글자는 중앙의 하단에 붉은색으로 쓴 2행과 가장 비슷하지만 붉은색이 아니라 검은 잉크로 인쇄되었다. 이 초안에는 테흐타—모음을 나타내기 위해 자음 위에 붙이는 기호—가 많이 생략되어 있다. 여기 샘플 글씨들 중 하나는 (검은 잉크로 쓴 가장 아래 행) 거꾸로 쓰여 있다.

1 톨킨 1954~1955, 1권, 2장.
2 톨킨 1954~1955, 2권, 2장.

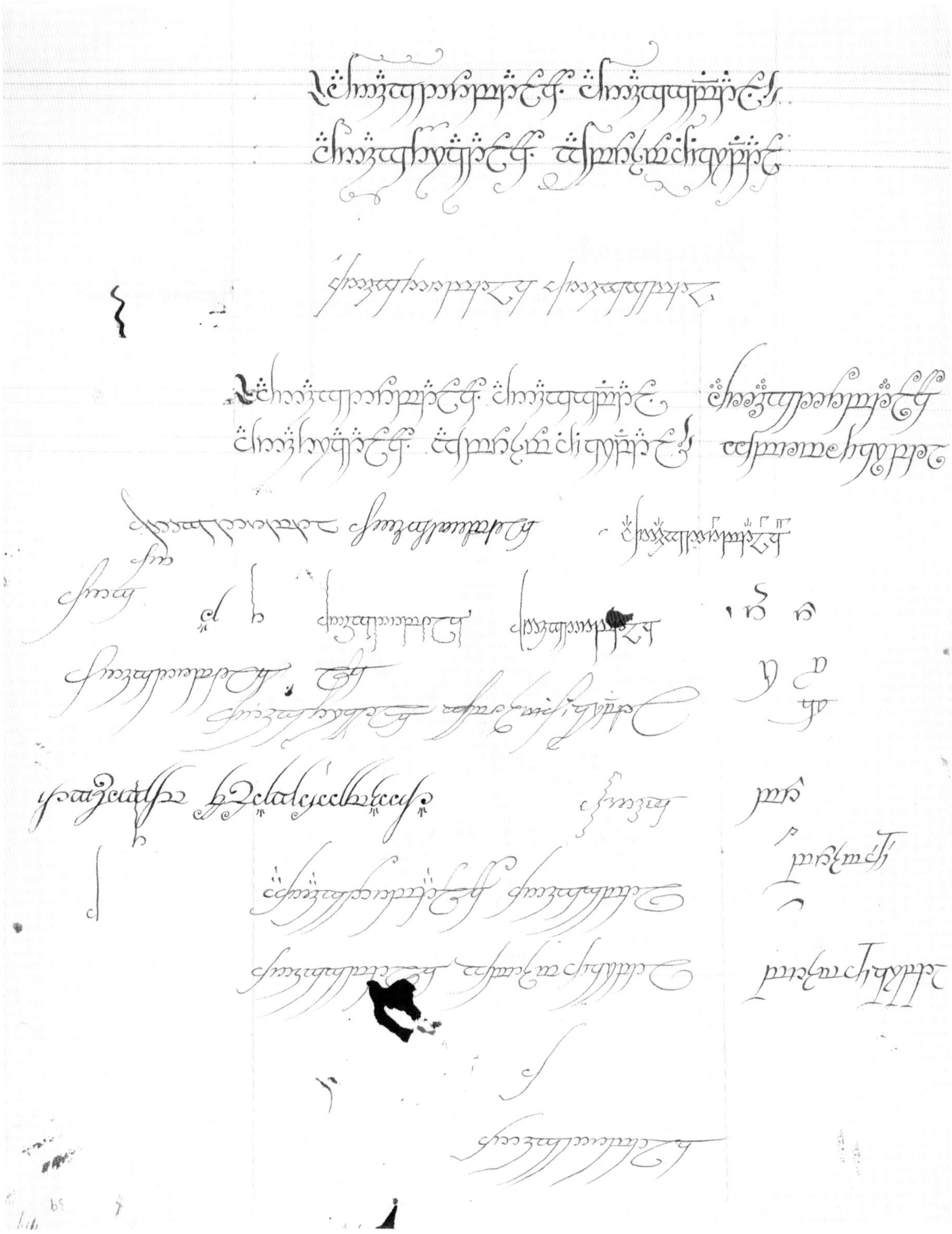

〈모리아의 문〉, 아래쪽

[?1939년]
연필, 색연필
66×219mm
전시: 옥스퍼드 1992, 155번
인쇄물: 해먼드와 스컬 1995; 해먼드와 스컬 2015
MS. Tolkien Drawings 89, fol. 15r

〈모리아의 문〉, 위쪽

[?1939년]
연필, 색연필
220×220mm
전시: 옥스퍼드 1976~1977; 옥스퍼드 1992, 151번
인쇄물: 옥스퍼드 1992; 해먼드와 스컬 1995; 해먼드와 스컬 2015
MS. Tolkien Drawings 72

MORIA
GATE

톨킨은『반지의 제왕』 삽화를 많이 그렸는데 거의 모두 부드러운 색의 색연필을 사용했다. 이 삽화들은『호빗』을 위해 그린 수채화와 달리 출간을 염두에 두고 그린 것 같지 않다. 톨킨은 1930년대 초쯤 수채 물감의 사용을 중단했고, 1937년에 그린 호빗 수채화 다섯 장은 사실 뒤늦게 수채화를 그린 사례였다. 하지만 그림을 그리는 것은 늘 그의 창조 과정의 일부였고 상상 속의 장면과 풍경을 시각화하는 데 도움이 될 뿐 아니라 일종의 휴식이었을 것이다.

모리아 광산의 서쪽 입구인 두린의 문을 그린 (오른쪽) 이 삽화는 갈색과 푸른색, 자주색의 부드러운 색조로 가볍게 그려져 있지만 반지 원정대가 직면한 장애를 예시한다. 큰 호수가 계곡을 가로질러 그들의 길을 가로막고 있고, 물속에서 솟아오른 촉수 하나가 그 속의 괴물을 암시하며, 넘어갈 수 없는 절벽이 문 위로 깎아지른 듯이 서 있다. 흥미롭게도 이 그림은 여러 점에서 본문과 다르다. 폭포 위로 세차게 흘러내리는 물이 본문에서는 똑똑 떨어지는 가느다란 물줄기로 묘사되어 있고, 입구는 호수 건너편에서 보았을 때 보이지 않는 것으로 되어 있다. 입구에 세로로 홈이 새겨진 기둥은 이후의 도안에는 등장하지 않고, 문 중앙의 한 줄기 빛이 나오는 별은 본문에 묘사된 난쟁이들과 높은요정들의 정교한 상징들 중 하나에 불과하다. 현존하는 이 단락의 원고 중 첫 번째는 1939년 말에 집필되었을 텐데 최종적으로 출간된 텍스트와 매우 유사하다. 이 그림에는 날짜가 적혀 있지 않으므로, 본문을 집필하기 전에 먼저 이 광경을 그려 본 것인지, 아니면 나중에 예술가의 자유를 허용하여 그린 것인지는 알 수 없다. 어느 시점엔가 (아마『J.R.R. 톨킨 달력 1973』의 출판을 위해) 이 그림의 하단이 절단되었는데, 언덕 아래로 돌진하는 물줄기가 잘려서 본문의 묘사에 더 부합하게 되었다.

마자르불의 책 (1)

[1940년대]
청회색 종이에 검은 잉크와 붉은 잉크, 수채 물감
200×155mm
MS. Tolkien Drawings 73
전시: 옥스퍼드 1976~1977; 옥스퍼드 1992, 152~154번; (1)과 (3) 옥스퍼드 2013
인쇄물: 톨킨 1979; 옥스퍼드 1992; 해먼드와 스컬 1995; 해먼드와 스컬 2015

마자르불의 책 (2)

[1940년대]
회색 종이에 검은 잉크와 수채 물감
200×155mm
MS. Tolkien Drawings 74
전시: 옥스퍼드 1976~1977; 옥스퍼드 1992, 152~154번; (1)과 (3) 옥스퍼드 2013
인쇄물: 톨킨 1979; 옥스퍼드 1992; 해먼드와 스컬 1995; 해먼드와 스컬 2015

마자르불의 책 (3)

[1940년대]
노란 종이에 검은 잉크와 수채 물감
200×160mm
MS. Tolkien Drawings 75
전시: 옥스퍼드 1976~1977; 옥스퍼드 1992, 152~154번; (1)과 (3) 옥스퍼드 2013
인쇄물: 톨킨 1979; 옥스퍼드 1992; 해먼드와 스컬 1995; 해먼드와 스컬 2015

『반지의 제왕』은 삽화가 없는 책으로 기획되었지만 톨킨은 몇 장의 지도와 두린의 문 도안, 발린의 무덤에 새겨진 글, 마자르불의 책 복사본 세 장이 포함되기를 바랐다. 그 책은 원래 '발린의 책'이었다가 '모리아의 책'이라 불렸는데 톨킨은 결국 '마자르불의 책'이 난쟁이 언어에 더 적합하다고 판단했다. 모리아 광산에서 반지 원정대가 발견한 그 책은 발린이 다시 세운 난쟁이 왕국의 운명을 기록한 책으로 적의 수중에 넘어갔음이 분명했다. "책은 여기저기 칼자국이 나 있는 데다 군데군데 불에 그을렸으며, 오래된 핏자국처럼 거무튀튀하게 변색되어 도무지 글자를 알아볼 수가 없었다. 간달프가 조심스럽게 집어 석판 위에 올려놓자 책장이 부서져 떨어져 나갔다. [···] 간달프가 고개를 들고 말했다. "이건 발린 일행의 운명을 담은 기록으로 보이네." 간달프는 몇 곳을 읽어 나가는데, 그중 하나는 오르크의 화살을 맞아 죽은 발린의 최후를 담고 있다. 마지막 행은 불길하게 난쟁이 왕국의 종말을 예고한다. "종말이 다가온다. [···] 아래쪽에서 둥, 둥." 마지막 줄은 급히 휘갈겨 쓴 글씨로 끝난다. "그들이 오고 있다."[1]

톨킨은 석 장의 복사본을 만들었다. 파이프로 종이 가장자리를 태웠고, 그 문서를 표지에 철했을 때의 구멍과 닮아 보이도록 한쪽 면을 따라 구멍을 뚫었고, 핏자국과 비슷하도록 붉은 물감으로 적셨다. 첫 장은 룬문자로 적었고, 두 번째 장은 페아노르 문자를 사용한 요정어로, 세 번째 장은 두 가지를 혼용해서 작성했다. 여러 사람이 그 연대기에 첨삭했다는 허구를 만들어 내기 위해 그는 다양한 필체를 사용했다. 이 복사본을 컬러로 인쇄하려면 너무 비용이 많이 들어서 책에 포함되지 않았기에 톨킨은 몹시 실망했다. 그는 자신이 원하는 대로 재생된 복사본을 결코 보지 못했다. 그것은 50년 후, 그가 사망하고 오랜 세월이 지난 2004년 영문판에 처음으로 실렸다.

1 톨킨 1954~1955, 2권, 5장.

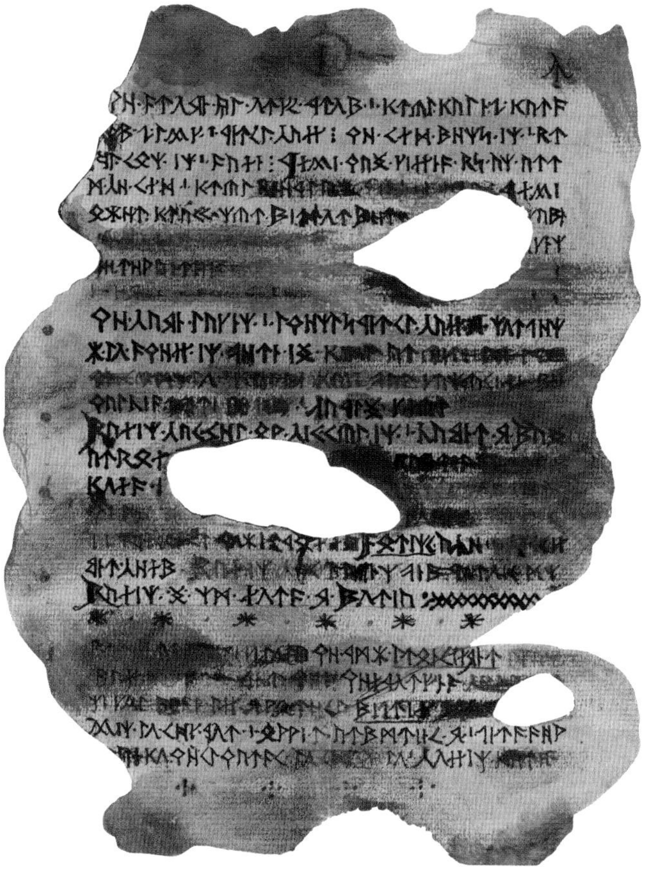

157

158

159

〈봄철의 로슬로리엔숲〉

[1940년대 초]
연필, 색연필
285×204mm
전시: 옥스퍼드 1992, 156번
인쇄물: 해먼드와 스컬 1995; 해먼드와 스컬 2015
MS. Tolkien Drawings 89, fol. 12

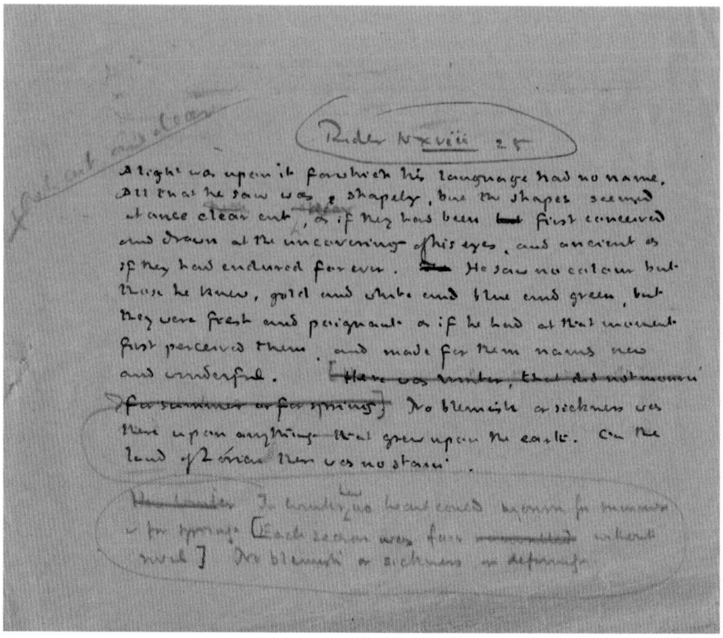
Rider Nxviii 25
A light was upon it for which his language had no name. All that he saw was shapely, but the shapes seemed at once clear cut, as if they had been first conceived and drawn at the uncovering of his eyes, and ancient as if they had endured for ever. He saw no colour but those he knew, gold and white and blue and green, but they were fresh and poignant as if he had at that moment first perceived them, and made for them names new and wonderful.
No blemish or sickness was there upon anything that grew upon the earth. On the land of Lórien there was no stain.

도판 112 케린 암로스에서 프로도가 느끼는 경이감의 묘사 초고(『반지의 제왕』, 2권, 6장), [?1940년]. (밀워키, 마켓대학교 도서관, MS. Tolkien 3/3/12)

> 저 땅의 나무처럼 아름다운 나무는 세상 어디에도 없을 거요. 가을이 돼도 잎이 떨어지지 않고 금빛으로 변하거든요. 봄이 오고 푸른 새잎이 나면 그 잎은 떨어지고 가지마다 노란 꽃이 피지요. 숲의 바닥과 지붕은 온통 금빛이 됩니다. 기둥은 은빛으로 변하고요. 나무껍질이 매끄러운 은백색이거든요.[1]

로슬로리엔숲을 창조하면서 톨킨은 나무에 대한 사랑을 온전히 표현할 수 있었다. 분명 이곳은 가운데땅에서 가장 아름다운 장소이고, 아라고른은 "지상 요정 왕국의 심장부"라고 묘사한다.[2] 말로른 나무들은 어마어마하게 크고 우아하며 아름답다. 이후의 글에서 톨킨은 그 나무가 누메노르의 왕이 제2시대에 요정 왕 길갈라드에게 준 선물이었고, 누메노르의 왕은 톨 에렛세아의 요정들에게서 받은 것이었다고 밝혔다.[3] 말로른 나무는 갈라드리엘의 보살핌을 받아야만 가운데땅에서 자랐지만, 한 번의 예외가 있었다. 샤이어 전투가 끝난 후 샘이 심은 나무이다. 갈라드리엘은 그 씨앗을 그에게 로슬로리엔의 작별 선물로 주었다. 샘이 뿌리 뽑힌 "잔치나무" 자리에 그 씨앗을 심자 1년 안에 "아름답고 싱싱한 나무가 솟아났다. 그 나무는 은빛 껍질과 기다란 잎사귀를 갖고 있었는데 4월이 되자 황금빛 꽃망울을 터뜨렸다. […] 안개산맥 서쪽과 대해 동쪽에 있는 유일한 말로른이었으며[…]"[4]

로슬로리엔은 숲요정들과 갈라드리엘의 반지의 힘에 의해 보호된 비밀 왕국이자 숨겨진 영역이다. 여러 인물들이 그곳은 노래를 통해서만 알 수 있는 신화나 전설의 땅이라고 말한다. '아름답고 위험한' 곳으로 묘사되는데 그곳은 톨킨이 단편소설 「큰 우튼의 대장장이」에서 묘사한 요정의 세계와 일치한다.[5] 신화적인 장소는 아니지만 로슬로리엔은 세월이 흘러도 변치 않는 느낌이 배어 있고 그래서 다른 차원에 존재하는 듯이 여겨진다. "마치 [프로도에게는] 시간의 다리를 건너 상고대의 어느 한구석을 걷고 있는 듯한 느낌이었다."[6] 처음 초고에서 톨킨은 로슬로리엔에서 시간을 정지시켜 원정대가 그곳에 아무리 오래 머물러도 바깥세상에서는 시간이 전혀 흐르지 않도록 설정할 것인지를 숙고했지만, 결국에는 이 개념이 가운데땅의 현실 밖으로 너무 멀리 벗어난다고 생각하여 그만두었다. 레골라스는 호빗들에게 시간은 정지할 수 없지만—"시간이 늦게 간다고 할 게 아니라"—로슬로리엔에서는 변화가 아주 서서히 일어나기 때문에 시간이 느려지는 듯이 보인다고 설명했다.[7]

1 톨킨 1954~1955, 2권, 6장.
2 톨킨 1954~1955, 2권, 6장.
3 톨킨 1980, p.216~217.
4 톨킨 1954~1955, 6권, 9장.
5 톨킨 1954~1955, 2권, 6장.
6 톨킨 1954~1955, 2권, 6장.
7 톨킨 1954~1955, 2권, 9장.

The Forest of Lothlorien in Spring

깨어진 우정 시간표

[1940년대 후반]
자필
15장, 330×208mm
출처: 크리스토퍼 톨킨이 마켓대학교에 기부, 1997년
대여: 위스콘신 주, 밀워키, 마켓대학교
전시: 밀워키 2004~2005; 뉴욕 2009
인쇄물: 해먼드와 스컬 2005
Marquette, MS. Tolkien Mss-4/2/18

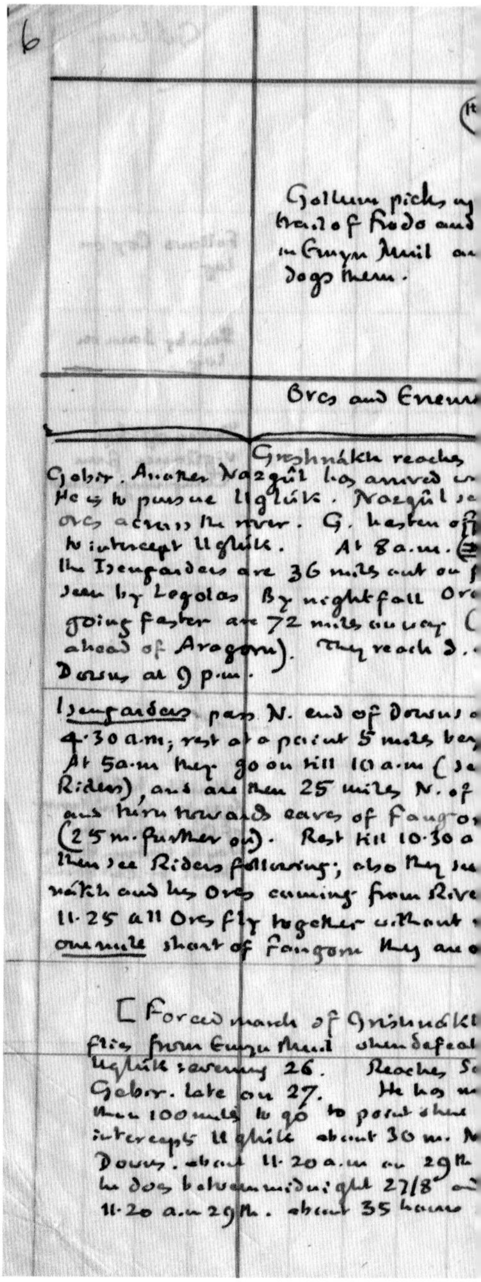

보로미르의 몰락과 더불어 시작된 원정대의 해체 시점에 중요한 사건은 세 갈래로 나뉘진다. 메리와 피핀은 오르크들에게 포로로 잡혀 아이센가드로 향하고, 아라고른과 김리, 레골라스는 그들을 추격하여 서쪽으로 떠난다. 반면 프로도와 샘은 이런 사건들을 알지 못한 채 모르도르를 향해 동쪽으로 나아간다. 톨킨은 이 이야기를 여러 번 쓰면서 서술에 도움이 되도록 많은 시간표를 만들었다. 이 복잡한 시간표는 맨 처음 프로도와 빌보의 '오랫동안 기다린 잔치'에서부터 맨 마지막에 샘이 회색항구에서 샤이어로 돌아올 때까지의 모든 중요한 사건들을 기록한, 대단히 광범위한 배열의 일부이다. 이것은 출간된 본문을 반영하며 최종적이고 가장 완벽한 시간 계획표의 일부였다. 이것은 사건이 일어나는 장면 전체를 개관할 수 있게 해 주고 작가로 하여금 창조자로서 가운데땅 전체를 조감할 수 있게 해 준다.

이 작품을 쓰는 내내 톨킨은 자신이 창조한 세계의 내재적 정확성을 담보하기 위해 신경을 많이 썼다. 이 시간표는 같은 날 다른 장소에서 일어나는 사건을 기록하고, 또한 본문에는 보통 날짜가 기록되어 있지 않지만, 어떤 사건들이 일어나는 특정 시간을 알려 준다. 원정대에게 시계가 없었으므로 본문에 시간이 기록되었다면 시대착오적이었을 것이다. 미나스 티리스의 큰 도시에서는 "성채의 탑에서" 들려오는 "맑고 아름다운 종소리가" 일출 후 경과한 시간을 기록하며 시간대를 알려 주지만, 길에서는 주로 "그날도 점점 시간이 지나, 오후가 빛이 바래 저녁이 되어 갈 때도 […]" 같은 자연 현상의 묘사로 시간의 경과를 알려 준다.[1] 밤에 일어나는 사건들은 종종 달의 모양에 좌우되는데, 그것이 달빛의 밝기와 어두운 시간에 인물들이 실제로 할 수 있는 일에 영향을 주기 때문이다. 톨킨은 1942년에 '깨어진 우정' 본문을 쓸 때 1941~1942년의 실제 달의 모양에 근거하여 달의 변화 과정을 그렸다. 날씨도 시간표에 기록되어 있고, 인물들이 서로 멀리 떨어져 있더라도 동일한 지리적 무대에서 활약하고 있음을 독자에게 상기시켜 준다.

1 1954~1955, 5권, 1장; 4권, 1장.

Orcs and Enemies.	Men & Allies	Gandalf	Company	Chronology 1419
…attacking and defeating … hurry towards … and. Quarrel bet. …k and Grishnákh … own). Grish. flies … to Sarn Gebir. Ug. … into Rohan and … a wild forced march … Fangorn with his … Merry and Pippin)	Boromir's funeral boat sent down over Rauros. [His horn, blown in battle, is heard in Minas Tirith by Faramir. Scouts report descent of Orcs out of E. Muil to Éomer. But Éomer hesitates to disobey King, who has ordered him to go to Eastfold and gather his men for defence of Edoras.	On a hill in Fangorn wrestles in thought with the Eye of Mordor, and saves Frodo from yielding	*Breaking of the Fellowship. Death of Boromir. Merry and Pippin captured by Orcs (about noon). Frodo and Sam fly eastward into the Emyn Muil. Aragorn begins pursuit of Orcs about 4 p.m. F&S. first night in Emyn Muil	S February M. 26
…s of Company	Friends.		Frodo and Sam	
…rn reaches East Wall …ise. Advances over …n. Finds Pippin's …. Rests at night … is from E. Wall.	News reaches Edoras that Orcs are crossing Rohan. Háma (Éomer's friend) sends message to Eastfold (É's home) warning É. of King's displeasure but counselling him to ride against the Orcs. Éomer decides to disobey King and sets out with his éored about midnight 27/28, taking the direct N. route. News reaches Edoras at evening of the death of Théodred.		2nd day and night wandering in Emyn Muil, along SE. edge. They become aware of Gollum.	S Tu. 27
…n & companions … at dawn. A listens … and and hears the hoofs … ing North. By dusk … made another 36 … 72 out.). He rests … dark.	Riders' scouts descry the Orcs (about 10 a.m.) from afar. Main éored crosses Entwash, N. of Downs late in afternoon. They break up in companies surrounding and heading off the Orcs. Éomer overtakes Orcs at sunset, and besiege them. [Wormtongue's spies report the disobedience of Éomer, and the King is angered.]	First sound of horn of Boromir heard	3rd day. * Here Tale picks them up again. They spend cold night under shelter of a rock.	M. W. 28
… and Pippin escape … ngorn (morning); … Treebeard, and go … ingtall. … orn starts at sunrise … .m. reaches Downs. … les out]. Goes on all … day and reaches … of Downs at night. … 110 miles out]. Wind … east at night.	Riders attack Orcs at ~~dawn~~ sunrise (about 7 a.m.) It takes about 3 hours to round up fugitives. They spend remainder of day in burning bodies of Orcs, and burying their own dead. They rest on battlefield that night.		*F. and S. descend from Emyn Muil at dusk. Meet Gollum about 10 p.m. That night they journey SE in Gully with Gollum. Thunder at nightfall, passes slowly West on east wind.	~~Th.~~ Th. 29 [March 1]

나무수염

[1939년 말]
자필, 검은 잉크와 연필
225×175mm
출처: 크리스토퍼 톨킨이 마켓대학교에 기부, 1987년
대여: 위스콘신 주, 밀워키, 마켓대학교
전시: 밀워키 1992
인쇄물: 톨킨 1988
Marquette, MS. Tolkien Mss-1/2/23

『반지의 제왕』의 초고에서 엔트인 나무수염은 사악한 인물이었다. 이야기에 처음 등장할 때 나무수염은 간달프를 사로잡아 그 마법사가 샤이어에 돌아가지 못하게 한다. "난 팡고른숲에 잡혀서 수많은 지루한 날들을 그 거대한 나무수염의 포로로 보냈다네."[1] 이 초고가 집필된 1939년에는 간달프의 포획자로 등장한 마법사 사루만이 아직 존재하지 않았다. 위 줄거리와 거의 같은 시기에 아름다운 문자로 작성된 한 장의 서술에서 나무수염에게 붙잡히는 인물은 프로도이다. 나무수염은 자비롭게 보이지만 그 밑에 요정 문자로 적힌 여섯 행에서 더 음흉한 면모가 드러난다. 이것을 번역하면 다음과 같다.

> 『호빗』의 속편, 『반지의 제왕』의 일부. 프로도는 잃어버린 동료들을 찾다가 넬도레스 숲에서 거인 나무수염과 마주친다. 친절한 척하지만 실제로는 대적과 작당한 그 거인에게 프로도는 기만당한다.

이듬해 여름에 만든 새로운 플롯에 사루만이 등장하는데, 간달프의 신뢰를 받지만 그를 배신하는 마법사이다. 사루만의 이름은 '백색의 사라몬드'에서 '회색의 사라문드', 나아가 '회색 사루만'으로 여러 번 바뀌었지만 그의 기만적 성격은 처음부터 확고하게 설정되었다. 줄거리에서 그의 배신에 대해 숙고하고 있음을 보여 주는 한 가지 암시는 간달프가 "거인 팡고른(나무수염)에게 넘겨지고 그는 간달프를 가둬 버린다고?"이다.[2]

많은 인물들이 사루만처럼 초고들에서 다양한 이름으로 계속 바뀌지만 나무수염처럼 근본적인 성격 변화를 겪는 인물은 많지 않다. 메리와 피핀이 팡고른숲에서 그와 마주쳤을 때 그는 선을 추구하는 강력한 힘이다. 그들은 "여러 시대에 걸친 기억과 오래고 느리며 착실한 사고로 가득 찬" 그의 눈을 들여다보고는 "참 이상하게도 그들은 안전하고 편안하다고 느꼈"다.[3]

이 줄거리를 구상한 초기 단계에서부터 톨킨은 숲속에서 나무수염의 모험이 있을 것을 알았지만 실제로 그 장을 쓰기 시작했을 때 저절로 쓰인 것 같았다고 회고했다. 원고를 보면 그것이 사실임을 알 수 있다. '나무수염' 장의 초고는 최종 형태와 매우 유사하고 고쳐 쓴 부분이 거의 없다. 엔트에 대해서 톨킨은 "내가 의도적으로 그들을 창안한 것은 전혀 아니다"라고 말했다.[4] 그는 "옛날의 '거인'이나 힘센 사람을 뜻하는 특이한 앵글로색슨 단어 ent"에 의미를 덧붙이려는 욕구에서 그들이 발생했다고 설명했다.[5]

1 톨킨 1988, p.363.
2 톨킨 1989, p.70.
3 톨킨 1954~1955, 3권, 4장.
4 카펜터와 톨킨 1981, p.211.
5 카펜터와 톨킨 1981, p.208.

When Frodo heard the voice he looked up, but he could see nothing through the thick entangled branches. Suddenly he felt a quiver in the gnarled tree-trunk against which he was leaning, and before he could spring away he was pushed, or kicked, forward on to his knees. Picking himself up he looked at the tree, and even as he looked, it took a stride towards him. He scrambled out of the way, and a deep rumbling chuckle came down out of the tree-top.

"Where are you, little beetle?" said the voice. "If you don't let me know where you are, you can't blame me for treading on you. And please, don't tickle my leg!"

JRR JRRTolkien

〈검산오름〉

[?1944년]
연필, 색연필
190×220mm
전시: 옥스퍼드 1976~1977; 옥스퍼드 1992, 162번
인쇄물: 톨킨 1979; 해먼드와 스컬 1995; 해먼드와 스컬 2015
MS. Tolkien Drawings 79

검산오름은 에도라스 위쪽으로 산속에 있는 로한 주민들의 피난처이다. 출간된 본문에서 그곳은 처음에 "산속의 검산오름 요새"라고 언급된다.[1] 이 말은 영구적인 요새나 방어 시설을 가리키는 것 같지만 다음 장에서 상세한 묘사를 보면 다른 인상을 받게 된다. 호빗 메리가 세오덴 왕과 함께 로한인들을 소집하기 위해 도착했을 때 그는 아래 골짜기에서 수백 미터에 달하는 가파르고 구불구불한 길을 올라 "풀과 히스가 무성한 초록 산지"에 이르는데, 최근에 세워진 막사들이 있다.[2] 그곳은 강력하게 방어할 수 있는 곳임에는 분명하지만—"어떤 적도, 공중으로 날아오지 않는 한, 이 길로 올라올 수 없었다"—요새가 있는 것은 아니다.[3]

톨킨은 검산오름을 적어도 여덟 번 스케치했다. 어떤 그림은 푸켈맨이 지키는 구불구불한 길이 고원으로 이어지는 것을 보여 주고, 어떤 그림들은 딤홀트와 사자의 길로 이어지는 선돌들을 보여 준다. 여기 실린 것이 유일하게 **완성된** 검산오름의 그림이지만, 톨킨은 이 그림을 끝낸 후 뒷면에 "이야기에 더는 적합하지 않다"고 휘갈겨 썼다. 본문의 초기 초고에서는 구불구불한 산길과 고원이 검산오름의 산속 동굴들로 이어지고, 그중 큰 동굴은 서 있는 사람 이천 명이나 앉아서 식사하는 많은 사람들을 수용할 수 있다. 이 그림은 이 초기의 구상에 적합하다. 왼쪽에 보이는, 굽이마다 푸켈맨이 지키고 있는 굽은 길은 고원 피리엔펠드로 이어진다. 두 줄로 늘어선 선돌들은 산속 요새로 이어진다. 본문에서 언급한 "검산오름 요새"는 이 초기 형태에서 남은 흔적으로 보인다.

최종 본문에서 선돌들은 울창한 소나무 숲으로 이어져 '사자의 문'에 이르는데, 그것은 산비탈에 깎여 있는 아치문이다. "문의 넓은 아치 위에 기호와 도형 들이 조각되어 있었지만 너무 흐릿해 읽을 수 없었고, 무시무시한 기운이 잿빛 증기처럼 문에서 흘러나왔다."[4] 이것이 아라고른과 레골라스, 김리와 회색부대가 안식을 얻지 못한 사자들의 도움을 얻기 위해 택한 길이었다.

1 톨킨 1954~1955, 3권, 6장.
2 톨킨 1954~1955, 5권, 3장.
3 톨킨 1954~1955, 5권, 3장.
4 톨킨 1954~1955, 5권, 2장.

DUNHARROW

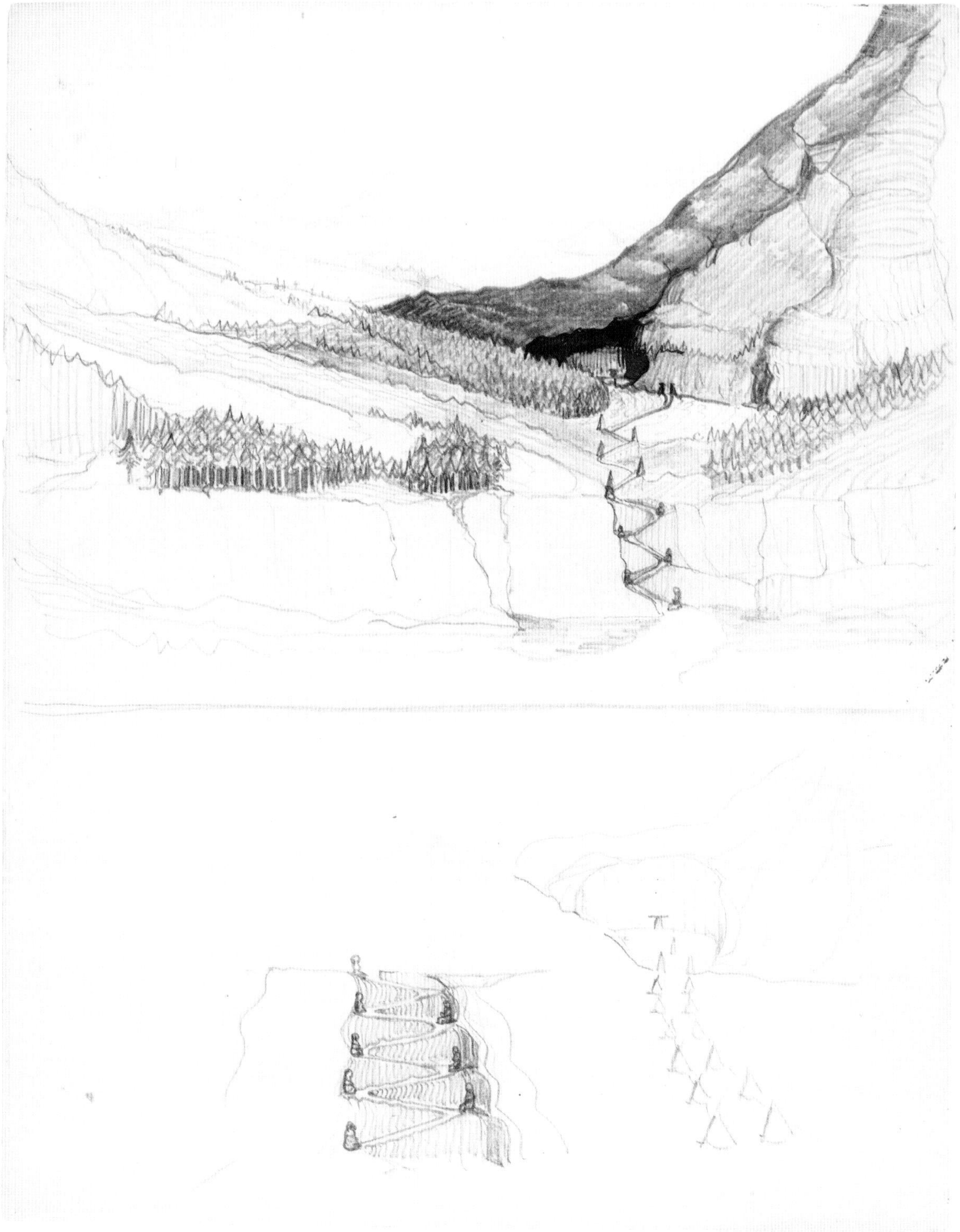

도판 113 검산오름의 연필 스케치, [?1944년]. (Bodleian MS. Tolkien Drawings 90, fol. 17r)

로히림의 질주

[1946년경]
자필, 연필과 푸른 잉크
263×192mm
출처: 마켓대학교가 J.R.R. 톨킨에게 구입, 1957년
대여: 위스콘신 주, 밀워키, 마켓대학교
Marquette, MS. Tolkien 3/7/17
(뒷장에 게재)

일어나라, 일어나라, 세오덴의 기사들이여!
사악한 행위에 분기하라, 불과 학살!
창은 흔들리고, 방패는 부서지니,
칼의 날, 붉은 날, 태양이 떠오르기 전에!
이제 달려라, 달려! 곤도르로 달려라!

옥스퍼드대학교 시험지의 사용되지 않은 종이에 연필로 쓰고 푸른 잉크로 수정한 이 문단에서 톨킨은 로한의 기사들이 미나스 티리스의 봉쇄를 뚫는 최종적인 방식을 구상했다. 로한의 기사들은 앵글로색슨족과 비슷하고 그들의 전투 함성은 고대 영어의 두운시 형식으로 적혀 있다. 아라고른은 에도라스로 말을 달리며 로한 왕들의 무덤을 지날 때 로한의 언어로 "이제 그 말과 그 기사 어디 있느뇨? 부웅 울리던 그 뿔나팔 어디 있느뇨?"로 시작하는 비가를 불렀다. 이 비가는 고대 영시「방랑자」의 92~96행에 바탕을 둔 것이었는데, 톨킨은 그 시를 가르쳤고 "유명해야 마땅한" 시라고 말했다.[1]

로한의 언어는 고대 영어에 기반하고 있지만 톨킨은 그 기사들을 바이외 태피스트리에 묘사된 노르만 기갑부대와 비슷하게 상상했다. 그는 초기 영화 각색 대본 작가에게 그들을 중세의 기사나 아서의 기사처럼 묘사하지 않도록 주의를 주었고, "로한 기사들의 전술과 더 이전 시대의 경기병과 같고 [⋯] 더 나은 모델을 바이외 태피스트리에서 찾을 수 있습니다"라고 조언했다.[2]

『반지의 제왕』이 출간되고 몇 년 후에 그는 곤도르의 포위 공격을 뚫은 부분이 이 책의 가장 감동적인 단락 중 하나라고 말했다. "이제 (그 작품이 더는 새롭지 않고, 당면해 있거나 몰두하고 있는 것도 아니지만) 그것의 어떤 특징들, 특히 어떤 장소들이 아직도 내게 큰 감동을 줍니다. [⋯] 첫 닭이 울 때 들려오는 로한 기사들의 뿔나팔 소리에 가장 마음이 설레지요."[3] 이야기에서 이 부분은 eucatastrophe였고, 이 단어는 톨킨이 "갑작스러운 기쁜 전환"을 나타내기 위해 만든 단어로서 "좋은 요정 이야기의 특징"이다.[4] 첫 닭의 울음소리는 복음서에서 베드로가 예수를 부정하는 장면을 연상시키지만, 톨킨이 그 상황을 반전시킴으로써 그 울음소리는 로한의 기사들이 "옛 우정과 오래전의 맹세"를 잊지 않고 곤도르인들을 돕기 위해 질주하면서 지킨 신의를 알린다.[5]

1 Bodleian MS. Tolkien A 38, fol. 36v.
2 톨킨 가족 문서, 포레스트 애커먼에게 보낸 편지, 'w' 페이지, [1957년 9월].
3 카펜터와 톨킨 1981, p. 221.
4 톨킨 1983B, p. 153.
5 톨킨 1954~1955, 5권, 3장.

도판 114 바이외 태피스트리에 묘사된 노르만 기병. (세계 역사 기록보관소 / 앨러미)

te nothing
his margin
he number
ur answer.

(for a searing second)

~~And~~ But at that same moment there was a flash as if lightning had sprung from the earth beneath the City: ~~and a little after there rolled over rolling a great far searing sound~~ it ~~flamed out~~ stood dazzling far off in black and white and its topmost tower like a ~~needle of~~ glittering needle; and then ~~over the ... as dark flowed together~~ as the darkness closed again there came rolling over the fields a great boom!

At that sound the bent shape of the King sprang suddenly erect. Tall and ~~straight~~ proud he seemed again. ~~He rose~~ And rising in his stirrups he cried in a loud voice, ~~such a ... had not ... voice so strong and clear more~~ more clear than any there had ever heard ~~before~~ a mortal man ~~before~~ achieve ~~command~~ before:

Arise, arise, Riders of Théoden!
Fell deeds awake: fire and slaughter;
Spear shall be shaken, shield be splintered,
a sword-day, a red-day, ere the sun rises!
Ride now, ride now! Ride to Gondor!

With that ~~cry~~ he seized a great horn from his banner-bearer, and he blew ~~such~~ such a blast upon it that it burst asunder. And straightway all the horns in the host were lifted up in music, and the blowing of the horns of Rohan in that hour was like a storm upon the plain and a thunder in the mountains.

Ride now, ride now! Ride to Gondor!

Suddenly the King cried to Snowmane and ~~he~~ the horse sprang away. ~~For no man~~ Thalking ~~he waited for no man~~. Behind him his banner blew in the wind, white horse upon a field of green, but he outpaced it. After him thundered the knights of his house, but he was ever before them. Éomer rode there, the white horsetail on his helm floating in his speed, and the front of the first ~~company~~ éored roared like a breaker foaming to the shore, but Théoden could not be overtaken. Fey he seemed, or the battle-fury of his fathers ran ~~new in his old veins~~, and he was borne up upon Snowmane like a god of old, even as Oromë the Great in the Battle of the Valar when the world was young. His golden shield was uncovered, and lo! it shone like an image of the sun, and the grass flamed into green about the white feet of his steed. For morning came, morning and a wind from the sea; and darkness was removed, and ~~all~~ the hosts of Mordor wailed, and terror took them, and they fled, and died, and the hoofs of wrath rode over them. And then all the host of Rohan burst into song, and they sang as they slew, for the joy of battle was on them, and the sound of their singing that was fair and terrible came even to the City. ~~[And on the battlements men leaped up like the dying that are healed, and the blew upon the walls trumpets of silver; and the great bells tolled]~~

(Like new fire in his veins)

164

〈바랏두르: 사우론의 요새〉

[1944년경]
연필, 색연필, 검은 잉크
230×183mm
전시: 옥스퍼드 1976~1977; 옥스퍼드 1992, 165번
인쇄물: 옥스퍼드 1992; 해먼드와 스컬 1995; 해먼드와 스컬 2015
MS. Tolkien Drawings 80
(뒷장에 게재)

독자는 눈의 망루, 아몬 헨의 꼭대기에 앉아 있는 프로도의 눈을 통해 바랏두르를 처음 보게 된다. "층층이 쌓아올린, 이루 말할 수 없이 견고한 검은 성벽과 흉장들, 철의 산, 강철 관문, 난공불락의 첨탑들. 바랏두르, 곧 사우론의 요새였다. 그는 모든 희망을 상실하고 말았다."[1] 바랏두르는 요정어(신다린)로 '검은 탑'을 뜻한다. (뒷장에 실린) 톨킨의 섬세한 색연필 그림은 출간할 의도로 그린 것이 아니지만 그럼에도 불구하고 멀리서 운명의 산이 불을 내뿜으며 그 음울한 존재감을 전달한다. 이 요새는 노출된 암반 위에 서 있는 것으로 보이지만 본문에서는 "저 멀리 잿빛산맥에서 남쪽으로 뻗어 내려가는 긴 산줄기 위로 솟아 있었다"고 묘사된다.[2] 잿빛산맥은 모르도르의 북쪽 방벽인 에레드 리수이산맥이다.

사우론은 마이아, 즉 하급 신이었다. 제1시대에 그는 모르고스의 꾐에 넘어가 "모르고스의 부하 중에 가장 강력하고 사악한 자"가 되었다.[3] 톨킨이 1930년대에 『퀜타 놀도린와Qenta Noldorinwa』를 수정해서 쓴 '실마릴리온' 글에 처음 등장하는 그는 "모르고스의 부하 대장이사 무서운 마력을 가진 수술사, 늑대들의 군주인 수Thû를 대체했다."[4] 거의 같은 시기에 톨킨은『호빗』출간을 준비하고 있었고, 간달프와 백색 마법사들의 회의에 의해 어둠숲에서 쫓겨난 강령술사, 사우론이 그 작품의 "가장자리 너머로 슬쩍 엿보았다."[5]

톨킨은 시대를 거슬러 올라가 집필하면서 사우론의 길고 복잡한 역사를 만들어 냈다. 사우론은 상고로드림의 파괴를 피해 달아났고, 제1시대 말에 모르고스가 세상에서 추방되었을 때 벨레리안드의 침몰을 피했다. 제2시대에 그는 바랏두르의 요새를 세웠고, 가운데땅에서 가장 사악한 존재가 되었다. 바랏두르를 완성하는 데 6백 년이 걸렸는데 그것이 끝날 때쯤 운명의 산의 불 속에서 절대반지를 주조했고 그 반지에 자신의 많은 힘을 쏟아 넣었다. 제2시대 말에 그는 요정과 인간의 최후의 동맹 세력에 의해 정복되었으나, 엘론드가 말했듯이, "사우론은 사라졌지 죽은 게 아닙니다. 그의 반지 역시 사라졌지 파괴된 건 아닙니다. 암흑의 탑도 무너지기는 했지만 터는 그대로 남아 있었지요. 그 터는 반지의 힘으로 만들어진 것이기에 반지의 힘이 존재하는 한 그것도 영원히 존재할 것입니다."[6]

『반지의 제왕』의 끝부분에서 반지가 파괴되면서 사우론과 그의 요새는 궁극적으로 소멸되었다. "탑들이 무너져 내렸고 산들이 허물어졌다. 성벽이 부서지고 녹아내리며 붕괴했다. 엄청난 연기와 분출하는 증기가 소용돌이치며 위로, 위로, 피어오르다가 마침내 위압적인 파도처럼 무너졌"다.[7]

1 톨킨 1954~1955, 2권, 10장.
2 톨킨 1954~1955, 6권, 2장.
3 톨킨 1986, p.166, 주3.
4 톨킨 1986, p.106.
5 카펜터와 톨킨 1981, p.26.
6 톨킨 1954~1955, 2권, 2장.
7 톨킨 1954~1955, 6권, 3장.

도판 115 (363쪽) 모르도르의 조감도 일부. 초기의 상상도, [?1940년대].
(Bodleian MS. Tolkien Drawings 90, fol. 15)

Barad-dûr

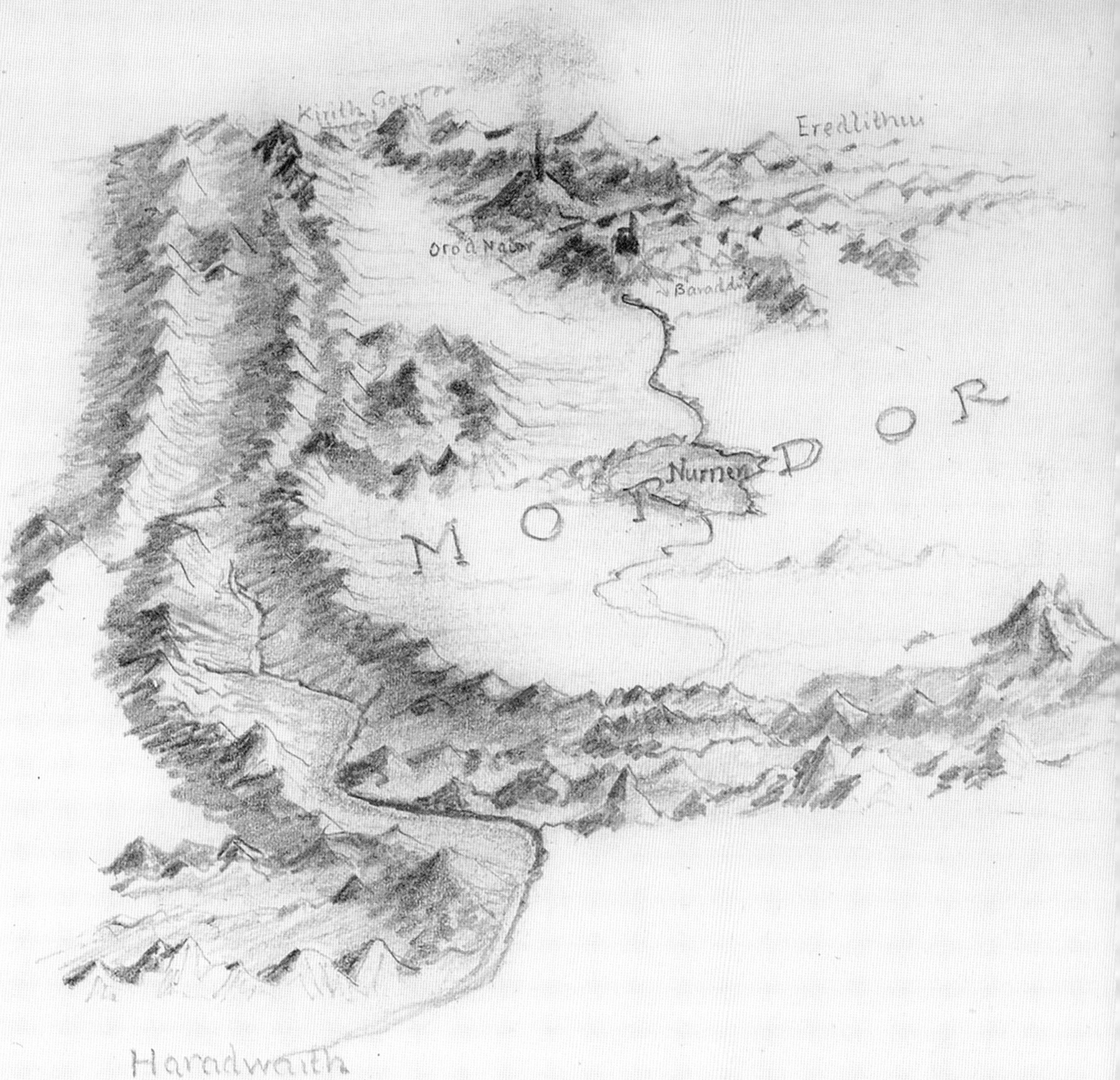
Eredlithui
Orod Naur
Nurnen
M O R D O R
Haradwaith

왕의 편지

[1950년대 초]
자필, 검은 잉크, 연필
178×229mm
출처: 크리스토퍼 톨킨이 마켓대학교에 기부, 1997년
대여: 위스콘신 주, 밀워키, 마켓대학교
인쇄물: 톨킨 1992; 해먼드와 스컬 2015
Marquette, MS. Tolkien Mss-4/2/25

톨킨은 아라고른이 감지네 샘에게 보내는 편지를 이 소설의 후기로 만들었다. "아라고른 성큼걸이 아라소른의 아들 요정석: 곤도르와 아르노르의 왕이자 서쪽땅의 군주는 […] 샤이어의 시장, 샘와이즈 씨를 만나기를 고대합니다." 마켓대학교에 소장된 톨킨의『반지의 제왕』원고에는 아름다운 요정 문자로 쓴 이 편지의 세 가지 원고가 포함되어 있다. 여기 실린 편지는 동일한 본문이 두 번 적혀 있는데 왼쪽에는 영어로, 오른쪽에는 가운데땅에서 쓰인 중요한 요정어 신다린으로 쓰여 있다. 이 편지에 들인 공을 보면 톨킨이 이것을 복사본으로 출간된 책에 포함시킬 의도였음을 알 수 있다.

톨킨은『반지의 제왕』이 "두꺼운 책을 자녀들에게 읽어 주고 모두들 어떻게 되었느냐고 물어보는 자녀들의 질문에 대답해 주는" 감지네 샘의 말로 끝나기를 바랐다.[1] 이런 식으로 미진한 부분을 마무리하고 이야기를 원래의 평화로운 샤이어와 소박한 호빗들에게로 되돌려 놓을 생각이었다. 하지만 원고를 읽었거나 들은 사람들이 이런 결말에 반대 의견을 냈으므로 그 부분을 수정했다. 톨킨은 어느 편지에서 이렇게 설명했다. "(좀 특별한 가족이기는 하지만 그 가족을) 소금 더 보여 주는 에필로그를 모두들 반대했기에 넣지 않을 겁니다. 어디에선가는 멈춰야지요."[2]

왕의 편지도 삭제되었고, 아라고른의 방문은 해설에서 그저 간략하게 언급된다. 프로도가 회색항구를 떠난 지 15년 후에 "엘렛사르 왕, 북쪽으로 가서 […] 브랜디와인다리로 가서 친구들을 만나다. 샘와이즈 시장에게 두네다인의 별을 수여하고 엘라노르를 아르웬 왕비의 명예로운 시녀로 삼다."라고 연대기에 기록되어 있다.[3]

하지만 이 소설은 실로 샘이 아내 로지와 딸 엘라노르가 기다리는 골목으로 돌아오는 장면으로 끝난다. 마지막 말을 하는 사람도 샘이다. "자, 이제 돌아왔어." 이것은 톨킨이 "호빗들 중의 보석 같은 인물"이자 "이야기의 최고 영웅"이라고 묘사했던 인물에게 적합한 마무리일 것이다.[4]

1 카펜터와 톨킨 1981, p.104.
2 카펜터와 톨킨 1981, p.179.
3 톨킨 1954~1955, 해설 B, '연대기'.
4 카펜터와 톨킨 1981, p.88; 카펜터와 톨킨 1981, p.161.

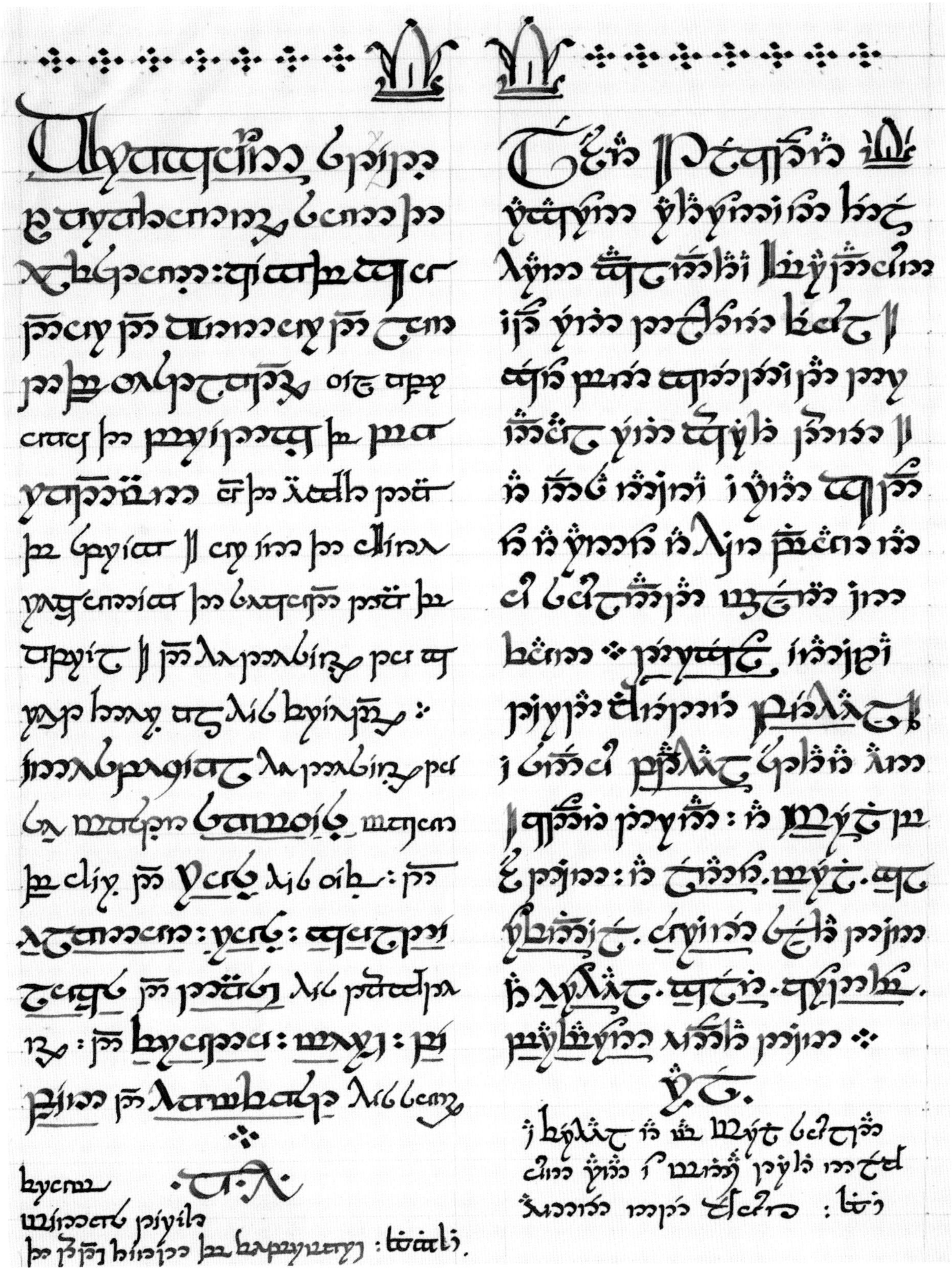

『반지 원정대』의 커버 도안

[1954년 3월]
붉은 잉크와 검은 잉크, 금색 물감, 연필, 색연필
242×193mm
전시: 옥스퍼드 1992, 168번
인쇄물: 해먼드와 스컬 1995; 해먼드와 스컬 2015
MS. Tolkien Drawings 90, fol. 24

이 작품의 분량이 어마어마했기에 인쇄업자들은 1,000페이지가 넘을 거라고 추산했다. 레이너 언윈은 이 책을 세 권으로 나눠 각각을 더 다루기 편한 크기로 만들고 덜 부담스러운 가격을 책정하기로 결정했다. 이런 까닭에 이 책이 삼부작으로 잘못 언급되는 일이 종종 있었다. 세 권은 동시에 출간되지 않았고, 그렇게 출간할 의도도 없었다. 1부는 1954년 7월에, 2부는 1954년 11월에, 그리고 오래 연기된 3부는 프로도가 오르크에게 잡혀 키리스 웅골 탑으로 끌려간 후 거의 1년간 독자들의 마음을 졸이게 하고 1955년 10월에 출간되었다.

톨킨은 각 부마다 다른 커버 도안을 만들었지만 결국 출판사는 하나의 도안이 더 강한 동질성을 갖게 될 거라고 결정했다(톨킨은 동의했다). 각 권마다 『반지의 제왕』이라는 전체 제목 아래 부제를 붙이게 되었는데 톨킨은 1부의 제목으로 처음에 '어둠이 깊어지다'를 제안했다. 이 제목은 몇 번 거듭해서 쓰이다가 '반지 원정대'가 채택되었다.

톨킨은 1부 커버를 위해 다섯 가지 도안을 그렸다. 여기 실린 것을 포함해서 네 개의 도안은 중앙의 절대반지와 그에 대립한 세 개의 요정반지를 보여 준다. 그는 이것의 의미를 친구 네빌 콕힐에게 보낸 편지에서 설명했다.

> 그[간달프]는 마지막에 세 번째 반지(나랴 "선한" 불의 붉은 반지)의 소유자로 밝혀지네. 엘론드는 푸른 반지의, 갈라드리엘은 흰 반지의 소유자이듯이. 원래의 커버 도안에는 세 반지가 절대반지에 대립하고 그 보석들이 중앙을 향하지만 붉은 반지는 우월한 위치에 (간달프가 마지막에 "나는 사우론의 적이었고"라고 말하므로) 있다네.[1]

톨킨이 선호한 도안(도판 116)은 검은 종이에 그린 유사한 도안이었는데 대립하는 세 반지의 색깔이 선명하게 드러난다. 출판사는 세 개의 요정반지가 특별히 드러나지 않은 유일한 도안을 사용하기로 결정했다. 어느 화가가 갈색 종이가 아니라 연회색 종이에 다시 그린 것이었다.

1 톨킨 가족 문서, 네빌 콕힐에게 보낸 편지 사본, 1954년 11월 20일.

THE LORD OF THE RINGS
I
The Fellowship
of the
Ring
by
J.R.R.Tolkien

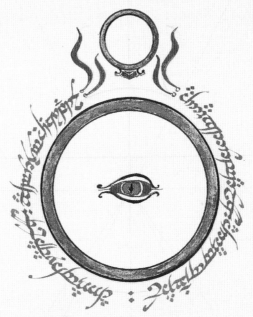

도판 116 톨킨이 선호한 『반지 원정대』의 커버 도안, [1954년 3월]. (Bodleian MS. Tolkien Drawings 70)

『두 개의 탑』의 커버 도안

[1954년 3월]
수채 물감, 흰 불투명 물감, 검은 잉크, 연필
231×189mm
전시: 옥스퍼드 1992, 170번; 옥스퍼드 2013
인쇄물: 카펜터와 톨킨 1981; 해먼드와 스컬 1995; 해먼드와 스컬 2015
MS. Tolkien Drawings 90, fol. 29r
(뒷장에 게재)

세 권의 부제를 선택하는 것은 골치 아픈 일이었는데, '매우 상이한 3권과 4권'을 포함한 두 번째 책의 제목이 특히 그러했다.[1] 톨킨은 1953년 3월에 '어둠 속의 반지'를 처음으로 제안했고,[2] 1953년 8월에는 (출간 1년 전) 두 번째 제안으로 '어둠이 길어지다'를 출판사에 보냈으나 같은 달 말에 다시 편지를 써서 '두 개의 탑'을 제안했다. 하지만 이 문제는 결정되지 않았다. 1954년 1월에도 그는 여전히 제목에 대해 고심하고 있었다. "'두 개의 탑'이라는 제목이 전혀 흡족하지 않습니다. [···] 물론 3권과 4권을 잘라서 하나의 책으로 낼 때 그것들의 진정한 연결 고리는 사실 없습니다."[3] 그는 이 책이 세 부로 나뉘어졌기 때문에 불편해했다. 출간 약정에서 그 필요성을 양해하기는 했지만 사적으로는 작품을 몇 부분으로 나누는 것을 받아들이지 못했던 것이다.

'두 개의 탑'은 의도적으로 모호하게 붙인 제목이었다. "그것은 아이센가드와 바랏두르, 혹은 미나스 티리스와 바랏두르, 혹은 아이센가드와 키리스 웅골을 가리킬 수 있네"라고 그는 레이너에게 썼다.[4] 하지만 커버 도안 작업을 시작했을 때, 그 모호함을 해결하지 않으면 그 탑들을 그릴 수 없다는 것이 분명해졌다. 그는 예비 그림을 두 장 그렸다. 첫 그림(도판 117)에서는 암흑의 군주의 탑 바랏두르가 미나스 티리스와 대립하고 있다. 그 중간에 분화하는 운명의 산이 절대반지와 다른 작은 반지들, 통틀어 스무 개의 반지에 감싸여 있다. 두 번째 도안(도판 118)에서 두 개의 탑은 나즈굴의 거처 미나스 모르굴과 사루만의 요새 오르상크이다. 두 탑은 꼭 대립적으로 보이지는 않고, 한쪽에서 다른 쪽으로 날아가는 날개 달린 나즈굴은 소통을 의미할 것이다. 이 도안에서는 반지의 개수가 많이 줄었고 절대반지에 대립하는 것은 붉은 요정반지 나랴뿐이다. 이 도안이 세 번째 마지막 도안(뒷면)에서 다듬어졌다. 미나스 모르굴(예전에는 달의 탑 미나스 이실)의 흰 탑 위에 초승달이 걸려 있고 나즈굴의 반지 아홉 개가 들어 있다. 오르상크의 검은 탑은 마법사의 오각형 별과 사루만의 손이 특징적으로 드러난다. 나즈굴 하나가 동쪽에서 오르상크로 날아가면서 사우론의 권세를 나타낸다. 절대반지는 중앙에 (다른 커버 도안에서도 그렇듯이) 위치하고 있고 그 사이로 흐르는 요정 문자는 '어둠이 덮인 모르도르 땅에서'로 읽힌다.

1 카펜터와 톨킨 1981, p.170.
2 카펜터와 톨킨 1981, p.167.
3 카펜터와 톨킨 1981, p.173.
4 카펜터와 톨킨 1981, p.170.

도판 117 371쪽 『두 개의 탑』 도안 초안, [1954년 3월]. (Bodleian MS. Tolkien Drawings 90, fol. 27r)
도판 118 372쪽 『두 개의 탑』 도안 초안, [1954년 3월]. (Bodleian MS. Tolkien Drawings 90, fol. 28r)

The
Two Towers
J.R.R.Tolkien

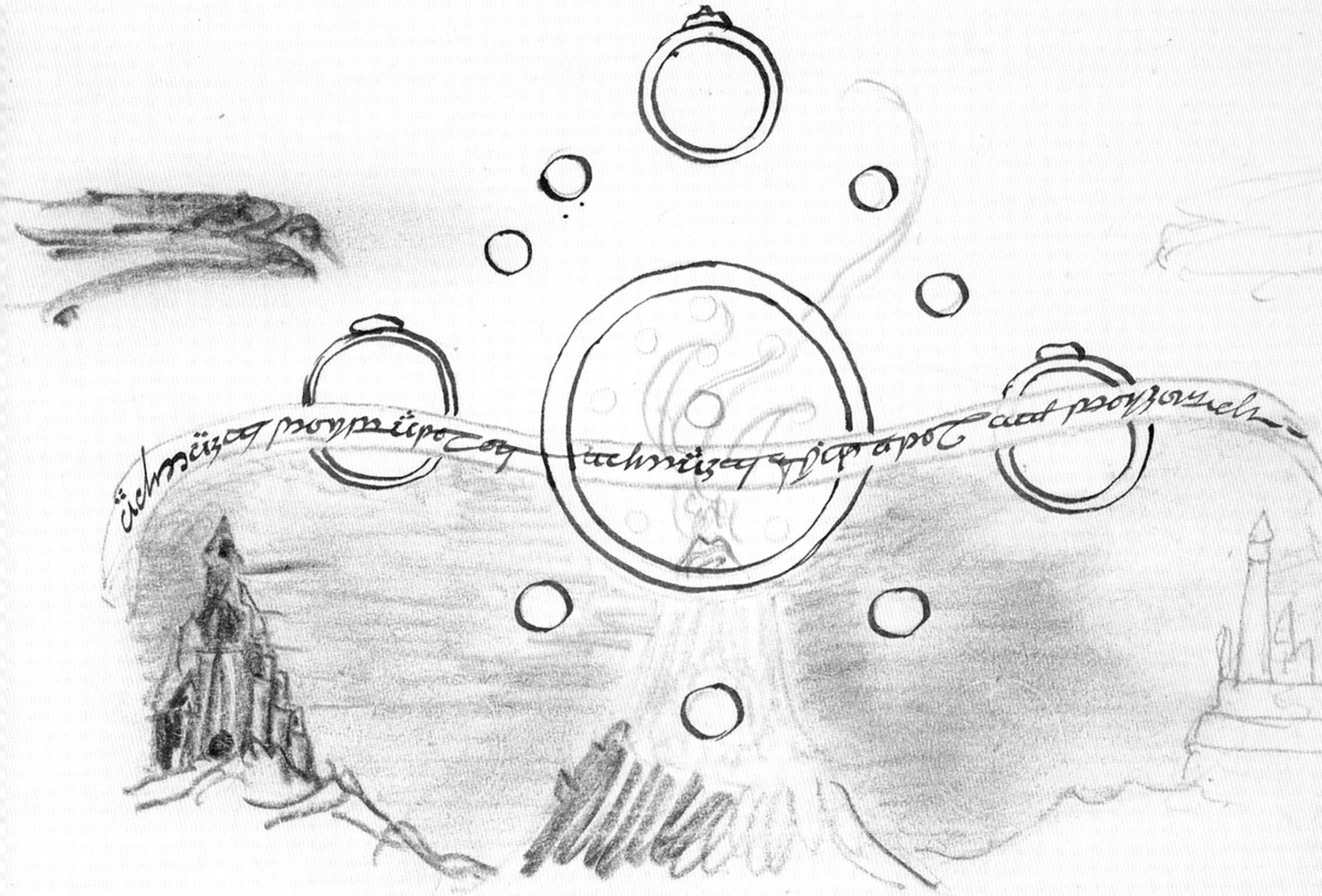

THE LORD OF THE RINGS

PART II

The Two Towers

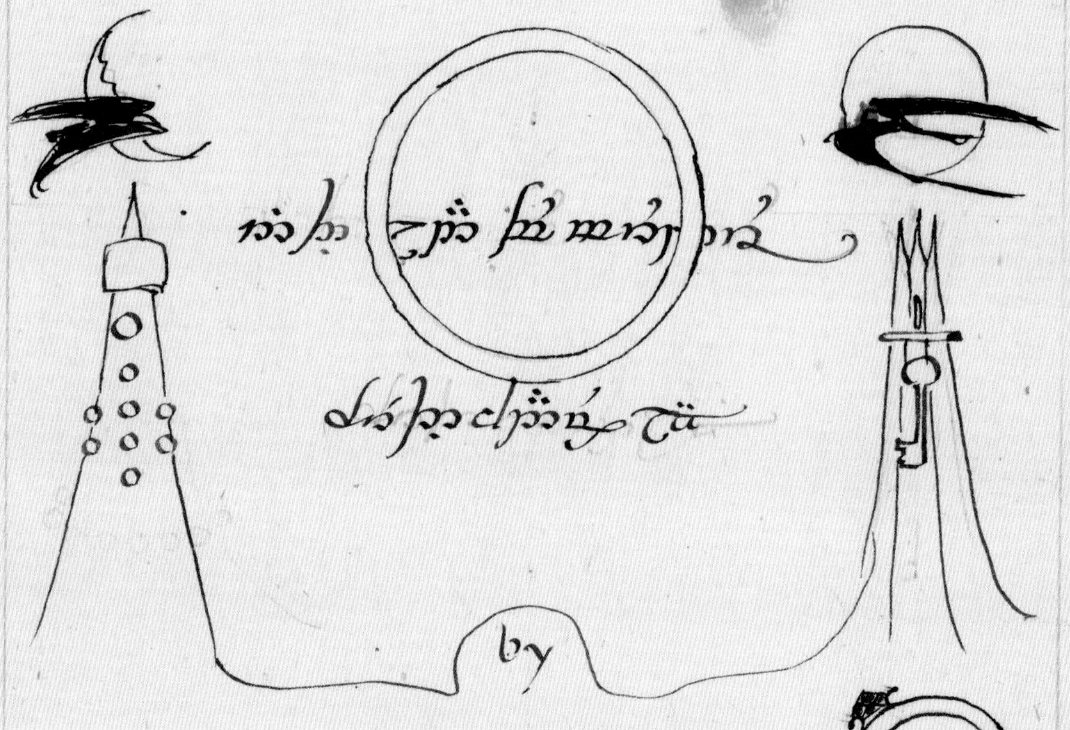

by

J.R.R. TOLKIEN

『왕의 귀환』 커버 도안

[1954년 3월]
수채 물감, 흰 불투명 물감, 금색 물감, 연필
259×180mm
전시: 옥스퍼드 1992, 171번; 옥스퍼드 2013
인쇄물: 해먼드와 스컬 1995; 해먼드와 스컬 2015
MS. Tolkien Drawings 90, fol. 30
(뒷장에 게재)

톨킨은 마지막 책의 완성된 커버 도안을 하나만 만들었다. 그 도안은 왕의 귀환을 기다리는 곤도르의 빈 왕좌를 보여 준다. 그 왕좌 뒤에는 그의 상징인 별 일곱 개와 백색성수가 있다. 피핀과 간달프가 미나스 티리스에서 메아리가 울리는 백색탑의 석조 궁전에 들어설 때 그 왕좌가 묘사된다. "계단을 오르면 연단의 저쪽 끝에는 왕관 모양의 투구처럼 생긴 대리석 천개 밑에 높다란 옥좌가 놓여 있었고, 그 뒷벽에는 꽃이 만개한 나무 모양이 조각되고 보석으로 장식되어 있었다."[1]

곤도르의 왕들은 엘렌딜의 후예였는데, 그는 제2시대 말에 누메노르가 비극적으로 붕괴될 때 배를 타고 탈출했다. 가운데땅의 해안에 떠밀려 온 그들은 누메노르 왕국, 아르노르와 곤도르를 세웠다. 엘렌딜이 해안에 발을 내디뎠을 때 했던 말이 왕좌 위에 각진 요정어 글씨체, 텡과르로 적혀 있다. "나와 내 후손들은 이 세상의 종말이 올 때까지 여기 머물겠노라!" 엘렌딜의 배 중 일곱 척에는 천리안의 돌, 팔란티르가 실려 있었는데, 이 배들은 돛대에 한줄기 빛이 나오는 별로 표시되고, 일곱 개의 별은 일곱 개의 천리안의 돌을 의미한다. 여덟 번째 배에는 요정들의 선물이자 발리노르의 첫 번째 나무의 후손으로서 누메노르 왕의 궁전에서 개화했던 흰 나무의 묘목이 실려 있었다. 이 나무가 꽃을 피우는 동안에는 왕들의 혈통이 끊어지지 않으리라는 예언이 있었다. 후에 톨킨은 자신이 "팔란티르에 대해 아무것도 몰랐지만 오르상크석이 창문에서 던져진 순간 그것을 알아차렸고 내 마음속에서 끊임없이 맴돌던 '전승된 시가'의 의미를, 일곱 별들과 일곱 돌들 그리고 흰 나무 하나의 의미를 알았습니다"라고 말했다.[2]

이 도안이 유일하게 완성된 그림이지만, 각 구성 부분들의 스케치는 몇 장 있고 그중 가장 두드러진 것은 길게 뻗은 사우론의 손을 묘사한 그림이다. 이것은 완성된 도안의 왼쪽 위에 그려져 있다. 1권 2장에서 간달프가 그 반지의 정체를 밝혔을 때 프로도는 겁에 질려 입을 다문다. "동쪽에서 검은 구름이 일어나 거대한 공포의 손이 되어 자기를 덮치는 것만 같았다."[3] 이 문장은 1938년에 처음 쓴 초고에서부터 최종 본문에 이르기까지 달라지지 않았고, 1954년에 그린 이 커버 도안에서 되풀이되고 있다.

1 톨킨 1954~1955, 5권, 1장.
2 카펜터와 톨킨 1981, p.217.
3 톨킨 1954~1955, 1권, 2장.

THE RETURN OF THE KING

도판 119 사우론의 내뻗은 팔 도안 초안, [1954년 3월]. (Bodleian MS. Tolkien Drawings 90, fol. 32r)

ROHAN
Entwade
EMYN MUIL
DEAD MARSHES
EDORAS
Snowbourn
Falls of Rauros
NINDALF
OR
Wetwang
River ENTWASH
Border of Rohan
FOLDE
EASTFOLD
MOUTHS of
ENTWASH
Great West Road
FENMARCH
MERING STREAM
THE GREAT RIVER
North
ITHILIEN
Halifirien
FIRIEN WOOD
Henneth Annûn
ANÓRIEN
Tarlang's Neck
Calenhad
CAIR ANDROS
Erelas
DRUADAN FOREST
Nardol
Eilenach
Amon Dîn
LAMEDON
Grey-wood
Osgiliath
STONEWAIN VALLEY
MT. MINDOLLUIN
River KIRIL
Calembel
GONDOR
Minas TIRITH
LOSSARNACH
RINGLO
Ethring
EMYN ARNEN
River
River KELOS
R. SIRITH
Crossings of Erui
LEBENNIN
River ERUI
River GILRAIN
Dor-en-Ernil
River SIRITH
ANDUIN
South ITHILIEN
River SERNI
Pelargir
Linhir
ETHIR ANDUIN
Crossings of Poros
Mouths of Anduin
RIVER POROS
Harad Road
elfalas

CHAPTER 9

『반지의 제왕』 지도 그리기

'현명하게도 지도로 시작했고 이야기를 맞추었지'

지도는 톨킨의 세계 창조에 반드시 필요한 부분이었다. 그의 창조 작업은 언어 창안으로 시작됐는데, 언어는 그것을 사용할 '종족'이 있어야 했고, 종족들은 살 장소가 있어야 했으며, 장소는 지도가 있어야 했다. 이 세계 안에서 이야기들이 펼쳐졌다. 요정들과 인간들의 전설은 북부의 얼어붙은 바다에서 남부의 사막 지대까지, 동쪽의 난쟁이 왕국에서 서쪽 바다 너머 축복받은땅까지 지리적으로 방대한 영역에서 일어난다. 이 방대한 지역에는 지도가 필요했고, 톨킨은 가운데땅과 관련된 글을 처음 쓸 때부터 지도를 그렸다. 지도는 그 세계를 형상화했고, 믿을 수 있는 현실을 창조했다.

『잃어버린 이야기들의 책』(『실마릴리온』의 전신)을 쓴 초기 노트 중 한 권에서 톨킨은 '발리노르의 어두워짐' 이야기의 중간에 세계 지도를 그렸다. 1918~1920년에 그린 이 지도는 가운데땅(초기 이야기에서는 '바깥땅'이라 불린) 일부와 서쪽의 발리노르 일부를 보여 준다. 1920년대와 1930년대에 레젠다리움이 커지면서 더 상세한 지도들이 이어졌다.

실제로 『호빗』은 지도 한 장으로 시작되었다. 스로르의 지도는 지금 여섯 장만 남아 있는 첫 번째 초고에 등장한다. 톨킨도, 출판사도, 지도 제작이 그 이야기에 필수라고 생각했고, 그는 호빗이 여행한 지역을 포함한 다양한 지도를 많이 그렸다. 출간된 작품에 실린 것은 실은 두 장뿐으로 스로르의 지도와 야생지대였다.

『반지의 제왕』에서는 어느 작품보다도 많은 지도가 그려졌다. 이 작품에 관련된 지도 서른 장이 보들리언 기록보관소에 소장되어 있다. 어떤 지도는 샤이어의 첫 번째 지도처럼 거친 스케치에 불과하다. 가운데땅의 북서부를 그린 중요한 작업 지도('첫' 지도라 불린)처럼 활동무대 전역을 상세히 묘사한 지도도 있다. 본문에서 이동한 먼 거리와 여정의 각 부분을 자세히 묘사하려면 정확성과 일관성을 확보하기 위해서 그와 비슷하게 상세한 지도가 필요했다. 톨킨은 어느 독자에게 이렇게 알려 주었다. "나는 현명하게도 지도로 시작했고 (대체로 거리에 꼼꼼하게 주의를 기울이며) 이야기를 맞추었지요. 그 반대로 하면 혼란과 불가능한 상황에 빠져듭니다."[1] 그가 지도를 그린 중요한 목적은 여정을 시각화하여, 여행자들이 선택할 길과 그들이 직면할 강이나 습지, 산과 같은 장애물을 계획하는 것이었다. 축척이 무엇보다도 중요했다. 신빙성이 있으려면 하루하루의 이동 거리가 곤도르의 튼튼한 남자든 인간 절반 크기의 젊은 호빗이든 여행자의 역량을 넘지 않아야 했다.

1 카펜터와 톨킨 1981, p.177.

가운데땅 북서부의 지도

[1948년경]
푸른 잉크와 붉은 잉크, 연필, 색연필
215×273mm
인쇄물: 해먼드와 스컬 2015
MS. Tolkien Drawings 124

『반지의 제왕』 본문이 완결되었을 때 톨킨은 전체 활동무대를 보여 주는 새 소축척 지도가 독자들에게 반드시 필요하다고 생각했다. 10년 넘게 사용한 작업 지도(398~399쪽)가 있었지만 이야기가 진행되면서 너무 많이 바뀌고 수정되어서 깨끗하고 간단한 지도가 필요했다. 새 지도는 두 장으로 나눠졌는데, 여기 실린 것은 북부 지도이고 남부 지도는 380~381쪽에 실려 있다. 푸른 잉크로 축척에 맞게 말끔하게 그려져 있고 지명은 붉은 잉크로 쓰여 있으며 강과 숲은 색연필로 덧칠되어 있다. 흥미롭게도『호빗』에서 빌보의 탐색의 중심인 외로운 산은 오른쪽 위에 있는데 '하나의 산'을 뜻하는 요정어(신다린) 명칭 "에레보르"로 기록되어 있다. 이 명칭은『호빗』에서는 등장하지 않았고, 이 지도에서 처음으로 권위 있게 제시되었다.

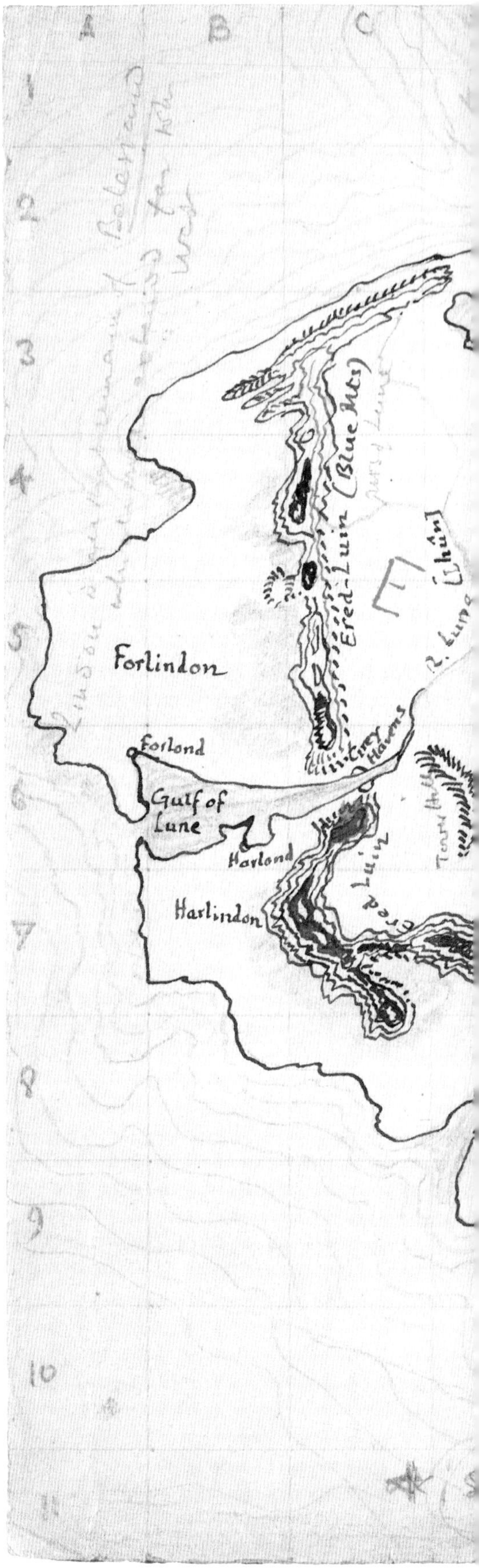

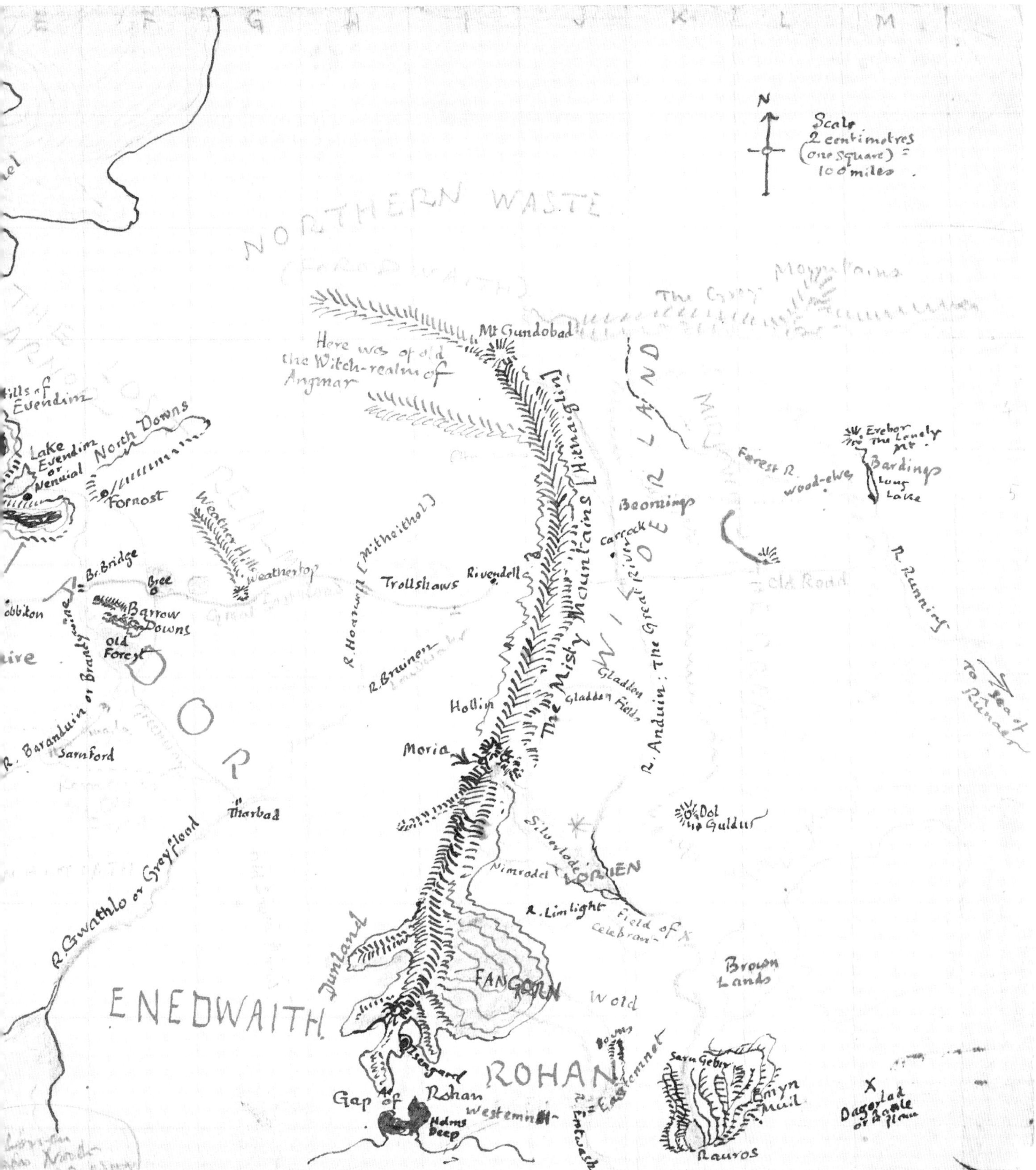
Scale
2 centimetres
(one square) =
100 miles
N
NORTHERN WASTE
The Grey Mountains
Mt Gundobad
Here was of old
the Witch-realm of
Angmar
Hills of
Evendim
Lake
Evendim
or
Nenuial
North Downs
Fornost
Weather Hills
Weathertop
Br. Bridge
Bree
Barrow
Downs
Old
Forest
R. Hoarwell [Mitheithel]
Trollshaws
Rivendell
R. Bruinen
The Misty Mountains [Hithaeglir]
Carrock
Beornings
Forest R.
wood-elves
Erebor
The Lonely
Mt
Bardings
Long
Lake
R. Running
Old Road
R. Anduin; The Great River
Gladden
Gladden Fields
Hollin
Moria
R. Baranduin or Brandywine
Sarnford
Tharbad
R. Gwathlo or Greyflood
Dol
Guldur
Silverlode
Nimrodel
LORIEN
R. Limlight
Field of
Celebrant
Brown
Lands
Dunland
FANGORN
Wold
ENEDWAITH
Isengard
ROHAN
Eastemnet
Westemnet
R. Entwash
Sarn Gebir
Emyn
Muil
Rauros
Gap of Rohan
Helms
Deep
Dagorlad
Battle Plain

가운데땅의 남서부 지도

[1948년경]
푸른 잉크와 검은 잉크, 붉은 잉크, 색연필, 연필
201×273mm
인쇄물: 해먼드와 스컬 2015
MS. Tolkien Drawings 125

가운데땅의 북서부 지도에 딸린 이 지도는 오른쪽으로 약간 치우쳐 있는데, 모르도르를 향해 남동쪽으로 끊임없이 이동한 사건의 결과이다. 상세한 지명이 많이 포함되어 있음에도 불구하고 대단히 선명하다. 운명의 산은 불타는 붉은색으로 보이고, 최종적으로 출간된 지도에서는 더 서쪽으로 옮겨져 있다. 높은 산들은 북부 지도처럼 평행선 무늬로 표시된 것이 아니라 단일 흑색으로 표시되어 곤도르의 초기 작업 지도(400~401쪽)와 비슷하다(아마 그 지도에 바탕을 두었을 것이다). 북부 지도에 제시된 축척을 보면 각 눈금의 길이가 100마일(160킬로미터—역자 주)에 해당된다는 것을 알 수 있다.

오른쪽 아래의 글 상자에서 톨킨은 미나스 티리스, 오스길리아스, 이실리엔의 십자로 위치를 알려 주는데 이 중요한 장소들의 지명을 쓸 공간이 부족했던 것이다. 톨킨의 아들 크리스토퍼는 전체 지도를 출간하기 위해 다시 그렸고 이 중요한 지명들을 말끔하게 써넣었다.

171

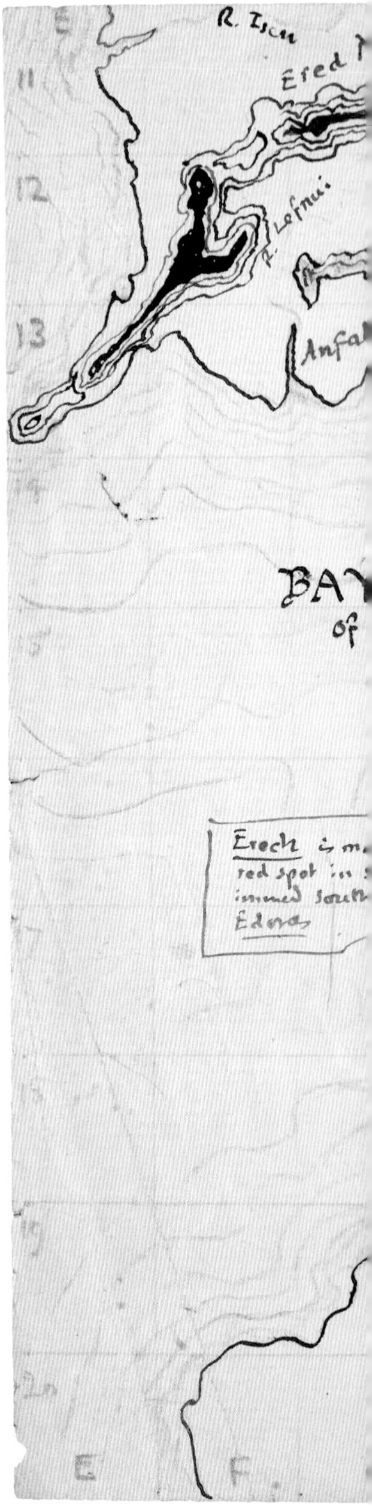

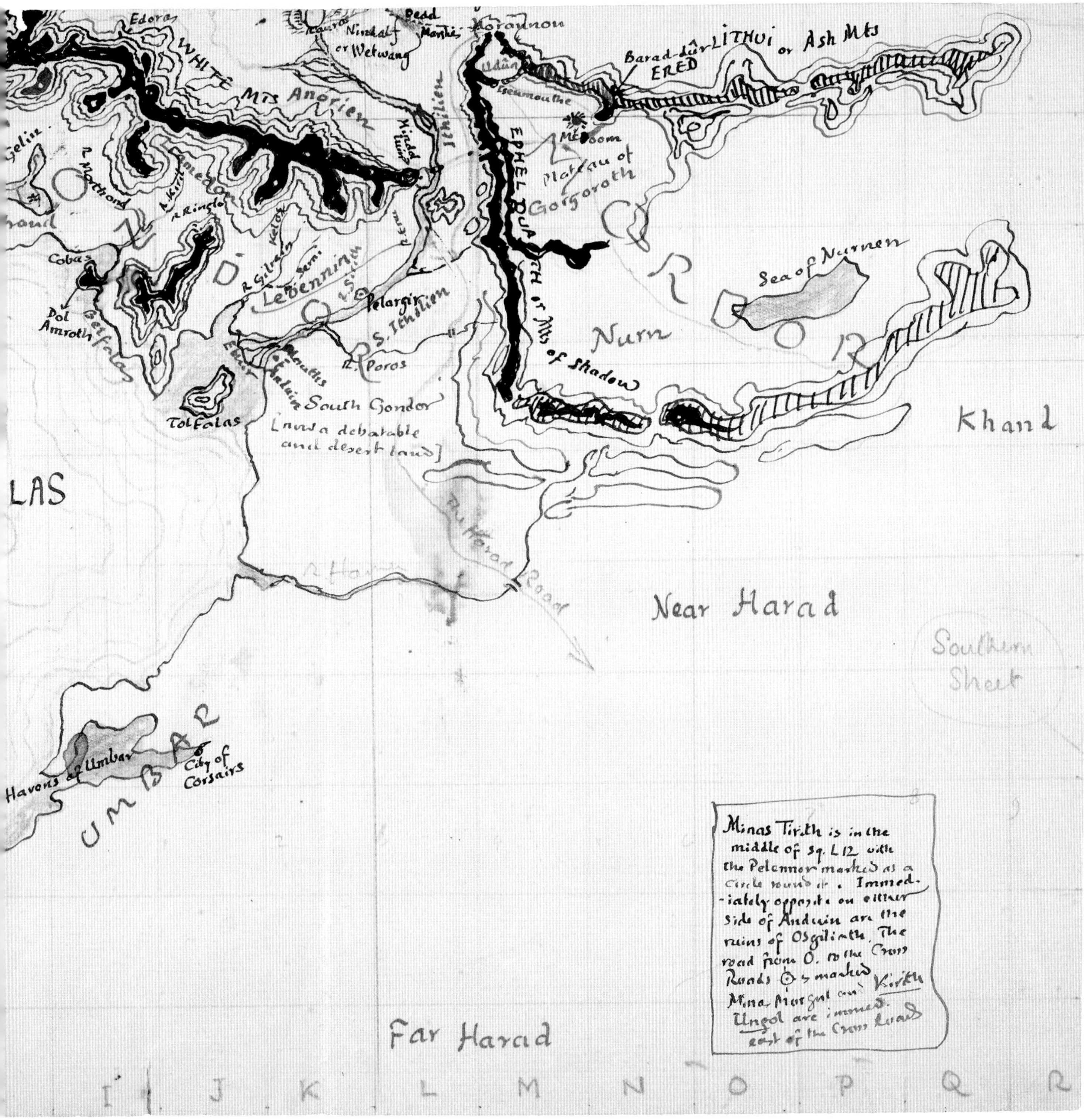
Edoras
Dead Men
Morannon
Barad-dûr
LITHUI or Ash Mts
ERED
WHITE
Mts Anórien
Udûn
Isenmouthe
Mt Doom
Plateau of Gorgoroth
EPHEL DUATH or Mts of Shadow
Ithilien
R. Morthond
Lamedon
R. Ringlo
R. Gilrain
Lebennin
Cobas
Dol Amroth
Belfalas
Pelargir
S. Ithilien
R. Poros
Ethir
Mouths of Anduin
Tolfalas
South Gondor
[now a debatable and desert land]
Sea of Nurnen
Nurn
Khand
LAS
Harad Road
Near Harad
Southern Sheet
Havens of Umbar
City of Corsairs
UMBAR
Minas Tirith is in the middle of Sq. L 12 with the Pelennor marked as a circle round it. Immed-iately opposite on either side of Anduin are the ruins of Osgiliath. The road from O. to the Cross Roads ⊕ is marked. Mina Morgul and Kirith Ungol are immed. east of the Cross Roads
Far Harad
I J K L M N O P Q R

크리스토퍼 톨킨 (1924~2020)

가운데땅의 인쇄된 지도, 톨킨과 폴린 베인스의 메모

[1969년]
초록 잉크, 연필, 검은 잉크로 톨킨 메모
푸른 잉크, 연필로 베인스 메모
420×490mm
전시: 옥스퍼드 2016
MS. Tolkien Drawings 132

1960년대 후반경에 톨킨이 '실마릴리온'을 완결할 가능성은 없어 보였다. 출판사는 가운데땅에 관한 세간의 관심을 유지하고 학생들과 젊은이들 사이의 인기를 활용하기 위해서 화가 폴린 베인스에게 가운데땅의 포스터 지도 제작을 의뢰했다. 톨킨의 요청에 따라 베인스는 자신이 가진 『반지의 제왕』 책에서 가운데땅의 전체 지도를 잘라 그에게 보냈다. 그 지도에 톨킨은 지명의 철자를 정확하게 쓰고 그려야 한다는 우려를 드러내는 메모를 썼다. 또한 출간된 지도에 나오지 않은 많은 지명을 첨가했는데, 일례로 누메노르의 왕 알다리온이 세운 론드다에르의 파괴된 항구가 있다. 또한 검은숲의 검은 소나무와 하라드와이스 남부 지역의 낙타와 코끼리 같은 흥미로운 그림에 대한 묘사도 보여 준다. (왼쪽 바닥에) 연필로 쓴 메모는 뜻밖에도 가운데땅의 장소들을 실제 세계의 장소와 동등하게 다루고 있음을 알려 준다. "호빗골은 대략 옥스퍼드의 위도에 있다."

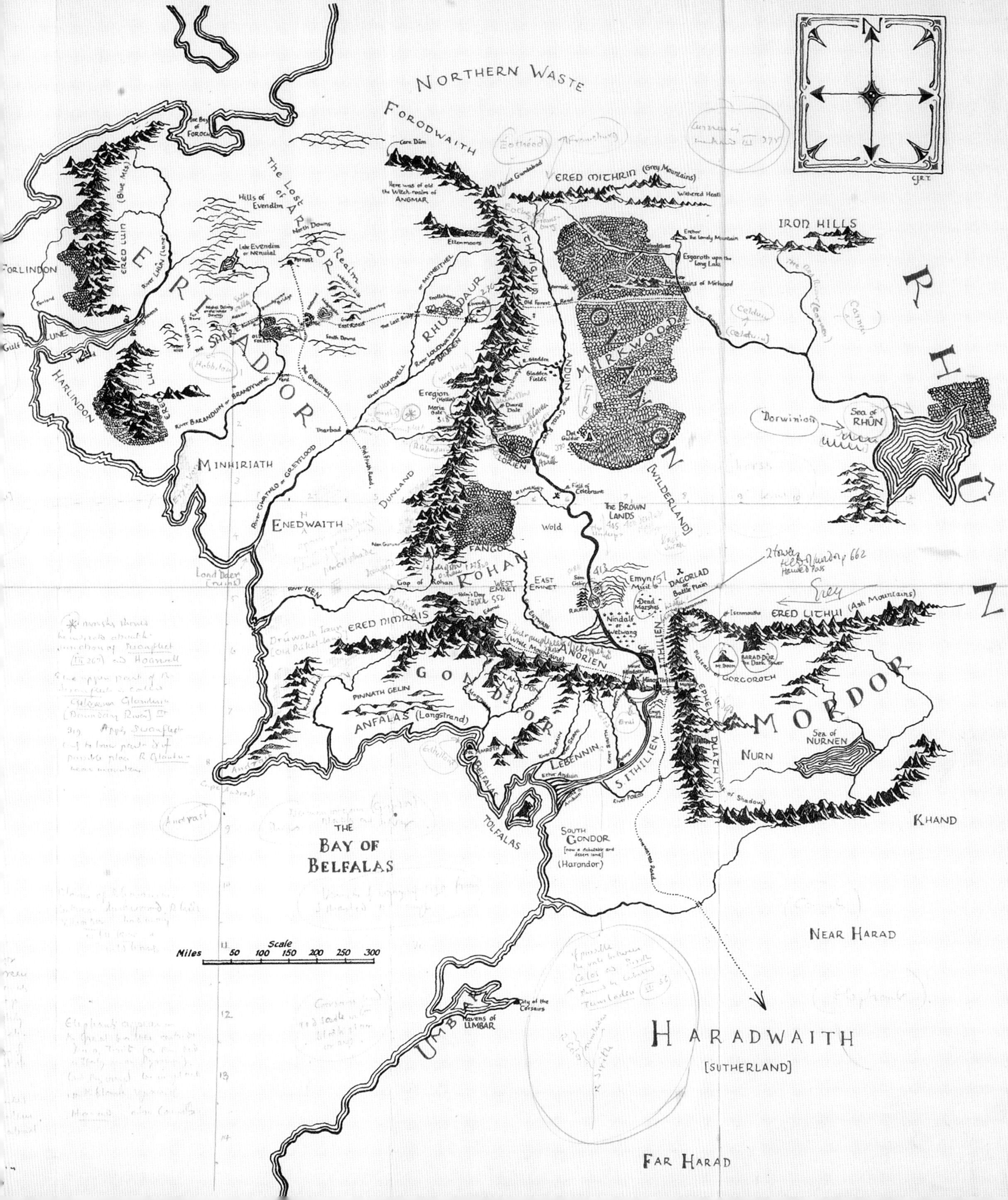
NORTHERN WASTE
FORODWAITH
Carn Dûm
Ice Bay of FOROCHEL
ERED MITHRIN (Grey Mountains)
Mount Gundabad
Withered Heath
Here was of old the Witch-realm of ANGMAR
The Lost Realm of ARNOR
Hills of Evendim
North Downs
Lake Evendim or Nenuial
Fornost
ERIADOR
ERED LUIN (Blue Mts)
FORLINDON
LUNE
Gulf of Lune
HARLINDON
ERED LUIN
THE SHIRE
East Road
South Downs
Ettenmoors
RHUDAUR
The Last Bridge
Old Forest Road
Gladden Fields
Eregion (Hollin)
Moria Gate
Dimrill Dale
Tharbad
River GWATHLO or GREYFLOOD
River BARANDUIN or BRANDYWINE
River LHÛN (Lune)
The Greenway
MINHIRIATH
ENEDWAITH
DUNLAND
Lond Daer (ruins)
River ISEN
Gap of Rohan
Nan Curunir
FANGORN
ROHAN
WEST EMNET
EAST EMNET
Wold
Field of Celebrant
THE BROWN LANDS
LORIEN
Dol Guldur
MIRKWOOD
ANDUIN The Great River
[WILDERLAND]
IRON HILLS
Erebor the Lonely Mountain
Esgaroth upon the Long Lake
Mountains of Mirkwood
RHÛN
Sea of RHÛN
EMYN MUIL
DAGORLAD or Battle Plain
Dead Marshes
Rauros
Nindalf or Wetwang
ERED LITHUI (Ash Mountains)
BARAD-DÛR The Dark Tower
Mt Doom
Plateau of GORGOROTH
MORDOR
Sea of NURNEN
NURN
EPHEL DÚATH (Mts of Shadow)
KHAND
ITHILIEN
ANORIEN
ERED NIMRAIS (White Mountains)
Helm's Deep
Edoras
GONDOR
Minas Tirith
PINNATH GELIN
ANFALAS (Langstrand)
BELFALAS
LEBENNIN
Ethir Anduin
River Poros
Cape Andrast
TOLFALAS
THE BAY OF BELFALAS
SOUTH GONDOR [now a debatable and desert land] (Harondor)
NEAR HARAD
HARADWAITH [SUTHERLAND]
FAR HARAD
City of the Corsairs
Havens of UMBAR
UMBAR
Scale
Miles 50 100 150 200 250 300
C.J.R.T.

폴린 베인스 (1922~2008)

가운데땅의 포스터 지도

1969년
수채 물감, 연필
765×540mm
전시: 옥스퍼드 1992, 179번; 옥스퍼드 2013
인쇄물: 옥스퍼드 1992; 해먼드와 스컬 2005
MS. Tolkien Drawings 100

톨킨이 생전에 자기 작품의 삽화를 그리도록 허락한 화가는 폴린 베인스뿐이었다. 그녀는 1949년에 톨킨의 가짜 중세 이야기, 『햄의 농부 가일스』의 삽화를 그려 달라는 출판사의 요청을 받았을 때 그와 교류하게 되었다. 그 삽화를 보고 기뻐한 톨킨은 "이것은 삽화 이상입니다. 부수적인 주제입니다."라고 말했다.[1] 그 직후에 그는 『사자와 마녀와 옷장』을 위한 삽화가를 구했던 친구 C.S. 루이스에게 그녀를 추천했다. 그녀는 『나니아 연대기』 전체의 삽화를 그리게 되었다.

그녀는 톨킨과 폭넓게 의논하고 나서 이 포스터 그림 지도를 그렸다. 중요한 장소들의 작은 삽화를 넣고, 반지 원정대와 그들을 추격하는 자들을 보여 주는 그림을 상단과 하단에 덧붙였다. 작은 삽화들에 대해 톨킨은 "이 그림들 중 몇 점은 내 상상과 놀랍게도 일치합니다. 특히 오른쪽의 처음 네 점이 그렇고, 미나스 모르굴은 거의 정확합니다."라고 썼다.[2]

1 카펜터와 톨킨 1981, p.133.

2 Bodleian MS. Tolkien B 61, fol. 3.

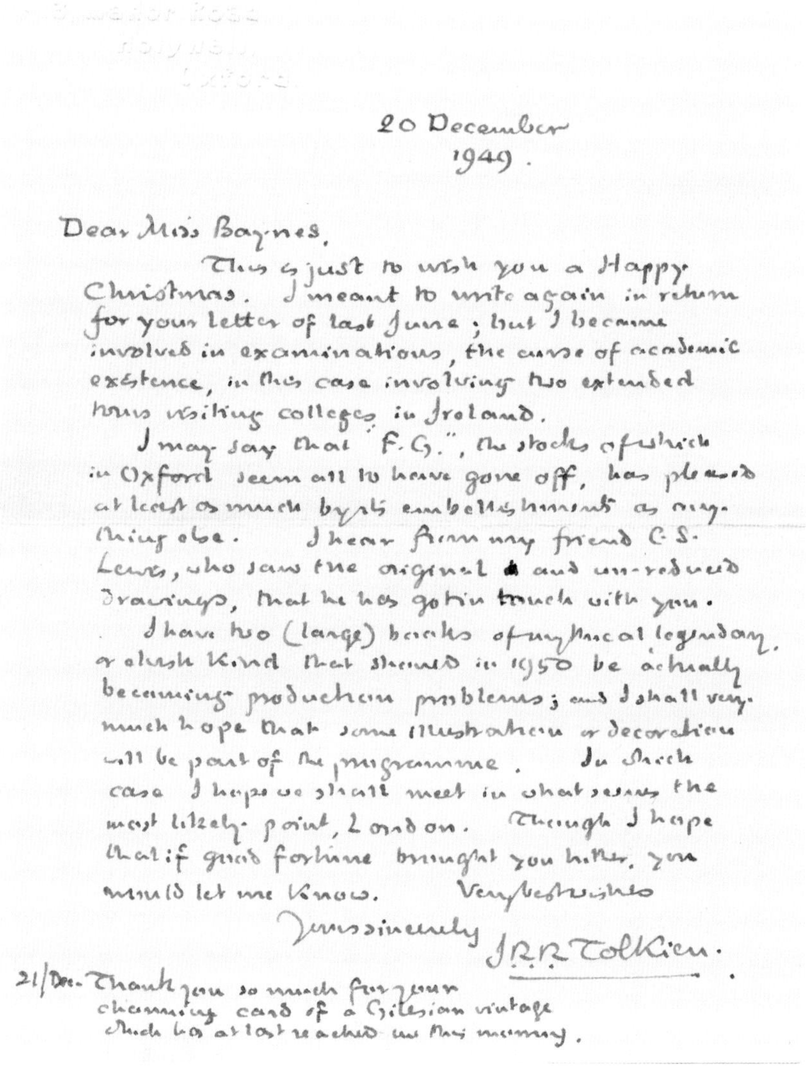
20 December
1949.

Dear Miss Baynes,
This is just to wish you a Happy Christmas. I meant to write again in return for your letter of last June; but I became involved in examinations, the curse of academic existence, in this case involving two extended tours visiting colleges in Ireland.
I may say that 'F.G.', the stocks of which in Oxford seem all to have gone off, has pleased at least as much by its embellishments as anything else. I hear from my friend C.S. Lewis, who saw the original and un-reduced drawings, that he has got in touch with you.
I have two (large) books of mythical legendary or elvish kind that should in 1950 be actually becoming production problems; and I shall very much hope that some illustration or decoration will be part of the programme. In such case I hope we shall meet in what seems the most likely point, London. Though I hope that if good fortune brought you hither, you would let me know. Very best wishes
Yours sincerely
J.R.R. Tolkien.

21/Dec. Thank you so much for your charming card of a Silesian vintage which has at last reached me this morning.

도판 120 톨킨이 베인스에게 보낸 편지. 그의 미출간 작품 '실마릴리온'과 '반지의 제왕'의 삽화를 그려 주기를 바라는 마음을 표현함, 1949년 12월 20일. (일리노이 주, 위튼, 위튼대학의 매리언 E. 웨이드 센터 제공)

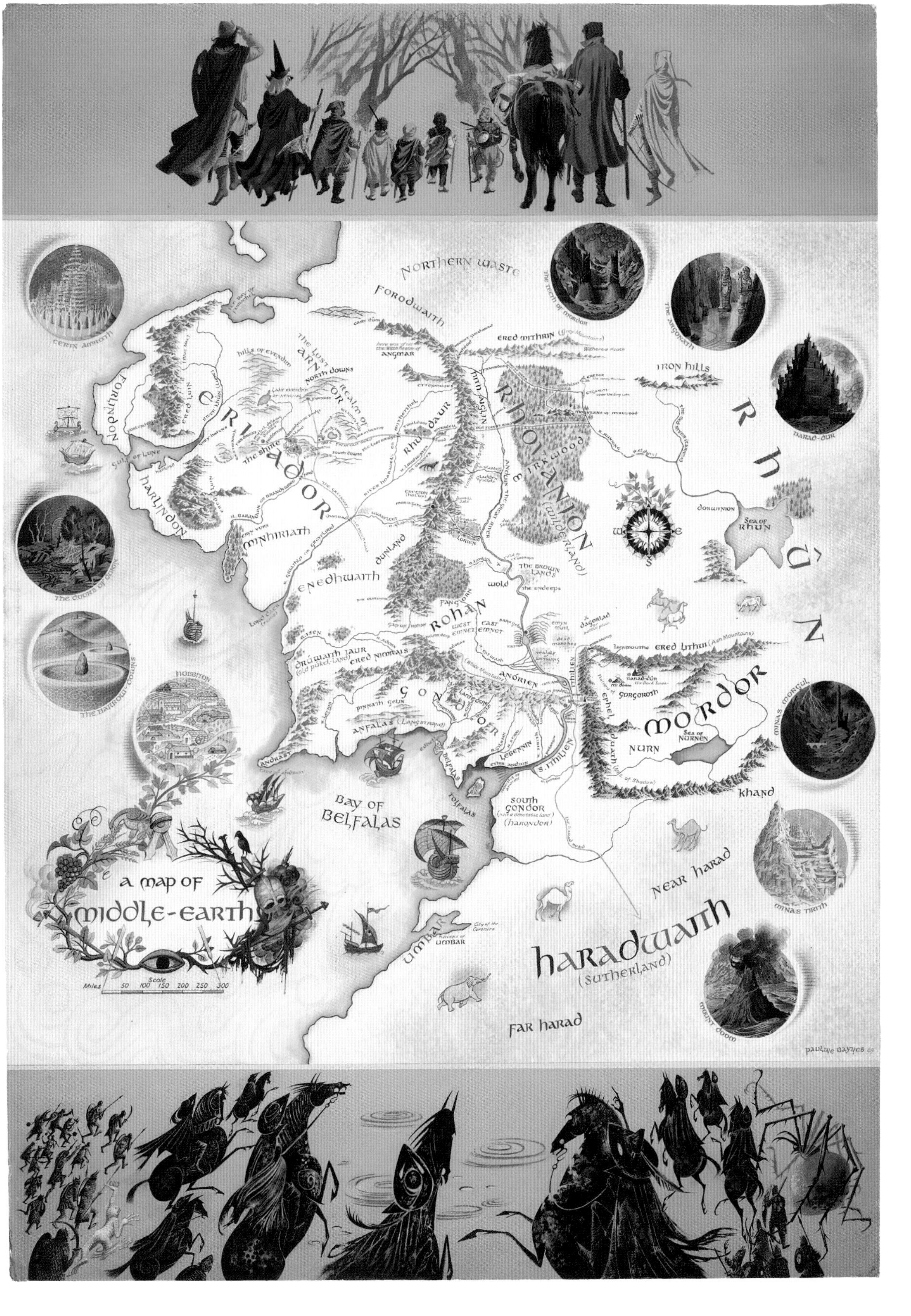
A MAP OF
MIDDLE-EARTH
Scale
Miles 50 100 150 200 250 300
NORTHERN WASTE
FORODWAITH
ANGMAR
ERED MITHRIN (Grey Mountains)
IRON HILLS
FORLINDON
HARLINDON
GULF OF LUNE
ERIADOR
ARNOR
THE LOST REALM OF ARNOR
NORTH DOWNS
HILLS OF EVENDIM
THE SHIRE
RHUDAUR
RHOVANION
MIRKWOOD
(WILDERLAND)
MINHIRIATH
ENEDHWAITH
DUNLAND
FANGORN
ROHAN
WEST EMNET
EAST EMNET
WOLD
THE BROWN LANDS
THE UNDEEPS
DAGORLAD
ERED LITHUI (Ash Mountains)
DRÚWAITH IAUR
ERED NIMRAIS
ANÓRIEN
GONDOR
PINNATH GELIN
ANFALAS
LEBENNIN
BELFALAS
BAY OF BELFALAS
TOLFALAS
ITHILIEN
GORGOROTH
MORDOR
NURN
SEA OF NÚRNEN
KHAND
SOUTH GONDOR
(HARONDOR)
DORWINION
SEA OF RHÛN
RHÛN
NEAR HARAD
HARADWAITH
(SUTHERLAND)
FAR HARAD
UMBAR
CERIN AMROTH
THE TEETH OF MORDOR
THE ARGONATH
BARAD-DÛR
MINAS MORGUL
MINAS TIRITH
MOUNT DOOM
HOBBITON
THE BARROW-DOWNS
THE GATES OF MORIA
PAULINE BAYNES

미나스 모르굴과 십자로의 등고선 지도

[1944년 5월]
검은 잉크, 연필, 색연필
209×171mm
인쇄물: 톨킨 1990; 해먼드와 스컬 2015
MS. Tolkien Drawings 127r

이 지도는 샘과 프로도가 친구들과 삶, 희망을 등지고 모르도르로 가는 길에 들어서야 하는 장소를 표시한다. '사다리처럼 가파른' 키리스 웅골의 계단이 선명하게 표시되어 있다.[1] 계곡 건너편에 미나스 모르굴(이 지도에는 Morghul로 표기된)의 요새 도시가 있다. 예전에 미나스 이실, 달의 탑으로 곤도르 왕국의 전초기지였던 이곳은 '반지악령들의 도시'가 되었다. 모르굴 계곡에서는 반지의 힘이 강해지므로 "그들은 마지못해 한 발 한 발씩 떼었는데, 시간이 그 속도를 지체시키는 것 같아서 발을 들어 올렸다가 내려놓는 사이에 지겹도록 긴 몇 분이 지나갔다."[2] 푸른 색연필로 칠한 강은 "악령들의 계곡에서 흐르는 오염된 개울 모르굴두인"이다.[3] 이 지도에는 "예전에 이실두인이었던 두인 모르굴"로 적혀 있는데, 이실두인은 그 탑의 예전 이름에서 유래한 것이다.

1 톨킨 1954~1955, 4권, 8장.
2 톨킨 1954~1955, 4권, 8장.
3 톨킨 1954~1955, 4권, 7장.

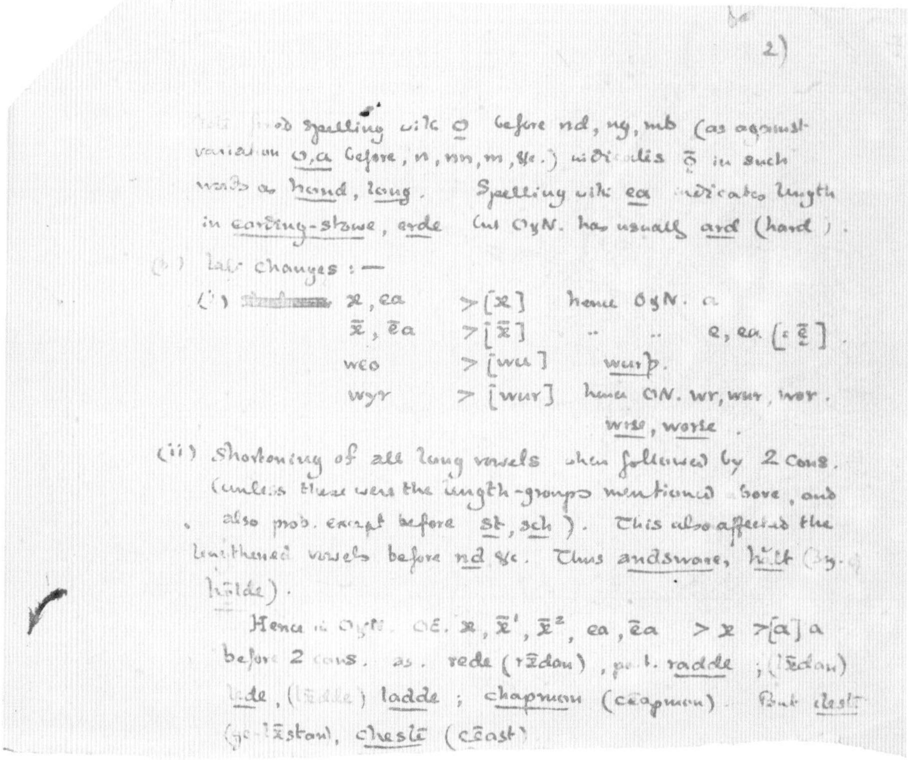
2)
Spelling with o before nd, ng, mb (as against variation o, a before n, nn, m, &c.) indicates ǭ in such words as hond, long. Spelling with ea indicates length in earding-stowe, erde but OgN. has usually ard (hard).
late changes: —
(i) æ, ea > [æ] hence OgN. a
ǣ, ēa > [ǣ] .. .. e, ea [= ę̄].
weo > [wu] wurþ.
wyr > [wur] hence ON. wr, wur, wor.
wrse, worse.
(ii) Shortening of all long vowels when followed by 2 cons. (unless these were the length-groups mentioned above, and also prob. except before st, sch). This also affected the lengthened vowels before nd &c. Thus andswore, hilt (hilde).
Hence OE. æ, ǣ¹, ǣ², ea, ēa > æ > [a] a before 2 cons. as. rede (rǣdan), pt. radde; lede, ladde; chapmon (cēapmon). But cheste (cēast)

도판 121 등고선 지도의 왼쪽 면. 톨킨이 학부생들을 위해 만든 고대 영어학에 관한 메모 복사본.
(Bodleian MS. Tolkien Drawings 127v)

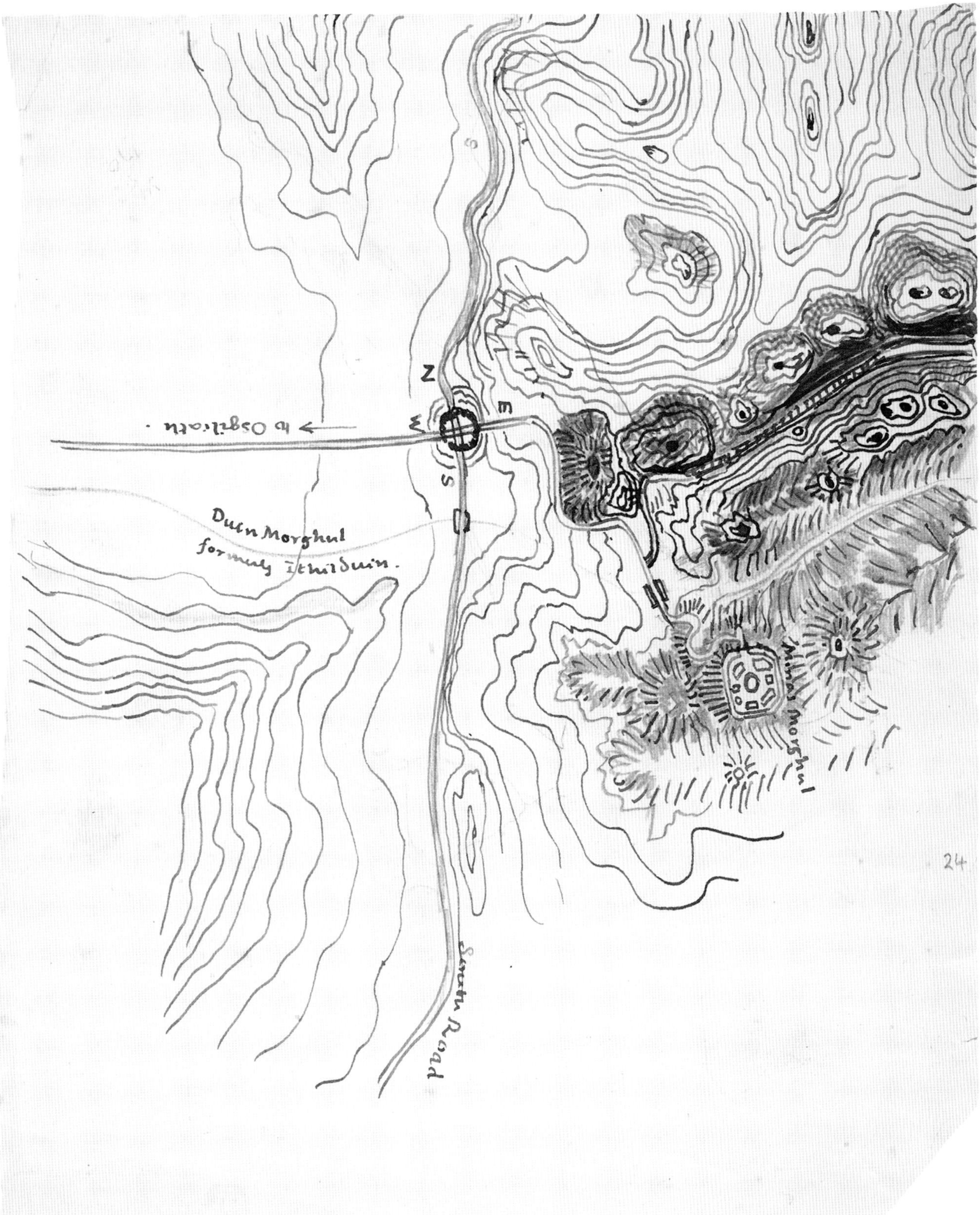
to Osgiliath.
N
E
S
W
Duin Morghul
formerly Ithilduin.
Minas Morghul
South Road
24

곤도르의 일부 지도

[1946년경]
푸른 잉크, 색연필, 연필
243×194mm
인쇄물: 해먼드와 스컬 2015
MS. Tolkien Drawings 122r

이 지도는 포위된 도시 미나스 티리스를 중심으로, 공격이 예상되는 중요한 장소들을 보여 준다. 동쪽에서는 미나스 모르굴에서 오스길리아스를 통해 강을 건너서, 남쪽에서는 안두인대하와 하라드 길로, 북쪽에서는 카이르 안드로스섬을 통해 공격해 올 것이다. 곤도르가 원조를 기대할 수 있는 곳은 오직 한 방향, 서쪽의 로한뿐이다.

로한의 기사들은 진군해 올 때 뜻밖에 드루아단숲의 야생인에게 도움을 받는다. 검산오름의 푸켈맨에게서 이어져 내려온 그 비밀스러운 종족은 기사들을 숨겨진 돌수레골짜기로 인도하면서 이렇게 말한다. "길은 잊혔지만 야인은 잊지 않는다. 언덕 위와 언덕 뒤에 그 길은 수풀과 나무 아래 뚫려 있고 […] 야인은 그 길을 알려 주겠다. 그럼 당신들은 고르군을 죽이고 빛나는 철로 나쁜 어둠을 물리치고, 우리는 거친 숲으로 돌아가 잠잘 수 있다."[1]

왼쪽 면에는 이 지역의 조감도(도판 122)가 있다.

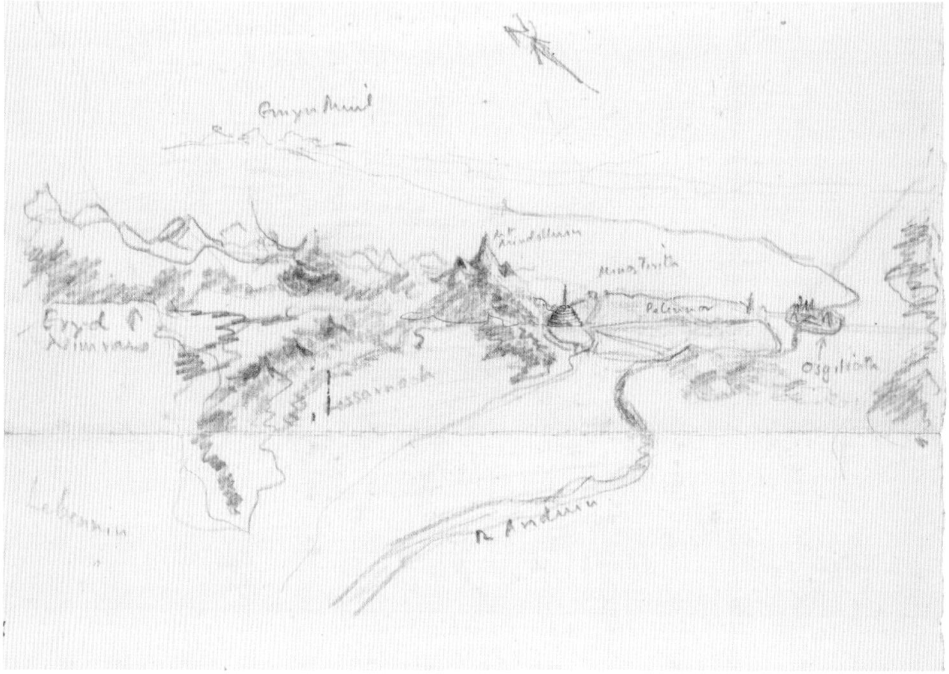

도판 122 백색산맥, 미나스 티리스, 오스길리아스의 조감도, 남동쪽에서 바라봄, [1946년경]. (Bodleian MS. Tolkien Drawings 122v)

1 톨킨 1954~1955, 5권, 5장.

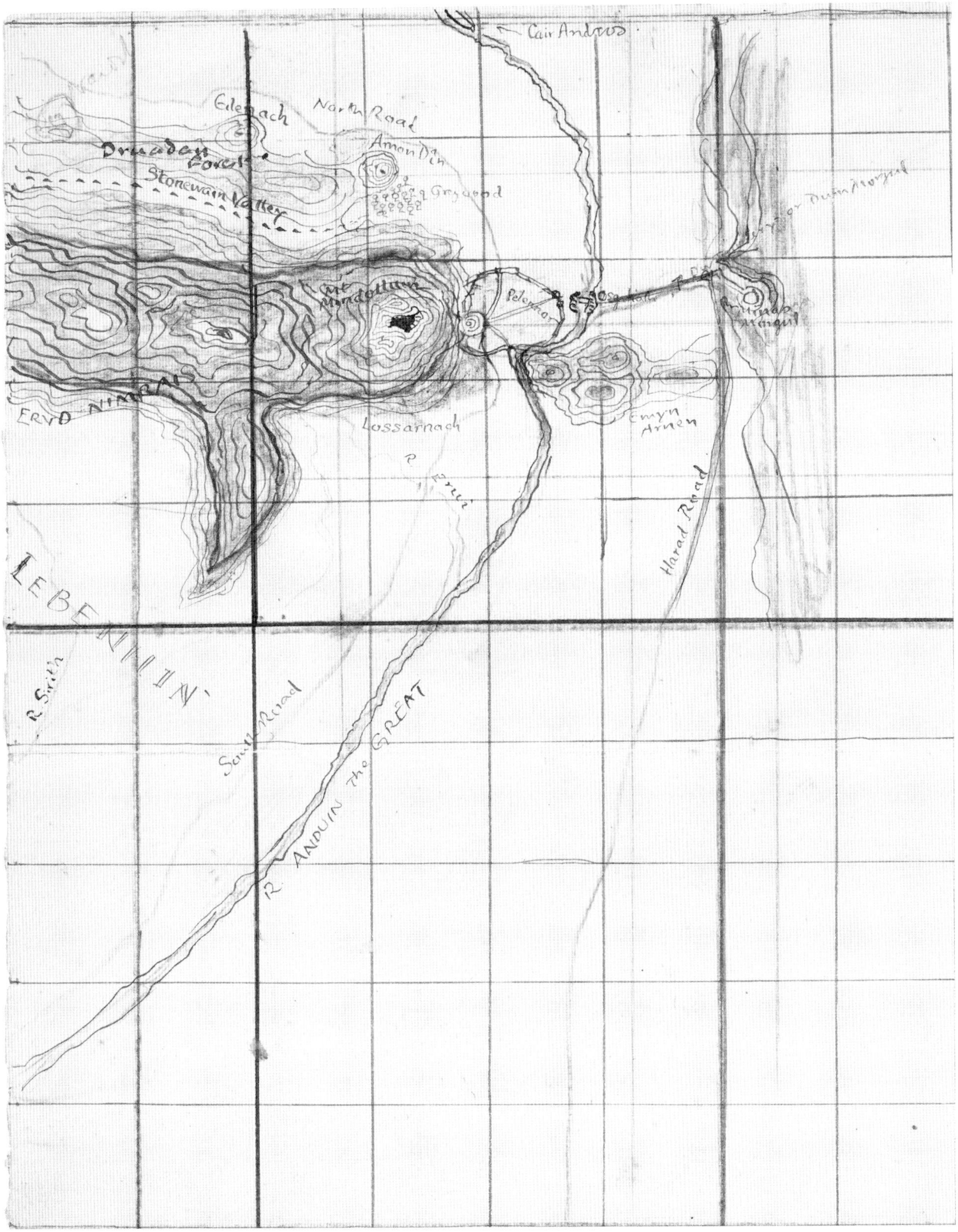

Cair Andros
Eilenach
North Road
Druadan Forest
Amon Dîn
Stonewain Valley
Greywood
Mt Mindolluin
Pelennor
Minas Morgul
ERED NIMRAIS
Lossarnach
R Erui
Emyn Arnen
Harad Road
LEBENNIN
R. Sirith
South Road
R. ANDUIN the GREAT

샤이어의 첫 번째 스케치 지도

[1938년]
연필, 푸른 잉크와 붉은 잉크
190×243mm
인쇄물: 톨킨 1988; 해먼드와 스컬 2015
MS. Tolkien Drawings 104r

샤이어는 『호빗』에서 중요한 곳이지만 본문에서 그 지명이 언급되지 않았고 지도로 그려지지도 않았다. 톨킨은 『반지의 제왕』을 집필하기 시작한 직후, 아마 1938년 초에, 샤이어의 첫 지도를 스케치했을 것이다. 각 변이 16킬로미터를 나타내도록 연필로 흐릿하게 바둑판무늬를 그리고 그 위에 서둘러 그린 작업용 지도였다. 도로와 강, 장소 같은 중요한 지리적 특징이 보이고, 보핀네, 볼저네, 조임띠네가 사는 곳을 표시하기 위해 호빗 가족들의 이름을 (연필로) 덧붙이기도 했다.

지도의 왼쪽 면에는 툭네 가계도와 "『반지의 제왕』의 기원"이라는 제목의 초기 플롯 메모가 있고, 그 메모에 이야기의 중요한 요소들이 등장한다. 당시 골목쟁이네 빙고라고 불린 주인공이 "두 조카와 출발한다. […] 묵은숲에서 길을 잃는다. 버드나무인간 그리고 고분악령과의 모험. T. 봄바딜 […] 반지는 결국 그것을 만든 자에게 돌아가야 한다."

176

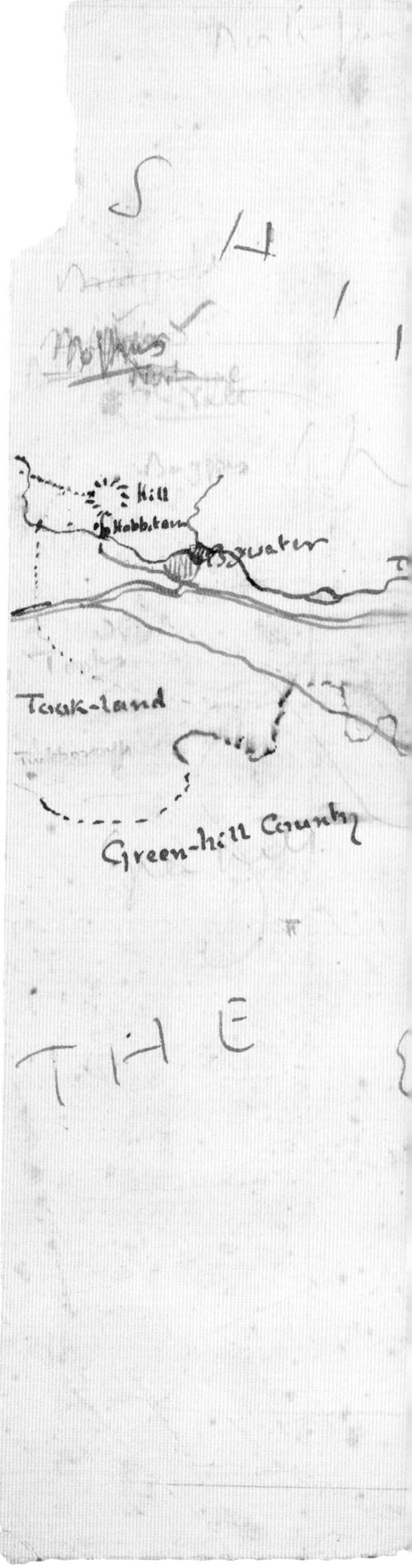

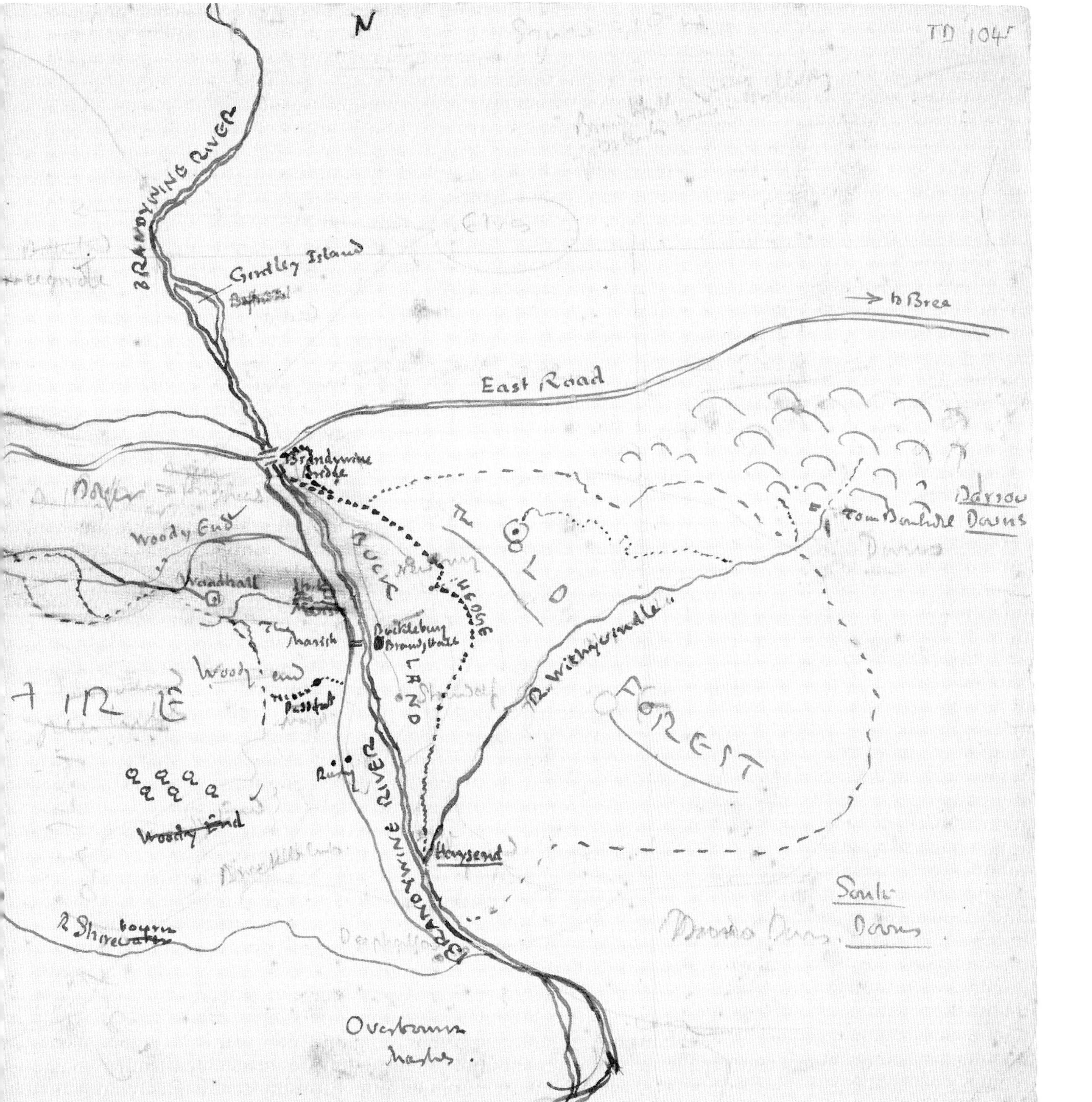
N
TD 104
BRANDYWINE RIVER
Girdley Island
to Bree
East Road
Brandywine Bridge
Woody End
Woodhall
The Marsh
Bucklebury
Brandy Hall
BUCK LAND
HEDGE
OLD FOREST
R. Withywindle
Haysend
Woody End
R Shirebourn
BRANDYWINE RIVER
South Downs
Barrow Downs
Overbourne Marshes

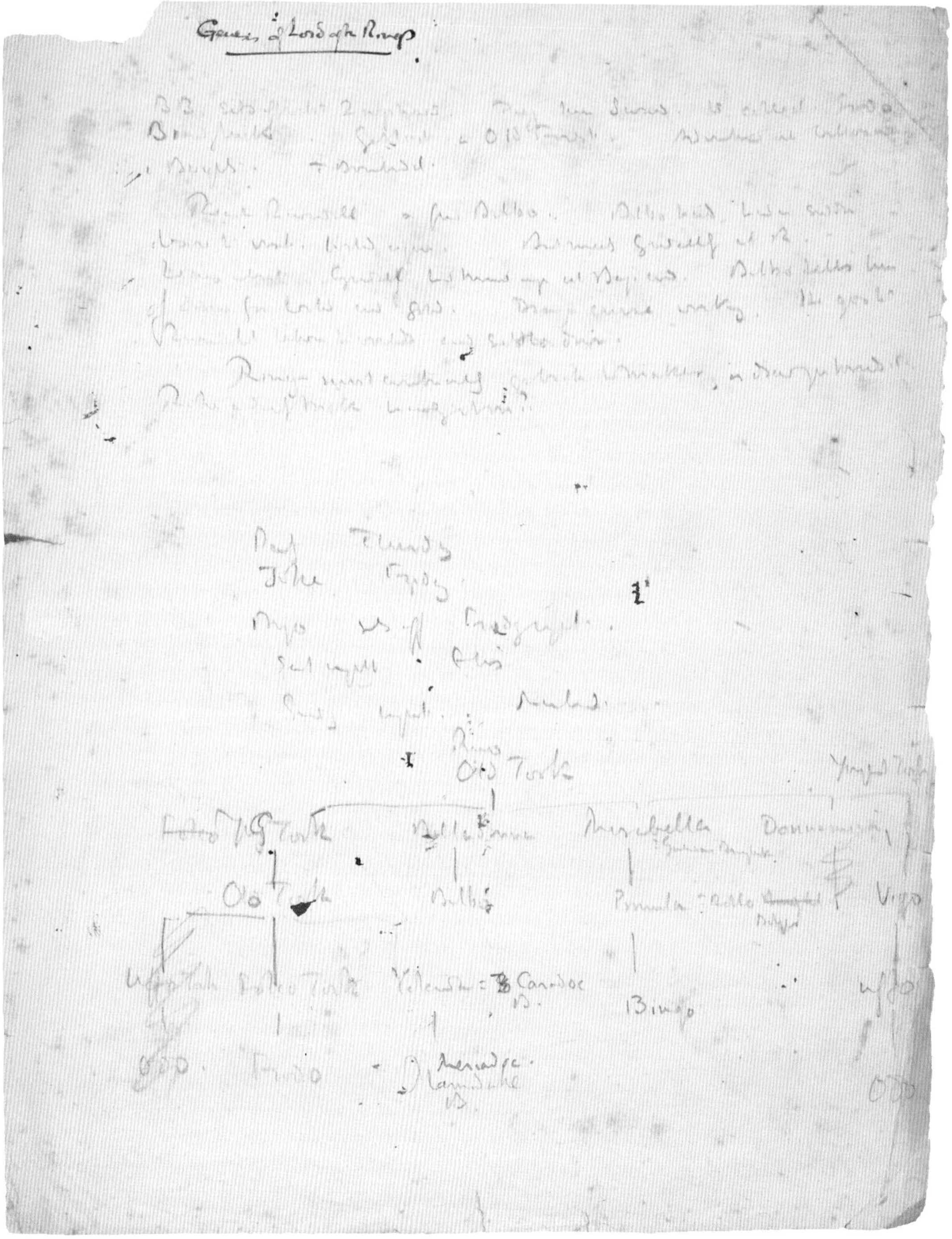

도판 123 샤이어 지도의 왼쪽 면에 있는 초기 플롯 메모, [1938년]. (Bodleian MS. Tolkien Drawings 104v)

‘호빗의 길이 단위’

[1950년대 초]
검은 잉크, 붉은색과 초록색 볼펜
1장, 158×102mm
출처: 크리스토퍼 톨킨이 마켓대학교에 기부, 1997년
대여: 위스콘신 주, 밀워키, 마켓대학교
전시: 밀워키 2004~2005; 뉴욕 2009
인쇄물: 해먼드와 스컬 2005
Marquette, MS. Tolkien Mss-4/2/19

이야기가 발전하고 가운데땅의 지리가 확대되면서 톨킨은 본문의 정확성을 위해 거리가 결정적으로 중요하다는 것을 깨달았다. 호빗은 “인간의 절반 크기”이고 다리가 짧은 존재로 묘사되었다. 그러므로 호빗이 하루에 얼마나 멀리 걸을 수 있는가의 문제가 생긴다. 메뉴 카드 뒷면에 적은 “호빗의 길이 단위”는 호빗들이 사용한 길이의 척도를 열거하는데, 가장 작은 단위는 호빗의 발톱 길이를 기준으로 삼았다. 각각의 척도에는 이름이 붙어 있고, 그중 일부는 ‘엘’(직물의 단위로 약 115센티미터) 같은 옛 영어 단어에 기반하고, 어떤 것은 “게이트”(보통 걸음걸이를 묘사할 때 쓰는 단어)처럼 영어 단어의 용도를 바꿔 사용한다. 톨킨은 세세한 것에 관심을 기울임으로써 독자들이 그가 상상한 세계의 ‘현실’에 몰입할 수 있게 했다. 훗날 그는 “『반지의 제왕』에서 나는 어느 누구도 하루에 갈 수 있는 것 이상으로 멀리 나아가지 못하게 했다”라고 말했다.[1]

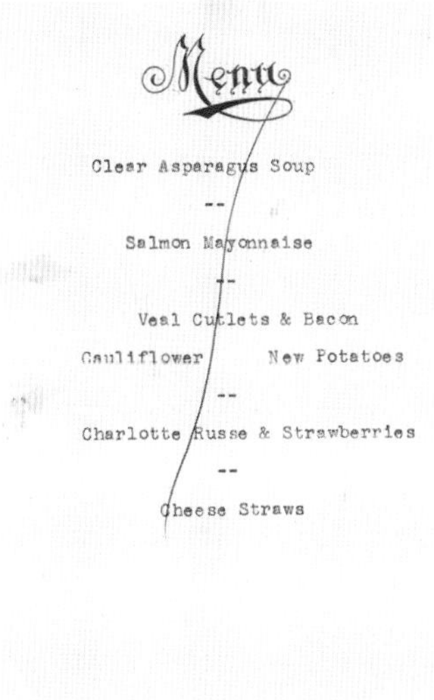

도판 124 ‘호빗의 길이 단위’의 왼쪽 페이지,
교직원 정찬 메뉴 카드, [1950년대 초].
(밀워키, 마켓대학교 도서관,
MS. Tolkien Mss-4/2/19)

1 플림머와 플림머 1968.

로한, 곤도르, 모르도르의 지도

[1948년경]
모눈종이에 연필, 푸른 잉크와 붉은 잉크, 색연필
385×491mm
전시: 런던 2016
인쇄물: 해먼드와 스컬 2015
MS. Tolkien Drawings 126

『왕의 귀환』에 실린 대축적 지도는 이 지도를 토대로 하여 '호빗 전승 지식의 공인된 학자'인 톨킨의 아들 크리스토퍼가 그린 것이다.[1] 훗날 톨킨은 "'전체 지도'로는 마지막 3부에 충분하지 않다는 것이 명백해졌을 때, 나는 많은 날들을 바쳐, 마지막 사흘간은 실제로 먹지도 않고 잠자리에 들지도 않으면서 큰 지도의 축도를 고치고 조정해서 그려야 했습니다. 그러고 나서 그(크리스토퍼)가 그것을 24시간 동안 (아침 6시부터 다음 날 아침 6시까지 잠자리에 들지 않고) 작업해서 겨우 시간에 맞춰 다시 그렸지요."라고 회고했다.[2]

출간된 지도에는 보이지 않지만 이 지도에는 프로도와 샘이 라우로스폭포에서 운명의 산으로 간 길이 표시되어 있고, 2월 26일부터 3월 7일까지 여정의 단계마다 날짜가 적혀 있다.

축척에 관한 메모(종이 상단에 붉은 잉크로 쓰인)를 보면 이 지도가 가운데땅 전체 지도의 다섯 배 비율로 확대되었음을 알 수 있다. 붉은색의 큰 정사각형 각각은 100제곱마일(256제곱킬로미터—역자 주)을 나타낸다.

1 카펜터와 톨킨 1981, p.247.
2 카펜터와 톨킨 1981, p.247.

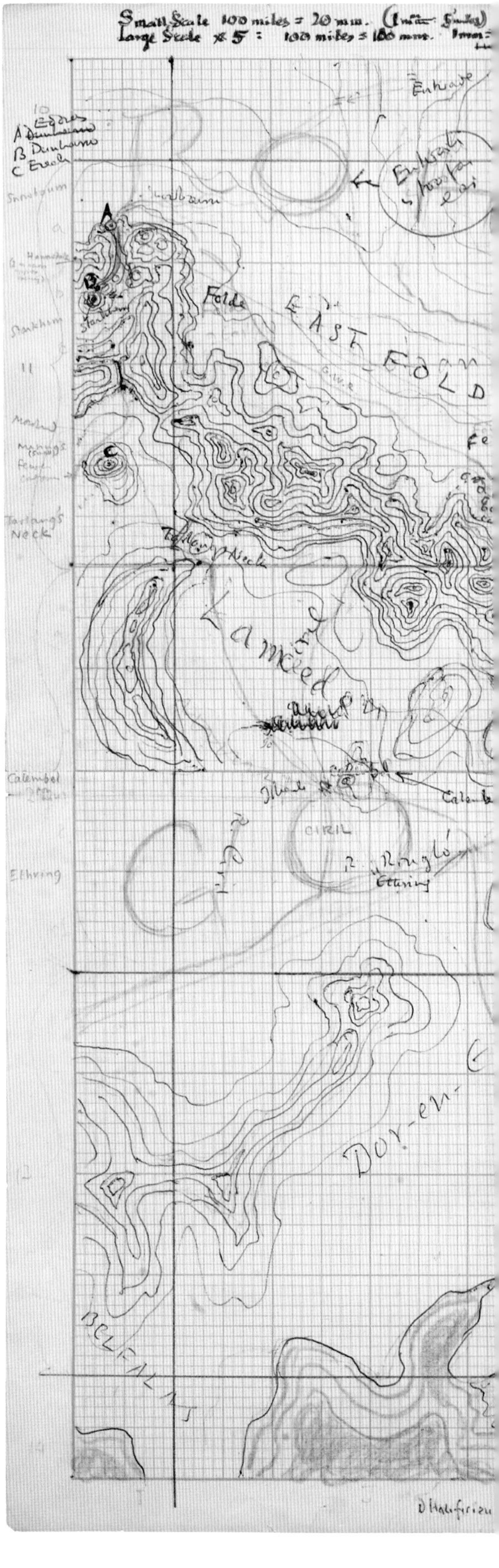

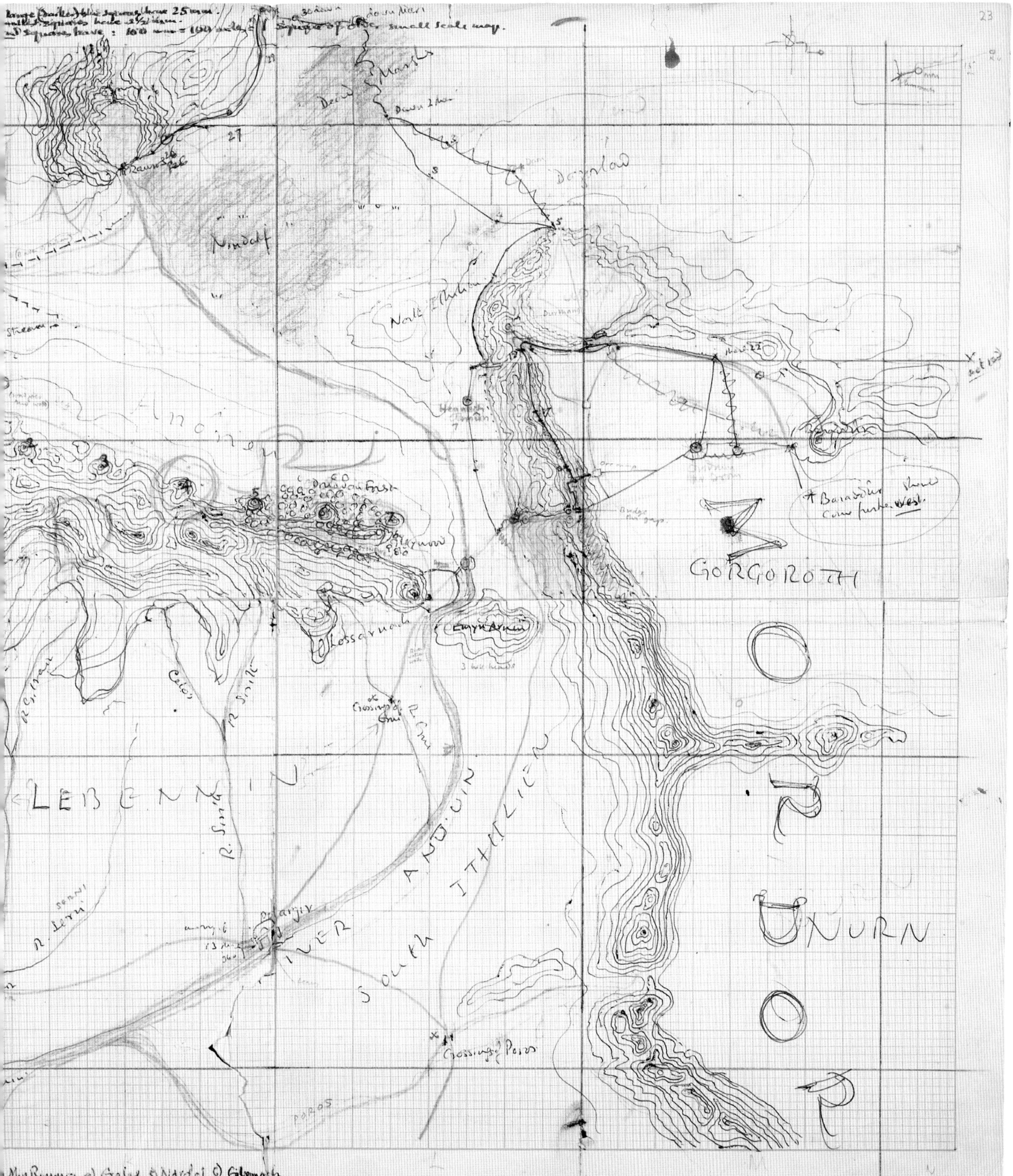

Dead Marshes
Dagorlad
Nindalf
North Ithilien
Druadan Forest
Lossarnach
Emyn Arnen
Crossings of Erui
R. Erui
R. Sirith
Celos
LEBENNIN
Pelargir
RIVER ANDUIN
SOUTH ITHILIEN
Crossings of Poros
Poros
GORGOROTH
NURN
Mt Rimmon 4) Erelas 5) Nardol 6) Gilenach
7) Amon Din

도판 125 로한, 곤도르, 모르도르의 지도,
크리스토퍼 톨킨의 그림. 1955년,
『왕의 귀환』에 수록. (Bodleian 25615 d.33)

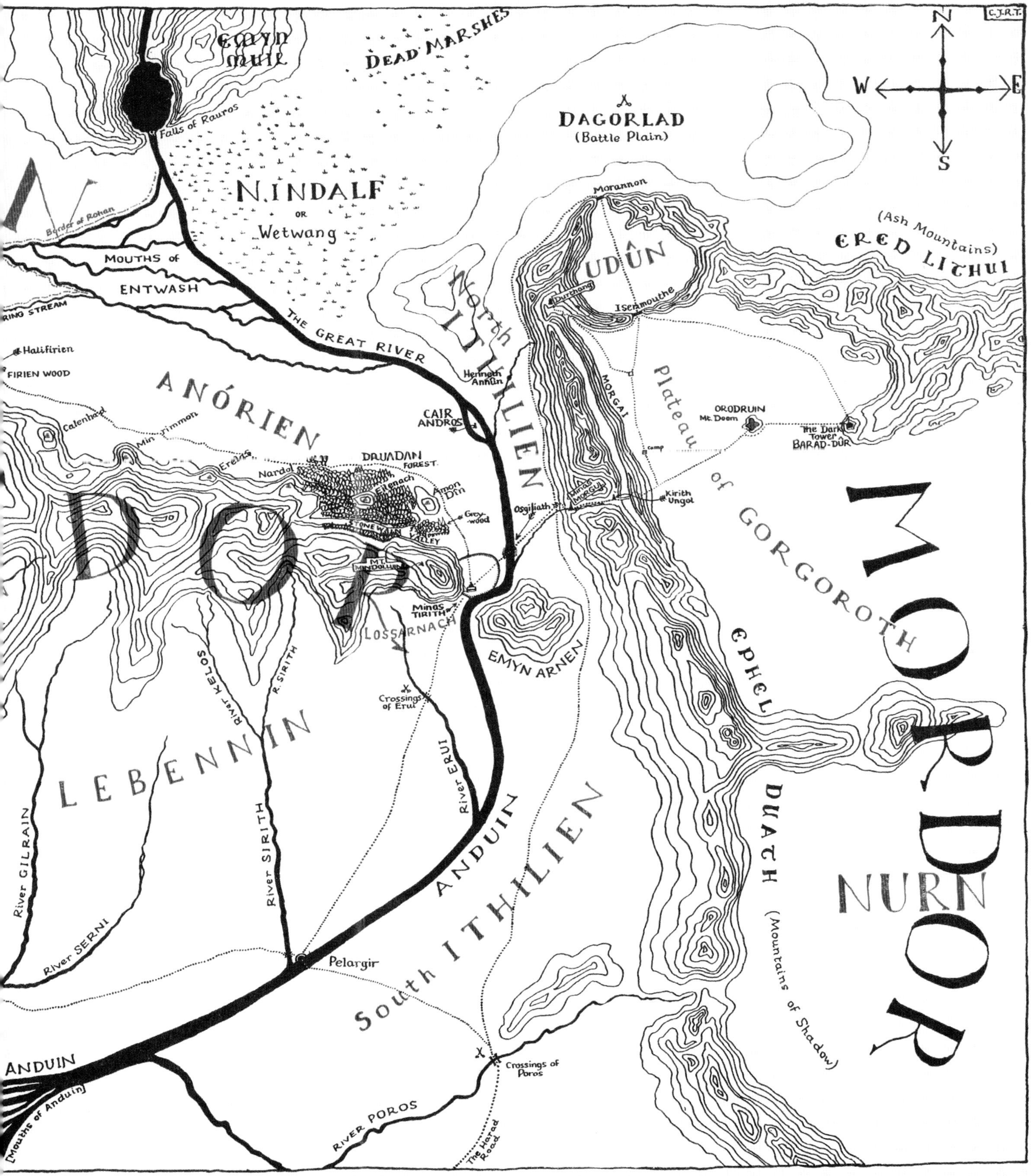
C.J.R.T.
N
S
E
W
EMYN MUIL
DEAD MARSHES
Falls of Rauros
DAGORLAD
(Battle Plain)
NINDALF
OR
Wetwang
Border of Rohan
MOUTHS OF
ENTWASH
RING STREAM
THE GREAT RIVER
Halifirien
FIRIEN WOOD
ANÓRIEN
Calenhad
Min-Rimmon
Erelas
Nardol
DRUADAN FOREST
Eilenach
Amon Dîn
Grey-wood
STONEWAIN VALLEY
MT. MINDOLLUIN
Minas Tirith
LOSSARNACH
CAIR ANDROS
Henneth Annûn
North ITHILIEN
Osgiliath
Morannon
UDÛN
Durthang
Isenmouthe
MORGAI
Plateau of GORGOROTH
(Ash Mountains)
ERED LITHUI
ORODRUIN
Mt. Doom
The Dark Tower
BARAD-DÛR
camp
Minas Morgul
Kirith Ungol
MORDOR
EMYN ARNEN
EPHEL DUATH
(Mountains of Shadow)
NURN
Crossings of Erui
River ERUI
River KELOS
R. SIRITH
River SIRITH
LEBENNIN
River GILRAIN
River SERNI
ANDUIN
South ITHILIEN
Pelargir
Crossings of Poros
RIVER POROS
The Harad Road
[Mouths of Anduin]

『반지의 제왕』의 첫 번째 지도

[1937~1949년경]
검은 잉크와 붉은 잉크, 푸른 잉크, 연필, 색연필
455×492mm
전시: 옥스퍼드 1992, 177번
인쇄물: 톨킨 1989; 해먼드와 스컬 2015
MS. Tolkien Drawings 103

이 지도(오른쪽 지도, 그리고 아래쪽의 부분 상세지도)는 톨킨이 소설을 집필하면서 주로 사용한 작업 지도이다. 연필로 쓰고 잉크로 덧쓴 지명들, 접혀서 닳은 자국, 이상하게 종이를 덧붙이고 갈색 소포 테이프로 고정시킨 것을 보면 이 지도가 오랫동안 빈번히 사용되었음을 알 수 있다. 안개산맥 서쪽으로 약간 불에 탄 구멍은 톨킨의 파이프 때문에 생겼을 것이다. 그는 고질적인 애연가였고 작업을 할 때 그 도움이 꼭 필요하다고 여겼다.

이 지도는『반지의 제왕』에 포함된 전체 지도보다 더 넓은 영역을 포괄하고 많은 지명이 첨가되었다. 북서 해안에서 떨어져 있는 톨 푸인섬(오래전에 가라앉은 타우르누푸인숲에서 한때 가장 높았던 곳), 남쪽으로 확장된 청색산맥에 있는 난쟁이들의 도시 벨레고스트(『실마릴리온』에서도 언급되는 극소수의 장소 중 하나), 포로켈빙만을 넘어 북쪽으로 이어지는 해안선, 그리고 남쪽 어둠숲에 있는 갈색의 라다가스트의 집 로스고벨을 볼 수 있다.

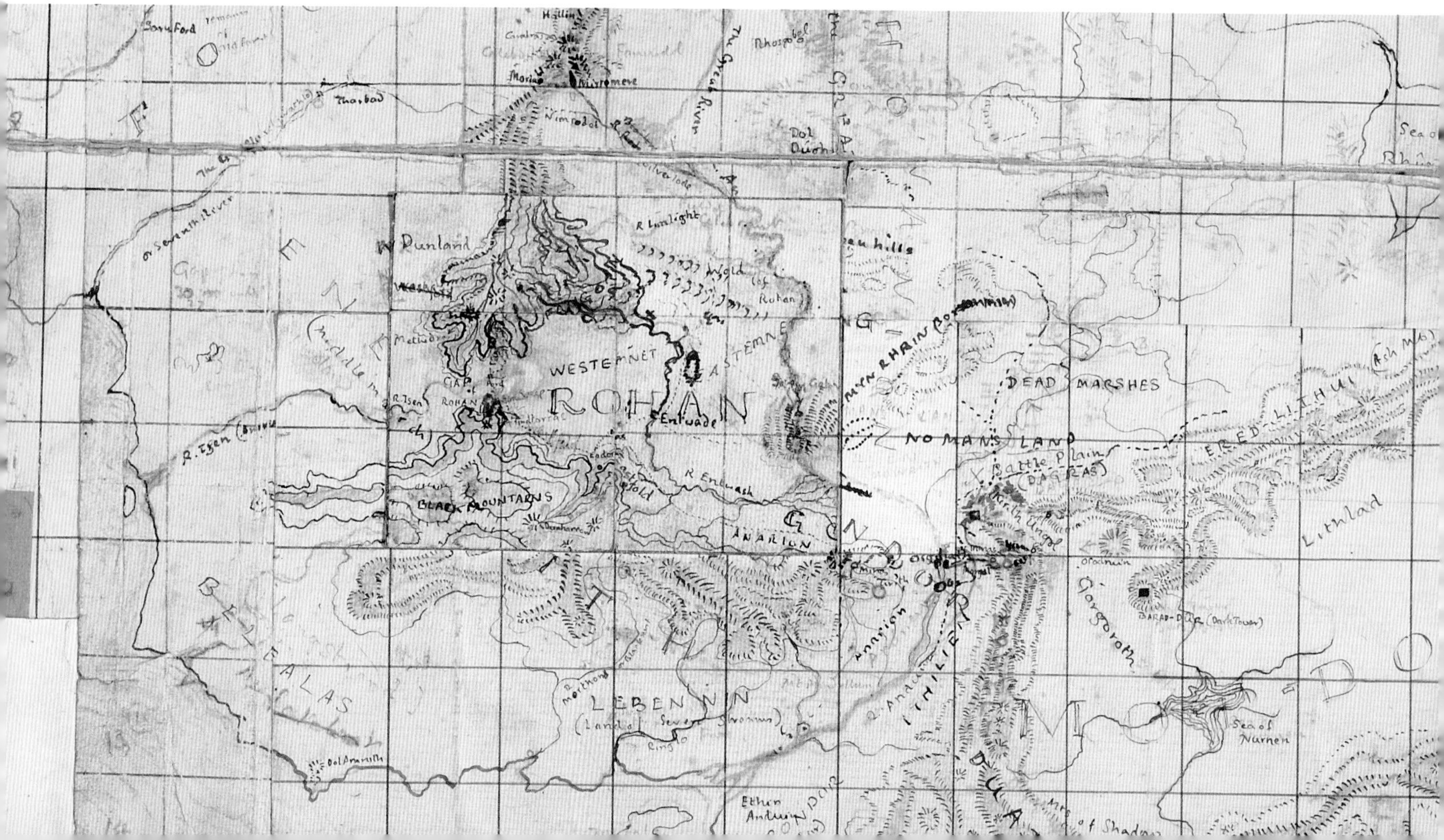

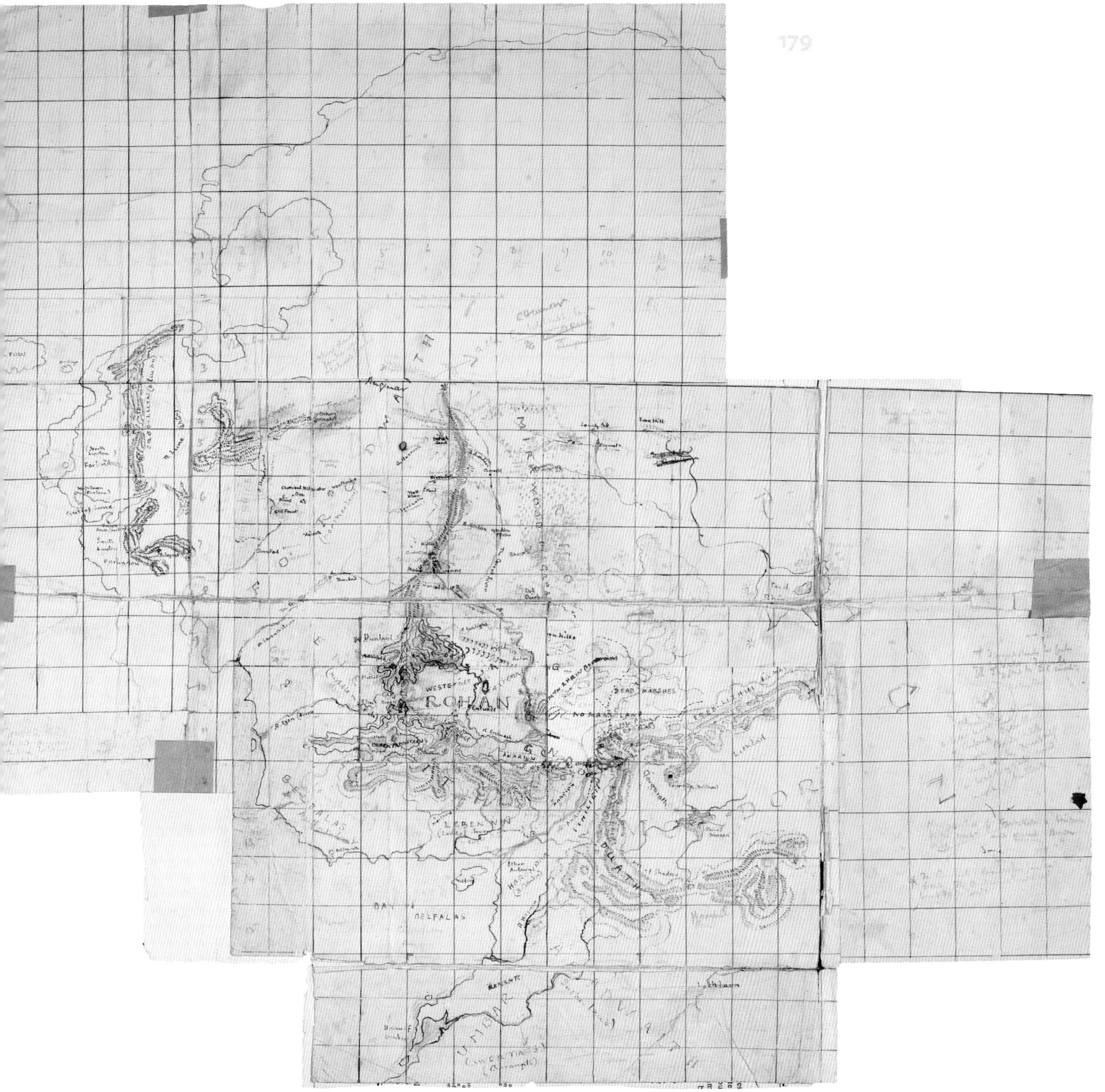
ROHAN
DEAD MARSHES
BAY
BELFALAS

곤도르와 모르도르의 지도

[1946년경]
검은 잉크와 푸른 잉크, 붉은 잉크, 연필, 색연필
222×286mm
인쇄물: 톨킨 1990; 해먼드와 스컬 2015
MS. Tolkien Drawings 123

톨킨은 5권을 집필할 때 사우론이 자기 세력을 곤도르에 풀어놓았을 때의 사건을 묘사하면서 이 지도를 사용했다. 이 지도가 찢어진 상태를 보면 여러 해 사용되었음을 알 수 있다. 자주 만지는 바람에 종이가 얇아졌고 써 넣은 글자들은 하도 문질러서 간신히 읽을 수 있을 정도이다. 지도를 계속 접다 보니 결국 세로로 찢어져서 소포 테이프로 대충 붙여야 했다. 찢어진 가장자리는 복구되지 않았고, 내용의 손실은 없지만 종이가 약간 떨어져 나갔다.

이 지도는 원래 기준 격자선에 맞춰 일관된 비율로 정확하게 그린 것이다. 지도상에 축척은 표시되어 있지 않지만 격자 정사각형의 기준은 첫 번째 지도(398~399쪽)에 제시된 기준과 동일하여, 2센티미터는 100마일(160킬로미터—역자 주)을 의미한다. 여러 색깔의 잉크와 색연필로 여러 차례 수정을 가한 이 지도는 흥미롭게도 톨킨의 창조 과정을 엿볼 수 있게 해준다.

R O H A
Westemnet
Eastemnet
LEBENNIN
Ethiri
Anduin
R. Poros
Lebennin

로한, 곤도르, 모르도르의 지도와 5권의 플롯 메모

[1944년 10월]
검은 잉크, 연필, 색연필
267×211mm
인쇄물: 톨킨 1990; 해먼드와 스컬 2015
MS. Tolkien Drawings 118~119

5권의 도입부를 위한 이 플롯 메모들은 이야기가 점점 세분화되면서 날짜들(과 달의 모양 변화)을 맞추고자 한다. 톨킨은 여러 가닥의 이야기들을 함께 모으고 시간대의 일관성을 확보하기 위해서 이 부분에 대해 적어도 다섯 개의 상이한 플롯 메모를 작성했다.

(아래쪽에 라우로스폭포의 원래 묘사대로 자세히 그린 오른쪽) 지도는 줄거리를 시각화하는 데 도움을 얻기 위해 그렸을 것이다. 이 지도는 이미 만든 첫 번째 지도(398~399쪽)와 정확히 일치하지는 않는데, 톨킨이 착상이 떠오르는 대로 재빨리 본문 밑에 그렸을 거라고 짐작할 수 있다. 나중에 그는 라우로스폭포와 죽음늪, 모르도르의 입구인 키리스 고르고르(이 지도에서는 Kirith Gorgor로 표기된)를 더 정확하게 묘사하기 위해서 안두인대하 상류의 흐름을 바꾼 부분을 첨부했다.

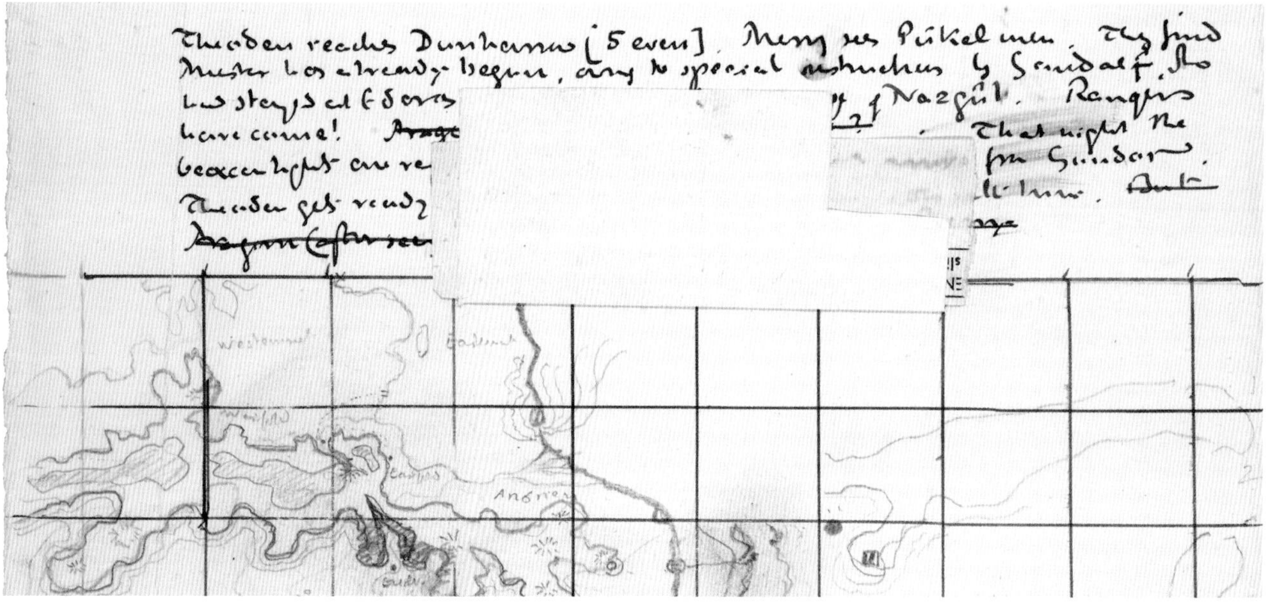

Gandalf and Pippin ride to Minas Tirith [3/4, 4/5 5/6] arriving at the Outer Wall of Pelennor at daybreak and seeing sunrise on the White Tower on morn of Feb 6. On night of 5/6 they see the beacons flare up, and are passed by messengers riding to Rohan. Pippin sees moonrise about 9 p.m.

[Gandalf and P. come into the presence of Denethor. [Description of M.T. and its 7 concentric walls and gates]. Empty throne. Denethor has a seat in front. ~~He has a secret~~ They exchange news. Reason of beacons. News of scouts [illegible] that 'storm is coming'; Southrons are marching in; most of all — a great fleet from South is appr. the mouths of Anduin. Muster (?) of Rohan is going apace — catalogue.

(7) Great Darkness spreads from East. Faramir returns. Pippin on the Battlements.

—

Theoden reaches Dunharrow [5 even]. Merry sees Púkel men. They find Muster has already begun, owing to special instructions by Gandalf, who has stopped at Edoras on 4 and owing to passage of Nazgûl. Rangers have come! ~~Aragorn and Eomer ... Now?~~. That night the beacon light are re[...] from Gondor. Theoden gets ready [...] ... ~~But~~ ~~Aragorn (after ...~~

EN Envelope by gumming this Label over top.
slitting Label at top instead of tearing Envelope.

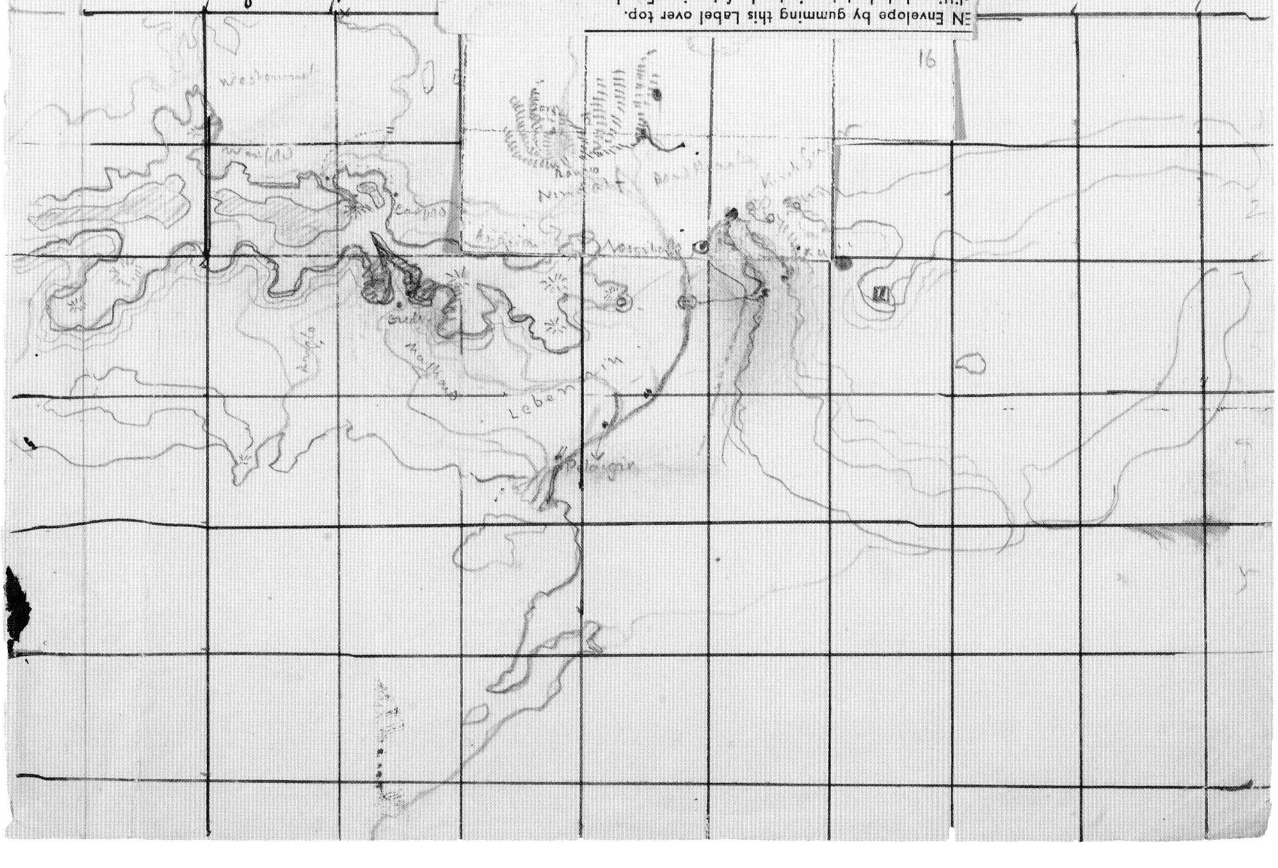

기고자

캐서린 맥일웨인은 보들리언 도서관의 톨킨 기록 보관 담당자이며 2003년 이후로 톨킨 기록보관소에서 일해 왔다.

존 가스는 『톨킨과 세계대전: 가운데땅의 발단』(2003), 『엑서터대학의 톨킨: 옥스퍼드 학부생이 어떻게 가운데땅을 창조했는가』(2014)의 저자이다.

벌린 플리거는 톨킨의 작품에 대한 저서 다섯 권, 『쪼개진 빛』, 『시간의 문제』, 『중단된 음악』, 『초록 태양과 요정나라』, 『요정 이야기는 영원할 것이다』를 집필했다. 또한 『큰 우튼의 대장장이』, 『쿨레르보 이야기』, 『아오투와 이툰의 노래』를 편집했다. 더글러스 A. 앤더슨과 『톨킨의 요정 이야기에 관하여』를 공동 편집했고, 칼 F. 호스테터와 『톨킨의 레젠다리움: 가운데땅의 역사에 대한 에세이집』를 편집했다.

칼 F. 호스테터는 크리스토퍼 톨킨이 가운데땅의 언어에 관한 톨킨의 저서를 편집하고 출간하도록 선정한 팀의 일원이다. 그는 톨킨의 언어학 저널, 《비냐르 텡과르》의 편집인이고, 톨킨이 창안한 언어들과 관련된 주제에 대해 많은 논문을 발표했다.

톰 시피는 옥스퍼드와 하버드를 포함한 여러 대학교에서 가르쳤고 14년간 리즈대학교에서 톨킨의 옛 교수직으로 재직했다. 톨킨에 관한 세 권의 저서, 『가운데땅으로 가는 길』(1982), 『톨킨: 세기의 작가』(2000), 『뿌리와 가지: 톨킨에 관한 정선된 논문』(2007)을 집필했다.

웨인 G. 해먼드는 매사추세츠 윌리엄스대학의 채핀 도서관장으로 J.R.R. 톨킨(1993)과 아서 랜섬(2000)의 권위 있는 참고문헌 저자이다. 아내 크리스티나 스컬과 함께 톨킨의 『반지의 제왕』(2004~2005)을 포함한 여러 작품을 편집했고, 무엇보다도 『반지의 제왕: 독자를 위한 안내서』(2005)와 톨킨의 그림에 관한 세 권의 책을 공동 집필했다.

크리스티나 스컬은 런던 존 소운 경의 박물관 사서였으며 『소운 호가스』(1991)를 집필했다. 남편 웨인 해먼드와 함께 톨킨의 『로버랜덤』(1998), 『햄의 농부 가일스』(1999) 및 다른 작품들을 공동 편집했고 가장 최근에 『J.R.R. 톨킨 안내서와 길잡이』(2017)의 새 판본을 공동 집필했다.

감사의 글

마켓대학교에서 관대하게 대여해 준 자료 덕분에 전시와 목록이 풍부해졌다. 나는 특히 마켓대학교의 톨킨 문서 보관 담당자인 윌리엄 플리스의 여러 해에 걸친 전문적 조언과 도움, 호의에 감사하고 싶다. 또한 보들리언 도서관의 동료들, 특히 매들린 슬레이븐의 창조적 접근과 긍정적인 태도에, 그리고 제레미 맥일웨인의 변함없는 지지에 감사드린다. 이 기획은 톨킨 재단과 톨킨 가족의 비전과 격려가 없었더라면 가능하지 않았을 것이다. 특히 캐슬린 블랙번, 프리실라 톨킨과 크리스토퍼 톨킨, 베일리 톨킨에게 감사드리고 싶다.

캐서린 맥일웨인

정선된 참고문헌

『호빗』과 『반지의 제왕』에는 다양한 판본이 있으므로 『호빗』은 장별로, 『반지의 제왕』은 권과 장별로 관련 문헌을 제공한다. '실마릴리온' 관련 문헌은 특별한 언급이 없는 한 미출간 상태의 작품을 의미한다.

에세이THE ESSAYS

J.R.R. 톨킨: 간략한 전기

스컬과 해먼드 2006: C. Scull and W.G. Hammond, *The J.R.R. Tolkien Companion and Guide*, HarperCollins, London, 2006

옥스퍼드 1992: J. Priestman, *J.R.R. Tolkien: Life and Legend*, Bodleian Library, Oxford, 1992

카펜터 1977: H. Carpenter, *J.R.R. Tolkien: A Biography*, George Allen & Unwin, London, 1977

카펜터 1978: H. Carpenter, *The Inklings*, George Allen & Unwin, London, 1978

카펜터와 톨킨 1981: H. Carpenter and C.R. Tolkien, eds, *The Letters of J.R.R. Tolkien*, George Allen & Unwin, London, 1981

톨킨과 톨킨 1992: J. Tolkien and P. Tolkien, *The Tolkien Family Album*, HarperCollins, London, 1992

톨킨과 잉클링스 모임

가스 2017: J. Garth, 'When Tolkien reinvented Atlantis and Lewis went to Mars', blog post, 31 March 2017 (https://johngarth.wordpress.com/2017/03/31/when-tolkienreinventedatlantis-and-lewis-went-tomars/)

글리어 2007: D. Glyer, *The Company They Keep*, Kent State University Press, Kent, OH, 2007

길리버 2016: P. Gilliver, 'The First Inkling: Edward Tangye-Lean', *Journal of Inklings Studies*, vol. 6, no. 2 (October 2016), p.74~75

듀리에즈 2015: C. Duriez, *The Oxford Inklings: Lewis, Tolkien and their Circle*, Lion, Oxford, 2015

랜슬린 그린과 후퍼 2002: R. Lancelyn Green and W. Hooper, *C.S. Lewis: A Biography*, HarperCollins, London, 2002

루이스 1942: Preface to *Essays Presented to Charles Williams*, ed. C.S. Lewis, Oxford University Press, Oxford, 1947

루이스 1960: C.S. Lewis, *The Four Loves*, New York, Harcourt, Brace, 1960; repr. Harcourt, 1991

루이스 1991: C.S. Lewis, *All My Road Before Me: The Diary of CS Lewis 1992~1927*, HarperCollins, London, 1991; Fount imprint 1992

루이스 2000, 2004, 2006: C.S. Lewis, *Collected Letters*, vol. 1: *Family Letters 1905~1931*, HarperCollins, London, 2000; vol. 2: *Books, Broadcasts and War 1931~1949*, HarperCollins, London, 2004; vol. 3: *Narnia, Cambridge and Joy 1950~1963*, HarperCollins, London, 2006

루이스 1982: W.H. Lewis, *Brothers and Friends: The Diaries of Major Warren Hamilton Lewis*, ed. Clyde S. Kilby and Marjorie L. Mead, Harper & Row, New York, 1982

루이스 1983: W.H. Lewis, 'Memoir', in *Letters of C.S. Lewis*, revised and expanded edn., ed. Walter Hooper, Harcourt, New York, 1983

린돕 2015: G. Lindop, *Charles Williams: The Third Inkling*, Oxford University Press, Oxford, 2015

세이어 1988: G. Sayer, *Jack: A Life of C.S. Lewis*, Macmillan, London, 1988

쇼필드 1983: S. Schofield, ed., *In Search of C.S. Lewis*, Bridge, South Plainfield, NJ, 1983

스컬과 해먼드 2006: C. Scull and W.G. Hammond, *The J.R.R. Tolkien Companion and Guide: Chronology*, HarperCollins, London, 2006

웨인 1962: J. Wain, *Sprightly Running*, Edinburgh: R & R Clark, 1962

잘레스키와 잘레스키 2015: P. Zaleski and C. Zaleski, *The Fellowship: The Literary Lives of the Inklings*, Farrar, Straus & Giroux, New York, 2015

카펜터 1978: H. Carpenter, *The Inklings*, George Allen & Unwin, London, 1978

카펜터와 톨킨 1995: J.R.R. Tolkien, *The Letters of J.R.R. Tolkien*, expanded ed., ed. H. Carpenter with C.R. Tolkien, HarperCollins, London, 1995

크리스핀 1947/2017: E. Crispin, *Swan Song*, Victor Gollancz, London, 1947; Ipso edition, 2017

톨킨 1985: J.R.R. Tolkien, *The Lays of Beleriand*, ed. C.R. Tolkien, George Allen & Unwin, London, 1985

톨킨 1992: J.R.R. Tolkien, *Sauron Defeated*, ed. C.R. Tolkien, HarperCollins, London, 1992

톨킨 2012: J.R.R. Tolkien, *The Qenya Alphabet* (*Parma Eldalamberon 20*), ed. Arden R. Smith, Parma Eldalamberon, Mountain View, CA, 2012

요정나라Faërie: 톨킨의 위험천만한 나라

다르덴 1979: S.T.R.O. d'Ardenne, 'The Man and the Scholar', in *J.R.R. Tolkien, Scholar and Story-teller: Essays in Memoriam*, ed. R. Farrell and M. Salu, Cornell University Press, Ithaca, NY, 1979, p.34~35

말로리 1971: Sir Thomas Malory, *Works*, 2nd ed., ed. Eugene Vinaver, Oxford University Press, London, 1971

모리스 1900: W. Morris, *The House of the Wolfings*, Longmans, Green & Co., London, 1900

초서 1987: G. Chaucer, *The Riverside Chaucer*, 3rd ed., ed. L. Benson, Houghton Mifflin Company, Boston, MA, 1987

카펜터와 톨킨 1981: *The Letters of J.R.R. Tolkien*, ed. H. Carpenter and C.R. Tolkien, Houghton Mifflin Company, Boston, MA, 1981

코헨 2009: C. Cohen, 'The Unique Representation of Trees in *The Lord of the Rings*', in *Tolkien Studies*, vol. 6, ed. D.A. Anderson, M.D.C. Drout and V. Flieger, West Virginia University Press, Morgantown, WVA, 2009, p.91~125

톨킨 1937: J.R.R. Tolkien, *The Hobbit*, George Allen & Unwin, London, 1937

톨킨 1954~1955: J.R.R. Tolkien, *The Lord of the Rings*, 3 vols, George Allen & Unwin, London, 1954~1955

톨킨 1983: J.R.R. Tolkien, *The Monsters and the Critics and Other Essays*, ed. C.R. Tolkien, George Allen & Unwin, London, 1983

톨킨 1992: J.R.R. Tolkien, *Sauron Defeated*, vol. 9 of *The History of Middle-earth*, ed. C.R. Tolkien, HarperCollins, London, 1992

패럴과 살루 1979: R. Farrell and M. Salu, eds, *J.R.R. Tolkien, Scholar and Storyteller: Essays in Memoriam*, Cornell University Press, Ithaca, NY, 1979

플리거 1997: V. Flieger, *A Question of Time: J.R.R. Tolkien's Road to Faërie*, The Kent State University Press, Kent, OH, 1997

플리거 2005: J.R.R. Tolkien, *Smith of Wootton Major*, extended ed., ed. V. Flieger, HarperCollins, London, 2005

플리거와 앤더슨 2008: J.R.R. Tolkien, *Tolkien On Fairy-Stories*, ed. V. Flieger and D.A. Anderson, HarperCollins, London, 2008

요정어의 창조

가스 2003: J. Garth, *Tolkien and the Great War*, HarperCollins, London, 2003

길슨 2000: C. Gilson, 'Gnomish Is Sindarin', in *Tolkien's Legendarium: Essays on the History of Middle-earth*, ed. V. Flieger and C.F. Hostetter, Greenwood Press, Westport, CT, 2000, p.95~104

길슨 외 1995~2015: *Parma Eldalamberon: The Book of Elven-tongues*, ed. C. Gilson, C.F. Hostetter, A.R. Smith, B. Welden and P.H. Wynne, vols 11~22, 1995~2015

스미스 2007: A. Smith, 'Alphabets, Invented', in *J.R.R. Tolkien Encyclopedia: Scholarship and Critical Assessment*, ed. M.D.C. Drout, Routledge, London, 2007, p.11~14

톨킨 1983A: J.R.R Tolkien, *The Book of Lost Tales, Part I*, ed. C.R. Tolkien, George Allen & Unwin, London, 1983

톨킨 1983B: J.R.R. Tolkien, *The Monsters and the Critics and Other Essays*, ed. C.R. Tolkien, George Allen & Unwin, London, 1983

톨킨 1984: J.R.R Tolkien, *The Book of Lost Tales, Part II*, ed. C.R. Tolkien, George Allen & Unwin, London, 1984

톨킨 1987: J.R.R. Tolkien, *The Lost Road and Other Writings*, ed. C.R. Tolkien, Unwin Hyman, London, 1987

톨킨 2000: J.R.R. Tolkien, 'Notes on *Ore*', *Vinyar Tengwar*, no. 41 (July 2000)

피미와 히긴스 2016: J.R.R. Tolkien, *A Secret Vice: Tolkien on Invented Languages*, ed. D. Fimi and A. Higgins, HarperCollins, London, 2016

해먼드와 스컬 2006: *The Lord of the Rings 1954~2004: Scholarship in Honor of Richard E. Blackwelder*, ed. W.G. Hammond and C. Scull, Marquette University Press, Milwaukee, WI, 2000

호스테터 2006: C.F. Hostetter, 'Elvish as She is Spoke', in Hammond and Scull 2006, p.231~255

호스테터 2007a: C.F. Hostetter, 'Languages Invented by Tolkien', in *J.R.R. Tolkien Encyclopedia: Scholarship and Critical Assessment*, ed. M.D.C. Drout, Routledge, London, 2007, p.332~344

호스테터 2007b: C.F. Hostetter, 'Tolkienian Linguistics: The First Fifty Years', in *Tolkien Studies*, vol. 4, ed. D.A. Anderson, M.D.C. Drout and V. Flieger, West Virginia University Press, Morgantown, WVA, 2007, p.1~46

호스테터와 윈 2003~2004: *Addenda and Corrigenda to the Etymologies* by C.F. Hostetter and P.H. Wynne, in *Vinyar Tengwar*, nos 45 and 46 (2003~2004)

톨킨과 '북구의 고귀한 정신'

고든 1957: E.V. Gordon, *An Introduction to Old Norse*, 2nd edn, revised by A.R. Taylor, Clarendon Press, Oxford, 1957

네켈과 쿤 1962: G. Neckel and H. Kuhn, eds, *Edda*, vol. 1, Carl Winter, Heidelberg, 1962

루이스 1955: C.S. Lewis, *Surprised by Joy*, Geoffrey Bles, London, 1955

번스 2005: M. Burns, *Perilous Realms; Celtic and Norse in Tolkien's Middle-earth*, University of Toronto Press, Toronto, 2005

시피 2005a: T.A. Shippey, *The Road to Middle-earth*, revised and expanded ed., HarperCollins, London, 2005 (1st ed., 1982)

시피 2005b: T. Shippey, ed., *The Shadowwalkers: Jacob Grimm's Mythology of the Monstrous*, ACMRS, Tempe, AZ, 2005

애커와 래링턴 2013: P. Acker and C. Larrington, eds, *Revisiting the Poetic Edda: Essays on Old Norse heroic Legend*, Routledge, New York and London, 2013

애서턴 2012: M. Atherton, *There and Back Again: J.R.R. Tolkien and the Origins of The Hobbit*, I.B.Tauris, London, 2012

운 2000: A. Wawn, *The Vikings and the Victorians: Inventing the Old North in Nineteenth-Century Britain*, D.S. Brewer, Cambridge, 2000

챈스 2013: J. Chance, ed., *Tolkien the Medievalist*, Routledge, London and New York, 2013

카펜터와 톨킨 1981: *The Letters of J.R.R. Tolkien*, ed. H. Carpenter and C.R. Tolkien, George Allen & Unwin, London, 1981

톨킨 1937: J.R.R. Tolkien, *The Hobbit*, George Allen & Unwin, London, 1937

톨킨 1954~1955: J.R.R. Tolkien, *The Lord of the Rings*, 3 vols, George Allen & Unwin, London, 1954~1955

톨킨 1977: J.R.R. Tolkien, *The Silmarillion*, ed. C.R. Tolkien, George Allen & Unwin, London, 1977

톨킨 1987: J.R.R. Tolkien, *The Lost Road and Other Writings*, ed. C.R. Tolkien, George Allen & Unwin, Oxford, 1987

톨킨 1997: C.R. Tolkien, ed., *The Monsters and the Critics and Other Essays*, paperback ed., HarperCollins, London, 1997

헬가손 2017: J.K. Helgason, *Echoes of Valhalla: The Afterlife of the Eddas and Sagas*, trans. J.V. Appleton, Reaktion Books, London, 2017

톨킨의 시각 예술

카펜터 1977: H. Carpenter, *J.R.R. Tolkien: A Biography*, George Allen & Unwin, London, 1977

카펜터와 톨킨 1981: *The Letters of J.R.R. Tolkien*, ed. H. Carpenter and C.R. Tolkien, George Allen & Unwin, London, 1981
톨킨 1979: J.R.R. Tolkien, *Pictures by J.R.R. Tolkien*, ed. C.R. Tolkien, George Allen & Unwin, London, 1979
톨킨 1988: J.R.R. Tolkien, *Tree and Leaf*, Unwin Hyman, London, 1988
해먼드와 스컬 1998: W.G. Hammond and C. Scull, *J.R.R. Tolkien: Artist and Illustrator*, HarperCollins, London, 1998
해먼드와 스컬 2011: W.G. Hammond and C. Scull, *The Art of The Hobbit by J.R.R. Tolkien*, HarperCollins, London, 2011
해먼드와 스컬 2015: W.G. Hammond and C. Scull, *The Art of The Lord of the Rings by J.R.R. Tolkien*, HarperCollins, London, 2015

카탈로그 THE CATALOGUE

1차 자료

S.J. 레이너 기념 도서관 S.J. RAYNOR MEMORIAL LIBRARY, Marquette University, Milwaukee
국립 기록보관소 NATIONAL ARCHIVES, London
매리언 E. 웨이드 센터 MARION E. WADE CENTER, Wheaton College, Illinois
보들리언 도서관 BODLEIAN LIBRARY, University of Oxford
엑서터대학 EXETER COLLEGE, University of Oxford
영국 국립 도서관 BRITISH LIBRARY, London
영국 출판 및 인쇄 기록보관소 ARCHIVE OF BRITISH PUBLISHING AND PRINTING, University of Reading
하퍼콜린스 HARPERCOLLINS, London

2차 자료

가스 2003: J. Garth, *Tolkien and the Great War*, HarperCollins, London, 2003
가스 2014: J. Garth, *Tolkien at Exeter College*, Exeter College, Oxford, 2014
그레이프 1994: W. Grape, *The Bayeux Tapestry: Monument to a Norman Triumph*, Prestel, Munich, 1994
길리버 외 2006: P. Gilliver, J. Marshall and E. Weiner, *The Ring of Words: Tolkien and the Oxford English Dictionary*, Oxford University Press, Oxford, 2006
길슨 1991: C. Gilson, 'Letters to VT', *Vinyar Tengwar*, no. 17 (May 1991), p.1~2
길슨 외 1995~2015: *Parma Eldalamberon: The Book of Elven-tongues*, ed. C. Gilson, C.F. Hostetter, A.R. Smith, B. Welden and P.H. Wynne, vols 11~22, 1995~2015
레이트리프 2007: J.D. Rateliff, *The History of The Hobbit*, 2 vols, HarperCollins, London, 2007
매디코트 1981: J.R.L. Maddicott, *Exeter College Oxford*, Thomas-Photos, Oxford, [1981]
밀워키 1987: *J.R.R. Tolkien: The Hobbit Drawings, Watercolours, and Manuscripts, June 11~September 30, 1987*, exh. cat., Marquette University, Milwaukee, 1987
밀워키 2004: *The Invented Worlds of J.R.R. Tolkien: Drawings and Original Manuscripts from the Marquette University Collection October 21, 2004~January 30, 2005*, exh. cat., Marquette University, Milwaukee, 2004
브로건 1997: *Signalling from Mars: the Letters of Arthur Ransome*, ed. H. Brogan, Jonathan Cape, London, 1997
번과 펜즐러 1971: *Attacks of Taste*, ed. E.B. Byrne and O.M. Penzler, Gotham Book Mart, New York, 1971
스미스 1992: A.R. Smith, 'The subscript dot: a new tehta usage', *Vinyar Tengwar*, no. 25 (September 1992), p.7
스컬과 해먼드 1998: J.R.R. Tolkien, *Roverandom*, ed. C. Scull and W.G. Hammond, HarperCollins, London, 1998
스컬과 해먼드 1999: J.R.R. Tolkien, *Farmer Giles of Ham*, ed. C. Scull and W.G. Hammond, HarperCollins, London, 1999
스컬과 해먼드 2006: C. Scull and W.G. Hammond, *The J.R.R. Tolkien Companion and Guide*, 2 vols, HarperCollins, London, 2006
스컬과 해먼드 2014: J.R.R. Tolkien, *The Adventures of Tom Bombadil*, ed. C. Scull and W.G. Hammond, HarperCollins, London, 2014
시블리 2001: B. Sibley, *J.R.R. Tolkien: an Audio Portrait*, BBC Worldwide Ltd, 2001
시피 2005: T.A. Shippey, *The Road to Middle-earth*, revised and expanded ed., HarperCollins, London, 2005 (1st ed., 1982)
앤더슨 2003: D.A. Anderson, *The Annotated Hobbit*, revised and expanded ed., HarperCollins, London, 2003 (1st ed., 1988)
언윈 1999: R. Unwin, *George Allen & Unwin: A Remembrancer*, Merlin Unwin Books, Ludlow, 1999
에자드 1966: J. Ezard, 'The Hobbit Man', *Oxford Mail*, 3 Aug 1966
옥스퍼드 1976: *Catalogue of an Exhibition of Drawings by J.R.R. Tolkien at the Ashmolean Museum Oxford 14th December~27th February 1976~1977 and at The National Book League 7 Albemarle Street London W1 2nd March~7th April 1977*, exh. cat., Ashmolean Museum, Oxford, 1976
옥스퍼드 1987: *Drawings for 'The Hobbit' by J.R.R. Tolkien: An Exhibition to Celebrate the Fiftieth Anniversary of its Publication, 24 Feb~23 May 1987*, exh. cat., Bodleian Library, Oxford, 1987
옥스퍼드 1992: J. Priestman, *J.R.R. Tolkien: Life and Legend: An Exhibition to Commemorate the Centenary of the Birth of J.R.R. Tolkien (1892~1973)*, exh. cat., Bodleian Library, Oxford, 1992
카펜터 1977: H. Carpenter, *J.R.R. Tolkien: a Biography*, George Allen & Unwin, London, 1977
카펜터 1978: H. Carpenter, *The Inklings*, George Allen & Unwin, London, 1978
카펜터와 톨킨 1981: *The Letters of J.R.R. Tolkien*, ed. H. Carpenter and C.R. Tolkien, George

Allen & Unwin, London, 1981
톨킨 1923: J.R.R. Tolkien, Obituary for Henry Bradley, *Modern Humanities Research Association*, 20 (Oct 1923)
톨킨 1937: J.R.R. Tolkien, *The Hobbit*, George Allen & Unwin, London, 1937
톨킨 1954~1955: J.R.R. Tolkien, *The Lord of the Rings*, 3 vols, George Allen & Unwin, London, 1954~1955
톨킨 1964: J.R.R. Tolkien, audio interview by Denys Gueroult, BBC, 1964
톨킨 1966: 'Tolkien Talking', *The Sunday Times*, 27 Nov 1966
톨킨 1968: *Tolkien in Oxford*, directed by L. Megahey, BBC documentary film, 1968
톨킨 1975: *Sir Gawain and the Green Knight, Pearl and Sir Orfeo*, trans. J.R.R. Tolkien, ed. C.R. Tolkien, George Allen & Unwin, London, 1975
톨킨 1976: J.R.R. Tolkien, *The Father Christmas Letters*, ed. B. Tolkien, George Allen & Unwin, London, 1976 (and later eds)
톨킨 1977: J.R.R. Tolkien, *The Silmarillion*, ed. C.R. Tolkien, George Allen & Unwin, London, 1977
톨킨 1979: J.R.R. Tolkien, *Pictures by J.R.R. Tolkien*, ed. C.R. Tolkien, George Allen & Unwin, London, 1979
톨킨 1980: J.R.R. Tolkien, *Unfinished Tales of Númenor and Middle-earth*, ed. C.R. Tolkien, George Allen & Unwin, London, 1980
톨킨 1983A: J.R.R. Tolkien, *The Book of Lost Tales, Part I*, ed. C.R. Tolkien, George Allen & Unwin, London, 1983
톨킨 1983B: J.R.R. Tolkien, *The Monsters and the Critics and Other Essays*, ed. C.R. Tolkien, George Allen & Unwin, London, 1983
톨킨 1984: J.R.R. Tolkien, *The Book of Lost Tales, Part II*, ed. C.R. Tolkien, George Allen & Unwin, London, 1984
톨킨 1985: J.R.R. Tolkien, *The Lays of Beleriand*, ed. C.R. Tolkien, George Allen & Unwin, London, 1985
톨킨 1986: J.R.R. Tolkien, *The Shaping of Middle-earth*, ed. C.R. Tolkien, George Allen & Unwin, London, 1986
톨킨 1987: J.R.R. Tolkien, *The Lost Road and Other Writings*, ed. C.R. Tolkien, Unwin Hyman, London, 1987
톨킨 1988: J.R.R. Tolkien, *The Return of the Shadow*, ed. C.R. Tolkien, Unwin Hyman, London, 1988
톨킨 1989: J.R.R. Tolkien, *The Treason of Isengard*, ed. C.R. Tolkien, Unwin Hyman, London, 1989
톨킨 1990: J.R.R. Tolkien, *The War of the Ring*, ed. C.R. Tolkien, Unwin Hyman, London, 1990
톨킨 1992: J.R.R. Tolkien, *Sauron Defeated*, ed. C.R. Tolkien, HarperCollins, London, 1992
톨킨 1993A: J.R.R. Tolkien, *Morgoth's Ring*, ed. C.R. Tolkien, HarperCollins, London, 1993
톨킨 1993B: P. Tolkien, 'J.R.R. Tolkien and Edith Tolkien's stay in Staffordshire, 1916, 1917 and 1918', *Angerthas* 34 (Jul 1993)
톨킨 1994: J.R.R. Tolkien, *The War of the Jewels*, ed. C.R. Tolkien, HarperCollins, London, 1994
톨킨 1996: J.R.R. Tolkien, *The Peoples of Middle-earth*, ed. C.R. Tolkien, HarperCollins, London, 1996
톨킨 2001: J.R.R. Tolkien, *Tree and Leaf, Including Mythopoeia and The Homecoming of Beorhtnoth*, HarperCollins, London, 2001
톨킨 2007: J.R.R. Tolkien, *The Children of Húrin*, ed. C.R. Tolkien, HarperCollins, London, 2007
톨킨 2013: J.R.R. Tolkien, *The Fall of Arthur*, ed. C.R. Tolkien, HarperCollins, London, 2013
톨킨 2014: J.R.R. Tolkien, *Beowulf: A Translation and Commentary*, ed. C.R. Tolkien, HarperCollins, London, 2014
톨킨과 톨킨 1992: J. Tolkien and P. Tolkien, *The Tolkien Family Album*, HarperCollins, London, 1992
포스터 1978: R. Foster, *The Complete Guide to Middle-earth*, George Allen & Unwin, London, 1978
프래쳇 1999: T. Pratchett, 'Fantasy Kingdom', *The Sunday Times*, 4 July 1999
프래쳇 2013: T. Pratchett, *A Slip of the Keyboard: Collected Non-fiction*, Doubleday, London, 2013
플리거 2005: J.R.R. Tolkien, *Smith of Wootton Major*, ed. V. Flieger, HarperCollins, London, 2005
플리거 2015: J.R.R. Tolkien, *The Story of Kullervo*, ed. V. Flieger, HarperCollins, London, 2015
플림머와 플림머 1968: C. Plimmer and D. Plimmer, 'The Man Who Understands Hobbits', *The Daily Telegraph*, 22 Mar 1968
피미와 히긴스 2016: J.R.R. Tolkien, *A Secret Vice*, ed. D. Fimi and A. Higgins, HarperCollins, London, 2016
해먼드와 앤더슨 2012: W.G. Hammond and D.A. Anderson, *J.R.R. Tolkien: a Descriptive Bibliography*, Oak Knoll Press, New Castle, DE, 2012
해먼드와 스컬 1995: W.G. Hammond and C. Scull, *J.R.R. Tolkien: Artist and Illustrator*, HarperCollins, London, 1995
해먼드와 스컬 2005: W.G. Hammond and C. Scull, *The Lord of the Rings: A Reader's Companion*, HarperCollins, London, 2005
해먼드와 스컬 2011: W.G. Hammond and C. Scull, *The Art of The Hobbit by J.R.R. Tolkien*, HarperCollins, London, 2011
해먼드와 스컬 2015: W.G. Hammond and C. Scull, *The Art of The Lord of the Rings by J.R.R. Tolkien*, HarperCollins, London, 2015
호스테터 외 1993~2013: *Vinyar Tengwar*, ed. C.F. Hostetter, C. Gilson, A.R. Smith and P. Wynne, nos 28, 37, 41, 42, 50, 1993~2013
홀 2016: *Treasures from the Map Room: A Journey through the Bodleian Collections*, ed. Debbie Hall, Bodleian Library Publishing, Oxford, 2016
후퍼 1983: O. Barfield and C.S. Lewis,

A Cretaceous Perambulator (The Reexamination of), ed. W. Hooper, Oxford University C.S. Lewis Society, Oxford, 1983
후퍼 2000~2006: *The Collected Letters of C.S. Lewis*, ed. W. Hooper, 3 vols, HarperCollins, London, 2000~2006

기존 전시품

캐나다와 북아메리카 1967~1971: McMaster University, Ontario, 1967; Wheaton College, Illinois, 1967; UW-Madison, 1967; University of Waterloo, Ontario, 1968; Belknap College, New Hampshire, 1968; University of Illinois, 1969; College of St Catherine, St Paul, Minnesota, 1970; Cleveland State University, 1971

시카고 2007~2008: *Maps: Finding Our Place in the World*, Field Museum, Chicago, 2 Nov 2007~27 Jan 2008

런던 2016: *Maps and the 20th Century: Drawing the Line*, British Library, London, 4 Nov 2016~1 Mar 2017

밀워키 1983: *The Manuscripts of J.R.R. Tolkien*, Marquette University Memorial Library, Milwaukee, 12~23 Sep 1983

밀워키 1987: *J.R.R. Tolkien: The Hobbit Drawings, Watercolors, and Manuscripts*, Patrick & Beatrice Haggerty Museum of Art, Milwaukee, 11 Jun~30 Sep 1987

밀워키 1992: *Tolkien Centenary* exhibition, Marquette University, Milwaukee, Jan 1992

밀워키 2004~2005: *The Invented Worlds of J.R.R. Tolkien: Drawings and Original Manuscripts from the Marquette University Collection*, Patrick and Beatrice Haggerty Museum of Art, Milwaukee, 21 Oct 2004~30 Jan 2005

뉴욕 2009: *The Beginnings of a Masterpiece: Original Manuscripts from The Fellowship of the Ring*, Gerald M. Quinn Library, Fordham University, New York, 5 Oct~19 Nov 2009

뉴욕 2014: *Marks of Genius: Masterpieces from the Collections of the Bodleian Libraries*, Morgan Library & Museum, New York, 6 Jun~14 Sep 2014

옥스퍼드 1976~1977: *Drawings by Tolkien*, 14 Dec 1976~27 Feb 1977, Ashmolean Museum, Oxford

옥스퍼드 1987: *Drawings for 'The Hobbit' by J.R.R. Tolkien: An Exhibition to Celebrate the Fiftieth Anniversary of its Publication*, Bodleian Library, Oxford, 24 Feb~23 May 1987

옥스퍼드 1992: *J.R.R. Tolkien: Life and Legend*, Bodleian Library, Oxford, 18 Aug~23 Dec 1992

옥스퍼드 2013: *Magical Books: From the Middle Ages to Middle-earth*, Bodleian Library, Oxford, 23 May~27 Oct 2013

옥스퍼드 2015: *Marks of Genius: Masterpieces from the Collections of the Bodleian Libraries*, Bodleian Library, Oxford, 21 Mar~20 Sep 2015

옥스퍼드 2016: Friends of the Bodleian AGM display, Bodleian Library, Oxford, 23~24 Jun 2016

솔즈베리 2017~2018: *Terry Pratchett: HisWorld*, Salisbury Museum, Salisbury, 16 Sep 2017~13 Jan 2018

스태퍼드셔 2016: *Tolkien in Staffordshire*, Cannock Chase Museum, Staffordshire, 7 Mar~24 Apr 2016

시애틀 2013~2014: *Fantasy: Worlds of Myth and Magic*, EMP Museum, Seattle, 20 Apr 2013~5 Jan 2014

그림 제공자

톨킨의 출판물에 나오는 톨킨의 원고 및 그림 이미지의 저작권은 관련 출판물에서 인정한 바와 같이 The Tolkien Estate Limited 및 The Tolkien Trust에서 소유하고 있다. 이전에 공개되지 않은 톨킨의 원고 및 그림 이미지의 저작권은 © The Tolkien Estate Limited / The Tolkien Trust 2018에 있다. 모든 자료는 The Tolkien Estate Limited 및 The Tolkien Trust의 허가를 받아 이 책에 수록하였다.

관련 그림과 함께 명시되지 않았거나 아래에 목록화하지 않은 추가 이미지 © Bodleian Library, University of Oxford, 2018.

© BBC Photo Library (Tolkien at Merton College in 1968, Bodleian MS. Tolkien photogr. 10, fol. 15r), p. 2
By permission of Her Majesty the Queen of Denmark, nos 13-14
Published with the permission of the Rector and Fellows of Exeter College, Oxford, no. 29
Reprinted by permission of HarperCollins Publishers Ltd, nos 71, 147, 152, 173
© Mrs Susan Russell Flint, nos 128-131
Marquette University Libraries, Milwaukee, nos 134, 135, 142, 145, 148, 149, 150, 161, 162, 164, 166, 177
By permission of the Secretary to the Delegates of Oxford University Press, no. 1
© Billett Potter, back cover image (on hardback and paperback editions), no. 133
© Colin Underhill / Alamy, no. 83
© Williams College Oxford Programme, no. 172

표지 이미지: J. R. R. 톨킨 〈빌보가 뗏목 요정들의 오두막에 이르다〉, 1937 (Bodleian MS. Tolkien Drawings 29) © The Tolkien Estate Ltd, 1937

전시 품목

132번과 133번 품목은 '톨킨: 가운데땅의 창조자' 전시회(옥스퍼드, 보들리언 도서관, 2018년 6월 1일~2018년 10월 28일)에 전시되지 않았다.

다음 품목들은 뉴욕 모건 도서관 & 박물관 전시회(2019년 1월 21일~2019년 5월 12일)에 전시되었다.
9, 10, 16, 17, 19, 20a~20b, 22, 23, 24, 26, 27, 30, 31, 32, 35, 38, 39, 40, 41, 42, 43, 45, 47, 48, 49, 50, 51, 53, 57, 59, 61, 62, 63, 64, 65, 66, 67, 68, 69, 70, 72, 73, 74, 75, 76, 77, 78, 79, 80, 81, 82, 85, 90, 91, 92, 93, 94, 95, 96, 105, 113, 114, 116, 118, 119, 122, 124, 132, 134, 135, 136, 137, 138, 139, 140, 141, 142, 143, 144, 145, 146, 148, 149, 150, 151, 153, 154, 155, 156, 160, 161, 162, 163, 164, 165, 166, 167, 168, 169, 175, 176, 177, 178, 179, 181번 품목

찾아보기

페이지 번호 중 **볼드체**로 표시된 것은 주요 카탈로그 품목을 나타나고, *이탤릭체*로 표시된 것은 도판을 나타낸다.

ㄴ

ㄷ

ㄹ

ㅈ

ㅊ

옮긴이 **이미애**
현대 영국 소설 전공으로 서울대학교 영문학과에서 박사 학위를 받았고 동 대학교에서 강사와 연구원으로 활동했다. 조지프 콘래드, 존 파울즈, 제인 오스틴, 카리브 지역의 영어권 작가들에 대한 논문을 썼다. 옮긴 책으로 버지니아 울프의 『자기만의 방』 『등대로』, 제인 오스틴의 『엠마』 『설득』, 조지 엘리엇의 『아담 비드』, J.R.R. 톨킨의 『호빗』 『반지의 제왕』 『위험천만 왕국 이야기』 『톨킨의 그림들』, 토머스 모어의 서한집 『영원과 하루』, 리처드 앨틱의 『빅토리아 시대의 사람들과 사상』 등이 있다.

J.R.R. 톨킨: 가운데땅의 창조자

1판 1쇄 인쇄 2024년 1월 23일
1판 1쇄 발행 2024년 3월 22일

편저자 | 캐서린 맥일웨인
옮긴이 | 이미애
펴낸이 | 김영곤
펴낸곳 | (주)북이십일 아르테

책임편집 | 권구훈
교정교열 | 박은경
디자인 | 한성미

문학팀장 | 김지연 **문학팀** | 원보람
해외기획실장 | 최연순
출판마케팅영업본부장 | 한충희
출판영업팀 | 최명열 김다운 김도연 권채영
마케팅2팀 | 나은경 정유진 박보미 백다희 이민재
제작팀 | 이영민 권경민

출판등록 | 2000년 5월 6일 제406-2003-061호
주소 | (우10881) 경기도 파주시 회동길 201(문발동)
대표전화 | 031-955-2100 **팩스** | 031-955-2151
이메일 | book21@book21.co.kr

ISBN | 979-11-7117-415-7 03840

책값은 뒤표지에 있습니다.
이 책 내용의 일부 또는 전부를 재사용하려면 반드시 (주)북이십일의 동의를 얻어야 합니다.
잘못 만들어진 책은 구입하신 서점에서 교환해 드립니다.

Iron Hills
Lonely Mt
Dale
Esgaroth
Sea of
Rhûn
hills
RHRIN
DEAD MARSHES
NO MANS LAND
Battle Plain
(DAGRAS)
ERED LITHUI
(Ash Mts)
Kirith Ungol
Lithlad
Orodruin
Gorgoroth
BARAD-DÛR (Dark Tower)

NORTH DOWNS
Entish land
R. Hoarwell
Weather Hills
R. Rushdown
Carrock
Imladris
Rivendell
THE SHIRE
R. Brandywine
Chetwood
Midgewater
Weathertop
Bree
Old Forest
Troll Shaw
Ford
Loudwater
Bruinen
Northerland
R. Gladden
Gladden Fells
Sarn Ford
Hollin
Caradras
Moria
Mirromere
The Great River
Tharbad
Nimrodel
Silverlode
R. Limlight
Dunland
Wold of Rohan
WESTEMNET
GAP of ROHAN
R. Isen
ROHAN
Entwade
Edoras
R. Entwash
BLACK MOUNTAINS
Dunharrow